Georgette Heyer

Der Eroberer

Roman

Deutsch von Erika Kaiser

Deutscher
Taschenbuch
Verlag

dtv

Ungekürzte Ausgabe
Oktober 1996
Deutscher Taschenbuch Verlag GmbH & Co. KG,
München

Titel der englischen Originalausgabe:
›The Conqueror‹

Umschlagbild: Ausschnitt aus dem ›Teppich von Bayeux‹
Gesetzt aus der Stempel Garamond 10/11,25' (Winword)
Gedruckt auf säurefreiem, chlorfrei gebleichtem Papier
Gesamtherstellung: C. H. Beck'sche Buchdruckerei,
Nördlingen
Printed in Germany · ISBN 3-423-12278-1

Herleva, die Geliebte des normannischen Grafen Robert, hat einen Traum: Aus ihrem Leib wächst ein Baum, höher und immer höher, bis er alle anderen um sich überragt und seinen Schatten über die Normandie und England, jenseits des Meeres, wirft ... Wilhelm, ihr Sohn, ist zum Herrschen geboren. Mit politischem Geschick, Wagemut und Ausdauer erobert er die Macht: zuerst die Normandie, dann, im blutigen Kampf gegen den Angelsachsen Harald, die Krone Englands. Nur eine Frau, Mathilde von Flandern, deren braungrüne Augen wie tiefe Teiche schimmern, ist Wilhelm an Mut und Kraft ebenbürtig. Eine uneinnehmbare Festung ist leichter zu erobern als sie ... Mit Wilhelms Herrschaft über England beginnt eine bittere Fehde zwischen den dort ansässigen Angelsachsen und den normannischen Eindringlingen. Doch die Liebesgeschichte zwischen Wilhelms Gefolgsmann Raoul de Harcourt und der schönen Angelsächsin Elfrieda zeigt, daß Versöhnung möglich ist.

Georgette Heyer wurde 1902 in London geboren und vor allem mit ihren Regency-Romanen berühmt. Sie lebte zurückgezogen in London, wurde vom Britischen Museum als historische Sachverständige konsultiert und veröffentlichte an die vierzig Romane. Sie starb 1974.

*Für Carola Lenanton
in Freundschaft und in Würdigung ihrer
unvergleichlichen Arbeiten, die sie
in jenem historischen Stil geschrieben hat,
den wir beide so lieben.*

Prolog
(1028)

»Er ist klein, aber er wird groß werden.«

Ausspruch Herzog Roberts von der Normandie

Vom Marktplatz herauf ertönte so starkes Lärmen, Geschrei und Gefeilsche, daß sich Herleva zu dem mit Weidenstäben vergitterten Fenster schleppte und hinunterblickte. Jeder Markttag zog das Volk aus der Umgebung von Falaise in hellen Scharen in den Ort. Bauern kamen mit ihren Knechten, die Schweine und Rinder zum Verkauf herantrieben; Leibeigene, die Eier und Speck auf Tüchern vor sich ausgelegt hatten; Haushofmeister großer Herren und viele Krieger; vornehme Damen auf behäbigen Zeltern; ehrbare Bürger und Gruppen von jungen Mädchen, die zu viert oder fünft herumschlenderten, mit wenig Geld, aber dafür um so mehr Neugier und Bewunderung für all das Neue und Ungewohnte, das sich ihren Augen bot.

Die Straßenhändler führten auch allzu verlockende Dinge auf ihren Packpferden mit sich: Broschen aus Amethysten und Granaten, Kämme aus Bein; silberne Spiegel, die so blank geputzt waren, daß man sich darin besser sehen konnte als in dem Bach, der am Fuß des Schloßbergs dahinplätscherte. Da gab es Buden, in denen man Kerzen, Öl und Talg erstehen konnte; andere, aus denen die verführerischen Düfte aller Gewürze des Orients drangen: Galgantwurzel, Nelken, Kubeben, süßer Zimt. In unmittelbarer

Nähe dieser Buden hatten einheimische Händler ihre Waren ausgestellt; hier konnte man frischgefangene Neunaugen und Heringe erstehen, aber auch seltenere Waren wie Ingwer, Zucker und Pfeffer, Töpfe mit Senf und Brot, dessen Laibe mit dem Zeichen des Bäckers versehen waren. Daneben trieb ein Hausierer einen schwunghaften Handel mit Kupfertöpfen und Anrichteplatten. Ein Apotheker versuchte, die Aufmerksamkeit der Hausfrauen von den Kupfertöpfen auf seine Salben und Tränke, seine Wurzeln und ganz im geheimen auch auf seine Liebeselixiere zu lenken. Seine sanfte Stimme ging im Geschrei seines Nachbarn unter, der mit großen Gesten jeden Vorbeikommenden einlud, seine ausgestellten Herrlichkeiten zu bewundern.

Am dichtesten aber umstand die Menge die ausländischen Händler, die nie Gesehenes zur Schau stellten. Da sah man Pechkohle, welche die Schlangen vertrieb, wenn man sie erhitzte, prächtige Stoffe, von friesischen Händlern dargeboten, viel feiner noch als Schmuck und Juwelen, von dunkelhäutigen Byzantinern ins Land gebracht; Goldstickereien, die aus der Hand von Angelsächsinnen stammten, und viele schöne Bänder, die man ins Haar flechten konnte.

Als Herleva die Bänder erblickte, die ein Händler direkt unter ihrem Fenster einer Gruppe junger Mädchen einladend entgegenhielt, griff sie nach ihrem dicken Zopf, den sie über die Schulter geworfen hatte, und überlegte, wie sich ein rotes Band darin ausnehmen würde und ob Graf Robert sie in Rot hübsch finden würde. Dann aber fiel ihr ein, daß im Augenblick niemand, nicht einmal ein so feuriger Liebhaber wie der Graf, sie schön finden konnte. Sie stand kurz vor der Geburt ihres ersten Kindes, und Graf Robert war weit fort am Hof von Rouen, bei seinem Vater, dem guten Normannenherzog Richard.

Sie hoffte inständig, daß die Wehen bald einsetzen und das Kind geboren würde, damit sie wieder den steilen Hügel zum Schloß hinaufreiten und den Kriegern befehlen könnte, der schönen Herleva zu öffnen, der Tochter des Fulbert, Bürgers von Falaise, der Geliebten des Grafen Hiesmes.

Unwillkürlich schweifte ihr Blick zum Schloß, das sie hoch über den niedrigen Holzhäusern der Stadt erblicken konnte, fast verborgen hinter den Bäumen, die den Hügel emporwuchsen.

Ein wenig ärgerlich verzog sie den Mund und versuchte sich die schönen Damen am Hof von Rouen vorzustellen. Sie war drauf und dran, sich in die Betrachtung ihres Mißgeschicks zu vertiefen, als eine Gruppe von Minstrels, die in der Nähe des Hauses zu spielen begann, ihre Aufmerksamkeit erregte. Sie waren in der Hoffnung auf ein paar Groschen von den jungen, freigebigeren Besuchern des Marktes und vielleicht auch auf ein Mahl im Haus eines reichen Bürgers nach Falaise gekommen. Der Harfner sang ein bekanntes und beliebtes Lied, und der Jongleur begann, Bälle und Teller gleichzeitig in die Luft zu werfen, schneller und schneller, so daß Herleva vor Staunen die Augen aufriß, als er sie alle wieder fing.

Vom Fenster aus konnte Herleva den Stand ihres Vaters Fulbert sehen, die Felle, die er ausgestellt hatte, und ihren Bruder Walter, der eben mit einem Bürger um den Preis eines Bündels Marderfelle feilschte. Ganz in der Nähe stand ein Händler, der einigen gierig dreinsehenden jungen Mädchen Schmuck vor die Nase hielt. Wäre Graf Robert jetzt hier, dann würde er ihr sicher das Armband aus gehämmertem Gold kaufen, das der Händler immer wieder anpries.

Der Gedanke an den Grafen machte sie mißvergnügt, und sie trat zurück, müde vom Lärm der Straße. Am anderen Ende der Kammer führte eine Tür zu der Wendeltreppe, über die man in die große Halle, den eigentlichen Wohnraum des Hauses, kam. Sicher war ihre Mutter schon damit beschäftigt, das Abendessen für ihren Vater und Walter zuzubereiten, aber Herleva dachte nicht im entferntesten daran, hinunterzugehen und ihr zu helfen. Die Geliebte des Sohns des Normannenherzogs brauchte sich wirklich nicht mit Kochtöpfen und fetten Tellern abzugeben!

Sie schleppte sich durch die Kammer bis zu dem mit Fellen bedeckten Bett, das an der gegenüberliegenden Wand stand, und stieß beim Gehen das Stroh mit dem Fuß beiseite. Das Bett war wie gemacht für eine Herzogin, aus edlem Holz, mit einem Bärenfell bedeckt, und Fulbert hatte brummend behauptet, daß es besser für den Grafen als für seine Geliebte passe. Herleva vergrub das Gesicht in dem weichen Fell und strich es mit heißen Händen glatt, während sie daran dachte, wie Graf Robert sie in seiner stürmischen Art immer wieder seine Prinzessin genannt hatte.

Draußen versank die Sonne langsam in der Heide, die sich jenseits der Stadt erstreckte. Ein letzter Lichtstrahl fiel durch das Fenster und färbte die dunkelbraunen Haare des Felles blutrot. Die lauten Reden, das Pferdegetrappel, die Rufe, die sich aus der Menge der Stimmen abhoben, ertönten noch immer, aber sie waren schwächer geworden wie das verlöschende Licht der Sonne und würden bald ganz verstummen. Die Bauern aus den fernen Dörfern machten sich auf den Heimweg, um noch im schützenden Tageslicht nach Hause zu kommen; die Händler packten ihre Waren zusammen; und ein ununterbrochener Strom von Maultieren und Packpferden zog unter Herlevas Fenster vorbei zum Stadttor.

Der gleichmäßige Lärm machte Herleva müde; bald fielen ihr die Augen zu. Sie drehte und wendete sich hin und her und fiel bald in unruhigen Schlummer.

Langsam schwand das letzte Sonnenlicht, und als die Schatten einfielen, verstummte auch der Lärm auf dem Marktplatz. Das letzte Packpferd trottete am Haus vorbei; die Kaufleute aus der Stadt legten die Fensterläden vor und verglichen mit den Nachbarn, was ihnen der Tag eingebracht hatte.

Das Licht wurde immer schwächer; langsam drang die Kühle des Abends in die Kammer. Herleva zitterte und stöhnte auf, denn sie wurde von seltsamen Träumen geplagt.

Sie träumte, daß sie dalag und ein Baum aus ihrem Leib wuchs, immer höher, bis er alle anderen Bäume überragte und sich seine riesigen Zweige wie gierige Arme ausstreckten. Und dann erkannte sie im Traum, daß es die Normandie war, die vor ihr lag, bis zum entferntesten Winkel des Côtentin erkennbar, bis zu den Vorposten von Eu. Sie sah das graue, sturmtobende Meer, bekam Angst und schrie auf. Der Schrei erstickte im Schlaf, aber auf ihrer Stirn glänzten Schweißperlen. Jenseits des Meers sah sie Land; sie sah es ganz deutlich und wußte, daß es England war. Und wie sie so schweißüberströmt, überwältigt von diesen seltsamen Visionen, dalag, sah sie, wie der Baum weiter und weiter wuchs, bis er England und die Normandie überschattete.

Sie schrie nochmals laut, fuhr auf und preßte die Hände auf die Augen. Ihr Gesicht war naß vor Angstschweiß; sie strich sich mit der Hand darüber und wagte erst dann, sich umzusehen, als sie erkannte, daß alles nur ein Alptraum gewesen war.

Ihre Mutter, Duxia, stand in der Tür, ein Binsenlicht in der Hand. »Du hast so laut geschrien«, sagte sie, »ich dachte schon, die Wehen hätten begonnen, und dabei liegst du da und schläfst!«

Herleva bemerkte erst jetzt, daß sie sehr fror. Sie zog das Bärenfell hoch über ihre Schultern und sah ihre Mutter nachdenklich an. Leise sagte sie: »Ich habe geträumt, daß ein Baum aus meinem Leib wächst und nicht ein Kind, Mutter.«

»Ist schon gut«, antwortete Duxia. »In diesem Zustand haben wir alle Wahnvorstellungen.«

Herleva wickelte sich noch fester in das Bärenfell und preßte die Hände über der Brust zusammen. »Und als ich so dalag«, fuhr sie mit leiser Stimme fort, »sah ich zwei Länder vor mir, auf der einen Seite unsere Normandie, und auf der anderen das Land der englischen Sachsen jenseits des großen Wassers.« Sie ließ das Bärenfell los und deutete dorthin, wo sie England vermutete. Das Fell glitt auf das Bett zurück, doch Herleva schien die Kälte nicht mehr zu spüren. Sie starrte Duxia an, und ihre Augen glühten seltsam im Flackern des Binsenlichts. »Und der Baum, der aus mir wuchs, trieb riesige Zweige, die wie Hände alles ergriffen und festhielten, und sich zu meinen Seiten ausstreckten, bis sich die Normandie und England im Schatten des Baumes duckten.«

Duxia sagte: »Das ist wahrhaftig ein seltsamer Traum! Aber dein Vater wartet auf sein Essen, und wenn du dich nicht beeilst, wird alles kalt, bevor du unten bist.«

Herleva saß noch immer reglos auf dem Bett, und als Duxia näher trat, sah sie, daß das Gesicht des Mädchens einen seltsamen Ausdruck trug, den Ausdruck eines Menschen, der Dinge sieht, die anderen verschlossen bleiben. Plötzlich legte Herleva die Hände auf ihren Leib und sagte mit kräftiger, klarer Stimme: »Mein Sohn wird König werden. Er wird alles ergreifen und halten und wird über die Normandie und England herrschen, so wie der Baum seine Zweige über sie ausgestreckt hat.«

Das erschien Duxia als blanker Unsinn. Sie wollte gerade ihre Meinung kundtun, als Herleva schmerzhaft aufschrie, zusammenzuckte und sich gegen den plötzlichen Schmerz verkrampfte.

»Mutter, Mutter!«

Duxia eilte zu ihrer Tochter, und beide vergaßen den Traum und seine Bedeutung. »Ruhig, Kind, es ist ja nichts. Du wirst noch viel ärgere Schmerzen haben, bevor es dir wieder bessergeht«, sagte Duxia. »Ich werde gleich unsere Nachbarin Emma holen, denn sie kennt sich bei Geburten aus und hat sicher schon mehr Kinder auf die Welt gebracht als du je bekommen wirst. Bleib ruhig liegen; wir haben noch viel Zeit.«

Dann aber hatte sie keine Zeit mehr, an Herlevas Visionen zu denken, denn von unten rief Fulbert nach seinem Essen, während sich Herleva, von einer neuen Wehe gepackt, zitternd vor Schmerzen und Angst an sie klammerte. In den nächsten Augenblicken war Duxia mit Arbeit überhäuft, aber dann kam Emma, sah nach Herleva und stellte fest, daß es noch einige Stunden dauern würde, half Duxia, die schmutzigen Teller wegzuräumen, und wies die Diener an, Stroh und Felle für das Bett des Herrn bereitzulegen.

Fulbert liebte Herleva, aber er war ein nüchterner Mann, der einen schweren Arbeitstag vor sich hatte, und daher nicht gewillt, sich auch nur eine Stunde Schlaf wegen so einer Kleinigkeit, wie es eine Geburt war, rauben zu lassen. Außerdem bereitete ihm die Stellung seiner Tochter Unbehagen, denn wenn auch alle Nachbarn fanden, es wäre eine hohe Ehre, daß Herleva die Geliebte eines so mächtigen Mannes wie des Grafen Robert war, so fühlte er sich doch nicht sehr wohl bei diesem Gedanken. Und als er sich zur Ruhe legte, dachte er wieder daran, daß das Kind, welches eben geboren wurde, viel besser der rechtmäßige Sohn eines ehrsamen Bürgers wäre als der illegitime Sproß eines Edelmannes. Als die Männer alle versorgt waren und sich zum Schlafen gelegt hatten, stiegen Duxia und Emma die Stiegen hinauf und traten in die Kammer, in der Herleva wimmernd auf dem Bett lag.

Emma war die weiseste Frau von ganz Falaise. Sie kannte die Sterne, wußte Zeichen zu deuten und großes Glück vorauszusagen, und so saßen die beiden Frauen bald mit gesenkten Köpfen vor dem kleinen Kohlebecken, und Duxia begann, von Herlevas Traum zu erzählen. Unter steifen Hauben flüsterten sie miteinander, und die rote Glut der Kohle warf ihren Widerschein auf ihre faltigen, gespannten, wissenden Gesichter. Emma nickte und schnalzte mit der Zunge. Ja, die Deutung, die Herleva gegeben hatte, schien ihr glaubhaft, und sie versicherte Duxia, daß schon viele ähnliche Gesichte in Erfüllung gegangen seien.

Eine Stunde nach Mitternacht kam das Kind zur Welt. In einem nahegelegenen Schuppen krähte ein Hahn einmal kurz auf und war dann wieder still – vielleicht hatte er durch eine Ritze einen Stern gesehen.

In einer Ecke des Raumes hatte man neben dem Kohlenbecken ein Lager aus Stroh vorbereitet. Emma wickelte den Säugling in ein Tuch und legte ihn ins Stroh, wo er sicher war, während sie sich wieder um Herleva kümmerte. Als Duxia das Kind nach einigen Augenblicken aufhob, sah sie, daß es die Hände aus dem Tuch gestreckt hatte und die

Strohhalme festhielt, die es fassen konnte. Sie war froh, daß es ein so kräftiger Knabe war, und forderte Emma auf, ihn doch zu bewundern. Vielleicht wirkte die Prophezeiung noch in Emmas Gedanken nach, vielleicht hatte sie auch wirklich noch nie ein so kräftiges Kind gesehen. »Merk dir, was ich sage, Duxia!« rief sie. »Dieses Kind wird ein großer Fürst werden. Sieh nur, wie es die Welt an sich reißt! Es wird alles an sich reißen, was in seinem Weg steht, und noch viel mehr! Du wirst sehen, daß ich recht behalte.«

Ihre Worte drangen an Herlevas Ohren, die glaubte, in eine tiefe Ohnmacht zu sinken. Mit kaum hörbarer Stimme flüsterte sie: »Er wird König werden.«

Sobald sie wieder planen und denken konnte, ließ Herleva ihren Bruder zu sich kommen und bestand darauf, daß er nach Rouen reite und dem Grafen von der Geburt seines Sohnes berichte. Walter hatte sie zu gern, um sich über ihre gebieterische Art zu ärgern, aber Fulbert war nahe daran, den Ritt zu verbieten. Er brauchte Walter, um ein paar Otterfelle zu gerben, und darüber hinaus kam ihm die ganze Sache unsinnig vor.

Als Walter aus Rouen zurückkam, war Herleva schon wieder auf den Beinen und stürzte sich auf ihn, kaum daß er den Fuß in die Halle gesetzt hatte, um zu erfahren, wie alles gewesen sei und warum er so lange weggeblieben sei.

»Es war nicht einfach, den Grafen zu sprechen«, erklärte Walter in seiner geduldigen Art. »Im Schloß von Rouen ist er von so vielen großen Herren umgeben, und die Pagen wollten mich überhaupt nicht einlassen.«

»Aber du hast doch mit ihm gesprochen?« fragte Herleva begierig.

»Ja, als einmal eine große Jagd war, konnte ich mit ihm reden.«

Daraufhin unterbrach ihn Herleva sofort wieder mit einem Schwall von Fragen; sie wollte wissen, wie der Graf ausgesehen habe, wie er gelaunt gewesen sei und was er gesagt habe, als er von seinem Sohn erfuhr. Walter antwortete, so gut er konnte, aber er wußte nicht viel anderes zu berichten, als daß der Graf nicht anders als sonst ausgesehen habe, was Herleva überhaupt nicht als Antwort betrachtete. Dann zog er einen Gürtel aus goldenen Gliedern hervor und gab ihn Herleva mit der Bemerkung, daß ihn der Graf als Zeichen seiner Liebe sende und ihr auftrage, seinen Sohn bis zu seiner Rückkehr wohl zu bewahren.

Aber selbst nach der Taufe des Kindes dauerte es noch geraume Zeit, bis Graf Robert nach Hiesmes zurückkehrte. Man brachte Herleva die Nachricht, daß er mit einem großen Gefolge zum Schloß hinaufgeritten sei.

Duxia und Herleva stürzten sich sofort in fieberhafte Vorbereitungen, säuberten die Halle, streuten frisches Stroh und fegten die graue Asche fort, die der Wind immer wieder vom Feuer aus Tannenscheiten, das in der Mitte der Halle brannte, aufwirbelte. Herleva zog dem Kind einen Kittel an, den sie selbst gewebt hatte, und wählte für sich ein blaues Kleid, das sie um die Mitte mit dem goldenen Gürtel Graf Roberts raffte. Selbst Fulbert nahm soweit von dem Ereignis Kenntnis, daß er seinen ledernen Rock gegen einen aus feiner Wolle tauschte und Walter hinausschickte, um dafür zu sorgen, daß genügend Wein und Gerstenbier für den Grafen und sein Gefolge bereit wären.

Kaum war man mit den Vorbereitungen fertig, kündeten Pferdegetrappel und das Klirren von Geschirr und Waffen vom Kommen des Grafen. Fulbert und Walter liefen hinaus, um ihn angemessen zu empfangen. Sie fanden einen ganzen Schwarm von Reitern vor der Haustür: Der Graf hatte gutgelaunt einige seiner edelsten Ritter und eine große Menge Diener mitgebracht.

Er selbst saß auf einem schwarzen Hengst. Graf Robert war ein eindrucksvoller, schlanker Mann, dessen edler Kopf stolz in die Welt blickte. Er trug einen scharlachfarbenen Mantel, der von einer Onyxbrosche an der Schulter zusammengehalten wurde. Ein Schwert hing von seinem Gürtel, und sein Rock, der unter dem Mantel sichtbar wurde, war ebenfalls rot und mit einem Muster verziert. Breite goldene Armreifen umschlossen seine Arme. Er war barhäuptig und hatte die Kapuze seines Mantels zurückgeschlagen. Das schwarze Haar trug er in der Art der Normannen kurz geschnitten.

Er schwang sich aus dem Sattel, und Walter, der zu seinem Empfang niedergekniet war, sprang auf und faßte die Zügel. Der Graf schlug ihm leutselig auf die Schulter und sprach so freundlich mit ihm wie mit allen, denen er vertraute. Dann begrüßte er Fulbert, wandte sich zu den Herren, die zugleich mit ihm abgestiegen waren, und rief: »Kommt, meine Herren, sehen wir uns den prächtigen Burschen an, von dem man mir schon soviel erzählt hat! Hinein mit dir, mein lieber Vetter; ich verspreche dir, daß man dich gebührend empfangen wird.« Er packte den Mann, den er so angesprochen hatte, am Arm und zog ihn mit sich in die Halle.

Wenn man aus dem hellen Sonnenlicht eintrat, schien das Haus dunkel. Der Graf blieb auf der Schwelle stehen, kniff die Augen im Rauch des Feuers zusammen und blickte sich nach Herleva um.

Sie kam rasch auf ihn zu. Sofort ließ er den Arm seines Vetters los, packte sie um die Hüften und hob sie in einer atemberaubenden Umarmung hoch. Leise flüsterten sie miteinander, zu leise, als daß es die Männer hinter dem Grafen hören konnten.

»Herr, seht Euren Sohn an«, sagte Herleva, nahm den Grafen bei der Hand und führte ihn in die Ecke, in der das Kind lag.

Graf Robert, den man auch den Prächtigen nannte, schien die ganze Halle zu füllen. Sein Mantel fegte das Stroh zu kleinen Haufen, die Juwelen auf seinen Armen glänzten im Schein des Feuers. Er ließ Herlevas Hand nicht los, sondern trat neben sie und blickte auf das Kind nieder. Seine Augen leuchteten auf, und er beugte sich vor, um das Kind besser zu sehen; dabei glitt eine Kette, die er um den Hals trug, nach vorn und pendelte über dem Kind auf und ab. Das Kind streckte seine Hände nach dem glitzernden Spielzeug aus, und als ob es sich frage, woher das wohl käme, hob es den Blick und starrte den Grafen unverwandt an. Man sah jetzt, daß die Augen der beiden ganz gleich waren und daß das Kind denselben entschlossenen Blick hatte, wie er das Erbe aller normannischen Herzöge seit den Zeiten ihres Urvaters Rollo gewesen war. Ein Verwandter des Grafen, der junge Robert, Sohn des Grafen von Eu, flüsterte diese Feststellung einem Mann zu, der mit düsterer Miene neben ihm stand. Es war dies Wilhelm Talvas, der Herr von Belesme. Talvas blickte dem Grafen über die Schulter, betrachtete das Kind und murmelte dann etwas, das einem Fluch glich. Der junge Robert starrte ihn erstaunt an, worauf er seine Worte mit einem Lachen abtun wollte und erklärte, in den Augen des Kindes einen Haß gesehen zu haben, der das Ende seines Hauses bedeute. Das erschien dem jungen Robert nicht sehr wahrscheinlich und bestärkte ihn in seiner Vermutung, daß der Herr von Belesme oben im Schloß zu viel Met getrunken habe, war doch das Kind, das vor ihnen lag, ein besitzloser Bastard, während Wilhelm Talvas Ländereien in Frankreich und in der Normandie besaß und mit ihm nicht gut Kirschen essen war. Er sah so erstaunt drein, daß Talvas errötete, zurücktrat und selbst kaum seinen urplötzlichen Ausbruch verstand.

Graf Robert war über seinen Sohn hocherfreut. »Er ist mir wie aus dem Gesicht geschnitten!« sagte er. Er wandte sich um und sprach wieder zu dem Mann, der hinter ihm stand. »Eduard, habe ich da nicht einen edlen Sohn gezeugt?«

Der Sachsenfürst trat vor und lächelte das Kind an. Im Gegensatz zu den Normannen war er ganz blond, hatte lange Locken und ein rosiges Gesicht. Sein jüngerer Bruder Alfred, der in der Tür stehengeblieben war, sah ihm sehr ähnlich, doch wirkte er entschlossener und lächelte nicht so leicht. Beide traten sehr stolz auf, wie es auch ihr Recht war, waren sie doch die Söhne des verstorbenen Königs Ethelred von England. Wenn Knut, der dänische Usurpator, endlich unter der Erde liegen würde, dann wollten sie nach England zurückkehren, und Eduard würde König sein. In diesem

Augenblick aber, in dem er Graf Robert ansah, war er ein Verbannter, ein Mann, der von der Gnade der Normannen abhängig war.

»Ihr alle sollt mir schwören, daß ihr meinen Sohn lieben werdet«, sagte der Graf und blickte sie fordernd, wenn auch freundlich an. »Er ist noch klein, aber er wird groß werden, ihr Herren!«

Eduard strich dem Kind mit dem Finger leicht über die Wange. »Ich werde ihn lieben, als wäre es mein eigener Sohn«, sagte er. »Er sieht Euch sehr ähnlich.«

Graf Robert winkte seinem Stiefbruder und forderte ihn auf, die Hand des Kindes zu ergreifen. »Du sollst deinen Neffen in Ehren halten, Wilhelm«, sagte er lachend. »Sieh doch, wie er deine Finger packt! Das wird ein kräftiger Bursche!«

»Er ist immer so«, sagte Herleva leise. »Was er ergreift, läßt er nicht mehr los.« Sie hätte dem Grafen so gern von ihrem Traum erzählt, wagte aber nicht, in der Gesellschaft so vieler edler Herren davon zu sprechen.

»Ein wilder Junge«, spaßte Wilhelm. »Wir werden uns vor ihm hüten müssen, wenn er einmal groß ist.«

Graf Robert zog sein Schwert aus der Scheide. »Ein Krieger, wenn er mein Sohn ist«, vollendete er und legte das Schwert an die Seite des Kindes.

Die blitzenden Juwelen auf dem Griff des Schwertes erregten die Aufmerksamkeit des Kindes; es ließ sofort Graf Roberts Kette los und umklammerte den Griff mit beiden Händen. Duxia, die sich im Hintergrund gehalten hatte und durch die Anwesenheit so vieler edler Herren in ihrem Haus völlig überwältigt war, konnte beim Anblick des glänzenden Metalls in den Händen des Kindes einen Schrekkensschrei kaum unterdrücken. Herleva dagegen lächelte nur.

Der Säugling hielt den Griff noch immer fest, und die Barone um ihn herum bogen sich vor Lachen.

»Habe ich es nicht gesagt«, rief Graf Robert. »Er wird ein Krieger, bei Gott!«

»Ist er schon getauft?« fragte Eduard leise.

Herleva erklärte, daß er vor einem Monat in der Kirche der Heiligen Dreifaltigkeit getauft worden sei.

»Und wie heißt er?« wollte Robert von Eu wissen.

»Wilhelm, mein Herr«, antwortete Herleva und faltete die Hände über der Brust.

»Wilhelm der Krieger!« lachte der Graf.

»Wilhelm der König«, flüsterte Herleva.

»Wilhelm der Bastard!« murmelte der Herr von Belesme vor sich hin.

Herleva faßte die Hand des Grafen. Sie standen nebeneinander und sahen glücklich auf ihr Kind nieder, das man den Krieger, König und Bastard genannt hatte und das, begeistert über sein neues Spielzeug, fröhlich krähte und seine winzigen Finger um den Griff des Schwertes schloß.

Erster Teil

Der bartlose Jüngling (1047–1048)

»So wurde ich von Kindheit an bedrängt, aber durch die Gnade Gottes ist es mir gelungen, mich in ehrenvollem Kampf zu befreien.«

Ausspruch Wilhelms des Eroberers

1

Hubert de Harcourt gab seinem jüngsten Sohn ein Schwert an dem Tage, an dem er neunzehn Jahre alt wurde. »Obwohl ich wirklich nicht weiß, was du damit anfangen willst«, brummte er mürrisch.

Raoul hatte schon seit einigen Jahren ein Schwert getragen, doch kam es diesem in nichts gleich, hatte keine Klinge, die ein längst toter Däne mit Runen verziert hatte, hatte keinen mit Gold eingelegten Griff. Raoul strich langsam über die Waffe und antwortete bedächtig: »Mit Gottes Hilfe werde ich es gut zu nutzen wissen.«

Das versetzte seinen Vater und seine Stiefbrüder, Gilbert und Eudes, in große Heiterkeit, denn obwohl sie Raoul gern hatten, hielten sie nur wenig von seinen kriegerischen Künsten und waren überzeugt, daß er sein Leben in einem Kloster beschließen würde.

Das erste Mal machte Raoul von seinem Schwert einen Monat später Gebrauch, als er es gegen seinen Bruder Gilbert zog.

Es hatte ganz einfach begonnen. Gilbert, der immer Störrische, der nach seiner Ächtung nach Roger de Toenis Rebellion noch unzufriedener als zuvor war, hatte vor kurzer Zeit mit einem Nachbarn eine Fehde begonnen und diese recht einseitig weitergeführt. Solche Vorkommnisse waren allenthalben an der Tagesordnung, und Raoul schenkte der Angelegenheit wenig Beachtung. Plünderungen und Überfälle waren in der Normandie Teil des gewöhnlichen Lebens, und die Barone und Afterlehensmänner, denen die starke Hand des Herrschers fehlte, folgten dem Ruf ihres wilden nordischen Bluts. Wollte Geoffrey von Briosne gewaltsam über die Ländereien der Harcourts herfallen, so würde Raoul seine Rüstung anlegen und den Besitz verteidigen, doch war Harcourt ein Lehen des Herrn von Beaumont, eines mächtigen Mannes, und Geoffrey, der seinen Besitz von Guy, einem burgundischen Fürsten erhalten hatte, spürte wenig Lust, es zum offenen Krieg kommen zu lassen.

Kaum einen Monat nach seinem neunzehnten Geburtstag ritt Raoul auf seinem Roß Verceray in den kleinen, von Harcourt nur wenige Meilen entfernten Markt. Er wollte sich neue Sporen kaufen, und auf dem Rückweg beschloß er, die Abkürzung über den Besitz des Geoffrey de Briosne zu nehmen. Einen Augenblick lang tauchte der Gedanke an die Feindseligkeiten zwischen den beiden Familien in ihm auf, doch war es schon spät und unwahrscheinlich, daß sich Geoffreys Männer zu dieser Zeit zeigen würden; so vertraute er also seinem neuen Schwert und den schnellen Beinen seines Pferdes, die ihn vor jeder Gefahr beschützen würden. Er ritt allein und trug nur einen leichten Mantel über dem wollenen Wams, der ihn gegen die Kühle dieses Frühjahrsabends schützen sollte, und so wäre es ihm übel ergangen, hätte er einen seiner Feinde getroffen. Doch war es kein Feind, gegen den er antreten sollte.

Die Sonne war im Sinken, als er den holprigen Karrenweg verließ und in einen Pfad einbog, der neben den frischgepflügten Feldern Geoffreys entlanglief; die Strahlen der Sonne tauchten die frischen Schollen in tiefrotes Licht. Die Stille des Abends lag über dem Land, und jetzt, als er die Stadt hinter sich gelassen hatte, war alles ruhig. Im Westen floß die Risle zwischen steilen Ufern, und im Osten führte ein welliges Gelände zu weit entfernten Hügeln, die schon im blauen Dunst des Abends versanken.

Raoul führte sein Pferd langsam über den holprigen Pfad. Er pfiff leise vor sich hin und dachte über dieses schöne Land von Evrecin nach, wie gut es sich hier leben ließe, wie man dieses Land pflegen und bebauen könnte, wäre man sicher, daß die Ernte nicht einem gierigen Nachbar zum Opfer fallen oder sein Haus von plündernden Soldaten niedergebrannt würde. Daran dachte er, als seine Aufmerksamkeit plötzlich von einem roten Leuchten erregt wurde, das hinter einer Baumgruppe am Rande des gepflügten Landes aufstieg. Brandgeruch wurde vom Wind zu ihm herübergetragen, und als er genauer hinsah, glaubte er, die Flammen auflodern zu sehen und Schreie zu vernehmen.

Er hielt Verceray an, zögerte, da er ja nicht auf seinem eigenen Grund und Boden war und es ihn wirklich nichts anging, wenn die Hütte irgendeines Leibeigenen Feuer fing. Dann aber überfiel ihn der Gedanke, daß es vielleicht Männer aus Harcourt waren, die dafür verantwortlich waren, und ohne viel zu denken, spornte er sein Pferd an und galoppierte über die Felder, die ihn von dem Tal hinter den Bäumen trennten.

Als er näher kam, hörte er wieder, und diesmal ganz deutlich, den Schrei eines gequälten Menschen. Gleich darauf ertönte Gelächter, das Raoul die Zähne zusammenbeißen ließ: Er kannte dieses Gelächter nur allzu gut. Er hatte es oft in seinem Leben gehört – so lachten nur Männer, die trunken im Blutrausch waren. Er gab Verceray nochmals die Sporen und dachte in seinem Zorn nicht einmal daran, was er tun würde, wenn er sich plötzlich von Feinden umgeben sähe.

Die Flammen loderten hoch auf, als Verceray den Abhang hinunterstürmte, und in dem höllischen Schein sah Raoul eine brennende Hütte und Männer in ledernen Wämsern, die Fackeln schwangen. Ein Schwein rannte quiekend aus dem brennenden Haus in den Hof; einer der Männer lief ihm schreiend nach und stieß ihm eine Lanze in den Rücken. An einem Baumstamm hing, an den Händen gebunden, ein Bauer, offenbar der Besitzer des niedergebrannten Hauses; sein Wams war zerrissen, sein Rücken blutete. Sein Kopf war schlaff auf die Schultern gesunken und auf seinen grauen Lippen stand Schaum. Zwei Bewaffnete schlugen ihn mit ihren Sattelgurten, während ein anderer danebenstand und eine arg zugerichtete Frau an den Armen festhielt. Sie schien halb wahnsinnig zu sein; ihr Kleid war zerfetzt, das Haar, nicht mehr von der Haube zusammengehalten, hing ihr wirr übers Gesicht. Gerade in dem Augenblick, in dem sich Raoul auf die Gruppe stürzte, schrie sie laut, daß man ihren Mann doch um Gottes willen nicht umbringen solle, er würde seine Tochter ja holen, ganz wie es der edle Herr befahl.

Man ließ sie los, und der Mann, der auf einem riesigen gescheckten Roß saß und kaltblütig alles beobachtete, rief seinen Dienern zu, noch zu warten, bevor sie ihr Opfer endgültig fertigmachten – vielleicht würde die Frau ihr Wort halten.

Raoul riß Verceray so heftig zurück, daß sich das Pferd auf den Hinterbeinen aufbäumte. Er fuhr herum und starrte den Mann auf dem Schecken an: »Was ist das für eine Schandtat?« keuchte er. »Du Hund, Gilbert, du bist das also!«

Gilbert hatte seinen Bruder offensichtlich nicht erwartet. Er trabte auf Verceray zu und fragte grinsend: »Hola, wo kommst du denn so plötzlich her?«

Raoul war weiß vor Wut. Er ritt ganz nahe an Gilbert heran und sagte leise: »Was hast du da getan, du Teufel? Warum das? Ruf deine Schergen zurück! Ich befehle es dir!«

Gilbert lachte. »Was geht denn dich das an?« fragte er verächtlich. »Du lieber Himmel, bist du aber zornig! Weißt du denn nicht, du dummer Träumer, daß das keiner von unseren Männern ist?« Er wies auf den gefesselten Bauern, als ob dies alles erklärte.

»Laß ihn los!« befahl Raoul. »Laß ihn los, Gilbert, oder, bei Gott und der Heiligen Jungfrau, es wird dir übel ergehen.«

»Aber natürlich«, wiederholte Gilbert. »Wenn die alte Hure ihre Tochter bringt, lasse ich ihn vielleicht los, aber vorher sicher nicht. Bist du denn wahnsinnig geworden?«

Raoul erkannte, daß weitere Reden keinen Sinn hatten. Schweigend wandte er sein Pferd, ritt zu dem Gefangenen, zog sein Messer aus dem Gürtel und wollte das Seil zerschneiden, mit dem der Mann gebunden war.

Als Gilbert erkannte, daß Raoul es ernst meinte, hörte er zu lachen auf und schrie zornig: »Zurück, du junger Narr! Weg von meiner Beute! Ihr da – reißt ihn vom Pferd!«

Einer der Männer wollte dem Befehl gehorchen. Raoul zog den rechten Fuß aus dem Steigbügel und trat dem Mann mit voller Wucht ins Gesicht, so daß dieser zu Boden fiel. Kein einziger wagte es mehr, die Hand gegen Raoul zu erheben, denn wenn sie auch Gilberts eigene Leute waren, wußten sie doch, welche Achtung sie den anderen Söhnen Huberts von Harcourt schuldig waren.

Als Raoul bemerkte, daß er keinen weiteren Angriff zu befürchten habe, beugte er sich rasch nieder und schnitt das Seil durch, welches den Bauern an den Baum fesselte. Der Mann war entweder schon tot oder ohnmächtig; seine Augen waren geschlossen, sein Gesicht unter einer Blutkruste grau. Als das Seil nachgab, fiel er wie ein Stein zu Boden und blieb wie tot liegen.

Gilbert war Raoul wütend nachgesprengt; als er sah, wie geschickt sein Bruder den Diener niedergestreckt hatte, erheiterten sich seine Züge, und statt zu fluchen und zu toben, wie es sonst seine Angewohnheit war, schlug er Raoul grinsend auf die Schulter und rief: »Bei Gott, das war gelungen, Bürschchen! Ich hätte nie geglaubt, daß soviel in dir steckt. Aber du siehst die Sache ganz falsch. Der dreckige Schurke hat die ganze letzte Woche seine Tochter vor mir versteckt, und ich habe ihn wirklich halbtot schlagen müssen, daß er die Dirne herausgibt.«

»Nimm deine schmutzigen Hände von mir!« erwiderte Raoul. »Gäbe es in der Normandie auch nur ein wenig Gerechtigkeit, ich würde dich hängen lassen, du Hund!« Er glitt von Vercerays Rücken und beugte sich zu dem Bauern nieder. »Ich glaube, er ist tot.«

»Dann gibt es eben eine lausige Kreatur weniger«, meinte Gilbert. »Und sprich nicht so unverschämt mit mir, mein Bruder Hochwürden, oder ich werde dich ein wenig in die Schule nehmen – und das wird dir nicht gefallen!« Seine Miene hatte sich wieder verdüstert, aber in diesem Augenblick erschien die Frau mit ihrer Tochter, und bei ihrem Anblick vergaß er Raouls kühne Worte. »Aha!« rief er, »weit weg war sie also nicht!« Er sprang vom Pferd und blickte den beiden Frauen mit gerötetem Gesicht und lüsternem Blick entgegen. Die Mutter schleppte das Mädchen am Arm heran, aber dieses weinte, wehrte sich und wandte sein hübsches Gesicht ab, als fürchte es die Blicke, die es so gierig musterten. Sie war sehr jung und sehr verstört und rief immer wieder leise nach ihrem Vater, daß er ihr doch helfen möge. Dann fiel ihr entsetzter Blick auf die leblose Gestalt am Boden, und sie stöhnte wild auf. Gilbert riß sie an sich und preßte sie an seinen Körper. Seine Blicke verzehrten sie, während sie zitternd vor ihm stand. Er umfaßte ihren Hals und begann sie überall zu streicheln. Sie wollte zurückfahren, aber er hielt sie um so fester und riß ihr plötzlich das Gewand von den Schultern. »Nun, mein scheues Vögelchen«, murmelte er mit belegter Stimme, »bist du endlich ins Netz gegangen? Du gefällst mir sehr, weißt du das?«

Etwas bewegte sich hinter ihm. Gilbert wollte sich aufrichten, kam aber etwas zu spät, um Raoul abzuwehren. Der Schlag traf ihn unvorbereitet und wurde mit aller Kraft geführt, so daß er und das Mädchen gemeinsam zu Boden stürzten. Das Mädchen raffte sich auf und rannte zu ihrem Vater, während sich Gilbert mühsam aufrichtete und Raoul wutentbrannt anstarrte.

Raoul hatte das Schwert gezogen und zum Stoß erhoben. »Bleib liegen«, fuhr er seinen Bruder an. »Ich habe dir etwas zu sagen, bevor ich dich gehen lasse.«

»Du«, keuchte Gilbert. »Du Nichts! Du frecher Welpe! Bei Gott, wenn ich dir dafür nicht den Schädel einschlage!«

»Das kannst du halten, wie du willst«, gab Raoul zurück, »aber im Augenblick würde es dir nicht sehr gut bekommen, wenn du auch nur einen Finger rührst. Und bedeute dem Gesindel, das deine Leibwache ist, daß es stillhalten soll, bis ich dir gesagt habe, was zu sagen ist.« Als Gilbert wieder zu fluchen begann, fuhr er mit unbewegter Stimme fort: »Es ist, glaube ich, besser, wenn du tust, was ich sage, denn im Augenblick ist mir sehr danach zumute, dich wie ein Schwein abzustechen.«

»Mich abstechen? Was – was – bei der Heiligen Jungfrau, der Bursche ist ja wirklich verrückt geworden!« stieß Gilbert fassungslos hervor. »Laß mich endlich aufstehen, du kleiner Narr! Dafür bekommst du schon deine Prügel!«

»Zuerst schwörst du mir, daß du das Mädchen in Frieden läßt«, sagte Raoul. »Und dann entscheidet der bessere von uns.«

»Das Mädchen soll ich in Frieden lassen, nur weil du es sagst? Du forderst mich ja zum Äußersten heraus!« rief Gilbert. »Was hast denn du mit ihr zu tun, du Heiliger?«

»Nichts. Habe ich es not, mit Leibeigenen zu huren? Wenn du jetzt nicht schwörst, dann schlag ich dich tot. Ich zähle bis zwanzig und warte keinen Augenblick länger.«

Als die Achtzehn ausgesprochen wurde, hörte Gilbert zu fluchen auf und murrte zögernd einen Eid. Raoul ließ das Schwert sinken. »Wir werden jetzt zusammen nach Hause reiten«, sagte er und behielt die Schwerthand seines Bruders scharf im Auge. »Steig auf, du hast hier nichts mehr verloren.«

Gilbert zögerte einen Moment, umklammerte den Griff seines Schwertes krampfhaft, doch setzte Raoul dem allen ein Ende, indem der seinem Bruder den wehrlosen Rücken zuwandte. Nachdem sich Gilberts anfänglicher rasender Zorn gelegt hatte, erkannte er nur zu gut, daß er das Schwert nicht gegen seinen jüngeren Bruder ziehen konnte, wenn dieser es nicht erwartete. Raouls Benehmen hatte ihn derart verwirrt, daß er wie im Traum sein Pferd bestieg und in seiner langsamen Art versuchte, sich auf das Geschehen einen Reim zu machen. Sein Blick fiel auf die höhnisch grinsenden Gesichter seiner Männer, und rot vor Wut fuhr er sie an, aufzusteigen und ihm zu folgen. Ohne abzuwarten, was Raoul tun würde, gab er seinem Pferd die Sporen und verschwand im Galopp unter den Bäumen.

Der Bauer war wieder zu Bewußtsein gekommen und lag stöhnend zu Raouls Füßen. Die Frau, die neben ihm kniete, sah verschreckt zu dem jungen Herrn auf. Sie wußte, daß er von Adel war, und mißtraute ihm daher, konnte sie doch nicht glauben, daß er aus reiner Ritterlichkeit für sie eingetreten war.

Raoul zog seine Börse aus dem Gürtel und ließ sie neben den Bauern fallen. »Da hast du was, das dir dein Haus ersetzen soll«, sagte er verlegen. »Ihr braucht keine Angst mehr zu haben – er wird nicht mehr zurückkommen, das verspreche ich euch.«

Er faßte Verceray beim Zügel, sprang in den hochlehnigen Sattel, nickte der älteren Frau kurz zu und ritt den Leuten Gilberts nach.

Als er sich der Feste Harcourt näherte, standen die ersten Sterne am Himmel, und die Dämmerung war grau und undurchsichtig eingefallen. Die Zugbrücke war noch unten, und die Wache hielt Ausschau nach ihm. Er ritt in den großen Hof, überließ Verceray einem der Knechte, ging zum Hauptgebäude und lief rasch die Treppe an der Außenseite hinauf, die in die große Halle führte.

Wie er es erwartet hatte, war Gilbert schon da und berichtete seinem Vater wütend von dem Vorgefallenen, während Eudes rittlings auf einer Bank saß und vor Lachen brüllte. Raoul schlug die Tür hinter sich zu, warf den Mantel ab und wandte sich zu den anderen. Sein Vater hatte die Stirn gerunzelt, doch eher aus Erstaunen denn aus Zorn. »Was Feines hast du da angerichtet!« sagte er. »Was hast du dazu zu sagen, mein Junge?«

»Nur eines«, sagte Raoul und trat in den Lichtkreis, den die Kerzen auf den Tisch warfen. »Daß ich schon zu lange müßig zu Hause gesessen bin und die Augen vor dem verschlossen habe, was ich nicht ändern konnte.« Er blickte Gilbert an, der zornschnaubend an der anderen Seite des Tisches saß, und dann Eudes, der noch immer vor sich hinkicherte. »Jahr um Jahr geschehen solche Scheußlichkeiten wie die, deren Zeuge ich heute wurde. Männer wie Gilbert und Eudes verwüsten die Normandie, nur um ihre Gelüste zu befriedigen, ohne sich um das Wohl unseres Herzogtums zu scheren.« Er lachte auf, als er bemerkte, wie ihn Eudes mit weitaufgerissenem Mund ungläubig anstarrte, und wandte seinen Blick wieder dem verwunderten Gesicht seines Vaters zu. »Ihr habt mir ein Schwert gegeben, Vater, und ich habe geschworen, es gut zu nutzen. Bei Gott, diesen Schwur will ich halten, und das Schwert für die Normandie und die Gerechtigkeit schwingen. Seht her!« Er riß das Schwert noch im Sprechen aus der Scheide, nahm die Klinge in seine Hände und wies auf die Runen, welche in diese eingegraben waren. Die Kerzenflamme zitterte im Lufthauch auf und warf ein flackerndes Licht auf den glänzenden Stahl.

Hubert beugte sich vor, um die Runen zu entziffern, schüttelte aber ob der fremden Schrift verständnislos den Kopf. »Was bedeutet das?« fragte er. »Ich habe es nie gewußt.«

»Unser gelehrter Bruder weiß es sicher«, höhnte Gilbert.

»Ja, ich weiß es«, antwortete Raoul. »In unserer Sprache, Vater, bedeutet es: *Le bon temps viendra.*«

»Das heißt doch gar nichts«, meinte Eudes enttäuscht.

Raoul blickte ihn an. »Das bedeutet sehr viel«, sagte er. Er stieß das Schwert wieder in die Scheide zurück. »Die guten Zeiten werden kommen, wenn man die, die sich wie Räuber aufführen, nicht mehr ungestraft ziehen läßt.«

Hubert sah Gilbert erschrocken an. »Um Himmels willen, ist der Junge denn verrückt geworden? Was soll denn das ganze Gerede? Es hat doch überhaupt keinen Sinn, sich wegen ein paar lumpiger Leibeigenen so zu erregen! Ich will ja nicht behaupten, daß Gilbert im Recht war, aber du hast das Schwert gegen ihn gezogen, und das ist eine böse Sache und ist Grund genug für ihn, sich über dich zu beklagen.«

»Was das anlangt«, knurrte Gilbert, »bin ich Manns genug, mich durchzusetzen, und, glaubt mir, ich zürne diesem dummen Grünschnabel nicht mehr. Ich bin recht froh zu sehen, daß doch echtes Blut in seinen Adern fließt und nicht Wasser, wie ich bis jetzt immer geglaubt habe. Aber in Zukunft will ich ihn schon sehr bitten, sich nicht in meine Angelegenheiten zu mischen.«

»In Zukunft«, sagte Raoul, »wirst du die Hände von dem Mädchen lassen, Gilbert. Haben wir uns da recht verstanden?«

»Ach ja?« erwiderte Gilbert mit neu aufsteigendem Zorn. »Und du glaubst, daß ich deinen Befehlen so mir nichts, dir nichts folge?«

»Nein«, sagte Raoul und lächelte plötzlich, als bräche die Sonne hinter Sturmwolken hervor, »aber ich breche am Morgen nach Beaumont-le-Roger auf, und vielleicht hörst du statt auf mich auf unsern Herrn.«

Gilberts Hand fuhr an den Griff seines Dolchs. »Du verräterischer Schuft!« stieß er hervor. »Du willst mich wieder in Acht und Bann bringen?«

Hubert schob ihn zurück. »Genug davon!« sagte er. »Raoul wird nichts berichten, aber wenn Roger de Beaumont von deinen Überfällen hört, wird es dir übel ergehen. Es muß ein Ende damit haben. Und was den Jungen anlangt, so ist er jetzt zornig und wird sich nach dem Essen wieder beruhigen.«

»Aber was soll denn das ganze Gerede von Gerechtigkeit und vom Wegreiten aus Harcourt?« wollte Eudes wissen. »Was hat der Junge denn damit gemeint?«

»Nichts«, sagte Hubert. »Es ist nicht so ernst, daß er sein Heim deshalb verlassen muß, und wenn sie gegessen haben, werden sie sich die Hände reichen und vergessen, was heute geschehen ist.«

»Nur allzu gern«, antwortete Raoul rasch. »Aber mit Eurer Erlaubnis, Vater, möchte ich morgen doch nach Beaumont-le-Roger reiten.«

»Weshalb denn das?« fragte Hubert. »Was willst du dort tun?«

Raoul blieb einen Augenblick still und starrte in das flakkernde Licht der Kerzen. Dann hob er den Blick, sah seinen Vater an und begann mit ganz anderer Stimme, ernst und zögernd: »Vater, Ihr und meine Brüder habt mich immer verlacht, weil ich in Euren Augen ein Träumer bin. Vielleicht habt Ihr recht und ich tauge zu nichts anderem, aber meine Träume sind nicht so schlecht, glaube ich. Seit Jahren träume ich davon, daß in unserer Normandie Gerechtigkeit einzieht, Recht und Gerechtigkeit, die es unmöglich machen, daß nach Lust und Laune geplündert und gemordet wird. Ich habe davon geträumt, daß vielleicht einmal ein Mann aufsteht und den Willen und die Macht hat, Ordnung in unserem Herzogtum zu schaffen. Für diesen Mann möchte ich kämpfen.« Er hielt inne und sah seine Brüder mit plötzlicher Scheu an. »Ich habe früher gehofft, daß dieser Mann unser Herr von Beaumont sein wird, denn er ist gerecht; und dann wieder dachte ich an Raoul de Gacé, da er doch Regent der Normandie war. Aber diese konnten es natürlich nicht sein. Es gibt nur einen, der die Macht hat, die Barone im Zaum zu halten. In seinen Dienst möchte ich treten.«

»Gelehrter Unsinn«, sagte Eudes und schüttelte den Kopf. »Das taugt nichts!«

»Beim Himmel, was sich dieser Knabe doch alles einbildet!« rief Hubert. »Und wer soll dieser großartige Mann sein?«

Raouls Gesicht erheiterte sich. »Kann es denn ein anderer als der Herzog selbst sein?«

Gilbert brach in lautes Gelächter aus. »Der junge Bastard! Ein Knabe, kaum älter als du selbst! So etwas Verrücktes! Es nähme mich sehr wunder, wenn er auch nur seinen Adelstitel behält, glaub mir das!«

Raoul lächelte leise. »Ich habe ihn nur ein einziges Mal gesehen. Damals ritt er an der Spitze seines Gefolges in Evreux ein, und Raoul de Gacé hielt sich zu seiner Rechten. Ich habe sein Gesicht gesehen, als er an mir vorbeiritt, und da kam mir der Gedanke, daß er der Mann ist, von dem ich immer geträumt habe. Ich glaube nicht, daß er – irgend etwas verlieren wird.«

»Dummes Gerede«, unterbrach ihn Hubert ungeduldig. »Wenn ein niedriggeborener Knabe von neunzehn Jahren der Normandie seinen Willen aufzwingen will, dann wäre das wunderbarer als alles, von dem du je geträumt hast. Es hat schon genug Unruhe gegeben, als er noch nicht großjährig war, aber wenn es stimmt, daß er seine Vormünder weggeschickt hat, dann werden wir bald heitere Dinge erleben.« Er schüttelte wieder den Kopf und murrte noch weiter über die Narretei, einen Bastard zum Herzog der Normandie zu machen, ein Kind, das noch nicht einmal acht Jahre alt war; und daß er ja von allem Anfang an gesagt hätte, es würde böse enden, wenn Herzog Robert der Prächtige zu dieser verrückten Pilgerfahrt aufbräche. Ein bartloser Jüngling war nicht der richtige Herrscher für die Normandie, und wenn Raoul Frieden wollte – wie es jeder ehrliche Mann erhoffte –, dann sollte er sich besser nach einem neuen Herzog umsehen, einem, der den Baronen genehm wäre.

Eudes unterbrach ihn und fragte Raoul, ob er wirklich so dumm sei, sich dem Gefolge des Herzogs in Falaise anschließen zu wollen. Raoul antwortete nicht sofort. Als er es aber tat, sprach er so ernst, daß sogar Gilbert seinen Zorn vor Erstaunen vergaß. »Wohl ist er ein Bastard«, sagte er, »ein Bastard und noch sehr jung, aber seit dem Tag, an dem ich sein Gesicht sah, war es mein Wunsch, mich ihm anzuschließen und ihm zu folgen, vielleicht zu großen Taten, vielleicht in den Tod.« Er senkte den Blick. »Ihr versteht das nicht. Wahrscheinlich habt ihr ihn nicht gesehen. Er hat einen Blick, der mich zu ihm zieht. Ihm kann man vertrauen, ohne zu befürchten, verraten zu werden.« Er hielt inne, und als er sah, wie sie ihn anstarrten, errötete er und meinte verlegen: »Vielleicht erlaubt man mir gar nicht, ihm zu dienen. Ich hatte gehofft, daß Ihr mir das sagen könnt, Vater.«

Hubert schlug mit der Faust auf den Tisch. »Wenn du einem großen Herrn dienen willst, dann diene Roger de Beaumont!« sagte er. »Gott weiß es, ich habe nichts gegen den jungen Wilhelm – nein, und ich würde mich nicht Roger de Toeni gegen ihn anschließen, wie es dein dummer Bruder Gilbert getan hat –, aber es bedarf keines Propheten, um zu wissen, daß Wilhelms Tage in der Normandie gezählt sind. Weißt du denn nicht, du dummer Junge, daß von dem Tag an, an dem Herzog Robert – Gott sei seiner Seele gnädig – zu seiner Pilgerfahrt aufbrach, kein Frieden mehr in der Normandie war – und alles wegen dieses unehelichen Kindes, das man zum Herzog der Normandie gemacht hat? Was ist denn aus seinen Vormündern geworden? Alain von der Bretagne war der Erste, und was hat es ihm gebracht? Du warst ja selbst noch in den Windeln, als er in Vimoutiers an Gift starb, als der König von Frankreich in Argentan einmarschierte und die Feste von Tilliéres eroberte, die er bis zum heutigen Tag besetzt hält! Und hat es danach Frieden gegeben? Hat es Frieden gegeben, als Montgoméri den Seneschall Osbern im Zimmer des Herzogs selbst erschlug? Hat es Frieden gegeben, als Thorkill starb und Roger de Toeni gegen die Streitmacht des Herzogs focht? Wird es je Frieden geben, solange dieses Kind die Macht in der Hand hält? Du sprichst im Fieber, wenn du glaubst, deinen Ruhm im Dienst dieses unseligen Jungen zu finden!«

»Tue ich das wirklich?« gab Raoul zurück. »Könnt Ihr wirklich behaupten, daß unser Herzog so schlecht begonnen hat? Ihr sprecht von seiner Kindheit, aber ich glaube mich zu entsinnen, daß erst vor kurzem, als Toustain Got es wagte, dem Herzog im Schloß von Falaise zu trotzen, dieser kurzen Prozeß mit den Rebellen machte.«

»Ach was, De Gacé hat das Schloß im Sturmangriff für den Herzog erobert«, sagte Gilbert verächtlich. »Es scheint mir, daß du lauter Flausen im Kopf hast und dir eine Tracht Prügel guttäte.«

»Versuch's doch«, forderte Raoul ihn auf. »Ich kann dir versprechen, daß ich dich gern beim Wort nehme.«

»Hört auf damit!« fuhr Hubert dazwischen. »Der Junge wird bald sehen, was für einen Fehler er macht. Soll er in die Dienste des Herzogs treten, wenn es unser Herr so einrichten kann. Wenn ich recht behalte und er enttäuscht zurückkommt – ja, dann wird er noch immer einen Platz an meiner Tafel finden. Behält er recht, und der Herzog gleicht seinem Vater, dann ist es für uns alle zum besten bestellt. Aber jetzt reicht euch die Hände und vergeßt euren Streit.«

Wenn Hubert in diesem Ton sprach, so war sein Wort Gesetz. Gilbert und Raoul reichten einander die Hände, mit so viel Fassung wie sie nur aufbringen konnten. Eudes saß noch immer schweigend da und dachte mit gerunzelter Stirn über das Gehörte nach, so lange, bis er glaubte, alle Fragen zu seiner Zufriedenheit gelöst zu haben, und wichtigtuerisch meinte: »Ich verstehe es jetzt. Raoul hat den Herzog gesehen, er hat ihm gefallen, und daher hat er es sich in den Kopf gesetzt, daß er unter seinem Banner dienen will. Kind will zu Kind.«

»So sei es«, erklärte Hubert. »Ich glaube nicht, daß es was bringen wird, aber es wird auch nichts Schlechtes dabei herauskommen. Er soll seinen Willen haben.«

2

Die Halle des Schlosses von Falaise war mit Stroh bestreut, die Wände mit Tapisserien behängt; zur Essenszeit wurden lange Tische mit Bänken und Schemel aufgestellt, auf denen sich der Hofstaat niederließ. Nur dem Herzog stand ein geschnitzter, hochlehniger Stuhl mit Armstützen zu; seine Adligen hatten das Anrecht auf einen Schemel, die Ritter und Edlen aber drängten sich auf den Bänken entlang der Tische, die bis ans Ende der Halle reichten. Ein offenes Feuer prasselte in der Mitte des Raumes; daneben lagen einige Hunde, die schläfrig in die heiße Glut blinzelten. Andere Hunde strichen um die Tische, warteten auf Abfälle und rauften um die Knochen, welche ihnen ihre Herren zuwarfen.

Raoul schien die Halle vor Menschen überzuquellen, denn er hatte sich auch nach drei Monaten noch nicht an das Leben bei Hof gewöhnt. Die Tapisserien hielten jeden Luftzug ab, die Luft war dumpf, und der Geruch von Hunden, Rauch und Braten war überall zu spüren. Am Hochtisch saß der Herzog in seinem Stuhl, zwischen den einzelnen Gängen spielten und sangen Minnesänger, und Galet, der Hofnarr, riß seine Possen und erzählte schlüpfrige Geschichten, daß die Barone um den Herzog vor Lachen brüllten. Der Herzog lächelte manchmal und verzog einmal drohend das Gesicht, als Galet einen Witz über die Keuschheit des neuen Königs von England riß. Dieser König war Eduard, der Sohn Ethelreds, der bis vor zwei Jahren zu Gast in der Normandie und ein Freund des jungen Herzogs gewesen war. Am meisten beschäftigte sich der Herzog jedoch mit seinem Falken, den er von der Stange hinter seinem Stuhl genommen hatte und auf dem Handgelenk hielt. Es war ein wilder Vogel, dessen Klauen sich in seine Hand gruben, wenn er ihn neckte, und dessen helle, grausame Augen wachsam über dem scharfen Schnabel funkelten.

»Ein prachtvoller Vogel, Beau Sire«, sagte Hugh de Gournay. »Man sagt, daß er niemals sein Ziel verfehlt.«

Wilhelm strich dem Falken sanft über das Gefieder. »Niemals«, antwortete er, ohne den Kopf zu wenden.

Hörnerklang am Ende der Halle verkündete, daß der Kopf des Ebers aufgetragen wurde, desselben Tieres, das der Herzog zwei Tage zuvor im Wald von Gouffers erlegt hatte. Der Kopf war auf einer großen silbernen Schüssel angerichtet und wurde zum Hochtisch hinaufgetragen. Einer der Haushofmeister begann ihn zu zerlegen, und die Diener liefen mit den an Spießen steckenden Fleischstücken zu den Gästen, um sie zu bedienen.

Am andern Ende der Halle, wo die weniger bedeutenden Gäste saßen, war der Lärm besonders groß. Man beschäftigte sich ausschließlich mit dem geplanten Besuch des Herzogs im Côtentin. Er wollte nach Valognes, um dort Bären zu jagen, und würde nur ein ganz kleines Gefolge mitführen, da die dortige Unterkunft nicht einmal einen so kleinen Hofstaat wie den von Falaise aufnehmen konnte.

Einige der Barone würden den Herzog begleiten, außerdem eine Leibwache, bestehend aus Rittern und Gewappneten unter der Führung von Grimbauld du Plessis, einem finsteren Mann, dessen Lippe durch eine Narbe aus einem vergangenen Scharmützel entstellt war. Er gehörte zum persönlichen Gefolge des Herzogs und saß neben Raoul am Tisch nahe der Eingangstür. Raoul wußte nur von zwei Herren, welche den Herzog begleiten sollten, von Humphrey de Bohun, dessen Besitz an der Grenze zum Côtentin lag, und von Guy, einem jüngeren Sohn aus dem Hause Burgund, der zur Rechten des Herzogs saß.

Guy war nur wenig älter als Wilhelm, dessen Vetter er war; beide waren gemeinsam im Palast von Vaudreuil erzogen worden. Er war ein hübscher Junge, doch zeigte er, daß er sich seiner Anziehungskraft nur allzu bewußt war. Raoul erschienen seine Augen mit den langen Wimpern zu weibisch, und Guys Lächeln ließ einem Mann bald übel werden. Guy war elegant und lässig, bildete sich viel auf seine Bedeutung ein, versuchte aber auch, mit allen freundschaftliche Beziehungen zu pflegen. Raoul zog einen strengeren, weniger zugänglichen Fürsten vor, der sich nicht so leicht gewinnen ließ. Er blickte von Guy zum Herzog und wunderte sich wieder einmal über diesen schweigsamen jungen Mann, dem er Treue geschworen hatte.

Obwohl er nun schon drei Monate in seinen Diensten stand, war er kaum noch mit dem Herzog in Berührung gekommen und wußte nur das von ihm, was auch alle Welt zu sehen bekam. Es war unmöglich zu erraten, was hinter Wilhelms Stirn vorging. Seine Augen standen weit auseinander und ähnelten denen des Falken, nur waren sie so dunkel, daß sie manchmal ganz schwarz wirkten. Ein inneres Feuer brannte in ihnen, und es schien, als wären sie immer wachsam, selbst wenn der Blick verschleiert war. Wilhelm blickte jeden Menschen gerade und durchdringend an, und Raoul war sicher, daß jeder, der vor dem Herzog etwas zu verbergen hatte, unter der Tortur dieses harten Blickes gestehen würde.

Die Adlernase des Herzogs gab ihm einen kühnen, beherrschenden Ausdruck. Sein Mund war klar geschnitten, die Lippen wohlgeformt und von einem etwas sarkastischen Lächeln umspielt. Dieser Mund konnte manchmal unerwartet freundlich lächeln, doch in der Ruhe wirkte er grimmig. Wilhelm hielt die Lippen fest aufeinandergepreßt, als müsse er ein Geheimnis verbergen, doch zitterten seine Mundwinkel, wenn er in Zorn geriet. Dann erkannte man, welche Leidenschaften in diesem Mann schlummerten, fast immer beherrscht, aber unter äußerster Anspannung nicht mehr zu zügeln und alles mitreißend und zerstörend: Güte, Gerechtigkeit, Klugheit.

Wilhelm hatte einen stämmigen Körper. Die schlanke, hohe Gestalt seines Vaters und die untersetzte Figur seiner bürgerlichen Mutter waren in ihm seltsam vereint; die Stämmigkeit war nicht das Erbteil Robert des Prächtigen.

Wilhelms Hände waren kräftig und breit, obwohl seine Finger lang und schlank waren: es waren die kräftigen Hände eines Arbeiters.

So jung Wilhelm auch noch war, er besaß schon jetzt große Ausdauer und Stärke. Müdigkeit schien ihm unbekannt zu sein; er schlug den unermüdlichsten seiner Ritter zu Pferd, und sein Angriff im Turnier hatte sogar Hugh de Grantmesnil, den berühmtesten Streiter der Normandie, aus dem Sattel geworfen. Er war ein fanatischer Jäger, Falkner und jeder Art von ritterlicher Übung zugetan. Raoul hatte selbst gesehen, wie er in vollem Galopp einen Pfeil ins Schwarze gesetzt hatte, und man behauptete auch, daß niemand außer dem Herzog selbst dessen Bogen spannen könne.

Eine Stimme unterbrach Raouls Gedankengänge. Er wandte sich um und sah, daß ein ihm gegenübersitzender Mann wissen wollte, ob auch Raoul zu jener kleinen Gruppe gehöre, die ins Côtentin aufbrechen würde. Er antwortete schüchtern, daß er gehört habe, wie der Seneschall, Fitz-Osbern, seinen Namen in diesem Zusammenhang genannt habe.

»Na, dort wird es ja eine prächtige Jagd geben«, meinte der andere, während er ein Stück Brot in den Bratensaft auf seinem Teller tunkte.

Es schien Raoul, als wäre Grimbauld du Plessis bei dieser Bemerkung zusammengefahren. Hinter seinem Sitz erhob sich plötzlich ein krächzendes Gelächter, und als er sich umdrehte, sah er den Narren, der sein Zepter liebkoste. »Ja, ja, die Ritter des Herzogs werden eine wilde Jagd veranstalten«, grinste Galet. Er schmiegte das Zepter an die Wange. »Mein Kleines, danke Gott, daß du sicher an Galets Gürtel hängst!«

Grimbaulds Züge verdüsterten sich; er fuhr mit der Hand nach Galets dünnem Arm, packte den Narren und zwang ihn in die Knie. »Törichter, was sagst du da?«

Galet verrenkte die Glieder und begann zu jammern. »Tut dem armen Galet nichts! Ich hab doch nur gesagt, Ihr werdet in Valognes eine gute Jagd haben.« Er blickte Grimbauld listig an und verfiel wieder in sein dümmliches Lachen. »Ihr werdet wohl einen edlen Hirschen in guter Gesellschaft jagen, Vetter? Ich glaube aber eher, Ihr werdet einen listigen, schlauen Fuchs finden!«

»Fort mit dir, du bist ein Schurke!« Grimbauld stieß ihn weg, daß er ins Stroh fiel. Galet wand seine verkrüppelten Glieder und heulte wie ein Hund. Einer der Pagen, der durch die Halle eilte, stolperte über ihn und stürzte, wobei die Silberschüssel, die er trug, mit lautem Klirren zu Boden fiel.

Galet schüttelte den unförmigen Kopf und stöhnte: »So hohe Herren werden von einem Narren zu Fall gebracht!« Er klaubte eilig die Reste des Eberkopfes auf und hinkte zum Feuer.

»Dem Narren gehören Prügel!« sagte Grimbauld, wandte sich aber wieder seinem Teller zu und stopfte die Fleischstücke mit seinen dicken Fingern gierig in den Mund.

Raouls Blick war dem Narren gefolgt. Er beobachtete neugierig und gedankenvoll, wie sich Galet neben einem der Hunde niederwarf und seine unsinnigen Reden in das aufmerksam gespitzte Ohr des Tieres flüsterte. Galet schüttelte die Glöckchen seiner Narrenkappe, murmelte vor sich hin und blickte mit viel Verrenkungen um sich. Als er sah, daß Raoul ihn beobachtete, lächelte er sein trauriges, närrisches Lächeln und begann, sich mit verschränkten Armen auf dem Boden zu wälzen. Raoul fragte sich, was für wirre Gedanken dem Narren durch den Kopf gingen. Er warf ihm ein Stück Fleisch zu, und Narr und Hund fielen gemeinsam darüber her, beide knurrend und mit gefletschten Zähnen.

Am Hochtisch zeigte sich Bewegung und ließ sie alle aufsehen. Der Herzog hatte sich erhoben und war auf die Wendeltreppe zugegangen, die zu der Galerie und den oben liegenden Gemächern führte. Er war stehengeblieben, um sich seinem Vetter Burgund zuzuwenden, der ihm in seiner vertraulichen Art auf die Schulter geklopft hatte. Der Falke saß noch immer auf seinem Handgelenk, und noch immer strich er gedankenverloren über dessen Gefieder, aber seine Augen blickten Guy an – reglos, ohne zu lächeln. Ein Sonnenstrahl, der durch eines der hochgelegenen Fenster fiel, zauberte einen Goldschleier auf sein lockiges schwarzes Haar und spiegelte sich in dem Ring wider, den er am Finger trug. Sein Onkel Walter, ein ruhiger Mann in mittleren Jahren, stand wartend neben ihm.

»Seht Euch doch den Sproß des edlen Gerbers an!«

So leise kamen diese Worte, daß Raoul sie kaum vernahm. Grimbauld war es, der sie gesprochen hatte, und als Raoul herumfuhr, sah er, wie die narbige Lippe hohnvoll verzogen war. Es taugte nichts, solchem Geschwätz zuviel Beachtung zu schenken. Seit dem Tag, an dem Raoul an den Hof des Herzogs gekommen war, hatte er sie gehört, diese versteckten Anspielungen auf die niedriggeborene Verwandtschaft des Herzogs: Walter, der Sohn des Gerbers Fulbert; Walters Sohn Wilhelm; und die Stiefgeschwister des Herzogs, Robert und Odo, Kinder Herlevas aus ihrer Ehe mit Herluin, Ritter von Conteville. Beide waren ebenfalls anwesend: Robert, wenige Jahre jünger als der Herzog, ein dicklicher Junge mit einem entschlossenen, ehrlichen Gesicht, und Odo, der Jüngere, mit hellen Augen und spitzer Zunge. Sie warteten neben ihrem Vater am Ende des Tisches, aber der Herzog hatte sie auf seinem Weg zur Treppe angesprochen, und wiederum war Raoul ein vages Gemurmel des Unmuts nicht entgangen, so schwach, daß er nicht ausnehmen konnte, woher es kam.

Er stand noch immer neben der Bank, als der Herzog die Treppe emporstieg und Walter ihm folgte. Guy von Burgund schlenderte zu seinem Sitz zurück und befahl einem Diener, seinen Becher wieder zu füllen.

Es war still geworden, während der Herzog die Halle verließ, eine rätselhafte Stille voller eigenartiger Strömungen, die Raoul nicht verstand. Oben, am Tisch des Herzogs, wechselten zwei Barone flüchtige Blicke, als sie sich wieder niederließen. Von neuem überfiel Raoul ein Gefühl der Unruhe, fast als hätte er in diesem verstohlenen, rätselhaften

Blick Gefahr entdeckt. Das Glitzern in Grimbaulds schmalen Augen, mit denen er den Herzog beobachtete, ließ Raoul den Atem anhalten. Irgend etwas in der unheimlichen Konzentration Grimbaulds verstörte ihn, ließ ihn in einer Angst erzittern, die er nicht verstand.

Zwei Tage später machte sich die Jagdgesellschaft auf den Weg, geführt von dem Herzog, neben dem der Burgunder ritt. Er hatte Geschäfte in Bayeux, und so ritt man am ersten Tag nur eine kurze Strecke nach Norden. Sie erreichten Bayeux zur Essenszeit und wurden vom Bischof sowie von Ranulf de Bricassart, Graf von Bessin, und etlichen anderen Adligen empfangen. Wieder überfiel Raoul ein Gefühl der Unruhe. Als er von Vercerays Rücken glitt und sah, wie der Herzog zwischen den Fremden zur Tür des Palastes schritt, hätte er schwören können, daß Gefahr in der Luft lag. Diese Ahnung war so heftig, daß er ein fast unstillbares Verlangen hatte, dem Herzog mit der lächerlichen Warnung nachzulaufen, nicht in dieser grauen Stadt mit ihren gewundenen Gäßchen und heimlichen Winkeln zu bleiben. Er unterdrückte dieses Verlangen, und gerade in dem Augenblick, in dem er seine Ängste verbannt hatte, sah er Galet auf seinem Maultier, der ihn so wissend angrinste, als hätte er alle Befürchtungen Raouls erraten.

»Narr, du läufst mir immer nach!« rief er verärgert.

Galet glitt von seinem Maultier. »Dann bin ich ja fast dein Gewissen, Vetter, und darum noch dümmer, als ich gedacht habe. Wo ist mein Bruder Wilhelm?« Er sah den Herzog im Tor des Palastes stehen und lachte schrill: »Lös mir das Rätsel, Vetter Raoul: Wer von denen dort ist der Wolf und wer das Schaf?«

Er zeigte auf die Gruppe um den Herzog und verzog höhnisch das Gesicht.

Raoul sah auf die, die Galet ihm gezeigt hatte. »Wahrlich, du hast recht. Sie sehen aus wie Wölfe, diese Männer.«

»Oh, was für einen klugen Jungen ich doch habe! rief deine Mutter, als du nach der Kerzenflamme griffst. Bruder Raoul, Bruder Raoul, hast du je die Geschichte vom Wolf im Schafspelz gehört?« Er stieß sein Narrenzepter in Raouls Rippen und lief dem Herzog schrill lachend nach.

In Bayeux war das Gefolge des Herzogs für die eine Nacht, die sie bleiben wollten, im Palast untergebracht. Als das Mahl vorbei und die Tische fortgeräumt waren, brachte man Decken und legte sie auf den Boden. Alle außer den hohen Adligen sollten dort schlafen. Die Hornlaterne am Fuß der Treppen warf nur einen schwachen Schein auf die ersten Stufen; dort, wo Raoul lag, erhellte die rote Glut des Feuers den Boden ein wenig.

Als er in der Mitte der Nacht aus unruhigem Schlummer erwachte, sah er einen Schatten auf der Treppe und richtete sich auf den Ellbogen auf. Im schwachen Licht erkannte er einen Buckel und die Umrisse des Kopfes auf einem zusammengefalteten Mantel. Am anderen Ende der Halle schnarchte irgendwer; der Mann neben Raoul wandte sich mit einem Seufzer grunzend um. Der Schatten auf der Treppe bewegte sich wieder, und der Schein der Laterne zeigte das Gesicht des Narren. Er kauerte an der Wand, und als der Lichtschein auf sein Gesicht fiel, sah Raoul seine hellwachen Augen.

Raoul warf den Mantel ab, mit dem er sich zugedeckt hatte, und stand, nur in Hemd und Beinkleidern, vorsichtig auf. Er tastete sich mit den Füßen vorwärts, um auf seinem Weg durch die Halle keinen der Schläfer zu wecken, und schaffte es auch, ungehört die Treppe zu erreichen.

Galet rief ihm flüsternd zu: »Ist dir dein Bett zu hart, Bruder?«

Raoul hatte einen Fuß auf die Stufen gesetzt und sah ihn ernst an. »Warum wachst du hier?« fragte er. »Ist dein Lager so hart, daß du nicht schlafen kannst?«

»Nein, nein, Galet ist ein guter Hund«, antwortete der Narr. Er schlug seine langen Arme um seinen Körper und blickte halb traurig, halb verschmitzt zu Raoul auf.

Raoul blickte über die Schulter, als ob er jemanden hinter sich erwartete. Er kniete nieder und flüsterte dem Narren ins Ohr: »Sprich! Was ist es, das du fürchtest?«

Galet grinste und schüttelte sich. »Nicht dich, Bruder.« Er streckte die Hand aus und berührte Raouls Knie mit seinem Narrenstab. »Nimm meinen Stab, du Narr. ›Ich fürchte mich nicht vor Schatten‹, sagte der Ziegenbock, als er einen Wolf im Dickicht lauern sah.«

Raoul packte ihn grob an der Schulter und schüttelte ihn. »Sprich endlich! Was für eine Gefahr droht?«

Der Narr rollte die Augen und streckte die Zunge heraus. »Ich bitte dich, schüttle dem armen Galet nicht das Hirn aus dem Kopf! Geh schlafen, Bruder; was für eine Gefahr sollte einem munteren Kalb wie dir drohen?«

»Keine. Aber du weißt etwas. Wer will dem Herzog übel?«

Der Narr kicherte leise und spöttisch vor sich hin. »Da war einmal ein Pfau, o Bruder, der im Park eines vornehmen Herrn lebte; und als man ihn immer wieder ob seiner Schönheit bewunderte, wurde er eitel, dünkte sich besser als sein Herr, der ihm Nahrung gab, und lebte in dem Wahn, daß er den edlen Herrn aus dem Park vertreiben und selber Herrscher sein könnte.«

Raoul nickte recht ungeduldig. »Das ist nichts Neues, Narr. Die ganze Normandie weiß, daß sich der Burgunder von Tag zu Tag mehr dünkt. Sonst ist nichts?«

Galet sah ihn verstohlen an. »Verschwörungen gibt es, Bruder, Verschwörungen – finstere Dinge geschehen.«

Raoul blickte nach oben. »Und du kannst ihn nicht warnen, du, der zu seinen Füßen sitzt?«

Der Narr fletschte die Zähne und lächelte bitter. »Hast du je versucht, den Reiher vor dem Falken zu warnen, Bruder?«

»Der Reiher braucht keine Warnung«, meinte Raoul stirnrunzelnd.

»Ja, ja, mein kleiner Wilhelm ist ein kluger Reiher«, murmelte Galet und begann, wie ein Idiot mit seinen Fingern zu spielen. »Und doch ist sein Schnabel gekrümmt. Hat auch der Reiher einen krummen Schnabel?«

»Ich habe genug von deinen Rätseln«, sagte Raoul und stand auf, da er in der kühlen Nachtluft fröstelte. »Paß gut auf. Vier Augen sehen vielleicht mehr als zwei.« Er schlich zu seinem Lager zurück und begann sich anzukleiden. Die Kettenglieder seines Panzers klirrten, als er ihn überzog, und der Mann neben ihm wurde unruhig und begann im Schlaf zu murmeln. Raoul gürtete sein Schwert um und band sich die Bänder um die weiten Beinkleider. Als er sich wieder zurück zur Treppe begab, war er völlig angezogen, es fehlte nicht einmal der Helm.

»Oh, was ist das für ein edler Ritter!« kicherte Galet. Er drängte sich zur Seite, um Raoul vorbeizulassen. »Wilhelm, mein Bruder, du hast treue Diener.« Er beobachtete Raoul, wie dieser die Treppe hinaufschritt. »Schlaf gut, Wilhelm«, murmelte er. »Er hat eine gute Spürnase, dein neuer Hund.«

Als die Morgendämmerung langsam ihre Lichtfinger in den Palast schickte, sah man schlafende Gestalten auf dem Boden hingestreckt, harte Gesichter, denen der Schlaf die Grimmigkeit genommen hatte, und Schwerter, die unbenützt neben den Schläfern lagen. Auf der Treppe hatte sich der Narr zu einem unruhigen Halbschlaf eingerollt, den Kopf in die Arme vergraben. Und vor einer geschlossenen Tür, die im Oberstock auf die Galerie führte, stand ein junger Ritter und hielt die Hände über der gezogenen Klinge verschränkt. Er stand ganz ruhig, aber als von unten ein Laut an sein Ohr drang, wandte er den Kopf, um besser zu hören, und faßte den Schwertgriff noch fester.

Das Licht wurde heller, und mit dem Aufgehen der Sonne mehrten sich die Geräusche. In der Küche machten sich die Küchenjungen ans Werk, und von draußen drangen die Geräusche der erwachenden Stadt in den Palast.

Mit einem Seufzer streckte Raoul die müden Glieder und verließ seinen Posten. Unten in der Halle schliefen die Männer noch, aber Galet war schon wach und klopfte ihm auf den Rücken. »Guter Hund, guter Hund, Raoul!« grinste er. »Da wird unser Herr Wilhelm dem Hündchen einen schönen Knochen geben – meinst du nicht auch?«

Raoul gähnte und rieb sich die Augen. »Narr, jetzt bei Tageslicht frage ich mich, ob ich vielleicht auch ein

Narr bin«, sagte er und trat hinaus in den hellen Sonnenschein.

An diesem zweiten Tag ritten sie gegen Westen, der Küste entlang, bis sie die Flüsse, welche das Bessin vom Côtentin trennten, überquert hatten. Danach führte sie ihr Weg nach Norden, durch unbebautes Land und weite Wälder. Ohne Erlaubnis des Herrschers errichtete Forts blickten von jedem Hügel auf sie herab, eine stets drohende Gefahr für den Frieden in der Normandie. Dieses Land erschien Raoul abweisend, ganz anders als seine eigene Provinz Evrecin.

Valognes selbst lag am Rand eines Waldes, und die Behausung, die man für den Herzog vorbereitet hatte, war kaum mehr als ein Jagdhaus, das leicht zugänglich und ohne jede Befestigung war. Neben der Halle gab es nur zwei Alkoven, die im ersten Stock in die dicken Mauern eingelassen waren, und um das Hauptgebäude standen in einem schäbigen Hof ein paar einfache Hütten aus Holz. In einer dieser Hütten wurden die wenigen Bewaffneten untergebracht; die zweite diente den Köchen, Küchenjungen, Dienern und Jägern des Herzogs zum Aufenthalt; und die dritte, etwas größere Hütte, wurde als Stall benutzt. Die Pferde, die den weniger Glücklichen gehörten, wurden unter einem einfachen Strohdach angepflockt. Hier mußte Raoul auch Verceray unterbringen. Wie in Bayeux bemühten sich die Ritter, sich in der Halle so gut wie möglich zum Schlaf einzurichten, aber Raoul, dessen Verdacht durch das, was er vom Land und den Leuten des Côtentin gesehen hatte, nicht entkräftet worden war, versuchte tagsüber, soviel wie möglich zu schlafen, und bezog jeden Abend, wenn man die Fackeln gelöscht hatte, seinen Posten vor der Tür des Herzogs, den er erst im Morgengrauen wieder verließ. Diese Nachtwache bereitete ihm auf seltsame Art Vergnügen. Das war wahrer Dienst am Herzog, und obwohl dieser nie etwas von seiner Treue wußte und ihn nie in der Masse bemerkte, war Raoul zufrieden und fühlte, daß diese langen, stillen Stunden seine Beziehung zu dem jungen Mann, der dank seiner Wache ruhig schlafen konnte, vertieften.

Der Herzog jagte Hoch- und Niederwild, setzte seinen Falken auf den Reiher an und führte alles, was er an Geschäften im Côtentin zu erledigen hatte, mit der Strenge und Eile durch, die seinen Adligen noch immer ungewohnt war. Die Art, wie er seine Angelegenheiten behandelte, schien Raoul meisterlich; wenig entging ihm, wenig überließ er dem Zufall. Doch wenn er so viel sah, wie konnte es dann geschehen, daß er die Anzeichen der Feindseligkeit, die überall um ihn herum waren, nicht bemerkte? Keiner konnte diese Zeichen mißdeuten: Die Barone der Provinz hielten sich fern; Männer seines eigenen Gefolges flüsterten heimlich miteinander, und wenn er ausritt, begleiteten ihn weniger Ritter als jene, die sich um den schönen Guy von Burgund scharten.

Man hätte denken können, daß dieser immer lächelnde Fürst der wahre Herrscher der Normandie sei. Sein Gefolge war groß, er stattete es königlich mit Samt und Geschmeide aus. Wilhelm gegenüber verhielt er sich mit einer Freundlichkeit, die sehr nach Gönnerhaftigkeit eines älteren Vetters schmeckte. Die Ritter scharten sich um ihn; und da er immer fröhlich war und eine offene Hand hatte, jubelte ihm auch das einfache Volk zu.

Raoul haßte ihn. Wenn er beobachtete, wie der Burgunder Wilhelm die Ritter abspenstig machte, wenn er hörte, wie er sich frech herzogliche Privilegien oder die Ehrenbezeigungen, die Wilhelm gebührten, anmaßte, dann kochte es in Raoul und er fragte sich, weshalb der Herzog dieses Benehmen duldete und diese herablassende Frechheit offenbar nie bemerkte. Es schien fast, als beherrschte die stärkere Persönlichkeit die schwächere, und doch konnte keiner, der den beiden ins Gesicht sah, Wilhelm für den Schwächeren halten.

Hier in Valognes verstärkte sich Raouls Abscheu gegen den Burgunder noch mehr und mischte sich langsam mit Mißtrauen. Es war kein Geheimnis, daß Guy Ansprüche auf den Thron der Normandie erhob, aber bis jetzt hatte es Raoul nie für etwas anderes als das Gemurre eines unzufriedenen jungen Mannes gehalten. So viele der großen Herren hatten sich gegen ihren niedriggeborenen Herzog gestellt, so viele hatten berechtigte Ansprüche auf seine Krone erhoben, daß es nicht ungewöhnlich war, wenn man in Guys Gefolge insgeheim behauptete, dieser und nicht Wilhelm wäre der wahre Herrscher der Normandie.

Jetzt aber war Raouls Mißtrauen geweckt, und er begann, Guy zu beobachten. Verdächtige Dinge geschahen; Raoul hatte gesehen, wie man Guy eine Mitteilung in die Hand gedrückt hatte, als ein Mann auf der Treppe ihn scheinbar versehentlich anstieß, und einmal war er oben im dunklen Gang einem Fremden begegnet. Der Mann war aus Guys Zimmer geschlichen wie einer, der nicht bemerkt werden wollte, und im Schein der Fackel hatte Raoul seine von der Reise staubbedeckten Kleider gesehen. Später traf er den Fremden wieder beim Mahl, wo dieser sich den Anschein gab, als wäre er ein ganz harmloser Besucher. Aber warum, fragte sich Raoul, hatte er dann heimlich mit Guy von Burgund zusammengesessen; und warum war er so verwirrt, als er Raoul am Gang getroffen hatte?

Dann ereignete sich im Wald ein Zwischenfall, der Raouls Mißtrauen hell auflodern ließ. Zusammen mit Guy, De Bohun, Grimbauld de Plessis und einigen Rittern und Jägern war Wilhelm auf die Bärenhatz gegangen. Raoul befand sich in der Gruppe und drängte sich so nahe an den Herzog, wie er nur konnte, denn beim Anblick der zweifelhaften Gestalten, aus denen sich die Jagdgesellschaft zusammensetzte, hatte ihn der Gedanke befallen, daß dieser düstere Forst der richtige Ort für eine finstere Tat wäre, plante man eine solche. Den ganzen Vormittag waren sie den Hunden auf der frischen Fährte gefolgt, unter riesigen Bäumen, durch verwachsenes Gebüsch, tiefer und tiefer in das Herz des unwegsamen Waldes. Die Hunde hatten sie zu ihrer Beute geführt, einem angriffslustigen Braunbären, und während ihn die Tiere umstellten und verbellten, hielten sich die Jäger am Rand der Lichtung, und nur der Herzog war ungeduldig und begierig, zum Streich auszuholen, der den Kampf beenden würde.

Die Hunde umsprangen den Bären, verbissen sich in seine Flanken und Tatzen und brachten ihn von abwartendem Lauern in wilde Wut. Er wehrte sich mit seinen großen Pranken und Zähnen. Eine der Hündinnen rollte mit gebrochenem Genick zur Seite; ein unvorsichtiger Spürhund, der dem Bären zu nahe kam, schleppte sich auf den Vorderpfoten zurück, eine lange Blutspur hinter sich lassend.

Wilhelm brannte darauf, daß der rechte Augenblick kam. Raoul hatte ihn kaum je so lebhaft gesehen. Seine Augen funkelten, er trieb die Hunde immer wieder an, stieß laute Jagdschreie aus und konnte sich kaum zurückhalten, selbst mit der wütenden Bestie zu kämpfen.

Als er die Gelegenheit gekommen sah, rannte er vor, faßte den Speer fest und stieß mit aller Wucht dort zu, wo der Hals an den Schultern des Tieres ansetzte. Es war ein gutgezielter Stoß, aber der Bär wandte sich plötzlich zur Seite und stürzte sich mit erhobenen Pranken auf einen der Hunde – so prallte der Speer an der Schulter des Tieres ab. Als die Spitze das Fell streifte, hörte man, wie der Schaft brach. Etwas wie ein Seufzer erhob sich in der Gruppe der Wartenden. Der Herzog fluchte laut, sprang zurück und warf die zerbrochene Waffe von sich. Und dann verfing sich sein Fuß in einem abgebrochenen Ast, der hinter ihm auf dem Boden lag. Er fiel schwer, und das Tier, das die Hunde abgeschüttelt hatte, stürzte sich auf ihn.

In diesem entsetzlichen Augenblick erkannte Raoul, noch während er über die Lichtung raste, um das Tier von Wilhelm abzulenken, daß keiner der Männer hinter ihm auch nur eine Bewegung gemacht hatte, um dem Herzog zu Hilfe zu kommen.

Er rannte wie ein Wahnsinniger. Ein Hund hatte sich wieder auf den Bären geworfen und in dessen Schulter verbissen, aber obwohl er die Bestie aufhielt, konnte er ihre Bewegung nur verlangsamen. Doch dieser Augenblick genügte Raoul, um sich zwischen Tier und den auf dem Boden Liegenden zu werfen. Wilhelm sprang auf und riß das

Jagdmesser aus dem Gürtel, aber es war Raoul, der den tödlichen Streich führte, tief und fest.

»Zurück, Beau Sire, zurück!« schrie er.

Der Bär schien zu stolpern und fiel dann schwer zu Boden. Blut quoll aus Maul und Nüstern und tränkte die Erde.

Jetzt eilten auch andere heran. Hatten sie wirklich gezögert, oder hatte Raoul sich das nur eingebildet? Während er mechanisch seinen Speer abwischte, sah er, wie Guy von Burgund Wilhelm liebevoll umarmte, und hörte ihn sagen: »O Vetter, warum hast du keinem anderen gestattet, sich dieser Gefahr auszusetzen? Bei Christus! Wenn die Bestie dich erreicht hätte!«

Raoul fühlte ein irres Verlangen, in Gelächter auszubrechen. Er verließ die Gruppe, noch benommen von dem Schock, seinen Herrn hilflos einem schrecklichen Ende ausgeliefert zu sehen, und außer Atem durch den rasenden Lauf. Mit zitternder Hand wischte er den Schweiß vom Gesicht und war wütend darüber, daß er sich so leicht aus der Fassung bringen hatte lassen. Dann sah er, wie Wilhelm den Burgunder wegschob, so wie man ein lästiges Hündchen zur Seite schiebt, und mit raschen, entschlossenen Schritten auf ihn zueilte.

Er stand neben ihm, bevor ihm Raoul noch einen Schritt entgegengehen konnte. »Mein Dank gebührt dir, Raoul de Harcourt«, sagte er. Er streckte ihm freundlich die Hand entgegen, und während sein Blick noch prüfend über Raouls Gesicht flog, verzog sich sein sonst so strenger Mund zu einem Lächeln.

Die Worte blieben Raoul im Hals stecken. Er hatte oft überlegt, was er dem Herzog antworten würde, sollte ihn dieser einmal bemerken, aber jetzt, als dieser große Augenblick gekommen war, brachte er kein Wort hervor. Er sah Wilhelm rasch an; dann ließ er den Speer sinken, fiel auf die Knie und küßte dem Herzog die Hand.

Wilhelm blickte sich rasch um, als wollte er sich versichern, daß niemand in Hörweite stand. »Du bist der Ritter, der meinen Schlaf bewacht«, sagte er.

»Ja, Beau Sire«, murmelte Raoul und fragte sich, woher der Herzog das wußte. Er erhob sich und sagte das, was ihm das Wichtigste schien. »Seigneur – Euer Speer hätte nicht brechen dürfen.«

Wilhelm lachte kurz auf. »Ein Fehler im Schaft«, erwiderte er.

Raoul flüsterte eindringlich: »Ich bitte Euch, Beau Sire, gebt acht auf Euch.«

Einen Moment lang begegnete sein Blick den forschenden Augen des Herzogs. Dann nickte Wilhelm kurz, wandte sich um und trat zu der Gruppe von Männern, um beim Abhäuten des Bären zuzusehen.

3

Nach der Bärenjagd spürte Raoul die schwelende Feindseligkeit noch mehr – eine Feindseligkeit, die sich nun auch gegen ihn selbst richtete. Finstere Blicke wurden auf ihn geworfen; und er hatte die zweifelhafte Genugtuung, daß die Verschwörer – wenn es wirklich Verschwörer waren und er sich nicht nur einer Täuschung hingegeben hatte – ihn jetzt als Gefahr für das gute Gelingen ihrer Pläne ansahen. Von da an war er doppelt aufmerksam und trug den Dolch lose in der Scheide. Als eines Tages auf der Jagd ein Pfeil nur knapp neben seinem Kopf vorbeizischte, dachte er noch, daß es einem der Jäger an Zielsicherheit mangelte, aber als er dann am Treppenabsatz im Dunkeln stolperte und nur durch einen glücklichen Zufall davor bewahrt wurde, Hals über Kopf hinunterzustürzen, begann er langsam zu begreifen, daß es Menschen gab, die ihn gern aus dem Weg geräumt hätten. Man hatte ein Holzscheit auf die zweite Stufe gelegt, und dieses war hinuntergekollert, als er darauf trat. Daß es für ihn bestimmt war, war ihm ziemlich klar, und so vermutete er auch, daß seine Feinde von seiner nächtlichen Wache wußten. Er war immer der erste, der am Morgen hinunterkam, und wäre er nicht auf der obersten Stufe stehengeblieben, unbewußt die Gefahr spürend, dann wäre er gestürzt und hätte sich vielleicht das Genick, sicher aber einen Arm oder ein Bein gebrochen.

Es überraschte ihn daher auch nicht, als ihm Galet zur Essenszeit eine Warnung zuflüsterte. Der Narr saß mit verschränkten Beinen auf dem Boden und jonglierte mit Schafsknochen. Als Raoul an ihm vorüberging, flüsterte er leise, ohne die Lippen zu bewegen oder ihn anzusehen: »Trinkt heute abend nichts, Vetter!«

Raoul hatte ihn wohl verstanden, ließ sich dies aber durch

keine Bewegung anmerken. Er brachte es zuwege, während des Mahls den Inhalt seines Horns ins Stroh unter dem Tisch zu schütten, als aller Augen auf den Narren gerichtet waren, der seine verkrüppelte Gestalt zu den wunderlichsten Figuren verrenkte. Dann gab Raoul vor, aus dem leeren Horn zu trinken, und vermeinte, große Genugtuung im Gesicht von Grimbauld du Plessis zu bemerken, der ihn aus halbgeschlossenen Augen betrachtete. Der Puls in seinem Hals begann beunruhigend schnell zu schlagen; es überfiel ihn ein Gefühl der Beklemmung, das wie Übelkeit war, und seine Handflächen waren feucht und kalt. Er zitterte und glaubte, es käme von dem Luftzug, der durch die Halle strich. Die Kerzen flackerten im plötzlichen Hauch und warfen seltsame Schatten an die Wand. Die Gesichter der Männer schienen ihn drohend anzublicken, und plötzlich wurden auch die Späße Galets makaber, seine schrille Stimme wie ein Alptraum. Raoul wünschte, er möge aufhören, denn das Unheil schien wie eine dichte Wolke über dem düsteren Gebäude zu liegen. Er biß die Zähne zusammen und zwang sich, am Gespräch teilzunehmen, wütend darüber, daß er nicht der kaltblütige, furchtlose Mann war, der er so gern gewesen wäre.

Nach dem Mahl schritt der Herzog mit Guy die Treppen hinauf. Der Burgunder hatte den Arm um die Schulter des Herzogs gelegt, und sein helles Lachen machte Raoul erzittern. Er starrte ihnen nach, und unwillkürlich schlossen sich seine Finger fester um das spitze Ende seines Trinkhorns. So, dachte er, können nur Verräter lachen.

Sein Nachbar zur Rechten gähnte. Seine Augen waren schwer vor Schlaf; mit belegter Stimme klagte er darüber, wie ihn die Jagd müde gemacht hätte, und fiel wie ein schwer Betrunkener vornüber auf den Tisch. Als Raoul sich umsah, bemerkte er andere, die gleich müde waren. Plötzlich fühlte er sich wie gelähmt, seine Kehle war wie ausgedörrt. Grimbauld du Plessis beobachtete ihn von der anderen Seite des Raumes. Raoul erhob sich wankend und taumelte auf die Treppe zu.

Grimbauld stand ihm im Weg und lächelte. »Wach nur gut, du Freund des Freundlosen«, spottete er.

Irgend jemand lachte höhnisch auf. Raoul blinzelte verwundert und rieb sich die Augen. »Ja«, sagte er wie abwesend. »Wachen – gut werde ich wachen, Grimbauld – du Plessis.«

Grimbauld lachte auf und trat zur Seite, um ihn vorbeizulassen. Raoul stolperte nach oben, und hielt sich dabei am Seil fest.

Als er im Obergeschoß angekommen war, blickte er rasch nach rechts und links. In der Galerie hielt sich niemand auf, aber aus Wilhelms Zimmer hörte er Stimmen und wußte daher, daß Guy von Burgund noch immer beim Herzog war. Er trat an den Rand vor und spähte durch einen der Bögen hinunter in die Halle. Unten versammelten sich die Männer in kleinen Gruppen. Manche würfelten, manche sprachen leise miteinander, und andere dösten, den Kopf auf den Tisch gelegt. Die Diener waren noch immer dabei, die Tische fortzuräumen und die Lager zu bereiten. Bald darauf kam der Diener des Herzogs und trat in das Gemach seines Herrn. Aus der Speisekammer, die an die Halle grenzte, drang das gedämpfte Geklapper der Teller im Waschzuber; draußen im Hof waren die Gewaffneten noch immer munter. Raoul fragte sich, ob man auch ihren Met vergiftet hatte, oder ob sie zu den Verschwörern gehörten. Von Galet war nichts zu sehen; er mußte verschwunden sein, als der Herzog nach oben gegangen war.

Guy kam aus dem Zimmer des Herzogs und rief im Hinausgehen: »Träum süß, lieber Vetter.«

Judas! dachte Raoul, und er haßte ihn noch mehr.

Guy schloß die Tür, blieb einen Augenblick stehen und blickte sich um. Raoul sah ihn vortreten und in die Halle hinunterblicken. Er gab irgend jemandem ein Zeichen und ging dann zu seiner Kammer, die am entgegengesetzten Ende des Gebäudes gelegen war.

Raoul lauschte den Schritten, die sich entfernten. Sollte er zum Herzog gehen und ihn warnen? Wovor? Er biß sich auf die Lippen und kam sich wie ein Narr vor. Was konnte er schon sagen? Daß er glaubte, man hätte ein Schlafmittel in den Wein getan? Daß ihm der Blick Grimbaulds nicht gefiele? Es war sinnlos, solche vagen Vermutungen einem jungen Mann vorzutragen, der nur lachte und durch einen hindurchzusehen schien. Er wickelte sich enger in seinen Mantel und lehnte sich ratlos und entmutigt gegen die Wand. Wenn alle schliefen, konnte er vielleicht Galet finden und hören, was dieser entdeckt hatte. Und dann, wenn tatsächlich Verräterei im Spiel war, dann erst konnten sie versuchen, den Herzog ungesehen fortzubringen.

Ein Geräusch von unten ließ ihn vortreten. Humphrey de Bohun verließ gerade die Halle, wahrscheinlich wieder, um einem Weiberkittel nachzujagen. Darin lag nichts Ungewöhnliches, denn viele der Männer des Herzogs verbrachten ihre Nächte lieber angenehm in den Armen einer Dirne als auf dem harten Lager in der Halle. Einige der Ritter begleiteten Humphrey, und langsam ebbte der Lärm in der Halle ab. Der Diener kam aus der Kammer des Herzogs und löschte alle Fackeln außer einer am äußersten Ende der Galerie. Dann ging er lärmend die Treppe hinunter und durch die Halle in die Küche.

Die Männer hatten sich auf die Lager geworfen, ohne die Wämser und Beinkleider auszuziehen. Grimbauld und ein halbes Dutzend andere saßen an einem Tisch, den man gegen die Wand geschoben hatte. Sie flüsterten miteinander, nur Grimbauld und ein gewisser Godfrey von Bayeux schienen in eine Partie Schach vertieft. Ein verschlafener Küchenjunge kam aus der Küche, um die Kerzen zu löschen. Grimbauld und Godfrey spielten im Schein einer Hornlaterne weiter.

Hie und da bewegte sich noch jemand im Schlaf, aber dann verstummten auch diese Geräusche, und nichts unterbrach die Stille außer dem regelmäßigen Atmen der Schläfer und das plötzliche Aufheulen eines Wolfes, das aus der Ferne hereindrang.

Elfenbein schlug auf Elfenbein, als Grimbauld die Schachfiguren einsammelte. Er stand auf, sagte etwas zu einem der Männer neben ihm, hob die Laterne hoch und ging auf die Treppe zu.

Raouls Herz klopfte zum Zerspringen. Er trat rasch bis zur Tür des Herzogs zurück und setzte sich auf den Boden; so blieb er sitzen, das Schwert über die Knie gelegt, den Kopf auf die Brust geneigt, als ob er schliefe. Ein schwacher Lichtschein tauchte auf der Treppe auf; Grimbauld erschien und hob seine Laterne hoch.

Wenn er mich jetzt töten will, kann ich zumindest um mein Leben kämpfen und so lange schreien, bis der Herzog aufmerksam wird. Mögen mir Gott und Seine Heiligen helfen!

Doch Grimbauld, obwohl er sich lange über ihn beugte und ihn genau betrachtete, machte keine Anstalten, ihn anzugreifen. Nach einiger Zeit schien er überzeugt zu sein, daß Raoul schlief, und schlich sich, so heimlich wie er gekommen war, wieder davon.

Raouls Stirn war schweißbedeckt. Er hob den Kopf und sah stirnrunzelnd in die Dunkelheit. Wenn Grimbauld wirklich beabsichtigte, den Herzog zu ermorden, warum war er dann nicht über die schlafende Gestalt an der Tür gestiegen und hatte die abscheuliche Tat sofort ausgeführt? Sechs Männer wären ihm sofort zu Hilfe geeilt; Gefahr bestand also keine für ihn. Aber die Küchenjungen und die Gewaffneten befanden sich in Rufweite; Raoul hatte sie vergessen. Man hatte sie sicher nicht alle betäuben können, und wenn man um Hilfe gerufen hätte, so wären wenigstens einige zum Herzog geeilt.

Er sprang plötzlich auf. Warum war Humphrey de Bohun mit seinen Rittern fortgegangen? Und in welchem Zusammenhang mit diesen undurchschaubaren Geschehnissen stand der staubbedeckte Fremde, den er am Tag vor der Bärenjagd aus Guys Zimmer hatte kommen sehen? Guy war in die Sache verwickelt, und er würde nur etwas unternehmen, wenn er sich einer starken Rückendeckung sicher war. Ein abscheulicher Verrat war im Gange, ernster als er vermutet hatte.

Auf Zehenspitzen schlich er sich wieder vor und versuchte angestrengt zu verstehen, was unten geflüstert wurde. Die Stimmen waren sehr leise; er konnte die Worte nicht unterscheiden, aber während er noch hinunterblickte, sah er, wie die Männer sich in ihre Mäntel hüllten und Grimbauld zur Tür folgten.

Raoul fuhr sich mit der Zunge über die Lippen; seine Hände umklammerten unbewußt das Schwert. Grimbauld schob die Riegel an der Tür zur Seite. Als er sie öffnete, drang die kalte Nachtluft in den Raum. Einer nach dem anderen verließen die Männer die Halle, dann schloß sich das Tor leise.

Die eine Fackel am Ende der Galerie brannte noch immer. Raoul zog sie aus dem Ring, hielt sie hoch über den Kopf und ging in die Halle hinunter. Er beugte sich über eine schlafende Gestalt und versuchte, den ehrlichen Drogo de Saint-Maure zu wecken. Drogo stöhnte nur und fiel auf sein Lager zurück.

Die Fackel leuchtete durch die stille Dunkelheit; in Spiralen stieg der dünne Rauch bis an die Deckenbalken. Raoul stieß die Fackel in eine Nische und schlich leise wie ein Gespenst zur Tür.

Als seine Hand den schweren Riegel ergriff, hörte er ein Geräusch hinter sich, fuhr herum und sah, wie Galet aus der Küche in die Halle geschlichen kam.

Galet atmete schwer, und im Licht der Fackel sah Raoul, daß er schweißbedeckt war. Er hob die Hand, um Raoul zurückzuhalten. »Nein, nein, Bruder«, zischte er ihm zu. »Da kannst du nichts machen. Sie sind hinaus, um die Tore zu öffnen. Eine knappe Meile vor der Stadt wartet ein großer Trupp, und zur festgesetzten Stunde werden sie hier sein, um unseren Reiher zu fassen.« Er hielt ein, lachte auf und rannte dann zur Treppe. »Komm! Und denk immer daran, daß der Pfau kreischen und die andern wecken könnte! Wilhelm, mein Bruder, jetzt ist es Zeit!«

Raoul zog das Schwert mit einem zischenden Geräusch aus der Scheide. »Warne du den Herzog«, sagte er. »Ich muß zwei

Pferde satteln. Wenn man mich sieht – vielleicht kann ich sie ablenken, während der Herzog versucht durchzukommen.«

»Der Herzog hat einen neuen Hofnarren«, höhnte Galet. »O Gott, was wird nun aus mir? Die Pferde sind jenseits der Mauer angebunden, Bruder Narr!«

Raoul starrte ihn an. »Bei der heiligen Hostie, ich glaube, du hast recht, und ich bin der Narr. Du hast die Arbeit getan, während ich nur herumgestanden bin.«

»Ja, ja, du bist ein kleines Kind, Vetter Raoul.« Der Narr glitt die Treppe hinauf.

Raoul riß die Fackel aus der Halterung und folgte ihm eilends. Aus der Kammer an der anderen Seite der Galerie, in der Guy schlief, drang kein Laut. Raoul fletschte fast die Zähne, als er auf die im Dunkeln liegende Tür blickte. »Der Judas bleibt im Verborgenen, bis seine Wegelagerer ihre schmutzige Arbeit getan haben«, flüsterte er. »Wenn nicht – ich werde sicher nicht derjenige sein, der auf der Strecke bleibt!« Er hob das Schwert, und das Licht blitzte auf dem blauen Stahl und ließ die Runen hervortreten.

»Nein doch, der Schakal tötet doch nicht die Beute des Löwen!« Galet hob den Riegel an der Tür des Herzogs und trat ein.

Im Licht der Fackel sahen sie Wilhelm, der auf einem Lager aus Fellen schlief, die Wange an die Hand gepreßt. Raoul schloß leise die Tür und hielt die Fackel hoch, so daß ihr Schein auf Wilhelms Gesicht fiel. Der Herzog öffnete die Augen und blinzelte in der plötzlichen Helle. Sein Blick fiel auf Galet. Augenblicklich war er hellwach. Er stützte sich auf den Ellbogen und sah sie fragend an.

Galet schlug ihn mit dem Stab auf die Schulter. »Ah, auf, Wilhelm, oder du bist ein toter Mann!« murmelte er. »Bei der Heiligen Jungfrau, was schläfst du noch? Deine Feinde stehen gewaffnet rund um dich herum. Kleiner Bruder, wenn sie dich hier finden, verläßt du das Côtentin niemals lebend.«

Wilhelm setzte sich auf und schob Galet beiseite; er sah Raoul direkt ins Gesicht. Das Licht funkelte in seinen Augen; aber es war keine Spur von Angst in ihnen zu sehen.

Raoul sagte eindringlich: »Beau Sire, der Narr spricht die Wahrheit. Die, die Euren Tod wollen, sind gegangen, um die Tore zu öffnen, und Eure Männer liegen betäubt in der Halle. Seigneur, erhebt Euch! Wir haben keine Zeit zu verlieren.«

Wilhelm warf die Decke beiseite, unter der er gelegen hatte, und stand in Hemd und Beinkleidern vor ihnen. Er begann, seine lange Hose anzuziehen. »So!« sagte er, und in seiner Stimme schwang eine unbestimmte Erregung mit.

Ein seltsamer Klumpen schien sich in Raouls Kehle gebildet zu haben. Das war ein Mann, für den man sterben konnte, so wie er es in den weit zurückliegenden Tagen seiner Kindheit geträumt hatte. Er hob den Schwertgurt des Herzogs auf und legte ihn seinem Herrn um.

»Beeil dich, Bruder, und folg dem Narren«, sagte Galet und öffnete die Tür. »Die Pferde stehen bereit.«

Wilhelm warf sich den Mantel um. »Man dient mir gut«, meinte er fröhlich. »Zeig mir den Weg, Narr!«

»Ja, du bist gut bedient, mein Sohn, du, der du von einem Narren und einem Kind bewacht wirst!« Galet schlich zu der Treppe und ging hinunter; Wilhelm und Raoul folgten ihm auf dem Fuß. Als sie auf den letzten Stufen standen, sah man im Schein der Fackel die Männer wie Tote auf dem Boden liegen. Raoul hörte, wie Wilhelm leise auflachte.

Der Mond war aufgegangen, und ein schwaches Licht drang durch die Fenster. Raoul warf die Fackel in das verlöschende Feuer und ließ sie dort liegen. Über die Schläfer steigend suchten sie vorsichtig ihren Weg in die Küche. Wilhelm ging mit festen Schritten und stieß einmal gegen eine der leblosen Gestalten. Der Betäubte stöhnte im Schlaf auf, und wieder hörte Raoul den Herzog lachen.

In der Küche war niemand. Das Geflecht von einem der Fenster war weggerissen, und Galet wies schweigend darauf.

Wilhelm nickte und trat vor, aber Raoul war ihm schon zuvorgekommen. »Beau Sire, ich gehe zuerst«, sagte er und kletterte auf die Bank, die unter dem Fenster stand, dann schwang er den Fuß über die Brüstung.

Der Mond stand am saphirblauen Himmel; hier, an der Rückseite des Hauses, regte sich nichts. Raoul sprang leichtfüßig hinunter und wandte sich um, um dem Herzog zu helfen.

Einen Augenblick später stand Wilhelm neben ihm, und dann folgte Galet. Der Narr legte den Finger an die Lippen und führte sie zu der Mauer, welche Haus und Hof umschloß; dort kletterte er behend hinauf, wobei er die Ritzen der Mauer als Fußstützen benutzte.

Auf der anderen Seite der Mauer tauchten sie in den Schatten der riesigen Bäume, der Vorboten des Waldes, der sich bis an die Mauern von Valognes erstreckte. Etwas später kamen sie zu den festgebundenen Pferden, Wilhelms Schlachtroß Malet und dem riesigen Verceray. Wilhelm sprang in den Sattel und beugte sich nieder, um dem Narren die Hand zu reichen. »Nimm meinen Dank, Galet«, sagte er. »Sei wachsam, mein treuer Hund, und such in Falaise nach mir.«

Galet drückte seine Lippen auf die Hand des Herzogs und murmelte: »Gott sei bei dir, Bruder. Und jetzt fort, Ihr zögert zu lange!« Er verschwand in den Schatten, und die Pferde trabten Seite an Seite vorwärts.

Der Mond beleuchtete den schlechten Pfad, der nach Süden führte. Malet zog vorwärts, legte sich aufs Gebiß, und das Donnern seiner Hufe hallte in Raouls Ohren wieder. Verceray folgte ihm, und so ritten sie eine Zeitlang, einer hinter dem anderen, im gestreckten Galopp.

Dann aber ritt Raoul auf gleicher Höhe mit dem Herzog und versuchte, seine Züge auszunehmen. Das Licht war zu schwach, um ihm etwas anderes als die Umrisse seiner Nase, das stolze Kinn zu zeigen, doch bildete er sich ein, das Funkeln der Augen unter den schwarzen Brauen zu erkennen. Der Herzog saß aufrecht im Sattel, so als reite er nur zum Vergnügen aus. Raoul, der vor Aufregung nicht aus noch ein wußte, wunderte sich über soviel Ruhe.

Als hätte er erraten, welche Gedanken seinem Ritter durch den Kopf gingen, wandte sich Wilhelm um und sagte mit einem leisen Lächeln: »Ähnliches habe ich schon viele Male erlebt, Raoul de Harcourt.«

Raoul stieß, ohne zu überlegen, hervor: »Habt Ihr denn niemals Angst, Beau Sire?«

»Angst? Nein«, meinte Wilhelm ungerührt.

Schulter an Schulter ritten sie weiter durch die Nacht. Nach einiger Zeit zügelte Wilhelm sein Pferd und sprach wieder: »Wer hat das Tor geöffnet, um meine Mörder einzulassen?«

»Grimbauld, mein Herr, und sechs andere.«

In plötzlichem Zorn zuckten die Lippen Wilhelms. »Dieser elende Verräter! Bei Gott, die Abrechnung zwischen ihm und mir wird fürchterlich sein!« Die kalte Wut in diesen Worten ließ Raoul unwillkürlich erzittern. Der Herzog sah ihn wieder an, als wollte er seinen Mann abwägen. »Wir haben einen harten Ritt vor uns. Ich muß Falaise im Morgengrauen erreichen. Wird dein Pferd das durchhalten?«

»Ja, mein Herr«, sagte Raoul fest. »So lange wie das Eure.« Er blickte sich um, und sein Blick überflog die Heide, die sie gerade überquert hatten. »Ich kann noch nichts hören, Beau Sire.«

»Sie werden mir bald folgen«, sagte Wilhelm. »Mein lieber Vetter kann es nicht wagen, mich jetzt durch die Finger schlüpfen zu lassen.«

Raoul betrachtete ihn erstaunt. »Beau Sire, Ihr habt es die ganze Zeit gewußt?«

»Daß mein Vetter Burgund sich gern auf dem Thron sähe? Hältst du mich für einen Dummkopf, Raoul?«

»Das nicht, Herr, aber Ihr habt Euch nie etwas anmerken lassen, und als ich in meiner Unwissenheit Euch zu warnen versuchte, habt Ihr so getan, als wäre es Euch gleichgültig«, sagte Raoul scheu.

»Es ist mir auch gleichgültig«, antwortete Wilhelm. »Mein Gott, bin ich denn elf Jahre lang Herzog der Normandie gewesen, damit ich mich jetzt vor einem Pack Rebellen fürchte? Hör zu, Raoul de Harcourt! Das erste, an das ich mich in meinem Leben erinnern kann, ist, daß mich mein Onkel Walter heimlich aus meinem Palast in Vaudreuil in eine kleine Hütte im Wald gebracht hat, um mich dort vor meinen Feinden zu verbergen. Das hat er sehr oft getan, denn seit meinem achten Jahr haben sich meine Untertanen oft gegen mich verschworen. Sie haben meinen Vormund Thorkill getötet, und auch Graf Gilbert, der von vielen der Vater des Landes genannt wurde. Du hast FitzOsbern, meinen Seneschall, gesehen; sein Vater, Osbern, der Sohn des Herfast, starb in meinen Diensten, für mich an meiner Türschwelle ermordet, damals, als ich noch ein kleiner Junge war. Mein Gott, ich bin schon durch Ströme von Blut gewatet. Ich habe es gelernt, niemandem allzuleicht zu vertrauen, denn die, die mich gegen die Welt in Schutz nehmen sollten, haben seit meinen Kindestagen versucht, mich zu töten.« Er hielt inne und lachte sarkastisch auf. »Und jetzt ist es eben Guy der Doppelzüngige, der sein Haupt gegen den Bastard der Normandie erhebt! Bei der Seele meines Vaters, die Abrechnung wird blutig werden.« Er spornte sein Pferd wieder an; der Nachtwind fuhr durch die Locken seines bloßen Hauptes und ließ seinen Mantel wie eine dunkle Wolke hinter ihm flattern. Er drehte sich um, und Raoul sah, wie seine Zähne im Mondlicht schimmerten. »Bleib bei mir, Raoul, du Wächter. Bei Gott, du wirst es noch erleben, wie sich diese Normandie vor mir beugt!«

Seite an Seite donnerten die beiden Schlachtrösser den Pfad entlang. »Herr«, sagte Raoul eifrig, »deshalb bin ich ja in Euren Dienst getreten. Ich bin Euer Mann, bis über den Tod hinaus, meine Hand liegt in der Euren, mein Schwert steht immer zu Euren Diensten!«

»So sei es!« sagte Wilhelm und streckte ihm seine kräftige Rechte entgegen.

Die Pferde näherten sich einander, bis Raouls Knie das des Herzogs streifte. Ihre Hände trafen sich, hielten einander fest. »Beau Sire, zertretet diese Schlange, die Unruhe stiftet, und laßt uns Frieden haben in der Normandie!«

»Ich will den Krieg, bevor ich Frieden will«, sagte Wilhelm. »Bei Gott, es ist hoch an der Zeit, daß mein jungfräuliches Schwert Arbeit findet. Glaub mir, in einem Tag, in einer Woche, wird sich die ganze Normandie gegen mich erhoben haben. Ich kann die Zahl der Männer, denen ich trauen kann, an einer Hand abzählen.« Seine Stimme wurde rauh, und Raoul spürte sein Stirnrunzeln mehr als daß er es sah. »Zuerst nach Falaise, und dann nach Frankreich.«

Entgeistert fragte Raoul: »Nach Frankreich, Herr?«

»Ja, zu Heinrich, meinem obersten Lehnsherrn, um seine Hilfe zu erbitten.«

Die Erinnerung an alte Wunden durchfuhr Raoul. »Herr, wollt Ihr dem französischen König trauen?«

»Er ist mein oberster Lehnsherr«, erklärte Wilhelm bestimmt. »Er wagt es nicht, meine Bitte abzuschlagen.«

Sie ritten weiter und wurden erst langsamer, als sie in den Wald eindrangen.

»Wer hält zu Euch, Herr?« fragte Raoul.

»Das werde ich in Kürze sehen«, antwortete Wilhelm mit einem Anflug von grimmiger Fröhlichkeit. »Hier, in der westlichen Normandie, wahrscheinlich niemand. In Caux, im Roumois, Evrecin und Ouche, überall östlich des Dives, wahrscheinlich viele.« Sein Pferd stolperte über eine Wurzel, doch seine eiserne Hand hielt es fest. »Ich habe in meinem Leben nur wenige Freunde gehabt. Mein Vetter von Eu ist mir ergeben. Es heißt, daß er mir Treue geschworen habe, als ich noch in der Wiege lag. Und auch Roger de Beaumont, der alte Hugh de Gournay, De Montfort, die du kennst. Ich habe zwei Onkel, Stiefbrüder meines Vaters: Soll ich ihnen vertrauen? Ja, solange ich sie unter meinen Augen behalte. Als Kind hatte ich einen Freund, Eduard den Sachsen, der jetzt König von England ist, aber der hat immer nur für mich gebetet. Und doch liebt er mich mehr als viele andere. Sein Bruder Alfred war eher zu Taten als zum Gebet aufgelegt, aber er war ein Dummkopf und fiel durch die Hand Graf Godwins. Und der Rest – es fällt mir leichter, meine Feinde aufzuzählen. Sie sind noch zahlreicher als die Bäume in diesem Wald.« Er hüllte sich enger in den Mantel. »Hast du in Bayeux einen gewissen Ranulf de Bricassart, Graf von Bessin, gesehen? Ein dürrer, bissiger Mensch, der mir nicht ins Gesicht sehen kann. Er hält zu Guy. Und dann der Herr von Thorigny, den sie Hamon-aux-Dents nennen. Ein Kettenhund, der mir gern Böses tun würde, wenn man ihn nur läßt. Das sind mächtige Herren, aber es gibt noch einen, der mächtiger ist und zu ihnen hält.« Er hielt inne. »Aber sei's drum. Wenn er am Leben bleibt, wird er mir eines Tages dienen. Es ist Néel de Saint-Sauveur, Graf des Côtentin, der nicht nach Valognes gekommen ist. Wäre er gekommen, dann nur als ehrlicher Vasall. Er ist nicht gekommen. Wir werden im Gefecht aufeinandertreffen.« Er blickte zu den Sternen auf: »Beeile dich! Wir müssen den Vire vor Tagesanbruch überqueren.«

Als sie endlich die Grenze erreichten, waren die Pferde erschöpft und schweißbedeckt. Das Glück wollte es, daß gerade Ebbe war, aber als sie ihre Tiere ins Wasser trieben, brach die Morgendämmerung an. Das Wasser reichte den Reitern bis zu den Knien, und Raouls Zähne klapperten vor Kälte. Die Pferde mühten sich die Böschung hinauf und blieben mit schlagenden Flanken und zitternden Beinen stehen. Wilhelm beobachtete den grauen Lichtstreif, der am Horizont immer breiter wurde. »Wir müssen Bayeux im Süden liegen lassen«, sagte er. »Ich wage es nicht, die Stadt zu betreten. Weiter! Wir dürfen nicht zögern.«

Bei St. Clément ließen sie die Pferde vor der kleinen Kirche ein wenig rasten. Wilhelm, der sehr religiös war, trat ein und kniete einige Minuten vor dem Altar nieder, die kräftigen Hände gefaltet, den Blick andachtsvoll. Dann stiegen sie wieder auf, und Raoul wurde es immer schwerer, mit dem Herzog Schritt zu halten, der sein Roß zum Äußersten antrieb. Die letzten Sterne waren verblaßt, als sie das schlafende Bayeux umritten; der Morgennebel verbarg die Stadt vor ihren Blicken.

Die Sonne zerschnitt den Nebel, als sie nach Rie kamen, dessen Schloß an der Straße stand. Wilhelm hätte vorbeireiten können, doch war die Brücke herabgelassen und ein

Mann stand darauf, der die Morgenluft in vollen Zügen einsog. Er hatte die müden Pferde schon von weitem kommen sehen und war neugierig zu erfahren, was das für Reiter waren, die so früh am Morgen auf schaumbedeckten Pferden die Straße entlangpreschten. Als sie näher kamen und die Tiere in stolpernden Trab verfielen, erkannte er den barhäuptigen Mann auf dem schwarzen Roß, fuhr zusammen und lief vor, um den Herzog aufzuhalten. »Seigneur, Seigneur! Haltet!« schrie er und warf sich mit ausgebreiteten Armen den Reitern in den Weg.

Der Herzog zügelte sein Pferd. Der Herr von Rie faßte Malet am Zügel und rief: »Was für ein Unheil folgt Euch, mein Herr? Wie kommt es, daß Ihr so allein und so erschöpft reitet?«

Der Herzog sah ihm direkt ins Gesicht. »Soll ich dir trauen, Hubert?«

»Ja, so wahr Gott lebt, Ihr dürft mir trauen, Beau Sire. Sprecht offen zu mir! Ich bin Euer Mann.«

»Also gut«, antwortete Wilhelm. »Ich reite um mein Leben. Willst du mich aufhalten?«

»So lange, bis Ihr gegessen habt, Herr, und ein frisches Pferd für Euch gesattelt ist«, antwortete Hubert rasch. »Tretet ein und fürchtet nichts. Wenn Euch Eure Feinde einholen, verteidige ich mein Schloß bis zum Letzten.«

Sie ritten über die Brücke in den großen Hof und glitten aus dem Sattel. Der alte Hubert de Rie rief mit dröhnender Stimme nach seinen Dienern; er drängte die beiden müden Reiter in die Halle, und nach kurzer Zeit tummelte sich eine Schar von Männern um den Herzog; einige brachten neue Kleider, andere banden seine Beinriemen fest, einer hielt eine Schüssel voll Wasser, damit er sich das Gesicht waschen könne, ein anderer hielt ein Handtuch, und ein dritter bot ihm ein Trinkhorn an, das bis zum Rand mit französischem Wein gefüllt war. Während sie sich umzogen, berichtete Wilhelm in kurzen Worten, was in Valognes geschehen war. Mitten in dieses Gespräch platzten drei junge Männer, schlacksige Jungen mit feierlich-ernsten Augen, die vor ihrem Lehnsherrn niederknieten, während ihr Vater sie stolz dem Herzog vorstellte.

»Seht hier Euren Herrn!« ermahnte er sie. »Ihr werdet ihn begleiten. Bei Eurem Leben befehle ich Euch, ihn nicht zu verlassen, bis er sicher in Falaise angekommen ist.«

»Wir versprechen es bei unserem Leben«, sagte der Älteste mit tiefer, ernster Stimme und legte seine Hände zwischen die des Herzogs.

So brachen sie schließlich nach Falaise auf und überließen es Hubert, die Verfolger in die Irre zu führen. Das tat dieser denn auch so überzeugend, daß die hungrige Meute, die er nach einer Stunde des Herumreitens verließ, ihn noch immer für einen Freund hielt und dem Weg folgte, den er ihnen gezeigt hatte.

In Falaise blieb der Herzog nur eine einzige Nacht. Die Stadt war ein ihm treu ergebener Vorposten im feindlichen Gebiet, und bald kamen auch die ersten Nachrichten. Das ganze Land westlich des Dives befand sich in offener Rebellion, welche von Néel de Saint-Sauveur und Ranulf, dem Grafen von Bessin, angeführt wurde, wahrend in Bayeux Guy, der Sohn des Grafen Raymond von Burgund, zum wahren Herrscher der Normandie ausgerufen worden war, der er nach seiner Mutter Alicia, der Tochter Herzog Richards II., sein sollte. Sein Manifest, in dem er Wilhelm als niedriggeborenen Bastard bezeichnete, der unfähig zum Regieren war, wurde alsbald veröffentlicht. Wilhelm fletschte die Zähne, als er davon hörte, und ritt sofort, gefolgt von einer eigens ausgesuchten Leibwache, nach Rouen.

Die Hauptstadt empfing ihn in begeisterter Treue. Mit großem Pomp wurde er von seinen Onkeln, Wilhelm, dem Grafen von Arques, und Mauger, dem Erzbischof von Rouen, empfangen, die ihm in aller Pracht an der Spitze seiner treuen Vasallen entgegengeritten kamen. Der junge Mann im einfachen Rock und wallenden Mantel stach auffallend von der Menge ab; er zügelte sein Pferd und erwiderte den Gruß der Bevölkerung gedankenvoll und ernst; er wohnte im erzbischöflichen Palast und beriet sich den ganzen Abend lang mit seinen Onkeln; Wilhelm, der ihm feindlich gesinnt, doch im Augenblick treu war; und Mauger, einem aalglatten Mann, der seine Fingerspitzen aneinanderpreßte und seine weiße Haut sinnend betrachtete. Der Herr Bischof führte ein aufwendiges Leben und brachte seinen Neffen königlich unter. Wilhelm hob die Brauen, als er den Reichtum an Goldgeschirr und kostbaren Tapisserien sah, verlor aber kein Wort. Raoul, der durch den Palast streifte, bemerkte kurz eine reichgeschmückte Dame in Seide und prächtigen Juwelen, doch blieb auch er stumm.

Bei dieser Besprechung entschied man, daß Wilhelm zu König Heinrich, der sich gerade in Poissy aufhielt, reiten und dort eine Petition gegen die Rebellen vorbringen sollte.

Dem Grafen von Arques gefiel dieser Plan nicht. Aufgeregt mahnte er sie an vergangenes Unrecht. *»Allacz al roy?«* wiederholte er. »Den König aufsuchen? Ja sollen wir denn vergessen, wie Heinrich Tilliéres genommen hat? Ich würde dem französischen Fuchs niemals trauen!«

Aber Mauger lächelte nur und meinte besänftigend: »Das wird uns an ihn binden. Er wagt es nicht, nein zu sagen.«

»Das meine ich auch«, sagte der Herzog. Seine tiefe Stimme hob sich scharf von den süßen Tönen Maugers ab. »Ich werde dem alten Groll gegen meinen obersten Lehnsherrn nicht neue Nahrung geben.«

Am nächsten Morgen ritt er an der Spitze einer Eskorte so ungestüm wie immer der französischen Grenze entgegen. Seine Ritter gerieten außer Atem, doch sie konnten ihre Bewunderung nicht verhehlen. Es war eine müde, aber stolze Gesellschaft, die schließlich in Poissy ankam und vor der Zugbrücke des Schlosses anhielt. Ein Herold galoppierte bis an den Rand der Brücke und rief mit donnernder Stimme: »Wilhelm, durch die Gnade Gottes Herzog der Normandie, erbittet von Seiner Allermächtigsten Majestät, Heinrich, König von Frankreich, Audienz!«

Poissy war in Aufruhr; als die Männer des Herzogs in den großen Hof einritten, waren schon etliche davongelaufen, um dem Gefolge des Königs von dem unerwarteten Besuch zu berichten. Schon eine Stunde nach seiner Ankunft wurde Wilhelm vor den König geführt. Er trat ihm selbstbewußt entgegen, begleitet von den Herren von Arques, Gournay und Montfort, sowie drei Rittern, unter denen sich auch Raoul befand. Der König empfing ihn auf seinem Thron, umgeben von seinen Adligen.

Wilhelms Adlerblick überflog die Halle. Er trat vor, kniete in aller Form nieder und sah dem König voll ins Gesicht.

Heinrich erhob sich, stieg die Stufen herunter und bot Wilhelm mit einem etwas schiefen Lächeln beide Hände dar. »Edler Vetter, seid mir sehr willkommen.« Er hob den Herzog auf und umarmte ihn. »Ihr kommt in großer Eile, und niemand hat uns von Eurer Ankunft benachrichtigt«, sagte er und beobachtete den Herzog gespannt unter gesenkten Augenlidern.

»Sire, meine Eile ist so groß wie die Notwendigkeit, Euch zu sprechen«, erwiderte Wilhelm und kam viel rascher, als es dem Franzosen lieb war, auf den Kern der Sache. »Ich bin gekommen, um von Frankreich Hilfe für mein Herzogtum zu erbitten.«

Heinrich warf seinem Bruder Eudes einen raschen Blick zu. Dann verschleierte sich sein Blick wieder, und er fragte sanft: »Welch dringende Notwendigkeit ist es denn, mein Vetter?«

In kurzen Worten erzählte Wilhelm, was ihm widerfahren war. Dann kreuzte er die Arme über der Brust und wartete auf die Antwort des Königs, wobei er seine Augen keine Sekunde lang von dem verschlossenen Gesicht abwendete.

Die französischen Edelleute tuschelten aufgeregt miteinander und musterten die aufrechte Gestalt vor dem König mit verstohlenen Blicken. Wilhelm war um einen halben Kopf größer als der König und so kräftig gebaut, daß dieser neben ihm wie ein Schwächling wirkte. Er trug einen einfachen, mit Goldborten verzierten Rock, das Schwert an der

Seite, den langen Mantel um die Schultern. Schwere goldene Armringe umfaßten seine kräftigen Arme, und der Mantel wurde auf der Schulter durch eine goldene Fibel gehalten. Sein Kopf war unbedeckt, so daß jedermann in der Halle sein entschlossenes, düsteres Gesicht sehen konnte. Er stand gerade, unbeweglich, und doch sprach aus ihm gespannte Erregung.

Heinrich zupfte an seinem reichen Kleid und ließ den schweren Stoff nachdenklich durch die Finger gleiten. »Das müssen wir näher besprechen, Vetter«, erwiderte er schließlich. »Nach dem Mahl werdet Ihr mir Gesellschaft leisten.«

Nach der Beratung, welche den ganzen Nachmittag dauerte, wurde verkündet, daß Heinrich an der Spitze einer französischen Armee in der Normandie einmarschieren und an einem vereinbarten Tag zu Wilhelm und allen Kriegern stoßen sollte, die dieser aufbringen würde. Der Herzog riß den König mit seinem starken Willen mit, und die französischen Adligen ließen sich von dieser Stimmung anstekken. Der König erkannte, daß seine Ratgeber von seinem jungen Vasallen begeistert waren und er im Strudel mitgezogen wurde, ob er wollte oder nicht.

Am nächsten Tag war der Herzog wieder verschwunden, genauso plötzlich, wie er gekommen war. Der König verfolgte seinen Aufbruch von einem Fenster aus und strich sich gedankenverloren über die lange Oberlippe. An seiner Seite lachte sein Bruder Eudes auf: »Bei der heiligen Hostie, Sire, dieser Bastard ist anscheinend ein echter Mann!«

»Ja«, sagte Heinrich langsam, »ich muß ihn viel enger an mich binden.«

»Wir marschieren also mit ihm zusammen gegen die Rebellen, Bruder. Verstehe ich das richtig?«

»Vielleicht, vielleicht«, murmelte der König. »Ich kann ihn gebrauchen, glaube ich. Ja, ich habe Arbeit für den Bastard.«

4

Als die Kavalkade des Herzogs wieder in Rouen einritt, starrte die Stadt vor Gewaffneten. Die Straßen waren erfüllt vom Widerhall des Stahls, und die Sonne funkelte auf den blankgeputzten Schildern und Hellebarden der Krieger. Die getreuen Vasallen des Herzogs strömten auf seinen Aufruf zum Kampf von allen Seiten in die Stadt. Sie kamen aus Caux und aus Brai, Tag für Tag; aus dem Evrecin und dem Vexin, aus dem Roumois und dem Lieuvin, während tagtäglich Boten in die Stadt galoppierten und das Versprechen der Ritter aus Ouche, Hiesmes und Auge brachten, sich dem Herzog auf seinem Zug nach Westen anzuschließen.

Zum Empfang des Herzogs hatte sich eine große Menge versammelt. Raoul erkannte seinen Lehnsherrn, Roger de Beaumont, und war fast sicher, daß sein Vater und zumindest einer seiner Brüder, wenn nicht sogar beide, in dessen Gefolge waren. Und viele andere waren gekommen, unter ihnen ein hochgewachsener Mann, den der Herzog besonders herzlich umarmte. Es war Graf Robert von Eu. Er wurde von seinem jüngeren Bruder Wilhelm, Busac genannt, und von einem zahlreichen Gefolge begleitet.

Mächtige und unbedeutende Barone drängten sich im Palast. De Gournay, kriegserfahren, mit seinem Busenfreund Walter Giffard, dem Herrn von Longueville; der junge De Montfort; Wilhelm FitzOsbern, der Seneschall des Herzogs; die Herren von Crevecoeur und Estouteville, von Briquebec, Mortemer und Roumare, alle umgeben von ihren waffenstarrenden Untertanen. Tag um Tag strömten sie in die Stadt – Hunde, die an der Leine zerrten, einer Leine, die ein Jüngling in der Hand hielt.

»Nicht schlecht, nicht schlecht!« knurrte Hubert de Harcourt, während er Wilhelm von Warenne beobachtete, als dieser an der Spitze seiner Leute in die Stadt einritt. »Aber ich wette, daß der Graf des Côtentin jedem unserer Männer zwei entgegenstellen kann.« Düster schüttelte er den Kopf. »Seht Ihr die Herren von Moyon und Magneville? Seht ihr Drogon de Manceaux oder Gilbert Montfiquet? Wo sind die Herren von Cahagnes und Asnières? Was hört man von Tournières? Wo ist Saint-Sever? Wo ist Walter de Lacy? Erst am Tag der Schlacht werden wir ihnen gegenüberstehen. Vorher bekommen wir sie nicht zu Gesicht, das versichere ich Euch bei meinem Kopf!«

Haß gegen den Verräter Grimbauld machte sich überall breit. Die kleine Gruppe von Treuen, welche dem Herzog nach Valognes gefolgt war, hatte sich ihm in Rouen wieder angeschlossen und brannte nach Rache an dem Mann, der sie betäubt hatte.

Neben Wilhelm traten auch Graf Robert und Hugh de Gournay als Ratgeber auf, doch Wilhelm übertraf sie alle. Er schien von einem Dämon besessen zu sein; geistig erschöpft blieben sie hinter ihm in ihren Gedanken zurück, so erschöpft, wie Raoul körperlich war. Jetzt lief ein Jüngling wirklich dem anderen nach. In der Nacht des wilden Rittes war zwischen dem Herzog und dem jüngsten seiner Ritter eine seltsame Freundschaft entstanden. Raoul ritt hinter Wilhelm, schlief vor seiner Tür, begleitete ihn zum Rat und trug sogar seine Standarte, wenn Wilhelm an seinen Rittern vorbeisprengte. Man runzelte die Stirn; manche höhnten; manche waren eifersüchtig, doch all dies ließ Raoul unbewegt, während die gebieterische Stimme des Herzogs wohl ein dutzendmal am Tag »Raoul!« rief.

Raouls Vater war stolz über die Gunst, die man seinem jüngsten Sohn erwies, und begriff nicht, weshalb Raoul nicht einen durchaus verständlichen Hochmut an den Tag legte. Daß Raoul keine anderen Wünsche hatte, als dem Herzog in allem treu zu dienen, war für ihn eine Quelle des Erstaunens und selbst des Unbehagens. Seit er Wilhelm und seine Taten gesehen hatte, konnte er verstehen, daß man dem Herzog Achtung erwies; daß Raoul aber seine ganze jugendliche Begeisterung mit allen seinen Träumen dem Herzog zu Füßen legte, erschien ihm seltsam und ungesund. Er runzelte die Stirn und brummte: »Beim Himmel! In meinen Tagen waren die Jungen aus härterem Holz geschnitzt.«

Die Armee des Herzogs ritt nach Westen, wo sie mit den Franzosen zusammentreffen sollte, vorbei an Pont Audémer am Risle, und überquerte die Touque bei Pont l'Evêque. An verschiedenen Orten stießen weitere Ritter, geführt von den Baronen der entlegenen Regionen, zu ihnen. Und tagtäglich brachten die Späher des Herzogs Nachrichten von den sich nähernden französischen Truppen. Der König hatte die Grenze bei Verneuil überschritten und war an der Spitze seiner Truppen über Echaufour nach Hiesmes weitergezogen, von wo er den Weg nach Norden durch Auge nahm, um den Herzog in Valmérie zu treffen, eine Meile südlich von Argences, in der Nähe des Lagers der Rebellen auf der Ebene von Val-es-dunes.

Wilhelm überschritt die Méance bei der Furt von Berengier, nördlich von Val-es-dunes. Es gab keinen Baron in seiner Armee, der nicht von seinem Fahnenträger begleitet wurde. Fahnen und Wimpel wehten im Wind, ein Wirrwarr von leuchtenden Farben, allen voran die goldenen Löwen, die kühn über Wilhelms Haupt flatterten. Das Volk strömte aus Argences herbei, um den Zug vorbeireiten zu sehen. Mit offenen Mäulern und runden Augen starrten sie, stießen einander an und flüsterten: »Da reitet er! Das dort ist der Herzog, auf dem schwarzen Pferd. Jesus! Der schaut aber viel älter aus, als er ist!«

Eine Mädchenstimme erhob sich schrill: »Gott sei mit Euch, Beau Sire! Tod Euren Feinden!«

Der Ruf pflanzte sich fort: »Gott sei mit Euch, Gott sei mit Euch!« tönte es aus der Menge. Der Herzog ritt weiter, den Blick starr zwischen Malets Ohren gerichtet.

Die Franzosen hatten zu Tagesanbruch in Valmérie die Messe gehört und waren dann nach Val-es-dunes marschiert, wo die Rebellen in einer langen Reihe entlang der Méance Aufstellung genommen hatten. Die Truppen des

Herzogs näherten sich über die Hochebene von Argences, bis sie die Ebene von Val-es-dunes zu ihren Füßen sahen, flach, ohne Täler und Wälder, sanft nach Osten abfallend, öd.

»Ein guter Kampfplatz«, bemerkte Graf Robert, der neben Wilhelm ritt. »Bei Gott, Néel hat den Ort gut gewählt.«

Raoul sah auf den silbern glitzernden Fluß, und der Gedanke durchfuhr ihn: Bald wird das Wasser blutrot sein, und Tote werden darin abgetrieben werden. Wer von uns wird den Morgen noch erleben?

Es war deutlich zu sehen, daß dem Herzog solche Gedanken fremd waren. Er trieb sein Pferd an, als könnte er den Augenblick der Schlacht kaum erwarten. Verceray sprang vorwärts, und der Wind glättete den Wimpel, den Raoul trug, und ließ die Löwen auf blutrotem Grund sehen.

Der König von Frankreich ritt vor, um den Herzog zu begrüßen; einer seiner Edelleute begleitete ihn; er trug über seinem Kettenhemd einen roten Mantel.

Heute ist alles rot, dachte Raoul. Und wird, bei Gott, noch röter werden.

Verceray tänzelte unruhig und riß an der Trense; der seidene Wimpel flatterte im Wind, und das Gras neigte sich in der Brise. Raoul blickte zur feindlichen Armee hinüber, die in einiger Entfernung zur Schlacht aufgestellt war. Auch dort flatterten die Wimpel im Wind, und die Speerspitzen blitzten in den Sonnenstrahlen auf. Soweit das Auge reichte, dehnte sich die weite Ebene, und die Méance floß ungestört, leise rauschend, dahin. Plötzlich ertappte sich Raoul bei dem Wunsch, daß alles so unberührt bleiben möge; und vor seinem Auge erhob sich das Bild der von den Hufen der galoppierenden Rosse zerfurchten Erde, der blutenden Sterbenden am Flußufer, und er hörte die Schreie, das Stöhnen, das Kampfgetümmel, das das Gezwitscher der Vögel übertönte. Er versuchte, diese weibischen Ängste abzuschütteln, denn wozu wurden Männer denn geboren, als zum Kampf? Er richtete seinen Blick wieder auf den Herzog, der eine Hand in die Hüfte gestützt hatte und sich zum König hinüberbeugte.

Heinrich wies auf eine Gruppe von Reitern in glänzender Rüstung, die sich weder den Rebellen noch der Armee des Herzogs angeschlossen hatten. »Wißt Ihr, wer diese Männer sind, Vetter?« fragte er. »Sie sind kurze Zeit vor Euch gekommen und haben sich keinem zugesellt. Für wen werden sie kämpfen?«

Wilhelm beschattete die Augen mit der Hand und versuchte, den heftig flatternden Wimpel auszunehmen. »Für mich, glaube ich, Sire«, antwortete er. »Das ist das Wappen von Raoul Tesson, dem Herrn von Turie-en-Cingueliz, und er hat keine Fehde mit mir, noch einen Grund, mir übelzuwollen.«

Eine Bewegung wurde in der kleinen Gruppe sichtbar. Ein Reiter löste sich aus der Menge und galoppierte auf den Herzog zu.

»Raoul Tesson kommt selbst«, sagte Wilhelm, der noch immer die Hand vor die Augen hielt. Er gab Malet die Sporen und ritt vor, um den einsamen Reiter zu erwarten, und sah ihm mit gerunzelter Stirn entgegen.

Der Herr von Cingueliz kam mit dem Ruf »Tesson«, der weit über die Ebene hallte, auf ihn zu. Sein Mantel flatterte hinter ihm her, und in der rechten Hand umklammerte er einen Handschuh. Dann brachte er sein Pferd mit einem Ruck zum Stehen. »Heil, Herzog der Normandie«, sagte er, und keiner, der ihn hörte, wußte, ob er spottete oder nicht. Seine hellen Augen erwiderten Wilhelms Blick fest.

»Was willst du von mir, Raoul Tesson?« sagte der Herzog ruhig.

Der Herr von Cingueliz ritt ganz nahe an ihn heran. Der Herzog blieb unbewegt, aber Raoul, der die Szene beobachtete, griff zu seinem Schwert und zog es halb aus der Scheide. »Das da«, sagte der Herr von Cingueliz, hob die Rechte und schlug den Herzog mit dem Handschuh auf die Wange. Er lachte rauh auf: »Jetzt ist es geschehen«, sagte er und zog sein Pferd zurück.

Die Männer des Herzogs stöhnten wütend auf; manche legten den Speer an, andere versuchten vorwärtszudrängen.

Der Herzog wehrte mit einer gebieterischen Geste ab. Seine Augen verließen keinen Augenblick das Gesicht Tessons.

Dieser warf den wütenden Baronen einen belustigten Blick zu und lächelte Wilhelm dann an. »Ich habe geschworen, das zu tun, was ich eben getan habe«, erklärte er mit tragender Stimme. »Ich habe den Schwur gehalten, Euch zu schlagen, wo immer ich Euch treffen würde. Von jetzt an, Beau Sire, werde ich Euch niemals wieder Leid zufügen, noch meine Hand gegen Euch erheben.«

Er berührte grüßend den Helm, riß sein Pferd herum und kehrte zu seinen wartenden Männern zurück.

Der Herzog lachte. »Dank, Raoul Tesson!« rief er ihm nach und kehrte an die Seite des Königs zurück.

»Gut gemacht, bei meinem Kopf«, sagte Heinrich, von dem Zwischenfall beeindruckt. »Diese Normannen sind wilde Hunde.«

»Das werdet Ihr bald selbst beurteilen können, Sire«, versprach der Herzog.

Von beiden Armeen ritten Herolde vor, und dann wieder zurück. Die Normannen, welche Wilhelm selbst in die Schlacht führte, die Grafen von Arques und Eu und der Herr von Gournay standen auf dem rechten Flügel; die Franzosen, an der Spitze der König und der Graf von Saint-Pol, bildeten den linken Flügel. Ihnen gegenüber folgten die Männer aus dem Bessin dem Banner Ranulfs von Bayeux; die wilden Krieger aus dem Côtentin drängten sich hinter Néel de Saint-Sauveur, den man den Noble Chef de Faucon nannte. Raoul sah dessen Standarte in den Farben Azur und Silber, deren blauer Schimmer über die Ebene leuchtete, sah, wie sein Pferd unruhig hin und her tänzelte, sah, wie die Sonne auf seiner Lanze schimmerte.

Er wand sich Vercerays Zügel um die Hand und ergriff sein Banner fester. Es war ihm, als wäre er rasch gelaufen, so fehlte ihm der Atem, und das Blut kochte wild in seinen Ohren. Seine Lippen waren trocken; er leckte sie ab und betete, daß er sich in diesem seinem ersten Kampf so betragen möge, wie es dem Ritter des Herzogs zukam.

Ein scharfer Befehl durchschnitt die Luft, er sah, wie Malet vorwärtssprang, und folgte dem Herzog auf dem Fuß. Plötzlich war er erregt, aber nicht mehr atemlos, und hatte keine Angst mehr.

Um ihn herum dröhnten Hufe; ein mächtiger Pferdekopf tauchte an seiner Seite auf; ein blauer Mantel, das kalte Blitzen eines Schildes traf sein Auge, aber seine Aufmerksamkeit galt nur dem Mann, der Malet so wild in den Kampf trieb. Vor ihnen bewegten sich die feindlichen Truppen im Galopp auf sie zu. Raoul fragte sich, wie es sein würde, wenn sie zusammentrafen. Geschrei aus vielen Kehlen drang an sein Ohr; und er bemerkte, daß auch er aus voller Kehle »Dex Aie! Dex Aie!« rief.

Das Donnern der Hufe wurde von Sekunde zu Sekunde lauter. Der Wind trug die Rufe der Männer aus dem Bessin zu ihnen herüber: »Saint-Sever! Sire Saint-Sever!« Und dazu vernahm man die donnernde Stimme von Hamon-aux-Dents: »Saint-Amant! Saint-Amant!«

Die beiden Armeen drangen mit einer Wucht aufeinander ein, daß sie zu einem plötzlichen Stillstand kamen. Schild traf auf Schild; verbissen fochten die Männer in dem Getümmel; und die rasenden Pferde schlugen mit ihren stahlbewerten Hufen wild aus. Ein Mann stürzte, wurde niedergetrampelt; Raoul hörte ihn schreien und biß die Zähne zusammen. Mit schweißbedeckter Hand umklammerte er das Banner, hielt mit der anderen den drachenähnlichen Schild vor sich. Er trieb Verceray an, dem Herzog nach, bahnte sich mühsam den Weg durch die Menge. Irgendwer schrie, daß der König gestürzt wäre; vor ihm ein Handgemenge; der Herzog stieß mit aller Wucht zu, ein Pferd fiel. Raoul sah die roten, aufgeblähten Nüstern, als es zu Boden sank, blickte in die schreckgeweiteten Augen. Dann sah er nur noch den Speer, der auf ihn gerichtet war, und den er mit dem Schild abwehrte. Verceray stieg vor einem Mann hoch, der zu Fuß mit seinem Speer verzweifelt inmitten der am Boden liegenden Gefallenen focht. Raoul riß sein Pferd zur Seite und schlug mit dem Schwert zu. Blut spritzte auf sein Bein; er ritt weiter, über die Toten, kämpfte sich seinen Weg zum Herzog frei.

»Saint-Sever! Sire Saint-Sever!« Mit einem Wutschrei schlug der Mann, der so schrie, nach dem Banner, das Raoul so sorgsam hütete. Raouls Schwert, ein Blitz aus tödlichem blauen Stahl, zischte nach unten. Das Banner war gerettet, ein Rebell hatte seinen Arm verloren. Raoul wischte den Schweiß aus den Augen und schrie: »Tod! Tod! *Le bon temps viendra!*«

Ein Mann griff ihn im gestreckten Galopp an; er riß sein Schild hoch und sah die finsteren Züge Grimbauld du Plessis', dessen Gesicht blutverschmiert war. Hubert de Harcourts Speer traf Grimbauld unvorbereitet und stieß ihn aus dem Sattel. Hubert rief: »Dex Aie«, und »Ergib dich, treuloser Ritter!« Raoul sah, wie sein Bruder Eudes vorwärtsdrängte; dann stürmte er weiter, das Banner in der Hand, dem Herzog nahe.

Wilhelm kämpfte mit einer Beharrlichkeit, die keine Ermüdung kannte. Der Schaum aus Malets Maul klebte auf ihm; sein Helm war durch einen Schwertstreich eingebeult, aber seine Augen glänzten. Er hatte die Lanze weggeworfen und kämpfte jetzt mit dem Schwert im Nahkampf gegen Hardrez, den besten Krieger aus Bayeux. Das Schwert des Veteranen klirrte gegen das seine; er rief den Schlachtruf seines Herrn »Saint-Amant!«, und noch während des Schreis schlug ihm der Herzog das Schwert aus der Hand, traf die Waffe seine ungeschützte Kehle. Blut spritzte über sein Hemd; er fiel mit einem leisen Röcheln, und ein reiterloses Pferd tobte wild durch das Getümmel.

Wie lange das Gefecht dauerte, wußte Raoul nicht. Er hielt sich in einer Art von blutdürstigem Taumel eng neben dem Herzog, fletschte die Zähne, während er alle Angriffe gegen das Banner, das er trug, wild abwehrte. Blut und Schaum befleckten den Stoff, der Schaft in Raouls Hand war glitschig geworden, aber noch immer flatterte das Banner über dem Kopf des Herzogs.

Irre Worte gingen Raoul durch den Kopf: »Noch röter,

bei Gott, noch röter!« Die durcheinanderwirbelnde Menge der Reiter zog gespensterhaft an seinem Blick vorbei. Manchmal drang ein solches Gespenst auf ihn ein, und Raoul wehrte es mechanisch ab. Einmal erblickte er Guy von Burgund, als sich das Toben der Schlacht etwas gelegt hatte; sein Gesicht war bleich, seine Augen starrten wild, aber dann verschwand er, und neue Gesichter zogen an ihm vorbei, veränderten sich wie Schatten in einem Alptraum. Hie und da hörte man das schrille Wiehern eines verwundeten Pferdes über dem Getümmel; manchmal rief eine Stimme zum Sammeln.

Die Männer aus Cingueliz, die sich im ersten Ansturm zurückgehalten hatten, wählten einen günstigen Augenblick und griffen die Rebellen von der Flanke her an. Nun hatten sie sich unter die Krieger des Herzogs gemischt, und immer wieder übertönte der wilde Schrei »Turie!« das »Dex Aie!« und das tiefe »Montjoie!«, das aus den Reihen der Franzosen kam.

Ranulf, der Graf von Bessin, war der erste, der sich aus der Schlacht zurückzog. Als der Haufen der Gefallenen immer größer wurde und die Truppen des Herzogs vorwärtsdrängten und die Rebellen niedermähten, verließ ihn der Mut. Wilhelms düsteres Gesicht schien ihm Fürchterliches anzukündigen. Er kämpfte eine Zeitlang verbissen weiter, aber als Hardrez, sein geliebter Vasall, fiel, schien ihn das Entsetzen zu übermannen. Mit einem gräßlichen Schrei warf er Schild und Lanze von sich und ritt wie von Furien gehetzt davon, neigte sich tief über den Hals seines Pferdes und trieb es über die blutgetränkte Ebene dahin.

Neben Raoul hatte sich der Herzog aus dem immer unwilliger geführten Kampf zurückgezogen und lachte plötzlich auf. Raoul fuhr zusammen; das Gelächter des Herzogs rief ihn in die Gegenwart zurück. Er seufzte schaudernd auf; der Blutdurst wich aus ihm, und er sah mit einem Anflug von Grauen auf den Mann, der inmitten eines solchen Gemetzels lachen konnte.

Der Herzog deutete mit seinem blutigen Schwert auf den fliehenden Ranulf. »Gott am Kreuz – wie eine Gans, die mit langem Hals davonfliegt!« sagte er. Er sah Raoul an, und Heiterkeit blitzte in seinen Augen auf.

Plötzlich fiel die Spannung von Raoul ab; er begann zu lachen, abgehackt, in kurzen Stößen. Erst als der Herzog weiterritt, riß er sich zusammen und folgte seinem Herrn mit zusammengepreßten Lippen. Er spürte, daß ihn ein Zittern überfiel, als hätte er hohes Fieber. Zum ersten Mal, jetzt, als der Kampf vorbei war, roch er den Geruch des Blutes, und es wurde ihm übel.

Guy von Burgund war der nächste, der Ranulf folgte; er floh mit dem, was von seiner Truppe übriggeblieben war, und versuchte, seinen verwundeten Arm mit einem Tuch notdürftig zu verbinden.

Néel de Saint-Sauveur focht als einziger der feindlichen Anführer in einer Art von grimmiger Verzweiflung weiter. Hamon-aux-Dents lag tot auf dem Schlachtfeld, ausgestreckt an der Stelle, an der er gefallen war. Er war es, der das zweite Pferd des Königs niedergestreckt hatte, aber in dem Augenblick, in dem Heinrich abgesprungen war, hatte Hamon auch schon die Lanze eines normannischen Ritters getroffen.

»Bei Gott, für einen solchen Mann habe ich immer Platz!« rief der Herzog, als er mit leuchtenden Augen dem unbesiegbaren Streiter unter dem blauen Banner zusah.

Die Méance war geschwollen von Leichen, welche von der Strömung flußabwärts getrieben wurden. Einer der Männer nach dem anderen warf die Waffen weg und stürzte sich in den Fluß; manche erreichten das gegenüberliegende Ufer, viele ertranken elend im verseuchten Wasser. Und schließlich mußte sich auch der Graf des Côtentin geschlagen geben. Er zog sich zurück, versammelte seine Männer um sein Banner und ritt davon, geordnet selbst auf der Flucht.

Einige der Normannen und Franzosen wären ihm gern nachgeritten, um ihn niederzustrecken. Der Herzog erhob sich in den Bügeln. »Nein!« rief er mit Donnerstimme. »Beim lebendigen Gott, ich befehle Euch, diesen Mann ziehen zu lassen!«

Gott sei's gedankt, daß es noch Überlebende gibt! dachte Raoul und versuchte seinen Blick von der Leiche abzuwenden, die zu seinen Füßen lag. Aber der Tote zog seinen Blick magisch an. Das war auch einmal ein Mensch gewesen, mit einem Gesicht, das lachen und weinen konnte. Jetzt hatte er kein Gesicht mehr: nur eine zermalmte Masse hatten die Hufe der Pferde zurückgelassen.

Der Herzog bemerkte Raouls Blick und sah zu Boden, um zu erkunden, was Raouls Aufmerksamkeit auf sich zog. Seine Brauen zuckten, doch war dies das einzige Anzeichen dafür, daß er Ekel oder Mitleid spürte.

»Komm«, rief er kurz über die Schulter und ritt dem König entgegen.

Heinrich war außer Atem und schwitzte. »Bei Gott, Ihr seid kühn, Vetter!« rief er, als ihn der Herzog grüßte. »Gut gemacht, Normanne. Unberührt ist Euer Schwert nun wirklich nicht mehr!«

Der Herzog wischte es in seinem zerfetzten Mantel ab. »Nein, ich habe es mit Blut getauft!«

Heinrich nahm den Helm ab und wischte sich den Schweiß von der Stirn. »Ich habe Arbeit für Euch, Normanne!« sagte er.

»Ich bin Euer Gnaden Vasall«, erwiderte Wilhelm förmlich.

»Wir werden darüber sprechen, wenn wir uns ausgeruht haben«, versprach der König. »Herrgott, mein Magen ist ausgedörrt!«

»Mit Eurer Erlaubnis, Sire, ich habe jetzt keine Zeit zum Ausruhen«, sagte der Herzog.

Der König starrte ihn ungläubig an. »Bei Gott, habt Ihr denn noch nicht genug?«

»Ich muß einen Fuchs aus seinem Bau treiben«, sagte Wilhelm. »Guy von Burgund ist sicher in seine Feste in Briosne geflohen. Ich führe meine Arbeit gern zu Ende, Sire.« Er lächelte Graf Robert von Eu an, der sich zu ihnen gesellt hatte. »Kommt Ihr mit, Robert?«

»Ja, bis an die Pforten der Hölle«, erwiderte der Graf fröhlich. »Wir müssen den Burgunder auf jeden Fall von seinem Nachschub abschneiden. Wir haben gut begonnen, aber das Ende muß noch besser werden.« Er winkte Hubert de Harcourt zu sich. »Vetter, hier steht einer, der einen Gefangenen hat, den Ihr gern übernehmen werdet.«

Hubert nahm den Helm ab, unter dem sein rotes, schwitzendes Gesicht, seine blutunterlaufenen Augen sichtbar wurden. »Herr, es ist der Verräter Grimbauld«, sagte er. Raoul grinste, als er den respektvollen Unterton in der derben Stimme hörte.

»Ah! Wirklich?« rief Wilhelm. »Hugh de Gournay soll ihn in Ketten nach Rouen führen.« Er nickte Hubert zu und meinte freundlich: »Deine Familie dient mir gut. Glaub mir, ich werde daran denken.« Er wandte sich wieder dem König zu und hob die Hand zum Helm. »Erlaubt mir zu gehen, Sire. Wenn ich meine Arbeit beendet habe, ruft mich zu allem, was Ihr braucht. Ich werde nicht zögern. Folg mir jetzt, Raoul!«

Er wandte sein Pferd und ritt zu seinen Kriegern zurück.

Hubert starrte ihm mit offenem Mund nach; dann klopfte er den dampfenden Hals seines Pferdes und galoppierte Wilhelm mit einem »Haro!« nach. Kichernd bemerkte er: »Bei Gott! Es geht wirklich weiter! Also los, immer diesem streitbaren Herzog nach!«

Der Graf von Eu, der neben ihm ritt, lachte und meinte: »Das gefällt dir also, du alter Haudegen?«

»Sehr!« antwortete Hubert.

Der König von Frankreich strich sich gedankenvoll den Bart und blickte ihnen nach. »Du bist sehr heißblütig, Vetter«, murmelte er. »Aber dein Verstand bleibt kühl. Ich sehe, was ich tun muß. Glaub mir, ich werde dich rufen, Normanne; sehr bald sogar.« Plötzlich bemerkte er Saint-Pol, der ihn erstaunt anstarrte. »Wie, Ihr seid noch da, Graf? Was meint Ihr? Soll ich den Normannen gegen Anjou senden?« Und er lachte tonlos.

Saint-Pol überlegte langsam und schwerfällig, wie das seine Art war. »Das bedeutet, daß man sie zu Feinden macht?« sagte er. »Geoffrey Martel ist ein rachsüchtiger Mensch.«

»Und warum nicht«, fuhr ihn der König an. »Soll mir doch der normannische Wolf gegen den Fuchs aus Anjou helfen. Ich sehe, daß in dem Normannen ein kalter Teufel steckt. Soll doch der Fuchs den Wolf jagen – dann wird der Wolf nicht zu mächtig.« Er bemerkte, daß Saint-Pol überhaupt nichts verstand, und zog ihn am Mantel. »Graf, ich will keinen mächtigen Wolf an meiner Grenze«, sagte er.

5

Und schließlich räucherten sie den burgundischen Fuchs auch aus, doch geschah dies nicht so rasch, wie man zuerst gehofft hatte. Die Festung von Briosne war keine Felsenburg, aber doch eine starke Feste. Sie war ein niedriges, viereckiges Gebäude auf einer Insel mitten in der Risle, die sie völlig beherrschte. Der Herzog kam, runzelte die Stirn, biß mit seinen starken, weißen Zähnen in den Griff seiner Peitsche und gab ein paar kurze Befehle. Nach kurzer Zeit konnten die Belagerten zwei hölzerne Befestigungen, eine im Osten, eine im Westen, sehen, wenn sie aus den Schießscharten blickten. Der Herzog hatte auf beiden Ufern Lager aufgeschlagen, um seinen Vetter auszuhungern.

Man erzählte, daß sich Guy von Burgund vor Lachen bog und sich schon gerettet sah. Die Festung konnte eine Belagerung bis zum Winter überstehen; man konnte ihm nachsehen, daß er glaubte, Wilhelms Geduld würde diese lange Zeit nicht durchstehen. Aber er hatte sich verrechnet. Der streitbare Herzog wußte genau, wann er seinem wilden Temperament Lauf lassen konnte und wann er sich im Zaum halten mußte. Wenn Guy darauf baute, daß sich die Normandie wieder erheben und Wilhelm deshalb von seinem Posten abrücken würde, dann hatte er sich geirrt. Néel de Saint-Sauveur hatte sich in die Bretagne zurückgezogen, wurde in Acht getan und seiner Besitzungen für verlustig erklärt. Ranulf von Bayeux war an einen unbekannten Ort geflohen; der Herr von Thorigny war bei Val-es-dunes gefallen; Grimbauld du Plessis lag in Ketten in Rouen, dem Tod geweiht. Und die anderen brauchten Zeit, um wieder Atem zu holen. Die Normandie war daran, ihren Herzog kennenzulernen, und blieb im Augenblick ruhig, um ihre Wunden zu pflegen.

Wahrscheinlich war es die unbarmherzige Ausdauer des Herzogs, die Guy die Fassung verlieren ließ. Er wurde immer unruhiger und kaute seine Nägel bis aufs Fleisch. Einem Angriff konnte er entgegensehen, im sicheren Bewußtsein, ihn abwehren zu können; aber seine unruhige Natur widerstand dem qualvollen Warten nicht.

Es war eine Zeit der Angst in Briosne, und die Männer starrten über den Fluß zum Lager des Herzogs. Jeden Tag sank ihr Mut weiter und die Hoffnung schwand. Als der Winter hereinbrach und der Hunger immer mehr um sich griff, machte sich Verzweiflung in dem düsteren Gemäuer breit; die Männer lungerten in den Ecken herum, fest eingehüllt in ihre Mäntel, die sie vor der bitteren Kälte kaum mehr schützten. Niemand sprach mehr davon, daß die Belagerung abgebrochen würde. Nur Guys engste Freunde baten ihn auf Knien, die Festung zu übergeben. In wildem Zorn kreischte Guy, daß sie ihn tot sehen wollten.

»Nein, Herr; hier aber sterben wir wie die Ratten in ihren Löchern.«

Guy kauerte auf seinem Bett und zog seinen Mantel mit zitternden Fingern um sich. *»Gayter la mort, gayter la mort!«* murmelte er. Seine fiebrigglänzenden Augen starrten die Umstehenden an. Dann lachte er irre auf. »Wollt ihr mich verspotten, ihr Gerippe?« Ein Schüttelfrost überfiel ihn. »Gerippe aus Val-es-dunes!« keuchte er. »Ich kenne euch doch, bei Gott! Was, grinst ihr mich an! Ihr seid ja alle tot, alle tot!« Er verbarg das Gesicht in den Händen und begann zu schluchzen.

Sie sprachen ihm zu, so gut sie konnten. Er lag unbeweglich auf seinem Bett, starrte zur Decke, taub für alles, und phantasierte in einer schrecklichen, monotonen Stimme, welche alle, die ihn hörten, an die Grenze ihrer Fassung brachte.

Schnee bedeckte den Boden, und dünne Eisschollen schwammen auf dem Fluß, als das Ende kam. Sie brachten dem Herzog die Schlüssel von Briosne auf der Spitze einer Lanze und warfen sich vor ihm nieder. Er sagte nur: »Guy von Burgund soll vor mich treten.«

Guy kam und trug einen Sattel auf seinem Rücken, als Zeichen der Unterwerfung. Er mühte sich im Gehen, taumelte unter der Last, die für seine ausgezehrten Glieder zu schwer war. Zu Füßen des Herzogs krähte Galet und sagte: »Laß deinen Esel auf die Weide, Bruder; das Vieh verreckt sonst.«

Ein Fußtritt warf ihn zu Boden. »Halt den Mund, Narr!« befahl der Herzog mit rauher Stimme. Er schritt auf Guy zu, der in Erwartung des Urteilsspruchs niedergekniet war, hob ihm den Sattel von den Schultern und warf ihn im großen Bogen beiseite. »Steh auf, Vetter, und höre, was ich dir zu sagen habe«, befahl er, stützte Guy und zog ihn auf die Beine.

Guys Anhänger schlichen nacheinander auf den Herzog zu und küßten ihm die Hand, als er gesagt hatte, was zu sagen war; der Urteilsspruch verkündete Gnade; Gnade für die weniger Bedeutenden und die Beschlagnahme von Guys Besitzungen, der nicht mehr länger als Vasall des Normannen erachtet wurde, dem der Herzog aber in sanfterem Ton noch immer Gastfreundschaft bot.

Guy fand es schwer, zu sprechen; seine Lippen bewegten sich, ohne daß Worte kamen; eine Träne rollte verstohlen seine Wange hinunter. Mit einer Kopfbewegung befahl der Herzog FitzOsbern zu sich. »Führt ihn fort«, sagte er, »und versorgt ihn so, wie es einem Ehrengast gebührt.« Er schlug Guy leicht auf die Schulter. »Geht, Vetter«, sagte er. »Ihr habt nichts von mir zu fürchten, das verspreche ich Euch.«

Später, als sich die Gelegenheit ergab, kniete Raoul nieder und küßte dem Herzog die Hand.

Wilhelm sah mit einem leisen Lächeln auf ihn hinunter. »Was soll das, Raoul?«

»Beau Sire, ich habe Eure Stärke und Eure Gerechtigkeit kennengelernt – und jetzt auch Eure Gnade.«

Wilhelm entzog ihm die Hand. »Unsinn! Bin ich denn eine Katze, die mit einer toten Maus noch spielt?« sagte er verächtlich.

Guy von Burgund blieb bis zum Frühling am Hof von Rouen, aber es war offensichtlich, daß er lieber anderswo gewesen wäre. Als der letzte Schnee auf den Feldern dahinschmolz, bat er, die Normandie verlassen zu dürfen, und als ihm diese Bitte gewährt wurde, zog er sich in sein eigenes Land zurück, verbittert und enttäuscht.

Im Frühling kam aber auch der Ruf des Königs, wie er es angekündigt hatte. König Heinrich forderte seinen Vasallen auf, ihm im Kampf gegen Geoffrey Martel, Grafen von Anjou, beizustehen.

Die Sache drängte. Martel, der der Überzeugung war, er verdiente mehr, als ihm bis jetzt zugekommen war, hatte schon unter seinen Nachbarn manch Unheil angestiftet. Die Grafen von Chartres und der Champagne konnten davon Zeugnis ablegen und taten dies auch sehr lautstark. Maine, der Nachbar der Normandie, war ihm ausgeliefert, denn Martel war der Vormund des jungen Grafen Hugh und übte dieses Recht bis zum Letzten aus. Nachdem er die edlen Grafen von Chartres und der Champagne besiegt und eine Weile eingekerkert hatte, beschloß er, noch mächtiger zu werden, und setzte dies sehr drastisch in die Tat um. Im Frühling versagte er König Heinrich die Lehnspflicht und unterstrich diese Tat dadurch, daß er in Guienne und Poitiers einfiel. Nach einigen Scharmützeln bemächtigte er sich der beiden Grafen und hielt sie so lange gefangen, bis sie sich bereit erklärten, seine Forderungen zu erfüllen. Diese waren unverschämt, aber es war die einzige Hoffnung, wieder freizukommen. Man hielt es für bemerkenswert, daß der Graf von Poitou vier Tage nach seiner Freilassung starb. Guienne überlebte; wahrscheinlich hatte er aus einem anderen Becher getrunken. Martel beanspruchte Poitiers und heiratete – mit Gewalt, wie man munkelte – eine Verwandte des toten Grafen. Dies war der Stand der Dinge, als Heinrich nach dem normannischen Wolf sandte.

An der Spitze seiner Reiter zog Wilhelm über die Grenze nach Frankreich. Und wiederum legten Männer, die kaum ein anderes Lebensziel kannten als den Kampf, ihre Rüstungen an und schworen, der Herzog sei ihr Mann, wenn er weiter so wie jetzt handle.

Was König Heinrich von all dem dachte, behielt er für sich, aber es war sicher der Augenblick, in dem seine nicht endenwollende Eifersucht auf seinen jungen Vetter entstand. Hatte er Wilhelm gerufen, daß er unter seiner Führung für ihn kämpfen sollte, so stellte sich bald heraus, wer der wahre Anführer dieses Feldzugs war. Wilhelm bestimmte, was geschah, er war es, der mit untrüglicher Sicherheit die schwachen Stellen in den Plänen des Königs klarlegte und nicht davor zurückschreckte, alles zu verwerfen, was seinem kriegserfahrenen Verstand als Zeitverschwendung erschien. König Heinrich mochte seinen Zorn unter einem süßen Lächeln verbergen, die französischen Barone ihre Eifersucht offen zur Schau tragen, Wilhelm ließ das alles unberührt. Sie begannen ihn zu hassen, diese stolzen Franzosen, denn sein wacher Verstand hatte den ihren überrundet. Sein Weitblick war ungetrübt, sein Mut auf dem Schlachtfeld unvergleichlich und stellte den Tapfersten in den Schatten. All dies mehrte ihren Haß, am schlimmsten aber reizte sie seine unbequeme Persönlichkeit. Solange Wilhelm lebte, sollten ihn seine Mitmenschen fürchten und konnten kaum dem direkten Blick seiner kalten Augen standhalten. Die Franzosen lernten sehr früh die rücksichtslose Willensstärke Wilhelms kennen. Nie wich er von einem einmal gefaßten Beschluß ab und scheute kein Mittel, diesen Beschluß durchzuführen. Anerkannte man ihn als Herrn, so war er ein guter Freund; trat man ihm feindselig entgegen, so war nur eine Lösung möglich.

»Jesus, wie starrköpfig er doch ist!« sagte Roger de Beaumont. »Was soll nur daraus werden? Ich versichere euch, ich habe Angst vor ihm. Große Angst. Ich habe noch nie einen Menschen kennengelernt, der so ist wie er. Wann ist er je müde? Wann ist er krank? Beim Himmel, wann weicht er je von seinem Ziel ab? Nie, glaube ich. Was für ein harter Mensch er ist!«

Und doch waren sie stolz auf ihn, diese Männer, die unter seinem Banner fochten. Waffengewandtheit war der sicherste Weg, das Herz eines Normannen zu gewinnen, und

Wilhelm zeigte ihnen unerhörte Taten. Seine Männer prahlten mit seinen Taten und erzählten, wie er als erster durch die Bresche in Meulan gestürmt war und mit eigenen Händen drei mächtige Krieger, die sich ihm in den Weg stellten, getötet hatte; wie seine Leibwache ihn bei einem wilden Ritt durch düstere Wälder aus den Augen verloren hatte, und sie ihn nach verzweifeltem Suchen wiederfanden – begleitet von vier Rittern, mit denen er ein Dutzend Gefangene vor sich hertrieb. Sein Ruhm verbreitete sich rasch. König Heinrich bemerkte milde, daß Wilhelm sein Leben zu oft aufs Spiel setze. Aber er sprach zu tauben Ohren. Der streitbare Herzog war wie von einem Dämon besessen, der weder Furcht noch Müdigkeit kannte.

Als der Krieg vorüber war und Martel sich ingrimmig in seine Zufluchtsstätte nach Anjou zurückgezogen hatte, verbarg König Heinrich seine Eifersucht hinter freundlichem Lächeln und dankte dem Normannen in bewegten Worten für seine Hilfe, zollte ihm großes Lob und umarmte ihn wie ein Bruder. Vielleicht ahnte er schon, daß Martel bereits auf Rache sann und grübelte, wie er diesem Jungen, der ihm so übel mitgespielt hatte, beikommen konnte; vielleicht lächelte der König deshalb so sanft. Sie trennten sich unter allen Anzeichen großer Freundschaft. Der König ritt nach Hause, um dort seinem Groll nachzuhängen, und der Herzog kehrte in sein Herzogtum zurück, wo man seine Siege feierte und gern bereit war, in Frieden mit ihm zu leben.

Sein Ruhm drang durch das ganze westliche Europa. Aus der Guienne und der Gascogne, ja sogar vom König des weit entfernten Spanien kamen reiche Gaben, edle Rosse und Botschaften, die seinen Mut und seine Waffengewandtheit rühmten. Ein kurzer Krieg hatte es bewerkstelligt, daß der Bastard der Normandie zum Helden Europas geworden war.

So herrschte also eine Zeitlang Frieden in der Normandie, aber Martel war nicht der Mann, der eine erlittene Demütigung ungerächt ließ. Plötzlich, ohne Kriegserklärung, versetzte er dem Stolz der Normandie einen schweren Schlag.

Er marschierte durch Maine, eroberte die Festung Domfront, die von Richard dem Guten erbaut worden war, besetzte sie und drang über die Grenze in die Normandie vor, bis nach Alençon an der Sarthe. Die Stadt leistete keinen Widerstand, die Festung wehrte sich nur wenig. Martel ließ eine Truppe dort, verwüstete die umliegenden Landstriche und kehrte im Triumph mit seiner Beute nach Hause zurück.

Dieses Mal bat Wilhelm Frankreich nicht um Hilfe. Er umging Alençon und erschien eine ganze Woche, bevor man ihn erwartet hatte, vor Domfront. Dieser rasche Zug erfüllte die Garnison mit Furcht; sie sandten rasch eine Botschaft an den Grafen und beobachteten von der felsigen Höhe mit großem Unbehagen die Vorbereitung zur Belagerung. Domfront war nicht im Sturmangriff zu erobern. Es lag auf der Spitze eines zerklüfteten Hügels und blickte drohend über das Tal der Mayenne, abweisend und uneinnehmbar. Die Garnison faßte wieder Mut und sprach von dem Tag, an dem Martel zum Entsatz heraneilen würde.

In der Zwischenzeit befestigte der Herzog seinen Belagerungsring und verbrachte die Zeit damit, Nachschub für die Festung aufzubringen und in den umliegenden Wäldern zu jagen. Auf einem dieser Ausflüge wurde er von einer Truppe von Reitern abgeschnitten, die zu eben diesem Zweck einen Ausfall gewagt hatte.

»Verrat, bei Gott!« rief FitzOsbern.

»Wahrscheinlich«, sagte Wilhelm. »Wir werden uns an diesen kühnen Rittern messen.«

Roger de Montgoméri stieß vorlaut hervor: »Beau Sire, es sind fünf gegen einen!«

Ein zorniger Blick war die Antwort. »Was, du hast Angst vor ihnen?« fragte der Herzog. »Wer folgt mir nach?«

»Wenn Ihr wollt, Beau Sire, dann folgen wir Euch alle«, brummte De Gournay. »Aber es ist Wahnsinn, bei Gott!«

»Ihr könnt mich einen Lügner nennen, wenn wir dieses Ungeziefer nicht in die Flucht schlagen!« sagte Wilhelm und galoppierte auf die Feinde zu.

Und sie zerstreuten die Angreifer. Sie stürzten sich, bevor die Angeviner es noch erfaßten, auf sie und fochten mit einer derart wilden Wut, daß das Häuflein vor ihrem Ansturm auseinanderbrach und sie es bis zum Fuß des Burgberges verfolgen konnten.

»Nun, war es Wahnsinn, Hugh?« fragte der Herzog augenzwinkernd.

»Beau Sire, ich habe fast keinen Zweifel mehr, daß Ihr vom Teufel besessen seid«, antwortete De Gournay mit großer Offenheit.

»Ich bin ganz sicher«, murmelte Raoul, »daß der Graf von Anjou dasselbe denkt und deshalb Angst hat. Denn er kommt noch immer nicht!«

Aber der Grund für Martels Zögern war ein anderer. Eines Tages brachte man in der Abenddämmerung die Nachricht, daß sich eine Reiterschar im Galopp dem herzoglichen Lager näherte, welche von einem Ritter unter einem azurblauen und silbernen Banner angeführt wurde.

Der Herzog kniff die Augen zusammen. »Néel de Saint-Sauveur«, sagte er. »Gut.« Er blickte FitzOsbern an. »Jetzt werde ich sehen, ob ich mich in meinem Mann geirrt habe. Wenn er in Frieden kommt, dann bringe ihn zu mir, Wilhelm.«

FitzOsbern trat voller Spannung hinaus. Der Herzog sah Raoul an. »Ich will diesen Mann«, sagte er. »Jetzt werden wir sehen, ob ich ihn für mich gewinnen kann oder nicht.«

Und dann ertönte der langgezogene Ton eines Horns, Pferdegetrappel, Stimmen und Fußtritte.

Der Eingang des Zeltes wurde zurückgeschlagen; der Graf des Côtentin trat im wallenden blauen Mantel rasch herein und ließ sich vor dem Herzog auf die Knie nieder; dann blickte er ihm direkt in die Augen.

Einen Augenblick lang erwiderte der Herzog schweigend diesen Blick. Dann sprach er: »Nun, Herr von Faucon?«

»Seigneur, ich bringe Euch zweihundert Reiter aus Penthièvre«, erwiderte Néel. »Ich komme direkt aus Anjou.«

»Was hast du dort getan, Néel, du Rebell?«

»Schlimme Dinge an Martel, Seigneur«, sagte Néel mit dem Anflug eines Lächelns.

»Ah«, sagte der Herzog. Seine Augen funkelten verdächtig, und seine Mundwinkel verzogen sich erheitert.

»Seigneur, vor einem Jahr habe ich Euch sehr unrecht getan. Ich habe versucht, dies gutzumachen.«

»Ist es dein Werk, daß Martel nicht kommt?« fragte Wilhelm.

»Mein Werk, Beau Sire. Ich habe in Anjou ein bißchen Unheil angerichtet, zumindest glaube ich das. Und jetzt komme ich zu Euch und biete Euch mein Leben an.«

Jetzt lächelte der Herzog aus vollem Herzen. »Für einen Mann wie dich, Néel, habe ich immer Platz«, sagte er. »Ich danke dir: Ich habe mit Zinsen gewonnen.« Und er blickte seinen Seneschall an. »FitzOsbern, sorgt für ein passendes Quartier für den Grafen von Côtentin.«

Néel erhob sich rasch. »Seigneur!« sagte er mit unsicherer Stimme.

»Nehmt Eure Ländereien aus meinen Händen wieder zurück, Herr von Faucon«, sagte Wilhelm. Er stand auf und ging mit ausgestreckten Armen um den Tisch herum. »Lassen wir die Vergangenheit: Ich will Euch lieber zum Freund als zum Feind.«

Der Graf beugte sich nieder und küßte Wilhelm die Hand. »Seigneur, ich bin Euer Mann«, versprach er mit leiser Stimme, drehte sich um und ging ohne ein weiteres Wort hinaus.

Der Herzog zwinkerte Raoul zu. »Manchmal kann ich Männer schon für mich gewinnen«, sagte er, »auch wenn man mich unnahbar nennt.«

Nach diesem Zwischenfall kam bald die Nachricht, daß Martel im Anrücken war. Die Besatzung des belagerten Schlosses mußte davon erfahren haben, denn sie schöpfte wieder Mut. Wilhelm selbst sandte seinen Seneschall und den jungen Roger de Montgoméri mit einer Eskorte aus, um mit dem Grafen von Anjou zusammenzutreffen und seine Absichten zu erfahren. Die beiden Herolde kamen wütend zurück und erzählten Wort für Wort, wie es ihnen ergangen war.

Sie waren direkt auf die feindliche Streitmacht zugeritten, ihr Banner hocherhoben, und wurden sofort vor den Grafen gebracht. Sie sahen sich vor einem vor Selbstgefälligkeit aufgeblasenen Menschen, untersetzt, dem bei jedem Zornanfall die Adern auf der Stirn schwollen. Er grüßte sie mit stolzen Worten, die ihnen mißfielen, und hieß sie, ihrem Herrn zu sagen, daß er ihm an einem bestimmten Tag auf dem Schlachtfeld entgegentreten werde. Und dann, übermannt von seiner Wut und seiner Selbstgefälligkeit und Eitelkeit, die sich tief in sein Hirn gegraben hatte, brach er in lautes Geschrei aus – sagte FitzOsbern – und erklärte ihnen, daß ihn der normannische Emporkömmling auf dem Schlachtfeld an seinem roten Mantel und an der Satteldecke seines Pferdes erkennen werde.

Man konnte sich leicht vorstellen, daß dies Öl ins Feuer gießen hieß. Ohne lange zu überlegen antwortete Wilhelm FitzOsbern in gleicher Weise. Er erwiderte, daß der Herzog den Purpur seines hohen Ranges, einen Reifen um den Helm tragen werde, und einen gescheckten Hengst, ein Geschenk des Königs von Spanien, reiten werde.

»Und weiter, Seigneur«, erzählte FitzOsbern, »sagten wir, daß er Euch an den goldenen Löwen erkennen werde, die über Eurem Haupt flattern, und an den tapferen Kriegern um Euch, die darauf brennen, die Euch angetanen Beleidigungen zu rächen. Ich glaube, daß wir gut gesprochen haben, denn sein Gesicht verfärbte sich.«

»Ich glaube«, meinte der junge Roger de Montgoméri, »daß es nicht die Antwort war, die er erwartet hatte. Er schien getroffen, kaute seinen Bart und blickte wild um sich.«

Galet blickte von seinem Platz in der Ecke des Zeltes auf und meinte: »Der Hund von Anjou bellt gern. Aber zeigt ihm nur die Peitsche, und er wird in seinen Zwinger zurückkriechen.«

Und dies bewahrheitete sich auch. Der Herzog führte seine Armee am bestimmten Tag zum Kampf, fand jedoch kein Zeichen von Anjou vor. Später erfuhr man, daß dieser seine Truppen in aller Eile zurückgezogen hatte und unter starker Rückendeckung heimwärts marschierte. Er war der erste von vielen, die einen schmachvollen Rückzug einer direkten Auseinandersetzung mit Wilhelm vorzogen.

Keiner wußte, wie Domfront auf diesen Rückzug reagierte. Wilhelm selbst lachte nur verächtlich auf und widmete sich erneut seiner Absicht, das Schloß zu Fall zu bringen.

Da sich Martel selbst kaltgestellt hatte, stürzte sich Wilhelm in eine seiner bekannten überraschenden Aktionen. Er ließ nur ein kleines Häufchen Männer vor Domfront zurück und führte den Rest seiner Truppen in einem nächtlichen Gewaltritt nach Alençon. Er ritt über Menhendin und Pointel und trieb seine Männer zum Äußersten an. Die Ritter gerieten ins Schwitzen; einige, deren Pferde zusammenbrachen, blieben zurück, aber der Großteil der Krieger hielt durch, biß die Zähne zusammen und beschloß, es dem nimmermüden Mann an ihrer Spitze gleichzutun.

In der Morgendämmerung standen sie vor Alençon, schmutzig und schweißüberströmt, und starrten durch den sich langsam hebenden Nebel auf die Stadt, die jenseits des Flusses lag. Die Stadt selbst war nicht befestigt, aber das Schloß, von dem eine schnurgerade Straße zum Turm an der Brücke über die Sarthe führte, beherrschte alles. Auf den zinnenbewehrten Wällen flatterten die Farben Anjous.

»Beim Blut Christi, die werde ich bald heruntergerissen haben«, fluchte der Herzog.

Er stieg ab und kniete nieder, um zu beten, denn er vergaß nie, was Gott gebührte. Seine Männer knieten um ihn. Nachdem er gebetet hatte, stand er wieder auf, wusch sich das Gesicht im Fluß und starrte mit gerunzelter Stirn auf den Torturm, der die Brücke schützte. Während er so überlegend dastand, hatte die Bevölkerung von Alençon Gelegenheit, seine Streitmacht zu beobachten. Man sah, wie sich am gegenüberliegenden Ufer die Männer zusammenrotteten und eifrig miteinander sprachen.

Die Besatzung des Torturms überblickte die Armee des Herzogs, sah, daß er keine Belagerungsmaschinen mitgebracht hatte, und fühlte sich in ihrer Festung sicher. Und da mit diesem Gefühl der Sicherheit auch ihr Hochmut wuchs, sahen sich die Männer auch schon als Sieger, riefen dem Herzog Beleidigungen zu und ergingen sich in obszönen Gesten.

Der Herzog sah dies mit wachsendem Zorn. Er gab einige kurze Befehle, und seine Männer stellten sich in Schlachtordnung auf. Der Herzog stand bei seinen Anführern und beriet sich mit ihnen. Wie immer, wenn er sich vor einer schwierigen Aufgabe sah, kaute er den Griff seiner Peitsche. Er prüfte die Anlagen der Stadt so sorgfältig, wie er nur konnte. Die Männer im Torturm, welche die Fruchtlosigkeit ihres Spottes erkannt hatten, überlegten sich etwas anderes, das den Stolz des Herzogs treffen würde. Man sah sie eilig hin- und herlaufen. Dann erhob sich ein Wutschrei in den Reihen der Normannen, und viele Hände fuhren nach den Schwertern.

Raoul bemerkte seinen Bruder Gilbert neben sich, der vor Zorn nicht mehr klar sprechen konnte. »Da«, stotterte er, »schau dorthin! Diese verdammten Schweine!«

Raoul blickte sich um und sah, daß die Verteidiger der Brücke Häute und Felle über das Geländer gehängt hatten und sie mit langen Stöcken und den Klingen ihrer Schwerter schlugen. Er lief zornrot an, als ihm die Bedeutung dieser Tat klar wurde, und rief: »Bei Gott, was soll diese Unverschämtheit?«

»Heil dem Gerber! Heil dem edlen Gerber von Falaise!« riefen die Männer auf dem Turm. »Wie, du bist selbst da, du Bastard des Normannen? Wie geht denn das Geschäft in diesen Tagen?«

Wilhelm blickte rasch auf. Er trieb sein Pferd vor Néel de Saint-Sauveur, der ihm diesen Anblick gern erspart hätte, und sah vor sich alles, was sich auf der Brücke abspielte. Die Knöchel seiner Finger wurden weiß, so fest umklammerte er den Griff seines Schwertes, und sein Mund zuckte vor kochender Wut. Wie eine Statue saß er unbeweglich auf seinem Pferd; eiskalt, aber unter der Oberfläche loderte ein wildes Feuer.

Seine Männer waren still geworden. Und endlich sprach er, Worte wie glühendes Eisen, welche die Stille durchschnitten und alle erzittern machten. »Diesen Schurken wird es ergehen wie einem Baum, dem man alle Zweige abhackt.«

Er riß sein Pferd herum; alle Kriegskunst verflog im Wind; nur blinde Wut regierte ihn. Zum Angriff! Zum Angriff! Der Torturm mußte erstürmt und eingenommen, niedergebrannt werden, und alle, die darinnen waren, sollten vor ihn geschleppt werden, um seine Rache zu erfahren. Demütig versuchte man, ihn zu beruhigen; er verwarf alles, was man sagte. Er schwor bei Gott, den Torturm dem Erdboden gleichzumachen, oder seine Barone nie mehr zur Schlacht zu führen.

Der größte Teil seiner Krieger stand auf seiner Seite; nur einige der älteren Kämpfer fürchteten eine Niederlage und rieten zur Überlegung. Er hörte sie nicht an; er riß das Schwert aus der Scheide, daß es im Sonnenlicht blitzte, und schrie: »Wer folgt mir? Redet!«

Aus allen Kehlen tönte Zustimmung; er lächelte, und Raoul sah, wie er die Zähne zusammenbiß.

Viel später konnte sich Raoul an das verzweifelte Gefecht auf der Brücke nur wie an einen Traum erinnern. Geschosse hagelten auf die Angreifer nieder; die Verteidiger versuchten einen Ausfall und drangen im Nahkampf auf die Angreifer ein; Schild prallte an Schild; mit verzweifelten Schreien stürzten Männer in den Fluß. Vom Turm aus schleuderten sie Steine und Kugeln; Raouls Helm wurde durch einen solchen Steinwurf tief verbeult, er selbst fiel, halb benommen, in der Hand das blutige Schwert, zu Boden. Füße trampelten über ihn hinweg; unter äußerster Anstrengung raffte er sich wieder auf, versuchte, seine eigenen Kameraden von sich abzuhalten, kam endlich wieder auf die Füße zu stehen, gestoßen und unsicher, aber unversehrt, und wurde von der um ihn wogenden Menge mitgerissen.

Dann waren sie am Fuß des Turms, noch bevor er sich dessen bewußt wurde, noch immer bedrängt vom Hagelschlag der Geschosse. Über die Brücke kamen Männer mit einem Rammbock gelaufen, den sie hastig aus einem gefällten Baum hergestellt hatten. Viele Hände hielten den Stamm; und dann war nur noch das dumpfe Dröhnen zu hören, als der Baum wieder und wieder gegen das große Tor geschlagen wurde, welches den Torbogen, der zur Stadt führte, verschloß. Lange hielt das Tor stand; die, welche die Stöße ausführten, waren schweißnaß und atemlos. Und immer wieder fiel einer von ihnen, getroffen von den Geschossen, die von oben herabregneten; aber der leere Platz war sofort wieder besetzt, der Angriff wurde mit erneuter Wucht geführt. Und endlich krachte das Holz und brach; die Normannen stürmten hinein, unter den Bogen, und zertrümmerten die kleine Tür, die auf einer Seite in den Turm führte. Bald war sie dem wilden Ansturm zum Opfer gefallen; sie drängten durch die Öffnung und metzelten sich den Weg nach oben frei, hinauf, über Tote, bis die Verteidiger in der engen Türmerstube zusammengedrängt waren.

Am Ende schleppte man dreißig Männer vor den Herzog, dessen Rache sie fühlen sollten. Er ließ den Turm niederbrennen, und die entsetzten Einwohner der Stadt flohen in ihre Häuser, während die Besatzung des Schlosses die Flammen und den Rauch höher und höher steigen sah.

In der Zwischenzeit hatte auch der Troß Alençon erreicht, und die Diener des Herzogs schlugen sein Zelt auf und richteten ein Lager ein. Der Herzog stand am Brükkenkopf, schrecklich in seinem Zorn, und sah den sich nähernden Gefangenen entgegen. Hinter ihm waren seine Anführer versammelt, noch immer aufs Äußerste erregt. Die Hände des Herzogs waren blutbefleckt, und fest umklammerte er das bluttriefende Schwert. Er sah es an und reichte es Raoul mit einer raschen, zornigen Bewegung. Raoul wischte es sorgfältig ab und wartete dann, was der Herzog tun wollte.

Der kleine Rest der Besatzung wurde mit gezückten Speeren vor den Herzog getrieben. FitzOsbern rief: »Seid streng mit ihnen, Beau Sire! Beim Himmel, sollen denn Männer, die Euch so beleidigt haben, am Leben bleiben?«

»Oh, sie werden leben«, sagte Wilhelm, »aber auf eine ganz besondere Art.« Raoul, der noch immer das Schwert wischte, hielt inne und sah stirnrunzelnd auf. »Wie ein Baum, dessen Zweige man gekappt hat«, wiederholte Wilhelm mit tödlicher Ruhe. »Sie werden Hände und Füße verlieren, und werden lebende Zeugen meiner Rache sein, beim Tod!«

Hinter ihm erhob sich das zustimmende Gemurmel seiner Barone; einer der Gefangenen kreischte schreckerfüllt auf und warf sich vor dem Herzog in den Staub. Raoul faßte Wilhelm am Arm: »Beau Sire, das könnt Ihr nicht tun!« sagte er mit leiser Stimme. »Ein anderer vielleicht, doch nicht Ihr – Ihr nicht! Nicht Hände und Füße; Ihr könnt sie doch nicht so grauenvoll verstümmeln!«

»Ah, kann ich das nicht?« fragte Wilhelm.

»Gut gesagt, Beau Sire«, fiel FitzOsbern ein. »So werdet Ihr überall bekannt, und man wird Euren Zorn fürchten.«

Raouls Finger klammerten sich fester um den schweren Schwertknauf. Er blickte die Gefangenen an und sah, wie einige dem Herzog trotzig ins Gesicht blickten, sah andere zu seinen Füßen knien, manche, die schweigend dastanden, manche, die um Gnade winselten. Er wandte sich wieder an Wilhelm: »Eure Gerechtigkeit ...«, sagte er, »Eure Gnade ... wo bleiben die?«

»Sei still, du Narr!« fuhr ihn Gilbert an.

»Gebt uns den Tod, Herr, nur den Tod!« jammerte einer der Gefangenen und streckte die Hände bittend dem Herzog entgegen.

Raoul stieß Gilberts Hand von seiner Schulter. »Laßt ihnen Gerechtigkeit werden!« sagte er. »Eine solche Grausamkeit paßt nicht zu Euch, Seigneur!«

»Herrgott, der treue Wächter wird zum Feigling, bloß weil ein bißchen Blut vergossen wird!« rief irgend jemand zornig.

Raoul fuhr herum. »Eures werde ich mit viel Vergnügen vergießen, Ralph de Toeni, das versprech ich Euch!«

»Sei still, Raoul!« rief der Herzog ärgerlich. »Bei Gott, ich werde das tun, was ich geschworen habe. Weder du noch ein anderer können mich davon abbringen.« Er gab den Männern, welche die Gefangenen bewachten, ein Zeichen. Ein Verzweiflungsschrei, ein stammelndes Bitten um Gnade ertönten. Ein Block wurde herbeigeschleppt, ein Kübel voll von heißem Pech. Sie stießen einen Gefangenen, der sich verzweifelt wehrte, zu dem Block, drückten ihn nieder, hielten seine Hände fest. Das Beil blitzte, fiel mit einem grauenhaften Laut nieder. Ein Schmerzensschrei durchschnitt die Luft, und hinter Raoul murmelte Gilbert zustimmend.

Raoul kämpfte sich seinen Weg durch die Gruppe der Zuschauer hinter dem Herzog, unfähig, diesem Gemetzel noch länger zuzusehen. Ein Mann stand ihm im Weg, der sich auf den Zehenspitzen stehend bemühte, den anderen über die Schulter zu sehen. Raoul stieß ihn mit solcher Wucht zur Seite, daß er zu Boden fiel, und bahnte sich den Weg bis zum Zelt des Herzogs.

Er bemerkte, daß er Wilhelms Schwert noch immer in Händen hielt. Einen Augenblick lang sah er es mit bleichem, verzerrtem Gesicht an und schleuderte es dann plötzlich von sich, daß es klirrend in der Ecke des Zeltes niederfiel. Ein zweiter Schmerzensschrei schnürte ihm die Kehle zu, so daß er glaubte, es würde ihm übel. Er sank auf einen Schemel und vergrub das Gesicht in den Händen.

Die Schreie, das Stöhnen durchbohrten seinen Kopf; vor seinen geschlossenen Augen tauchten die Gestalten der Verstümmelten auf, und dahinter die gierigen Augen der Zuseher.

Nach langer Zeit nahmen die grauenvollen Geräusche ein Ende. Stimmengewirr und Schritte erklangen außerhalb des Zeltes. Galet schlich herein und kauerte sich vor Raoul. »Bruder, Bruder!« flüsterte er und berührte Raoul am Ärmel.

Dieser sah auf. »Narr, hast du es gesehen?«

»Ja, es ist eine blutige Rache«, antwortete der Narr. »Aber zerreiß dir doch nicht das Herz für einen Haufen von angevinischen Schweinen!«

»Glaubst du denn, daß es mir um sie geht?« fragte Raoul verbittert. »Wenn es mir das Herz zerreißt, dann ist es wegen der Schande, die Wilhelm auf sich gehäuft hat.« Ungelenk tastete er nach seinem Schwert und zog es aus der Scheide. Seine Finger fuhren die Runen entlang, die darin eingegraben waren. »*Le bon temps viendra!* O mein Gott!«

Beunruhigt meinte der Narr: »Ja, was soll denn das bedeuten?«

Raoul blickte ihn voll an. »Narr, wann wird das, was heute geschehen ist, vergessen sein? Ich glaube, daß sich noch nach vielen Jahren, wenn man von Herzog Wilhelm spricht, die Menschen dieses Tages erinnern und ihn den Tyrannen nennen werden. Ich sage dir, er hat seinen Schild so befleckt, daß ihn keine gerechte Tat, keine große Tat wieder reinwaschen kann!«

»In seinem Zorn ist er fürchterlich, Bruder, aber du hast auch gesehen, daß er gnädig sein kann«, erwiderte Galet, ohne Raoul zu verstehen.

»Ich habe den Teufel in ihm gesehen«, lachte Raoul kurz auf.

»Ja, in ihm steckt ein Teufel wie in allen, die aus dieser Familie stammen, aber an sechs von sieben Tagen hält er diesen Teufel im Zaum.«

Raoul stand auf und steckte das Schwert wieder in die Scheide. »Ja, aber der siebente Tag wird im Gedächtnis der Menschen weiterleben«, sagte er und ging hinaus, während Galet verwirrt zurückblieb und sich den Kopf kratzte.

Erst nach einigen Stunden traf Raoul wieder mit dem Herzog zusammen. Entsetzt von dem, was sie gesehen, hatte die Besatzung des Schlosses beschlossen, sich zu ergeben. Der Herzog gab ihr die Freiheit und versprach, sie nicht anzutasten. In Alençon war das letzte Blut vergossen worden, und das Schloß ergab sich, ohne daß sich eine

Hand zum Widerstand erhob. Es wurde nicht geplündert, nicht vergewaltigt. Die ungezügelte Wut des Herzogs hatte sich wieder gelegt, und die Menschen wurden Zeugen seiner Gerechtigkeit.

In der Abenddämmerung kam ein Knappe zu Raoul und befahl ihn vor den Herzog. Langsam ging Raoul auf das große Zelt zu und trat ein; der Herzog saß allein am Tisch. Eine Lampe hing vom Dach des Zeltes und warf einen schwachen Schein auf den Tisch.

Wilhelm zeigte in die Ecke, wo sein Schwert noch immer auf dem Boden lag. »Heb mein Schwert auf«, befahl er mit einem direkten Blick auf Raoul.

Raoul reichte es ihm, ohne ein Wort zu sprechen. Der Herzog legte es über seine Knie und sagte: »Ich reite morgen nach Domfront zurück.« Er hielt inne. »Kennst du den jungen Roger de Bigod – ein Knabe mit einem ausdruckslosen Gesicht?« fragte er unvermittelt.

Raoul blinzelte und antwortete: »Wenn er ein Vasalle des Grafen von Mortain ist, kenne ich ihn.«

»Dumm wie er ist, hat er ein Komplott verraten. Der kriegerische Graf plant meinen Untergang, und mein guter Onkel von Arques« – er lächelte beängstigend – »hat eine Stunde nach meiner Abreise die Belagerung von Domfront abgebrochen.«

»Bei Gott!« rief Raoul erstaunt. »Arques? Was werdet Ihr tun, Seigneur?«

»Eine Truppe, die ich in Arques einsetze, sollte meinen Onkel ausreichend in Schranken halten. Ich schicke nach Mortain, damit man den Grafen zu mir bringt. Ihn werde ich verbannen, denn es soll nie wieder, so lange ich lebe, der Frieden in der Normandie durch eine Revolte, wie wir sie in Val-es-dunes niedergeschlagen haben, gestört werden.« Er hielt inne und blickte Raoul kalt an. »Soll ich dich nach Mortain schicken, oder reitest du mit mir nach Domfront zurück?«

Raoul sah ihn genauso direkt an. »Warum müßt Ihr das fragen, mein Lehnsherr?«

»Wenn ich ein zu grausamer Herr für dich bin, dann geh!« sagte der Herzog. »Überleg es dir gut: Ich werde mich nie ändern, ganz gleich, wie du mich auch bittest.«

»Ich bin Euer Mann«, antwortete Raoul. »Jetzt und immer, wie ich es in der Nacht geschworen habe, als wir aus Valognes geflohen sind. Ich reite mit Euch nach Domfront.«

Sie verloren kein weiteres Wort. Am nächsten Tag ritten sie nach Domfront und ließen eine Garnison in Alençon zurück. Die Nachricht von des Herzogs Tun eilte ihnen voran. Entsetzt und nicht mehr auf die Rückkehr Martels hoffend, ergab sich Domfront, bekam gute Bedingungen und hielt sich für glücklich. Obwohl Domfront in der Grafschaft Maine lag, wurde es von einer normannischen Garnison besetzt. Der Herzog marschierte nach Ambrières weiter, baute dort eine Festung und zog sich in die Normandie zurück. Er hatte seine Grenzen ein wenig nach Maine vorgeschoben, und das war alles, was Anjou durch seine Voreiligkeit erreicht hatte.

In Frankreich hörte König Heinrich, was sich zugetragen hatte, und verfärbte sich. Seine Hand spielte mit dem Bart, und die Umstehenden sahen, daß er sich gedankenverloren drei Haare ausriß.

Zweiter Teil

Rauhes Werben
(1051–1053)

»Es muß ein sehr mutiger und kühner Mann sein, der es wagt, mich im Palast meines Vaters zu prügeln.«

Ausspruch Mathildes von Flandern

I

Als das Langschiff auf den Wellen hochgehoben wurde, wimmerte eine der Geiseln kurz auf und krümmte sich, zog den Körper noch mehr zusammen. Raoul stand an der Reling und blickte über das Meer hinaus. Ein bleicher Mond verwandelte das Wasser in kaltes Silber, das unter dem nachtblauen Himmel schimmerte; da und dort blitzte die Gischt auf, als wäre ein Stern ins Wasser gefallen. Vom Mast baumelten Laternen, die die Position des herzoglichen Schiffes anzeigten. Eine kleine Kabine am Heck war durch einen Ledervorhang verschlossen, und durch den Spalt zwischen Türrahmen und Vorhang strömte gelbliches Licht. In der Mitte des Schiffes gewährte eine Zeltplane den Geiseln Schutz. An einem Pfosten hing eine Laterne; sie schien auf die Gesichter der drei, die dort auf den Fellen kauerten. Immer wieder blähten unvermutete Windstöße die Segel, und von Zeit zu Zeit schlug das Segeltuch in die Brise, knarrten und kreischten die Taue.

Wieder wimmerte die jüngste der Geiseln auf und verbarg das Gesicht im Mantel des Mannes, der das Kind hielt. Raoul blickte sich mit einem leichten Lächeln um. Der Junge war so jung und unglücklich. Und während Raoul das Kind noch ansah, hob der Mann den Blick und seine kalten, nordisch blauen Augen begegneten den Augen Raouls. Nach einigen Augenblicken senkte er die Augen wieder auf den blonden Kopf, der auf seinem Schoß lag.

Raoul zögerte ein wenig, dann aber stieg er vorsichtig über die Männer, die eingehüllt in ihre Mäntel auf dem Deck schliefen, und trat in den Schein der Laterne unter der Plane. Der blauäugige Mann blickte auf, aber sein Ausdruck veränderte sich nicht.

Raoul, dem man das Wohlbefinden der Geiseln anvertraut hatte, versuchte in wenigen, unbeholfenen sächsischen Worten mit dem Mann zu sprechen. Die Geisel unterbrach ihn mit einem leisen Lächeln und sagte auf normannisch: »Ich kenne Eure Sprache. Meine Mutter war eine Normannin aus Caux. Was wollt Ihr von mir?«

»Das freut mich«, sagte Raoul. »Ich wollte gern mit Euch sprechen, aber Ihr seht ja, wie wenig ich Euer Sächsisch beherrsche.« Er blickte auf den Jungen nieder. »Dem Jungen ist übel, nicht wahr? Soll ich ihm Wein bringen? Trinkt er ihn?«

»Das wäre sehr freundlich«, erwiderte der Mann mit distanzierter Freundlichkeit. Sein Name war Edgar. Er beugte sich über den Jungen und sprach auf sächsisch zu ihm. Das Kind – Hakon, Sohn des Swegn, Enkel des Godwin – stöhnte nur und hob das bleiche, schmerzverzerrte Gesicht.

»Mein Herr ist noch nie vorher zur See gefahren«, sagte Edgar widerstrebend, um Hakons Tränen zu erklären.

Die dritte Geisel, Godwins jüngster Sohn, Wlnoth, ein Junge, kaum älter als Hakon, erwachte, setzte sich auf und rieb sich schlaftrunken die Augen. Edgar sagte etwas zu ihm; er sah Raoul neugierig an und lächelte mit herablassender Würde.

Als Raoul mit dem Wein zurückkam, war Hakon durch einen neuen Anfall völlig erschöpft. Als man das Trinkhorn an seine Lippen hielt, trank er ein paar Schlucke und hob die tränenüberströmten Augen zu Raouls Gesicht. Raoul lächelte ihn an, doch der Junge nestelte sich tiefer in den Mantel Edgars, als wäre er scheu, ja sogar feindselig. Aber es schien ihm besser zu gehen, als er den Wein getrunken hatte, und er wurde schläfrig.

Edgar wickelte ihn fester in das Fell und sagte schroff: »Ich danke Euch, Normanne.«

»Mein Name ist Raoul de Harcourt«, sagte Raoul, fest entschlossen, seine freundliche Haltung zu bewahren. Er blickte auf Hakon nieder. »Der Knabe ist zu jung, um von zu Hause fortzugehen, in ein paar Tagen wird er sich besser fühlen.«

Edgar erwiderte nichts. Sein Schweigen war eher eine angeborene Gewohnheit als gewollte Unhöflichkeit, aber es schien keinen Weg zu geben, ihn zum Sprechen zu bringen. Nach kurzem Warten stand Raoul auf. »Vielleicht kann er jetzt schlafen. Ruft mich, wenn Ihr mich braucht.«

Edgar neigte leicht den Kopf. Als Raoul gegangen war, fragte Wlnoth: »Wer ist das, Edgar? Was hat er gesagt?«

»Er ist der Mann, der immer neben Herzog Wilhelm reitet«, antwortete Edgar. »Er sagt, daß er Raoul de Harcourt heißt.«

»Ich mag ihn«, sagte Wlnoth entschlossen. »Er hat freundlich mit Hakon gesprochen. Hakon ist ein Dummkopf, daß er weint, weil ihm übel ist.«

»Er weint, weil er nicht in die Normandie will«, erwiderte Edgar grimmig.

»Er ist ein Dummkopf!« Wlnoth schnaubte verächtlich. »Mich freut es, daß ich in die Normandie komme. Herzog Wilhelm hat mir ein edles Pferd und viel Unterhaltung versprochen. Ich werde zum Turnier antreten und im Wald von Quévilly jagen, und Herzog Wilhelm wird mich zum Ritter schlagen.« Und als Edgar nicht antwortete, sagte er herausfordernd: »Ich glaube, du willst genausowenig fort wie Hakon. Wäre es dir denn lieber gewesen, wie mein Bruder in Acht und Bann geschlagen zu werden?«

Edgar blickte über das silbern schimmernde Wasser, als wolle er die Dunkelheit, welche die immer mehr zurückweichenden Küsten Englands verhüllte, mit seinem Blick verjagen, doch blieb er stumm. Achselzuckend wandte sich Wlnoth ab und schmiegte sich enger in das Fell, um wieder zu schlafen.

Edgar blieb wach und hielt Hakons Kopf auf seinen Knien. Wlnoths letzte Worte waren der Wahrheit sehr nahe gekommen. Er wäre jetzt viel lieber mit Graf Harald in Irland gewesen, statt – einem Stück Vieh gleich – Herzog Wilhelm von der Normandie übergeben zu werden. Als ihm König Eduard mit gnädigem Lächeln mitgeteilt hatte, daß er in die Normandie müßte, war ihm plötzlich klargeworden, wie sehr er diesen dummen König haßte. Er wäre in jenem Augenblick schon an Haralds Seite gewesen, wenn es sein Vater nicht verboten hätte. Jetzt überlegte er verbittert, daß sein Vater ein kurzes Exil mit dem Grafen in der Normandie vorgezogen hätte, das weiß Gott wie viele endlose Jahre dauern konnte.

Der Herzog war vor ein paar Wochen nach England gereist. Seine Ankunft war knapp nach einem Zwischenfall erfolgt, den ein anderer Ausländer hervorgerufen hatte. Es war kein Normanne, sondern Graf Eustace von Boulogne gewesen, der in Dover Unruhen ausgelöst hatte. Auch er war zu Besuch bei König Eduard gewesen, und nach seiner Abreise waren einige seiner Leute mit Einwohnern von Dover in Streit geraten. Blut war geflossen, und Graf Eustace war heimlich nach London zurückgekehrt, um dem König seine Klage vorzutragen.

Edgar runzelte düster die Stirn, als er an dieses Ereignis dachte. Die Untertanen König Eduards, und vor allem die Grafen Godwin in den südlichen Provinzen, hatten gehofft, daß er den aufdringlichen Grafen mit einem Verweis fortschicken würde. Edgar meinte, daß sie ihren Herrscher besser hätten kennen sollen als anzunehmen, er würde die Ausländer, die er so heiß liebte, fortsenden. Aber es überfiel ihn immer noch brennende Wut, wenn er daran dachte, wie Eduard dem Grafen Genugtuung versprochen hatte.

Und auch andere waren in Wut geraten, vor allem der mächtige Godwin und seine Söhne, Harald, Graf von Wessex, und sein übermütiger Drittgeborener Tostig.

Von allen seinen Untertanen haßte König Eduard Graf Godwin am meisten. Es war Godwin, der in der Zeit, als Harald Hasenfuß, der illegitim geborene Sohn des großen Knut, auf dem Thron saß, Alfred, den Bruder Eduards, auf seinem unseligen Zug nach England besiegt und getötet hatte. Als Eduard endlich den Thron bestieg, hatte er Godwin als mächtigsten Mann im Land vorgefunden und es für ratsam gehalten, diese dunkle Tat zu übersehen. Als Godwin mit ihm über diese Sache sprach, hatte er sogar die

Verpflichtung gefühlt, die Tochter des Grafen, Eadgytha, zu heiraten, eine Angelegenheit, die so gar nicht nach seinem Geschmack war. Die Hochzeit fand statt, aber die Dame hatte davon nur wenig Gutes. Man wußte, daß sie nie das jungfräuliche Bett des Königs geteilt hatte, und all ihre Gelehrsamkeit und Frömmigkeit konnten sie nicht über ihre Unfruchtbarkeit hinwegtrösten, an der sie selbst nicht die geringste Schuld trug.

Nach dem Vorfall mit Graf Eustace in Dover hatte sich Godwin an die Seite der aufgebrachten Bürger gestellt, und einige Zeit lang sah die Lage sehr bedenklich aus. Der König hatte seine Adligen in großer Hast nach Gloucester einberufen, aber als Godwin und seine Söhne an der Spitze eines Heeres vor der Stadt aufzogen und sich weigerten, dem Treffen ohne den Schutz ihrer Männer beizuwohnen, hatte sich Eduards Furcht noch vertieft, und er berief ein neues Treffen in London ein. London war eine ihm genehme Stadt, da sie dem König treu ergeben war. Dorthin begaben sich die großen Herren des Landes, angeführt von Siwar, dem mächtigen Grafen von Northumbrien, und Leofric von Mercia mit seinem stillen Sohn Alfgar. Diese Männer hatten den Einfluß Godwins und seiner Familie schon immer mit scheelem Blick betrachtet. Durch sie unterstützt hatte Eduard den Bann über Godwin und seine Söhne Harald und Tostig ausgesprochen. Godwins ältester Sohn, Swegn, war schon vor einiger Zeit verbannt worden, da er in verschiedene Vorfälle verwickelt war, die schließlich durch die Entführung von niemand Geringerem als einer Äbtissin gekrönt wurden. Keiner fand, daß es um ihn schade sei.

Zu ebenderselben Zeit, als er Godwin und seine Söhne triumphierend in die Acht schlug, meinte Eduard, daß es eine günstige Gelegenheit sei, auch seine Königin loszuwerden. Er steckte sie in ein Kloster in Wherwell, eignete sich ihren Besitz an und fühlte sich mehr denn je als Mönch. Die Königin wehrte sich nicht; wahrscheinlich kannte sie ihre Familie zu gut, um nicht zu wissen, daß sie bald wiederkommen würden, auch wenn sie jetzt geflohen waren. Graf

Godwin und Tostig zogen nach Flandern, aber Harald, der immer schon ein Eigenbrötler gewesen war, machte sich mit wenigen Getreuen auf den Weg nach Irland.

Nachdem es ihm gelungen war, die beiden Männer, vor denen er am meisten Angst hatte, zu vertreiben, fühlte sich Eduard sicher. In seiner selbstzufriedenen Stimmung heilte er eine arme Frau durch Handauflegen von einem ekligen Geschwür und war mehr denn je von seinen wunderbaren Gaben überzeugt.

In dieser Atmosphäre eines gelassenen Triumphs fand ihn Wilhelm. Als der Herzog der Normandie mit viel Pomp vor den König geführt worden war, stand dieser auf, schritt die Stufen seines Throns herab und umarmte Wilhelm viele Male. Mit Tränen in den Augen versuchte er eine Ähnlichkeit zwischen diesem finsteren, eindrucksvollen jungen Mann, der vor ihm stand, und dem Knaben, den er vor zehn Jahren zum letztenmal gesehen hatte, zu finden. Er verlor sich in Erinnerungen, wie es alte Männer gern tun, und sprach von den Ereignissen in Wilhelms Kindheit, ging sogar bis zu seiner Geburt zurück. Der Herzog lächelte und lauschte nur mit halbem Ohr, während er aufmerksam die Männer um den König beobachtete.

In einem passenden Augenblick erzählte Eduard, was vorgefallen war, wobei er die wundersame Heilung des Geschwürs nicht vergaß. Es war fast peinlich, zu sehen, wie er vermeinte, die Lage durch seine feste Haltung wieder bereinigt zu haben, und wie er mit einfältigem Stolz auf den jungen Mann vor ihm sah, der ebenfalls in dem Ruf stand, jede Schwierigkeit meistern zu können.

Er wartete auf Beifall, den ihm Wilhelm auch zollte; doch spielte ein leises Lächeln um die Lippen des jungen Mannes. Seine Augen aber widerlegten dieses Lächeln, es stand fast etwas wie Zorn in ihnen. Langsam sagte er: »Ich werde also Harald Godwinson nicht sehen.«

Eduard schien das für etwas sehr Erfreuliches zu halten.

Raoul, der das volle Vertrauen Wilhelms genoß, wußte, was der unwillige Ausdruck besagen wollte. Wilhelm wollte Graf

Harald treffen, dessen Ruhm als Sieger dem seinen gleichkam. Raoul wußte von dem alten Versprechen Eduards, Wilhelm zu seinem Erben zu machen, sollte er kinderlos sterben, und nahm an, daß Wilhelm gern Maß an dem Mann genommen hätte, der in seinem zukünftigen Leben wahrscheinlich eine wichtige Rolle spielen würde. Er hatte den Grund von Wilhelms Besuch in England erraten und fand seine Gedanken bestätigt, als er hörte, daß sie zwei enge Verwandte Haralds und einen bedeutenden Than als Geiseln mitnehmen würden. Ganz offensichtlich erhob Harald Ansprüche auf die Krone Englands, und Wlnoth, Hakon und Edgar sollten eine Garantie für sein friedliches Verhalten sein.

Ein eisiges Gefühl beschlich Raoul. Er blickte in die Zukunft und sah nur Wolken, die Wilhelms Zukunft verhüllten. Es waren Gewitterwolken, von Blitzen zerrissen, wie so oft in Wilhelms Leben. Plötzlich wünschte er, daß Eduard ein Sohn geboren würde, denn Wilhelm gehörte in die Normandie. England war fremd und unfreundlich, ein Land von blonden, starrköpfigen Männern, die jeden Ausländer mit abweisenden Blicken bedachten und lange Haare und Bärte wie die Barbaren trugen; die sich abends in den Schlaf tranken, ungebildet waren, in groben Häusern wohnten und häßliche Städte bauten. Raoul hatte auch gehört, daß sie ein lasterhaftes Leben führten. Ein Normanne am Hof König Eduards hatte ihm etliche skandalöse Geschichten erzählt. Man sagte, daß Adlige, die ihre Leibeigenen geschwängert hatten, sie oft als Sklavinnen an Händler aus dem Orient verkauften. Das wollte Raoul nicht unbedingt glauben, aber die Sachsen waren ihm widerwärtig gewesen, und er war froh, als die weißen Klippen von Dover seinen Augen entschwanden.

Eine Hand, die sich auf seine Schulter legte, rüttelte ihn aus seinen Gedanken auf. Er fuhr herum und sah, daß der Herzog leise aus seiner Kabine gekommen war. »Ihr seid also auch wach, Beau Sire«, sagte er.

Der Herzog nickte. Er wickelte sich eng in seinen Mantel, um die kalte Brise abzuhalten. »Sehr wach«, antwortete er.

Sein Arm, der von schweren goldenen Armreifen umfangen war, lag auf der Reling. »Ich gehe nach Flandern«, sagte er plötzlich.

Raoul konnte nur lächeln. Vor zwei Jahren, nach dem Fall von Domfront, waren sie nach Flandern an den Hof Graf Balduins des Weisen gereist und hatten dort Mathilde, die Tochter des Grafen, gesehen. Damals war etwas Seltsames geschehen. Als Mathilde neben ihrem Vater saß, das schmale Gesicht von blonden Zöpfen umrahmt, die weißen Hände wie Blütenblätter im Schoß gefaltet, hatte sie ihren Blick zum Gesicht des Herzogs erhoben und ihn mit einer seltsamen, weltfremden Aufmerksamkeit betrachtet. Ihre braungrünen Augen waren wie tiefe Teiche. Der Herzog hatte sie ebenfalls angestarrt; Raoul, der hinter ihm stand, hatte bemerkt, wie er sich langsam aufrichtete und die Hände verkrampfte. Dieser eine Blickwechsel hatte in Wilhelm einen Entschluß reifen lassen. Später, in seiner Kammer, sagte er: »Diese Frau wird die Herzogin der Normandie werden.«

FitzOsbern stieß erstaunt hervor: »Beau Sire, sie ist ja schon verheiratet, mit einem gewissen Gherbod, einem Flamen.«

Der Herzog hatte ihn ungeduldig angesehen, als hätte er etwas völlig Belangloses gesagt: »Sie ist die richtige Frau für mich«, bemerkte er kurz.

FitzOsbern, der darüber beunruhigt war, daß der Löwe einem anderen die Beute abjagen wollte, versuchte, den Herzog für die jüngere Schwester Mathildes, Judith, zu interessieren, die als schönere der beiden galt. Mit viel Feuer schilderte er das klare Blau ihrer Augen, die üppigen Formen ihres Körpers, bis er endlich bemerkte, daß der Herzog ihm überhaupt nicht zuhörte. Mathilde, diese schlanke, blasse Frau, die kühl und unnahbar war, hatte ein Herz erobert, das sich bisher noch für keine Frau entzündet hatte. Das Bild ihres Antlitzes mit den geheimnisvollen Augen und dem unergründlichen Lächeln verfolgte den Herzog Tag und Nacht.

Erkundigungen brachten zutage, daß Mathilde verwitwet war und nicht an eine zweite Ehe dachte. Es wurden geheime Botschaften gesandt, auf die ausweichende Antworten kamen. Der Herzog kehrte in die Normandie zurück und verkündete dem Kronrat, daß er sich verehelichen wolle. Diese Ankündigung rief bei allen, mit einer einzigen Ausnahme, große Zufriedenheit hervor. Die Ausnahme war Erzbischof Mauger, der ganz bestimmte persönliche Gründe hatte, seinen Neffen lieber als Junggesellen zu sehen. Der Herzog verkündete auch den Namen der von ihm erwählten Braut. Seine Wahl wurde als die eines klugen Mannes erachtet, denn Mathildes Vater war ein mächtiger Fürst; eine Allianz mit Flandern würde der Normandie nur guttun.

Und so begannen die Verhandlungen, aber sie gingen langsam und schleppend voran, in einer Art, die sonst nicht die des Herzogs war. Geheime Boten reisten zwischen Rouen und Brüssel hin und her und erreichten fast nichts. Graf Balduins Antworten trieben den Herzog bis zur Weißglut. Nicht nur, daß Mathilde erst seit kurzem verwitwet war und nicht an eine neue Ehe dachte, es war da auch das Problem der Verwandtschaft, welche der Kirche mißfallen könnte.

Das war gefundenes Fressen für Erzbischof Mauger. Er sprach von einem unüberwindlichen Hindernis, das durch den Einspruch des Papstes gegeben sei. Seiner Meinung nach würde es für diese Ehe keine Dispens geben. Er zweifelte nicht daran, das Richtige getan zu haben, denn er vermeinte, seinen Neffen zu kennen. Der Herzog zollte der Kirche größte Ehrfurcht, und seine Starrköpfigkeit würde wohl dazu führen, daß er unverheiratet blieb, statt eine andere Dame zum Altar zu führen. Mauger war ein kluger Kopf, aber er hatte Wilhelms Zähigkeit, mit der er an einem einmal gefaßten Entschluß festhielt, unterschätzt.

Der Löwe begann die Zähne zu zeigen. Die Kirchenfürsten traten zusammen, um das Problem zu besprechen, ahnungslos, welcher Sturm sich über ihren Köpfen zusammenbraute, und sahen sich einerseits mit der Meinung

Maugers, anderseits mit der des tatkräftigen Stiefbruders Wilhelms, Odo, der jetzt Bischof von Bayeux war, konfrontiert. In ihren kirchlichen Querelen waren die Priester blind für alle Zeichen des kaum noch gezügelten Zorns des Herzogs. Als der klügste Mann in Europa, Lanfranc, Prior der Abtei Herluin in Bec, endlich erklärte, daß die Ehe wegen zu naher Verwandtschaft unmöglich sei, brach der Sturm mit der schon bekannten Gewalt los.

Wenn irgend jemand geglaubt hatte, daß die junge Liebe den Herzog weicher gemacht hatte, so wurde er bitter enttäuscht. Der Bote kam auf schweißbedecktem Pferd an und befahl Lanfranc im Namen des Herzogs, die Normandie innerhalb von drei Tagen zu verlassen.

Das war nun eine sehr schlimme Sache und hätte bei jedem anderen als Lanfranc Unheil angerichtet. Aber Lanfranc kannte seinen Herzog. Er hörte den Befehl ruhig und gefaßt und schien in Meditation zu verfallen. Seine tiefliegenden Augen überflogen Gesicht um Gesicht der Begleiter des Boten und fanden endlich den einen Mann, den er gesucht hatte. Er drehte sich um und ging in die Abtei zurück. Der Mann, den sein Blick getroffen hatte, verließ ohne Aufsehen seine Kameraden und folgte dem Prior in seine Zelle. Nachdem er niedergekniet war und Lanfranc die Hand geküßt hatte, stand er auf und sah den Prior unverwandt an. »Ihr kennt unseren Herrn, Vater«, war alles, was er sagte.

»O ja, ich kenne ihn gut«, erwiderte Lanfranc. »Er gerät rasch in Wut und kennt sich dann selbst nicht mehr.«

»Aber sein Zorn verraucht genauso rasch.«

Lanfranc strich mit seiner mageren Hand über seine Kutte. Sein Lächeln wurde immer breiter. »Du gibst mir einen Rat, Raoul de Harcourt?«

»Nein, wer wollte so vermessen sein und Lanfranc Ratschläge erteilen? Ich sage Euch nur, daß wir morgen vor Sonnenuntergang die Straße nach Osten nehmen werden.«

Sie sahen einander an. »Geh mit Gott, mein Sohn«, sagte Lanfranc sanft.

Am nächsten Tag machte sich der Prior nachmittags auf seinen Weg ins Exil, mit nur wenigen Begleitern und auf einem elenden Klepper. Er nahm einen Weg, über den sich die Mönche, die ihn begleiteten, sehr wunderten, aber als sie ihm einen direkteren Weg einreden wollten, wehrte er geheimnisvoll ab und blieb auf dem von ihm gewählten Pfad.

Nachdem die kleine Gruppe ungefähr eine Stunde ohne Hast dahingeritten war, näherte sich ihnen eine Kavalkade, hinter der dichte Staubwolken aufstiegen. In äußerster Sorge flüsterte Lanfrancs Kaplan seinem Herrn zu, daß es das Unglück wollte, den Herzog auf ihren Weg zu führen. Er riet dringend, in den Wald zu flüchten, aber Lanfranc meinte gottergeben: »Wir werden unseren Weg fortsetzen und alles wird so geschehen, wie Gott es will.«

Die Reiter kamen näher. An ihrer Spitze ritt ein Mann, den man nicht verkennen konnte. Lanfranc wich nicht von seinem Pfad, aber er zügelte seine traurige Mähre, als der Herzog ihm direkt gegenüberstand. Wilhelms großes Roß blieb tänzelnd stehen. Mönche und Ritter hielten hinter ihren jeweiligen Herren an. Wilhelms Gesicht war düster. »Ha, beim Himmel!« rief er. »Du bist noch immer nicht fort, stolzer Priester?«

»Beau Sire«, sagte Lanfranc, »wenn Ihr mir ein besseres Pferd gebt, dann werde ich rascher fortkommen.«

Wilhelms Miene verzog sich zwar nicht, aber um seine Augenwinkel zuckte es. »Lanfranc«, meinte er, »du bist wirklich zu weit gegangen!«

»Tauscht Euer Pferd gegen meines, Beau Sire, und ich werde bei Einbruch der Nacht weit fort sein.«

»Bei Gott, so kann man nicht mit mir umspringen!« Wilhelm beugte sich vor und ergriff den Zügel des Priors. »Dreh um Lanfranc; du reitest mit mir!«

»Euer Weg ist nicht der meine, Seigneur«, erwiderte Lanfranc sehr ruhig und blickte Wilhelm direkt in die Augen.

»Er wird es aber noch werden, das verspreche ich dir. Bist du denn gegen mich, Prior?«

»Keineswegs«, sagte Lanfranc. »Du bist zu hastig, mein Sohn.«

»So helft mir, Vater. Zeigt mir einen ehrenhaften Weg, auf dem ich meine Wünsche erfüllen kann, und man soll mich einen Schurken nennen, wenn ich Euch dann noch grolle.«

»Das ist sehr einfach«, meinte Lanfranc und ritt mit dem Herzog nach Bec zurück.

Das Ergebnis dieses Treffens war, daß Lanfranc nach Rom aufbrach, um dort die Angelegenheit des Herzogs zu vertreten. Er verabschiedete sich in bestem Einvernehmen von Wilhelm. Der Herzog kniete nieder, um seinen Segen zu empfangen, und versprach, für sein hitziges Temperament Sühne zu tun. Nach außen hin schien es, als sei Lanfranc nach Rom gereist, um dort an einer ernsten Diskussion über Transsubstantiation mit einem gewissen Bérengier teilzunehmen. Es war Bérengiers Unglück, gegen den größten Gelehrten seiner Zeit antreten zu müssen, doch argumentierte er geistvoll – und endlos. Es war schließlich keine triviale Angelegenheit, die man ohne große Umstände bereinigen konnte. Es dauerte fünf Jahre, bis man endlich beim Konzil in Tours Bérengier widerlegen konnte. Aber das hieße, die Dinge vorwegzunehmen. Am Anfang dieser Diskussion hatte Lanfranc andere, wichtigere Angelegenheiten zu erledigen. Bérengier und seine falschen Lehren dienten nur als Deckmantel für Lanfrancs wirkliche Absichten.

Und so verstrich die Zeit, und weder aus Rom noch aus Flandern kamen klare Antworten. Der Herzog reiste nach England, um den Bekenner zu besuchen, und da er nicht mehr davon sprach, glaubte man allgemein, er hätte den Gedanken an eine Heirat aufgegeben. Aber auf dem schwankenden Schiff, als England hinter ihm lag, sagte er plötzlich in der Dunkelheit zu Raoul: »Ich reise nach Flandern.«

Raoul erwiderte lächelnd: »Wir dachten, Ihr hättet diese Gedanken aufgegeben, Beau Sire.«

»Ah, glaubst du das wirklich, Raoul?«

»Nein, ich nicht. Aber in der letzten Zeit habt Ihr noch andere Wünsche, die sehr mächtig geworden sind«, meinte Raoul bedeutungsvoll.

Wilhelm blickte zu den Geiseln hinüber. »Du hast gehört, daß König Eduard sein Versprechen bestätigt hat. England soll mir gehören.«

»Ich habe es gehört«, antwortete Raoul langsam. »Aber gilt denn kein anderes Wort als das Eduards in dieser Sache?«

»Ja, meines, bei Gott«, sagte Wilhelm.

»Beau Sire, da sind noch Atheling Eduard und sein Sohn, deren Anspruch viel größer ist. Und da ist auch noch Harald, der Sohn Godwins, den die Sachsen lieben.«

»England wird an den Stärksten fallen«, sagte Wilhelm. »Vertraue mir: Ich plane für die Zukunft.«

»Ich auch«, fiel Raoul ein wenig traurig ein. »Es wird da drüben noch viel Blut fließen. Was wird dann aus unserer Normandie?«

Einen Augenblick lang blieb Wilhelm stumm. Raoul sah, wie er stirnrunzelnd aufs Meer hinausblickte, als suche er ein weit entferntes Ziel. Und während er noch immer in die Ferne starrte, meinte er: »Solange ich lebe, kann ich Frankreich und Anjou in Schach halten, die beide nach meinen Ländern streben. Aber nach mir wird Frankreich früher oder später alles verschlingen, und mein Volk wird umkommen, wird im Ansturm der Franzosen untergehen. Ich werde für die Normannen ein neues Land erobern, ein Königreich statt des Herzogtums meines Ahnherrn Rollo; ein Land, das vom Meer geschützt wird und keine schwankende Grenzfestung ist; ein Land, in dem mein Name und mein Volk überleben werden.«

»So würde also England und nicht Frankreich die Normandie auffressen«, sagte Raoul.

»Vielleicht. Aber bei Gott, Normannen wird es immer geben!«

Sie schwiegen. Schließlich meinte Raoul: »Da ist aber noch Harald, der Sohn Godwins, ein großer Führer und, so heißt es, voll von ehrgeizigen Plänen.« Er wies mit dem Kopf auf die schlafenden Geiseln. »Glaubt Ihr denn, Beau Sire, ihn mit so schwachen Mitteln abhalten zu können?«

»Herrgott, ich doch nicht!« lachte Wilhelm auf. »Vetter Eduard hat sie mir aufgedrängt. Das ist alles.«

»Ich wünschte, wir wären Graf Harald begegnet«, sagte Raoul nachdenklich. »Nach allem, was man sagt, ist er ein echter Mann.«

»Ein falsches Geschlecht«, sagte Wilhelm. »Einen davon habe ich schon.« Er wies mit dem Kopf dorthin, wo Wlnoths blonder Kopf auf dem Rentierfell lag. »Und den werde ich auch behalten. Aber fünf andere gibt es noch: Swegn, Harald, Tostig, Gyrth und Leofwin. Zwei sind noch Knaben, und doch rinnt Godwins Blut heiß durch ihre Adern. Der andere, Swegn, ist ein maßloser Hund, ein Wolf, der Äbtissinnen vergewaltigt; ihn brauche ich nicht zu beachten, er webt an seinem eigenen Leichentuch. Der andere, Tostig, läuft wie ein rasender Bär mit Schaum vor dem Maul herum; wenn er nicht ins Verderben, in ein blutiges Verderben läuft, dann heiße mich einen Lügner. Der letzte ist Harald, den wir nicht gesehen haben. Gott wird zwischen uns richten, wenn die Zeit gekommen ist. Eduard fürchtet ihn; er weiß nicht, was er tun soll.« Er schürzte verächtlich die Lippen. »König von England«, sagte er verächtlich. »Mein Gott, das nennt sich König von England, bei allen Heiligen!«

Aus dem Schatten ertönte eine Stimme. »Mit deiner Erlaubnis, Bruder, es gibt nur einen Heiligen. ›König, König, ein großes Heer marschiert auf uns zu‹, sagten die Ratgeber des Bekenners. ›Keine Hast, meine guten Freunde‹, murmelt der Heilige. ›Ich habe Wichtigeres zu tun‹. Und damit legte er einem Leibeigenen die Hände auf die eitrigen Geschwüre und beginnt zu beten. Da habt Ihr Euren König, Bruder.« Galet trat in den Lichtschein, feixte und tanzte herum.

»Spotte nicht über heilige Dinge«, ermahnte ihn Wilhelm streng. »Gott weiß, daß Eduard große Wunder vollbringt.«

»Ja, aber nicht das größte aller Wunder – seiner Frau ein Kind zu machen, das nach ihm regiert«, grinste Galet. »Wirst du dir zu Hause auch damit die Zeit vertreiben, Aussätzige zu heilen, Bruder?«

»Die Gabe habe ich nicht, Narr.«

»Wie traurig, daß so wenig Heiliges an dir ist«, sagte Galet. »Es ist schon eine große Sache, ein Heiliger zu sein. Vetter Eduard verbringt seine Tage im Gebet und seine Nächte mit heiligen Visionen. Die arme Königin! ›Mein Liebster, willst du denn keinen starken Sohn zeugen, der nach dir König ist?‹ – ›Pfui, pfui!‹ schreit Vetter Eduard. ›Für solche schlechten Dinge bin ich zu rein.‹ Und so dreht er seinen Rosenkranz und bittet zu Gott und allen Heiligen, seine Keuschheit zu segnen, und läßt England wie einen Knochen liegen, an dem zwei Hunde zerren. Bevor alles vorbei ist, wird es noch eine hübsche Balgerei geben.«

Im Mondlicht blitzten Wilhelms Zähne. Der Herzog lächelte, aber er meinte nur: »Du weißt zuviel, Freund Galet. Paß auf, oder ich schneide dir die Ohren ab.«

»Auch gut«, erwiderte der Narr. »Dann muß ich eben nochmals nach England reisen und den Bekenner bitten, mir die Hände aufzulegen. Ich sage dir, mir würden ein paar herrliche Eselsohren wachsen!«

»Genug davon!« fuhr ihn der Herzog an. Er warf sich den Mantel um die Schultern und schritt über das Deck. »Ich gehe zu Bett«, gähnte er. »Komm mit, Raoul.«

Das Gelächter des Narren verfolgte sie. »Ja, schlaf nur neben deinem Herrn, Raoul«, rief er. »Bald wird die Zeit kommen, in der für dich kein Platz mehr in Wilhelms Kammer ist. ›Ich geh ins Bett, Frau‹, wird Wilhelm rufen, und dann: ›Marsch in deine Hundehütte, Raoul!‹«

Sie lachten beide, aber das Lachen des Herzogs verwandelte sich jäh in Groll. Er warf sich auf sein Bett nieder und starrte mit hinter dem Kopf gekreuzten Armen zu der Laterne auf, die mit der Bewegung des Schiffes schwankte. »Der letzte Pfeil war gut gezielt«, sagte er.

Raoul zog den Ledervorhang vor den Eingang. »Ich werde leichten Herzens in meine Hundehütte gehen«, versprach er.

»Ja, aber wann?« Wilhelms Blick streifte kurz sein Gesicht und fiel dann wieder auf die Lampe. »Ich verliere langsam die Geduld. Mein Gott, ich war viel zu lange geduldig! Ich will entweder ein Ja oder ein Nein. Wir fahren nach Flandern.«

»Wie Ihr wollt, Seigneur, aber Ihr habt noch nicht gelernt, ein Nein als Antwort zu nehmen«, grinste Raoul.

»Ich habe bis jetzt auch nicht mit Frauen zu tun gehabt«, gab Wilhelm zurück. »Was weiß ich denn schon? Was denkt diese schöne, zarte Frau? Was meinen Frauen, wenn sie dich verstohlen anlächeln und gleichzeitig kalt mit dir sprechen? Das ist mir zu fein gesponnen. Sie ist eine so starke Festung, daß ich sie vergebens belagere. Soll ich noch warten, während die Festung immer mehr befestigt wird? Dafür bin ich ein zu guter Heerführer.« Er sprang auf und lief unruhig auf und ab. »Sie ist ein stilles Feuer, unnahbar, gut behütet und so begehrenswert, bei Gott!«

»Ein stilles Feuer?« wiederholte Raoul. Er sah ihn an. »Und Ihr, das andere Feuer? Still seid Ihr nicht.«

»Nein, ich brenne. Diese weiße Hexe! Wie eine Weidenhexe, so zart, daß ich sie in meinen Händen zerbrechen kann – vielleicht tue ich es auch noch.«

»Jesus!« rief Raoul halb betroffen, halb erheitert. »So wollt Ihr ihre Liebe erwidern?«

»Liebe?« Wilhelm blieb an diesem Wort hängen, dachte darüber nach. »Sie ist meine Liebe und mein Haß«, sagte er düster. »Ich sage dir, ich weiß gar nicht, ob ich sie liebe. Alles, was ich weiß, ist, daß sie mir gehört. Mir, bei Gott – und ich werde sie in meinen Armen halten, wann ich will, werde mich an ihrem Mund festklammern, werde sie zerbrechen – ja, ich werde ihr weh tun, sie zermalmen, wenn ich es will. Sie lockt mich, stößt mich zurück, macht sich über mich lustig. Mein Gott, mein Bett ist mir sehr kalt geworden!«

Raoul beobachtete ihn, wie er rastlos auf und ab lief. »Was hört man Neues von Lanfranc, Seigneur?«

»Nichts. Er rät zur Geduld und wieder zur Geduld. Aber ich werde sie trotz allem bekommen!«

»Beau Sire, ich glaube nicht, daß der Erzbischof je nachgeben wird. Ihr könnt Lanfranc nach Rom senden, aber bedenkt, wen Mauger sendet, der dem Papst ins andere Ohr flüstert!«

»Mauger soll sich um seine Angelegenheiten kümmern!« rief der Herzog ärgerlich. »Ich glaube, es wäre gut, wenn ich diesen alten Hurensohn bald loswerde. Will er meinen Thron für seinen Bruder Arques oder für seinen eigenen Bastard Michael?«

»Wer weiß das schon? Nehmt Euch in acht, Beau Sire. Es gehen schon Gerüchte von einer Exkommunizierung. Wo wärt Ihr dann?«

»Genau da, bei Gott, wo ich jetzt bin!« rief der Herzog, immer wütender. »Wenn Mauger glaubt, daß ich wegen unserer Verwandtschaft sanft mit ihm umgehen werde, dann wird er mich noch besser kennenlernen. Gott weiß, daß ich sanft sein kann, wenn man mich sanft sein läßt, aber wenn er mich zum Feind will, dann kann er es haben.« Er löste die Spange von seinem Mantel und warf ihn in weitem Bogen auf die Erde. »Ich vertraue Lanfranc in dieser Sache ganz.« Sein wütender Gesichtsausdruck wurde von einem Lächeln abgelöst, das den Jungen in ihm wieder wachwerden ließ. »Und was den Rest anlangt, Raoul, so vertraue ich nur auf mich selbst und gehe nach Flandern.«

»Gut gesagt«, pflichtete ihm Raoul bei. »Ich werde mit FitzOsbern über den Ausgang wetten.«

Der Herzog legte sich wieder nieder und stützte den Kopf in die Hand. »Du wirst sicherlich gewinnen, Raoul«, sagte er lachend.

»Seid Ihr denn so sicher, Beau Sire, auf wessen Seite ich stehe?« murmelte Raoul.

Der Herzog fuhr auf. »Beim Kopf meines Vaters, wenn du an mir zweifelst –« begann er, brach aber dann ab, als er

Raoul lachen sah. Er ließ sich in die Felle zurückfallen. »Wettet, wie Ihr wollt: Wer gegen mich setzt, verliert«, sagte er und schloß die Augen. In seiner Stimme schwang gerade so viel Herausforderung mit, daß jemand, der ihn gut kannte, wußte, daß Wilhelm zum ersten Mal seiner Sache nicht so sicher war.

2

Von den drei Geiseln war Edgar am meisten von dem, was er in Rouen sah, verwirrt, doch zeigte er es nicht. Wlnoth in seiner ihm eigenen neugierigen Art war von allem Neuen begeistert und gewöhnte sich rasch an die neue Lebensweise; Hakon betrachtete die fremde Welt um ihn herum mit großen Augen, doch war er zu jung, um darüber nachzudenken. Nur Edgar war der wirklich Heimatlose, allein in der Menge der Fremden.

Noch viele Jahre später erinnerte er sich daran, wie ihm Rouen zum ersten Mal erschienen war: eine herrliche Stadt, in deren grauen Mauern der normannische Hof seine ganze Pracht entfaltete. Das Schloß des Herzogs, ganz anders als seine hölzerne Zuflucht daheim, war ein riesiger steinerner Palast mit hohen, gewölbten Hallen und reichverzierten Bögen. Edgars Haus in Wessex war ganz aus Holz; die Innenwände waren mit einfachen Zeichnungen geschmückt, Stoffbahnen verdeckten die hohen Wände, und so schien das Haus freundlich und warm, wenn man es betrat. Auch im Palast des Herzogs fanden sich Wandbehänge, aber sie waren ganz anders als die sächsische *wahrift.* Sie waren aus schwerem Stoff, der reichlich und zierlich bestickt war, doch obwohl sie mit Goldfäden durchwirkt waren und in roter und purpurfarbener Seide glänzten, fehlte ihnen die bunte Vielfalt der Farben, welche die Sachsen so liebten. Sie dienten als Vorhänge oder zur Ausgestaltung der Schlafräume, aber wo die Steinmetze kunstvolle Reliefs gemeißelt hatten, ließ man die Wände frei. Edgar schritt durch die langen, hallenden Galerien und meinte, die Kälte des Steins in seinen Gliedern zu spüren.

Es dauerte auch lange, bis er aufhörte, sich nach dem gekochten Fleisch umzusehen, nach dem sich sein Gaumen so sehnte. Sein Hunger wurde durch die Gerichte, welche die Normannen liebten, nicht gestillt. Es verlangte ihn nach Ochsenkeulen, am Spieß gebraten, und statt dessen legten ihm die Diener Kraniche vor, die mit seltenen, scharfen Gewürzen bereitet waren; Schweinswal mit Weizenbrei; Rosen-Morelum, ein unappetitliches Gemisch aus gestampftem Hühnerfleisch und Rosenblättern; ekelhafte Dinge wie Delphine in Blätterteig, Gelees, die man mit Glockenblumen gefärbt hatte, und Marzipan, das von Engelsfiguren gekrönt war. Und sogar der Eberkopf, den die Diener unter Trompetengeschmetter auftrugen, war derart gewürzt, daß man seinen wahren Geschmack kaum erkennen konnte. Er kostete den Pfau, ein königliches Gericht, und hielt ihn für weniger schmackhaft als eine einfache Gans; er sah zu, wie der Vorleger des Herzogs Schwäne und Kapaune zerteilte, und wünschte sich inständigst, daß statt dieser seltenen Speisen einfaches, ehrliches Wildbret oder selbst nur gekochtes Schaffleisch aufgetragen würde.

Das Fleisch wurde auf silbernen Platten serviert; die Salzfässer waren innen und außen vergoldet, manchmal über einen Fuß hoch und reich mit Juwelen besetzt; zarte Tücher aus Leinen aus Ypern bedeckten die Tische; den Wein trank man nicht aus Hörnern, sondern aus goldenen Bechern oder Glasgefäßen, die bernsteinfarben, blau oder rot leuchteten, mit zarten Streifen oder Waben geschmückt waren. Überall liefen Pagen umher; Seneschalle, Hofmeister, Saalwärter und Kammerherren kümmerten sich um das Wohl der Höflinge. Es gab Stühle, die mit kunstvoll geschnitzten Greifen und Adlerköpfen versehen waren; reichbestickte Schemel, auf denen man Löwen und Blumen erkannte; Betten mit Matratzen aus Stroh, weichen Rentierfellen als Decken und mit Vorhängen, die an Ringen aufgehängt waren und lautlos dahinglitten. Sogar die Fenster des Palastes waren mit Kristall- oder Beryllscheiben verschlossen. Edgar wußte, daß es in König Eduards Palast in Westminster solche Fenster gab, und auch in den Häusern der großen Adligen, aber in Marwell hielten nur hölzerne

Läden den stürmischen Wind ab, vielleicht hie und da Scheiben aus Horn, die man in hölzerne Rahmen gespannt hatte.

In der Normandie trugen die Männer lange Röcke aus reichem Stoff; jeder hatte seine Knappen und Pagen, die ihn bedienten, so daß der Palast fast überging und die Diener unaufhörlich miteinander stritten, rauften oder sich gegenseitig im Weg waren. Glanz und Reichtum umgab ihn auf allen Seiten. Edgar sehnte sich mit jeder Faser nach dem einfachen Leben seiner englischen Heimat. Diese Normannen verschwendeten ihr Geld für den Schmuck ihrer Häuser, ihrer eigenen Person und ihrer Klöster; in England hielt man wenig von prächtigen Gebäuden oder schönem Geschirr, solange der Tisch nur wohl bestellt und die Trinkhörner bis an den Rand gefüllt waren. Die Verachtung, die er ihrer Unmäßigkeit entgegenbrachte, wich dem Staunen über ihre seltsame Strenge. Sie waren so heftig und doch auch viel gemäßigter als die Sachsen. Ein Sachse hielt es nicht für schlecht, bis zur Völlerei zu essen oder bis zur Bewußtlosigkeit zu trinken; ein Normanne, der gefräßig war oder als Trunkenbold galt, wurde von seinen Mitmenschen verachtet. In England dauerte es lange, bis man in Zorn geriet; die Normannen zogen beim geringsten Anlaß die Schwerter, und bei der geringsten Provokation gerieten sie in Wut. Ging es um Haß oder Eifersucht, dann waren die Normannen so gewissenlos wie es kein Sachse je sein würde, aber während es in England immer weniger Mode war, die Wissenschaft zu lieben und der Kirche Achtung zu zollen, hielten sich die Normannen streng an alle religiösen Gebräuche, und die bloße Kenntnis von Schreiben und Lesen war für einen Mann, der etwas auf sich hielt, viel zu wenig.

Das alles war für Edgar fremd und schrecklich ausländisch. Ganz anders als Wlnoth, der nach einer Woche schon mit kurzem Haar und langem Rock wie seine normannischen Vorbilder herumlief, hielt Edgar starrköpfig an seinem langen blonden Bart und dem langen Haar fest und lief in einem Rock herum, der kaum seine Knie bedeckte. Er war nur allzusehr geneigt, jeden Normannen, den er sah, zu verachten, und fand es auch nicht schwer, Männer zu finden, die diese Verachtung verdienten. Da waren die, die Erzbischof Mauger ähnlich waren; aalglatte, redegewandte Männer, vom Luxus zerfressen; da waren die grausamen, maßlosen Männer, wie der junge Herr von Moulines-la-Marche, der zu seinem Vergnügen Pagen folterte; aber da waren auch Männer vom Schlag eines De Gournay, klug, auf ihre Art treu, die Achtung verdienten; die eifrigen, stürmischen, wie FitzOsbern; kluge, erfahrene Politiker wie Lanfranc; liebenswürdige Ritter wie Raoul de Harcourt und Gilbert d'Aufay, denen man schwer unfreundlich entgegentreten konnte. Wie Bienen schwirrten sie vor Edgars verwundertem Blick hin und her; große Namen klangen durch die Hallen des Palastes: Tesson von Cingueliz; Saint-Sauveur; Giffard von Longueville; Robert, Graf von Mortain, der Stiefbruder des Herzogs; Odo, sein Bruder, der hin und wieder in seiner ganzen bischöflichen Pracht aus Bayeux kam; Robert, der Graf von Eu, dessen fröhliches Gelächter in seltsamem Gegensatz zu der finsteren Miene seines Bruders Busac stand; Wilhelm Malet, der halb Normanne, halb Engländer war; D'Albini, der verbindliche Mundschenk; Grantmesnil, Ferrières, Montgoméri, Estouteville: weiter und weiter rollte die Flut der Namen, verwirrend, großartig, alles mächtige Herren, deren Ehrgeiz gefährlich war, denen das Schwert locker in der Scheide saß, manche arrogant, manche streitsüchtig, aufsehenerregende, prächtige Männer, die Intrigen spannen, gierig waren, ihren Weg unbeirrt vorwärtsgingen in einer Welt, die zu klein schien, um ihnen allen Platz zu bieten. Und aus diesem prächtigen Schauspiel stach der Herzog hervor, ein Mann von hundert Stimmungen, klug wie Lanfranc, heftig wie FitzOsbern, aber immer mit einem bestimmten Ziel vor Augen. Hassen konnte man ihn, verachten nicht.

Edgar, der Graf Harald Treue geschworen hatte, konnte Wilhelm niemals lieben, aber gegen seinen Willen achtete er ihn. Das war er ihm schuldig, und doch wußte er, daß Wilhelm die Meinung seiner Mitmenschen gleichgültig war. Der Herzog hatte ein Herz aus Eisen, und sofort mußte Edgar an seinen geliebten Herrn Harald denken, dessen Herz für alle schlug und der alle Menschen anzog, gleich ob sie es wollten oder nicht. Vielleicht war es ein Zeichen von Größe, allein und abgesondert zu sein und keine menschlichen Schwächen zu kennen. Edgars Liebe für Harald wollte das nicht wahrhaben, aber langsam, als er Wilhelm näher kennenlernte, mischte sich eine heimliche Furcht in seine Loyalität für Harald. Der Herzog konnte fröhlich sein, manchmal sogar von unerwarteter Güte, aber im Grunde genommen durfte nie etwas zwischen ihm und seinem Ziel stehen. Edgar vermutete, daß er alle Mittel einsetzen würde, um sein Ziel zu erreichen, und alle Skrupel, alle Gnade vergessen würde, während er mit einer Zielstrebigkeit, die schon wieder bewundernswert war, die Menschen seinem eigenen unbeugsamen Willen unterwarf.

Und doch erwarb er sich Zuneigung – die Zuneigung von Männern wie Raoul de Harcourt, der Edgar zum Freund gewonnen hatte. In einem Anfall von unüberlegtem Heimweh meinte Edgar: »Du glaubst, daß es ihm etwas bedeutet, wenn du ihm treu bist. Ich bin sicher, daß ihm weder Freundschaft noch Feindschaft etwas bedeuten.«

Raoul lachte darüber. »Oho, kennst du ihn so gut? Ich dachte, du wärst zu stolz, um einen Normannen auch nur zu bemerken.«

»Es macht dir Spaß, mich auszulachen, aber du weißt, daß dem nicht so ist«, erwiderte Edgar errötend.

»Wenn du das Kinn unter deinem großartigen Bart vorreckst, dann spotte ich natürlich über dich«, antwortete Raoul. »Ich habe nie gewußt, daß es so sture Böcke in England gibt.«

Edgar wurde noch röter. »Wenn ich unhöflich war, so bitte ich um Verzeihung«, sagte er.

»Du sächsischer Barbar, jetzt wirst du noch hochnäsiger!«

Edgar ballte die Fäuste. »Das sagst du kein zweites Mal zu mir, du normannischer Milchbart!«

»Nein? Aber wenn es dir Spaß macht, kannst du mich natürlich einen Milchbart nennen.«

Edgar ließ sich kopfschüttelnd auf einen Schemel nahe der Bank fallen, auf der Raoul lag. »Du hältst mich zum Narren, damit du deinen Spaß hast«, sagte er. »Oder du willst, daß ich in Wut gerate und mich wie ein Barbar benehme, für den du mich hältst.«

»O nein, ich habe nur mit Gilbert d'Aufay gewettet, daß ich es dir abgewöhnen werde, die Normannen zu hassen, das ist alles«, versicherte ihm Raoul.

»Ich hasse die Normannen nicht«, erwiderte Edgar. »Ich habe dir schon erzählt, daß meine Mutter eine Normannin war. Ich verstehe sie nicht, und es ist nicht sehr lustig, in der Fremde im Exil zu leben, aber ich bin nicht so dumm, daß ich einen Menschen hasse, bloß weil er kein Sachse ist.«

»Gut erwidert«, zollte ihm Raoul leichthin Beifall. »Bald wirst du genauso sein wie wir.«

Edgar blickte mit einem leisen Lächeln auf Raoul hinab. »Wenn du ernst bist, mag ich dich sehr, wie du auch ganz genau weißt«, sagte er. »Dich, und Gilbert, und viele andere. Ihr wart gut zu mir, und dafür danke ich euch.«

Raoul sah Gilbert d'Aufay, der durch die Halle schritt, und rief ihn zu sich. »Gilbert, Edgar dankt uns eben für unsere Güte. Heute ist er wieder einmal sehr stolz.«

»Er ist immer sehr stolz«, erwiderte d'Aufay, als er auf sie zuschlenderte. »Er hat mir heute morgen gesagt, ich wär ein fauler Hund, weil ich ihn zur Falkenjagd verleiten wollte. In England gehen sie nicht auf die Falkenjagd, Raoul.«

»Das hab ich wirklich nicht gesagt«, wehrte sich Edgar. »Wir lieben die Jagd so wie ihr, vielleicht sogar noch mehr. Aber ich war einfach nicht in der Laune dazu.«

Gilbert hockte sich rittlings auf Raouls Bank. »Es hat alles sein gutes Ende«, sagte er. »Wir verlassen dich für eine Zeitlang – das stimmt doch, Raoul?«

Raoul nickte. »Es stimmt. Du wirst uns beide los, Edgar. Der Herzog zieht nach Flandern, und wir mit ihm.«

»Das tut mir leid«, sagte Edgar. »Ich werde euch vermissen. Bleibt ihr lange fort?«

»Wer weiß das schon?« meinte Raoul achselzuckend.

Edgars Gesicht verzog sich zu einem leisen Lächeln. »Der Herzog weiß es sicher, und wenn es sonst einer weiß, dann du, Raoul«, meinte er verschmitzt.

»Du siehst mehr, als man annehmen würde«, grinste Gilbert. »Natürlich weiß er Bescheid, aber er wird nie etwas erzählen.«

»Seid ihr da so sicher?« fragte Raoul. »Glaubt ihr denn, daß unser Herzog Wilhelm jedem Menschen seine Geheimnisse anvertraut?« Er blickte Edgar an. »Vielleicht treffen wir Tostig, der ja, wie man sagt, am Hof Graf Balduins lebt.«

Edgar zog eine verächtliche Grimasse. »Und wenn schon; ich gehöre nicht zu seinen Leuten.«

»Ah?« Raoul hob die Brauen. »Aber zu Harald gehörst du schon?«

»Harald ist auch nicht Tostig«, erwiderte Edgar schroff.

»Ich glaube, du träumst von deinem Harald«, bemerkte Gibert mit wissendem Blick. »Für dich ist er, was für einen anderen die Liebe ist.« Und als Edgar stumm blieb und nur durch sein Erröten seine Gedanken verriet, fragte Gilbert unschuldig weiter: »Wie ist er denn? Wie Wlnoth?«

»Wlnoth!« rief Edgar entrüstet. »Harald ist wie kein zweiter. Wenn ihr ihn je kennenlernt, werdet ihr sehen, warum man ihn mit keinem seiner Brüder vergleichen kann.« Und als ob er diesen Gefühlsausbruch bedauerte, blieb er nun stumm und erwiderte Gilberts spöttische Reden nur mit wütenden Blicken. Nach einigen Minuten stand Raoul auf, ging auf die Treppe zu und rief über die Schulter: »Komm, Sachse, sonst liegt ihr euch bald in den Haaren!«

Edgar folgte ihm die Treppe in die Galerie hinauf.

»Du bist zu ernst«, sagte Raoul sanft. »Gilbert hat nichts Böses im Sinn.«

»Das weiß ich ja.« Edgar lehnte sich gegen einen der Pfeiler. Sein Haar leuchtete wie Gold gegen den grauen

Stein, seine blauen Augen blitzten. »Ich bin schlecht aufgelegt«, erklärte er. »Ich habe Wlnoth gesehen, der sich wie ein Normanne kleidet und eure Sitten nachäfft; das hat mich zornig gemacht – und mir auch weh getan – hier.« Und mit einer flüchtigen Gebärde deutete er auf seine Brust.

»Warum denn?« fragte Raoul und blickte geistesabwesend in die Halle hinunter. »Er ist jung, und ganz anders als du hält er uns nicht für seine Feinde.« Er wandte sich um und bemerkte, daß ihm Edgar fest in die Augen sah.

»Kannst du denn beweisen, daß ihr nicht unsere Feinde seid?« fragte Edgar leise.

»Hältst du uns dafür?«

»Dich nicht. Aber der Herzog ist mein Feind, denn ich gehöre zu Harald und zu England. Ich weiß, warum ich hier bin, und warum Wlnoth und Hakon hier sind. Mit solchen Mitteln werdet ihr Harald jedoch nie halten können.«

Raoul antwortete nicht. Er sah Edgar erstaunt an und fragte sich, wieviel er wußte, wieviel er nur vermutete.

Edgar hatte seine Arme über der Brust verschränkt; auch die Haare auf den Armen waren golden wie seine Locken und sein steifer Bart. »König Eduard kann seinen Thron vermachen, wem er will«, sagte er, »aber Herzog Wilhelm wird ihn nur über unsere Toten besteigen.«

Seine tiefe, rauhe Stimme hallte in der steinernen Galerie wider. Betretenes Schweigen folgte seinem Ausspruch, und Raoul durchschauerte eine plötzliche Vorahnung. Er sah Edgar zu seinen Füßen, die goldenen Locken blutverschmiert, die kräftigen Glieder schlaff. Er hob die Hand und bedeckte seine Augen, als könnte er diese schreckliche Version damit verjagen.

»Was hast du denn?« fragte Edgar.

»Nichts.« Raoul ließ die Hand sinken. »Ich bin weder dein noch Englands Feind. Meine Wünsche gehen in eine ganz andere Richtung.«

»Nein, aber du wirst deinem Herrn genauso folgen, wie ich dem meinen folgen werde«, sagte Edgar. »Vielleicht billigst du seine Wünsche nicht, aber viel Unterschied wird das nicht machen. Wir beide, du und ich, haben unseren Weg gewählt; wir folgen zwei Herren, von denen es kein Zurück gibt.« Er zuckte die Schultern. »Was bedeuten denn unsere lächerlichen Gefühle schon? Kannst du dich wirklich meinen Freund nennen? Wenn die Zeit kommt, wirst du davonlaufen und Wilhelm folgen.«

»Freundschaft kann andauern«, antwortete Raoul.

Langsam gingen sie Seite an Seite die Galerie entlang. »Ich wünschte ...« sagte Edgar. »Ich wünschte ...« Aber dann schüttelte er seufzend den Kopf. »Wir wissen nicht, wohin uns unser Weg führt, bevor geschehen ist, was geschehen muß«, sagte er. »Komm bald aus Flandern zurück. Du wirst mir fehlen.«

Ende der Woche verließ der Herzog Rouen und betrat bei Ponthieu flandrisches Gebiet. Sein Bruder, der Graf von Mortain, Robert von Eu und Roger de Montgoméri begleiteten ihn. Er zog auf raschestem Weg nach Lille, wo sich der flandrische Hof gerade aufhielt, und wurde von Graf Balduin und dessen Gemahlin in allen Ehren empfangen. Der kluge Graf anerkannte den Vorwand, unter dem dieser Besuch abgestattet wurde, ohne mit der Wimper zu zucken. Er befahl seinen Leuten, den Herzog in die besten Gemächer zu führen, und verabsäumte nichts, das einem so großen Fürsten wie dem der Normandie zustand. Er unterhielt sich eine Stunde lang mit seinem Gast über die Dinge, die einen Fürsten wie Wilhelm interessieren mochten. Aber von Heirat wurde nicht ein einziges Wort gesprochen. Wilhelm versuchte seine Ungeduld zu verbergen und seine Zunge im Zaum zu halten. Sie schieden in aller Förmlichkeit, und sobald sich die Tür hinter dem Grafen geschlossen hatte, klatschte Wilhelm in die Hände, um seinen Diener zu rufen. Es war sonst nicht seine Gewohnheit, sich um seine Kleidung zu kümmern, und so sah sich Wilhelms Gefolge wissend an, als laut wurde, daß er drei Röcke zurückgewiesen hatte und der Barbier Schläge bekommen hatte, weil er den Herzog gekratzt hatte. Zum Mahl erschien Wilhelm in großem Staat, begleitet von seinem ganzen Gefolge und einer

Eskorte von äußerst höflichen Flamen. Er hatte einen langen, purpurfarbenen Rock mit Goldstickerei gewählt. In den schwarzen Haaren glänzte ein einfacher Goldreif, und der Mantel, der seinem hohen Rang zustand, fiel von den Schultern bis zu den Fersen und wurde von einer mit Juwelen besetzten Fibel zusammengehalten. Goldbänder rafften die weite Hose, und dort, wo die kurzen Ärmel des Rocks seine bloßen Arme freiließen, glänzten eine Unmenge von schweren Goldreifen. Dieser Prunk paßte gut zu Wilhelm. Gräfin Adela, eine Französin, sah ihn mit äußerstem Wohlgefallen an und flüsterte ihrer Tochter Judith ins Ohr, daß Mathilde wahnsinnig wäre, würde sie einen so stattlichen Fürsten zurückweisen.

Die Mitglieder des Hofstaats standen in kleinen Gruppen in der Halle herum und erwarteten die Ankunft des edlen Gastes. Als Wilhelm auf den Stiegen erschien, ging Graf Balduin, begleitet von seiner Gemahlin und seinen Söhnen Robert und Balduin, ihm entgegen. Als ihm die Gräfin die Hand reichte, bemerkte sie mit einem versteckten Lächeln, daß sich Wilhelm verstohlen umblickte. Er küßte ihre Fingerspitzen und bat um die Erlaubnis, ihr die Grafen von Mortain und Eu vorzustellen. Die lebenslustige Gräfin hielt wenig von Mortain, einem jungen, wortkargen Mann, ließ sich aber gern von dem Grafen von Eu zum Thron führen.

Judith kam auf ein Zeichen ihres Vaters und verneigte sich vor dem Herzog. Sie blickte Wilhelm mit ihren großen Augen sehr entgegenkommend an, doch erwiderte er diesen Blick mit nichts als einer zeremoniellen Verbeugung. Es war Judiths Eigenheit, über alles, was sie erheiterte, in ein tiefes, melodiöses Lachen auszubrechen, und sie lachte auch jetzt. »Mein Herr Herzog, ich freue mich sehr, Euch wieder bei uns zu sehen«, begrüßte sie ihn mit gespielter Scheu.

Der Herzog dankte für ihren Gruß, berührte ihre Hand, die sie ihm entgegengestreckt hatte, kurz mit den Lippen und ließ sie wieder fallen, als Graf Balduin ihn ansprach.

Balduin hatte einen kräftigen jungen Mann herbeigerufen, der an einen Stuhl gelehnt gewartet hatte, und stellte ihn als Tostig, Sohn Godwins, vor. Der Sachse war etwa genauso alt wie Wilhelm. Er kam sehr selbstbewußt auf die kleine Gruppe zu und musterte Wilhelm mit kühnen, herausfordernden Blicken. Er war von leicht erregbarer Natur, errötete oft und war trotz seiner unregelmäßigen Züge ein gutaussehender Mann. Er trat wie ein Raufbold auf, der er auch war, und hielt selbst große Stücke auf sich. Graf Balduin wies darauf hin, daß sich Tostig erst vor kurzem mit seiner Tochter Judith verlobt hatte.

Wilhelms Augen wurden lebendig. »Ah!« Mit kräftiger Hand ergriff er Tostigs Hand und schüttelte sie. »Ich wünsche Euch viel Glück bei Eurer Werbung – möge die meine genauso erfolgreich sein!«

Der Graf strich sich bei dieser Äußerung den Bart, sagte aber nichts. Er führte den Herzog zu dessen Stuhl an seiner Rechten und blickte dann auf den Torbogen, durch den seine zweite Tochter eben eingetreten war. Der Blick des Herzogs folgte dem Grafen; und alle, die ihn beobachteten, sahen, wie er plötzlich wie ein angeketteter Hund vorfuhr und sich in seinem Stuhl vorbeugte, als wollte er aufspringen.

Mathilde durchschritt langsam die ganze Länge der Halle; in ihren Händen trug sie den zeremoniellen Willkommenstrunk. Sie trug ein Kleid aus grüner, gerippter Seide mit langen Ärmeln und einer Schleppe, welche das Stroh am Boden raschelnd zusammenraffte. Unter dem grünen, von einer juwelenbesetzten Spange gehaltenem Schleier glänzte ihr Haar wie bleiches Gold und hing in zwei langen Zöpfen fast bis an die Knie. Sie hatte die Augen niedergeschlagen und sah nur auf die Schale, die sie in Händen trug; ihre Lippen, zusammengepreßt, schweigend, leuchteten rot in dem bleichen Gesicht.

Sie schritt auf den Hochtisch zu, trat an die Seite des Herzogs, hob die Schale und sagte mit klingender Stimme: »Auf Eure Gesundheit, mein Herr Herzog!« Dann hob sie den Blick und sah Wilhelm kurz an. Es war, als hätte ihn eine grüne Flamme gestreift. Während sie sich niederbeugte und die Lippen an die Schale setzte, erhob er sich plötzlich. Sie zitterte. Rasch trat sie einen Schritt zurück, faßte sich aber sofort wieder und hielt ihm die Schale entgegen. Nur eine leichte Röte ihrer Wangen verriet ihre plötzliche Erregung. Ihr Blick verschwamm in einem Meer von Purpur und Gold, und vor ihr tauchte ein dunkles Gesicht auf, das ihren Blick gegen ihren Willen festhielt.

Wilhelm nahm ihr die Schale aus der Hand: »Herrin, ich trinke auf Euer Wohl«, sagte er mit einer Stimme, die in ihren Ohren dröhnte. Mit einer gezielten Geste drehte er die Schale, wobei ihm alle zusahen, und berührte genau die Stelle mit den Lippen, an der Mathilde getrunken hatte.

Er leerte die Schale inmitten tiefsten Schweigens. Aller Augen waren auf ihn gerichtet – mit Ausnahme der des Grafen, dessen Interesse ganz einem Salzfaß galt, welches er gedankenverloren betrachtete.

Der Herzog stellte die Schale nieder und streckte Mathilde seine Hand entgegen, um sie zu dem Sitz neben dem seinen zu geleiten. Sie faßte danach, und als seine kräftigen Finger die ihren umschlossen, zuckte sie zusammen. Nun war das Schweigen gebrochen. Als hätten sie sich plötzlich ihrer Manieren wieder besonnen, begannen die Zuseher miteinander zu sprechen und blickten den Herzog nicht länger an, als es schicklich war. Dieser aber hätte genausogut mit Mathilde in einer Einöde sitzen können, so wenig Beachtung schenkte er den anderen Anwesenden. Er hatte sich von Graf Balduin abgewandt, seinen Arm auf die Stuhllehne gelegt und versuchte nun mit allen Mitteln, Mathilde zum Sprechen zu bringen.

Das aber schien ihr nicht zu behagen. Sie antwortete nur einsilbig und vermied es peinlich, ihn anzusehen.

Graf Balduin widmete sich zu gleichen Teilen dem Essen und Robert von Mortain, der ihm gegenübersaß. Tostig lümmelte in seinem Stuhl und tätschelte Judiths weiße Hand zwischen den einzelnen Gängen. Er trank sehr viel und wurde immer röter und lauter. Sein dröhnendes Lachen war immer öfter im allgemeinen Stimmengemurmel zu hören; er brachte mehr und mehr Trinksprüche aus und vergoß Wein über seinen Rock.

»Waes-hael«, rief er und versuchte taumelnd, aufzustehen. »Drink-hael, Wilhelm!«

Wilhelm wandte sich um. Ein leichtes verächtliches Lächeln überflog sein Gesicht, als er sah, wie Tostig schwankte, aber er hob seine Schale, wie es die Höflichkeit erforderte, und trank auf den Sachsen. Dann wandte er sich wieder Mathilde zu und meinte: »Tostig hat sich also mit Eurer Schwester verlobt? Wißt Ihr, warum ich wieder nach Flandern gekommen bin?«

»Mein Herr, ich kenne mich in Staatsgeschäften nur wenig aus«, erwiderte Mathilde mit kühler, unbewegter Stimme.

Hatte sie gehofft, ihn durch diese Antwort zum Schweigen zu bringen, so irrte sie sich. Er lächelte: »Ich bin nicht in Staatsgeschäften, sondern einer Herzensangelegenheit gekommen, meine Dame«, sagte er.

Sie konnte der Versuchung nicht widerstehen, zu antworten: »Ich dachte nicht, daß der kriegerische Herzog sich für so etwas interessiert.«

»Bei Gott«, erwiderte Wilhelm. »Ich interessiere mich für nichts anderes.«

Sie biß sich auf die Lippen. Versteckt unter dem Tischtuch griff der Herzog plötzlich nach ihren beiden Händen und hielt sie eisern fest. Ihr Herz schlug heftig; ihre Wangen färbten sich rot vor Zorn. Der Herzog lächelte mit Genugtuung. »Ah, brennt also doch ein Feuer unter dieser ruhigen Oberfläche, meine Schöne?« flüsterte er ihr leise zu. »Sagt mir, seid Ihr nur aus Eis oder habt Ihr auch heißes Blut in den Adern?«

Sie entzog ihm ihre Hände. »Wenn ich brenne, dann nicht für einen Mann«, sagte sie und sah ihn hoheitsvoll an. Sein feuriger Blick machte sie verlegen; sie wandte die Augen ab.

»Diese Worte nehmt Ihr bald zurück, meine Dame!«

»Mein Herr«, erwiderte sie, »Ihr sprecht zu einer Frau, die das Ehebett schon kennt.«

Das war ihm gleichgültig; sie vermeinte, in seinem Gelächter seine niedrige Geburt zu vernehmen, und schürzte verächtlich die Lippen. Aber er verwirrte sie noch weiter. »Ihr habt wirklich einen Mann gefunden, der stark genug war, Eure Mauern niederzureißen, so unnahbar, wie Ihr seid?«

Sie blickte rasch auf und versuchte in seinem Gesicht zu lesen. Ein Zittern ging durch ihren Körper, als sie die Hände über der Brust faltete, als wolle sie gegen ihn eine neue Mauer errichten. »Meine Mauern sind fest, und werden, so es Gott gefällt, bis zum Ende fest bleiben.«

»Ihr werft mir den Fehdehandschuh hin, meine Dame? Seid Ihr denn eine erklärte Rebellin? Was habt Ihr denn vor mir gehört, Ihr, die Ihr mich den kriegerischen Herzog nennt?«

»Ich bin nicht Eure Untertanin, mein Herr«, sagte sie. »Wenn ich wirklich eine Festung bin, dann eine, die außerhalb Eurer Grenzen liegt.«

»Das war auch bei Domfront so«, antwortete Wilhelm, »Domfront nennt mich heute seinen Herrn.« Er hielt inne; sie konnte nicht anders als ihn ansehen. »Wie Ihr das auch tun werdet, Mathilde«, sagte er langsam und gezielt. »Ich nehme den Fehdehandschuh auf.«

Sie errötete wieder, hielt es aber für besser zu schweigen. Er sollte sehen, daß er zu weit gegangen war, und so widmete sie sich ausschließlich ihrem Bruder Robert, der etwas unter ihr saß. Doch wenn er es spürte, so kümmerte es ihn nicht. Sie fühlte seine Blicke, die sie besitzergreifend überflogen, und war froh, als das Mahl zum Ende kam. Sie ging mit ihrer Mutter und ihrer Schwester ins Frauengemach, wo sie nachdenklich sitzen blieb und ihre dicken Zöpfe strich, so wie sie es immer tat, wenn sie unsicher war. Die Gräfin war nahe daran, mit ihr zu sprechen, wandte sich dann aber um und ging in ihr eigenes Gemach. Die Ehrenjungfrauen setzten sich zu ihren Stickereien, aber als man auch ihr eine Handarbeit reichte, lehnte sie ungeduldig ab und trat ans Fenster, wo sie in düsterem Nachdenken mit dem Finger Muster auf die Hornscheiben zeichnete.

Bald trat Judith zu ihr. Sie legte den Arm um Mathildes Hüften und sagte mit erheitertem Lachen: »Gott, bist du erhitzt! Wie ist es beim Mahl gegangen?«

»Er benimmt sich wie ein Bastard«, sagte Mathilde. Langsam, leise kamen diese Worte von ihren Lippen.

»Bist du aber wählerisch geworden! Er ist ein edler Bastard und wird ein herrlicher Liebhaber sein.« Judith strich über Mathildes schlanken Nacken. »Er sieht drein, als ob er dich verschlingen möchte. Bei Gott, das ist ein Jäger, der die weiße Taube schlagen wird!«

Mathilde blieb reglos stehen und stieß die Hand Judiths nicht von sich. »Ich bin nicht für ihn gemacht.«

»Ich glaube, daß du sehr bald ganz anders denken wirst«, prophezeite Judith.

»Ich habe genug Liebhaber gehabt.«

Judith lachte und drückte sie an sich. »Du hast nur einen einzigen gehabt, Kind, und ich glaube, daß er dein Herz nicht berührt hat.« Sie hielt ein. »Ich für meinen Teil finde, daß Herzog Wilhelm viel mehr Feuer in sich hat als Gherbod. Nein, widersprich mir nicht, er war kalt; er hat nie Feuer gefangen; und du – du bist für einen Stärkeren gemacht!«

Mathilde schwieg und blieb stehen, während sie ihre Schwester mit einem seltsam durchdringenden Blick ansah.

»Wenn der Papst die Dispens gibt«, fuhr Judith schmeichelnd fort, »dann wäre unser Vater sehr froh über diese Ehe. Wilhelm ist ein bedeutender Fürst.«

»Ich brauche ihn nicht«, Mathilde hob den Kopf. »Ich bin eine Tochter Flanderns und in ehrlicher Ehe geboren«, fuhr sie stolz fort.

»Was soll denn das?« Judith stampfte auf. »Die Normandie ist ein schöner Preis.«

Mathildes Augen wurden schmal. »Der Bastard will zu hoch hinaus, bei meiner Seele!« sagte sie. »Meine Mutter ist die Tochter eines Königs, nicht der Balg eines Gerbers.«

»Er ist immerhin Herzog der Normandie«, sagte Judith. »Was bedeutet das andere schon?«

»Wie, soll sich niedriges Blut mit dem meinen mischen?« fragte Mathilde und krampfte die Finger in die Seide ihres Kleides. »Nein, sage ich, und noch einmal nein!«

Judith sah sie seltsam an. »Gott möge dir Mut verleihen, Schwester, denn ich glaube jetzt zu wissen, was dein Geheimnis ist.«

»Bei allen Heiligen! Ich habe genug Mut, dem normannischen Wolf zu widerstehen.«

»Vielleicht – aber deiner eigenen Begierde auch?« Judith hielt sie fest. »Du bist zerrissen, ausgehungert. Du wirst erst Ruhe finden, bis Wilhelm mit dir macht, was er will und du auch willst.«

Mathilde war nicht sicher, ob Judith ihr Geheimnis wirklich durchschaute, aber in dieser und in den folgenden Nächten lag sie wach und sehnte sich mit jeder Faser ihres Körpers nach einem Mann. Wilhelm verfolgte sie in ihren Träumen; zitternd erwachte sie aus unruhigem Schlaf, und meinte, ganz unter seinem Willen zu stehen. Er wollte sie um jeden Preis. Er zeigte es ihr auf tausend Arten, spielte wie die Katze mit der Maus, was für eine temperamentvolle Frau ärgerlich war. Sie wollte ihn, und dann auch wieder nicht; Gott allein wußte, wie das ausgehen würde. Im Mondschein saß sie in ihrem Bett, die Arme um die Knie geschlungen, das Kinn aufgestützt – wie die weiße Hexe, die er sie immer nannte. Ihr Haar war wie eine Wolke aus gesponnenem Gold, die ihre Augen verhüllte; doch wenn sie auch starr und ausdruckslos vor sich hinsah, gingen hinter diesen Augen die abenteuerlichsten Gedankengänge vor sich. Verschlossenes Herz! Unerstürmbare Festung! Ihre Lippen umspielte ein leises, überlegendes Lächeln. Es würde ihr schon gefallen, den kriegerischen Herzog in Bann zu halten, aber er war aus einem gefährlichen Stoff gemacht, und in ihm lauerte ein böser Dämon. Hie und da erhaschte sie einen Blick davon; genug, um ihr zu zeigen, daß sie ein gefährliches Spiel spielte – mit einem Mann, der den Feinheiten eines solchen Scharmützels fremd gegenüberstand. Niedriges Blut! Er hatte die Manieren eines einfachen Bürgers! Sie hob den Arm und starrte auf den Fleck, der wie ein Schatten auf ihrer Haut lag. Ihre Finger strichen über die wunde Stelle. Jesus, der Mann wußte nicht, wie stark er war! Sie schüttelte den Kopf, runzelte die Stirn in gespieltem Zorn und mußte sich schließlich zugeben, daß sie nicht schlechter von ihm dachte, obwohl er sie so grob behandelt hatte. Wenn sie die Glut in ihm entfachte und sich selbst daran verbrannte, durfte sie ihm dafür nicht böse sein. Seine Finger hatten sich so in ihre weiche Haut gegraben, daß sie nur mit Mühe einen Schmerzensschrei unterdrücken hatte können. Sie wußte, daß sie von seiner Güte abhängig war, und war doch nicht sicher, ob er diese Tugend überhaupt kannte. Und doch gelang es ihr, vor seiner rohen Kraft ruhig zu erscheinen; Angst hatte sie nur vor der unerklärlichen Macht, die er über sie hatte. Diese Macht ließ sie, allein geblieben, in ihrer Kammer erzittern; er war ständig bei ihr, auch wenn er fern war. Auch wenn sie schon Gattin gewesen und jetzt Witwe war, so war ihr Herz so lange jungfräulich geblieben, bis der Normanne in den Audienzsaal ihres Vaters getreten war und seinen harten Blick auf sie gerichtet hatte. Sie hatte bemerkt, wie seine dunklen Augen plötzlich in einem inneren Feuer aufgeleuchtet hatten; seine Augen hatten sie nackt ausgezogen, während in ihrer Brust Zorn mit Leidenschaft kämpfte. Verschlossenes Herz! Unbezwingbare Festung! Mein Gott, wenn es nur so wäre!

Sie schüttelte wieder den Kopf. Wie schwach war doch eine Frau! Sie biß die Zähne zusammen und versuchte, ihre Mauern wieder aufzubauen, den Sieg über den Angreifer zu planen. Das bedurfte der guten Überlegung; ihr Kinn sank auf die Knie; und im Mondlicht sah sie aus wie eine zauberische Fee, bewegungslos und verzückt.

Haß stieg in ihr auf. Wolf aus der Normandie! Verzweifelt, reißend, auf Beute lauernd. Maria, Mutter Gottes, gib mir Kraft, daß er mir besiegt zu Füßen sinkt!

Seine Züge stiegen vor ihren Augen auf; das Blut pulste in ihren Adern, und die wunde Stelle auf ihrem Arm hämmerte warnend. Sie preßte die Hände in die Seiten, als könnte sie damit das Klopfen ihres Herzens beruhigen. Du gefürchteter Kämpfer, laß mein Herz noch frei!

So betete sie wortlos, aber im Schlaf träumte sie, sie sei wieder Braut.

3

Das Katz-und-Maus-Spiel ging weiter; der Mann wurde immer kühner, die Frau immer unverständlicher – sich selbst und auch ihm. Was der weise Graf davon hielt, konnten nur wenige vermuten. Er tat, als gäbe es nichts Besonderes, sah den Herzog aus den Augenwinkeln an und sprach von allem außer von einer Ehe. Und das Mädchen faltete die Hände im Schoß und lächelte das geheimnisvolle Lächeln, das ihr Geheimnis verhüllte. Den Herzog hätte das Funkeln ihrer Augen warnen müssen, aber was wußte er schon von Frauen? Nichts, so schwor er, und das merkte man auch.

Er fuhr mit den Händen von ihrem Hals über die vollen Brüste, faßte sie um die Mitte und rief: »Pfui, soll das alles brachliegen? Ihr seid im Irrtum, meine Dame! Ihr seid für einen Mann gemacht!« Er breitete die Arme aus; sein Lächeln war so leidenschaftlich, daß sie gegen ihren Willen gerührt wurde.

Sie lief davon, und er blieb im Vertrauen auf seinen Sieg zurück. Ihre Mauern zitterten unter einem stürmischeren Angriff, als sie erwartet hatte. Eine Geringere als sie wäre in diesem Augenblick in seine Arme gestürzt; die Tochter Graf Balduins hatte außer ihrem Herzen noch andere Dinge, die sie lenkten und leiteten. Hatte der Herzog auch eine Bresche in ihre Mauern geschlagen, so war dies nur ein erneuter Ansporn, noch stolzer zu sein. Sie war wütend: in die Ecke getrieben würde sie viel rücksichtsloser kämpfen.

Judith runzelte die Stirn und meinte: »Du wirst dir noch die Finger verbrennen, Kind.«

»Ich bezwinge ihn schon.« Mehr war von Mathilde nicht zu hören. Sie würde ihn unterwerfen. Anmaßend war er! Er sollte noch lernen, welch ein Abgrund zwischen einer Adligen und einem Bastard lag.

Von alldem ahnte der Herzog nichts. Andere vermuteten vielleicht etwas derartiges; einer, der wußte, mit welchem Mittel die Dame ihre Feindseligkeit schürte, war Raoul, der dieses Wissen Judith verdankte; sie hatte ihm deutliche Hinweise gegeben und lachte, als sie ihn erblassen sah.

»Madame«, erklärte ihr Raoul sehr ernst. »Prinzessin Mathilde sollte sehr vorsichtig sein, wenn sie diese Frage berührt. Ich weiß, was ich sage.«

»Er wird sie ja nicht gleich auffressen«, meinte Judith ohne Aufregung. Sie sah, daß Raoul unruhig geworden war, und hielt es an der Zeit, ihrer Schwester darüber zu berichten.

Raouls Worte enthielten gerade soviel an Warnung, daß Mathilde Appetit auf noch mehr bekam. Sie widmete ihm ab jetzt bewußt ihre Aufmerksamkeit und richtete es so ein, daß ihr Zelter bei der nächsten Jagd neben Verceray dahintrabte. Geschickt verstand sie es, das Gespräch dorthin zu führen, wo sie es haben wollte; nach einer kurzen Einleitung meinte sie mit einem leisen Lächeln: »Messire, die Freunde des Herzogs wären wohl beraten, wenn sie dem Herzog seine Beute ausreden würden.«

»Meine Herrin, der Herzog läßt sich nicht beraten«, antwortete Raoul direkt.

Unter gesenkten Wimpern sah sie ihn forschend an. »Er ist besessen.« Sie hielt inne. »Wenn ich mich wieder vermähle, so muß der Bräutigam von genauso edlem Blut sein wie ich. Ich spreche offen mit Euch, denn ich habe bemerkt, daß Ihr das Vertrauen des Herzogs genießt«, sagte sie mit einer Mischung aus Herablassung und dem Eifer eines kleinen Mädchens, das rasch ans Ziel kommen will.

Er schüttelte den Kopf. Als er in ihre Augen blickte, verstand er ein wenig von ihren Absichten. Plötzlich tat sie ihm leid, denn er erkannte, daß sie zwischen zwei starken Gefühlen hin- und hergerissen wurde. »Herrin, wenn ich Euch raten darf«, sagte er, »dann verwendet die Waffe, die Ihr im Sinn habt, nicht gegen meinen Herrn. Weder daß Ihr eine Frau seid noch Euer hoher Rang würden Euch vor seinem Zorn schützen.«

Sie hörte nicht auf zu lächeln; man meinte fast, sie vor Vergnügen schnurren zu hören.

»Er ist mein Lehensherr, der mir teuer ist«, fuhr Raoul fort, »aber ich weiß, wie jähzornig er sein kann. Herrin, ich sage Euch, daß Böses geschehen wird, wenn Ihr den Teufel weckt, der in ihm schlummert.«

Er hatte es gut gemeint und doch einen großen Fehler begangen. Mathilde war nun noch gieriger geworden. Den Teufel in einem Mann zu wecken war ganz nach ihrem Geschmack. Saß wirklich ein Teufel in ihm? Welche Frau konnte der Versuchung widerstehen, das selbst zu überprüfen?

Nach einer Woche zog sich der Herzog an die Grenze seines eigenen Landes zurück. Von Eu schickte er eine Gesandtschaft nach Lille, die dort in aller Form um Mathildes Hand anhielt. Die Frage der nahen Verwandtschaft ließ er unbeachtet; nichts, was seine Ratgeber auch vorbrachten, konnte ihn noch länger zurückhalten. Er wählte Raoul als seinen Boten und winkte ab, als dieser zögernd seine Einwände vorbrachte. Verzweifelt rief Raoul: »Beau Sire, Ihr werdet ein Nein zur Antwort bekommen, und das entgegenzunehmen habt Ihr noch nicht gelernt.«

»Ob ja oder nein, ich muß eine Antwort haben«, antwortete Wilhelm. »Bei Gott, diese Belagerung hat lange genug gedauert! Geh und fordere in meinem Namen die Schlüssel der Festung!«

Die Gesandtschaft machte sich am folgenden Tag auf den Weg und erreichte Lille in angemessener Zeit, wo man sie ohne Zweifel schon erwartet hatte. Die Herren wurden mit den Zeichen der äußersten Höflichkeit empfangen und mit entsprechendem Zeremoniell in die Audienzhalle Graf Balduins geführt.

Montgoméri begleitete Raoul; beide waren reich gekleidet und traten so feierlich auf, wie es dem Anlaß gemessen war. Der Audienzsaal war voll von flämischen Adligen und

Räten. An einem Ende des Raumes saß der Graf auf einem Podest, neben ihm seine Gemahlin; Mathilde saß auf einem Schemel zu seiner Linken.

Raoul und Montgoméri schritten die Halle entlang, begleitet von ihren Pagen. Man empfing sie mit höflichen Worten, aber Mathilde hob einen Moment lang die Augen und sah Raoul in einer Weise an, die nichts Gutes verhieß.

Raoul kam sofort zur Sache und trug dem schweigenden Hof die Werbung des Herzogs vor.

Als er endete, erhob sich ein Gemurmel, das jedoch bald wieder verstummte. Der Graf strich über den Hermelin, der seinen Mantel säumte, und erging sich in konventionellen Phrasen. Er war sich der Ehre voll bewußt, die man seiner Tochter erwiesen hatte, doch war dies eine Frage, die man nicht voreilig und ohne Rat einzuholen entscheiden konnte.

»Der Herr Graf, der Herzog, mein Herr, ist sicher, daß Ihr schon seit langem von seinen Absichten wißt«, gab Raoul mit einem entwaffnenden Lächeln zurück.

Der Graf blickte wieder auf seine Tochter. Er schien sich nicht wohl zu fühlen und begann wieder von der Frage der nahen Verwandtschaft zu sprechen, als wäre er froh, sie als Vorwand zu nehmen. Seinen Weisungen entsprechend wischte Raoul auch diese Einwände beiseite.

»Der Herzog, mein Herr, hegt begründete Hoffnung, daß dieses Hindernis bald aus der Welt geschafft sein wird. Eure Herrlichkeit wissen, daß der Prior von Bec in diesem Augenblick in Rom weilt und uns gute Nachricht gesandt hat.«

Darauf brach Graf Balduin in eine lange Rede aus, deren Inhalt darin bestand, daß es ihm nur lieb wäre, sein Haus mit dem der Normandie zu vereinigen, daß seine Tochter aber, die kein junges Mädchen ohne eigenen Willen mehr war, einer zweiten Ehe womöglich abgeneigt war und selbst zu diesem Thema sprechen wollte.

Vielleicht hatte Raoul schon eine Ahnung von dem, was jetzt kommen würde. Der Graf und auch die Gräfin hatten sicher nichts gewußt und waren offenkundig völlig überrascht.

Mathilde stand langsam auf und verneigte sich vor ihrem Vater. Mit kühler, tragender Stimme, sittsam gefalteten Händen und gut gewählten Worten sprach sie: »Mein Herr und Vater, ich danke Euch für die Sorge, die Ihr Euch um mich macht. Ist es Euer Wille, mich wieder zu vermählen, dann seid versichert, daß ich meine Pflicht Euch gegenüber kenne und mich Euren Befehlen beugen werde, wie es meiner und Eurer Ehre entspricht.« Sie hielt inne. Raoul, der sie aufmerksam beobachtete, sah, wie sich ihre Mundwinkel zu dem bekannten Lächeln hoben, und war auf das Schlimmste gefaßt. Mit undurchsichtigem Blick fuhr sie fort: »Aber ich bitte Euch, Beau Sire, daß Ihr meine Hand einem Mann gebt, der von genauso edler Geburt ist wie ich. Gestattet es nicht, um unserer Ehre willen, daß sich das Blut einer Tochter Flanderns mit dem eines Mannes mischt, der von niedriger Geburt ist und von einfachen Bürgern abstammt.« Sie endete genauso unbewegt, wie sie begonnen hatte, verneigte sich wieder und ging zu ihrem Schemel zurück, wo sie sich setzte und ihre Hände betrachtete.

Lähmendes Schweigen hing über der Menge. Die Männer sahen einander erschrocken an, und jeder fragte sich, wie die normannischen Gesandten diese Beleidigung aufnehmen würden.

Montgoméri trat hochrot im Gesicht einen Schritt vor. »Bei Gott, ist das eine Antwort?« rief er.

Raoul trat dazwischen und wandte sich an den Grafen. »Herr Graf, ich wage es nicht, meinem Herrn diese Antwort zu bringen«, meinte er ernst. Als er das entsetzte Gesicht des Grafen sah, erkannte er, daß Mathildes Antwort ohne das Wissen ihres Vaters gegeben worden war. Er bedeutete Montgoméri mit einer Gebärde, still zu sein, und sagte: »Mein Herr, ich erwarte die Antwort Flanderns auf die Werbung meines Herrn.«

Graf Balduin nahm diese Hilfe dankbar an. Er erhob sich und versuchte, das Beste aus dieser verfahrenen Sache zu machen. »Messires«, erklärte er, »Flandern ist sich der Ehre, die man ihm erwiesen hat, voll bewußt, und wenn es die

Werbung abweist, so glaubt mir, daß dies mit großem Bedauern geschieht. Es wäre uns wirklich eine große Freude, die Hand unserer Tochter dem Herzog der Normandie zu geben, wäre es nicht darum, daß Prinzessin Mathilde nichts von einer zweiten Ehe wissen will.« Das waren seine ersten Worte, und er fuhr in derselben Tonart fort, um die Beleidigung zu schmälern. Die Gesandten zogen sich zurück, der eine nachdenklich, der andere kochend vor Wut. Was Graf Balduin zu seiner Tochter sagte, wurde nicht bekannt, aber am selben Abend sandte er nach Raoul und blieb länger als eine Stunde in geheimem Gespräch mit ihm.

»Bei der heiligen Messe, Messire Raoul, das ist eine böse Sache«, meinte der Graf verstört.

»Bitten wir Gott, daß sie nicht noch schlimmer wird«, pflichtete ihm Raoul trocken bei.

Dem erregten Grafen war dies kaum ein Trost. »Ihr seid Zeuge, Messire, daß diese beleidigenden Worte nicht aus meinem Mund gekommen sind.«

»Graf«, lächelte Raoul, »ich halte es für gut, zu vergessen, was Frauen sagen.«

Der Graf wirkte erleichtert, aber Raoul meinte bedeutungsvoll: »Es waren aber noch andere außer mir anwesend.«

»Herrgott«, rief der Graf zornig, »wann immer es Ärger gibt, sind die Frauen daran schuld.«

Seine Tochter hätte sich sicherlich geschmeichelt gefühlt. Als Raoul die Gemächer des Grafen verließ, stieß er mit Mathilde zusammen, die in der Galerie stand. Er faßte rasch ihre Hand, um sich und sie festzuhalten, und spürte, wie heftig ihr Puls gegen seine Finger klopfte. Im Schein der Lampe war ihr Gesicht nur ein bleiches, verschwommenes Oval, aber das grüne Feuer in ihren Augen leuchtete noch immer. Er ließ ihre Hand nicht los, und sie duldete es. Sie starrte ihn an und flüsterte: »Richte meine Botschaft so aus, wie ich sie gesagt habe. Ich befehle es Euch.«

»Ich werde alles tun, um sie zu vergessen«, erwiderte Raoul ernst. Er legte ihr die Hand auf die Schulter. »Wart

Ihr denn wahnsinnig, Herrin, daß Ihr solche Worte gesprochen habt? Ist das vielleicht edel gehandelt? Mein Gott, Ihr habt Euch einen dornenreichen Weg erwählt.«

Leise lachte sie auf, aber es war ein freudloses Lachen. »Er soll nur wissen, was ich von ihm halte. Ich bin nicht für ihn gemacht.«

Raoul ließ sie los. Er verstand sie nicht, und doch hatte er das Gefühl, daß auch etwas anderes als Haß der Beweggrund für ihr Handeln war. »Gott gebe, daß sich Euer Lachen nicht in Tränen verwandelt«, sagte er.

Er wollte weitergehen, aber sie stellte sich ihm in den Weg. »Richtet meine Nachricht aus«, wiederholte sie.

»Herrin, dafür achte ich Euch zu sehr. Was habt Ihr denn? Was wollt Ihr?«

Sie faßte sich mit beiden Händen an den Hals. »Vielleicht bin ich zu sehr Frau, um das zu wissen.« Sie ließ die Hände sinken und streckte sie dann Raoul entgegen. »Sagt ihm, daß ich noch immer gut befestigt bin!« Herausforderung lag in ihrer Stimme; sie sah ihn fast gierig an.

»Herrin, seid Ihr dessen so sicher?«

Dieser Pfeil war nicht gezielt, aber er hatte trotzdem getroffen. Sie fuhr zurück, und er hörte, wie sie tief Atem holte. Er ging in seine Schlafkammer zurück, verwirrt und verängstigt.

Montgoméri, der sich etwas beruhigt hatte, sah ein, daß die Worte, die sie gehört hatten, nicht für die Ohren des Herzogs taugten. Er versprach zu schweigen, kam aber immer wieder während der Rückreise nach Eu auf die Beleidigung zu sprechen, die man dem Herzog angetan hatte. Den ersten Menschen, den Raoul dort sah, war Mabille, Montgoméris Frau, und am liebsten hätte er laut geflucht. So jung sie war, die Tochter und Erbin von Talvas, dem verbannten Herrn von Belesme, so bekannt war sie überall als Ränkeschmiedin. Raoul war überzeugt, daß sie alle Neuigkeiten aus Montgoméri herauspressen würde.

Der Herzog empfing seine Gesandten formeller als sonst. Raoul brachte Balduins klug formulierte Antwort vor und konnte dabei keine Veränderung in Wilhelms Gesicht entdecken. Der Herzog schwieg einige Augenblicke lang und fragte dann: »Und was hat Fürstin Mathilde gesagt?«

Roger de Montgoméri wurde unruhig und ließ dies auch sehen. Raoul antwortete ernst: »Sie hat mich gebeten, Euch zu sagen, Beau Sire, daß ihre Mauern noch immer gut befestigt sind.«

Wilhelm lachte kurz auf. »Kühne Reden!« Dann blickte er stirnrunzelnd auf seine gefalteten Hände. »So ist das also«, sagte er nachdenklich. Er blickte wieder auf und entließ die Gesandten mit einigen kurzen Worten. Raoul ging in der Begleitung von Gilbert d'Aufay hinaus; Roger, der noch immer verlegen war, suchte seine Frau.

Niemand wußte, was Mabille durch die Rolle, die sie spielte, gewann. Alle, die sie haßten, und davon gab es viele, schworen, daß sie von einem Teufel besessen war. Wie dem auch war, sie verlor keine Zeit, um alles von Montgoméri zu erfahren und es sofort zu bösen Zwecken zu verwenden.

Beim Mahl saß sie an der Seite des Herzogs. Sie plauderten miteinander; und als sich das Mahl seinem Ende zuneigte und der Wein die Zungen gelöst hatte, blickte sie ihn mit blitzenden Augen an und gratulierte ihm zu seiner guten Laune.

»Warum sollte ich ärgerlich sein?« fragte er.

Mabille hatte eine Stimme wie Honig, süß und schmeichelnd. Leise sagte sie, während sie sich zu ihm hinüberbeugte: »Wie ist sie denn, diese grausame Schöne, der man nichts recht machen kann?«

Wilhelm zeigte Anzeichen wachsenden Zorns, antwortete aber mit Mäßigung. Mabilles Hand legte sich auf die Armlehne des Stuhls; sie hob den Blick und flüsterte: »Mein edler Herr, Ihr tragt die Beleidigung in wahrhaft fürstlicher Art.« Ihre Finger strichen über seinen Ärmel; ihre Lippen zitterten, ihr Blick war verschleiert; man hätte schwören können, daß diese Frau nur aus Mitgefühl bestand.

»Wie hat sie es nur gewagt?« Rasch hob sie den Kopf, als flammte Zorn in ihr auf, ließ ihn aber sofort wieder sinken.

»Verzeihung, Seigneur! Aus mir spricht nur meine Treue zu Euch.«

An der anderen Seite des Tisches saß Montgoméri und fuhr mit der Zunge über seine ausgedörrten Lippen. Er warf Raoul einen Blick zu, doch dieser war außer Hörweite.

Wilhelm setzte seine Schale klirrend nieder. »Zum Teufel, Madame, was soll das!« wollte er wissen.

Sie schien verwirrt. »Verzeiht, Beau Sire! Ich habe zuviel gesagt«, stammelte sie. Ängstlich blickte sie ihren Gemahl an, der vor Aufregung nicht mehr wußte, was er tun sollte.

Der Herzog sah diesen Blick, wie es ja in ihrer Absicht lag. »Bei Gott, Ihr habt entweder zu viel oder zu wenig gesagt!« rief er. Seine Augen blickten wütend auf Montgoméri. Es lag eine Drohung in ihnen, aber er schwieg und wandte seine ganze Aufmerksamkeit dem Grafen von Eu zu. Nach einer kurzen Weile stand er vom Mahl auf, anscheinend gut gelaunt, aber wenn Montgoméri gehofft hatte, daß damit das letzte Wort gesprochen war, so hatte er sich geirrt. Ein Page kam mit dem Befehl, sofort im Zimmer des Herzogs zu erscheinen; mit einem vorwurfsvollen Blick auf seine Gemahlin folgte er dieser Aufforderung. Und bitter sah er, wie sie lächelnd und zufrieden dastand, ein Teufel mit dem Gesicht eines Engels.

Er fand Wilhelm allein. Der Herzog ging erregt auf und ab. Er winkte Montgoméri zu sich. »Tritt nur ein, du ehrlicher Bote! Warum erzählst du deiner Frau Dinge, die du mir nicht zu sagen wagst?«

Montgoméri stammelte einige Worte, suchte überall Ausreden und bat schließlich den Herzog, die Wahrheit von Raoul de Harcourt zu verlangen.

Der Herzog schlug mit der Faust auf den Tisch. »Beim Himmel, Montgoméri, dich frage ich!«

Montgoméri stieß unglücklich hervor: »Beau Sire, Fürstin Mathilde hat gedankenlos gesprochen, wie Frauen das eben so tun. Der Graf hat uns die Antwort gegeben, die wir Euch getreulich überbracht haben.«

»Sprich endlich, Montgoméri!« Die Stimme des Herzogs ließ Montgoméri zusammenfahren.

»Beau Sire, ich muß darauf bestehen, daß ich nur der Begleiter des Chevaliers de Harcourt war. Von seinen Lippen sollt Ihr erfahren, was sich in Lille zugetragen hat.« Ein Blick traf ihn, der ihm den Schweiß auf die Stirn trieb, und er fuhr hastig fort: »Seigneur, wenn wir Euch unterschlagen haben, was Fürstin Mathilde gesagt hat, dann nur aus Liebe zu Euch, und weil wir dachten, daß ihre Worte wirklich nicht für Eure Ohren bestimmt seien.«

»Bei Gott und der Jungfrau, du hast schlecht gehandelt, als du deiner Frau Dinge erzählt hast, die du mir nicht anvertrauen wolltest«, sagte der Herzog in kaltem Zorn.

Darin konnte der unselige Mann ihm nur beipflichten. Er richtete sich auf und sagte mit so viel Würde, wie ihm noch blieb: »Ich bin in Eurer Hand, Beau Sire.«

Der Herzog antwortete: »Dann will ich ohne weiteres Reden die Antwort hören.«

»Beau Sire, die Fürstin Mathilde sagte, daß sie ihrem Vater in allen Dingen ergeben sei, aber sie flehte ihn an, wenn er schon einen Bräutigam für sie auserwählen wolle, ihr einen Mann zu geben, der – der – Euer Gnaden, Fürstin Mathilde hat Worte verwendet, die sich auf Euer Gnaden Herkunft beziehen und die ich nicht zu wiederholen wage.«

»Es wäre besser, du wiederholtest sie, Montgoméri«, sagte der Herzog mit tonloser Stimme, die der Ruhe vor dem Sturm ähnelte.

Montgoméri blickte zu Boden und sagte: »Fürstin Mathilde hat ihren Vater gebeten, sie nicht mit einem zu vermählen, der außerhalb der Ehe geboren wurde.«

»Und sie hat nicht mehr als das gesagt?«

Der ursprüngliche Zorn stieg in Montgoméri wieder hoch. »Ja, da war noch einiges mehr!« rief er und schlug jede Vorsicht in den Wind. »Die Dame hat Euch beschimpft und wagte es, zu sagen, daß sie ihr Blut nicht mit dem eines Mannes vermischen würde, der von niedriger Herkunft sei und vom gemeinen Volk abstammt.«

Raoul trat gerade in diesem Augenblick ins Zimmer und hörte die voreiligen Worte. Aber noch während er die Tür schloß, wußte er, daß es zu spät war, den Herzog zu beruhigen und zu besänftigen. Montgoméri folgte seinem Wink und schlich dankbar davon, ja, er war sogar bereit, Raouls leises »Geh, du schwatzhafter Narr«, zu vergessen.

Raoul lehnte sich mit dem Rücken an die Tür und lauschte Wilhelms erstem Wutanfall gottergeben. In einem geeigneten Augenblick unterbrach er ihn: »Montgoméri hat seine Geschichte schlecht erzählt. Ja, sie hat alles gesagt, was er berichtet hat, aber sie hat mit dem Wunsch der Frau gesprochen, das zu verletzen, was ihrem Herzen zu nah für ihren Seelenfrieden ist. Ich glaube, das beste wäre, ihr gar keine Beachtung zu schenken.«

»Beim Himmel, das wird sie unter blutigen Tränen bereuen«, schwor Wilhelm. »Du stolze Witwe! Freches Weib!« Er begann wieder auf und ab zu laufen. »Als Geliebten will sie mich nicht! Dann soll sie mich als Feind kennenlernen!« Mit einem Ruck blieb er beim Fenster stehen und starrte auf den bleichen Mond. Seine Finger umklammerten das Steinsims, und er lachte plötzlich auf; dann drehte er sich um und sagte: »Ich reite nach Lille. Wenn du mitwillst, dann komm, sonst sage meinem Pagen Errand, er möge mein Pferd satteln.«

»Danke, Beau Sire. Ich komme mit. Aber wozu?«

»Die Fürstin Mathilde hat mich mißverstanden«, erwiderte der Herzog grimmig. »Sie hat mir eine Botschaft gesandt, die man einem Nichts, einem Mann ohne Bedeutung sendet. Ich werde sie eines besseren belehren.«

Mehr wollte er nicht sagen, noch konnte man ihn von seinem Entschluß abbringen, nach Lille zu reiten. Ernstlich beunruhigt ging Raoul, um die Pferde zu satteln und dem Grafen von Eu von der neuen Wendung der Dinge in Kenntnis zu setzen. Er hoffte, daß eine Weile der Überlegung Wilhelm zur Besinnung bringen möge, doch sah er sich darin getäuscht. Als Raoul zurückkam, schien der Herzog völlig ruhig, doch war er für alle Bitten taub, gleich ob sie von Raoul oder von seinem Vetter Eu kamen. Robert schwankte zwischen Lachen und Ärger, aber er wußte ganz genau, daß kein Mensch auf der ganzen Welt Wilhelm von seinem Vorhaben abbringen konnte, wenn er einmal den Gesichtsausdruck trug. Er fürchtete einen von Wilhelms impulsiven, allzu kühnen Streichen, denen er noch nicht entwachsen war, wechselte einen sorgenvollen Blick mit Raoul und schlug vor, eine bewaffnete Eskorte zur Begleitung zu stellen. Diesen Vorschlag lehnte Wilhelm mit einer verächtlichen Handbewegung ab. Er warf sich in den Sattel und sprengte im Galopp davon.

»Bei der Jungfrau, ich habe Angst vor ihm«, rief Graf Robert. »Jetzt ist der Teufel los, Raoul!«

Raoul faßte Vercerays Zügel und grinste. »Wünscht uns gutes Gelingen für unsere Liebesaffären!« sagte er, sprang aufs Pferd und galoppierte dem Herzog nach.

Auf dieser Reise gab es kein Zögern. Die Strecke, für die die Gesandten zwei Tage gebraucht hatten, durchmaß der Herzog in einer Nacht. Er hielt nur einmal bei Morgengrauen an, um die Pferde zu wechseln. Er weigerte sich auszuruhen und aß nur im Stehen und hastig. Er sprach wenig, doch je mehr er sich Lille näherte, desto unruhiger wurde er. Raoul, den alle Glieder schmerzten, schüttelte sich in lautlosem Lachen. Er war zu müde, um sich noch zu fragen, wie Wilhelm Balduins Tochter gegenübertreten wollte, meinte aber, daß Wilhelm nicht gerade passend für den eleganten Hof Graf Balduins gekleidet war. Schmutzverkrustet, staubbedeckt glich er eher einem Boten als einem großen Herrscher, aber es war sinnlos, ihm dies vor Augen zu führen. Raoul wunderte sich nicht einmal mehr, als Wilhelm in gestrecktem Galopp durch die Straßen von Lille stürmte und erst vor den Toren des Palastes anhielt.

Erst vor der großen Halle erkannte man den Herzog. Ein erschreckter Page starrte ihn mit offenem Mund an und rief dann seine Gefährten. Etliche Diener stürzten herbei, als sich Wilhelm aus dem Sattel schwang, und unter vielen Verbeugungen und unruhigen Fragen bot man ihm ein Gemach an. Der Herzog fegte alle diese Angebote ohne Aufhebens beiseite und befahl Raoul, sein Pferd zu halten. »Was ich hier zu tun habe, dauert nicht lange«, sagte er und stürmte vorbei an den versammelten Herren in den Palast.

Eine kleine Gruppe von Männern stand in der Halle und wartete auf den Beginn des Mittagsmahles. Tostig rief: »Herrgott, da ist der Normanne ja wieder. Warum so eilig, Herzog Wilhelm?«

Einer der flämischen Adligen sprang auf und wollte Wilhelm sagen, daß der Graf und seine Söhne jeden Augenblick von der Falkenjagd zurückkehren würden. Er brach mitten im Satz ab, denn es war offensichtlich, daß ihm der Herzog nicht zuhörte. Wilhelm lief durch eine Halle und stürzte die enge Treppe hinauf, bevor man richtig begriffen hatte, daß er gekommen war. Er trug sein Schwert an der Seite und hielt eine Peitsche in der Hand. Die Flamen starrten einander ratlos an. Sie hatten den Eindruck, daß der Herzog der Normandie wahnsinnig geworden war.

In der Kemenate saß Mathilde auf einem Kissen und stickte an einem Altartuch. Judith arbeitete am anderen Ende des Tuches, und beide neigten sich tief über ihre Arbeit. Um sie herum beschäftigten sich eine Reihe anderer Mädchen mit verschiedenen Handarbeiten. Das leise Geplauder verstummte plötzlich, als die Tür heftig aufgestoßen wurde. Bewegungslos hielten sie mitten in der Arbeit inne; sechs erschrockene Gesichter wandten sich zur Tür, sechs Paar Augen wurden groß vor Staunen.

Wilhelm stand in der Tür, in seinem Aufzug ganz unpassend für diesen gepflegten Raum. Eines der Mädchen sah seinen Blick und warf sich erschreckt aufstöhnend ihrer Nachbarin an den Hals.

Mathilde vermochte kein Wort zu sagen. Ein übermächtiges Gefühl machte sie stumm; vielleicht war es Angst, vielleicht auch Triumph. Sie sah die dicke Staubschicht, die Stiefel und Mantel des Herzogs bedeckte, sah sein bleiches, von den Anstrengungen des Ritts gezeichnetes Gesicht, und der Schatten eines triumphierenden Lächelns umspielte ihre Lippen.

»Was soll das nun wieder?« fragte Judith. Ihre Stimme zitterte vor unterdrückter Heiterkeit. Sie stand auf, trat einen Schritt auf den Herzog zu und blickte von ihm auf das unbewegliche Gesicht ihrer Schwester.

Mit schweren Schritten ging der Herzog auf Mathilde zu. Sie saß bewegungslos wie eine Statue und blickte ihn an. Er beugte sich nieder – ihr erschien es wie das Zustoßen eines Raubvogels – und riß sie in die Höhe. Er hielt ihre Handgelenke so fest, daß sie aufstöhnen mußte. »Eure Botschaft hat mich wohl erreicht«, sagte er. »Ich bin gekommen, um Euch Antwort zu geben.«

»Du lieber Jesus!« rief Judith, die ahnte, was kommen würde.

Eines der Mädchen sah, wie der Herzog die Peitsche hob, und begann zu weinen. Mathilde stieß zwischen erstarrten Lippen hervor: »Das wagt Ihr nicht!«

»Ja, Madame, das wage ich schon«, sagte Wilhelm. Zum ersten Mal sah sie sein Lächeln, das wie das Zähnefletschen eines Wolfs war. »Ich habe Menschen zerstückeln lassen für die Beleidigung, die Ihr mir angetan habt, meine stolze Witwe. Er riß sie in die Mitte der Kammer. »Zerstückeln werde ich Euch nicht, Madame, aber, bei Gott, Euer Hinterteil wird Euch gehörig weh tun!«

Die Mädchen waren völlig außer sich, einige starrten auf die Szene, als verstünden sie nicht, was hier vorging, andere weinten aus Angst, und alle hatten sich in die hinterste Ecke zurückgezogen, um so weit wie möglich von dem schrecklichen Eindringling entfernt zu sein. Die Peitsche zischte durch die Luft; das weinende Mädchen verbarg sein Gesicht und fuhr jedesmal zusammen, wenn sie das grauenvolle Klatschen der Peitsche hörte.

Judith hatte ihre Fassung wiedergewonnen. In dem Augenblick, in dem Wilhelm die Peitsche hob, glitt sie zur Tür und stellte sich mit dem Rücken dagegen, die Hände an das dunkle Holz gepreßt, als wollte sie die Tür mit eigener Kraft geschlossen halten. Die älteste der Ehrenjungfrauen wollte hinaus, um Hilfe zu holen, als sie sah, wie brutal ihre Herrin behandelt wurde, aber Judith vertrat ihr den Weg.

»Närrin, willst du denn, daß der ganze Hof weiß, wie Fürstin Mathilde verprügelt wurde?« fuhr sie das Mädchen zornig an. »Zurück mit dir! Sie weiß dir sicher keinen Dank, wenn du diese Geschichte der ganzen Welt erzählst.«

Mathilde weinte, aber sie biß sich auf die Lippen, und nur ein leises Stöhnen kam aus ihrem Mund. Ihr Kleid war zerfetzt, das Haar war wirr, Wilhelms Finger preßten sich so stark in ihr Fleisch, daß sogar ihre Knochen schmerzten. Endlich hielt sein erbarmungsloser Arm an; sie sank zu Boden, als der letzte Schlag fiel. Er warf die Peitsche zu Boden, umfaßte sie und preßte sie an sich. »Madame, Ihr habt mich zurückgestoßen«, sagte er, »aber vergessen werdet Ihr mich nie!« Er hielt sie immer fester; seine Linke ließ ihre Handgelenke los und hob ihr Kinn hoch. Bevor sie noch wußte, wie ihr geschah, küßte er sie wild auf die halbgeöffneten Lippen. Ein Stöhnen entfuhr ihr. Er lachte rasch und rauh auf, stieß sie von sich und drehte sich um. Halb besinnungslos fiel sie zu Boden und blieb unbeweglich liegen.

In der Zwischenzeit hatte man von außen heftig an die Tür geklopft. Aufgeregte Stimmen wurden laut.

»Öffnet!« befahl Wilhelm.

Judith sah ihn neugierig an. Ihr Lächeln wurde breiter, und sie verneigte sich vor ihm. »Wilhelm, Ihr seid ein tapferer Mann«, sagte sie, öffnete die Tür und trat beiseite. Ein Aufschrei ging durch die Gruppe von Männern, die auf der Schwelle standen. Man griff nach dem Schwert; zornige Rufe ertönten. Der Herzog fletschte die Zähne und ging langsam auf die Gruppe zu, wie ein Raubtier, das zum Sprung auf die Beute ansetzt. Unwillkürlich wichen alle zurück. Sein Blick überflog sie; er machte keine Anstalten, sein Schwert zu ziehen, ja er stützte seine Hand sogar sorglos in die Hüfte. »Nun, meine Herren«, fragte er sarkastisch. »Nun?«

Unentschlossen standen sie da, die Hände an den Griff ihrer Schwerter gelegt. Sie blickten einander an und sahen dann fragend auf Judith. Judith lachte und sagte: »Ihr Hohlköpfe! Tretet beiseite, das ist keine Angelegenheit, die Euch angeht.«

»Mein Gott, Prinzessin ...« stammelte einer.

»Fürstin Mathilde!« ein zweiter.

Ein dritter trat vor, und die Worte überstürzten sich. »Beau Sire, Ihr habt hier sehr unrecht gehandelt, bei Gott. Weder Euer hoher Rang noch ...«

»Pah«, sagte Wilhelm. Er legte dem aufgebrachten Herrn die Hand auf die Schulter und schob ihn beiseite. Es war ganz offenkundig, daß er keinen von ihnen für gefährlich hielt. Sein Blick war wie ein Befehl, und ohne recht zu wissen, warum sie so handelten, traten alle beiseite und gaben ihm den Weg frei. Wilhelm ging, auf allen Linien der Sieger.

Im Burghof wartete Raoul in äußerster Sorge. Er seufzte tief auf vor Erleichterung, als er Wilhelm aus dem Tor treten sah, aber einen Augenblick später sah er die wütenden Mienen der hinter ihm Kommenden und fragte sich, ob es doch zum Kampf kommen würde. Aber dem war nicht so. Der Herzog ergriff die Zügel des Pferdes, schwang sich in den Sattel und bemerkte dann erst die Männer, die ihn verfolgt hatten. Er lachte auf.

Das war zuviel, selbst vom Herzog der Normandie. Ein paar besonders wütende Männer sprangen auf Wilhelm zu und wollten ihm in die Zügel fallen. Raoul zog sein Schwert halb aus der Scheide. Der Herzog lachte noch immer. »Nein, meine Freunde, so geht das nicht!« sagte er und gab seinem Roß die Sporen. Das Pferd sprang schnaubend an; einer der Männer konnte sich noch rechtzeitig in Sicherheit bringen, ein zweiter wurde niedergestoßen. Der Herzog war verschwunden, bevor sich noch irgend jemand bewegte; das Dröhnen der Hufe auf dem Pflaster hallte immer schwächer wider, bis es nur noch ein leises Echo war.

In der Kemenate hatten die Mädchen Mathilde umringt und versuchten sie zu trösten, ihr zuzusprechen, sie zu streicheln. Sie blickte auf ihre gequetschten Handgelenke; sie bekamen Angst, als sie Mathilde so entrückt und schweigsam sahen. Judith trieb sie aus dem Raum und schlug ihnen die Tür vor der Nase zu. Sie kam zu Mathilde zurück und kniete bei ihr nieder. »Kind, du hast dich ja nicht warnen lassen«, sagte sie.

Mathildes Lippen verzogen sich zur Andeutung eines Lächelns. »Bedauerst du mich denn, Judith?«

»Nein, meine Liebe. Du hast nur bekommen, was du verdient hast.«

Mathilde richtete sich mit schmerzverzerrtem Gesicht auf. »Was haben sie mit ihm gemacht?« fragte sie.

»Was sollten sie denn mit so einem Mann gemacht haben?«

»Nichts. Aber sie hätten ihn töten können«, sagte Mathilde. »Glaubst du, daß er daran gedacht hat?« Sie hob ihre Hände und sah wieder ihre Wunden an. Und dann war es mit ihrer Fassung zu Ende; sie warf sich Judith an die Brust und weinte bitterlich. »Judith, er hat mir so weh getan!«

4

Noch viele Tage nach dem blitzartigen Überfall des Herzogs lag über dem normannischen Hof die Atmosphäre gespannter Erwartung. Es war durchgesickert, was er in Lille getrieben hatte, und der Bericht wurde in vielen verzerrten Fassungen wiederholt. Niemand aber wagte es, vor dem Herzog selbst davon zu sprechen. Viele waren sicher, daß Graf Balduin den Krieg erklären würde, aber sie sahen sich in ihren Vermutungen getäuscht. Niemand erfuhr je, was Graf Balduin sagte oder dachte, als er an jenem Tag von der Jagd zurückkam und seine Tochter verletzt darniederliegend, den Hof aber in fürchterlicher Empörung fand. Was immer er auch dachte und fühlte, er war nicht der Mann, der sich zu unüberlegten Handlungen hinreißen ließ. Er war ein mächtiger Fürst, auch kein Feigling, aber er hatte nicht die leiseste Absicht, mit seinem normannischen Nachbarn Krieg zu beginnen. »Es gibt einen Mann auf dieser Welt«, erklärte Graf Balduin, »der die Kriegskunst bis in die Fingerspitzen beherrscht, und das ist Herzog Wilhelm. Ich habe damit alles gesagt.«

Seine Adligen waren der Ansicht, daß er die verwegene Tat des Normannen zu leichtfertig abtat; Mathilde pflegte ihre Wunden und schwieg; und Graf Balduin schrieb sorgfältig überlegte Briefe an den Herzog in Rouen und studierte dessen Antworten mit gedankenvollem Ausdruck. Er hielt es für günstig, seiner Tochter zu versichern, daß ihr Ruf für immer verloren war. Sie stützte das Kinn in die Hände und sah ihn ohne große Erschütterung an.

»Mathilde«, fragte ihr Vater. »Welcher Fürst würde das nehmen, was die Normandie geschlagen hat? Bei allen Heiligen, der beste Platz für dich wäre ein Kloster!«

Mathilde sagte: »Welcher Fürst würde es wagen, die Hand nach dem auszustrecken, was die Normandie begehrt?«

»Da irrst du dich, mein Kind«, antwortete Graf Balduin. »Der Normanne ist fertig mit dir.«

»O nein, er findet erst Ruhe, wenn ich in seinem Bett liege«, antwortete Mathilde.

»Das sind unanständige Gedanken«, erklärte der Graf und ging.

In Rouen glaubte man, daß der Herzog alle Absichten auf die flämische Prinzessin aufgegeben habe, aber Lanfranc wurde trotzdem nicht aus Rom zurückbefohlen. Erzbischof Mauger meditierte eine lange Stunde bei einer Schale Süßigkeiten über dieser Frage und sandte dann eine Nachricht an seinen Bruder, den Grafen von Arques, der wegen der herzoglichen Truppen de facto ein Gefangener in seinem eigenen, windumtosten Schloß war. Mauger konnte sich keinen Reim darauf machen, was der Herzog vorhatte, aber er fürchtete die Willensstärke seines Neffen.

Auf dem Ritt zurück nach Eu hatte der Herzog mit zuversichtlicher Stimme gemeint: »Ich bekomme sie schon noch, aber, bei Gott, sie wird in mir einen harten Herrn haben.«

»Wenn Ihr so denkt«, hatte Raoul verärgert geantwortet, »wäre es besser, Euch nach einer Frau umzusehen, die Ihr lieben könnt, und Fürstin Mathilde zu vergessen.«

Der Herzog sagte: »Ich habe geschworen, Mathilde zu besitzen und keine andere. Sie gehört mir, in Liebe oder in Haß.«

»Eine schwierige Eroberung, Wilhelm«, war alles, was Raoul erwiderte.

»Glaub mir, ich werde es schon schaffen«, antwortete der Herzog.

Das war das einzige Mal, daß er in vielen Tagen von Mathilde sprach. Er hatte andere Dinge zu tun, und nach seiner Rückkehr nach Rouen stürzte er sich in seine Arbeit und schob jeden Gedanken an eine Heirat von sich. Weltliche und kirchliche Reformen beschäftigten ihn für den Rest des Jahres, die seinen schwerarbeitenden Baronen nur Stöhnen und Edgar, dem Than von Marwell, widerwillige Bewunderung entlockten. Edgar sagte nachdenklich: »Ich sehe, daß er ein echter Herrscher ist. Ich habe bis jetzt immer nur gedacht, daß er ein tapferer Mann sei.«

Gilbert d'Aufay, dem diese Worte galten, lachte und fragte, was diese Sinnesänderung bewirkt hatte. Sie saßen an einem der Fenster des Palastes in Rouen, das den Wald von Quévilly jenseits der Seine überblickte. Den Blick auf die weitentfernten Baumspitzen gerichtet, erwiderte Edgar: »Die neuen Gesetze; die Art, wie er mit denen umspringt, die für sein Herzogtum Gefahr bedeuten. Er ist klug und ein großer Staatsmann.«

»Du hast ihn sehr genau beobachtet, Sachse«, sagte Gilbert.

Edgar zuckte die Achseln; ein Schatten flog über sein offenes Gesicht. »Was kann ich denn schon tun, als die Taten der anderen beobachten?« fragte er bitter.

»Ich hatte gedacht, du seist recht zufrieden«, sagte Gilbert.

»Nicht zufrieden; das war ich noch nie«, antwortete Edgar. Er bemerkte, daß Gilbert verletzt war, und fuhr fort: »Sei nicht böse; es geht mir gut, und das Exil tut mir nicht mehr so weh, seit ich deine und Raouls Freundschaft gewonnen habe.«

»Und auch die Freundschaft vieler anderer, wie ich höre. Aber für dich zählt ja nur Raoul.« Gilbert sah ihn fragend an. »Er ist für dich wie ein Bruder, nicht? Versteht ihr einander denn so gut?«

»Ja«, sagte Edgar verschlossen. Er hob seinen Mantel ein wenig an und zog ihn über die Knie. »Ich habe nie einen Bruder gehabt«, meinte er. »Nur eine Schwester, Elfrieda.« Er unterdrückte einen Seufzer. »Als ich fortging, war sie noch ein kleines Mädchen; jetzt wird sie fast erwachsen sein.«

»Vielleicht kannst du schon in wenigen Monaten nach England zurückkehren«, sagte Gilbert in einem ungeschickten Versuch, Edgars Heimweh, das so offen zutage trat, etwas zu mildern.

»Vielleicht«, wiederholte Edgar ausdruckslos.

Aber das Verlangen, nach England zurückzukehren, wurde immer schwächer. Es war Edgar unmöglich, sich nach der langen Zeit, die er schon in der Normandie lebte, dort nicht zu Hause zu fühlen. Er hatte Freunde gewonnen; ohne sein Wollen begannen ihn die Geschicke des Herzogtums zu interessieren. Ein wenig traurig fand er, daß er fast wie Wlnoth war, ein Engländer, der zum Normannen geworden, und als Busacs Rebellion die Normandie erfaßte, vergaß er, daß er Sachse und eine Geisel war; er spürte nur, daß er schon lange am normannischen Hof gelebt hatte und sich so sehr mit dem Wohl des Herzogtums befaßt hatte, daß jeder Versuch, den Frieden zu stören, ihn genauso erregte wie seine Gastgeber. Er sah den staubbedeckten Boten ankommen und traf Raoul eine Stunde später in einer der Galerien des großen Palastes. Raoul fragte: »Hast du schon gehört, was geschehen ist? Wilhelm Busac hat das Schloß von Eu genommen und sich gegen den Herzog gestellt.«

»Wer zieht gegen ihn?« fragte Edgar eifrig. »Der Herr von Longueville, oder der Herzog selbst? Ich wünschte, ich könnte mit.«

»Der Herzog selbst«, antwortete Raoul und überhörte geflissentlich den zweiten Teil von Edgars Frage.

Sie gingen zusammen die Galerie entlang, sprachen über diese Neuigkeit, fragten sich, wer sich Busac anschließen und wer gegen ihn auftreten würde, bis Edgar plötzlich bemerkte, daß er redete, als wäre er ein Normanne; er unterbrach sich, da er sich weder als Normanne noch als Sachse fühlte, sondern nur wie ein junger Mann, der mit einem anderen, seinem Freund, zusammen in den Krieg ziehen wollte.

Der Herzog machte wenig Federlesens mit Busac, dessen Brüder sich ganz auf seine Seite geschlagen hatte: Robert, der sein Schloß Eu voreilig dem Bruder anvertraut hatte, und Hugh, der Abt von Luxeuil, der zu dem Zweck nach Rouen gekommen war, um vom Herzog ein scharfes Vorgehen gegen den Bruder zu fordern. Das allerdings war gar nicht nötig; der Herzog war schon nach Eu aufgebrochen, wo er nach einer kurzen Belagerung das Schloß im Sturm nahm, die zitternde Besatzung hart strafte und Busac ins Exil schickte. Bald darauf erfuhr man, daß Busac beim König von Frankreich Zuflucht gesucht hatte und dort freundlichst aufgenommen worden war. Das war ein wichtiger Hinweis; der König zeigte seine Feindschaft gegen den Herzog Wilhelm immer offener.

Die Rebellion Busacs war nur eines von vielen Anzeichen wachsender Unruhe. Die vier Jahre alte Erinnerung an Val-es-dunes begann zu verblassen, in der Normandie begann es wieder zu gären. Noch war sie Wilhelm nicht ganz untertan, und dies wußte der Herzog nur allzu gut. Der größere Teil des Adels stand auf seiner Seite, für Bürger und Leibeigene gab es keinen anderen, denn er bürgte für Gerechtigkeit, aber da waren noch viele, die dem früheren, gesetzlosen Leben nachtrauerten. Schon gab es Gegenden, in denen die Straßenräuberei blühte, Privatfehden durch Mord und Totschlag entschieden wurden und gierige Barone alles an sich rafften, an das sie Hand legen konnten, wenn sie vermeinten, der Herzog habe ihnen den Rücken gekehrt. Er richtete alle, die den Frieden störten, mit großer Härte, und doch mehrten sich im zweiten Jahr von Edgars Exil die Zwischenfälle, wie der Schaum in einem brodelnden Topf aufstieg. Einmal war es ein Einfall auf den Gütern des Nachbarn, dann ein Mord bei einem Hochzeitsfest, dann wieder eine Gruppe von Räubern, die einen ganzen Landstrich unsicher machten; gleich aber, worum es ging, es waren Zeichen der Unruhe, die von dem Mann, der anscheinend friedlich in Arques lebte, geschickt gelenkt wurden.

Fast ein Jahr nach der Affäre von Lille kam die Kunde, daß sich Graf Godwin mit seinem Sohn Harald vereinigt hatte. Etwas später erfuhr man, daß König Eduard Godwin und seine beiden Söhne wieder in Gnaden aufgenommen und Tostig, der sich in der Zwischenzeit mit Judith vermählt hatte, die verwaiste Grafschaft Northumbrien übertragen hatte. Edgars Augen glänzten wieder; und sogar Wlnoth, der fast ganz zum Normannen geworden war, prahlte, daß es König Eduard nicht wagte, seiner Familie zu trotzen. Herzog Wilhelm zeigte nach außen hin kaum Interesse an dem Geschehen, aber allein in seiner Kammer schlug er mit der Faust auf den Tisch und rief: »Herrgott, hat man je einen so dummen Menschen wie Eduard erlebt?« Er legte Raoul die Hand auf die Schulter. »Sicher nicht, aber du brauchst keinem zu erzählen, daß ich das gesagt habe.«

Graf Godwin sollte seine neue Stellung nicht lange genießen. Im Frühling kam die Nachricht von seinem Tod, eine seltsame Geschichte, von englischen Kaufleuten erzählt. Es hieß, daß ihn an der Tafel des Königs die Hand Gottes niedergestreckt habe. Er hatte seinem Sohn Harald während des Festes, das zu Ehren seiner Versöhnung mit dem König stattfand, befohlen, ihm einen Becher Wein zu bringen. Als Harald auf ihn zutrat, die Schale in der Hand, verfing er sich mit einem Fuß in einem Hindernis und stürzte fast. Er konnte sich aber mit dem andern Fuß abstützen, und der Graf zitierte in bester Laune ein altes Sprichwort: »Ein Bruder hilft dem anderen.« König Eduard, der düster dagesessen hatte, meinte mürrisch: »Ja, so hätte auch mir mein Bruder Alfred geholfen, wäre er am Leben geblieben, Godwin.«

Der Graf hatte genug von Alfreds Tod gehört. Sonst ließ ihn die Anschuldigung, die man ihm immer wieder an den Kopf warf, unberührt, aber dieses Mal hatte er genug getrunken, um des Königs Worte übelzunehmen. Er brach ein Stück Brot ab, blickte den König wütend an und sagte: »König, wenn ich irgend etwas mit Alfreds Tod zu tun hatte, dann soll ich an diesem Stück Brot ersticken!« Mit diesen Worten biß er furchtlos in das Brot, bekam einen Anfall, der schrecklich anzusehen war, und fiel mit Schaum vor dem Mund, das Brot in der Kehle, zu Boden. Eine Stunde später war er tot, und König Eduard schüttelte den Kopf in einer Art und Weise, die deutlich erkennen ließ, daß ihn das nicht überraschte.

Aber alle diese aufregenden Neuigkeiten aus England, und auch die wachsende Macht Haralds konnten die Aufmerksamkeit des Herzogs nicht für lange fesseln. Sein Hauptziel war es, das wilde Füllen Normandie zu zähmen.

Ein Aufstand im Côtentin rief ihn in dieses Gebiet; und während er wieder einmal vor Valognes lag, kam ein Bote auf einem zu Tode erschöpften Pferd, taumelte aus dem Sattel und überreichte dem Herzog ein versiegeltes Paket.

Der Herzog war gerade im Begriff gewesen, mit Saint-Sauveur noch weiter nach Westen vorzudringen. Er war gewappnet und gespornt; ein Knappe hielt sein unruhiges Pferd; seine Ritter hatten sich schon um ihn versammelt. Er schnitt das Paket mit seinem Dolch auf und breitete die brüchigen Blätter aus Baumwollpapier vor sich aus.

FitzOsbern hatte die neue Katastrophe auf zwei Seiten geschildert. Der Herzog hatte kaum den Vire überquert, als der Gefangene von Arques sich zum Schlag gegen den Frieden der Normandie erhob. Er hatte die Mannschaft, die ihn bewachen sollte, auf seine Seite gebracht, war jetzt Herr des Schlosses und drauf und dran, das umliegende Gebiet von Tallou aufs schlimmste zu unterjochen.

Das Gesicht des Herzogs verdüsterte sich; er zerknüllte das Papier in der Hand und stieß einen fürchterlichen Fluch aus. Néel de Saint-Sauveur fragte erschrocken, was denn geschehen sei, und wurde in kurzen Worten unterrichtet. Der Herzog warf ihm die Nachricht zu; Saint-Sauveur breitete die Blätter wieder aus und las, während die Umstehenden miteinander flüsterten und sich fragten, wie es nun weitergehen werde.

Der Herzog hatte dem Knappen Malets Zügel aus der Hand gerissen, und noch bevor der Graf von Côtentin zu lesen aufgehört hatte, saß er im Sattel; sein Pferd stampfte und schnaubte ungeduldig. »Jetzt werden wir sehen, wer von euch bereit ist!« rief der Herzog. »Jetzt werden wir sehen, wer mir folgt! Nach Arques, Messires!« Er ließ Malet den Zügel, und das große schwarze Roß sprang vorwärts. Rasch warfen sich die Umstehenden zur Seite, um nicht von den Hufen getroffen zu werden; und dann war der Herzog auch schon verschwunden.

Fünfzig folgten ihm; sechs waren noch bei ihm, als sich dieser alptraumähnliche Ritt seinem Ende näherte. Sie ritten von Valognes nach Bayeux, und immer mehr fielen zurück. In Bayeux besprach sich der Herzog kurz mit seinem jungen Stiefbruder, dem Bischof, und ritt nach einer Stunde wieder weiter. Seine Ritter folgten ihm verbissen, denn sie wußten, daß seine Eile nicht einer bloßen Laune entsprang. Schon jetzt hatten sich dem Grafen von Arques vielleicht andere angeschlossen, und wenn – wie es Gerüchte wollten – der König von Frankreich wirklich Arques zu Hilfe eilte, dann war Wilhelms einzige Hoffnung, ein Blutbad zu vermeiden, vor dem König in Arques anzukommen.

Sie umritten Caen und eilten weiter gegen Pont Audémer. Dort blieb Gilbert d'Aufay zurück, dem sein Pferd zusammenbrach.

»Ah, Gilbert, kannst du nicht mehr?« rief Raoul.

»Verdammter Gaul; er kann nicht mehr«, antwortete Gilbert. »Wer reitet noch mit Wilhelm?«

»Néel und zwei seiner Leute; De Montfort; der Graf von Avranchin; ich und ein paar andere, ein Dutzend vielleicht. Und wenn ich mich jetzt aufhalte, dann hole ich Wilhelm diesseits der Seine nicht mehr ein.«

»Dann fort mit dir. Wenn ich ein Pferd finde, folge ich euch.« Gilbert winkte ihm zu und rieb seine schmerzenden Glieder.

Bei Caudebec brach Raouls Pferd zusammen. Der Herzog hatte mit seiner kleinen Schar am Ufer des Flusses gerastet und erfuhr von einem Späher, daß eine ihm getreue Gruppe von ungefähr dreihundert Mann aufgebrochen war, um dem Grafen von Arques Trotz zu bieten. Raoul wurde mit einer Nachricht für FitzOsbern in die Hauptstadt gesandt, und Saint-Sauveur ritt ein kleines Stück Weges neben ihm. »Geh mit Gott«, meinte er lächelnd. »Diesmal werde ich den Wächter spielen, auch wenn dir das gar nicht gefällt.«

Raoul schüttelte den Kopf. »Nein, ich habe keine Kraft mehr«, gestand er ein. »Ich kann nicht mehr und hätte keine Stunde mehr ausgehalten. Verlaßt ihn nicht, Herr von Faucon, denn ich schwöre Euch, er wird nicht innehalten, selbst wenn jeder von Euch zurückbleibt.«

»Du brauchst dich darum nicht zu sorgen«, versprach der Graf und ritt zu Wilhelm zurück.

Der Herzog übersetzte den Fluß und galoppierte, so rasch er konnte, nach Baons-le-Comte weiter, und von dort nach Arques, durch verwüstetes Gebiet.

Knapp eine Meile vor Arques stieß er auf die Truppen, die zu seiner Verstärkung herbeigeeilt waren. Ihr Anführer war sprachlos, als er seinen Lehnsherrn erkannte, den er im Côtentin wähnte. Er rang eine geraume Weile nach Worten.

»Faß dich doch, Mann«, rief der Herzog ungeduldig. »Starr mich nicht an, als wäre ich ein Wolf! Was gibt es Neues von meinem Onkel Arques?«

Der aufrechte Herluin von Bondeville fand schließlich Sprache und Manieren wieder. »Verzeiht mir, Herr! Ich habe Euch erst viel später erwartet!«

»Das ist gut möglich«, antwortete der Herzog, »aber jetzt stehe ich vor dir und warte sehr ungeduldig auf Neuigkeiten!«

Herluin hatte sich soweit gefaßt, daß er mit der Erzählung der Katastrophe von Tallou beginnen konnte. Seine Späher hatten ihm berichtet, daß der Graf über so viele Anhänger verfügte, daß ein Angriff mit bloß dreihundert Mann Wahnsinn wäre. Viele der großen Herren hatten sich Arques angeschlossen und sich ganz unbeschreiblich aufgeführt. »Beau Sire«, bat Herluin ernst, »zieht Euch nach Rouen zurück, bis Ihr eine genügend große Streitmacht gegen diese Rebellen versammelt habt. Wir sind nur eine Handvoll und würden in Stücke gehauen werden.«

»Glaubst du das wirklich?« fragte der Herzog. »Mit deiner Erlaubnis, mein guter Herluin, werde ich die Führung deiner Männer übernehmen und meine Rebellen einmal ins Gebet nehmen.«

»Herr, das kann ich nicht zulassen!« rief Herluin besorgt.

»Glaubst du, daß du mich aufhalten kannst? Es ist besser, wenn du es gar nicht versuchst.« Der Herzog schlug ihm auf die Schulter. »Wie, fürchtest du dich? Ich versichere dir, wenn mich die Rebellen einmal von Angesicht zu Angesicht sehen, dann wagen sie es nicht, gegen mich aufzustehen.«

»Herr, wir wissen, daß viele von ihnen sich außerhalb des Schlosses aufhalten, und sind ihnen ausgewichen, weil wir so wenige sind.«

»Das sind wirklich gute Nachrichten«, rief der Herzog. Er schwang sich von seinem erschöpften Pferd. »Ein Pferd, Mann!« Sein Blick fiel auf eine braune Stute, die ihm gefiel. Er klopfte dem Reiter mit dem Griff der Peitsche aufs Knie. »Herunter mit dir, mein Freund!« befahl er freundlich, und der Reiter, den man so seines Tieres beraubt hatte, fragte sich, wie er zu Fuß weiterkommen solle. Den Herzog berührte das nicht. Er stieg auf und veränderte die Schlachtordnung seiner kleinen Armee ein wenig. Die sechs Männer, die mit ihm den ganzen Weg von Valognes gekommen waren, bildeten seine Leibwache. Die Truppe bewegte sich in raschem Tempo vorwärts und kam bald zu dem Marschland, das zwischen dem Meer und dem festen Boden, auf dem Arques stand, gelegen war.

Diese Marschen wurden von einem schmalen Vorsprung nahe des Zusammenflusses von Eaulne und Varenne beherrscht, auf dem das Schloß wie ein Vogelnest lag. Links erhoben sich die Kalkdünen der Küste, zur Rechten stieg in der Ferne ein dichter Wald zu den Höhen von Arques auf.

Das Schloß selbst lag auf einem schroffen Hügel und wurde darüber hinaus durch einen tiefen Graben am Fuß des Hügels gesichert. Es gab nur einen Weg, der zum Schloß führte, und dieser endete am zweiten Graben unmittelbar an den Schloßmauern.

Als Herzog Wilhelm in die Nähe des Schlosses kam, kehrten die Anhänger des Grafen gerade von einem Raubzug zurück. Ihre Truppe sah furchterregend aus und war bis an die Zähne bewaffnet. Richard, der Graf von Avranchin, der mit dem Herzog durch seine Ehe mit der Stiefschwester Wilhelms verwandt war, tauschte einen bedenklichen Blick mit Néel und murmelte dem Herzog ein paar Worte über Vorsicht zu.

Als Antwort nahm Wilhelm seinem Knappen die Lanze aus der Hand. »Bruder Richard«, sagte er, »ich weiß sehr genau, was ich will. Wenn diese Leute sehen, daß ich selbst gekommen bin, wird diese Geschichte bald erledigt sein.« Er gab den Befehl zum Angriff, und die Truppe stürzte über das flache Gelände auf den Schloßberg zu.

Graf Wilhelms Männer wurden durch den Sturmangriff überrascht und waren durch ihre Beute behindert, formierten sich aber doch hastig zu einem Kampf. Néel de Saint-Sauveur rief laut: »Der Herzog, der Herzog!«, und ein Dutzend Stimmen fielen in diesen Ruf ein. Mit lautem Gebrüll stürzten sich Herluins Leute auf die Rebellen.

Die Anführer der Rebellen hörten Néels Ruf und erkannten nach wenigen Augenblicken, daß es wirklich der Herzog war, der den Angriff führte. Wie ein Lauffeuer durchfuhr diese Nachricht die Reihen; man sah den Helm, um den der goldene Reif blitzte, und Panik breitete sich aus. Wenn der Herzog, der von Rechts wegen am anderen Ende der Normandie sein sollte, durch das Land gestürmt war, um Arques persönlich zu bestrafen, dann stand ihnen der Sinn nicht nach Kampf. Ihre Anführer konnten sie nicht zusammenhalten; es war nur allzugut bekannt, was für ein Krieger Wilhelm war. Vor der Wucht des Angriffs wichen sie zurück, und nach wenigen Minuten warfen sie die Beutestücke von sich und flohen den Hügel hinauf, um hinter den Schloßmauern Zuflucht zu suchen.

Der Herzog verfolgte sie bis an den Fuß des Bergfrieds. Dort entwickelte sich ein mächtiger Kampf, und eine Weile schien es, als würde sich Wilhelm den Weg in das Schloß erkämpfen. Verstärkung von drinnen trieb ihn zurück, und es gelang der Besatzung, die Zugbrücke hochzuziehen. Néel de Saint-Sauveur erfaßte das Pferd des Herzogs am Zügel und riß ihn außer Schußweite.

»Beim Herrgott, Beau Sire«, stotterte Herluin, »die sind ja wie feige Hasen geflohen!«

»Mein Freund«, antwortete ihm der Herzog, »ich weiß, wie man einen Kampf führt, was dich aber anscheinend sehr verwundert.«

»Beau Sire, jetzt habe ich es auch gemerkt«, sagte Herluin und ritt noch immer etwas verwundert hinter dem Herzog den Hügel hinab.

Wenig später wurden die Truppen des Herzogs durch eine Armee unter der Führung von Walter Giffard von Longueville verstärkt, und die Besatzung von Arques beobachtete mit wachsender Unruhe alle Anzeichen einer beginnenden Belagerung. Der Graf von Arques biß sich auf die Lippen, aber als seine Anführer Bedenken äußerten, lachte er kurz auf und meinte, der Entsatz durch den französischen König würde nicht lange auf sich warten lassen.

Der König von Frankreich war auch durchaus bereit, Arques zu helfen, doch hatte er sich mit dem Grafen vor der Ankunft des Herzogs vereinigen wollen. Er überquerte die Grenze, mit dem Schwiegervater des Grafen, Hugh, Graf von Ponthieu, in seinem Gefolge, eroberte die Grenzfestung von Moulins in Hiesmes und übergab sie Graf Guy-Geoffrey von der Gascogne. Da ihm kein Widerstand entgegengesetzt wurde, zog er weiter gegen Arques und erwartete die Ankunft Wilhelms, da er schon von den Geschehnissen unterrichtet worden war. Was er nicht wußte, war, daß sich sein Vasall an einem andern Ort befand und die Rebellen im Zaum hielt, die sich Arques anschließen wollten. »Heinrich soll den ersten Schritt tun«, erklärte der Herzog. »Ich habe meiner Lehenspflicht nicht abgeschworen.«

Der König zog weiter und wurde immer zuversichtlicher, als kein Zeichen von Wilhelm zu sehen war. Er erfuhr, daß Walter Giffard und nicht der Herzog die Belagerung von Arques leitete, rieb sich die Hände und versprach, ein rasches Ende zu machen. Und das Ende kam auch rasch, aber nicht so, wie es sich der König erträumt hatte. Zu seinem Unglück geriet er bei St. Aubin in einen Hinterhalt, und obwohl er selbst davonkam, verlor er doch den größeren Teil seiner Armee und auch den unglücklichen Grafen von Ponthieu, der vor seinen Augen erschlagen wurde. Er hielt es für angemessen, sich zurückzuziehen, während Herzog Wilhelm, dem man von der Eroberung von Moulins berichtet hatte, zur belagerten Festung zurückkehrte. König Heinrich erkannte verärgert, daß sein allzu hastiger Überfall auf das Gebiet des Herzogs diesen seiner Lehenspflichten enthoben hatte. Heinrich zog sich nach Frankreich zurück, um Wilhelms Niederlage zu planen, und der Graf von Arques, der seinen Neffen kannte, bot an, sich zu ergeben.

Einige seiner Anhänger protestierten und meinten, das Schloß könnte viele Monate gehalten werden. Der Graf aber antwortete müde und niedergeschlagen: »Wir haben es Wilhelm ermöglicht, uns von Frankreich abzuschneiden, und die Flucht des feigen Königs hat alle unsere Hoffnungen zunichte gemacht. Kennt Ihr Wilhelm denn noch immer nicht?« Er rang die Hände und war über sich selbst wütend. »Mein Gott, als er noch in der Wiege lag, habe ich zu Robert, seinem Vater, gesagt: ›Vor ihm werden wir uns hüten müssen, wenn er einmal erwachsen ist.‹ Mein Gott, wie wahr ist das doch! Hätte ich ihn doch damals erwürgt, denn seither hat er mir nur Schwierigkeiten in den Weg gelegt. Ich bin verloren.« Er verdeckte sein Gesicht mit dem Mantel und brütete vor sich hin.

»Wir können noch immer siegen«, wollten ihn seine Freunde ermuntern. »Gebt Ihr die Hoffnung so schnell auf, Graf?«

Der Graf hob den Kopf und antwortete verbittert: »Ihr Narren, ich weiß, wann ich geschlagen bin. Ich habe es nicht not, daß man mich noch aushungert, bevor ich es zugebe. Ich habe einen Streich geführt, der an Wilhelms Schild abgeglitten ist. Zweimal darf man das nicht versuchen.« Seine Stimme zitterte vor Verzweiflung. Er versuchte, sich zu fassen, und sagte: »Ich muß mit ihm verhandeln. Er ist kein rachsüchtiger Mensch.« Sein Kopf sank in die Hände. »O mein Gott!« murmelte er verzweifelt. »Wie dumm war ich doch, dem König von Frankreich zu trauen. Anders hätte ich vielleicht gesiegt!«

Er sandte seinen Herold mit einer Botschaft zu Wilhelm, in der er in demütigen Worten nur um Leben und Freiheit für sich und seine Leute bat. Es war ein kluger Schachzug, so sehr seine Männer auch verärgert waren. Er hatte den Charakter des Herzogs richtig eingeschätzt: Wilhelm wäre jedes Mittel recht gewesen, seinen Onkel zur Aufgabe zu zwingen, aber wenn er sein Ziel erreicht hatte und sich der Feind geschlagen gab, dann fiel seine gnadenlose Feindschaft von ihm ab. Die ihn einen Tyrannen hießen, irrten; nur wenn man den Teufel in ihm weckte, rächte er sich an den Geschlagenen. Er gewährte die von ihm erbetenen Bedingungen sofort, und als man ihm die Tore von Arques öffnete, ritt er mit seinen Männern ein und verlangte, seinen Onkel unter vier Augen zu sprechen.

Graf Wilhelm kam unbewaffnet und allein, ein stolzer Mann, der schlimm gedemütigt war. Als er den Herzog ohne Begleitung sah, wußte er, daß ihm Wilhelm zusätzliche Demütigungen ersparen wollte, biß sich auf die Lippen und haßte ihn um so mehr dafür.

»Wilhelm, mein Onkel«, sagte der Herzog jäh und blickte ihn durchdringend an. »Ihr habt sehr schlecht an mir gehandelt, und es ist höchste Zeit, daß diese Sache ein Ende findet.«

Der Graf von Arques lächelte. »Beklagst du dich, mein Neffe? Du bist jetzt Herr in meinem Schloß und sitzt noch immer auf dem Thron, der mir hätte gehören können – *faux naistre!*«

»Was das anlangt«, gab der Herzog offen zu, »wirfst du mir wenigstens nicht von Angesicht zu Angesicht vor, daß ich ein Bastard bin. Und habe ich nicht genau so Grund, über Euch zu klagen, der Ihr mir bei meiner Geburt Treue geschworen habt?«

Der Graf sah ihn offen an. »Bei Gott, Wilhelm, ich hätte dich gestürzt, wenn es Gott so gewollt hätte!«

Der Herzog lächelte. »Jetzt höre ich wenigstens Eure ehrliche Meinung. Ich weiß: Ihr wart schon immer mein Feind. Was habt Ihr mit dem alten Grafen von Mortain gehabt, den ich in die Verbannung geschickt habe? Habt Ihr mit dem Hammer von Anjou konspiriert?«

»Strohmänner, wie auch der König von Frankreich«, meinte der Graf kühl. »Allein wäre ich besser dran gewesen.

»Ja, allein wäre es besser gegangen.« Er blickte den Grafen rasch und prüfend, aber nicht unfreundlich an. »Ihr habt mir viele Hindernisse in den Weg gelegt, Onkel, aber jetzt ist das Ende unserer Zusammentreffen gekommen.«

Mit einem Anflug von Hochmut sagte der Graf: »Weder Guy von Burgund noch Martel, ja nicht einmal Frankreich waren so gefährliche Feinde wie ich, Wilhelm.«

»Nein, denn wir sind von einer Familie, einer Familie von tapferen Männern, die wir von Herzog Rollo abstammen«, pflichtete ihm Wilhelm bei. »Aber Ihr werdet mich niemals besiegen.«

Der Graf trat ans Fenster und blickte hinaus über die weite, windgepeitschte Ebene. Eine Möwe flog am Fenster vorbei und stieß einen Schrei aus, der wie ein Trauerruf durch die Stille drang. Wolken hatten sich vor die Sonne geschoben, und die Bäume in der Ferne bogen sich unter hereinbrechenden Sturmböen. Der Graf starrte sie blicklos an. »Bei Gott, ich verstehe nicht, wie es kommt, daß du heute abend lebend vor mir stehst«, sagte er, halb zu Wilhelm, halb zu sich selbst. »Du hättest schon lange tot sein sollen; Feinde hast du ja genug.« Er blickte sich um und sah das sarkastische Lächeln, das so charakteristisch für Wilhelm war. Dieses Lächeln drückte sein ganzes Selbstbewußtsein aus. Der Graf verbarg seinen plötzlich aufsteigenden Zorn und sagte mit ruhiger Stimme: »Bei deiner Geburt hat man von Prophezeiungen und von Visionen deiner Mutter gemunkelt. Ich habe immer wenig davon gehalten, und ich habe nie geglaubt, daß ich einmal – so – vor dir stehen werde.« Er hob die Hand, ließ sie dann aber wieder fallen. »Du wurdest unter einem glücklichen Stern geboren, Wilhelm.«

»Ich bin durch eine harte Schule gegangen«, antwortete der Herzog. »Viele haben mir mein Erbe entreißen wollen, und davon wart ihr immer einer der ersten, aber ich behalte, was mir gehört.«

Beide schwiegen. Mit einem seltsam unpersönlichen Interesse betrachtete Wilhelm von Arques seinen Neffen, versuchte ihn zu messen. »Aber was anderen gehört – ich frage mich, wieviel du an dich reißen wirst, bevor dein Leben zu Ende ist«, sagte er. Seine Augen ruhten lange auf dem Gesicht des Herzogs. »Ja, ich war ein Narr, zu wagen, was ich gewagt habe«, sagte er. »Was soll jetzt geschehen?«

»Ich nehme mir Arques wieder«, antwortete Wilhelm.

Der Graf nickte. »Hast du einen Käfig für mich bereit?« fragte er.

»Nein«, erklärte Wilhelm. »Ihr könnt gehen, wohin Ihr wollt.«

Der Graf lachte zynisch auf. »Hätte ich gesiegt, ich hätte dich in Ketten gelegt, Wilhelm.«

»Das wäre auch gut gewesen«, antwortete der Herzog grimmig.

»Fürchtest du nicht, daß ich noch einmal den Versuch wagen könnte, dich zu besiegen?« fragte der Graf.

»Nein, das fürchte ich nicht«, antwortete Wilhelm.

»Du nimmst mir meine Länder und bietest mir gleichzeitig an, in der Normandie zu bleiben. Ich danke dir, Wilhelm.«

»Ich biete Euch weder an, zu bleiben, noch zu gehen. Ihr könnt tun, was Ihr wollt. Ich bin der Herzog der Normandie, aber Ihr seid noch immer mein Onkel«, sagte Wilhelm in milderem Tonfall.

Der Graf hörte dies schweigend, und schweigend schritt er eine Weile im Zimmer auf und ab. Wie ein Schüttelfrost befiel ihn das Bewußtsein der Niederlage; er fühlte sich plötzlich alt und sehr müde. Er maß die kräftige Gestalt Wilhelms und spürte einen dumpfen Groll in sich aufsteigen, der ihn schmerzte. Wilhelm hatte recht: Von nun an würde es ihm nie mehr gelingen, ihm die Normandie zu entreißen. Er näherte sich dem Ende seines Lebens, in dem sein Ehrgeiz unerfüllt blieb; eine seltsame Gleichgültigkeit breitete sich in ihm aus. Wilhelm hatte noch nicht einmal das Mannesalter erreicht; sein Leben lag vor ihm, lag ihm zu Füßen, und er würde es bis zum Letzten auskosten. Ein Zittern überlief den Grafen; Eifersucht stieg in ihm auf, Eifersucht auf die Jugend, die Stärke, das Können des anderen. Er richtete sich auf und trat an den Tisch, an dem Wilhelm stand und ihn aufmerksam und geduldig betrachtete. »Ich kann nie in Frieden mit dir leben, Wilhelm«, sagte er. »Erlaube mir, die Normandie zu verlassen.«

Der Herzog nickte. »Ich glaube, daß dies ein weiser Entschluß ist«, sagte er. »Die Normandie hat nicht Platz für uns beide.«

Der Graf hüllte sich enger in seinen Mantel. »Du bist gnädig«, erwiderte er. »Aber ich danke dir nicht dafür.« Mit schweren Schritten verließ er den Raum. Langsam verhallten sie auf dem kalten Stein des Korridors.

5

Alle diese Ereignisse wurden natürlich auch in Flandern bekannt, aber noch geraume Zeit nach dem ungeheuerlichen Vorfall von Lille vermied man es am Hof Graf Balduins, den gewalttätigen Normannenherzog zu erwähnen. Mathilde sah, wie ihre Schwester Judith verheiratet wurde, und winkte ihr zum Abschied, als sie mit ihrem Gemahl nach England aufbrach. »Bei Gott, so einen Mann würde ich nie heiraten!« murmelte sie mit einem Blick auf Tostigs aufgedunsenes Gesicht.

Gräfin Adela erwiderte gereizt: »Mach dir da keine Sorgen, meine Liebe, du wirst deine Tage als Witwe beenden.«

Mathilde faltete die Hände. »Madame, ich bin recht zufrieden, wenn das so wäre.«

»Sprich nicht in diesem Ton mit mir«, fuhr die Gräfin sie an. »Ich weiß ganz gut, was du am liebsten hättest.«

Mathilde wich zurück, schweigend, mit gesenktem Blick. Sie war sehr still geworden; Dichter besangen ihre geheimnisvolle Eiseskälte, und eine Menge ungeschlachter Verse priesen ihre Hexenaugen. Diesen Ausbrüchen lauschte sie mit unbeschreiblichem Lächeln, das die Männer nach ihr verrückt machte. Ein französischer Minnesänger legte ihr seine leidenschaftlichen Lieder zu Füßen und siechte vor unerfüllter Liebe dahin; sie reichte ihm die Hand zum Kuß, hätte aber nicht sagen können, ob seine Augen braun oder blau waren. Der arme Bursche tat ihr leid, aber während er sang, dachte sie an ihren leidenschaftlichen Anbeter Wilhelm, der ihr nicht aus dem Sinn ging. Der Dichter verließ traurig den Hof; nach einiger Zeit fiel Mathilde seine Abwesenheit auf, aber als man ihr sagte, er sei an den Hof von Boulogne gezogen, meinte sie nur »Ach so!«, ohne jedes Zeichen von Überraschung oder Bedauern.

Ein wandernder Händler brachte ihr die ersten Nachrichten aus der Normandie. Er zog zweimal im Jahr von Rennes durch Frankreich und die Normandie, über die Grenze nach Ponthieu, von dort nach Boulogne und langsam nordwärts nach Flandern. Der lange Zug seiner Zaumpferde kam später als sonst üblich nach Brüssel; er führte feines Tuch, phantastisch gearbeitete Schmuckstücke, Spezereien aus dem Osten, spanische Geschmeide und Email aus Limoges mit sich, aber erst nachdem er den Großen im Palast seine Ware vorgelegt hatte, stellte er sie in der Stadt zur Schau. Er legte der Gräfin und ihrer Tochter Stickereien vor; die Mädchen brachen in Begeisterungsrufe aus, aber Mathilde hob das reichgestickte Tuch und ließ es wieder fallen. »Ach was, das kann ich mit meiner Nadel viel besser«, rief sie. Die Gräfin wählte etliche Stücke aus und sandte den Händler zu ihrem Kämmerer, damit er ihn bezahlen sollte. Dann ging sie, und der Händler zeigte Mathilde Spiegel aus Silber mit emailliertem Rücken, Schachteln in Filigranarbeit, um die Kämme darin aufzubewahren; zweizinkige Gabeln, um Fleisch damit aufzuspießen; und Tiegel mit kostbarem Parfüm aus Arabien. Sie drehte und wendete sie in ihren bleichen Händen, während er ihr erzählte, wie sich diese und jene Dame dafür begeistert hatte oder andere damit neidisch gemacht hatte.

»Was kaufen die Frauen in der Normandie?« fragte sie.

Er war gesprächig; von kleinen Skandalen, die er angeregt berichtete, war es nur ein kleiner Schritt bis zu größeren Ereignissen. »Die Normandie ist in Aufruhr, Herrin, und die Straßen taugen nicht für einen ehrlichen Kaufmann. Ich habe in Hiesmes zwei Saumpferde verloren, und einer meiner Knechte wurde von Räubern erschlagen. Aber der Herzog wird dem allen ein Ende machen.« Er zog einen Teppich aus seinen Bündeln und breitete ihn vor ihr aus. »Herrin, den habe ich für Euch aufbewahrt. Ich habe zwei gehabt, als ich von Rennes loszog, aber einen hat seine Hoheit gekauft. Er hätte auch den anderen gern genommen, aber ich habe ihn nicht hergegeben.« Er begann den

Teppich anzupreisen, aber sie unterbrach ihn mit der Frage, ob Herzog Wilhelm auf solche Dinge viel Gewicht legte.

Aber ja, er sei ein sehr edler Fürst; er wolle nur das Beste und zahle ohne Zaudern, nicht wie manche andere, deren Namen er nennen könne, wenn er wolle. Der Graf von Boulogne zum Beispiel – der Satz endete mit einem Achselzucken und einer Grimasse. Herzog Wilhelm sei da ganz anders, viel schwerer zufriedenzustellen, aber er feilsche nie um den Preis. Dieses Jahr habe er leider kaum etwas gekauft, denn er habe ganz andere Dinge im Kopf. »Sehr wichtige Geschäfte, Herrin, das kann ich Euch sagen.«

Und dann erzählte er von Busacs Rebellion. Sie lauschte ihm begierig mit halbgeöffneten Lippen; ihr Herz klopfte derart, daß ihr Busen bebte. »Und der Herzog hat gesiegt?« fragte sie mit schwacher Stimme.

»Aber natürlich, Herrin. Er ist viel zu rasch für seine Feinde. Ein großer Fürst, ein weiser und schrecklicher Herr. Gnädige Herrin, betrachtet doch diese Türkise – herrliche Steine, für eine Königin gemacht!«

Sie kaufte einiges und blieb dann mit ihren erregten Gedanken bis in die Dämmerung sitzen. Nach allem, was sie gehört, hatte Herzog Wilhelm sie aus seinen Gedanken verdrängt, während er sich mit größeren Dingen abgab. Sie konnte sich ihn gut vorstellen, wie er nur an das dachte, was ihn im Augenblick beschäftigte, und ganz bewußt alles andere auf die Seite schob. Sie stützte das Kinn in die Hände. Würde er sich ihrer noch erinnern, wenn er mit den ernsteren Dingen fertig war? Zweifel regten sich; sie wußte keine Antwort und wurde unruhig. Er mußte sich einfach an sie erinnern, selbst wenn er sie nie mehr sehen würde.

Die Monate vergingen. Von Judith aus dem kalten Northumbrien kamen Nachrichten, aber die Normandie blieb stumm. Nach außen hin ruhig, kochte Mathilde im Inneren vor Ungeduld. Sie war überzeugt gewesen, daß Wilhelm sie wieder bestürmen würde, und hatte ihre Verteidigung und seinen Untergang sorgfältig geplant. Aber er zeigte sich nicht: Tat er das, um ihr Verlangen nach ihm zu steigern, oder war sie ihm gleichgültig geworden?

Der Händler kam wieder; sie bedrängte ihn um Neuigkeiten und hörte verheerende Kunde: Der Herzog war sehr leutselig gewesen und hatte Juwelen gekauft, mit denen man nur eine Frau schmückt. Der Händler zwinkerte wissend; da lag doch sicher eine Vermählung in der Luft. Aber so sehr sie ihn auch drängte, mehr konnte er ihr nicht sagen. In der Normandie war man sicher, daß sich der Herzog vermählen wolle; es fielen einige Namen, aber wer wußte schon, welche von den Schönen die Glückliche sein würde?

Mathilde wurde immer bleicher. Ihre Mädchen fanden sie starr vor sich hinblickend, mit schmalen Katzenaugen, und fürchteten sich, denn in dieser Stimmung war sie am gefährlichsten. Aber sie beachtete sie gar nicht und fand die Fassung bald wieder. Nichts deutete auf den Sturm, der in ihrer Brust tobte. Solange sie geglaubt hatte, daß Wilhelm sich nach ihr sehnte, war sie zufrieden gewesen; der Gedanke, er könnte eine andere heiraten, stachelte den Besitzgeist in ihr bis zum äußersten an. Sie verkrampfte ihre Finger wie Klauen; wenn er jetzt hier wäre! Wenn sie nur an die schöne Unbekannte geriete! Sie war überzeugt, daß sie beide haßte, und wartete aufgeregt auf neue Nachrichten aus der Normandie.

Das Jahr verstrich. Wenn der Herzog schwieg, um sie zu bestrafen, dann hatte er sein Ziel erreicht. Die Ungewißheit störte ihren Schlaf; sie fuhr ihre Mädchen an und war schroff zu eleganten Höflingen, die sie priesen. Ein edler Flame, der ihr sein Herz zu Füßen gelegt hatte, trat besonders hervor; sie lächelte ihn an, und er fiel vor ihr auf die Knie, um den Saum ihres Kleides zu küssen, nannte sie die Eisprinzessin, die Erhabene, Unerreichbare. Sie sah ihn an und sah statt dessen Wilhelms Falkenaugen; und da war jede Hoffnung für den Armen geschwunden. Das war doch keine Art, eine Frau zu lieben, zu ihren Füßen schmachtende Verse stammeln! Ein Mann sollte um das kämpfen, was er begehrte; es packen, und nicht jammern; es festhalten, und nicht in sprachloser Anbetung erstarren. Der unglückliche Werber wurde fortgeschickt; und es war zweifelhaft, ob sie je wieder an ihn dachte, kaum daß er gegangen war.

Die nächsten Nachrichten aus der Normandie hatten nichts mit Heirat, sondern mit Krieg und Eroberung zu tun. Graf Balduin ließ sich von Arques berichten, von der Not, in die der französische König geraten war, von der Flucht Graf Guy-Geoffreys aus Moulins, bevor noch der Herzog angekommen war, um sein Eigentum wiederzuholen; und er strich sich den Bart und meinte: »Er ist der einzige Mann, den ich kenne, der sein Geschick lenken kann. Meine Tochter, du hast dir selbst Böses getan, als du Wilhelm abwiesest.«

Sie antwortete nicht, lauschte aber aufmerksam allen Geschichten, die am Hof von den Taten des Herzogs erzählt wurden. Alle, die die Normandie besser kannten, versicherten, daß der Graf von Arques in den letzten Jahren Wilhelms gefährlichster Feind gewesen sei. Man versuchte sich vorzustellen, was geschehen wäre, wenn Wilhelm Arques nicht vor König Heinrich erreicht hätte, oder wenn es ihm nicht gelungen wäre, die Anhänger des Grafen schon zu Beginn in die Flucht zu schlagen. Graf Balduin lauschte diesen Vermutungen und sagte dann: »Messires, es gibt zwei Männer in der Christenheit, für die das unsichere Wort ›wenn‹ nicht gilt; der eine ist Herzog Wilhelm; der andere bin ich selbst.«

Derart zurechtgewiesen verstummten die Höflinge. Graf Balduin blickte gedankenvoll über das friedliche Land. »Wir werden mehr von der Normandie hören«, bemerkte er. Er wandte den Blick vom Fenster und betrachtete seinen Hofstaat nachsichtig. »Viel mehr noch«, fuhr er fort. »Val-es-dunes, Meulan, Alençon, Domfront und Arques; ich fürchte, er wird langsam eingebildet werden. Keine einzige Niederlage, nicht eine.« Betrübt schüttelte er den Kopf.

Sein Sohn, Robert der Friese, sagte mit einem bedeutungsvollen Lächeln: »Glaubt Ihr, daß König Heinrich sich mit diesem Treffen zufriedengeben wird?«

»Das bezweifle ich sehr«, seufzte Graf Balduin.

»Es würde mich höchlichst überraschen, wenn Frankreich nicht bald in die Normandie einfiele, um blutige Rache zu nehmen.«

»Du bist ein weitblickender Mann, mein Sohn«, erwiderte der Graf anerkennend.

Allen Nachrichten, die von nun an aus der Normandie kamen, entnahm man, daß der Streich, der Wilhelm von Arques von seinen Verbündeten getrennt hatte, viel dazu beigetragen hatte, die Unruhen in der Normandie niederzuschlagen. Verschiedene Nachrichten über Staatsaffären – die strenge Einhaltung des Waffenstillstandes, die Verbannung einiger Unzufriedener, die Belohnung der Verdienten – drangen bis nach Brüssel und zeigten einer bestimmten Dame, daß Herzog Wilhelm kaum noch an sie dachte. Sie hörte, wie er neuen großen Taten zueilte, sie hinter sich ließ, immer auf der Welle der eigenen Energie vorwärtsgetrieben wurde. Und schon streckte sie die Hände aus, um ihn zu halten, um von ihm genommen und in die herrliche Zukunft mitgetragen zu werden. Sie zitterte vor unterdrücktem Verlangen, ihn zu sich zurückzurufen; das wohlbehütete Herz zitterte und wurde schwach, denn endlich hatte Herzog Wilhelm sie die Angst gelehrt, die Angst vor dem Unbekannten.

Sie wurde immer unruhiger und versuchte mit allen Mitteln herauszufinden, ob er sich zu vermählen gedachte. Sein Schweigen besiegte sie; ihre Hoffnungen sanken immer mehr. Sie machte sich darauf gefaßt, die Nachricht von seiner Verlobung mit angemessener Würde zu hören, und zitterte wie ein Blatt im Wind, als man ihr die Ankunft einer normannischen Gesandtschaft in Brüssel meldete. Man rief sie vor ihren Vater, und dort erschien sie mit festem Schritt, nach außen so ruhig, daß keiner etwas von ihrem inneren Aufruhr ahnte.

Graf Balduin sagte offen: »Meine Tochter, Messire Raoul de Harcourt ist nochmals mit einigen Edlen gekommen, um mir gewisse Vorschläge zu unterbreiten. Man berichtet mir, daß er wegen der Sache kommt, die schon zwei Jahre zurückliegt, was mich sehr erstaunt, bei allen Heiligen!« Er äugte sie mit betretener Strenge an. »Ich halte mein Wort, Mald«, sagte er. »Ich werde dich nicht zu einer zweiten Ehe zwingen, aber wenn du deine Haut und meine Ehre bewahren willst, dann kommt diesmal kein unhöfliches Wort über deine Lippen!«

»Was soll ich sagen?« fragte sie schwach.

»Du mußt selbst wissen, was du willst«, antwortete er.

»Bei Gott, ich weiß es nicht«, stammelte sie.

Graf Balduin sah sie eine Weile schweigend an. »Du hast zwei Jahre Zeit gehabt, mein Mädchen, darüber nachzudenken«, bemerkte er trocken.

Ihre Finger zerrten an ihrem Zopf. »Gebt mir noch eine Stunde, mein Herr«, bat sie.

»Mein liebes Kind«, sagte der Graf offen, »du hast so lange Zeit, bis die Gesandten vor mich treten, und dann wirst du ihnen und mir deine Antwort geben, denn, bei Gott, ein zweites Mal bin ich nicht dein Sprachrohr!«

Sie zog sich zurück, mußte aber nicht lange warten, bis man sie wieder vor den Grafen befahl.

Als sie mit pochendem Herzen die lange Halle entlangging, war ihr Schritt zwar fest, aber sie sah überall die fremden Gesichter, die sich ihr zuwandten und sie neugierig betrachteten. Ihre Finger verkrampften sich unter ihrem seidenen *bliaut;* sie blickte Raoul de Harcourt verstohlen unter gesenkten Lidern an und sah, daß er sie ängstlich beobachtete. Ein Wissen um ihre Macht durchflutete sie; ihre zitternden Lippen formten sich zu einem Lächeln. So war es also, wenn man begehrt wurde! Sie ging zu ihrem Platz neben dem Thron ihres Vaters.

Graf Balduin verlor kein Wort. Als hätte er nie einen Antrag erhalten, der grob zurückgewiesen worden war, berichtete er ihr, daß Herzog Wilhelm um Ihre Hand anhalte. Sie hörte ihn kaum; noch immer wälzte sie verzweifelt ihre Gedanken; Wortfetzen aus der Rede des Grafen drangen in ihr Bewußtsein. Er sprach von einer Dispens: Pergamentrollen wurden vor ihr entrollt: Sie hörte, daß sie ein Kloster bauen müsse, wenn sie Herzog Wilhelm heiratete, und sah ihren Vater so ausdruckslos an, daß er sich fragte, was sie nun wieder vorhabe.

Er verstummte. Mathilde saß aufrecht auf ihrem Schemel und preßte die gefalteten Hände fest in ihren Schoß. Das Schweigen war so tief, daß es wie eine Ahnung des Gerichts über der Halle lastete. Mathilde wußte, daß all diese Menschen nur auf ihre Antwort warteten, und vermochte doch nichts zu sagen.

Sie fuhr sich mit der Zunge über die Lippen. Sie starrte auf ihre Hände und verfolgte fasziniert den Verlauf der blauen Adern, die unter ihrer bleichen Haut sichtbar wurden. Der Sohn eines einfachen Bürgers, der Bastard eines Gerbers! Sie bemerkte, wie verknittert die Seide ihres Kleides war, wo sie die Hände hineinverkrampft hatte, und strich sie geistesabwesend glatt. Wenn sie jetzt wieder nein sagte, würde sie ihn dann je wiedersehen? Sie war ja nicht einmal sicher, daß sie ihn sehen wollte; wenn sie die Augen schloß, dann tauchte wieder der finstere Blick auf, mit dem er sie bei ihrem letzten, gewalttätigen Zusammentreffen gemessen hatte. Ein wilder Liebhaber, ein fürchterlicher Bräutigam! Auf einem ihrer glatten Nägel war ein kleiner weißer Fleck; geistesabwesend betrachtete sie ihn. Wohlbewahrtes Herz! Uneinnehmbare Festung! Sie errötete langsam; und sie spürte den Schmerz in ihrem Arm, der schon zwei Jahre zurücklag. Ihn ziehen lassen? Sie fürchtete ihn, haßte ihn; sie war nicht für ihn gemacht.

Graf Balduin sprach zu ihr: »Meine Tochter, wir erwarten deine Antwort.«

Sie hörte ihre eigene Stimme, die unglaubliche Worte sprach. »Beau Sire, ich bin sehr glücklich über diesen Antrag«, sagte sie schwach.

Von dem, was nachher geschah, wußte sie nur wenig. Später traf sie Raoul, und er küßte ihr die Hand und versprach ihr, daß alles gutgehen werde. Sie sah ihn verständnislos an. Als er ihr Erstaunen sah, erklärte er: »Herrin, fürchtet Euch nicht. Diese Ehe wird Euch große Freude bringen.«

Seine Augen blickten so sanft, daß sich ihre Angst wieder legte. Mit leiser Stimme sagte sie: »Messire, ich weiß nicht, warum ich gesagt habe, was ich gesagt habe. Ich habe Angst.«

»Madame, vergeßt diese Angst. Wenn Ihr jetzt auch nur die harte Seite meines Herrn kennt, so werdet Ihr ihn bald in einer ganz anderen Stimmung kennenlernen. Habt Ihr keine Botschaft für ihn?«

»Nein«, sagte sie. »Was läßt er mir denn sagen?«

»Er hat keine Worte für Euch, sondern dieses hier.« Raoul öffnete die Faust und zeigte ihr den wuchtigen Ring, der auf seiner Handfläche lag. »Er hat mir aufgetragen, Euch diesen Ring in seinem Namen an den Finger zu stekken, aber ich wollte das erst tun, wenn ich Euch allein sehe, denn unten in der Halle erschient Ihr mir verwirrt, zu sehr gedrängt.« Seine Augen lächelten sie an. »Herrin, er ist Euer.«

Sie wehrte sich nicht, als er ihre Hand nahm. Sie sah die Löwen der Normandie auf dem Ring eingeprägt; als der Ring über ihren Finger glitt, durchfuhr sie ein Schauer, als hänge an ihm etwas von des Herzogs Kraft, so wie der Duft an einem abgelegten Handschuh haften bleibt. Zitternd meinte sie: »Er ist zu groß für mich.«

Raoul lachte. »Madame, ich werde dem Herzog bestellen, daß er Euch einen Ring geschickt hat, der auf Euren Finger nicht gerade paßt.«

»Ja, sagt ihm das, Messire«, entgegnete sie.

Sie sah die Gesandten nicht wieder. Am nächsten Morgen waren sie schon abgereist, und alles, was von ihrem Besuch übrig war, war ein viel zu schwerer Ring auf dem zarten Finger einer Frau.

Nach wenigen Tagen schon begannen die Mädchen die Brautkleider zu nähen, unter Lachen und Plaudern, während Gräfin Adela Ballen von Leinen und Zindeltaft prüfte. Mathilde selbst gewann den Eindruck, daß alles ihrem Einfluß entglitten war. Sie hielt sich von den anderen fern und drehte Herzog Wilhelms Ring am Finger.

Sie hatte gedacht, daß er selbst nach Brüssel kommen würde, aber er sandte nur die üblichen Geschenke und einen sehr formellen Brief in Latein mit der Unterschrift *»Ego Willelmus cognomine Bastardus«*. Als sie das sah, errötete sie und fragte sich, ob er dies nur getan hatte, um sie zu ärgern. Später erfuhr sie, daß er nur diese Unterschrift verwendete, und lachte unwillkürlich auf; es war bezeichnend, daß er seine Geburt so unverblümt den anderen ins Gesicht schrie. Andere Zeichen seiner Zuneigung kamen nicht; und da er sich so betont zurückhielt, konnte sie nur annehmen, daß seine Leidenschaft abgeflaut war. Ihr Stolz war durch diese Haltung bis aufs Äußerste gereizt; und als sich der Zug endlich auf die normannische Grenze zu in Bewegung setzte, trug man in der Sänfte eine Braut, die kalt und gefährlich, verschlossen und sehr beherrscht war.

Der Herzog hatte eine Eskorte geschickt, die seine Braut nach Eu geleiten sollte, wo die Hochzeit stattfinden würde. Mathilde lugte verstohlen zwischen den Vorhängen ihrer Sänfte hervor und erblickte leuchtende Mäntel, blitzenden Stahl. Der Prunk der Normannen stellte die Ritter Graf Balduins in den Schatten. Mathilde war erstaunt über diesen Reichtum, fühlte sich aber doch geschmeichelt. Herzog Wilhelm mochte ihr gegenüber kalt sein, aber er breitete seine Pracht vor seiner Auserwählten aus wie ein Pfau, der die Federn spreizt.

In Eu erwartete sie eine große Menge. Mathilde blieb verschleiert und zurückhaltend, aber obwohl sie kaum die Augen hob, entging ihr doch nichts. Das Schloß quoll von Adligen und ihren Damen über; Ritter und deren Gefolgsleute, Knappen und Diener füllten das Gebäude bis zum letzten Platz. Mathilde wußte nicht mehr, wie ihr geschah; und sie war dankbar, als man sie endlich in ihre Gemächer führte.

Dort halfen ihr ihre Mädchen, welche die edlen Damen, die der Herzog zu ihrer Bedienung befohlen hatte, scheel ansahen, sich für das erste Treffen mit ihrem Bräutigam anzukleiden. Sie ließ es geschehen, daß man sie ankleidete, so wie es die anderen wollten. Durch das schmale Fenster drohte eine graue, düstere Landschaft, und ihr einziger Gedanke war, wie doch die Normandie kalt und abweisend wäre.

Gräfin Adela führte sie selbst zum Mahl, nachdem sie gekommen war, um nachzusehen, ob die Mägde ihre Tochter dem Anlaß entsprechend geschmückt hatten. Sie sprach freundlich mit den normannischen Damen; ihre unbeschwerte Stimme klang drohend in Mathildes Ohren, und vor Aufregung fühlte sie sich krank.

Sie gingen durch endlose Galerien, von deren Wänden gestickte Gesichter auf Mathilde starrten. Die Gräfin hatte ihre Tochter bei der Hand genommen; vor und hinter ihnen bewegte sich der Zug der anderen Damen, und ihre Schleppen strichen raschelnd über den steinernen Boden.

Es schien Mathilde, als wäre die riesige Halle durch tausend Kerzen erleuchtet. Die kleinen Flammen blendeten sie; sie sah nur ihr gelbes Funkeln, als sie in die Halle zum Podest hinaufschritt, das man unter den hohen Fenstern errichtet hatte. Sie stieg die Stufen hinauf, hörte die Stimme ihres Vaters und dann eine tiefere Stimme, deren Klang sie zusammenzucken ließ. Ihre Hand wurde in eine andere gelegt, die trotz des festen Griffs nicht ganz ruhig war; vor ihrem verschwommenen Blick tauchte das Gesicht des Herzogs auf, als er sich niederbeugte, um ihre Finger zu küssen. Er sprach ein paar höfliche Worte und ließ ihre Hand fast augenblicklich wieder los. Sie saß neben ihm bei Tisch, aber es war FitzOsbern, der an ihrer anderen Seite saß und mit ihr sprach. Der Herzog widmete sich fast ausschließlich Graf Balduin und seiner Gemahlin; wenn er mit Mathilde sprach, so war es, als spräche er mit einer Fremden, und doch konnte er seine Augen nicht von ihr lassen.

Bei dieser Behandlung fand sie sich wieder. Ihr Blick wurde klarer, sie beobachtete sehr genau alles, was um sie vorging, war liebenswürdig zu FitzOsbern und dem Herzog gegenüber sehr kühl und reserviert. Sie sah, daß man von goldenen Tellern aß, und genoß die köstlichen seltenen Speisen. Sie nahm jedoch nur wenig, trank kaum und zog sich bald mit ihrer Mutter und ihrem Gefolge zurück.

Die Gräfin war von Eu begeistert und freute sich schon auf Rouen und alle Festlichkeiten, die dort stattfinden sollten, nachdem die Hochzeit vollzogen war. Die Prachtentfaltung des Herzogs begeisterte sie, und sie gratulierte Mathilde zu ihrem edlen Bräutigam.

Mathilde lag wie verloren in dem großen Bett mit den schweren Vorhängen und antwortete leise: »Ich bin sehr zufrieden, Madame.« Sie blickte ihrer Mutter nach, als diese hinausging und fragte sich, was die Kälte des Herzogs zu bedeuten hatte. Sie brauchte lange, um einzuschlafen, und lag dann in unruhigem Schlummer, fuhr immer wieder in Alpträumen auf.

Am nächsten Tag sah sie den Herzog erst, als sie einander in der Kathedrale Notre-Dame zu Eu entgegentraten. Ihr Vater führte sie durch die Reihen des gaffenden Volkes, das in Scharen nach Eu gekommen war, um der Hochzeit beizuwohnen. Mathilde trug ein juwelenbesetztes Kleid mit einer langen Schleppe, welche ihre Brautjungfern hielten. Als sie die Kathedrale betrat, suchte ihr Blick Wilhelm, der sie an den Stufen zum Altar erwartete, begleitet von seinem Stiefbruder Mortain und etlichen anderen Herren, die sie nicht kannte. Er war in Purpur und Gold gekleidet und trug ein Schwert an der Seite sowie einen goldenen Reif um den Helm. Sein Mantel hing in losen Falten von den Schultern und fiel bis zum Boden; er war mit Goldstoff gefüttert und glitzerte, wann immer er sich bewegte.

Odo, der junge Bischof von Bayeux, führte die Zeremonie durch, unterstützt von den Bischöfen von Coutances und Lisieux. Obwohl Mathilde Witwe war, hielten vier Ritter einen Schleier über ihr Haupt, wie es sonst nur bei Jungfrauen üblich war.

Nachdem die Zeremonie beendet, der Segen gespendet und das jungvermählte Paar mit Blumen bekränzt worden war, fand im Schloß ein großes Festmahl statt, bei dem

Minnesänger, Gaukler und Musikanten in großer Zahl auftraten. Ein Bär, dem man das Maul verbunden hatte, wurde an einer Kette durch die Halle geführt; auf seinem Rücken saß ein Affe, und der Bär tanzte tolpatschig zu den Klängen eines Tamburins. Dann stürmte eine Gruppe von Akrobaten herein, Frauen und Männer, und ein Minnesänger brachte ein Loblied auf die Herzogin vor, welches von einer Harfe und einem Zink begleitet wurde, dessen Töne das Ende jeder Verszeile krönten.

Seit dem ersten Hahnenschrei waren die Diener des Grafen von Eu damit beschäftigt gewesen, Blumengirlanden von Deckenbalken zu Deckenbalken zu flechten; der Boden war mit frischem Stroh bestreut, und die Tische bogen sich unter den Köstlichkeiten, für deren Herstellung die besten Köche drei Tage gebraucht hatten. Sie waren nicht zum Essen bestimmt, sondern durften nur bewundert werden. Einige waren mit Alkannawurzeln rot gefärbt; andere mit goldenen Blättern und Silberstaub bedeckt. Auf dem Hochtisch stand vor der Herzogin der Hochzeitskuchen, der in Anspielung auf den Sinn der Ehe von der Darstellung einer Frau bei der Geburt gekrönt war. Auf dem Ehrenplatz stand ein Pfau in seiner ganzen Farbenpracht; und keiner, der das Tier bestaunte, ahnte, daß unter all den Federn der Pfau bereits gebraten und zum Anschneiden bereit war.

Ein kunstvoll mit Rosen dekorierter Eberkopf wurde hoch über den Köpfen der Gäste hereingetragen und gab derart das Zeichen zum Beginn des Banketts; aus dem Maul hing eine Pergamentrolle, auf der ein Gedicht zu Ehren der Braut geschrieben stand. Dann folgte das Hauptgericht, Wild in einer Brühe, und darauf eine Köstlichkeit, die den Gästen des Herzogs Entzückensschreie entlockte. Die Köche hatten die Wappen der Normandie und Flanderns in Blätterteig nachgebildet und sie mit einem Siegel verbunden, das die Inschrift trug: »Freut Euch alle bei diesem Fest, und betet für den Herzog und die Herzogin und all die Ihren.«

Die Pagen liefen ständig auf und ab, um die Trinkschalen nachzufüllen; der Herzogin wurde unaufhörlich von Hunderten ihrer Gäste zugetrunken. Sie saß auf ihrem Thron neben dem Herzog, lächelte und sagte mechanisch die richtigen Worte. Hie und da blickte sie verstohlen auf das unbewegte Profil des Mannes, der an ihrer Seite saß. Einmal spürte Wilhelm, daß sie ihn ansah, wandte sich ihr zu und blickte auf sie herab. Seine Augen funkelten, und sein Gesicht trug den Anflug eines wilden triumphierenden Lächelns. »Jetzt hab ich dich, Frau«, sagte er zwischen zusammengepreßten Zähnen.

Sie sah rasch weg und fühlte, wie ihr die Röte ins Gesicht stieg. Hatte er sie denn mit Rache im Herzen geheiratet? War seine Liebe für sie tot? Heilige Mutter Gottes, dann sei mir gnädig, wenn das wahr ist!

Sie versuchte sich zu fassen. Graf Robert von Eu hatte sich zu ihr gewandt.

»Herrin, weshalb habt Ihr dieser Heirat zugestimmt, wenn Euch mein Vetter so übel zugesetzt hat?«

Sie nahm diese Herausforderung an und erwiderte: »Graf, ich halte ihn für einen sehr mutigen Mann, denn sonst hätte er nie gewagt, in den Palast meines Vaters einzudringen und mich dort zu schlagen – und so ist er ein passender Gemahl für mich.«

»Gut erwidert, Base«, sagte er bewundernd.

Sie blickte auf und bemerkte, daß der Herzog sie beobachtete. Er hatte die Antwort gehört, die sie Graf Robert gegeben hatte, und jetzt lag in seinen Augen ein Ausdruck, den man als Bewunderung deuten konnte. Unwillkürlich streckte er die Hand aus, als wollte er die ihre fassen, hielt aber im letzten Augenblick inne und umklammerte die Lehne seines Stuhls. Sie gewann wieder an Zuversicht und glaubte ihn endlich zu verstehen. Mit einer Lebendigkeit und Freundlichkeit, die ihr die Herzen ihrer neuen Untertanen sofort zufliegen ließ, unterhielt sie sich weiter mit dem Grafen von Eu und Mortain, der sie in unverhohlener Bewunderung anstarrte.

Das Bankett dauerte viele Stunden, und die Gesellschaft wurde immer ausgelassener. Endlich kamen unter viel Gelächter und Scherzen die anderen Frauen und führten Mathilde ins Brautgemach. Sie ging lächelnd; ein letzter Blick in die Halle zeigte ihr die Herren, die ihre Schalen auf ihr Wohl hoben, und Wilhelm, der neben seinem Stuhl stand und sie unter schwarzen Brauen musterte.

Sie zogen sie aus und brachten die schweren Brautkleider fort; sie öffneten ihr goldenes Haar und kämmten es so lange, bis es wie ein schimmernder Schleier um ihre Schultern hing. Dann brachte man sie unter Geflüster und Gekicher ins Bett.

Von draußen ertönten Stimmen und Schritte. Die Damen liefen zur Tür und stießen sie auf, um den Bräutigam einzulassen. Er wurde von einer lachenden Gruppe von Freunden begleitet; sie traten zurück, die Damen gingen, und die Tür schloß sich hinter dem Herzog.

Stimmen und Schritte verhallten in der Ferne; der Herzog stand reglos und starrte seine Frau in gespanntem Schweigen an. In seinen Augen loderte ein mühsam unterdrücktes Feuer; seine Lippen waren zusammengepreßt, als könnte er sich nur mühsam zurückhalten. »Und jetzt, Madame«, fragte er mit einer von unendlicher Genugtuung erfüllten Stimme, »wie sieht Eure Verteidigung nun aus?«

Ihre Augen funkelten. Alle ihre Wünsche, sich an ihm zu rächen, waren plötzlich verschwunden. Lächelnd fragte sie: »Herr, habt Ihr mich aus Liebe oder aus Haß geheiratet? Das würde ich gerne wissen.«

Er verschränkte die Arme über der Brust, als wollte er sich gegen sie verschließen. »Ich habe Euch genommen, weil ich geschworen habe, Euch zu besitzen, Madame, und weil ich mein Ziel immer erreiche. Ich werde Euch schon zähmen, bis Ihr mich als Herrn anerkennt, bei Gott!«

Sie glitt langsam unter der Nerzdecke hervor und stand vor ihm, schlank und weiß vor den dunklen Vorhängen des Bettes. »Ich glaube nicht, daß Euch diese Eroberung Freude macht, mein Gemahl«, sagte sie und erwiderte seinen Blick ohne Furcht. »Meine Mauern sind erstürmt, aber könnt Ihr auch mein wohlbewachtes Herz erreichen?«

Sie stand so nahe bei ihm, daß sie den Kampf, der in ihm tobte, fast körperlich fühlte. Er packte sie unter dem goldenen Netz ihrer Haare an den Schultern. »Bei Gott, Mald, ich habe geschworen, daß du von mir keine Nachsicht zu erwarten hast!« sagte er mit zitternder Stimme.

Sie sagte nichts; ihr Lächeln vertrieb seine Härte. Er riß sie in die Arme, preßte sie an sich und küßte sie so gierig, daß sie bald nach Atem rang. Sie gab sich ihm völlig hin, war nur mehr Feuer und nicht mehr Eis. Halb bewußtlos in dieser rasenden Leidenschaft hörte sie ihn flüstern: »Mein Gott, ich liebe dich! Das ist ja alles, was ich je für dich gespürt habe, mein Leben!«

Dritter Teil

Die Macht Frankreichs (1054–1060)

»Die Franzosen haben unsere Ritterschaft herausgefordert; mögen sie diese Kühnheit ewig bereuen.«

Ausspruch des normannischen Herolds

1

Als Hubert de Harcourt seinen Sohn in das Schloß Beaumont-le-Roger eintreten sah, hatte er plötzlich den Eindruck, daß Raoul gewachsen war; erst als er ihn neben seinen hochgewachsenen Brüdern stehen sah, erkannte er, daß er sich geirrt hatte, und fragte sich, wie das gekommen war.

Roger de Beaumont – der Raoul vor sieben Jahren geholfen hatte, in die Dienste des Herzogs zu treten – begrüßte ihn mit größtem Entgegenkommen und führte ihn, den Arm um die Schultern gelegt, in die Halle, so daß Hubert schon fürchtete, Raoul würde zu aufgeblasen werden. Gerade in diesem Augenblick aber bemerkte Raoul seinen Vater und ging sofort auf ihn zu, um seinen Segen zu empfangen. Als er niederkniete und mit demselben offenen, freundlichen Blick zu ihm aufblickte wie früher, glaubte Hubert wie schon so oft seine verstorbene Frau in ihm zu sehen.

Eine Welle der Zärtlichkeit stieg in ihm auf, als er die Hand auf Raouls glattes Haar legte, aber er zeigte es nicht. Er knurrte ein paar unverständliche Worte, die sich auf Raouls Mantel bezogen, nannte ihn die Kleidung eines Papageien, und war insgeheim doch angetan, daß Raouls Kleidung viel prächtiger war als die Richards de Bienfaites, den man von seinen Gütern zur Begrüßung Raouls herbeigeholt hatte. Als sich Raoul erhob, blickte sich Hubert rasch um und stellte mit Genugtuung fest, daß die Eskorte Raouls so groß und prächtig war, wie es einem Gesandten des Herzogs gebührte.

Jedermann wußte, warum Raoul im Auftrag des Herzogs ins Evrecin gekommen war. Schon wochenlang hatten die Krähen in den lichten Wäldern um Harcourt miteinander gekämpft, aber auch ohne dieses Omen des Krieges hatte die ganze Normandie seit der Belagerung von Arques gewußt, daß der König von Frankreich einen Einfall in die Normandie plante. Wandernde Kaufleute und Reisende hatten die Kunde gebracht, daß man in Frankreich alles zum Krieg vorbereite, aber niemand wußte, wie stark die Truppen des Königs waren, obwohl Gerüchte besagten, daß sogar die Fürsten der Gascogne und der Auvergne sich König Heinrich angeschlossen hatten. Aber weit davon entfernt, sich vor diesen Drohungen zu fürchten, waren die Barone stolz darauf, daß die Macht der Normandie die Franzosen zu derartigen Vorbereitungen veranlaßt hatte; sie brannten darauf, allen diesen mächtigen Fürsten in der Schlacht zu begegnen.

Raoul saß am Kopfende des Beratungstisches neben Roger de Beaumont, die anderen Herren des Evrecin hatten an beiden Seiten des langen Tisches Platz genommen. Er händigte Roger den Brief des Herzogs aus, doch war dieser des Lesens nicht gerade kundig – hatte er doch seine Jugend mehr im Kampf als in der Studierstube verbracht. Daher schlug er, zur großen Befriedigung der älteren Herren, vor, daß Raoul den Brief laut lesen möge, damit man rasch Bescheid wisse. Also öffnete Raoul das Paket, zeigte ihnen das Siegel des Herzogs, worauf sie mit weisen Mienen nickten, und las langsam, von den Eingangsworten des Herzogs *»ames et foyables«* bis zum letzten Gruß.

Dann faltete er die Papiere zusammen, legte sie auf den Tisch und blickte zweifelnd zu Gilbert d'Aufay hinüber.

Gilbert und der Sachse Edgar nahmen an der Beratung nicht teil, denn sie hatten Raoul nur aus Freundschaft begleitet und hatten nichts mit der Botschaft des Herzogs zu tun. Gilbert flüsterte: »Es gefällt ihnen gar nicht, diesen Dummköpfen. Raoul wird gleich lachen, wenn du ihn ansiehst, also schau lieber mich an.«

»Vielleicht bin ich auch ein Dummkopf«, meinte Edgar, »aber wäre ich Herzog der Normandie, dann würden die Franzosen nicht einen Fuß auf mein Gebiet setzen, außer sie täten es über ein Feld von Erschlagenen.«

»Natürlich bist du ein Dummkopf«, erklärte ihm Gilbert freundlich. »Die Franzosen sind uns drei zu eins überlegen, nach dem, was Raoul sagt.«

»Du weißt recht gut, daß dir diese Sache genauso wenig gefällt wie allen anderen Normannen«, sagte Edgar. »Ich habe doch selbst gehört, wie du das gesagt hast.«

Gilbert überlegte einen Augenblick. »Das ist schon richtig«, gab er zu. »Wenn ich zu befehlen hätte, dann träfe ich den Franzosen an der Grenze, denn ich habe noch nie gehört, daß man einen Krieg anders gewinnen kann als ihn von Mann zu Mann auszufechten. Aber ich glaube an Wilhelm. Du hast ihn nie im Kampf gesehen. Er hat die sonderbarsten Pläne und Ideen, aber sie führen immer zu dem Ende, das er vorausgesagt hat, obwohl es alle für Wahnsinn halten. Also ist es viel besser, ihm zu folgen und zu tun, was er sagt, selbst wenn man glaubt, daß er unrecht hat.«

»Mir erscheint das als feig«, erklärte Edgar verächtlich. »Wer hat schon je davon gehört, daß man sich ohne den geringsten Widerstand vor dem Feind zurückzieht?«

Gilbert war insgeheim so sehr derselben Ansicht wie Edgar, daß er kein Wort erwiderte und Edgar nur bedeutete, er möge still sein, so daß sie der Beratung folgen könnten.

Hubert fand als erster die Sprache wieder, während sein Lehensherr noch stumm blieb. »Was soll denn das?« rief er. »Der Herzog kann doch nicht wollen, daß wir die Franzosen ins Land lassen!«

»Das ist ja ein Rat für Kinder, nicht für Männer!« rief Richard de Bienfaite. »Soll denn der König von Frankreich in die Normandie eindringen dürfen, ohne daß sich auch nur ein Mann gegen ihn erhebt?«

Eudes, der neben seinem Vater in der Nähe Raouls saß, beugte sich vor und zischte ihm hinter vorgehaltener Hand zu: »Wenn sie auch alle sagen, daß du sehr gebildet bist, so glaube ich, daß du die Befehle einfach schlecht gelesen hast. Gib den Brief einem anderen, damit er ihn liest!«

Hubert fuhr auf. »Sei still! Was weißt denn du schon?« Was immer er auch von den Befehlen des Herzogs dachte, er würde es nie erlauben, daß man sie oder Raoul kritisierte.

Roger de Beaumont hob langsam den Blick und sagte: »Mir kommt das Ganze sehr sonderbar vor, das leugne ich nicht. Was sagen die Räte des Herzogs?«

»Anfangs, Seigneur«, erwiderte Raoul vorsichtig, »hat es ihnen gar nicht gefallen, aber sie haben eingesehen, daß dieser Krieg kein zweites Val-es-dunes wird und viel mehr Klugheit und List erfordert.«

»Ist es denn listig, sich zurückzuziehen?« fragte Balduin von Courcelles mit gezieltem Sarkasmus.

»Das sollt Ihr beurteilen, wenn der Krieg zu Ende ist«, antwortete Raoul höflich.

»Den König in die Normandie hineinzulassen«, überlegte De Beaumont, »das ist für uns alte Krieger eine ganz neue Art, Krieg zu führen.«

»Es ist kein Hineinlassen, sondern ein Hineinlocken«, korrigierte Raoul. »Er wird in zwei Abteilungen vordringen. Die eine, unter Prinz Eudes, soll am rechten Seineufer kommen und Caux und das Roumois nehmen; die andere, unter der Führung des Königs selbst, wird westlich der Seine durch das Evrecin marschieren und soll Prinz Eudes in Rouen treffen. Mit Eudes ziehen die Krieger aus Reims und Soissons, aus Amiens, Meulan und Brie, und die Streitmacht aus Vermandois. Wahrscheinlich wird auch Graf Guy von Ponthieu unter dieser Flagge ziehen, vielleicht sogar Ralph de Montdidier und Renault de Clermont, der Favorit des Königs.«

»Was, steht Ponthieu wieder gegen uns auf?« rief Henri de Ferrières.

»Graf Guy sollte lieber daran denken, wie es seinem Vater letztes Jahr in St. Aubin ergangen ist!«

Richard de Bienfaite unterbrach mit einer Frage. »Messire Raoul, Ihr habt uns schon eine große Streitmacht aufgezählt. Wollt Ihr sagen, daß das nur die Hälfte der Männer ist, die gegen uns ziehen werden?«

»Ich habe bis jetzt von Prinz Eudes' Truppen gesprochen. Wer noch mit ihm kommt, weiß ich nicht, aber sicher ist, daß der Hammer von Anjou gegen uns ist und die Grafen der Champagne und Poitiers sowie der Herzog von Aquitanien mitziehen werden. Der König führt die Krieger aus Bourges, Berry und Sens, aus der Region der Loire, dem Perche und Montlhéry.«

Betretenes Schweigen folgte. Nach einigen Augenblicken meinte Roger de Beaumont: »Wenn das zutrifft, wird es allerdings der ganzen List des Herzogs bedürfen, dieser Streitmacht zu widerstehen. Aber woher sind uns alle diese Dinge bekannt? Sind es Reisende, die uns Kunde gebracht haben, oder hat der Herzog Spione nach Frankreich gesandt?«

Raoul strich eine Falte des Papiers glatt. »Ja . . .« Er hielt inne und blickte dann mit einem Lächeln auf. »Um die Wahrheit zu sagen, Ihr Herren, ich bin eben selbst aus Frankreich zurückgekommen.«

Hubert richtete sich ruckartig auf. »Du?« fragte er ungläubig. »Was hast du denn in Frankreich zu tun, Junge?«

»Ich bin hingereist, um in Erfahrung zu bringen, was ich konnte«, erklärte Raoul. »Schwer war es nicht.«

Richard de Bienfaite sah ihn neugierig prüfend an. »Nicht schwer?« sagte er. »Ich hätte mich sicher nicht getraut. Wie habt Ihr das angestellt, Messire?«

»Als Trödler«, antwortete Raoul. »Aber das sagt gar nichts. Die Streitmacht des Königs ist, das könnt Ihr mir glauben, so groß, wie ich sie beschrieben habe. Er will die Normandie zermalmen, wie Ihr eine Nuß zerdrückt.« Er hüllte sich enger in seinen scharlachroten Mantel, denn ein kalter Luftzug drang durch die Halle. »Ihr werdet jetzt auch verstehen, meine Herren, warum wir es nicht wagen können, dem König an der Grenze entgegenzutreten, wo er unmittelbar durch seinen Nachschub unterstützt wird. Ihr habt die Worte des Herzogs gehört. Die Bauern sollen das Vieh in die Wälder treiben; Futter und Korn muß aus Heinrichs Marschweg fortgeschafft werden, damit seine Leute keine Nahrung finden. Dasselbe wird auch östlich der Seine geschehen: De Gournay hat das übernommen.

Erst wenn die beiden Armeen zwischen uns in der Falle sind, wird der Herzog zuschlagen. Wenn wir uns an der Grenze stellen, müssen wir so kämpfen, wie Heinrich es will, und zu der Zeit, zu der es ihm paßt. Der Herzog will die Zeit wählen, die ihm zusagt, und dort kämpfen, wo er es für gut befindet.«

»Aber die Franzosen werden den ganzen Süden des Evrecin verwüsten«, warf De Courcelle ein, der an seine eigenen reichen Besitzungen dachte. »Natürlich werden sie das«, erwiderte Raoul ungeduldig. »Aber wenn wir Eurem Plan folgen und sie an der Grenze stellen, werden sie das ganze Herzogtum verwüsten, und wir werden untergehen.«

Irgend jemand warf ein: »Das ist ja alles gut und schön, aber in den Zeiten von Richard ohne Furcht –«

»Verzeiht, mein Herr«, sagte Raoul, »aber wir leben nicht mehr in der Zeit von Richard ohne Furcht.«

Derart zurechtgewiesen, verstummte der erinnerungsschwangere Herr. Roger de Beaumont sagte: »Wir werden den Herzog in allen seinen Wünschen und Befehlen unterstützen. Wir wissen, daß er ein großer Feldherr ist, und wenn ihn De Gournay unterstützt, dann – dann ist das auch für uns gut genug!«

Raoul blickte sich vorsichtig nach Gilbert um und ließ dann den Blick wieder sinken. Gilbert flüsterte Edgar ins Ohr: »Wenn der alte De Beaumont nur wüßte, was De Gournay gesagt hat, als er diese Befehle hörte!«

»Und, meine Herren«, murmelte Raoul, »es glauben auch der Graf von Eu und der Herr von Longueville an diesen Plan.«

Diese Namen gaben der Sache Gewicht. Gilbert, der sich nicht halten konnte, flüsterte: »Walter Giffard sagt immer das, was der Herzog sagt, aber das wissen sie nicht.«

»Aber der Graf von Eu glaubt wirklich an den Plan«, warf Edgar ein. »Er ist der einzige. Wie Raoul doch lügen kann!«

Raoul sprach nun von dem Rat des Herzogs, und aus dem, was er sagte, schien hervorzugehen, daß selbst der

Heißsporn FitzOsbern mit dem Herzog über den französischen Feldzug einer Meinung war.

Nach dem Lächeln zu schließen, das in Roger de Beaumonts Augen stand, schien dieser den wahren Sachverhalt wohl zu ahnen, die anderen aber wurden immer zuversichtlicher, je länger Raoul sprach. Nach einigen Einwänden wurde der Plan angenommen, wenn auch nicht von allen gutgeheißen. Man einigte sich, daß die östliche Truppe von den vier ranghöchsten Herren der Provinz befehligt werden sollte: De Gournay sollte an der Spitze der Männer von Brai und Vexin stehen; Giffard von Longueville und Wilhelm Crespin von Bec die Männer aus Caux anführen; und der Graf von Eu alle Krieger aus Eu und Tallou. Der Herzog selbst wollte die westliche Truppe befehligen, die auf den König treffen würde, und mit ihm sollten nicht nur die Krieger aus Auge und Hiesmes ziehen, sondern die ganze Streitmacht aus dem Bessin unter Tesson von Cingueliz und die Barone aus dem Côtentin unter der Führung des fröhlichen Herrn von Faucon. Hubert de Harcourt wurde immer selbstbewußter, als man alle Namen anführte, und so endete die Ratssitzung schließlich in allgemeiner Begeisterung, fast schon im Siegestaumel.

Nach dem Rat wurde ein Mahl aufgetragen, zu dem auch die Gemahlin De Beaumonts mit ihren Töchtern sowie Gisela, Gilbert de Harcourts Gemahlin, kamen. Gisela war mit Roger de Beaumont verwandt und hatte Gilbert überredet, sie an diesem Tag mitzunehmen. Sie saß während des Mahls neben Raoul und war wahrscheinlich die einzige Anwesende, die nicht über den kommenden Feldzug sprechen wollte. Während Gilbert de Harcourt heftig mit Edgar über die beste Aufstellung der Truppen stritt, und der alte Geoffrey de Bernay seinen Nachbarn erklärte, wie Herzog Richard ohne Furcht seine Kriege geführt hatte, fragte sie Raoul nach Robert, dem jüngst geborenen Erben des Herzogtums. Sie selbst hatte zwei Söhne und erwartete in wenigen Monaten ein drittes Kind, so daß sie Raoul, als er erzählte, wie Herr Robert von Husten geplagt werde, sofort eine Medizin nannte, welche Herzogin Mathilde – die doch eine Ausländerin war – vielleicht nicht kenne.

»Ihr müßt einen Mispelzweig, der über einem Dornbusch wächst, pflücken«, erklärte sie eifrig. »Dann legt man ihn in Stutenmilch und läßt ihn dort weichen. Wenn Herr Robert davon trinkt, wird sein Husten sofort aufhören.«

Raoul antwortete ihr höflich. Gisela aß von den lombardischen Wachteln, aber sie nahm nur wenig, hatte sie doch mit wachem Blick alle Köstlichkeiten gesehen, die noch auf sie warteten, und sie war fest entschlossen, von allem, was sie nur konnte, zu kosten. Sie fragte, ob ihr Frau Adeline wohl ihr Rezept für Blutwürste verraten werde, und ob es richtig sei, einem weißen Ragout eine Handvoll Kubeben beizufügen. Einer der Diener hatte eben eine Schüssel Brachvögel aufgetragen. Gisela leerte ihren Teller, so rasch sie konnte. Die Brachvögel wurden in einer Sauce serviert, und Gisela war eine Zeitlang unschlüssig, ob sie mit Zimt oder mit gestoßenem Engelsüß gewürzt sei. Raoul konnte ihr darin nicht weiterhelfen, aber schließlich fand sie, daß ein wenig von beiden Gewürzen verwendet worden sei, und vielleicht sogar ein paar Paradieskörner. Plötzlich fiel ihr Raouls Schweigen auf, und sie sah, wie er in seinen Gewürzwein starrte, in der entrückten Art, die sie schon immer fasziniert hatte. Er schien ganz in sich versunken, völlig von der Umwelt abgeschlossen. Gisela sah ihn gedankenvoll an, und als spürte er ihren Blick, sah er sie an und lächelte. Gisela war mit Gilbert verheiratet, der ein echter Mann mit kräftigen Gliedern und der Stärke eines Bullen war, aber Raouls Lächeln zerrte an ihrem Herzen. Plötzlich schämte sie sich dieser Gedanken und wandte den Kopf ab, da sie sein abwesendes Verhalten spürte. Es tat ihr ein wenig weh, aber schließlich war sie mit Gilbert sehr glücklich und verstand ihn viel besser als sie Raoul je verstehen würde. Sie unterdrückte ein Seufzen und wandte sich an Eudes, der seine fetten Finger ableckte und hie und da ein zustimmendes Grunzen hören ließ.

Hubert beugte sich über den Tisch und fragte Raoul, ob er über Nacht in Harcourt bleiben wollte. »Und deine Freunde auch?« fügte er hinzu. Und als Raoul nickte, meinte er: »Ich mag diesen Sachsen. Hättest du doch seine Schultern!«

»Mir ist mein Kopf lieber als meine Schultern«, grinste Raoul. Er blickte die Tafel entlang zu Edgar und Gilbert, die noch immer ihre verschiedenen Ansichten über Schlachtaufstellungen zum besten gaben. »Er und Gilbert sind völlig davon überzeugt, daß sie diesen Feldzug viel besser als der Herzog führen könnten.«

»Was mich anlangt«, sagte Hubert, »sagen sie nur, was vernünftig ist. Und jetzt erkläre mir, Raoul, da du doch so klug bist, was die Befehle des Herzogs bedeuten. Was hat er vor? Was denkt er?«

»Er will die Franzosen aus dem Land vertreiben«, sagte Raoul.

»Eine seltsame Art, das zu tun!«

»Ich weiß nicht. Wilhelm ist kein Dummkopf, Vater.«

Edgar, der diese Worte hörte, stellte seinen Becher nieder und sagte laut: »Nein, aber wenn ihm das Wohl des Landes am Herzen liegt, dann wird er keinem Eindringling gestatten, es zu verwüsten.«

»Edgar, du bist fast volltrunken«, sagte Raoul. »Wenn es nach dir ginge, würden wir in einer verzweifelten Schlacht dem König in die Arme laufen, und das Ende vom Lied wäre, daß er das ganze Herzogtum verwüstet, und nicht nur einen kleinen Teil davon.«

»Das verstehe ich nicht!« rief Edgar in der starrköpfigen Art der Betrunkenen. »Wilhelm mag listig sein, aber was soll ein Krieger mit List anfangen?«

Zustimmendes Gemurmel erhob sich, und im Schutz dieses Lärms sagte Roger de Beaumont leise über den Tisch hinweg: »Erinnerst du dich noch, Raoul, wie ich damals in Meulan gesagt habe: Ich fürchte ihn, unseren Herzog?«

»Daran erinnere ich mich noch sehr gut. Und auch König Heinrich fürchtet ihn. Haben wir es denn nicht alle gesehen? Und er wird ihn bis zu seinem Tod fürchten – mit gutem Grund.«

Roger meinte trocken: »Na ja, so wie die Dinge jetzt stehen, ist der König heute stärker als Wilhelm.«

Raoul griff nach einer Schüssel mit kleinen Kuchen und begann geistesabwesend an einem zu knabbern. »Wilhelm ist sicher, daß er gewinnen wird«, sagte er.

»Der Glaube eines jungen Mannes«, erwiderte Roger. »Aber ich bin kein Jüngling mehr. Ich sage dir, daß mir diese Sache gar nicht gefällt. Wir haben zu viele gegen uns.«

»Ja, aber Wilhelm ist auf unserer Seite«, sagte Raoul. »Versteht Ihr das denn nicht? Wir alle – und auch König Heinrich – sind der Meinung, daß man nur siegen kann, wenn man an Zahl stärker ist. Aber Wilhelm versteht unter Kriegskunst ganz etwas anderes. Nicht unsere Streitmacht soll sich mit den Franzosen messen, sondern Wilhelms Klugheit mit der Heinrichs.« Er trank einen Schluck und setzte dann die Schale wieder nieder. »Und nach allem, was ich gesehen habe, hat Heinrich weder Erfahrung, noch ist er klug«, meinte er fröhlich.

»Was redest du da für einen Unsinn?« fragte Hubert, der dem Gespräch mit einem ratlosen Ausdruck gefolgt war. »Im Krieg gewinnt immer der, der an Zahl stärker ist.«

Raoul schüttelte uneinsichtig den Kopf. »Nein. Diesmal nicht. Ihr werdet es sehen. Wilhelms List ist es, die den Krieg gewinnen wird, und nicht die französische Übermacht oder unsere Ritter.«

»Hoffentlich hast du recht, Raoul«, sagte Roger. »Aber ich hätte gern gewußt, was Hugh de Gournay zu all dem sagt.«

Raoul sah ihn verstohlen an. »Er steht zum Herzog, Herr.«

»Ja, ja, sicher, er würde nichts anderes tun, genauso wie wir alle. Und doch wünschte ich, daß uns ein älterer Mann führen würde.«

Eine Stunde später verließ Raoul Beaumont-le-Roger und ritt mit seinem Vater und seinen Brüdern nordwärts nach

Harcourt. Edgar trabte mit Hubert voran, und da Gilbert d'Aufay neben Giselas Zelter trottete, blieb Raoul nichts anderes, als zwischen seinen Brüdern zu reiten. Eine Zeitlang schwiegen sie, während Eudes an das Mahl dachte, das er genossen hatte, und Gilbert immer wieder verstohlen auf Raoul blickte. Gilbert erinnerte sich fast ungläubig daran, daß er Raoul früher verspottet hatte. Natürlich hatte Raoul noch immer nicht die Gestalt eines großen Kriegers und wirkte sehr oft, als nähme er seine Umgebung überhaupt nicht wahr, aber auf irgendeine Weise war er derart selbstbewußt, daß sich Gilbert immer wieder wunderte. Man konnte nicht leugnen, daß er trotz seiner seltsamen Art die erstaunlichsten Taten vollführte – als Trödler nach Frankreich zu reisen oder die großen Herren zurechtzuweisen, als wäre er einer der Ihren. Mehr denn je war er Gilbert ein Fremder. Man wußte nie, woran er dachte, und er hatte ein seltsames, entwaffnendes Lächeln, das seine Augen zum Leuchten brachte, auch wenn kein anderer einen Grund zum Lächeln sah. In seiner langsamen Art überlegte Gilbert, was hinter Raouls Ruhe lag. Früher hatte er es nie der Mühe wert gefunden, sich darüber Gedanken zu machen.

Auf der anderen Seite Raouls ritt Eudes. Er machte sich keine Gedanken über Raoul; er machte sich nie über irgend etwas Gedanken. »Das ist ein prachtvolles Roß«, bemerkte er. »Aber grau – ich weiß nicht, ob mir das gefällt.«

Raoul tätschelte Blanchefleurs Nacken. »Warum denn nicht?« fragte er.

»Na, ich weiß nicht«, war die etwas vage Antwort. »Ich hätte lieber einen Braunen wie den alten Verceray. In der Schlacht solltest du Verceray reiten – wenn es je zu einer Schlacht kommt«, fügte er düster hinzu.

»Mein Gott, natürlich wird es eine Schlacht geben!« rief Gilbert, verärgert über soviel Einfalt. »Was sind denn das für Ideen?«

»Dieses ganze Gerede von List und Rückzug«, sagte Eudes. »Ich habe genau zugehört, während ich den Pudding aß. Raoul hat immer von List gesprochen, und es hat so geklungen, als würden wir die Franzosen vertreiben, ohne einmal das Schwert zu heben.« Er schnaubte verächtlich. »Ich bin aber Gott sei Dank nicht so wie Raoul und stopfe mir den Kopf nicht mit Bücherweisheit voll. Ich habe nicht ein Wort verstanden.«

»Darauf brauchst du aber nicht stolz zu sein«, sagte Raoul. »Wir werden uns zuerst zurückziehen und dann zuschlagen. Verstehst du es jetzt?«

Eudes blieb völlig ungerührt. »Es wäre viel besser, zuerst zuzuschlagen, dann müßten wir uns vielleicht gar nicht zurückziehen«, sagte er.

»Da hat er auch nicht unrecht«, bemerkte Gilbert.

»Ich habe mir ja gleich gedacht, daß du das einsehen wirst«, erwiderte Eudes voll Genugtuung.

Raoul antwortete nicht, und Gilbert dachte plötzlich: Er hört gar nicht zu, als wären wir es nicht wert, daß er uns antwortet. Gereizt fuhr er Raoul an: »Schläfst du, oder bist du schon ein so großer Herr, daß du dich zu gut dünkst, um über solche Dinge mit uns zu reden?«

»Nein, denn ich verstehe es selbst nicht ganz«, antwortete Raoul. Besänftigt sprach Gilbert weiter: »Aber vorhin, in Beaumont, hast du es sehr gut verstanden.«

»Da habe ich die Dinge ja nur erklärt. Ich verstehe Wilhelms Pläne schon, aber ich sehe den Zusammenhang nicht. Was ich sagen will, ist, daß ich nicht wüßte, wie man den König tief ins Land lockt, und wann es Zeit ist, über ihn herzufallen.«

Gilbert grunzte nur, und eine Zeitlang ritten sie schweigend nebeneinander. Plötzlich unterbrach Eudes die Stille und fragte: »Warum trägt der Sachse eigentlich einen Bart? Hat er ein Gelübde abgelegt, oder tut er es als Sühne?«

»Weder noch. Alle Sachsen tragen Bärte«, erklärte Raoul.

Eudes sah sehr erstaunt drein. »Wie sonderbar«, bemerkte er dann. »Aber es wäre viel besser, wenn er ihn abrasiert.«

»Sag ihm das lieber nicht«, warnte ihn Raoul erheitert. »Er ist sehr stolz auf seinen Bart.«

»Warum man auf einen Bart stolz sein sollte, verstehe ich nicht«, sagte Eudes. »Er sieht wie ein Barbar aus.«

»Paß auf, daß er dich nicht hört, denn das verträgt er auch nicht«, riet ihm Raoul.

Gilbert fiel zurück und schloß sich wieder seiner Gemahlin an. Da Eudes weder über die drohende Invasion noch über Edgars Bart mehr zu sagen wußte, ritten er und Raoul schweigend weiter, bis sie Harcourt erreicht hatten.

Bei Anbruch des folgenden Tages begaben sich Raoul und seine Begleiter wieder nach Rouen zurück. Gisela gab Raoul ein Paket mit Essen für den Weg; Damaszenerkuchen, die sie selbst gebacken hatte, und einige Scheiben Speck, die in eine saubere Serviette gewickelt waren. Aber als er sie zum Abschied küßte, drückte sie ihm ein winziges Ding in die Hand und flüsterte ihm zu, daß er es immer tragen sollte, denn so wäre er gegen jedes Unheil gefeit.

Raoul blickte das Geschenk an und sah, daß es ein kleiner, bestickter Beutel an einer Seidenschnur war. »Vielen Dank, Schwester«, sagte er. »Was ist es denn?«

»Es wird dir Glück bringen, Raoul«, sagte sie schüchtern. Ihre Augen trafen die seinen für einen kurzen Augenblick, doch wandte sie rasch den Blick ab. »Du mußt es um den Hals tragen. Es ist der Kopf eines Hirschkäfers, der dich vor allem Bösen bewahren wird.«

Raoul drehte und wendete den Beutel, aber da Gisela offensichtlich darauf wartete, daß er ihn umhängte, streifte er die seidene Schnur über seinen Kopf und verbarg den Beutel unter seinem Rock. Er stieg auf, winkte nochmals zurück und folgte dann seinen Freunden über die Brücke.

Sie erreichten Rouen nach einem kurzen Ritt und galoppierten zum Schloß hinauf. Dort sahen sie, daß Gäste gekommen waren. Der Graf des Côtentin war am vorhergehenden Tag mit den wichtigsten seiner Vasallen angekommen; und am selben Morgen war auch der Graf von Mortain eingetroffen.

Raoul glitt aus dem Sattel und begann den Schlamm von seinen weichen Lederstiefeln zu kratzen. Gilbert und Edgar begaben sich in ihre Zimmer und riefen Raoul noch zu, daß man sich beim Mahl wieder treffen wolle. Raoul lief leichtfüßig die Treppen an der Außenseite des Palastes zur großen Halle hinauf, wo er auf Mortain traf, der gerade in den unteren Hof wollte. Er blieb stehen und hob die Hand zum Gruß.

Mortains düsteres Gesicht erhellte sich. »Ah, da bist du ja, Raoul! Wilhelm hat schon nach dir gefragt. Kennst du seine Pläne schon? Er hat De Gournay für sich gewonnen!«

»Das habe ich vermutet«, meinte Raoul. »Wann bist du gekommen, Mortain?«

»Vor ungefähr einer Stunde. Ich habe meinen Vasallen Nachricht geschickt, daß wir uns in Evreux treffen. Saint-Sauveur ist hier, und auch Montgoméri und Grantmesnil sind gestern gekommen. Wilhelm ist völlig ungerührt.« Langsam breitete sich ein Lächeln über sein Gesicht. »Die Herzogin hat geträumt, daß Wilhelms neuer Falke seine Beute riß, und es heißt, daß das ein gutes Vorzeichen ist.« Er lachte zufrieden in sich hinein und ging weiter. Raoul lief in seine Kammer, rief nach einem Pagen und begann seinen schmutzverschmierten Rock und die Hose abzustreifen.

Sobald er den Schmutz der Reise abgewaschen und frische Kleider angezogen hatte, begab er sich in einen der oberen Audienzsäle, wo er den Herzog vermutete. Tapisserien verdeckten die Tür; ein Page schlug sie zurück, und Raoul fand den Herzog allein mit der Herzogin.

Raoul fuhr zurück und wollte sich wieder zum Gehen wenden. Wilhelm blickte stirnrunzelnd auf, als er aber sah, wer der Eindringling war, erhellte sich sein Gesicht, und er rief: »Du kommst gerade recht, Raoul! Was gibt es Neues?«

»Sie sind nicht glücklich darüber, Sire, aber sie werden gehorchen. Man kann sich auf Roger de Beaumont verlassen, der alles so leiten wird, wie Ihr es wollt.« Er verbeugte sich vor Mathilde, noch während er mit dem Herzog sprach. Ein rascher Blick hatte ihn erkennen lassen, daß sie finster und gereizt dreinsah, aber sobald sie ihm die Hand entgegenstreckte, war der Zorn verschwunden. »Madame, wie geht es Herrn Robert?« fragte er taktvoll.

»Es geht ihm gut«, sagte Mathilde. Ein leises, triumphierendes Lächeln umspielte ihre Lippen. »Er ist größer als Mortains Junge, der doch um ein paar Monate älter ist«, sagte sie mit Genugtuung. Raoul konnte sich sehr gut vorstellen, wie sie ihren Erstgeborenen mit Mortains Sohn sehr zum Kummer von Mortains Frau verglich, und seine Augen begannen vor Vergnügen zu blitzen. »Und in meinen Augen ist er auch viel hübscher. Obwohl mein Herr das sicher nicht bemerkt, so werdet Ihr es doch bemerken, Raoul.«

Wilhelm schob einige Dokumente über den Tisch zu Raoul. »Das kommt von Longueville. Er tut, was ich sage, sehr zu seinem Mißvergnügen«, bemerkte er mit einem kurzen Auflachen. »So geht es allen, sogar Mald. Sie würde gern mit mir streiten, wenn ich nur ein bißchen auf sie eingehen würde, nicht, mein Liebes?«

Die Herzogin trat zum Tisch und raffte ihr langes Gewand. Ihr Blick hatte sich wieder verdüstert. »Ich wünschte, du würdest ihrem Rat folgen«, sagte sie mit unterdrückter Leidenschaft. Ihre Finger verkrampften sich in ihrem Gewand. »Ich will, daß du dich dem französischen König stellst und ihn besiegst«, stieß sie zwischen zusammengebissenen Zähnen hervor.

Wilhelm beobachtete Raoul, während dieser Giffards Nachricht las. »Madame, regiert Ihr Euren Sohn und laßt mich mein Herzogtum regieren«, sagte er spöttisch.

»Ihr seid der kriegerische Herzog«, drängte sie ihn weiter. »Ich mag Männer, die für eine aussichtslose Sache kämpfen.«

»Das tue ich ja auch, meine Liebe«, antwortete Wilhelm, den Blick noch immer auf Raoul gerichtet.

»Dann tretet dem König offen entgegen«, fuhr sie fort. »Erlaubt ihm nicht, auch nur einen Fuß in die Normandie zu setzen. Wäre ich doch ein Mann!«

Er wandte sich um und sah sie belustigt an. Etwas von dem alten, verzehrenden Feuer lag wieder in ihrem Blick.

Als er dies sah, lachte er und faßte sie an den Handgelenken. »Bei der Jungfrau, du bist ein wildes Mädchen! Sei ruhig, ich treibe den König schon aus dem Land!«

Leise meinte sie: »Ihr werdet nicht mit ihm kämpfen, Beau Sire. Das könnt Ihr mir nicht weismachen.«

Er schwang sie leise hin und her, und in seinen Augen stand der entrückte Blick, mit dem er in die Zukunft zu sehen schien. »Ich will gar nicht gegen Heinrich kämpfen«, sagte er.

Sie suchte seine Gedanken zu lesen. »Soll er Eurem Sohn sein Erbe entreißen?« wollte sie wissen. »Ich verbiete Euch, auch nur ein Fußbreit Boden aufzugeben, eine einzige Grenzfestung!«

»Das werde ich nicht tun.«

»Ja, was denn sonst?« Sie beugte sich über ihn, bis ihr Kleid seinen Arm berührte.

»Wenn ich Eudes' belgische Truppen zerstreuen kann«, sagte der Herzog langsam, »kommt es vielleicht gar nicht zu einer Begegnung mit Heinrich. Ich kenne ihn. Es würde mich sehr wundern, wenn er dann nicht in aller Eile nach Frankreich zurückkehrt.« Seine Finger bohrten sich unwillkürlich in ihr Fleisch, aber sie schien es gar nicht zu bemerken. Plötzlich lächelte er. »Vertraue auf mich – ich werde einen Frieden aushandeln, der unseres Robert würdig ist«, sagte er.

Enttäuscht schüttelte sie den Kopf. »Ich will, daß Ihr den König zermalmt. Ihr könnt es. Ich weiß, daß Ihr es könnt. Warum zieht Ihr Euch vor ihm zurück?«

Wilhelm ließ ihren Arm fallen und wandte sich wieder den Depeschen zu. »Mald, er ist mein oberster Lehnsherr«, rief er ungeduldig. »Das willst du einfach nicht verstehen.«

Aus dem Türbogen ertönte eine Stimme. »Und Bruder Wilhelm ist selbst ein oberster Lehnsherr. Gott schütze Euch, Schwester, und sei dem armen Narren gnädig.« Galet schlüpfte zwischen den Falten des Vorhangs hervor, kauerte sich ins Stroh und begann mit Schafsknochen zu jonglieren, während er in sich hineinmurmelte und Grimassen schnitt.

»Was tust du da?« fragte Mathilde, zugleich neugierig und angewidert.

»Ich lese die Zukunft, Madame, um zu sehen, welches Erbe dem guten Herrn Robert bleibt.« Er beugte sich über die Knochen, raffte sie aber dann plötzlich zusammen. »Oh, das ist zu groß, daß ich es deuten kann, und zu groß für ihn, daß er es hält«, schrie er, sprang auf und begann wie verrückt herumzuhüpfen, während Wilhelm ruhig weiter in seinen Papieren las und Mathilde ratlos und verwirrt auf das Häuflein Knochen blickte.

2

Zum Klang von Hörnern und Trommeln, unter den silbernen und goldenen Bannern, überschritt König Heinrich die Grenze der Normandie. Er kam mit der Blüte der französischen Ritterschaft an seiner Seite, begleitet von den Vornehmsten seines Landes, das Schmettern der Hörner, das Klirren der Pferdegeschirre, das Knarren der Wagen in den Ohren.

Seine Vasallen waren aus allen Ecken seines Landes zu den Fahnen geeilt. Thibaut, der mächtige Graf der Champagne, war gekommen; der junge Herzog von Aquitanien; der Graf von Nevers; dort breitete der Wind die Fahne der Auvergne aus, hier flatterten die Farben Angoulêmes gegen den hellen Frühlingshimmel. Zu Pferd und zu Fuß strömten Fürsten, Ritter und gewöhnliche Krieger über die Grenze, verwüsteten und plünderten das Land, mit dem Ziel Rouen vor Augen und der Erniedrigung des Herzogs als Motto.

Vom Vermandois bis zu den Pyrenäen hatten sie gegen Wilhelm gerüstet. Sieben Jahre lang hatten die anderen Vasallen des Königs zugesehen, wie Wilhelm die Normandie zu einem loyalen Ganzen zusammengeschweißt hatte, wie er Martel Städte in der Grafschaft Maine entrissen, seinen obersten Lehnsherrn vernichtend geschlagen und seine Grenzen Schritt um Schritt weiter vorgeschoben hatte. Männer wie Geoffrey, der Graf der Gascogne, und Wilhelm von Auvergne, die vor vier Jahren Ehrengeschenke an Wilhelm gesandt hatten, schickten heute ihre Krieger gegen ihn. Die Bewunderung war wachsender Angst vor seiner Macht und bitterer Eifersucht auf seine Erfolge gewichen. Wenn auch der Hammer von Anjou keinen Wert darauf legte, selbst auf dem Schlachtfeld zu erscheinen, so gab es genügend andere, die seinen Platz einnahmen: Mächtige Grafen von nah und fern an der Spitze ihrer Truppen, auf edlen Rössern, prächtig geschmückt, entfalteten ihre Fahnen, um der Normandie zu trotzen.

»Ha, wo hat sich der Bastard denn verkrochen?« rief Renault de Nevers. »Holà, wo ist der Wolf!«

Unter dem schweren Helm wirkte Heinrichs Gesicht gespannt und fahl. »Noch immer kein Zeichen von Wilhelm?« murmelte er und zupfte seinen Bart. »Sehr seltsam, beim Himmel! Er tritt mir nicht an der Grenze entgegen, stolz wie er ist?«

»Er hat sich in Rouen verschanzt«, meinte der Graf von Saint-Pol zuversichtlich. »Wie kann er es denn wagen, unserer Streitmacht entgegenzutreten? Wenn Eudes rasch durch Caux nach Rouen zieht, werden wir den Bastard zwischen uns zermalmen!«

Aber in Rouen stand keine normannische Armee, obwohl der König das nicht wußte. Östlich der Seine verbarg sich der alte Hugh de Gournay in den Hügeln von Drimcourt und beobachtete die Brände, die von Eudes' langsamem Vormarsch kündeten; und am Andelle brachten die Spione des Grafen Robert von Eu täglich neue Kunde, während seine Männer über das lange Warten fluchten und ihre Schwerter immer wieder schärften, um zum Kampf gerüstet zu sein. Prinz Eudes drang über die Furten von Epte vor, mit einer hochgestimmten Armee, mit Beutegut beladen, und ließ ein verbranntes, verwüstetes Land hinter sich.

Westlich der Seine verfolgte Wilhelm den Vormarsch des Königs mit jedem Schritt. Die Franzosen waren völlig berauscht von ihrem Erfolg. Die Frauen, die sie fanden, wurden vergewaltigt, die Männer, die ihre Heimstätten nicht verlassen hatten, wurden niedergemetzelt, oder man tat ihnen noch Schlimmeres an. Kein Wunder, daß Wilhelms Barone darauf brannten, die Leine zu zerreißen, an der er sie so fest hielt. Ein Leibeigener zählte kaum, bis ihn ein ausländischer Tyrann erschlug; wenn das aber geschah, dann flogen die normannischen Schwerter aus den Scheiden, und die Herren waren bereit, ihr Eigentum bis zum letzten

Blutstropfen zu verteidigen. Wenn sie es so wollten, so konnten sie ihre Bauern unterdrücken; aber kein Fremder hatte das Recht, auch nur einen Finger an einen Leibeigenen oder Freien in der Normandie zu legen. Der König von Frankreich hatte das gewagt. Am liebsten wären sie an Ort und Stelle über ihn hergefallen; und sogar der Graf des Côtentin, der geschworen hatte, dem Herzog bis in den Schlund der Hölle zu folgen, hielt ihn für wahnsinnig, daß er seine Truppen noch immer zurückhielt.

»Seigneur«, rief er verzweifelt, »man wird Euch einen Feigling nennen!«

»Wirklich, Néel!« fragte der Herzog grimmig. »Aber, bei Gott, sie werden mich nie einen voreiligen Narren schimpfen!«

»Wir könnten sie zerstreuen, Beau Sire. Sie sind durch ihre Beute behindert, die Soldaten begehren auf, die Anführer sind sorglos, denn sie sind ihres Sieges völlig sicher.«

»Herr von Faucon, wie viele Leute würden wir deiner Ansicht nach in einem solchen Treffen verlieren?« fragte Wilhelm.

Néel sah ihn verständnislos an. »*Qi de ceo?* Was tut denn das zur Sache? In einer Schlacht fallen immer welche. Was machen Verluste denn aus, wenn wir nur den König aus dem Land treiben?«

»Ein schöner Rat«, erwiderte Wilhelm erbost. »Denk an die Zukunft, Graf. Was wirst du mir raten, wenn der König mit einer neuen Armee kommt, und die Hälfte meiner Männer tot auf dieser Ebene liegen?« Und als Saint-Sauveur beschämt schwieg, fuhr er fort: »Vertrau mir nur, Néel: Ich werde den König aus dem Land treiben, aber er wird seine Leute verlieren, nicht ich die meinen!«

Sie blickten einander in die Augen. Néel hob die Hand an den Helm. »Beau Sire, ob Ihr recht habt oder nicht, ich bin Euer Mann!« sagte er.

Raoul Tesson von Cingueliz, der von einem Streifzug zurückkam, auf dem er eine Truppe von plündernden Franzosen niedergemacht hatte, wiederholte diese Worte, glaubte aber, daß es an der Zeit sei loszuschlagen. »Seigneur, seht, meine Männer haben Blut geleckt«, sagte er, als er die Handschuhe auszog. »Kann ich sie noch länger von der Kehle des Königs abhalten?«

Der Herzog kannte seinen Mann. »Kannst du sie denn nicht im Zaum halten, Tesson?« fragte er leise.

»Bei Gott, das kann ich sehr wohl«, fuhr der Herr von Cingueliz gereizt auf.

»Und ich kann dich auch im Zaum halten«, sagte Wilhelm. »Ich befehle dir, den König noch nicht anzugreifen.«

Der Herr von Cingueliz lachte laut heraus. »Meine Antwort habe ich ja damit.« Er wandte sich um, als Raoul das Zelt betrat, und nickte ihm zu. »Ja, Messire Raoul, ich bin wieder zurück. Aber drei Dutzend Leute werden heute abend nicht mehr zu ihrem König zurückkehren«, meinte er ein wenig prahlerisch.

»Das habe ich schon gehört«, grinste ihn Raoul an. »Friß nicht die ganze Armee des Königs auf, bevor ich Zeit habe, dir dabei zuzusehen!«

»Ah, reitest du in den Osten, Freund? Brauchst du einen Begleiter?« Raoul schüttelte den Kopf. Tesson sagte: »Gott steh dir bei. Sieh zu, daß du uns gute Nachrichten von Robert von Eu bringst.« Er ging hinaus, und die Zeltklappe fiel hinter ihm zu.

In der Dämmerung verließ Raoul das Lager und ritt zuerst nach Norden und dann nach Osten, der Seine entgegen. Es war nicht das erste Mal, daß er zwischen dem Herzog und den Befehlshabern im Osten den Boten gespielt hatte, aber sein Vater, der ihn fortreiten sah, wünschte insgeheim, man hätte einen anderen erwählt. Keiner wußte, welches Schicksal einen einzelnen Reiter ereilen würde, der durch das verwüstete Land zog, und er fürchtete, daß Raoul genau der Mann war, der dem Feind in die Hände fallen könnte.

Er beobachtete Raoul, bis er ihn aus den Augen verlor, und als er sich langsam umwandte, sah er Gilbert d'Aufay neben sich stehen. Hubert wollte nicht, daß man erfuhr, wie er sich um seinen Sohn sorgte, und so straffte er die Schultern und begann darüber zu spaßen, daß Raoul hoffentlich nicht einschlafen würde, bevor er das Lager des Grafen von Eu erreichte.

Gilbert ging mit ihm zurück und meinte mit einem leisen Lächeln: »Raoul ist ein seltsamer Mensch! Er sagt, daß er den Kampf haßt, aber wann immer man einen Mann für eine so gefährliche Aufgabe wie diese sucht, dann meldet er sich. Da gab es kein Widerreden, er mußte unbedingt nach Frankreich, als es zu Beginn des Jahres die Lage zu erforschen galt. Ich habe damals nicht geglaubt, daß er heil zurückkommen würde, und Edgar, der immer nur glaubt, daß niemand, der nicht so kräftig und groß ist wie er, zu etwas gut sein kann, hat ihn schon am Tag, an dem er aufbrach, als tot betrauert.«

»Raoul«, sagte Hubert mit offensichtlichem Stolz, »hat zwar ein paar komische Ideen im Kopf, aber dieser Kopf sitzt fest auf seinen Schultern. Ich glaube sicher, daß er sich in acht nehmen kann, wenn es notwendig ist.«

»Keiner kann das besser«, antwortete Gilbert. »Und doch würde man es nicht von ihm glauben, denn wenn man ihn reden hört, dann meint man, er habe noch nie ein Schwert in der Hand gehabt oder irgend etwas Bemerkenswertes in seinem Leben getan.« Er hielt inne. »Er prahlt nur nicht, wie wir anderen, und wenn er auch immer wieder sagt, daß er Blutvergießen hasse, so kämpft er genauso gut wie wir alle. Ich habe gesehen, wie er einem anderen ganz ungerührt die Kehle durchgeschnitten hat«, sagte er mit einem kurzen Lachen.

»Wirklich?« fragte Hubert erfreut. »Und wann war das, Messire Gilbert?«

»Letztes Jahr bei St. Aubin, als wir die Franzosen aufgebracht haben. Er und ich haben uns angeschlichen, um die Lage auszukundschaften, und sind in der Dunkelheit auf einen Wachtposten gestoßen. Raoul hat ihn erstochen, bevor er noch einen Laut von sich geben konnte.«

Hubert war durch diese Erzählung so sehr beruhigt, daß er fröhlich in sein Quartier zurückging und sich mit Genugtuung vorstellte, wie Raoul behende die Kehlen aller derer durchschnitt, die sich ihm in den Weg stellten.

In der Zwischenzeit drang die französische Armee weiter nach Norden vor. Getreide fand sie keines, und diejenigen, die in den Wäldern nach Vieh suchten, kamen nur selten zurück, aber Häuser, Klöster und Kirchen enthielten Schätze, und nicht einmal die Angst, daß sie von normannischen Kriegern abgeschnitten werden könnten, konnte die Franzosen davon abhalten, immer wieder Erkundigungszüge nach solchen Schätzen zu unternehmen.

Die normannische Armee hielt sich noch immer in gehörigem Abstand von der Armee des Königs, aber kleine Einheiten schwärmten aus und fielen wie Schwärme von Moskitos über die königlichen Truppen her.

Die Räte Heinrichs meinten, daß von Wilhelm nichts zu befürchten sei und taten diese immer wiederkehrenden Überfälle leichtfertig ab. Sie waren überzeugt, daß der Vormarsch des Königs Wilhelm immer mehr in die Enge dränge und nichts weiteres mehr zu tun sei, als ihn zwischen dem König und Prinz Eudes einzukesseln und so zum Gefecht zu zwingen. Heinrich hingegen erinnerte sich allzugut an Wilhelms Falkenblick. Er war ständig auf der Hut, bestand auf verstärkten Nachtwachen und erwartete jeden Tag einen der plötzlichen Angriffe, für die der Herzog berüchtigt war.

Von seinem Bruder, der an der Spitze der belgischen Armee stand, hörte er nur wenig. Mehr als ein Späher verließ Eudes' Lager und wurde nie mehr gesehen, und mehr als eine Nachricht der Franzosen fand ihren Weg in die Hände Herzog Wilhelms.

Im Lager der Normannen gab es drei Menschen, die in Sorge waren, aber König Heinrich wußte nichts davon und hätte es auch nicht für wichtig erachtet, wenn man ihm berichtet hätte, daß ein normannischer Ritter seit fünf Tagen verschollen war. Jeden Morgen, wenn Herzog Wilhelm die Augen öffnete, fragte er die Umstehenden sofort: »Ist Raoul zurückgekehrt?« Und als sie antworteten: »Noch nicht, Beau Sire«, preßte er die Lippen fester aufeinander als gewöhnlich, widmete sich den Geschäften des Tages und schien die Sache vergessen zu haben.

Raouls Vater und sein Freund konnten ihre Angst nicht so leichthin verbergen. Hubert wanderte mit besorgtem Gesicht, in dem groß der Vorwurf geschrieben stand, daß man seinem Sohn so gefährdete, umher, und Gilbert war still und trieb sich bis zum späten Abend bei den Wachtposten vor dem Lager umher. Einmal, als Hubert den Herzog wegen irgendeiner Sache sprechen wollte, sagte Wilhelm, als der alte Mann sein Zelt verließ: »Ich habe Späher nach Drimcourt gesandt.«

Hubert fragte: »Was kann das meinem Sohn nützen, Seigneur?«

Wilhelm schien den Trotz, der in Huberts Antwort lag, nicht zu bemerken. »Ich möchte wissen, was geschehen ist«, antwortete er.

Hubert brummte etwas Unverständliches. Sein vorwurfsvoller Blick blieb auf Wilhelm ruhen, und er vermeinte, auch in Wilhelms Gesicht etwas wie Sorge zu sehen, die seine Selbstbeherrschung durchdrang. Er dachte daran, daß auch der Herzog Raouls Freund war, senkte den Blick, räusperte sich und sagte schroff: »Es ist sicher alles in Ordnung.«

»So Gott will«, antwortete der Herzog. »Raoul steht mir sehr nahe; ich habe nicht viele Freunde.«

»Ich bin ganz sicher, daß ihm nichts geschehen ist, Seigneur«, erklärte Hubert fest. »Ich werde keine schlaflose Nacht wegen Raoul verbringen, denn er läßt es sich sicher in Graf Roberts Lager gutgehen, während wir ihn schon für tot halten.«

Aber trotz dieser tapferen Reden verbrachte Hubert manch schlaflose Nacht wegen Raoul. Er weigerte sich, mit seinen Freunden am Abend Würfel zu spielen, sondern ging zu seinem kleinen Zelt, legte sich hin, in seinen Mantel gehüllt, und lauschte den Geräuschen, die von draußen an sein Ohr drangen. Sie unterschieden sich in nichts von denen vergangener Nächte: Ein Wolf heulte im Wald; die Männer, die im Freien schliefen, husteten, brummten oder sprachen mit schlaftrunkenen, leisen Stimmen miteinander; die Lagerfeuer knisterten; und von Zeit zu Zeit stampften die Pferde, die im Freien angepflockt waren, mit den Hufen und zerrten an den Ketten. Nichts Außergewöhnliches erregte Huberts Aufmerksamkeit, bis er plötzlich vermeinte, Pferdegetrappel zu hören, das sich dem Lager näherte. Aufmerksam stützte er sich auf den Ellbogen. Jetzt war kein Zweifel mehr. Er stand hastig von seinem Lager auf, gerade als ein scharfer Ruf eines der Vorposten laut wurde.

In seiner Aufregung warf sich Hubert seinen Mantel verkehrt um und rannte in Richtung der Geräusche, die er gerade gehört hatte. Gilbert d'Aufay und der junge Ralph de Toeni, die im Licht einer Hornlaterne Schach gespielt hatten, überholten ihn. »Habt Ihr den Ruf gehört?« fragte Gilbert. »Sind es die Franzosen oder ist es Raoul?«

Wilhelms großes Zelt tauchte vor ihnen auf. Hubert kam sich plötzlich recht dumm vor und meinte: »Wahrscheinlich keines von beiden. Es hat gar keinen Sinn, zu den Posten zu rennen und sie auszufragen.« Er sah Gilbert streng an, und dieser meinte taktvoll: »Nein, aber wir könnten ja hier warten und sehen, wer es ist.«

Die Klappe von Wilhelms Zelt wurde zurückgeworfen, der Herzog stand in der Öffnung. »Wer war der Reiter?« fragte er scharf.

»Ich weiß es nicht, Beau Sire«, begann Gilbert, »aber wir haben gedacht –«

»Geht und seht nach, wer da gekommen ist«, sagte der Herzog. Er sah Hubert im Mondschein stehen und winkte ihn gebieterisch zu sich. Er bemerkte, daß Huberts Mantel ganz verdreht war und meinte freundlich: »Wenn es Raoul ist, wird er sofort zu mir kommen. Wartet mit mir, und wir werden es bald wissen.«

Hubert folgte ihm ins Innere des Zeltes, wo der Graf von Mortain saß, und begann eine lange Erklärung, daß er gar nicht aufgestanden war, um zu sehen, ob Raoul gekommen sei, sondern daß er ganz zufällig in der Nähe des herzoglichen Zelts gewesen wäre, als die Rufe ertönten. Weit kam er mit seiner Erklärung nicht, denn nach kurzer Zeit näherten sich Schritte, die Zeltklappe wurde hochgehoben, und Raoul taumelte herein, hielt sich mit einer Hand an der Zeltwand fest und blinzelte im Licht der Laterne, die vom Mittelpfosten baumelte. Sein Gesicht war grau vor Erschöpfung, und sein rechter Arm, den man notdürftig mit einem Tuch verbunden hatte, hing schlaff herab.

»Gott sei Dank!« Dieser Ausruf kam vom Herzog. Er eilte auf Raoul zu und schob ihn eigenhändig in seinen Stuhl. »Ich habe dich seit drei Tagen für tot gehalten, mein Freund«, sagte er. Er drückte Raouls Schulter leicht und blickte seinen Stiefbruder ungeduldig an: »Wein, Robert!«

Mortain war schon dabei, Wein aus einem Krug, der auf dem Tisch stand, in ein Trinkhorn zu gießen. Hubert riß es ihm aus der Hand und hielt es an Raouls Lippen, als sei er überzeugt, daß Raoul keine Kraft mehr habe, selbst zu trinken.

Mit dem Anflug eines Lächelns ergriff Raoul das Horn und nahm einen tiefen Zug. Dann seufzte er tief auf und blickte etwas verwirrt in die drei Gesichter, die sich über ihn beugten. Gilbert, der ihm ins Zelt gefolgt war, sah plötzlich, daß Blut unter dem Verband hervortropfte, und rief: »Ich werde den Wundarzt holen!«, womit er auch schon hinauslief.

»Ich brauche keinen Wundarzt«, antwortete Raoul mit vor Müdigkeit zitternder Stimme. Er richtete sich auf und blickte den Herzog an. »Ich konnte nicht eher kommen«, sagte er.

»Was bringst du für Nachrichten?« fragte der Herzog. »Wo liegt Prinz Eudes?«

Raoul strich das feuchte Haar aus der Stirn. »Geflohen – sie sind alle geflohen.« Er stöhnte leise auf. »In Mortemer liegen zehntausend Tote. Ich bin geblieben, um Euch zu berichten.« Er tastete nach seinem Gürtel und zog einen Beutel hervor, aus dem er ein versiegeltes Paket zog. »Das kommt von Graf Robert.«

»Heiliger Jesus!« rief Mortain. »Zehntausend Tote?«

Der Herzog nahm Raoul das Paket aus der Hand und schnitt es auf. Während er die Botschaften las, bestürmten Mortain und Hubert Raoul mit Fragen. Gilbert führte den Wundarzt herein, der eine häßliche Wunde auf Raouls Oberarm freilegte und begann, sie zu reinigen und zu verbinden.

Hubert betrachtete die Wunde und meinte: »Das ist nicht der Rede wert. Wo hast du sie bekommen? Doch nicht in Mortemer?«

»Diesen Kratzer? Nein, der hat nichts mit Mortemer zu tun. Fünf Meilen von hier haben sie mich überfallen.« Er blickte auf seinen Arm, den der Arzt über eine Schale hielt, und sagte ungeduldig: »Verbinde das schon, Mann. Ich kann doch nicht wie ein gestochenes Schwein das Zelt des Herzogs anbluten!«

Der Herzog trat zum Tisch und hielt die Botschaften in der Hand. »Sei kein Narr, Raoul«, sagte er. »Glaubst du, ich schrecke mich vor ein bißchen Blut?« Er setzte sich auf einen Schemel. »Robert schreibt hier, daß er die belgische Streitmacht zerstreut hat und Guy von Ponthieu sein Gefangener ist. Erzähl mir jetzt, was vorgefallen ist.«

»Ich bringe noch alles durcheinander«, klagte Raoul. Und wieder schüttelte es ihn leicht. »Ich bekomme den Gestank des Blutes nicht aus meiner Nase«, sagte er. Sein Blick drückte Ekel aus.

»Laß das jetzt!« fuhr ihn Hubert an. »Siehst du nicht, daß der Herzog deine Geschichte hören will?«

Raoul lächelte Wilhelm an. »Ja . . . natürlich! Ja, als ich zu Graf Robert kam, lag er am Andelle und hatte gerade von Ralph de Mortemer erfahren, daß Prinz Eudes mit seiner ganzen Armee nach Mortemer-en-Lions marschiert war und dort sein Lager aufgeschlagen hatte . . . Wenn Ihr mir nicht bald etwas zu essen gebt, kann ich überhaupt nichts erzählen. Ich habe seit gestern keinen Bissen im Mund gehabt!«

»Herrgott! Bist du nicht verhungert?« Mortain war von soviel Entbehrungen erschüttert, erhob sich hastig und ging zu dem Tisch, auf dem noch die Reste des herzoglichen Mahls standen.

»Fast, aber ich habe nichts gefunden, denn alle Bauern sind aus Furcht vor den Franzosen geflohen.« Raoul nahm Fleisch und Brot aus der Hand Mortains und stopfte sie hastig in sich hinein. Zwischen den einzelnen Bissen sagte er: »Ich habe dem Grafen Eure Briefe gegeben, Beau Sire. Dann kamen seine Späher mit der Nachricht vom Lager in Mortemer. Robert, der von ihnen hörte, daß die Franzosen dabei seien, die Stadt zu plündern, nahm zu Recht an, daß alle, die in dieser Nacht nicht volltrunken waren, mit den Huren schlafen würden. Er gab daher Befehl zum Angriff auf die Stadt und schickte eine Botschaft nach Drimcourt zu Gournay und dem Herrn von Longueville.« Er nahm einen tiefen Schluck Wein und nickte Wilhelm zu: »Genau dasselbe hättet Ihr getan, Beau Sire.«

»Das geschah vor drei Tagen?« fragte Wilhelm und las in den Botschaften nach.

»Ja, ich glaube, das stimmt. Wir haben De Gournay auf dem Weg getroffen und sind noch vor der Morgendämmerung vor Mortemer eingetroffen und haben es umzingelt. Ralph de Mortemer war bei uns. Er sagte, daß das Schloß sich noch nicht ergeben habe, aber das machte keinen Unterschied. Eudes und die anderen Fürsten – Ponthieu und Montdidier, Herbert von Vermandois und der Graf von Soissons – ah ja, und natürlich auch Clermont – hatten es sich in der Stadt bequem gemacht. Es war genau so, wie Robert gedacht hatte: Entweder waren sie betrunken oder hurten und hatten keine Wachen aufgestellt. Kein Mensch hat unser Anrücken gesehen.«

»Ist Robert meinem Rat gefolgt?« unterbrach ihn der Herzog. »Betrunken oder nicht, es waren doch fünfzehntausend Mann, wenn ich mich nicht geirrt habe.«

Raoul zuckte zusammen, als der Arzt den Verband um seinen Arm festzog. »Seid beruhigt, Herr, er hat das Leben seiner Leute keiner Gefahr ausgesetzt. Alles wurde so durchgeführt, wie wir es hier geplant hatten. Robert zündete die Häuser vor der Stadt an und ließ durch die Katapulte Brandfackeln in die Stadt schleudern.« Er hielt inne, als sähe er die Flammenhölle wieder vor sich.

»Das war eine gute Idee!« rief Mortain. »Ich bin sicher, es hat gebrannt wie Zunder!«

Raoul fuhr zusammen und blickte ihn kurz und durchdringend an. »Ja.« Er atmete schwer. »Es hat rasch gebrannt.«

»Aber was ist denn geschehen?« Hubert stieß ihn an. »Sind sie alle lebendig verbrannt, oder haben sie gekämpft?«

»Einige – die, welche zu betrunken waren, um noch gehen zu können – sind verbrannt. Die meisten sind aus der Stadt geflohen. Roberts Männer hatten die Ausgänge besetzt, doch die Franzosen haben wie besessen gekämpft. Es blieb ihnen keine Zeit, sich um ihre Anführer zu scharen: Wir haben sie niedergemetzelt, als sie versuchten durchzubrennen. Waleran von Ponthieu ist gefallen: Ich habe es selbst gesehen; Graf Guy und Montdidier sind gefangen. Eudes ist geflohen; ich glaube, auch Clermont, aber da bin ich nicht sicher. Zu Mittag war Mortemer ein Haufen Asche, voll von verkohlten Leichen und dem Gestank von verbranntem Fleisch –« Er sprang plötzlich auf. »Ich will nicht mehr davon reden!« rief er zornig.

»Mein Gott, das klingt ja fast, als tue es dir leid, daß die Franzosen tot sind!« rief Hubert und starrte ihn mit offenem Mund an.

»Natürlich wollte ich sie tot haben!« rief ihm Raoul über die Schulter zu. »Und wäre es notwendig gewesen, dann hätte ich mit meinen eigenen Händen Feuer gelegt – aber sie haben wie Helden gekämpft, und ich glaube doch nicht, daß es mir Spaß machen muß, zuzuhören, wie Menschen schreien, die bei lebendigem Leib verbrennen!«

»Geh schlafen, Raoul«, sagte der Herzog. »Wir wissen alle, daß du wie der Höllenfürst kämpfst und daß dir übel wird, wenn die Schlacht vorbei ist.«

»Herrgott, mir ist nicht übel!« erwiderte Raoul scharf. »Wir haben die Franzosen verjagt, und alles andere ist mir gleichgültig.« Im Hinausgehen bemerkte er noch: »Ich habe selbst zwei Männer erschlagen; die, die mir das angetan haben.« Er wies auf seinen Arm, und das verlegene Lächeln breitete sich wieder über sein Gesicht.

»Du hast ihnen die Kehle durchschnitten?« fragte Hubert hoffnungsvoll.

Raoul sah ihn erstaunt an. »Nein, dem einen habe ich den Bauch aufgeschlitzt, und den anderen ritt ich mit Blanchefleur nieder. Gilbert, ich bin so müde, daß ich nicht mehr stehen kann, sonst taumle ich wie ein betrunkener Franzose. Gib mir deinen Arm, sonst lacht mich das ganze Lager aus.« Er ging hinaus, auf Gilberts Arm gestützt, und erst als sie in ihrem eigenen kleinen Zelt waren und er sich auf sein Lager geworfen hatte, murmelte er schlaftrunken: »Schade, daß Edgar nicht dabeigewesen ist; ihm hätte es viel besser als mir gefallen.«

»Während ihr gekämpft habt, hat es dir sicher auch gut gefallen«, bemerkte Gilbert trocken.

Raoul hatte die Augen schon geschlossen, aber er öffnete sie nochmals und sah Gilbert zweifelnd an. »Ja – manches schon. Aber vieles war fürchterlich. Etliche der Franzosen hatten keine Zeit mehr, ihre Halsbogen anzulegen, und die Waffen hatten sie verloren – so wurden sie einfach in Stücke gehackt oder in die Flammen zurückgestoßen. Das hätte dir genausowenig gefallen. Und es hätte dir auch nicht gefallen, die Frauen schreien zu hören. Und da war ein kleines Kind, das nackt aus dem Haus lief – aber was soll's. Es ist eben Krieg. Aber mir wäre lieber gewesen, das Kind wäre nicht eines der unseren gewesen.«

»Hätten die Franzosen gesiegt, dann wäre mehr als ein normannisches Kind ums Leben gekommen«, meinte Gilbert.

»Sicher. Und ich bin auch froh, daß wir uns gerächt haben. Die Franzosen haben auf ihrem Weg nach Mortemer alles in Schutt und Asche gelegt.« Seine Lider wurden immer schwerer. »Man kann sie nur hassen. Aber wenn man sie dann auf diese Weise sterben sieht, tun sie einem doch leid.« Er öffnete die Augen nochmals, und jetzt blickte er verschmitzt. »Meine Brüder haben wahrscheinlich doch recht gehabt, und ich hätte in ein Kloster gehen sollen.« Das waren seine letzten Worte, ehe er sich umdrehte und in Schlaf fiel.

Er war der einzige, der in dieser Nacht noch schlief. Als die Morgendämmerung über den Horizont kroch, wurden die Franzosen in ihrem Lager durch einen Hornstoß geweckt, der unheimlich durch die Stille der Nacht klang. Die Wachen packten ihre Lanzen fester und lauschten gespannt. Das Horn ertönte wieder, und dann noch ein drittes Mal. Es klang von nahe her, aber der Morgennebel verbarg den Bläser vor ihren Blicken. Die Schläfer rafften sich auf, fragten, was es gäbe, ob die Normannen angerückt kämen, und der Graf von Nevers, durch die plötzliche Unruhe geweckt, trat aus seinem Zelt; er hatte rasch einen Mantel über seinen dünnen Rock geworfen.

»Ein Horn, mein Herr«, berichtete der Wächter. »Irgend jemand steht vor unseren Linien. Ah, was ist das?«

Fulk von Angoulême kam mit offenen Hosen angetrottet und rief: »Was gibt es denn?«, wurde aber von Nevers' abwehrender Handbewegung zum Schweigen gebracht.

Nochmals ertönte das Horn und endete in einem triumphierenden Geschmetter.

»Wer immer das auch ist, er muß dort drüben auf der Anhöhe sein«, murmelte Nevers und versuchte angestrengt, mit seinem Blick den Nebel zu durchdringen.

Vom Hügel herüber ertönte plötzlich eine schrille Stimme. »Mein Name ist Ralph de Toeni«, rief sie. »Ich bringe euch Neuigkeiten!«

Ein Gemurmel erhob sich im französischen Lager; Nevers trat vor und kniff die Augen zusammen. Der Wind trieb die Nebelschwaden über den Hügel, und man konnte die Silhouette eines Reiters im schwachen Licht ausnehmen. Seine Stimme jedoch drang klar an ihre Ohren. »Beeilt euch mit euren Karren und Wagen nach Mortemer und holt eure Toten!« rief der Reiter. »Die Franzosen sind unserer Ritterschaft entgegengetreten; jetzt ist es an der Zeit, daß sie es bereuen! Eudes, der Bruder des Königs, ist geflohen; Guy von Ponthieu ist gefangen; die anderen sind tot, gefangen oder in die Flucht geschlagen. Es ist der Herzog der Normandie, der dies dem König von Frankreich sagen läßt!« Spöttisches Gelächter beendete diese Rede; etwas flatterte am Ende der Lanze; es hätte ein Wimpel sein können. Der Reiter riß sein Pferd herum und verschwand im Nebel, in dem auch bald die Hufschläge seines Pferdes verklangen.

Einige der französischen Soldaten stürzten in dem vergeblichen Bestreben vor, den Herold noch zu fangen; ihre Figuren wurden zu Schatten, und plötzlich schrie einer von ihnen erschreckt auf.

Nevers sprang ihnen nach. »Was ist los?« rief er und hatte Angst vor der unbekannten Gefahr.

Der Mann, der aufgeschrien hatte, war blaß vor Angst. »Ein Hase ist direkt vor meinen Füßen aufgesprungen und mir über den Weg gelaufen! Ein böses Vorzeichen! Ein böses Vorzeichen!« Er bekreuzigte sich zitternd, und seine Kumpane umringten ihn betroffen.

Die Sonne stand schon hoch am Himmel, als Raoul vor sein Zelt trat und die geschäftige Menge sah. Er gähnte und ging zum Zelt des Herzogs, um dort zu erfahren, welche Nachrichten in der Zwischenzeit eingetroffen waren. Wilhelm war von den wichtigsten seiner Barone umringt, und die staubbedeckten Kleider von Hugh de Montfort ließen erkennen, daß er gerade mit Nachrichten eingetroffen war.

»Was gibt es?« wollte Raoul von Grantmesnil wissen, der neben dem Eingang stand.

»Der König ist im Rückzug begriffen«, flüsterte ihm Grantmesnil zu. »Ralph de Toeni hat den Franzosen die Neuigkeiten überbracht, und De Montfort sagt, daß die Franzosen ihr Lager abgebrochen haben und nach Süden marschieren.«

»Was für ein tapferer König!« kicherte Raoul. Er bahnte sich den Weg durch die Gruppe um Wilhelm und kam gerade rechtzeitig, um Tesson von Cingueliz sagen zu hören:

»Fallen wir doch über ihre Nachhut her, Beau Sire! Wir werden rasch mit ihnen fertig, das verspreche ich Euch!«

»Laßt ihn ziehen; er steckt schon genug in Schwierigkeiten«, erwiderte der Herzog. Und als er die enttäuschten Gesichter um sich sah, fragte er: »Wie, soll ich die ganze Christenheit gegen mich aufbringen, daß ich meinen obersten Lehnsherrn erschlage? Wir werden ihn bis zur Grenze begleiten und alle seine Spähtrupps aufbringen, aber zwischen Heinrich und mir, Tesson, soll kein Streich fallen.« Er sah Raoul und griff nach einem Paket, das auf dem Tisch lag. »Raoul, kannst du nochmals für mich reiten?«

»Gewiß, Seigneur!«

In den Augen des Herzogs schimmerte ein Lächeln. Er sah Raoul bedeutungsvoll an und sagte: »Dann bring dies nach Rouen und sage der Herzogin Mathilde, daß kein Fingerbreit Boden, keine Grenzfestung aus dem Erbe Roberts dem diebischen Franzosen zum Opfer gefallen ist!«

3

Vorbei an Conches, der Festung Ralph de Toenis, eilte König Heinrich in Eilmärschen, suchte den Weg nach Süden in wilder Verzweiflung. Als ein schweißbedeckter Späher ihm entgegengetaumelt war und die Nachricht des normannischen Herolds bestätigt hatte, war der König zu Boden gestürzt. Schaum stand vor seinen Lippen, doch erholte er sich unter den Händen seines Arztes wieder, und mit einer Stimme, welche die Fürsten um seinen Verstand fürchten ließ, verfluchte er Eudes, der ihn im Stich gelassen hatte, aufs fürchterlichste, und stieß einen ebenso schlimmen Fluch gegen Wilhelm aus, der über ihn triumphierte. Er blieb stumm und unbeweglich liegen, während seine Fürsten sich berieten, und seine grauen Lippen verzerrten sich zu einem gräßlichen Grinsen. Bald aber erhob er sich von dem Lager, auf das man ihn gebettet hatte, und obwohl er wie im Fieber zitterte, war er doch imstande, Anweisungen zu erteilen. Denen, die zu einem Angriff auf den Herzog rieten, erteilte er eine bittere Absage. Er wollte wieder nach Frankreich und befahl, das Lager abzubrechen. Mit Schande überhäuft verließ der König die Normandie; man mochte fast glauben, er blicke unaufhörlich über die Schulter, wie ein gejagtes Tier, das hinter sich die Hunde Wilhelms kläffen hört. Er eilte an Conches vorbei, über den Iton und überquerte die Grenze zwischen seinen Festungen Verneuil und Tillières.

Der Normanne, der ihm auf dem Fuß folgte, blickte stirnrunzelnd auf die beiden Festungen, biß seinen Peitschengriff und sagte plötzlich: »Ich werde eine Festung errichten, die Tillières im Zaum halten kann, bis ich es wieder erobert habe.« So wurde die Festung Breteuil ins Leben gerufen, und schon im folgenden Jahr ragten die unüberwindlichen steinernen Mauern am Ufer des Iton auf. »Das ist nun deine Aufgabe, Wilhelm«, sagte der Herzog fröhlich zu FitzOsbern. »Halte sie gut, und du wirst Graf von Breteuil.«

»Bei Gott, das werde ich!« schwor FitzOsbern.

Zwischen König Heinrich und seinem Vasallen wurde ein Vertrag geschlossen. Der König war gezwungen, alle Eroberungen Wilhelms zu bestätigen, mußte sich verpflichten, nie wieder Wilhelms Feinden beizustehen, und als der Friedenskuß getauscht wurde, standen einander zwei völlig verschiedene Fürsten gegenüber, der eine abgezehrt, gebeugt, mit tiefliegenden Augen, der andere ein hochragender Krieger, der so von Tatkraft strotzte, daß der König neben ihm alt und gebrechlich wirkte. Sie küßten einander, der eine mit Haß, der andere mit Gleichgültigkeit im Herzen. König Heinrich reiste ab, um seine Rache zu planen, und Raoul de Harcourt, der die vier Artikel des Vertrages überflogen hatte, blickte rasch auf und fragte: »Glaubt Ihr, daß er sich daran halten wird, Beau Sire?«

Wilhelm zuckte die Schultern. »Vielleicht. Wenn er den Vertrag bricht, ist er vor aller Welt ein Verräter, und ich weiß, was ich zu tun habe.«

Aber der Kampf war noch nicht vorbei. Obwohl der Hammer von Anjou im jüngsten Feldzug nicht zu Heinrich gestoßen war, blieb auch er nicht müßig. Er war durch Maine gezogen, um sich mit Geoffrey von Mayenne zu vereinigen und die Festung Ambrières zu schleifen, die Wilhelm nach dem Fall von Domfront errichtet hatte. Wilhelms Herold traf Anjou in seinem Land; und der Fehdehandschuh wurde ihm mit soviel Stolz vor die Füße geworfen, daß Martel vor Zorn purpurrot anlief. Die Normandie ließ sagen, daß sie am vierzigsten Tag vor Ambrières erscheinen werde. Martel wandte sich mit einem fürchterlichen Fluch an Mayenne und schwor, daß ihn weder Geoffrey noch irgendein anderer jemals wieder Herr nennen solle, würde er es Wilhelm gestatten, Ambrières zurückzuerobern. Das waren kühne Worte, aber gedankenlos gesprochen. Als die Normannen vor Ambrières aufzogen, war nichts von Martel zu sehen.

Der Herzog machte kurzen Prozeß, und die Garnison, die sich von ihrem Herrn verraten wußte, ergab sich beim ersten Angriff. Der Herzog setzte den beschädigten Bergfried wieder instand, verstärkte die Mauern und zog sich, nachdem er einige Wochen gewartet hatte, ob Martel seine Angst besiegen und sich zum Kampf stellen würde, in die Normandie zurück, wo er seine Armee mit dem Hinweis entließ, sich innerhalb von drei Tagen wieder einzufinden, wenn es die Not erfordern sollte.

Und so geschah es auch, ganz wie der Herzog vorausgesehen hatte. Als Martel hörte, daß der Normanne endlich sein Schwert in die Scheide gesteckt hatte, nahm er allen Mut zusammen und schloß ein Bündnis mit seinem Stiefsohn, Herzog Peter von der Bretagne. Aquitanien hatte die Katastrophe des Vorjahrs noch allzu gut in Erinnerung; er hatte gesehen, wie die Armee eines großen Königs in Stücke gehackt worden war; und war er mit seinen Männern voll Verachtung für den Bastard in die Normandie gezogen, so hatte er sich beruhigt und voll Hochachtung für Wilhelm wieder zurückgezogen. Vage erkannte Herzog Peter, daß er in Wilhelm den einzigen Mann im christlichen Lager gefunden hatte, der ein großer Stratege war. Aber als ihn Anjou anrief, wußte er auch, daß Wilhelm seine Armee entlassen hatte. Herzog Peter sammelte seine Männer unter seinem recht zerzausten Banner und schloß sich dem Mann an, der vor langen Jahren für sich den ehrenden Beinamen »der Hammer« erworben hatte. Aber die Hammerschläge des Grafen von Anjou hatten sich immer nur gegen Feinde gerichtet, die ihm wenig Widerstand leisteten, und so hatte er schließlich die Überzeugung gewonnen, er sei ein großer Feldherr; jetzt ging er über ihre Schatten einem Mann entgegen, der ihn mit düsterer Miene und gezogenem Schwert erwartete. Nach dem ersten Gefecht bei Meulan, das er mit dem anscheinend unbesiegbaren Jüngling geführt hatte, zog sich Martel mit einer unbestimmten Angst zurück, die an seiner Selbstsicherheit nagte.

Die drei Fürsten – Martel, Peter und Odo – marschierten in Maine ein und dachten nicht im Traum daran, daß sich die Garnison von Ambrières in Wilhelms Abwesenheit nicht sofort ergeben würde. Sie versuchten das Schloß im Sturmangriff zu nehmen und wurden unter schweren Verlusten zurückgeschlagen. Die Löwen der Normandie wehten weiter über dem mächtigen Bergfried, und von den Mauern höhnten die Verteidiger Martel, der es nicht gewagt hatte, zum vereinbarten Zeitpunkt mit Wilhelm zusammenzutreffen.

Die Fürsten versuchten nun, die Garnison auszuhungern. Herzog Peter wurde unruhig und versuchte immer wieder in großer Sorge, Nachrichten von der normannischen Grenze einzuholen. Großmäulig prahlte Martel: »Ihr werdet schon sehen, wie bald ich diese Mauern niederreiße!« Nach zehn Tagen der Belagerung schickte die Garnison aus der völlig eingeschlossenen Festung ein Geschenk von frischem Fleisch und Wein an die Belagerer. Die Männer, die beim Eintreffen des Geschenks neben Martel standen, befürchteten, er würde augenblicklich einem Schlaganfall erliegen. Er konnte nicht verstehen, was es war, das die Belagerten so handeln ließ; aber das Ambrières, das sich einst Herzog Wilhelm ergeben, hatte gewußt, daß ihnen niemand zu Hilfe eilen würde. Jetzt wurde die Festung von Männern gehalten, die nicht im geringsten daran zweifelten, daß Wilhelm sie nicht im Stich lassen würde.

Und darin irrten sie auch nicht. Späher kamen und brachten schreckliche Nachrichten für Martel: Herzog Wilhelm war im Anmarsch. Die drei Prinzen berieten sich einmal, dann nochmals und ein drittes Mal, und wurden sich nicht einig, was sie tun sollten. Tag für Tag kamen neue Boten: Herzog Wilhelm näherte sich mit einer großen Streitmacht und in größter Eile.

Aquitanien sah, daß Martel wie eine angestochene Schweinsblase in sich zusammensank, und spürte das dringende Bedürfnis, in sein Herzogtum zurückzukehren. Martel rief laut, daß man ihn verraten habe. Er sprach wirres Zeug, nahm das Maul sehr voll und zog seine Truppen ab, als Wilhelm einen halben Tagesmarsch von Ambrières entfernt war. Odo zog widerwillig mit ihm, und als Herzog Wilhelm auf den Plan trat , fand er nur die rauchenden Lagerfeuer vor, die ihm von der Anwesenheit des Feindes Kunde gaben.

Diesmal zog er sich erst zurück, als er zwei Dinge getan hatte, die beide dem Grafen von Anjou nichts Gutes brachten: Er belagerte Geoffrey von Mayenne und nahm ihn gefangen, und er dehnte seine Grenzen von Ambrières nach Westen bis südlich von Seèz aus. Geoffrey wurde nach Rouen geschickt, wo er einem anderen berühmten Gefangenen, Guy von Ponthieu, Gesellschaft leistete, wo sie bleiben sollten, bis beide bereit wären, Wilhelm als obersten Lehnsherrn anzuerkennen. Anjou beobachtete in ohnmächtiger Wut aus sicherer Entfernung, wie der Normanne seine Herrschaft immer weiter ausdehnte.

Wilhelm baute sein neues Schloß auf einer Anhöhe. Als die Pläne vor ihnen ausgebreitet wurden, sah er Raoul fragend an, aber dieser schüttelte den Kopf. Ein schwaches Lächeln überflog Wilhelms Züge; dann wandte er sich an Roger de Montgoméri und fragte: »Willst du das Schloß für mich halten, Roger?«

»Ja, Herr, da könnt Ihr sicher sein«, antwortete Roger rasch.

Später fuhr Gilbert de Harcourt seinen Stiefbruder mit mühsam zurückgehaltener Ungeduld an: »Stimmt das, was FitzOsbern sagt, daß dir der Herzog das Schloß angeboten hat?«

»Das hat er.«

»Du Narr«! rief Gilbert. »Und du hast es nicht angenommen?«

»Natürlich nicht. Er wollte nicht, daß ich es nehme«, erwiderte Raoul ruhig. »Was soll ich mit einer Grenzfestung? Das ist doch keine Aufgabe für mich.«

»Ein rechter Mann könnte sich nichts Besseres wünschen«, antwortete Gilbert.

Raoul lachte und meinte mit einem Anflug von Bosheit: »Gib dich zufrieden. Der Herzog hat größere Aufgaben für mich, als mir eine Grenzfestung anzuvertrauen.«

»Beim Herrgott, du hast sehr viel Vertrauen in dich, du Großmaul!«

Raoul verschränkte die Hände im Nacken, schaukelte in seinem Stuhl und meinte lässig: »Man nennt mich den Wächter, wie du ja weißt.«

Das stimmte natürlich, aber Gilbert ärgerte sich, daß gerade Raoul es sagte – was Raoul natürlich gewußt hatte –, und so ging er brummend davon und murmelte etwas von den schlechten Manieren eines Emporkömmlings.

Montgoméri nannte sein neues Schloß La Roche Mabille, zu Ehren seiner Frau, und stellte sofort eine Garnison auf. Wilhelm blickte nach Süden, wo die Grafschaft von Anjou im Dunst lag, und sagte mit einem kurzen Lachen: »Kommt der Windbeutel zurück, wenn ich fort bin, dann, Roger, schicke mir seinen Kopf als *hanguevelle* – als Neujahrsgeschenk.«

Aber anscheinend hatte Anjou von dem ewigen Hin- und Hermarschieren genug. Weder jetzt noch später war auch nur das geringste Zeichen von ihm zu sehen.

Der Herzog zog sich wieder in die Normandie zurück und kam gerade zurecht, um die Geläute der Glocken zur Geburt seiner Tochter zu hören.

Zur Feier dieses Ereignisses wurden große Festlichkeiten abgehalten, und zwischen den Turnieren tummelten sich Akrobaten und Gaukler im Ehrenhof. Wilhelm schlug Wlnoth Godwinson zum Ritter, denn er hatte sich tapfer gehalten und seinen Gegner geworfen. Er hätte auch Edgar zum Ritter geschlagen, aber Raoul schüttelte abwehrend den Kopf. Edgar kämpfte mit den Normannen, wie sie es ihn gelehrt hatten, seine Augen funkelten vor Begeisterung, aber Raoul glaubte nicht, daß er ein normannischer Ritter sein wollte.

Als er, hochrot und als Sieger, aus den Schranken kam, sagte er spontan: »Hätten wir diesen Sport doch auch in England! Ein gutes Pferd unter sich zu haben und eine feste Lanze in der Hand – das ist etwas, was ich gern gelernt habe! Ich würde nichts lieber tun, als so mit euch in die Schlacht zu reiten!«

Raoul sah ihm zu, wie er sein Trinkhorn bis zur Neige leerte. »Reitet ihr denn niemals in die Schlacht?« fragte er.

Edgar warf das Horn beiseite und wischte sich sein erhitztes Gesicht und den Nacken. »Nein, wir verwenden keine Pferde. Und statt der Lanze haben wir eine Streitaxt.« Er hielt inne, und die Begeisterung wich aus seinem Blick. »Die Axt ist die bessere Waffe«, sagte er.

»Das glaube ich nicht«, erwiderte Raoul, um ihn herauszufordern.

»Natürlich ist sie das!« sagte Edgar. »Herrgott, ich könnte deinem Pferd mit einem einzigen Axthieb den Kopf abhauen!«

»Eine grobe, barbarische Waffe!« murmelte Raoul.

»Du solltest lieber beten, daß du ihr nie im Kampf begegnest«, sagte Edgar grimmig.

Bei diesen Worten schien ein Schatten zwischen sie zu fallen. Raoul blickte ihn nicht an und gab ihm auch keine Antwort.

Edgar hakte sich in ihn ein und ging mit ihm auf den Palast zu. »Ich weiß nicht, warum ich das jetzt gesagt habe. Vielleicht trifft es nie ein. Mein Vater schreibt mir, daß der König den Atheling aufgefordert hat, nach England zu kommen, und vielleicht wird *er* König.«

»Der Atheling? Gott gebe, daß Eduard ihn zu seinem Erben macht!« rief Raoul, und seine Züge erheiterten sich. Er drückte den Arm des Sachsen. »Wenn wir das je erleben müßten – meine Lanze gegen deine Axt –« Er brach ab.

»Ich weiß«, sagte Edgar. »Habe ich das nicht schon vor vier Jahren gesagt, als ich in die Normandie kam? Aber vielleicht kommt es doch nicht dazu.«

»Nein. Nicht, wenn Eduard den Atheling wählt. Vier Jahre ist das schon her, Edgar?«

»Ja, vier Jahre.« Edgar verzog verächtlich die Lippen. »Ich fühle mich hier schon fast so zu Hause wie Wlnoth und Hakon.«

Raoul blieb stehen, als sei ihm ganz plötzlich etwas eingefallen. »Ist das wahr, Edgar?«

Edgar zuckte die Achseln. »Manchmal glaube ich, daß ich schon ein echter Normanne bin«, sagte er. »Ich reite mit euch zum Turnier, spreche eure Sprache, lebe mit euch, habe meine Freunde unter euch, ärgere mich, weil ich nicht mit euch zum Kampf reiten kann, und freue mich, daß der Herzog die Franzosen aus dem Land treibt –«

»Ich habe nicht gewußt, daß du das so empfindest«, unterbrach ihn Raoul. »Ich habe gedacht ... Edgar, der Herzog wollte dich zum Ritter schlagen, aber ich habe ihm abgeraten, denn ich dachte nicht, daß du es willst. Soll ich noch einmal mit ihm sprechen?«

»Ich danke Herzog Wilhelm«, erwiderte Edgar fast im selben Atemzug. »Aber ich würde nie die Ritterwürde aus seiner Hand annehmen. Ich gehöre zu Harald.« Er fand seine Worte selbst undankbar und fügte etwas sanfter hinzu: »Ich sage das nicht, weil ich den Herzog nicht mag. So habe ich es nicht gemeint.«

»Ich weiß«, erwiderte Raoul. »Glaubst du denn nicht, daß ich dasselbe antworten würde? Aber trotzdem magst du ihn nicht, oder irre ich mich?«

Anfangs schien es, als wollte Edgar nicht antworten, aber dann sagte er: »Nein. Das heißt – nein, ich mag ihn nicht. Ich muß ihn natürlich bewundern; keiner könnte etwas anderes tun. Aber was hat das damit zu tun, daß man einen Menschen mag? Loyalität kann er fordern, Gehorsam erzwingen, aber Liebe –? Nein, das interessiert ihn gar nicht.«

»Vielleicht kennst du ihn doch noch nicht«, meinte Raoul.

Edgar sah ihn an, und um seine Augen lag ein leises Lächeln. »Glaubst du denn wirklich, Raoul, daß ihn irgend jemand kennt?« Und als Raoul schwieg, fuhr er fort: »Oh, er ist sehr gut zu seinen Freunden, aber ich habe es noch nie erlebt, daß er die Menschen für sich gewinnen will, wie –« Er hielt inne.

»Wie es Harald tut«, setzte Raoul fort.

»Ja«, gab Edgar zu. »Ich habe an Harald gedacht. Jeder liebt ihn. Bei Wilhelm ist das anders. Sie fürchten ihn, sie respektieren ihn, aber wie viele würden sich glücklich schätzen, für ihn zu sterben? Vielleicht FitzOsbern, Saint-Sauveur, Tesson, sein Vetter Eu, du – ihr, die ihr seine Freunde seid. Aber ich versichere dir, daß der letzte Leibeigene sein Leben für Harald geben würde.«

Langsam gingen sie im Schatten der Ringmauer weiter. Keiner von ihnen sprach ein Wort, bis sie um die Ecke der Kapelle gekommen waren und direkt unter dem mächtigen Bergfried standen. Da blickte Edgar nach oben zu einem engen Fenster in der dicken Mauer und sagte in leichterem Ton: »Dort oben liegt einer, der sicher keine Liebe für Wilhelm hegt; das wage ich zu wetten.«

Raoul folgte seinem Blick. »Der Graf von Ponthieu? Sicher nicht, aber auch er wird sich Wilhelms Willen unterwerfen müssen, wie es Geoffrey von Mayenne getan hat, gleich, ob er ihn liebt oder haßt.«

»Und was ist mit dem Erzbischof?« fragte Edgar. »Wird auch er sich beugen müssen?«

»Mauger?« sagte Raoul. »Ich glaube, daß seine Zeit um ist.«

Sie stiegen langsam die Stufen zum großen Eingangstor hinauf. Leise lachend meinte Edgar: »Wilhelm FitzOsbern hat mir gestern erzählt, wie er Mauger bei seinem letzten Besuch vorgefunden hat. Weißt du es schon?«

»Nein, aber ich kann es mir denken.«

»Sogar unser griesgrämiger Albini mußte lachen«, sagte Edgar. »Du weißt, daß FitzOsbern gut erzählen kann. Er sagte, daß man ihm mitgeteilt habe, Mauger sei bei der Andacht, aber er ging trotzdem hinein, um auf ihn zu warten. Irgendein dummer Diener, der nicht verstand, was ihm der

Haushofmeister ins Ohr flüsterte, führte Wilhelm direkt zur Kammer der Bischofs und rief seinen Namen. Und Wilhelm stolzierte hinein, gerade rechtzeitig, um zu sehen, wie Mauger seine Hure von seinen Knien warf und so tat, als wäre er in seinen Rosenkranz vertieft!«

»Was, in seinem Betstuhl«, rief Raoul halb empört, halb belustigt.

»In seinem Betstuhl«, nickte Edgar. »Es war die rothaarige Dirne, Papia, die jeden Freitag die Schweine auf den Markt getrieben hat, das Mädchen, das aus Moulines-la-Marche davonlief, als er sie haben wollte. Erinnerst du dich nicht an sie? Jetzt wohnt sie in Maugers Palast, kleidet sich in Seide und Gold und führt sich so auf, als wäre sie die Herzogin selbst.«

»Die Hure eines Leibeigenen«, meinte Raoul angeekelt. »Darauf hat Galet also gestern abend angespielt, als er seine Witze riß! Es wäre gut für Mauger, wenn das dem Herzog nicht zu Ohren kommt.«

»Der Herzog wird es sicher erfahren«, meinte Edgar vergnügt. »Der ganze Hof weiß es ja schon.«

»Dann werden wir endlich einen neuen Erzbischof bekommen«, sagte Raoul.

Er behielt recht, wenn auch der Herzog nicht die Liebesaffären seines Onkels als Grund nahm, um ihn abzusetzen. Obwohl Lanfranc die Dispens des Papstes für Wilhelms Ehe mit Mathilde erlangt hatte, obwohl die Steinmetze noch immer über den Plänen der beiden Klöster brüteten, die der Preis dieser Ehe waren, und schon zwei Kinder das Licht der Welt erblickt hatten, wich Erzbischof Mauger keinen Fußbreit von seiner mißbilligenden Haltung ab. Sein Ehrgeiz, der durch den Fall seines Bruders Arques gehemmt worden war, hatte sich langsam in das brennende Verlangen verwandelt, den allzu mächtigen Neffen gedemütigt zu sehen. Es hieß, daß er mit dem französischen König korrespondiere; aber wie dem auch war, der Erzbischof hatte, als er von der Flucht des Königs hörte, die Farbe gewechselt, und diejenigen, die in seiner Nähe standen, hatten den Ausdruck wütenden Hasses in seinen Augen bemerkt. In seinen Blütejahren hatte man ihn für einen gerissenen Staatsmann gehalten, aber jetzt war er alt, und die Jahre der Enttäuschungen hatten seinen einst scharfen Verstand abgestumpft. Er wählte den ungünstigsten Moment, die schon zwei Jahre bestehende Ehe für null und nichtig zu erklären, als hätte Rom dazu nicht die Sanktion erteilt, und den Herzog zu exkommunizieren.

Das war der Augenblick, auf den Wilhelm schon lange gewartet hatte. Endlich bekam der Erzbischof seine schwere Hand zu spüren: Mauger wurde seines Bistums für verlustig erklärt und aufgefordert, die Normandie binnen achtundzwanzig Tagen zu verlassen. Ein gewisser Maurilius, ein Mönch aus Fécamp, tugendhaft und für seine Enthaltsamkeit so bekannt wie Mauger für seine Lüsternheit, wurde sein Nachfolger.

Am selben Tag, an dem Mauger nach Guernsey aufbrach, zog Galet Walter von Falaise den Schemel weg, als sich dieser an der Tafel des Herzogs niederlassen wollte, und der dicke Walter plumpste unsanft ins Stroh. »Bei Gott, wenn ich dir dafür nicht den Schädel einschlage, Narr!« brummte er und versuchte Galet zu erwischen.

Dieser sprang behende zurück und kreischte: »Jetzt liegt noch einer von Wilhelms Onkeln am Boden!«

Um die Lippen des Herzogs zuckte es; der Hof brach in lautes Gelächter aus, und Walter raffte sich mit einem gutmütigen Grinsen kopfschüttelnd auf.

4

»Ein Zwölfender, Herr!« rief einer der Jäger, als man die Strecke verblies. Er beugte sich über das noch schwach atmende Tier und zog sein Jagdmesser heraus.

FitzOsbern meinte angewidert: »Ich bin ganz sicher, daß es das ekelhafte Vieh ist, das ich gestern nicht zur Strecke bringen konnte. Ihr habt wirklich immer Glück, Beau Sire.«

Aber Wilhelm stand da und blickte auf seinen Bogen, als sähe er ihn zum ersten Mal.

»Ich wünschte, ich könnte so schießen wie er«, sagte Edgar zu Raoul. »Ich habe es kaum erlebt, daß er sein Ziel verfehlt hat.«

Raoul gab eine belanglose Antwort, denn er beobachtete den Herzog und fragte sich, was ihn plötzlich so berührt haben konnte, daß er völlig abwesend dastand.

Der Herzog hielt einen Bogen in der Hand; er balancierte ihn auf dem Finger und sah ihn gedankenvoll an. FitzOsbern bemerkte, wie seltsam sich der Herzog benahm, und fragte, ob irgend etwas nicht in Ordnung sei. Der Herzog schien ihn gar nicht zu hören. Einige Augenblicke lang drehte und wendete er den Pfeil zwischen den Fingern; dann blickte er jäh auf und erklärte: »Ich habe genug. Reitest du mit mir zurück, Raoul?«

»Das war aber wirklich eine kurze Jagd!« rief FitzOsbern. »Habt Ihr denn schon genug, Seigneur? Albini, reitet Ihr auch zurück? Edgar, Ihr habt noch kein Glück gehabt: bleibt Ihr?«

»Ich will nur Raoul!« rief der Herzog.

Seite an Seite ritten sie den schmalen Pfad durch den Wald. Der Herzog nagte wieder an seinem Peitschengriff und runzelte die Stirn, wie er es immer tat, wenn er scharf nachdachte.

Nach einer Weile fragte Raoul: »Nun, Seigneur? Was geschieht jetzt?«

Wilhelm wandte sich zu ihm. »Raoul, ist dir je der Gedanke gekommen, daß man Pfeile auch im Krieg verwenden könnte?«

»Pfeile?« fragte Raoul erstaunt. »Meint Ihr wirklich?«

»Warum denn nicht?« Der Herzog spornte sein Pferd etwas an. »Unsere Krieger könnten sich im Gebrauch von Pfeil und Bogen üben. Sie könnten sie zusätzlich zu ihren Hellebarden tragen.« Er wirkte nachdenklich. »Nein, das geht nicht. Wer mit dem Schwert oder dem Speer kämpft, braucht auch ein Schild. Es muß einen anderen Weg geben.«

»Wenn man Tiere mit Pfeilen erlegen kann, dann natürlich auch Menschen«, sagte Raoul langsam. »Aber wie soll ein Bogenschütze in der Hitze der Schlacht gut zielen? Er wird doch sofort niedergemäht, da er sich nicht decken kann.«

»Mitten im Schlachtgetümmel sicher nicht«, pflichtete ihm der Herzog bei. »Aber meine Bogenschützen könnten aus einer Entfernung von mehr als hundert Schritten schießen, und damit müßten sie sich auch nicht decken.« Seine Augen leuchteten auf; in seiner spontanen Art meinte er: »Bei Gott, ich glaube, ich habe das Rätsel gelöst, das mich jetzt schon viele Tage beschäftigt! Ich bin sicher, daß eine Truppe Bogenschützen dem Feind schwere Verluste zufügen kann.«

»Das können die Speerträger auch«, antwortete Raoul, dem diese Idee nicht gefiel.

»Im Nahkampf sind es immer die an Zahl stärkeren, die gewinnen«, nahm Wilhelm seine Gedanken wieder auf. »Glaubst du wirklich, wenn der König mit einer großen Armee die Grenze überschreitet, daß ich ihn dann vertreiben könnte? Ja, wenn ich ihn wieder in eine Falle locke. Aber wenn ich mich mit ihm in einer Schlacht messen muß, wie wir sie in Val-es-dunes ausgefochten haben, was dann?« Er hielt inne. »Wenn ich aber Bogenschützen einsetze, die aus sicherer Entfernung schießen? Herrgott, da könnte man ein Gefecht wirklich planen!«

»Ja, aber wenn Ihr die Bogenschützen im Hintergrund agieren laßt, Seigneur, schießen sie doch Euren eigenen Kriegern in den Rücken«, warf Raoul ein.

Der Herzog überlegte einen Augenblick. »Das stimmt. Und selbst wenn ich sie so aufstelle, daß sie nur auf die feindlichen Linien zielen, treffen sie noch immer meine Leute, die im Nahkampf kämpfen.« Er sah Raoul direkt an; sein Gesicht war gespannt, seine Mundwinkel hoben sich. »Raoul, ich sage dir, ich werde eine ganz neue Art der Kriegführung erfinden!«

Verwirrt meinte Raoul: »Beau Sire, Ihr werdet uns, Eure Ritter, doch nicht mit Bogen statt mit Schwertern in die Schlacht schicken!«

»Nein, aber siehst du denn nicht, daß in der Schlacht vielleicht mehr gebraucht wird als die Schwerter meiner Ritter? Wie wäre es, wenn meine Schützen die Schlacht eröffnen und aus einer Entfernung von sechzig oder hundert Schritten schießen?«

»Dann werden sie viele töten oder verwunden«, gab Raoul zu. »Ihr wollt also, daß sie den Anfang machen! Und wann kommen dann Eure Ritter?«

»Die stehen zur Unterstützung dahinter«, antwortete der Herzog rasch.

Raoul nickte. »Gut; dann greift der Feind an, die Schützen fallen dem Ansturm als erste zum Opfer, und damit gute Nacht!«

»Nein, sie werden sich dann hinter die Reiter zurückziehen. Das kann man so einrichten. Was meinst du? Sieh nicht so mißbilligend drein; ich bin noch nicht verrückt geworden.«

»Ich glaube«, sagte Raoul, »daß die Barone diese Idee sehr übelnehmen werden. Wollt Ihr denn den Leibeigenen Bogen in die Hand drücken? Der Rat wird behaupten, daß so etwas unerhört wäre.«

»Das haben sie auch gesagt, als ich mich vor den Franzosen zurückzog«, gab der Herzog zurück und galoppierte rasch auf die Brücke zu, die über den Fluß führte.

Die Schützen wurden bald als die neue Marotte des Herzogs bekannt. Einige seiner Barone waren gegen eine solche Neuerung; einige lächelten nachsichtig; und viele waren skeptisch, aber doch sehr an der Idee interessiert. Den Herzog ließen Ablehnung und Zustimmung gleichermaßen kalt. Er nahm die Ausbildung der Bogenschützen eifrig in Angriff und ritt tagtäglich aus, um ihre Fortschritte zu beobachten, oder er plante ihren Einsatz in der Stille seiner Gemächer, indem er mit Feder und Tinte seltsame Figuren zeichnete. Seine Anführer kratzten sich die Köpfe, begannen aber die Sache doch ernst zu nehmen. Eine Schlacht mit den Bauern eines Schachspieles auszufechten war eine derart neue Idee, daß man sie nur mit Mißtrauen überdenken konnte. Krieg, wie ihn die Anführer verstanden, war der Angriff zu Pferd unter Pauken und Hörnergeschmetter. Strategie war fast unbekannt. Natürlich wählte man ein Schlachtfeld, legte einen Hinterhalt, ritt zu Überraschungsangriffen aus, aber wenn der Kampf wirklich tobte, dann gab es nichts als das Gefecht von Mann zu Mann. Der Herzog jedoch beugte sich über ein Miniaturschlachtfeld und führte seine Figuren da- und dorthin. Auf diese Weise entwickelte er eine neue Art des Kampfes, die seine Anführer überhaupt nicht verstanden.

Jedermann wußte, daß er alles plante, um einen neuen Angriff seines obersten Lehnsherrn standzuhalten, denn obwohl König Heinrich den Vertrag des Jahres 1054 unterzeichnet hatte, glaubte doch keiner, daß er sich wirklich an dessen Artikel halten würde. Immer wieder blickte man nach Frankreich, und die Schwerter steckten lose in der Scheide in den drei Jahren des Friedens, die der Eroberung von Ambrières folgten.

Zwei Jahre nach Mortemer starb der Atheling Eduard in London und hinterließ zwei Töchter und einen kleinen Sohn, Edgar, die er König Eduard anvertraute. In Rouen willigte Graf Guy von Ponthieu endlich in Wilhelms Bedingungen ein, die seine Freilassung ermöglichten. Guy war immer so untergebracht gewesen, wie es seinem Rang zukam, und man hatte ihn stets mit Achtung behandelt, aber er sah bald ein, daß ihn Wilhelm trotz der höflichen Behandlung nie freilassen würde, wenn er nicht den Preis dafür zahlte.

Er bot ein Lösegeld an, welches man zurückwies. »Ihr sollt mich anerkennen, Graf«, sagte Wilhelm. »Euer Gold will ich nicht.«

»Bei Gott, ich werde vor der Normandie nie das Knie beugen!« schwor der Graf verbissen.

»Dann werdet Ihr, das schwöre ich bei Gott, Ponthieu nie wiedersehen!« erwiderte Wilhelm entschlossen.

»Ich habe Euch ein Lösegeld angeboten, das eines Königs würdig ist!« sagte Guy.

»Ich will Euren Treueid«, erwiderte Wilhelm.

»Herzog Wilhelm, Ihr irrt Euch in Eurem Mann!« rief der Graf erregt.

Wilhelm lächelte. »Graf, Ihr könnt versichert sein, daß nicht ich derjenige bin, der sich in seinem Mann irrt«, sagte er und ging hinaus.

Der Graf blickte ihm finster nach, vergrub aber dann den Kopf in den Armen. In späteren Jahren sagte er oft: »Wäre ich meiner so sicher gewesen wie dieser Mann, dann, glaube ich, hätte ich die ganze Welt erobern können.«

Ketten, einen Kerker, ja sogar Foltern hätte er ertragen können, aber es war nicht Wilhelms Art, den Haß eines Mannes zu erwecken, den er zum Vasallen wollte. Der Graf wurde mit großer Achtung behandelt und konnte verlangen, was er wollte, nur seine Freiheit nicht. Wenn er auf den Mauern entlangging, blickte er immer wieder nach Osten. Weit hinter der Ebene, hinter dem Fluß, der sich wie ein silberner Faden dahinschlängelte, hinter den fernen Hügeln im Osten und Norden lag Ponthieu, das noch immer die Rückkehr seines Herrn erwartete. Sein Blick trübte sich, wenn er so in die Ferne sah; er vermeinte fast, das Brechen der Wellen an der schaumbedeckten Küste zu hören, die grauen Türme seiner Hauptstadt zu sehen. Über seinem Kopf klatschte ein Fahnentuch im Wind; er blickte auf und sah die goldenen Löwen der Normandie auf sich herabblikken.

Ein Jahr lang lebte er in der Hoffnung, die Geduld des Herzogs erschöpfen zu können. Er sah seinen Mitgefangenen, den Grafen von Mayenne, nach Hause reiten, als er Wilhelm den Treueid geschworen hatte. Noch immer hielt er aus, aber er wußte nun, daß Wilhelm nie nachgeben würde. Das zweite Jahr schleppte sich langsam dahin; der Graf war fast krank vor Verzweiflung und blickte nie mehr in die Richtung von Ponthieu.

Wilhelm suchte ihn auf und sagte: »Man berichtet mir, daß Ihr krank seid, Graf, aber ich glaube nicht, daß ein Arzt Eure Krankheit heilen kann.«

»Das stimmt«, erwiderte Guy bitter.

Der Herzog trat ans Fenster und winkte ihn zu sich. »Kommt her, Guy von Ponthieu«, sagte er.

Guy blickte ihn einen Augenblick an und trat dann an Wilhelms Seite. Der Herzog deutete hinaus. »Dort führt die Straße nach Ponthieu«, sagte er. »Über Arques und Eu; ein Tagesritt, Graf.«

Guy wollte sich abwenden, aber der Herzog legte ihm die Hand fest auf die Schulter. »Eure Ländereien haben keinen Herrn«, sagte er. »Es kommt bald der Tag, an dem ein anderer an Eurer Statt regiert. Geht zurück, bevor es zu spät ist.«

Guy riß sich los und begann, im Zimmer auf und ab zu laufen. Der Herzog stand unbeweglich am Fenster und beobachtete ihn.

»Und wenn Ihr mich bis zu meinem Tod gefangen haltet, werdet Ihr von mir nie den Treueid hören!« rief Guy ihm ins Gesicht.

»Ich habe Euch nicht darum gebeten. Aber den einfachen Lehnseid sollt Ihr mir leisten, wie es auch die Bretagne tut.«

Der Graf ging schweigend weiter und überlegte dieses Angebot zum hundertsten Mal. Oberste Lehnspflicht, wie er es befürchtet hatte, würde bedeuten, daß er wie jeder normannische Baron zu einem Vasallen würde, der auf den

Knien liegend, ohne Schwert und Sporen, bloßen Hauptes und seine Hände in die des Herzogs gelegt, von diesem seine Länder empfing und dem Herzog schwor, ihm von diesem Augenblick an mit Leib und Leben und Ehre zu dienen. Die einfache Lehnspflicht erforderte keine derartigen Verpflichtungen. Dabei fiel die demütigende Zeremonie fort, in der der oberste Lehnsherr selbst dem Vasallen die Länder übergab, und er wäre auch nicht verpflichtet, Wilhelm mit Truppen im Kriegsfall zu Hilfe zu kommen, oder an seiner Statt als Geisel zu gehen, falls sich dieser Fall je ergeben sollte. Ein Treueid war alles, was man von ihm verlangte. Er drehte sich hastig um und sagte, als hätte man diese Worte aus ihm herausgepreßt: »Einfache Lehnspflicht, für meine Freiheit: So sei es!«

Wilhelm nickte und sagte ohne besonderes Aufheben: »Dann werden wir dies morgen beschließen. Von da ab besteht keine Notwendigkeit, daß Ihr noch länger bleibt.«

Wenige Wochen nach der Freilassung Guys wurde die Herzogin von ihrem dritten Kind entbunden. Wie verloren lag Mathilde in dem großen Bett, preßte die Hände an die Wangen und wollte kaum dieses zweite Mädchen ansehen, das ihr jetzt schon ähnlich war. Sie hatte sich so sehr einen zweiten Sohn gewünscht, kräftig und gesund, wie es der junge Robert war: ein schwarzer Teufel, der seine Lehrer mit Fäusten schlug, wenn sie ihm widersprachen. Sie blickte das winzige Etwas verbittert an und sagte: »Ich werde sie der heiligen Kirche weihen.«

»Eine gute Idee«, pflichtete ihr Wilhelm bei. Man zeigte ihm das in kostbare Tücher gewickelte Kind; er blickte es gleichgültig an, aber plötzlich leuchteten seine Augen auf, und er rief: »Mein Gott, sie ist ja dein Spiegelbild, Mald!«

»Robert war kräftiger«, erwiderte sie.

Ein Jahr später wurde der Normandie ein zweiter Erbe geboren, dessen Ankunft mit großen Festen begangen wurde, während Mathilde sich nicht von dem Kind trennen konnte und schon von der herrlichen Zukunft träumte, die sie ihm bereiten wollte. Er war ein schwächliches Kind; manchmal schrie er stundenlang, und nicht einmal die Kette aus Misteln konnte ihn vor den Krämpfen schützen, die ihn von Zeit zu Zeit überfielen. Die Ärzte waren ständige Besucher an Richards Bett, und es schien, als ob Mathilde unaufhörlich nach dem Weinen des Kindes lausche. Der junge Richard nahm ihre ganze Aufmerksamkeit in Anspruch; sie zeigte kein Interesse an den Bogenschützen des Herzogs, und nicht einmal die Nachricht von den geheimen Plänen König Heinrichs konnte sie bewegen. Ihr Gemahl hingegen war ausschließlich mit diesen beiden dringenden Fragen beschäftigt.

Es war bekanntgeworden, daß sich Heinrich wieder einmal mit dem Hammer von Anjou gegen die Normandie verbündet hatte. Wieder sammelte sich ein großes Heer; wieder einmal schmiedete man Pläne, wie man Wilhelms Herzogtum verwüsten wollte; wieder einmal rief Wilhelm seine Ritter zu sich und bereitete sich darauf vor, sein Eigentum zu verteidigen.

Man nahm an, daß die Truppen aus Frankreich und Anjou die Grenze im Frühjahr '58 überschreiten würden, in einer Jahreszeit, die für die Kriegführung immer günstig war; aber König Heinrich, der von den Vorbereitungen seines Gegners wußte, wandte diesmal auch List an und wartete einige Monate ab.

»Er wird so lange warten, bis ich meine Ritter wieder entlassen habe«, sagte Wilhelm, nachdem er drei Monate lang gewartet hatte. »Gut, dann soll es so sein!« Zum Entsetzen seiner Ratgeber löste er seine Armee auf der Stelle auf und behielt nur eine kleine Truppe zu seinem persönlichen Schutz bei sich.

Diejenigen, die vorher gemurrt hatten, daß man eine große Armee mit hohen Kosten untätig herumlungern ließ, schüttelten jetzt den Kopf ob dieser tollkühnen Taktik.

»Jetzt wird der König in die Normandie einfallen, und was bleibt uns dann, wenn die Hälfte unserer Truppen gegangen ist?« wollte De Gournay wissen.

Der Herzog breitete seine Pläne auf dem Tisch aus, auf denen man eine Skizze des Herzogtums erkennen konnte.

De Gournay brummte: »Was nützt uns das?«

»Mein Freund Hugh«, sagte Wilhelm, »wir wissen, daß König Heinrich beabsichtigt, mit seiner ganzen Streitmacht durch Hiesmes nordwärts gegen Bayeux zu ziehen – hier ungefähr.« Er zeigte mit dem Finger auf den Plan.

»Ja, das wissen wir!« De Gournay lachte auf. »In zwei Abteilungen wird er nie mehr gegen uns marschieren. Wenn der Franzose, den wir gefangen haben, die Wahrheit gesagt hat, dann will Heinrich von Bayeux nach Osten ziehen, um Auge zu verwüsten. Und was dann?«

Der Herzog wies wieder auf den Plan. »Hier, hier, oder auch an dieser Stelle kann ich ihn abfangen.«

»Wie, spielen wir wieder den alten Schachzug aus?« fragte Graf Robert von Eu. »Soll er wieder ohne Widerstand vorrücken? Jetzt ist das Korn reif, Wilhelm; er wird großen Schaden anrichten.«

Mortain gähnte. »Wir schlagen ihn schon vorher! Wo wirst du Stellung beziehen, Wilhelm?«

»Hier, in meiner Heimatstadt.«

Sie beugten sich über die Karte und sahen seinen Finger auf Falaise ruhen. De Gournay rieb sich die Nase. »Nun ja. Aber wenn er wirklich gegen Bayeux zieht, dann geht er im Westen an Euch vorbei.«

»Aber ich befinde mich zwischen ihm und Auge.«

»Wenn er wirklich nach Auge will, dann muß er über den Orne und den Dives«, sagte De Gournay. »Über den Orne sicher bei Caen; dort können wir ihm keinen Hinterhalt legen. Der Dives –« Er brach ab und sah Wilhelm aufmerksam an. »Ah, wollt Ihr ihn vielleicht bei der Furt von Varaville angreifen, Seigneur?«

»Wo sonst kann er denn den Dives überschreiten?« sagte Wilhelm. »Weder bei Bavent noch bei Cabourg. Bei Varaville, wo die Flut rascher hereinkommt als er wahrscheinlich weiß, können wir hoffen, Heinrich und den Hund Martel zu fangen.«

»Normannen und Franzosen haben schon in der Vergangenheit bei Varaville gekämpft«, sagte Walter Giffard. »Aber warum müssen wir denn warten, bis er so weit vorgedrungen ist, Herr? Es gibt auch andere Orte, wo wir ihn stellen können.«

Sicher ein gutes Dutzend«, pflichtete ihm der Herzog bei. »Aber keiner, der so sicher ist. Wenn er wirklich nach Varaville zieht, was ich annehme, dann habe ich ihn in der Hand.« Er stand auf und schlug dem Herrn von Longueville auf die Schulter. »Vertraue mir nur, Walter«, sagte er lächelnd. »Ich habe euch noch nie in eine Niederlage geführt.«

»Mein Gott, an so etwas habe ich auch gar nicht gedacht, Beau Sire!« fiel Walter rasch ein. Er hüstelte und tauschte einen Blick mit De Gournay. »Welche Rolle werden Eure Schützen dabei spielen, Seigneur?«

Wilhelm lachte. »Glaubt mir nur, sie werden die Schlacht für uns gewinnen, mein alter Haudegen«, sagte er und bemerkte, wie sich seine Ratgeber kopfschüttelnd über das, was sie für eine Narretei hielten, entfernten.

Im August, als die Ernte eingebracht war, überschritt König Heinrich die normannische Grenze nach einem Waffenstillstand von vier Jahren und durchquerte Hiesmes, mit dem Ziel Bayeux vor Augen. An seiner Seite, trotz aller Rückschläge vor Selbstgefälligkeit fast platzend, ritt der Graf von Anjou, ein dickbäuchiger Mann mit cholerischem Temperament. Mit ihm kamen seine zwei Söhne: Geoffrey, der seinen Namen trug und Als Barbe genannt wurde, und Fulk le Rechin, mürrisch und herausfordernd, der mit Freund und Feind gleichermaßen Streit suchte. König Heinrich hatte alle Hände voll zu tun, um zwischen diesem streitbaren Trio und seinen Baronen Frieden zu halten. Frankreich mochte sich mit Anjou gegen einen gemeinsamen Feind verbünden, aber kein Franzose konnte die Angeviner ausstehen. Schon bald brachen im Lager der Verbündeten Raufhändel aus, Dolche wurden gezogen, und zwischen Soldaten und ihren Anführern schwelte mühsam unterdrückter Haß.

Anjou trat dafür ein, alle Festungen zu schleifen, die sie auf ihrem Weg fanden. König Heinrich, der die frisch ausgehobenen Gräben und neubefestigten Mauern sah, hatte nicht die Absicht, seine Zeit mit fruchtlosen Belagerungen zu verschwenden. Gelang es ihm, Bayeux und Caen zu nehmen und das reiche Land des Auge in seinen Besitz zu bringen, dann würde er in der Lage sein, Herzog Wilhelm seine Bedingungen aufzuzwingen. Er erklärte dies Martel, aber der Graf war mit den Jahren immer starrköpfiger geworden und wurde von seinem Zelt nur allzuleicht durch den Anblick einer Festung abgehalten, die in den Händen des Feindes war. Er wollte unbedingt die Festung La Roche Mabille, die ihm seit drei Jahren ein Dorn im Auge war, den Händen Montgoméris entreißen. König Heinrich unterdrückte mühsam seinen Unwillen, redete ihm diesen Plan aus und sah ihn augenblicklich in eine neue Wahnsinnsidee stolpern. Der Graf von Anjou lag seit Jahren mit einem gewissen Walter de Lacy im Streit, und da De Lacys Festung in der Nähe ihres Weges lag, sah Martel keine Ursache, sie nicht zu berennen. Er entwickelte einen Plan, nach dem sich die Armee teilen sollte und er an der Spitze des einen Teils alle Festungen belagern würde, mit deren Besitzern er persönlich verfeindet war, während König Heinrich an der Spitze des zweiten Teils weiter gegen Bayeux marschierte.

Es war unwahrscheinlich, daß König Heinrich, der die Katastrophe von Mortemer noch zu frisch in Erinnerung hatte, einem derartigen Plan beipflichten würde. Martel wurde wieder dazu überredet, seine Pläne fallenzulassen, und mit dem Versprechen auf reiche Beute lockte man ihn weiter nach Norden.

Die Franzosen trieben es auf dem Marsch nach Bayeux wie immer im Krieg und hofften auf Absolution für die Greueltaten, die sie anrichteten. Unbefestigte Städte, Dörfer und Bauernhöfe wurden geplündert und niedergebrannt; alle Männer, die man aufstöbern konnte, wurden auf eine Weise getötet, die den Kriegern großen Spaß versprach; die Frauen nahm man gefangen und teilte sie unter den gemeinen Soldaten auf. Den König hinderten keine religiösen Bedenken, alle Abteien und Klöster auf seinem Weg zu plündern, doch hatten die Mönche meistens, durch den Herzog gewarnt, ihre Schätze schon in Sicherheit gebracht. Martel, der durch die geringe Beute in äußerste Wut geriet, ergriff einen Abt und meinte, die Folter werde ihn schon dazu bringen, das Versteck seiner Schätze zu verraten. Empörte Franzosen traten dazwischen: das hieß wirklich zu weit gehen. Es bedurfte König Heinrichs ganzer Überredungskunst, um den Grafen zu überzeugen, daß solche Taten unweigerlich zu seiner Exkommunikation führen würden.

Auf diese Weise marschierte die Armee also nach Norden, durch Hiesmes ins Bessin, aber soviel seine Männer auch plünderten und brandschatzten, so sorglos Martel auch sein mochte, König Heinrich sorgte immer dafür, wenn er in einer Stadt Lager bezog, daß die Wachen des Nachts äußerst wachsam waren. Er hatte nicht die Absicht, in seinem Bett zu verbrennen, wie es den Unglückseligen in Mortemer ergangen war.

Als Wilhelm von seinen Spähern erfuhr, wie genau es der Feind mit den Nachtwachen nahm, lachte er und sagte spöttisch: »Wie, glaubt der König denn, daß ich nur *eine* List auf Lager habe? Du mein furchtsamer König, ich muß dir anscheinend noch eine Lehre erteilen!«

Die französische Armee kam reichbeladen mit Beute vor Bayeux an, aber der König überzeugte sich bald davon, daß die Stadt zu gut befestigt war, um einem Sturmangriff zum Opfer zu fallen.

Bayeux wurde von Wilhelms kriegerischem Stiefbruder Odo gehalten, den sein heiliger Stand nicht hinderte, die Verteidigung persönlich zu leiten, in der Hand einen Streitkolben statt eines Krummstabs, die Dalmatika hochgeschürzt, damit er leichter zu Pferd steigen konnte. Von ihrem feurigen jungen Bischof angeführt, wehrten die Verteidiger von Bayeux die Angreifer mit einem Hagel von Steinen, Pfeilen und Strömen von Pech ab. Als sich die Franzosen in wilder Flucht zurückzogen, wagten einige kühne Ritter einen Ausfall und richteten ein Blutbad unter den Feinden an, bevor sie endlich in die Stadt zurückgejagt wurden.

König Heinrich ließ seinen Plan fallen, Bayeux zu erobern, und drang nach Caen vor, wobei er die ganze Umgebung verwüstete. Bischof Odo legte den Streitkolben beiseite und nahm statt dessen eine Feder zur Hand, um seinem Bruder von der erfolgreichen Verteidigung zu berichten.

In Falaise überflog Wilhelm Odos wohlgesetzte lateinische Sätze und meinte verächtlich: »Mein Gott, hat König Heinrich nichts Besseres als das vermocht? Beim Kreuz, ich wüßte ein Dutzend Möglichkeiten, wie man Bayeux nehmen könnte!«

Tag und Nacht kamen die Späher mit neuen Meldungen über den Vormarsch König Heinrichs nach Falaise; Tag und Nacht zogen Barone wie der stürmische Tesson von Turieen-Cingueliz und der fröhliche Hugh de Montfort aus, um mit ihren Stoßtrupps die Flanken der feindlichen Armee anzugreifen. Wilhelm beobachtete König Heinrich jeden Augenblick, wie ein Falke, ehe er sich auf die Beute stürzt.

König Heinrich wußte wohl um die Stärke seines Vasallen, aber er wußte auch, daß Wilhelm den größeren Teil seiner Armee entlassen hatte und ein viel zu kluger Kriegsherr war, um seine kleine Armee dem Feind in die Arme zu treiben. Er hütete sich vor Überraschungsangriffen in der Nacht oder vor einem Hinterhalt, aber er glaubte auch, eine offene Feldschlacht nicht fürchten zu müssen. Während er vor Caen lag, wurden die Wachen verdoppelt. Die Strafe für Trunkenheit war der Tod. Von Wilhelm aber kam kein Lebenszeichen, und endlich begann der König denen zu glauben, die ihm versicherten, daß der Normanne ihn nicht anzugreifen wage. Er drang weiter nach Osten vor, und seine Leute erlebten ihn in besserer Laune als in den letzten Monaten.

Während er sich der Furt von Varaville immer mehr näherte, rief der Mann, vor dem er sich sicher wähnte, seine Stoßtrupps und alle Bauern und Leibeigenen der Umgebung zu den Waffen.

Die Späher des Königs wagten sich so nahe als sie nur konnten an Falaise heran, konnten aber nichts in Erfahrung bringen. Sie berichteten nur, daß der Herzog noch immer in der Stadt liege und keine Anstalten zum Abrücken mache. Mit neuer Kühnheit führte der König seine Armee weiter. Hatte er einmal den Dives überquert, dann glaubte er sich sicher: Nur an dem Übergang über den engen Pfad, der durch die Marschen führte, befürchtete er Unheil. Er ließ den Herzog genau beobachten, da er jeden Augenblick einen Ausfall aus Falaise befürchtete. Einen Tagesmarsch vor Varaville bekam er die sichere Nachricht, daß sich Wilhelm nicht aus der Stadt gerührt hatte. Er kicherte schrill und bemerkte mit ungewohnter Fröhlichkeit zu Martel: »Endlich sind dem Wolf seine Listen fehlgeschlagen! Ich war sicher, daß er mir bei Varaville einen Hinterhalt legen würde, und ich kann Euch versichern, daß ich mich nach Süden nach Argences gewendet hätte, wäre die Nachricht gekommen, daß Wilhelm Falaise verlassen hat – das wäre besser gewesen, als an dieser gefährlichen Stelle ein Treffen zu riskieren.« Er rieb sich seine heißen Hände. »Schläfst du denn, Wilhelm?« rief er mit boshafter Freude.

Martel rief nach Wein. Während er mit Heinrich auf ihren Erfolg trank und über den Normannen spottete, der sich verkrochen hatte, lag in Falaise kein einziger Ritter oder Gewaffneter mehr. Der Herzog hatte sich in dem Augenblick in Marsch gesetzt, als König Heinrich jeden Gedanken an einen Angriff Wilhelms aufgegeben hatte, und war so rasch auf dem Weg nach Norden, wie es die beutebeladene französische Armee nie sein konnte.

Die Truppe, die er führte, hatte ein seltsames Aussehen. Eine Gruppe Reiter ritt in der Vorhut; ihre blankgeputzten Harnische glänzten im heißen Sonnenlicht, und auf den Spitzen der Lanzen flatterten die Wimpel. Hinter ihnen kam ein buntes Gemisch von Soldaten und Leibeigenen, von denen nur einige Brustpanzer, Schilde und Brechstangen trugen; manche kamen in ledernen Wämsern, mit Bogen in der Hand; manche trugen Sicheln und Beile anstelle der Waffen und hatten jedwede Mähre genommen, derer sie nur habhaft werden konnten.

»Herrgott«, explodierte Hugh de Gournay, »was ist das denn für ein Pack, das wir da befehligen?«

Die Franzosen kamen in Varaville an, als die Ebbe den tiefsten Stand erreicht hatte. Ein enger Weg führte durch die weiten Marschen zur Furt; auf der anderen Seite, hinter den östlichen Ufern, winkte ein ganz anderes Land den Eindringlingen. Keine sumpfigen Wiesen mehr, sondern sanfte Hügel, die unmittelbar hinter dem Fluß anstiegen.

Langsam durchquerte die Vorhut, vom König und Martel persönlich geführt, den Fluß, und begann die Hügel an der anderen Seite hinaufzureiten. Auf dem Pfad bewegte sich der schwerfällige Troß langsam vorwärts, zu Pferd, zu Fuß, auf Saumtieren, mit schwerbeladenen Wagen. Die Flut kam herein, als der letzte Mann der Vorhut durch die Furt ritt. König Heinrich, der alles von der Spitze des Hügels überblickte, begann zu fürchten, daß das Wasser bald zu hoch stehen würde, um seine Männer durchzulassen, und gab den Befehl, sie anzutreiben. Martel ergriff ihn plötzlich am Arm und wies mit zitterndem Finger auf die andere Seite des Flusses. Er versuchte zu sprechen, aber aus seiner Kehle drangen nur gestammelte Laute. Der König sah rasch auf und erblickte Gewaffnete, die sich im Galopp vom Westen näherten. Er rief einen Befehl, aber kaum hatte er die Worte gesprochen, da schrie sein Favorit, Renault de Clermont, entsetzt: »Die Marschen, die Marschen! Die Sümpfe wimmeln vor Menschen!«

Der König trieb sein Pferd vor und starrte in die Richtung, in die Renault zeigte. Zwischen Schilf und Sträuchern rannten Männer auf Steigen, die nur sie kannten, sprangen von fester Stelle zu fester Stelle und kamen dem Pfad immer näher.

Der König schickte einen Boten zur Furt hinunter, der den Männern auf dem Pfad Befehle bringen sollte. »Ein paar Krieger und eine Horde von Bauern?« sagte er, während er die Marschen noch immer genau musterte. »Verlierst du so leicht den Mut, Renault? Ich sage dir, dieses Pack haben wir bald in die Flucht geschlagen.« Er wandte sich an seine Reiter, die sich in einiger Entfernung hielten, und sagte: »Der Wolf hält sich also immer noch zurück, er fürchtet den Anblick meiner Armee, Messires.« Aber dann brach seine Stimme. Er fragte angsterfüllt: »Was ist das, bei Gott?« Seine Hand umklammerte Clermonts Schulter; sein Blick hing an den Männern in den Marschen. »Bogenschützen«, flüsterte er. »Pfeile!«

Martel fand das so lächerlich, daß er wieder Mut faßte. »Ha ha, glaubt der Bastard denn, daß er auf der Jagd ist?« wollte er wissen. »Was für ein Witz!«

»Witz?« schrie der König. »Herrgott, wo ist da ein Witz?« Er riß sein Pferd herum, um Saint-Pol neue Befehle zu geben.

Auf der anderen Seite des Flusses hatten Wilhelms Männer die erste Salve abgeschossen. Einige waren zu kurz, andere flogen über die Köpfe der Franzosen, aber viele fanden ihr Ziel. Die Männer auf dem Pfad wurden durch den Pfeilhagel völlig verstört; diejenigen, die sich dem Ansturm der Reiter hatten entgegenstellen wollen, gerieten in Panik, drängten sich auf dem engen Pfad zusammen, unfähig, sich zu verteidigen und völlig verwirrt von dieser neuen Art des Angriffs, den sie nicht zu erwidern wußten. Ein paar beherzte Krieger versuchten einen Weg durch den Sumpf zu finden, um die Bogenschützen anzugreifen, doch kannten sie die Steige nicht und versanken im Morast.

Der König war kreidebleich, seine Hand umklammerte zitternd die Zügel seines Pferdes. Sein erster Gedanke war gewesen, die Vorhut über die Furt zurückzuführen, aber noch während er überlegte, drängten ihn seine Anführer, einzusehen, daß eine neuerliche Überquerung des Flusses unmöglich geworden war.

Die Flut kam rasch herein, und noch während Heinrich seine Männer aufstellte, breitete sich die Linie der Bogenschützen und Speerträger entlang des Flusses zur Verteidigung der Furt aus.

»Sire, Sire, unsere Truppen kommen nicht mehr durch den Fluß!« rief Saint-Pol.

»Meine Reiter schaffen es noch!« schrie der König zurück. Montdidier unterbrach ihn. »Das wäre Wahnsinn, Sire, Wahnsinn! Wir schaffen es nicht; wir würden von den verfluchten Pfeilen getroffen werden, während wir noch im Wasser sind. Wir können überhaupt nichts tun!« Er hielt die Hand über die Augen, um sie gegen das Sonnenlicht abzuschirmen. »Ah, Du Lac hat sie wieder unter Kontrolle! Seht, Sire, sie halten die Stellung!«

»Der Bastard drängt nach vorn«, sagte Saint-Pol, der die Reiter auf der weit entfernten Straße beobachtete. »Er ist selbst gekommen; ich kann die goldenen Löwen seines Wimpels erkennen. Gott gebe, daß unsere Männer ihn zurückdrängen. Herrgott, kommt denn keiner an diese Bogenschützen heran?«

Ein neuer Sturm von Pfeilen pfiff über den Pfad; und die Zuseher am östlichen Ufer des Flusses mußten erkennen, daß diese neue Art des Todes, die aus der Ferne kam, die französische Nachhut in blinde Panik gestürzt hatte. Die normannischen Speerreiter hatten den Pfad durch die Marschen erreicht und griffen die Flanke der Franzosen an; die Reiter donnerten den Pfad heran und brachten die mühsam aufgestellte Verteidigungslinie der Franzosen in heillose Verwirrung. Diese hatten keine Ahnung, wohin sie sich wenden sollten. Pfeile pfiffen durch die Luft; die normannischen Fußtruppen waren mitten unter ihnen und wüteten im Nahkampf; und die Reiter drängten sie immer weiter nach hinten, dort, wo sie den Bogenschützen und Gewaffneten zum Opfer fielen.

In ohnmächtiger Verzweiflung mußte König Heinrich mitansehen, wie man seine halbe Armee in Stücke schlug. Er versuchte, seine Reiter über den tückischen Fluß zu jagen, aber das Wasser stieg rasch, und ein Hagel von Pfeilen trieb sie zurück. Er saß zusammengesunken auf seinem Roß, konnte den Blick von dem gräßlichen Schauspiel am Westufer nicht abwenden, sah seine Männer verzweifelt kämpfen, nicht um die Normannen zurückzudrängen, sondern um dem Tod zu entrinnen, der um sie herum und unter ihnen wütete.

Montdidier fand die Sprache wieder, während alle anderen in schmerzlichem Schweigen verharrten. Er stammelte: »Mein Gott, was ist denn das für eine Art zu kämpfen? Herrgott, ihr Feiglinge, treibt sie doch zurück! Es ist doch nur eine Handvoll Leute! Mein Gott, kann denn dort unten kein einziger die Führung übernehmen?« Er wandte sich ab, denn er konnte den Anblick des Massakers auf dem Pfad nicht mehr ertragen.

Endlich ließ sich der König fortbringen; er saß tiefgebeugt auf seinem Pferd und achtete nicht darauf, was mit ihm geschah. Kein einziger Mann der Nachhut kam an diesem Tag mit dem Leben davon. Der Kampf tobte zwischen den Wagen weiter; diejenigen, die nicht im Nahkampf fielen oder von den todbringenden Pfeilen durchbohrt wurden, versuchten durch die Marschen zu fliehen. Viele starben im Sumpf, verzweifelt schreiend, als sie langsam im Morast und stinkenden Wasser versanken; manche wurden von den normannischen Bauern verfolgt und entweder erschlagen oder gefangengenommen. Einige wenige stürzten sich in den Fluß, im verzweifelten Versuch, das Ostufer schwimmend zu erreichen, aber ihre Brustpanzer waren zu schwer und sie konnten nicht gegen die Strömung ankämpfen. Das Wasser sprudelte förmlich, aufgewühlt von zuckenden Gliedern und Leichen, die von der Flut mitgerissen wurden; der Pfad war übersät von umgestürzten Karren und deren Inhalt, der überall verstreut lag. Hier versperrte der Kadaver eines Pferdes den Weg; dort regte sich in einem Haufen Erschlagener noch ein tödlich Verwundeter in seinen letzten Zuckungen.

Hugh de Gournay zog an einem Pfeil, der im dicken Leder seines Wamses steckengeblieben war. »Besten Dank, Beau Sire«, sagte er mit grimmiger Ironie.

Wilhelms Pferd hielt in einem Haufen verstreuter Beutestücke. Ein verbeulter Meßkelch glitzerte im Sonnenlicht;

ein Ballen Tuch, mit Goldfäden durchwirkt, wurde von den unruhigen Hufen in den Staub getreten; Gefäße aus Silber, juwelenbesetzte Ketten, eine leuchtende Fibel lagen im Staub der Straße, vom Blut eines zerfetzten Pferdes bespritzt.

Der Herzog beobachtete den Rückzug der französischen Truppen über den Fluß, aber er drehte sich um, als ihn De Gournay ansprach, und sah den Pfeil. »Bist du verletzt?« fragte er. »Das tut mir leid, Hugh, das habe ich nicht gewollt.«

»Ein Kratzer, sonst nichts. Der Pfeil hatte seine Kraft schon verloren, als er mich traf. Aber müssen Eure Bogenschützen denn auf Eure eigenen Leute zielen, Beau Sire?«

Der Herzog lachte. »Nein, das wird nicht wieder geschehen. Aber kannst du noch immer behaupten, daß die Bogenschützen diesen Tag nicht für uns gewonnen haben?«

»Wenn sie richtig aufgestellt sind«, meinte De Gournay, der noch immer seine Schulter abtastete, »dann könnte es recht gut gehen.«

»Wie, trittst du endlich für die Bogenschützen ein, Hugh?« fragte Graf Robert von Eu, der seinen Weg vorsichtig über die Toten suchte. Er nahm seinen Helm ab und warf ihn seinem Knappen zu. »Wenn diese Dummköpfe zu schießen aufgehört hätten, als wir die Franzosen angriffen, dann hätten wir kaum ein Dutzend Leute verloren. Was meinst du, Walter?«

Der Herr von Longueville brummte etwas. »Ich habe auch gesehen, daß ein paar von den Unsrigen getroffen wurden, aber das war nur, weil ungeschlachte Bauerntölpel geschossen haben. Wenn wir eine Truppe von gut ausgebildeten Schützen hätten, mit neuen Anführern ...« Er runzelte die Stirn und dachte über die Aufstellung einer solchen Streitmacht nach.

Robert sah den Herzog vielsagend an. Um Wilhelms Lippen spielte ein leises Lächeln. »Soll ich die Bogenschützen also beibehalten, Walter?« fragte er unschuldsvoll.

Der Herr von Longueville, solcherart in seinen Überlegungen gestört, sagte: »Beibehalten – ah, beibehalten. Aber natürlich, die ganze Christenheit wird nach diesem Tag Bogenschützen einsetzen. Ihr wollt sie nicht mehr einsetzen, weil sie noch nicht gut ausgebildet sind, Beau Sire? Nein, nein, wir müssen nur überlegen, wie wir sie am besten einsetzen können.« Er nickte seinem jungen Herrn gütig zu. »Ihr müßt nur Geduld haben, Seigneur, dann werdet Ihr bald eine ganz andere Art von Bogenschützen am Werk sehen.«

Der Herzog verneigte sich. »Besten Dank, Walter«, sagte er ernsthaft. Er suchte sich langsam den Weg über die Trümmer, die auf der Straße lagen, und flüsterte im Vorbeireiten Robert ins Ohr: »Gib Walter und dem alten Hugh de Gournay noch eine Woche, und sie sind überzeugt, daß die Idee der Bogenschützen ihrem Gehirn entsprungen ist!« Er ritt weiter, um zu sehen, wie viele Gefangene man gemacht hatte; der Graf von Eu blieb gerade so lange, um den Beginn eines Streits zwischen den beiden alten Kampfhähnen Giffard und De Gournay zu hören, wie man die Bogenschützen am besten aufstellen sollte, und zog sich dann unauffällig zurück.

Der Rest der königlichen Armee befand sich in wilder Flucht. Die ganze Beute und die Ausrüstung war verloren, und man hatte fast den Eindruck, daß diese Katastrophe den Geist des Königs verwirrt hatte. Als er endlich wieder sprach, war es nur, um zu noch rascherer Flucht anzutreiben. Bittere Worte fielen zwischen ihm und dem Grafen von Anjou. Martel rief erregt: »Wenigstens war ich es nicht, der diesen feigen Rückzug angeordnet hat. Nein, bei Gott und seinen Heiligen, hätte ich den Oberbefehl gehabt, dann hätte ich mich dem Bastard in der Schlacht gestellt.«

Bei diesen Worten begann der König höhnisch zu lachen und erinnerte Martel an seinen Rückzug von Domfront und von Ambrières. In dieser traurigen Weise trennten sich die beiden Verbündeten schließlich. Der Rest der schwer geschlagenen Armee erreichte die Grenze und zog sich nach Frankreich in Sicherheit zurück. König Heinrich war zum letztenmal gegen die Normandie angetreten.

Es stellte sich bald heraus, daß der völlige Zusammenbruch seiner Hoffnungen seine Gesundheit schwer angegriffen hatte. Er schien an diesem einen Tag um zehn Jahre gealtert zu sein und war so teilnahmslos, daß seine Würdenträger entsetzt waren. Er war gezwungen, Herzog Wilhelm um Frieden zu bitten, und während seine Ratgeber versuchten, die vom Herzog verlangten demütigenden Bedingungen etwas zu mildern, saß der König allein, in seinen Mantel gehüllt, und starrte mit leeren Augen vor sich hin. Man las ihm die Bedingungen vor; er nickte nur, als hätte das alles keine Bedeutung mehr für ihn. Erst als der Artikel vorgelesen wurde, der sich mit der Rückgabe von Tillières an die Normandie befaßte, zeigte er Anzeichen von Anteilnahme. Sein Mund zuckte, und seine leeren Augen blitzten plötzlich in der Glut der vergangenen Leidenschaft. Aber dies hielt nur kurz an; er stimmte in allem zu und bat seine Ratgeber nur, dafür zu sorgen, daß der Frieden bald geschlossen würde.

In Rouen lag die Herzogin wieder in Wilhelms Armen. Sie wurde fast von den metallenen Ringen seines Brustpanzers zerdrückt, aber es schien ihr nichts auszumachen, daß das Metall ihr Fleisch schnitt. Begierig fragte sie: »Ihr habt Tillières zurückgewonnen, Herr?«

»Wie ich es versprochen habe, habe ich Tillières zurückgewonnen«, antwortete er.

Sie zitterte vor Begeisterung; ihre Augen, ihre Wangen, ihr Herz glühte. Ihr Mund öffnete sich verlangend. »Wilhelm, du bist es wert, Vater meiner Söhne zu sein!« flüsterte sie.

Er schob sie zurück, umklammerte gnadenlos ihre Arme. »Du willst noch immer, daß sich mein Bürgerblut mit deinem mischt?« wollte er wissen.

In seiner Stimme war ein rauher Unterton, aber wenn sie an die jetzt schon sieben Jahre zurückliegende Begebenheit dachte, so war es nur für einen kurzen Augenblick. Sie hörte kaum, was er sagte; sie dachte nur an seinen Sieg. »Wenn ich nur noch Jungfrau wäre, mein kriegerischer

Herzog!« sagte sie. »Dann könntest du mich als Kriegsbeute nehmen.«

Sie konnte ihn noch immer zu rasender Leidenschaft treiben und jeden Gedanken außer den an seine Liebe zu ihr aus seinem Kopf verjagen. Er preßte sie an sich und fragte leise: »Soll ich dich denn nicht nehmen, weil du keine Jungfrau mehr bist, du wohlbehütetes Herz?«

»Ich gehöre ganz dir«, antwortete sie und legte ihre Arme um seinen Hals.

Kaum ein Jahr später war die Normandie ihre beiden größten Feinde für immer los. König Heinrich war nach der Unterzeichnung des Friedens krank geworden, siechte während des Winters und des Frühlings dahin und starb dann endlich, vom Kummer niedergestreckt. Einige Monate später folgte ihm Martel. Es schien, als hätte ihnen Herzog Wilhelm den Lebensnerv abgeschnitten.

Martel hinterließ sein Land seinen beiden Söhnen. »Von denen haben wir nichts zu befürchten«, sagte Wilhelm.

Philip, der Sohn König Heinrichs, erbte die Krone von Frankreich, aber da er noch ein Kind war, hatte der König Balduin, den Grafen von Flandern, während seiner Minderjährigkeit zum Regenten bestimmt. So hatte König Heinrich im Tod versucht, die Torheiten gutzumachen, die er im Leben begangen hatte. Man hätte keinen fähigeren Mann finden können, der die Regierungsgeschäfte lenken würde, keinen ehrlicheren, keinen weitblickenderen. Die Vasallen in der Auvergne und im Vermandois, in Aquitanien und in der Gascogne, in Burgund und Angoulême aber hörten mit Bestürzung von der Entscheidung des Königs.

Wenn Balduin in Frankreich regierte, hatte die Normandie ihren letzten mächtigen Gegner verloren. Dreizehn Jahre lang war Herzog Wilhelm immer auf die Verteidigung seines Landes bedacht gewesen, dessen Frieden zuerst von den eigenen aufständischen Baronen, später dann von dem angriffslustigen Frankreich und Anjou bedroht worden war. Jetzt, mit zweiunddreißig, war er endlich sicher. Das im Osten gelegene Ponthieu hatte ihm Treue geschworen; im

Westen war Anjou durch das Testament Martels in zwei Teile zerrissen worden; und im Süden regierte in Frankreich der kluge Graf von Flandern, der Wilhelms Schwiegervater war.

Die Vasallen kamen mit großen Bedenken angereist, um König Philip bei seiner Krönung den Treueid zu leisten. Als letzter kam der Normanne, und alle, die den kriegerischen Herzog nur in der Rüstung kannten, sahen ihn jetzt umgeben von einem Hofstaat, den der Oberkämmerer des Königs kaum unterbringen konnte und der in seiner Pracht auch den edelsten aller Vasallen übertraf.

»Nun, meine Liebe«, sagte Graf Balduin zu seiner Gattin, »ich glaube, daß unsere Tochter eine kluge Wahl getroffen hat, als sie den Normannen wählte.«

»Er ist mir zu hochmütig geworden«, erwiderte die Gräfin. »Wo wird das alles noch hinführen, mein Herr?«

Graf Balduin strich sich den Bart. »Ich denke fast«, meinte er langsam, »daß es noch gar nicht begonnen hat.«

»Was soll das heißen?« fragte sie.

Der Graf sah sie gedankenverloren an und fuhr dann fort: »Wir haben gesehen, wie er alle jene geschlagen hat, die ihm sein Erbe entreißen wollten. Wie steht er nun da?«

»Sicher und mächtig«, antwortete sie.

»Das schon«, nickte er. »Aber wird er damit zufrieden sein? Ich fürchte, daß er es nicht ist, Frau.«

Vierter Teil

Der Eid
(1063–1065)

»Harald, du kannst nicht leugnen, daß du vor Wilhelm einen feierlichen Eid auf die heiligen Reliquien geschworen hast.«

Ausspruch des Gyrth Godwinson

1

»So, und jetzt erzähle mir alles von Anfang an«, sagte Edgar. »Mein Gott, du bist ja braungebrannt wie eine Nuß! Und du bist überhaupt nicht verletzt?«

»Nicht einmal ein Kratzer«, Raoul hängte sich in ihn ein. »Und du? Was ist geschehen, seit wir uns das letzte Mal gesehen haben?«

»Überhaupt nichts«, sagte Edgar. »Rouen war wie ein Friedhof, nachdem ihr alle nach Maine geritten seid.« Sie gingen langsam durch den Palastgarten. Der Boden war hartgefroren, und eine dünne Schneeschicht bedeckte das Gras. »Vor einem Monat habe ich aus England gehört«, sagte Edgar. »Mein Vater schreibt mir von Haralds Siegen. Während ihr Maine erobert habt, hat er die Waliser besiegt.« Seine Wangen färbten sich vor freudigem Stolz. »Harald hat Griffyds Kopf am Bug seines Schiffes aufgepflanzt zurück nach London gebracht«, sagte er. »Hältst du das für eine gute Sache?«

»Sogar für sehr gut«, stimmte ihm Raoul bei. »Er muß ein großer Krieger sein. Was hast du sonst gehört?«

»Nur wenig. Wlnoth hat sich eine Mätresse zugelegt. Und jetzt erzähl du; stimmt es, daß der Herzog Le Mans ohne einen Streich genommen hat?«

Raoul nickte. »Du kennst ja seine Art. Wir wollen nicht mehr Blut vergießen als nötig. Aber derjenige, der Le Mans hält, hält auch Maine.«

»Hat Walter von Mantes dort den Oberbefehl geführt?«

»Nein, sondern seine besten Freunde. Geoffrey von Mayenne war einer von ihnen. Ich habe ja gewußt, daß dieser Hund die Treue brechen wird.«

»Also erzähl schon, wie sich alles abgespielt hat«, forderte ihn Edgar ungeduldig auf. »Alle diese langweiligen Monate habe ich mir gewünscht, bei euch zu sein!«

Drei Jahre zuvor, nach dem Tod von Martel, hatte Heribert, der junge Graf von Maine, Herzog Wilhelm Treue geschworen. Zwar war er von der Tyrannei des Angeviners befreit, doch fühlte er sich nicht stark genug, dessen Nachfolgern Widerstand zu leisten. Er wandte sich an Herzog Wilhelm, den er sehr achtete und bewunderte, und schloß mit ihm einen Vertrag, dem zufolge Maine als Lehen der Normandie regiert werden sollte, wie es eine alte Charta Herzog Rollo in früheren Zeiten zugestanden hatte. Die beiden Fürsten unterzeichneten den Vertrag; Graf Heriberts Schwester wurde Robert, dem Erben der Normandie, verlobt, und Heribert verpflichtete sich, Adelisa, die älteste Tochter des Herzogs zu heiraten, sobald sie das heiratsfähige Alter erreicht hatte. Herzog Wilhelm war ein ganz anderer Lehnsherr als Martel, und so entschloß sich der Graf, ein ewig kränkelnder Mann, Maine dem Herzog zu vererben für den Fall, daß er kinderlos sterben sollte. Nach zwei Jahren trat dies auch ein. Auf seinem Totenbett warnte Graf Heribert seine Gefolgsleute vor Tyrannen wie Walter von Mantes, dem Gemahl seiner Tante Biota, sowie vor Geoffrey, dem unersättlichen Herrn von Mayenne. Und in seinen letzten Zügen ermahnte er sie noch, Herzog Wilhelm die Treue zu halten.

Man durfte nicht erwarten, daß sich die Adligen aus Maine darin einig waren, einen Fremden zum Herrscher zu wählen. Eine starke Gruppe scharte sich um das Banner Walters von Mantes, der den Thron aufgrund seiner Ehe mit Biota beanspruchte. Diese Gruppe besetzte und befestigte die Stadt Le Mans und rief Walter und Biota zu ihren neuen Herrschern aus.

Und so legte Wilhelm im Jahr 1063 seine Rüstung wieder an und stellte sich erneut an die Spitze seiner Truppen, diesmal aber nicht, um sich zu verteidigen, sondern um zu erobern. So wie alle anderen Male hegte Edgar auch diesmal den brennenden Wunsch, mit in den Kampf zu ziehen; er hatte sich sogar an Wilhelm gewandt, aber dieser sagte: »Und was ist, wenn du in der Schlacht fällst, Than von

Marwell? Ich habe mein Ritterwort gegeben, daß dir nichts geschehen wird. Was sollte ich König Eduard sagen, der dich in meine Obhut gegeben hat?«

Edgar war betrübt davongeschlichen und hatte später zugesehen, wie die Armee ohne ihn Rouen verließ. Jetzt war der Feldzug beendet, und der Palast quoll wieder von Herren und Rittern aus Wilhelms Gefolge über. Edgar hatte Raoul bei der ersten Gelegenheit beiseite genommen und ihn in den kalten Garten geführt, um alle Neuigkeiten zu erfahren. »Erzähl mir alles von Anfang an«, sagte er.

»Ach, anfangs ist fast gar nichts geschehen«, antwortete Raoul. »Wir haben das Land unsicher gemacht, um die Bevölkerung zu schrecken, denn wir wollten kein Blutvergießen. Das war leicht genug; sie haben eine solche Angst vor Wilhelm, daß sie beim ersten Anblick seiner Krieger um ihr Leben rannten. Wir haben ein paar Höfe niedergebrannt, ein bißchen Beute gemacht, damit unsere Männer zufrieden waren, haben die Städte eingenommen, die am Weg lagen, und sind so bis Le Mans vorgestoßen. Um die Wahrheit zu gestehen, wir hatten sehr große Bedenken, ob wir die Zitadelle erobern könnten, denn sie ist auf einem steilen Hügel erbaut und stark befestigt.«

»Aber es hat doch gar keine Belagerung gegeben?« unterbrach ihn Edgar. »FitzOsbern hat gesagt –«

»Weder Belagerung, noch Angriff«, antwortete Raoul lachend. »Es war ein richtiger Festzug! Ich kann dir sagen, die Bürger hatten, als wir Le Mans erreichten, schon genug von Walters Anführern. Sie haben uns eingeladen, und als sie sicher waren, daß wir nahe genug waren, um ihnen Beistand zu leisten, haben sie Mayenne und die anderen Herren aus der Stadt gejagt. Wilhelm ist über die Blumen geritten, die man seinem Pferd vor die Hufe geworfen hat.«

»Sie haben euch willkommen geheißen?« fragte Edgar ungläubig. »Euch? Fremde? Ausländer?«

»Auf mein Wort, sie wollten, daß wir kommen. Du hast Walter von Mantes und seine Leute nicht gesehen. Maine hat unter seinem Joch gestöhnt, als wir ankamen, um unser

Recht geltend zu machen. Und jedermann weiß, daß Wilhelm ein gerechter Fürst ist.«

Edgar schüttelte den Kopf. »Ja, aber ... Und nach eurem Joyeuse Entrée?«

»Sind wir von Le Mans nach Mayenne marschiert, und da wir sahen, daß mit einem Sturmangriff nichts zu machen war, haben wir es ausgeräuchert.«

»Wie damals in Mortemer?«

»Ja, nur war es diesmal schwieriger. Alle haben gesagt, daß es unmöglich sei, Mayenne zu nehmen, es sei zu gut befestigt. Wir haben einen halben Tag dazu gebraucht.«

Ein schriller Schrei ließ ihn innehalten. Etwas regte sich in den nahen Büschen, und Roger FitzWilliam, FitzOsberns Ältester, sprang heraus, dicht gefolgt von einem stämmigen Jungen – dem Erben der Normandie.

Roger blieb stehen, als er die beiden Männer über das Gras auf sich zukommen sah, und zog sich etwas zurück, aber Robert kam in vollem Galopp angerannt und rief: »Holà, Messire Raoul! Habt Ihr schon gehört, daß mein Vater meine Verlobte mitgebracht hat? Sie heißt Margaret. Aber das wißt Ihr natürlich schon. Ich werde sie heiraten.« Er pflanzte sich vor Raoul auf und lächelte die beiden Männer freundlich und offen an.

»Dazu wünsche ich Euch viel Glück, mein Herr«, antwortete Raoul dem hübschen Burschen. »Habt Ihr Gräfin Margaret schon gesehen?«

»Aber natürlich«, erklärte Robert, der noch immer breitspurig dastand. »Sie ist älter als ich, aber so dünn und bleich, daß man das kaum glauben kann. Meine Mutter sagt, daß sie zusammen mit meinen Schwestern erzogen werden wird, aber Adelisa ist dagegen, weil sie dann weniger wichtig ist, und außerdem ist sie eifersüchtig, weil Graf Heribert gestorben ist und sie daher keinen Verlobten mehr hat. Ich habe Adelisa aber schon gesagt, daß Margaret natürlich wichtiger ist als sie, denn sie wird meine Frau, und wenn mein Vater stirbt, werde ich Herzog der Normandie.« Er tanzte neben Raoul her. »Und wenn ich erst Herzog bin, dann wird jeder Tag ein Feiertag, und Roger wird mein Seneschall, und wir veranstalten jeden Tag Turniere und gehen auf die Jagd.«

»Und ich glaube«, unterbrach ihn Edgar, »daß Ihr Euren Erziehern davongelaufen seid, mein junger Herr, und bald die Rute spüren werdet.«

Roger, der sich im Hintergrund hielt, grinste dümmlich, aber Robert warf den Kopf zurück und sagte: »Vielleicht. Jetzt, wo Vater wieder zu Hause ist, weiß ich genau, daß der Spaß vorüber ist. Ich wünschte, er würde wieder in den Krieg ziehen.«

Raoul meinte nur: »Das ist ein dummes Gerede. Wie geht es Euren Brüdern? Sie sind sicher auch gewachsen, seit ich sie das letzte Mal gesehen habe, so wie Ihr.«

»Ah, denen geht es gut«, antwortete Robert. »Wilhelm ist ein dummes Wickelkind, und Richard sollte schon hier sein, aber er ist so langsam, daß er nie mit Roger und mir Schritt hält.«

»Das war aber nicht nett, daß ihr ihm davongelaufen seid«, bemerkte Edgar.

»Ich glaube, ich höre ihn kommen, Messire«, warf Roger ein. »Wir haben ihn ja nicht stehenlassen wollen, aber wir haben Fangen gespielt.«

»Also ich«, erklärte Robert sehr offenherzig, »wäre froh, wenn wir Richard irgendwo verlieren könnten. Schau ihn doch an! Er ist ein größeres Wickelkind als der rote Wilhelm.«

Hinter den Büschen konnte man die jammernde Stimme Richards vernehmen. Dann kam er hervor, ein dünnes, bleiches Kind mit den blonden Locken seiner Mutter. Als er seinen Bruder erblickte, begann er sofort, ihm Vorwürfe zu machen. »Ich mag dich nicht, Robert! Du hast dich vor mir versteckt! Ich sag's Vater, und dann bekommst du Schläge!«

»Und du auch, wenn du dem Herzog sagst, daß wir aus dem Unterricht fortgelaufen sind«, gab Robert zurück. Er begann wieder um Raoul herumzuspringen und packte ihn schließlich am Mantel. »Wenn es doch kein Latein gäbe! Ich würde lieber nur die ritterlichen Künste lernen und den ganzen Tag zu Pferd sitzen.«

»Du wirst nie so gut reiten wie ich, weil deine Beine zu kurz sind!« schrie Richard. »Messire Raoul, der Herzog hat gesagt, daß Robert Kurzhose heißen soll, weil er –« Weiter kam er nicht. Mit dem wilden Schrei »Du Schweinskopf!« warf sich Robert auf ihn, und einen Augenblick später rollten sie im Gras, bissen und kratzten einander wie zwei wildgewordene Katzen.

Edgar zog Robert mit einer Hand fort und hielt ihn fest, während der Junge sich wehrte und tobte. An Raoul gewandt meinte er: »Sie sind wirklich die Söhne des kriegerischen Herzogs, das kann ich dir sagen, Raoul ... Genug jetzt, Herr! Wenn Ihr weiter so brüllt, kommt Euer Lehrer!«

Und so geschah es auch. Während die drei Jungen zum Palast zurückgeführt wurden, sagte Edgar: »Der Herzog hat da einen Erben, der ihm noch viel Sorgen machen wird. Schon jetzt ist Robert gegen ihn.«

Diese Worte waren nicht ernst gemeint, und doch lag in ihnen mehr Wahrheit, als Edgar ahnen konnte. Gerade mit Robert, dem Kind, das alle seine Hoffnungen tragen sollte, verstand sich Wilhelm am wenigsten. Robert war spontan und duldete keinen Widerspruch; es war sein Unglück, daß sein Vater ein Autokrat war. Er war schwer zu führen, denn zuviel von seiner Mutter war in ihm, und gegen jede Art von Disziplin lehnte er sich aus einer angeborenen Perversität auf. Seine Mutter betete ihn an und stellte sich, wann immer sie konnte, zwischen ihn und Herzog Wilhelms Zorn. Schon früh begann er, im Herzog einen Tyrannen zu sehen; er fürchtete ihn, aber da er Mathildes Sohn war, verbarg er diese Furcht hinter gespielter Ungerührtheit und fiel dadurch mindestens ein dutzendmal in der Woche Wilhelms Wut zum Opfer.

Aber auch die anderen Kinder, die dieser stürmischen Verbindung entsprangen, lebten nie lange in Frieden miteinander; die Kinderzimmer im Palast hallten von Schreien und Gebrüll wider; Robert lag ständig im Streit mit Richard; Adelisa trotzte ihren Erzieherinnen trotz härtester Strafen; die kleine Nonne Cäcilia war von einem Hochmut, der mit ihrer Berufung nicht in Einklang zu bringen war; und sogar der kleine dreijährige Wilhelm zeigte aller Welt, daß sein Temperament genauso feurig wie sein Haar war.

Der Herzog, der seinen Sohn von weitem beobachtete, sagte ungeduldig: »Raoul, soll ich denn keinen würdigeren Nachfolger als Kurzhose haben? Mein Gott, ich war in seinem Alter klüger als er sein wird, wenn er so alt ist, wie ich jetzt bin.«

»Geduld, Beau Sire, Eure Lehrjahre waren auch viel härter«, antwortete Raoul.

Der Herzog sah, wie Robert seinen Arm um die Schultern von Montgoméris Sohn legte und mit ihm davonlief, und bemerkte verächtlich: »Er ist zu seicht; er will von allen geliebt werden. Wann habe ich mich je um derartige Dinge gekümmert? Ich sage dir, Robert hat nur Gefühle anstelle des Verstandes.«

Raoul schwieg einen Augenblick, sagte aber dann: »Seigneur, Ihr seid ein harter Fürst, aber ist es denn so schlimm, auch ein Herz für andere zu haben?«

»Mein Freund, ich bin heute der Mächtigste unter allen, weil ich meinem Herzen nie gestattet habe, meinen Verstand zu regieren«, sagte der Herzog. »Wenn Robert das nicht rechtzeitig lernt, wird alles, was ich heute besitze, verlorengehen, wenn ich zu meinen Vätern heimgegangen bin.«

Und auch weiterhin sah der Herzog in Robert nur wenig, das ihn seine Worte zurücknehmen ließ. Während des ganzen Winters wurde das Leben im Palast immer wieder durch die Streiche Roberts unterbrochen, denen bald die Rache seines Vaters folgte. Die Schläge, die Robert erhielt, ließen ihn kalt, aber zwischen Lachen und Zorn erklärte er immer wieder, daß Herzog Wilhelm eine zu harte Hand habe.

Der Frühling zog ins Land, und Robert beschäftigte sich ausschließlich mit den ritterlichen Künsten, die er so liebte.

Eine Zeitlang herrschte Frieden zwischen ihm und seinem Vater, und es gab auch sonst keine Zwischenfälle, welche die für die Normandie ungewöhnliche Monotonie unterbrachen. Gilbert d'Aufay sagte gähnend: »Ist das langweilig! Ich wünschte, es stünde wieder ein Graf Arques auf und gäbe uns Arbeit!«

»Paßt auf die Bretagne auf«, sagte Edgar. »Ich habe da Gerüchte gehört.«

»Edgar, was du immer hörst!« sagte Gilbert. »Wer erzählt dir das? War es Raoul? Verweigert uns Conan von der Bretagne den Treueid?«

»Das weiß ich nicht«, antwortete Edgar vorsichtig. »Raoul war es nicht. FitzOsbern hat ein paar Worte fallenlassen, die mich stutzig gemacht haben.«

»Nun, gebe Gott, daß bald etwas geschieht, das die Dinge wieder in Gang bringt«, sagte Gilbert und gähnte nochmals herzhaft.

Sein Gebet wurde früher erhört, als er gedacht hatte, und auf eine Weise, die niemand hatte ahnen können. Im späten Frühjahr saß der ganze Hof beim Mahl, als vor den großen Toren zornige Stimmen laut wurden und man Rede und Gegenrede vernahm. Der Herzog saß am Hochtisch und blickte auf den Eingang. Das Mahl war schon vorbei, die Stimmung ausgelassen, und Wein und Süßigkeiten standen noch auf den Tischen.

Als der Lärm im Vorhof anschwoll, sah der Herzog stirnrunzelnd auf das Tor, und FitzOsbern eilte nach vorn, um den Grund für diesen unpassenden Lärm zu erkunden. Er hatte kaum die halbe Halle durchmessen, als an der Tür ein Handgemenge entstand und eine Stimme in gebrochenem Normannisch laut wurde: »Audienz! Ich erbitte Audienz beim Herzog der Normandie!« Einen Augenblick später wurde einer der Türsteher so heftig zurückgedrängt, daß er der Länge nach ins Stroh fiel, und ein zerlumpter, schmutzbespritzter Fremder bahnte sich einen Weg durch die Halle, während zwei Männer an seinem Mantel zerrten, um ihn zurückzuhalten. Sein kurzes Wams war an einigen Stellen zerrissen und befleckt, er trug keinen Helm, und seine langen blonden Locken waren verwirrt und klebten schweißnaß an seinem Kopf. Er blieb in der Mitte der Halle stehen und starrte die erstaunten Gesichter an, die sich ihm zugewandt hatten. Sein Blick überflog alle und blieb auf dem Herzog haften, der bewegungslos und gespannt noch immer am Hochtisch saß. Der Fremde streckte die Hände aus und fiel auf die Knie. »Hilfe, mein Herzog!« rief er. »Hört mich an und laßt mir Gerechtigkeit zuteil werden!«

Edgar fuhr auf dem Schemel herum, brach sein Gespräch mit Wilhelm Malet brüsk ab und starrte den Fremden in zweifelndem Unglauben an.

Der Herzog hob die Hand, worauf die Männer, die den Fremden noch immer hielten, losließen. »Keiner fordert umsonst Gerechtigkeit von mir«, sagte er. »Sprich! Was willst du?«

Ein Schemel kratzte am Boden; Edgar sprang auf.

»Alfric! Bei Gott, träume ich denn?« Mit einem mächtigen Satz sprang er vom Podest, stürzte dem Fremden entgegen und schloß ihn in die Arme. Einige Worte in Sächsisch wurden zwischen ihnen gewechselt; ihre Hände fanden sich zu einem festen Druck. Auf ein Zeichen des Herzogs hin füllte einer der Diener eine Schale mit Wein und reichte sie dem Fremden.

»Wo kommst du her?« wollte Edgar wissen. »Ich habe dich kaum erkannt, so viele Jahre haben wir uns schon nicht gesehen. Mein Freund, o mein Freund!« Er drückte Alfrics Hand nochmals fest und hob ihn auf, unfähig, passende Worte zu finden. »Hier, nimm den Wein und trink! Du bist ja völlig erschöpft!«

Alfric hielt die Schale mit zitternder Hand und trank sie leer. »Harald!« stieß er hervor. »Er ist in einer verzweifelten Lage! Sprich du für mich zum Herzog! Wird er mich anhören?«

Edgar packte ihn am Handgelenk. »Wo ist Graf Harald? Er ist doch nicht tot, Mann? Nur das nicht!«

»Nein, tot nicht, aber in Lebensgefahr. Wird der Normanne helfen? Ich beherrsche seine Sprache nicht gut, sprich du für mich!«

Der Hof saß in erwartungsvoller Stille und beobachtete die beiden Sachsen. Der Herzog wandte den Kopf und winkte Wilhelm Malet zu sich, der sächsisches Blut in den Adern hatte. Wilhelm ging auf ihn zu und bemerkte leise: »Er sagt, daß Graf Harald in Lebensgefahr ist.« Er sah den jungen Hakon an. »Weißt du, wer das ist, Hakon?«

Hakon schüttelte den Kopf. »Nein, aber Edgar kennt ihn. Er bittet die Normandie um Hilfe. Er fragt, ob der Herzog für Gerechtigkeit sorgen wird.«

»Da kannst du sicher sein.« Wilhelm beugte sich in seinem Stuhl vor. »Bring den Fremden zu mir, Than von Marwell. Warum kommt ein Sachse zu mir und bittet mich um Hilfe?«

»Seigneur, er bittet für Graf Harald!« sagte Edgar. Raoul hatte ihn nie so erregt gesehen. Er wandte sich wieder an Alfric und fragte ihn etwas. Alfric begann seine Erzählung, müde, abgehackt, von Edgars Fragen ermuntert. Der Herzog lehnte sich in seinen Stuhl zurück und wartete.

Endlich schwieg Alfric. Edgar drehte sich zu Wilhelm um. »Herr, Graf Harald liegt gefangen in Ponthieu und schwebt in Lebensgefahr ... Wo ist das genau, Alfric? ... In Beaurain, und Graf Guy hält ihn gefangen. Ich verstehe es nicht ganz, aber Alfric behauptet, daß es ein Gesetz gibt, das sich auf Schiffbrüchige bezieht. Alfric sagt, daß sie auf einer Vergnügungsfahrt waren, aber durch widrige Winde an den Felsen von Ponthieu aufliefen. Ihr Schiff sank, und sie konnten sich an Land retten. Dort haben Fischer sie gefangengenommen – Alfric sagt, daß ein Schiffbrüchiger nach dem Gesetz in Ponthieu als Beute angesehen wird. Ich verstehe das nicht. Er behauptet, daß ein Schiffbrüchiger gefangengenommen und gefoltert werden kann, damit man ein hohes Lösegeld für ihn erpreßt.« Er hielt inne und sah den Herzog fragend an.

»So ist es Sitte in Ponthieu«, bestätigte Wilhelm. »Fahr

fort. Wieso hat Graf Guy gerade Harald Godwinson gefangengenommen?«

Edgar wandte sich wieder an Alfric und übersetzte die Frage. »Seigneur, er sagt, daß die Fischer erfahren haben, wer Harald ist, und darauf zu Graf Guy schickten. Sie haben Harald für Gold verraten!« Er ballte die Fäuste. »Der Graf ist selbst gekommen, um Harald gefangenzunehmen. Alle, die bei ihm waren, hat er in Ketten fortgeführt . . . Wer war noch bei Harald, Alfric?«

Die Antwort trieb ihm das Blut aus den Wangen. Er fuhr mit der Zunge über die Lippen und tastete nach dem Verschluß seines Wamses, als wollte er ihn lockern. Er schluckte zweimal, bevor er sich seiner Stimme wieder mächtig glaubte, und auch dann stammelte er noch. »Herr, bei Graf Harald befanden sich einige Thans, die ich kenne, seine Schwester, Dame Gundred, und – und meine eigene Schwester Elfrieda, Seigneur, die Hofdame bei Gundred ist! Nur Alfric ist ihnen entkommen und hierhergeflohen, um Hilfe zu erbitten.« Plötzlich beugte er sein Knie und fiel zu Boden. »Wie ich es jetzt auch tue, Herzog. Ihr seid Ponthieus oberster Lehnsherr: Helft Harald und denen, die bei ihm sind.«

Der Herzog hob den Blick; es lag ein Ausdruck in ihm, der schwer zu verstehen war, aber Raoul bemerkte, wie seine Augen funkelten. »Seid ruhig«, sagte er. »Es wird euch Hilfe zuteil, und das rasch.« Er winkte seinem Oberkämmerer. »Der Sachse Alfric wird so untergebracht, wie es seine und meine Ehre verlangen. FitzOsbern, komm mit mir. Wir schicken noch heute Boten nach Ponthieu.« Er stieg die Stufen herunter und blieb einen Augenblick vor den beiden Sachsen stehen. Alfric, der Edgar knien sah, fiel ebenfalls auf die Knie. Der Herzog sagte kurz: »Steh auf, Mann! Morgen reiten wir zusammen zu Graf Harald!«

Alfric, der die Bedeutung dieser Worte verstand, küßte dem Herzog die Hand. Edgar erhob sich und kreuzte die Arme über der Brust, denn er schämte sich seiner so offen zur Schau getragenen Gefühle. Der Herzog lächelte seltsam, als er Alfrics gestammelte Dankesworte vernahm, und ging, gefolgt von FitzOsbern, hinaus.

Edgar bückte sich rasch, zog Alfric in die Höhe und drückte ihn auf einen Schemel.

»Wird er Graf Harald wirklich befreien?« fragte Alfric besorgt.

»Aber sicher«, antwortete Edgar. »Er hat sein Wort gegeben. Und doch frage ich mich ...« Er hielt inne und setzte sich neben Alfric. »Sag mir, wie geht es meiner Schwester? Und meinem Vater? Wenn du wüßtest, wie gierig ich auf Nachrichten aus England warte!«

Raoul, der bemerkte, wie erschöpft und hungrig Alfric aussah, kam vom Podest herab und legte Edgar die Hand auf die Schulter. »Laß deinen Freund zuerst essen, Edgar. Ihr dort! Bringt Fleisch und Wein für den Gast des Herzogs!«

Edgar nahm Raouls und Alfrics Hände und legte sie ineinander. »Raoul, das ist mein nächster Nachbar, Alfric Endricson. Alfric, das ist Raoul de Harcourt, ein guter Freund.« Er blickte auf und faßte Raoul fester am Handgelenk. »Der Herzog wird Harald dem Herrn von Ponthieu entreißen«, sagte er, als zwänge ihn ein Fremder, diese Worte zu sagen. »Aber sag mir – versichere mir –, daß Harald nicht ein zweites Mal verraten wird!«

Raoul sah ihn ernst an. »Was sind das für schlimme Gedanken?«

»Nichts«, Edgar fuhr sich mit der Hand über die Stirn. »Mein Herz ist von bösen Ahnungen erfüllt. Ich glaubte, in den Augen des Herzogs – Triumph zu lesen. Nein, vergiß, was ich gesagt habe. Ich rede nur dummes Zeug.«

Scharlachrot und gelb leuchtete es vor ihnen auf; die Glöckchen auf der Narrenkappe klingelten. Galet stand vor ihnen und strich über sein Narrenzepter. »O nein, das war gut gesagt«, bemerkte er mit einem seltsamen Kichern. Er glitt an Edgar vorbei, der ihn beunruhigt ansah, und zupfte am Saum von Raouls Wams. Seine Lippen bewegten sich; er sprach so leise, daß nur Raoul ihn hören konnte. »Wenn der

Löwe dem Fuchs die Beute entreißt, ist das dann wirklich Rettung? Was meinst du, Bruder Raoul?«

Mit einem zornigen Ausruf fuhr Raoul herum und hob die Hand zum Schlag, aber der Narr wich ihm geschickt aus und hüpfte die Halle hinunter. Sein Gelächter hallte unheimlich von der hohen Decke; es klang geisterhaft, wie das Lachen einer Spottdrossel.

2

Bis weit in die Nacht hinein, noch lange, nachdem die Abendglocke geläutet hatte, sprachen die beiden Sachsen in Edgars Turmstube miteinander. Edgars Page brachte Wein und Kuchen und deckte den Tisch, während Alfric in stummer Verwunderung auf die Tapisserien, die kostbaren Pelze und silbernen Kerzenleuchter blickte. Als der Page gegangen war, nahm er eine der Weinschalen in die Hand und begann mit dem Finger das feinziselierte Muster nachzuziehen. Er sagte: »Du bist sehr gut untergebracht, wie ich sehe.«

»Es geht«, meinte Edgar, der sich schon zu sehr an Silber, Gold und kostbare Stoffe gewöhnt hatte, um deren Erwähnung noch der Rede wert zu finden. »Erzähl mir von England! Warst du mit dem Grafen in Wales?«

Alfric begann sofort, von dem Kriegszug nach Wales zu sprechen. Edgar hatte das Kinn in die Hände gestützt, aber bald umwölkte sich seine Stirn, und er richtete Fragen an Alfric, die diesen erstaunt aufblicken ließen.

»Halt, wer ist dieser Edric, von dem du dauernd sprichst?« wollte Edgar wissen. »Und Morkere? Ist das einer der Söhne des Ethelwulf, der in der Nähe von Pevensay lebt?«

»Ethelwulf!« rief Alfric. »Aber wieso denn? Morkere ist der Sohn von Graf Alfgar! Das mußt du doch wissen!«

Edgar errötete und sagte zerknirscht: »Du vergißt, daß ich seit dreizehn Jahren im Exil lebe. Alfgar hat also schon einen erwachsenen Sohn? Ich habe fast vergessen – aber fahre fort: Lebt Alfgar in Frieden mit unserem Grafen? Ich erinnere mich, daß er ein so vorsichtiger Mann war, daß er nie –«

»Alfgar ist seit zwei Jahren tot«, unterbrach ihn Alfric. »Er hat zwei erwachsene Söhne, Edwin und Morkere. Aber sie sind beide nicht klug. Morkere beginnt immer wieder Streit mit Graf Tostig – du weißt ja sicher, daß er in Northumbrien regiert?«

»Natürlich«, sagte Edgar. »Seine Frau ist die Schwester von Herzogin Mathilde, und so habe ich oft von ihm gehört – mehr als mir lieb war. Verträgt er sich jetzt mit Harald, oder steht es zwischen ihnen noch immer so wie früher?«

»So wie früher. Er treibt es so arg in seiner Grafschaft, daß ihn Harald am liebsten verbannen würde, und darum bemüht er sich auch. Tostig ist unser Feind. Er haßt den Grafen, und wenn der König stirbt –«

»Ach, der König! Mir wäre am liebsten, er würde uns alle überleben!« fiel Edgar rasch ein.

»Ich hätte nie geglaubt, daß dir der Heilige so am Herzen liegt«, sagte Alfric und starrte ihn verwundert an. »In England warten alle, die zu Harald halten, nur darauf, daß der König stirbt und wir Harald zum König machen.« Er beugte sich über den Tisch, der zwischen ihnen stand. »Edgar, du mußt es wissen: Was ist zwischen Herzog Wilhelm und dem Bekenner vorgefallen, als er dich ihm als Geisel gegeben hat?«

Edgar antwortete zögernd: »Ich weiß es nicht. Da heißt – ich bin nicht sicher. Es gibt eine alte Geschichte, nach der der König die Absicht hat, Herzog Wilhelm zum Erben einzusetzen. Hier glaubt man daran. Aber als Eduard nach dem Atheling in Ungarn geschickt hat, dachte ich, daß alle diese Pläne ein Ende gefunden haben, denn der Atheling war der wahre Sohn von Edmund Eisenseite und der einzige Erbe Englands.«

»Ja, doch jetzt ist er tot. Und er war kein Mann für die Sachsen. Er war uns genauso fremd wie Eduard selbst! Aber er hat natürlich Anhänger gehabt, weil er eben der echte Erbe war. Gott sei Dank, daß er tot ist; und sein Sohn, der kleine Atheling Edgar, ist noch ein Kind und kann übergangen werden. In meinen Augen ist Haralds Stellung unantastbar. Er ist der mächtigste, Edgar, das kannst du ja nicht wissen. Er wird sicher von den Plänen des Normannenherzogs wissen, aber schließlich steht ganz England hinter ihm. Er hat jahrelang daran gearbeitet, seine Position zu sichern. Wenn er nur noch Tostig los wird, dann hat er sein Ziel erreicht. Gyrth und Leofwin stehen beide auf seiner Seite und haben den Süden des Landes fest in der Hand.« Er unterbrach sich. »Wie siehst du denn drein? Bist du kein Anhänger Haralds?«

Edgar stand rasch auf. »Wie, das fragst du *mich?«*

Alfric schüttete Wein nach. »Verzeih. Du hast dich so sehr verändert, daß ich mir diese Frage stellen mußte.«

Edgar sah ihn überrascht an. »Verändert? Wie denn verändert?«

»Nun ja . . .« Alfric trank seine Schale leer und drehte sie in den Händen. »Um es ehrlich herauszusagen – du bist ganz wie ein Normanne«, sagte er unverblümt.

Edgar blieb wie vom Blitz getroffen stehen. »Ein Normanne? Ein Normanne – ich?«

»Du lebst schon seit so vielen Jahren hier, daß es wahrscheinlich gar nicht anders möglich war«, meinte Alfric entschuldigend.

Edgar streckte die Hände abwehrend aus. »Herrgott, sieh doch meinen Bart und mein kurzes Wams an, über das sie hier noch immer lachen! Und da willst du wirklich behaupten, daß ich wie ein Normanne aussehe?«

Alfric betrachtete ihn einen Augenblick stirnrunzelnd. »Es ist nicht dein Aussehen und auch nicht dein sächsisches Gewand«, sagte er dann überlegend. »Aber wenn du sprichst, fluchst du wie ein Normanne; wenn du deine Freunde hier begrüßt, wenn du in die Hände klatschst, um die Pagen herbeizurufen, die wie an einem Königshof auftreten, und wenn du das gewürzte Fleisch und die goldenen Schalen als selbstverständlich ansiehst, dann sehe ich in dir einen Normannen.«

Edgar trat an den Tisch, packte Alfrics Hand und drückte sie kräftig. »Du irrst dich. Ich bin mit Leib und Seele Sachse – *tout diz, tout diz!«*

Alfric lächelte leise. »Ach ja? Und was waren das eben für Worte – sächsische?« Und als ihn Edgar verwirrt ansah, sagte er: »Du merkst gar nicht mehr, wenn du Normannisch sprichst, so sehr hast du dich daran schon gewöhnt.«

Edgar errötete und bemerkte mit gepreßter Stimme: »Wenn ich mich verredet habe, so bedeutet das gar nichts. Die Worte bedeuten – immer.«

Alfric lachte. »Dann laß mich los. Mußt du mir die Knochen zerbrechen, bloß weil du noch immer ein Sachse bist?«

Edgar trat zurück, aber Alfrics Worte ärgerten ihn noch immer. »Wenn du erst Wlnoth Godwinson siehst, dann wirst du erkennen, daß nicht ich es bin, der zum Normannen geworden ist!« sagte er.

»Hakon habe ich unten gesehen. Wo ist Wlnoth?«

»Nicht hier. Der Herzog hat ihm ein Haus in Roumare geschenkt. Er lebt dort mit seinem normannischen Gesinde und seiner Mätresse. Es ist ein *lieslode,* glaube ich.« Er unterbrach sich und verbesserte sich. »Ein Besitz auf Lebensdauer, wollte ich sagen.«

»Auf Lebensdauer! Aber gut so. Harald möchte seine Brüder nicht mehr in England sehen. Soll Wlnoth nur in der Normandie bleiben; er zählt nicht.« Alfric stand auf und streckte sich. »Mir gefallen diese Normannen nicht. Schwarze Teufel, die nur angeben. Wer war denn das Großmaul, das mit dem Herzog hinausgegangen ist und später zurückkam, als wäre er der Erste im Land? Der, der dich in die Rippen gestoßen hat und irgendeinen Witz gemacht hat, den ich nicht verstanden habe?«

»Das war FitzOsbern, der Seneschall«, antwortete Edgar. »Habe ich vergessen, ihn dir vorzustellen?«

»Ja, aber ich möchte ihm auch gar nicht die Hand schütteln«, meinte Alfric gähnend. »Er schaut genauso aus wie die normannischen Favoriten unseres Heiligen. Sein Gewand war so rot, daß man kaum hinschauen konnte, seine Juwelen haben heller geleuchtet als die Sonne, und stolziert ist er wie ein Pfau.«

Edgar machte den Mund auf, um zu antworten, schwieg aber dann und preßte die Lippen zusammen. Alfric, der das drohende Schweigen seines Freundes nicht bemerkte, fuhr fort: »Ich hasse es, wenn Männer in Seide gekleidet gehen – wie die Huren!«

»Du urteilst zu rasch«, sagte Edgar. »FitzOsbern ist ein edler Mann.« Er bemerkte Alfrics zweifelndes Lächeln und fuhr fort: »Er ist mein Freund.«

»Dann verzeih mir. Du scheinst sehr viele Freunde hier in Rouen zu haben.«

»Und anscheinend ist keiner so glücklich, dir zu gefallen«, sagte Edgar.

Alfric blickte auf und bemerkte Edgars eisigen Blick. »Ich habe dich nicht beleidigen wollen. Vielleicht hast du dich zu sehr an dieses fremde Volk gewöhnt und siehst die Fehler nicht, die ich sehe.«

»Ich kenne ihre Fehler«, erwiderte Edgar. »Als ich hier neu war, habe ich genauso gedacht wie du. Aber sie waren sehr gut zu mir, und das werde ich nie vergessen.« Er sah auf die Kerzen am Tisch. »Die Kerzen sind schon niedergebrannt; es muß spät sein. Wenn wir morgen nach Eu reiten, sollten wir lieber schlafen.«

Er nahm einen der schweren Kerzenleuchter und hängte sich in Alfric ein. »Ich führe dich in deine Kammer«, sagte er und versuchte seiner Stimme einen freundlicheren Ton zu geben. »Es wird wie früher, wie in unserer Kindheit sein, wenn wir morgen Seite an Seite reiten. Erinnerst du dich noch daran, wie wir unsere Bogen nahmen und einen Zehnender auf Edric Digeras Gebiet erlegten und fürchterliche Hiebe dafür bekamen?«

»Daran erinnere ich mich noch sehr gut«, antwortete Alfric und lächelte in Erinnerung an diese Zeiten. »Es war unser Unglück, daß Edric uns gerade in diesem Augenblick über den Weg gelaufen ist. Wie lange ist das schon her! Edric ist im Krieg in Wales gefallen, Gott sei seiner Seele gnädig! Heute sitzt der Sohn seines Bruders auf seinem Platz.«

Die Hand am Türriegel blieb Edgar stehen und fragte überrascht: »Wieso denn das? Er hatte doch zumindest einen Sohn, als ich Marwell verließ, und damals war seine Frau Elgifu wieder schwanger.«

»Er hatte einen ganzen Haufen Kinder, aber jedes hat den Aussatz bekommen«, antwortete Alfric. Er verließ die Stube und ging zur Treppe. »Ich kenne mich in diesem riesigen Palast nicht aus. Wohne ich in deiner Nähe?«

»Nicht weit von mir«, sagte Edgar. Er hob den Leuchter hoch, so daß der schwache Schein den Gang erhellte. »Dieser Turm wurde erst vor kurzem gebaut. Er ist vor drei Jahren fertig geworden. Man hat mir hier Quartier gegeben, damit ich nahe bei meinem Freund Raoul wohnen kann. Er ist der Mann mit den freundlichen Augen, den wir unten in der Halle getroffen haben. Er ist seit dreizehn Jahren mein Freund. Du mußt ihn schon um meinetwillen gern haben.«

»Das will ich. Aber ich glaube nicht, daß ich lange in der Normandie bleiben werde. Der Graf wird sich hier nicht aufhalten. Niemand weiß, wie lange der König noch lebt, und wenn Harald zum Zeitpunkt seines Todes nicht in England ist, könnte alles fehlschlagen . . . Was ist das doch für ein riesiges, kaltes Gebäude! Wie kannst du dich hier zu Hause fühlen? Es ist so groß wie der Palast König Eduards in Thorney und so hoch wie die Abtei, die er dort gerade baut.«

Edgar führte ihn eine Galerie entlang und eine weitere Treppe empor. »Mein Vater hat mir von der Abtei des Königs geschrieben. Es dauert lange, bis sie fertig ist.« Er öffnete eine Tür und trat zurück, um Alfric einzulassen. Ein schwaches Talgflämmchen war die einzige Beleuchtung, aber schon sprang ein verschlafener Page von seinem Lager am Fuß des geschnitzten Bettes auf und zündete die Kerzen auf dem Tisch an. »Hast du alles, was du brauchst?« fragte Edgar. »Wenn etwas fehlt, dann sage es mir, und ich werde es dem Burschen übersetzen.«

»Nein, ich brauche nichts«, antwortete Alfric. »Nichts außer Schlaf.« Er blickte sich um. »Der Herzog sorgt sehr gut für mich. Das sind Gemächer für einen Fürsten.«

Edgar runzelte die Stirn. »Wenn ich mich recht erinnere, hat hier wirklich einmal ein Fürst gewohnt. Es war Robert der Friese, der erstgeborene Sohn Graf Balduins, als er mit dem flandrischen Hof zur Hochzeit des Herzogs gekommen ist.« Plötzlich grinste er. »Ich kann dir sagen, das war ein wilder Bursche. Manchmal habe ich den Eindruck, daß ihm Robert, sein Neffe, nachgerät. Gilbert d'Aufay und ich hatten Mühe, ihn nach einem der Festmähler ins Bett zu bekommen. Er war so betrunken, daß er nichts anderes wollte, als unbedingt einen Streit mit Moulines-la-Marche vom Zaun brechen. Er bestand darauf, ihm den Bauch aufzuschlitzen. Es wäre schön gewesen, wenn er es wirklich getan hätte, aber das konnte man ja doch nicht dulden. Gilbert und ich haben regelrecht mit ihm gerungen.« Er bemerkte, daß Alfric nur aus Höflichkeit lächelte, und erkannte, daß die Erinnerung an etwas, das Alfric fremd war, ihn kaum erheitern konnte. Er nahm den Leuchter wieder zur Hand und sagte ausdruckslos: »Ich gehe jetzt; du brauchst deinen Schlaf.« Dann zögerte er. »Du kannst dir nicht vorstellen, was es für mich bedeutet, dich nach all diesen Jahren wiederzusehen«, sagte er verlegen.

»Mir geht es genauso«, erwiderte Alfric rasch. »Es ist so lange her, daß wir uns fast wie Fremde gegenüberstehen! Graf Harald muß mit Herzog Wilhelm reden, daß er dich nach England zurückkehren läßt. Dann werden wir schon dafür sorgen, daß du wieder ein echter Sachse wirst.« Er spürte die Kluft, die sich zwischen ihnen aufgetan hatte, nur allzu deutlich und versuchte sie zu überbrücken. »Du hast mir oft gefehlt; du mußt wirklich mit uns zurückkehren.«

»Ich wollte, ich könnte es.« Edgars Stimme klang verloren. Er wandte sich zur Tür. »Ich bin schon zu lange im Exil«, fügte er traurig hinzu.

Er ging durch die Galerie zurück und stieg die Treppe hinauf, die an Raouls Kammer vorbei zu seiner eigenen führte. Vor Raouls Tür blieb er stehen, und nach einigen Augenblicken des Zögerns schob er den Riegel zurück und trat ein.

Das Licht der Kerze, das Raoul ins Gesicht schien, weckte ihn. Er blinzelte, stützte sich auf den Ellbogen und tastete gewohnheitsmäßig nach seinem Schwert.

»Du bist nicht auf dem Schlachtfeld«, lachte Edgar. »Und dein Schwert ist zu meinem Glück in der Ecke. Wach auf – ich bin's nur, Edgar.«

Raoul rieb sich die Augen und setzte sich auf. »Oh.« Dann sah er Edgar verwundert an. »Was tust du denn hier?« fragte er.

»Nichts. Ich habe Alfric eben in seine Kammer gebracht.«

»Du bärtiger Barbar, hast du mich nur aufgeweckt, um mir das zu sagen?« schrie Raoul empört.

Edgar setzte sich auf die Bettkante. »Eigentlich weiß ich nicht, warum ich hereingekommen bin«, gestand er ihm. »Reitest du morgen mit uns nach Eu?«

Raoul legte sich wieder nieder und betrachtete Edgar mit einem verschmitzten Lächeln. »Die Sachsen saufen alle«, murmelte er, »und wenn sich zwei Freunde nach so langer Zeit wiedersehen –«

»Wenn du glaubst, daß ich betrunken bin, du Grünschnabel, dann irrst du dich«, unterbrach ihn Edgar. »Kommst du morgen mit uns? Hoffentlich tust du's.«

Raoul schien zu dösen, aber jetzt öffnete er die Augen und wurde aufmerksam. »Ja, ich reite mit. Aber ich habe nicht gedacht, daß du darauf bestehst. Ich habe geglaubt, daß ihr beide, du und Alfric, einander viel zu sagen habt.«

»Ja«, antwortete Edgar mit ausdrucksloser Stimme. »Aber ich möchte, daß du mitkommst, um meine Schwester zu begrüßen und – und um Graf Harald zu sehen.« Die Worte klangen selbst ihm unglaubwürdig. Etwas tat ihm in der Brust weh; das Herz wahrscheinlich. Er wollte Raoul von der schweren Enttäuschung erzählen, und doch kamen keine Worte über seine Lippen. Er war sicher, daß Raoul verstehen würde, wie bitter es war, daß zwischen ihm und dem Freund, den er so freudig begrüßt hatte, eine so tiefe Kluft lag. Alfric und er waren wie Fremde. Alfric hatte von einem England gesprochen, das weit von dem England aus Edgars Träumen entfernt war. Namen, die er gekannt hatte, waren dort längst vergessen; neue Gesichter, die er nicht kannte, waren anstelle der alten getreten; er fragte sich, ob man auch ihn vergessen hatte. Dreizehn Jahre lang hatte er von seiner Heimat und den Kameraden der Jugendzeit geträumt und geglaubt, er würde wieder glücklich sein, wenn er ihnen die Hände drückte und selbst fest auf englischer Erde stand. Nie wäre es ihm in den Sinn gekommen, daß zwischen einem Mann wie Alfric und ihm das Gefühl des einander Fremdseins auftauchen könnte. Bitter dachte er daran, daß Alfric vor dreizehn Jahren sein bester Freund gewesen war. Und dennoch hatte die Wiederbegegnung, nach der er sich so gesehnt hatte, das Gefühl des Ausgestoßenseins nur vertieft. Alfric gehörte einer toten Vergangenheit an. Der Mann, der vor ihm lag, war der einzige Freund, der zählte, der seine Erinnerungen teilte und um seine Gefühle wußte. Er wandte sich zu Raoul und blickte mit einem mühsamen Lächeln auf ihn nieder. »Erinnerst du dich«, fragte er, »als der flämische Hof da war und Robert der Friese Wilhelm von Moulines unbedingt erstechen wollte?«

Raoul lachte. »Als du ihm einen Eimer kaltes Wasser über den Kopf geschüttet hast, um den ehrenwerten Herrn wieder nüchtern zu machen? Daran erinnere ich mich gut. Warum?«

»Aus keinem bestimmten Grund«, meinte Edgar nach einer kleinen Pause. »Und der Eimer Wasser ist eine von Gilberts Lügen. Der Eimer wurde durch einen Zufall umgestoßen, und wenn er ausgerechnet auf den Friesen fiel, dann war Robert eher daran schuld als ich. Am nächsten Tag hat er das auch zugegeben.«

»Ganz wie du willst«, murmelte Raoul verschlafen. »Aber geh jetzt bitte zu Bett. Zuerst erzählst du mir, daß du Alfric zu Bett gebracht hast; dann fragst du mich, ob ich morgen mit dir reiten werde; und jetzt willst du auf der Stelle wissen, ob ich mich an einen Spaß erinnere, der zehn Jahre zurückliegt. Hast du mich deshalb aufgeweckt?«

»Nein, aber ich wollte nicht schlafengehen«, sagte Edgar. »Und daher –«

»Und daher darf ich auch nicht schlafen. Danke, Sachse.«

Edgar stand auf. »Alfric hofft, daß Herzog Wilhelm sich überreden läßt, mich gehen zu lassen«, fuhr er ganz ohne Zusammenhang fort. »Meinst du, daß . . .«

»Nein«, sagte Raoul, »denn ich werde ihn selbst bitten, dich hierzubehalten.« Er stützte sich wieder auf den Ellbogen. »Edgar, du darfst jetzt noch nicht fort! Hat Alfric uns alle aus deinem Herzen verjagt? FitzOsbern, Gilbert, Néel und auch mich?«

Edgar blieb einen Augenblick lang stumm; dann sah er Raoul direkt ins Gesicht und sagte schließlich mit leiser Stimme: »Ich glaube, daß ihr jetzt meine einzigen Freunde seid. Du hättest gar nicht fragen müssen.«

Alles, was ihm auszusprechen verwehrt blieb, lag in diesen Worten; ein Freund würde ihn verstehen und nicht mehr in ihn drängen.

Nach einer kurzen Stille sagte Raoul leichthin: »Und wenn du mich jetzt nicht endlich schlafen läßt, dann hast du einen Freund weniger, Edgar *Als Barbe.* Merk dir das!«

Der Schatten wich; der Freund hatte verstanden. Edgar lachte in sich hinein und ging, seltsam getröstet, mit einer bissigen Bemerkung auf den Lippen. Raoul aber blieb noch eine Zeitlang wach und starrte gedankenvoll in das helle Mondlicht, welches das Ende seines Bettes überströmte. »O Wilhelm, mein Herr«, sagte er dann leise, »hättest du Edgar nur nicht hierhergebracht, denn damit hast du sein Leben zerstört.«

Am Morgen schienen die Bedenken der vergangenen Nacht sinnlos. Edgar erhob sich in dem Gefühl, ungerecht zu Alfric gewesen zu sein. In wenigen Tagen, da war er sicher, würde sich die alte Freundschaft wieder gefestigt haben; und jetzt befanden sich seine Schwester und Graf Harald kaum einen Tagesritt entfernt. In seiner Brust war für nichts anderes Raum als für eine neue, zitternde Aufregung, wie er sie seit den Tagen seiner Kindheit nicht mehr gekannt hatte. Er wurde unruhig, als er hörte, daß der Herzog erst nach dem Mahl aufbrechen wollte, und konnte kaum begreifen, daß es keinen Sinn hatte, überstürzt nach Eu zu reiten.

»Wir kommen auf jeden Fall vor dem Grafen an«, erklärte ihm FitzOsbern. »Überleg doch einmal, Edgar. Wenn, was ich für wahrscheinlich halte, unsere Gesandten Graf Guy heute morgen erreicht haben, muß der Graf erst nach Beaurain schicken, um Harald zu sich zu holen, und es würde mich sehr überraschen, wenn wir ihn vor morgen mittag sehen.«

Edgar hielt ihn fest. »Bleib, Wilhelm! Was ist, wenn Graf Guy Harald nicht freigibt?«

FitzOsbern brach in lautes Gelächter aus. »Dann überrennen wir Ponthieu. Beruhige dich, so dumm ist er nicht.«

»Was hat ihm der Herzog sagen lassen?« wollte Edgar, noch immer beunruhigt, wissen.

»Er hat sich sehr kurz gefaßt«, antwortete FitzOsbern. »Er gebot Guy, Harald freizugeben, *sur peine de corps et d'avoir.*«

Edgar runzelte die Stirn. »Wirklich sehr kurz ... Ponthieu überrennen. Warum macht er sich soviel Gedanken um das, was mit Harald geschieht?« Er trat einen Schritt zurück. »Es ist da etwas, das ich nicht verstehe, eine Gefahr, die im Hintergrund droht. Wilhelm, wenn du mich liebst, sag mir, ob der Herzog Böses mit Harald vorhat.«

»Er denkt nicht daran«, antwortete FitzOsbern, ohne zu zögern. »Mach dir nicht Gedanken um ein Nichts, Edgar. Niemand hat gegen Harald etwas Böses im Sinn, soweit ich weiß, und schließlich bin ich hier Seneschall und nicht ganz dumm.«

Knapp vor dem Mahl ritt Wlnoth Godwinson mit einigen Herren seines Haushalts in den Palast ein. Von einem Fenster der Galerie beobachtete Alfric die Szene und rief Edgar zu: »Da kommt ein ganz herausgeputzter Kerl! Hast du je ein so affektiertes Bürschchen gesehen? Wie kannst du diese Normannen nur bewundern! Wer ist das?«

Edgar blickte hinunter. Wlnoth war im Hof abgestiegen und schüttelte unsichtbare Staubkörnchen von seinem langen Mantel. »Das ist kein Normanne«, bemerkte er mit äußerster Genugtuung. »Das ist kein anderer als Wlnoth Godwinson, mein Freund. Es wäre gut, wenn du hinuntergehst und ihn begrüßt!«

»Wlnoth! Dieser aufgeputzte Affe!« Alfric blieb vor Erstaunen der Mund offen stehen.

Wlnoth durchschritt das große Tor, als sie eben die letzten Stufen hinuntereilten. Alfric sah, daß Wlnoths Mantel grün gefüttert war, sah die smaragdbesetzte Fibel, die den Mantel an der Schulter zusammenhielt. Darunter trug Wlnoth eine enganliegende Tunika, die fast bis zu den Knöcheln reichte und mit einem grünweißen Muster verziert war. Seine Stiefel waren aus weichem Ziegenleder; eine Wolke von Moschus umgab ihn; und die Zahl der Ringe und Armreifen, die er trug, war erstaunlich. Er hob lässig die gepflegte weiße Hand, um Edgar zu begrüßen. »Ich kam in größter Eile«, sagte er auf Normannisch. »Harald liegt also hier in Ketten! *Sire fires gart!*«

»Erinnert Ihr Euch noch an Alfric Edricson, Wlnoth?« fragte Edgar ungerührt und schob Alfric vor.

Wlnoth reichte Alfric mit einigen wohlgewählten Worten die Hand. Er sprach das Sächsische wie ein Ausländer, und es war nur zu offenkundig, daß ihn sein Landsmann wenig interessierte. Er fand bald einen Grund zu gehen und lief die Treppe zur Galerie hinauf, wobei er gedankenverloren mit der Gerte spielte, die er in der Hand trug, und leise eine Melodie vor sich hinsummte.

Er und Hakon ritten in der Kavalkade mit, die am selben Nachmittag nach Eu aufbrach. Hakon hatte sich Edgar und Alfric angeschlossen, doch Wlnoth hielt sich an seine normannischen Freunde. Sehr zu Edgars Mißvergnügen übernachteten sie in Arques, erreichten Eu aber dennoch zeitig am nächsten Tag.

Graf Robert, den man von ihrer Ankunft benachrichtigt hatte, wartete schon auf sie und berichtete ihnen von Ponthieus Kommen.

»Wir werden ihm entgegenreiten«, sagte der Herzog.

»Bringt er alle Gefangenen mit, so wie ich es ihm befohlen habe?«

»So heißt es zumindest«, antwortete Graf Robert. »Vor einer Stunde kam ein Knappe mit einer Nachricht von Guy, in der er Gehorsam versprach. Er bringt den Grafen selbst. Man hat mir berichtet, daß sie ganz friedlich nebeneinander reiten, die Jagdfalken auf der Hand, als ritten sie wirklich nur zur Jagd.«

Diese Nachricht erwies sich als zutreffend. Nach weniger als einer Stunde sah man eine Gruppe von Reitern, welche von zwei Männern angeführt wurde, die anscheinend in bester Freundschaft miteinander plauderten. Die beiden Gruppen näherten sich einander; Raoul, an Edgars Seite, beugte sich vor, um besser zu sehen. Raoul hörte Edgar: »Er hat sich nicht verändert; er ist noch immer derselbe, ganz genau derselbe!«

Der kleine Troß des Herzogs hatte mitten auf der Straße angehalten, und alle außer Wilhelm stiegen ab. Graf Guy und sein Begleiter spornten ihre Pferde an, lösten sich von ihrer Begleitung und galoppierten in einer Staubwolke auf die Wartenden zu. Und aus dieser Wolke tauchte wie ein hünenhafter Zentaur Graf Harald vor ihren Augen auf. Sein Mantel, so blau wie seine Augen, flatterte hinter ihm her; der Wind zauste sein blondes Haar; sein goldgelber Bart war kurzgestutzt; was aber am meisten an ihm auffiel, war sein mächtiger Körperbau und das Lächeln, das fast immer um seine Lippen schwebte.

Er zügelte sein Pferd vor dem Herzog und verbeugte sich tief. »Heil, Normanne!« sagte er. Seine Stimme war klar und angenehm, sein Normannisch von einem fast unmerklichen Akzent durchsetzt.

Der Herzog saß völlig entspannt auf seinem Pferd und hatte die Hand in die Hüfte gestützt. Sein bohrender Blick schien Harald förmlich zu verschlingen. Er ritt vor, bis sein Pferd fast das des Grafen berührte. »Gruß dir, Harald Godwinson«, sagte er und streckte Harald die Hand entgegen.

Harald packte sie mit festem Griff. Einen Augenblick lang lagen beider Hände ineinander. Die Zuseher sahen die gespannten Muskeln, sahen die Armreifen in der Sonne aufblitzen. Blaue Augen trafen auf graue. Gilbert d'Aufay flüsterte Raoul plötzlich ins Ohr: »Und so treffen zwei Große endlich aufeinander! Wie hell er ist – und wie dunkel unser Herzog!«

»Harald dankt der Normandie für ihre Hilfe«, sagte der Sachse. Er wandte sich nach dem Grafen von Ponthieu um, der sich im Hintergrund hielt, und sagte mit seinem plötzlich aufblitzenden Lächeln: »Graf Guy entschuldigt sich für alles, was geschehen ist. Ich empfehle ihn Eurer Gnade, Herzog.«

»Dein Graf ist sehr großmütig, Edgar«, murmelte Gilbert. »Ich hätte ihn eher der Gerechtigkeit des Herzogs überantwortet.«

»Das ist nicht Graf Haralds Art«, erwiderte Edgar stolz.

Wilhelm blickte Graf Guy an. Der Graf ritt auf ihn zu. »Seigneur, ich habe gehorcht«, erklärte er mit Würde.

Wilhelm lächelte schwach. »Fordere ein Lösegeld von mir, so hoch du willst; ich werde es bezahlen«, antwortete er.

Guy errötete überrascht und stotterte einige Dankesworte.

»Und das«, flüsterte Gilbert triumphierend, »ist die Art unseres Herzogs Wilhelm, mein Sachse.«

»Reitet mit uns nach Eu, Graf; dort werden wir unsere Bedingungen aushandeln«, sagte Wilhelm. »Graf Harald, hier stehen drei Eurer Männer, die Ihr sicher gern wiederseht.« Er winkte den Sachsen in seinem Gefolge, und Harald sprang aus dem Sattel.

»Wlnoth!« rief er und breitete die Arme aus, um den so viel jüngeren Bruder zu begrüßen. Er faßte den eleganten Jüngling an den Schultern, hielt ihn ein wenig von sich und blickte ihm mit lachenden Augen ins Gesicht. »Du bist ja von einem Säugling zum Mann geworden«, sagte er. »Und Hakon? Mein kleiner Neffe, lang wie ein Maibaum – du bist ja größer als ich!« Er umarmte sie und blickte dann auf

Edgar, der in die Knie gesunken war. Wlnoth und Hakon fanden sich zur Seite geschoben; Harald trat auf Edgar zu und hob ihn auf. Die plötzliche Herzlichkeit seines Blicks, die unerwartete Sanftheit seiner Stimme, das war es, das ihm die Herzen der Menschen zufliegen ließ. »Hier steht einer, der sich kaum verändert hat«, sagte er. »Edgar, mein Freund, ich danke Gott, daß du noch derselbe bist.«

»Und auch ich, mein Herr«, sagte Edgar, dem die Worte fast in der Kehle steckenblieben.

Harald ließ seine Hände nicht los. »Deine Schwester ist in meinem Gefolge. Ich war dir ein schlechter Freund, daß ich sie solchen Gefahren ausgesetzt habe. Es ist ihr aber nichts geschehen, und sie war sehr tapfer – dir eine würdige Schwester!« Er ließ Edgars Hände los und schüttelte Alfric die Hände. »Dank dir, Alfric; du hast so viel für mich getan.«

Die Kavalkade des Grafen von Ponthieu hatte sich in der Zwischenzeit genähert; unter den normannischen Begleitern des Grafen sah man viele fremde Ritter. Harald führte Wilhelm zu einer von zwei Pferden getragenen Sänfte und stellte ihm seine Schwester Gundred vor.

»Was hältst du von ihm?« wollte Gilbert von Raoul wissen.

»Vom Grafen? Ich verstehe jetzt, weshalb Edgar ihn so sehr liebt.«

»Ich auch«, nickte Gilbert. »Irgend jemand hat behauptet, daß er älter als Wilhelm ist, aber er sieht nicht so aus. Wo ist Edgar? Ah, der sucht sicher seine Schwester!«

Und schon nach wenigen Augenblicken stand Edgar wieder an Raouls Seite und zog ihn begierig am Arm. »Raoul, komm bitte mit mir zu meiner Schwester. Sie ist eine erwachsene Frau, und ich habe sie nur als kleines Mädchen in Erinnerung! Ich habe völlig vergessen – aber komm! Ich habe ihr von dir erzählt, und sie möchte dich kennenlernen, mein Freund!«

Raoul winkte seinem Knappen, daß er ihm die Zügel seines Pferdes halte. »Aus ganzem Herzen«, sagte er und folgte Edgar zu der zweiten Sänfte.

»Elfrieda, hier ist Raoul de Harcourt«, sagte Edgar. Er zog die Vorhänge der Sänfte beiseite und sah Raoul stolz an.

»Herrin –« begann Raoul ohne zu zögern und blieb mit offenem Mund stehen. Der Willkommensgruß erstarb auf seinen Lippen; er vergaß, daß er je gute Manieren gehabt hatte: Raoul de Harcourt blickte in das lieblichste Gesicht, das er je gesehen hatte.

»Elfrieda spricht genauso gut Normannisch wie ich«, sagte Edgar, der Raouls Schweigen auf sein schlechtes Sächsisch zurückführte.

Ein paar große Augen blickten Raoul vertrauensvoll an; nie, dachte er, hatte er Augen gesehen, die so blau waren. Eine Hand streckte sich ihm aus den Decken entgegen; eine scheue Stimme sagte: »Der Freund meines Bruders ist auch der meine, Messire.«

Raoul ergriff ihre Hand, und Edgar wunderte sich, wie sehr Raouls Hand zitterte. Seine Finger umschlossen Elfriedas Rechte andachtsvoll. »Herrin, Ihr seid sehr willkommen«, war alles, was Raoul über die Lippen brachte.

3

In Rouen empfing Mathilde die beiden sächsischen Damen mit ausgesuchter Höflichkeit, doch blieb sie Gundred gegenüber, einer hochmütigen, herrischen Frau, sehr kühl. Ihr eigenes Geschlecht durchschaute sie rasch, und sie behandelte die Schwester Haralds vom ersten Augenblick an mit geduldvoller Herablassung, die ihr zeigen sollte, welcher Abstand zwischen der Schwester des Grafen Harald und der Herzogin der Normandie lag.

Gundred, die es ihr gleichtun wollte, brachte sofort ihre Schwester Eadgytha, die Königin, ins Spiel. Mathilde hob ihre zarten Brauen und meinte mit sanfter Stimme: »Wie traurig, daß die Arme ihrem Herrn keinen Erben geschenkt hat!«

Gundred war verständlicherweise wütend. »Vielleicht liegt das eher am König, Madame«, sagte sie kurz angebunden.

Mathilde hielt ihren Letztgeborenen, der noch in den Wickelkissen lag, auf den Knien und lächelte vielsagend. Dieses Lächeln konnte höfliches Interesse, aber auch Unglauben ausdrücken. Gundred hielt es für besser, das Gespräch in andere Bahnen zu lenken.

Elfrieda gegenüber verhielt sich die Herzogin ganz anders. Das Mädchen war im Augenblick, in dem sie Wilhelm, einen rothaarigen, vierjährigen Jungen, gesehen hatte, auf die Knie gefallen und hatte ihm die Arme entgegengestreckt. Es gab keinen besseren Weg zu Mathildes Herzen; dafür vergab sie Elfrieda sogar, daß ihre langen, goldblonden Zöpfe ihr eigenes Haar wie gebleicht erscheinen ließ. »Ihr habt Kinder gern, mein Fräulein?« fragte sie.

»Lieber als alles auf der Welt, Madame«, sagte Elfrieda und blickte scheu zu ihr auf.

»Ich sehe schon, daß wir einander sehr gut verstehen werden«, erklärte Mathilde daraufhin.

Da sie eine kluge, scharfblickende Frau war, brauchte sie nicht lange, um zu sehen, wie die Dinge zwischen Elfrieda und Raoul de Harcourt standen. Die Herzogin hatte mehr als einmal ernsthafte Pläne für eine Vermählung Raouls geschmiedet, aber da er alle diese Versuche stets entschieden zurückwies, hatte auch sie es seit einigen Jahren aufgegeben, sich um eine Braut für ihn umzusehen. Ihr wachsames Auge bemerkte deutlich, was sich zwischen ihm und dem Sachsenmädchen abspielte, und sie wußte nicht, ob sie sich darüber freuen oder ärgern sollte. Sie entlockte Gundred Einzelheiten über die Mitgift Elfriedas: Sie war groß, aber in Mathildes geschäftstüchtigem Sinn nicht groß genug für die Braut eines Günstlings des Herzogs. Sie erwähnte diese Sache vor Wilhelm; er war äußerst erstaunt, denn er hatte noch nichts bemerkt. Als sie ihm versicherte, daß sein treuer Wächter endlich etwas anderes im Kopf hatte als seinen Herrn, lachte er und meinte, es würde ihn sehr erheitern, wenn Raoul in den Netzen eines Mädchens zappelte. Die Frage der Mitgift ließ ihn völlig unbewegt. Mathilde sagte: »Will sie heiraten, so braucht sie die Erlaubnis Graf Haralds. Wird er eine Ehe mit einem Normannen billigen?«

»Ihre Ehe wird meine Sache sein, bevor noch das letzte Wort gesprochen ist«, antwortete Wilhelm. »Glaub mir, wenn Raoul sie wirklich haben will, werde ich ihr eine große Aussteuer mitgeben, meine geizige Mald!«

Als er Elfrieda das nächste Mal begegnete, schenkte er ihr mehr als nur einen flüchtigen Blick. Sie bemerkte es und gab seinen Blick ernst und ohne falsche Scham zurück; das gefiel ihm, und er meinte zur Herzogin, daß das Mädchen offen und ehrlich schien. Er sprach sie an, als sich die Gelegenheit ergab; Elfrieda, die ihn bis jetzt als unnahbaren Fürsten eingeschätzt hatte, fand ihn sehr leutselig und berichtete ihrem Bruder später, daß sie keine freundlicheren Menschen als den Herzog und die Herzogin der Normandie kenne.

Edgar war erstaunt und auch ein wenig beunruhigt. Er hoffte insgeheim, daß Elfrieda Raoul heiraten würde, denn er liebte sie beide und hatte bald bemerkt, wie Raoul seine Schwester ansah; als sie aber nun Herzog Wilhelm zu bewundern begann, war er zutiefst getroffen, denn in seinen Augen konnte kein Untertan Haralds Wilhelm lieben.

Graf Harald selbst bewegte sich mit der ihm angeborenen Unbefangenheit am normannischen Hof. Er liebte die Falknerei und die Parforcejagd, und da er fröhlich war und mit Pferden und Hunden umgehen konnte, gefiel er auch den Baronen. Er war stolz; es war ganz offenkundig, daß er gewohnt war zu befehlen; aber er war immer leutselig und schuf sich überall Freunde, wo er auch hinkam. Sein ganzes Leben lang war er ein Mann gewesen, der den Männern gefiel, aber es hieß auch, daß er ein großer Liebhaber sei. Angeblich hatte er schon viele Geliebte gehabt; Alfric hatte den Namen einer Dame erwähnt, die Haralds Mätresse und so schön war, daß sie den Beinamen Schwanenhals erhalten hatte. Ganz ohne Zweifel verzehrte sie sich jetzt in England nach ihrem herrlichen Geliebten und hoffte auf seine Rückkehr, während er in Rouen durch kaum mehr als einen flüchtigen Blick, ein plötzliches Lächeln, das Herz so mancher normannischen Dame entflammte. Er zog die Frauen an wie das Licht die Motten. Es gab ein Dutzend Herzen in Rouen, die ihm auf der Stelle zugeflogen wären, hätte er dies gewollt, aber er hielt alle seine feurigen Anbeterinnen mit leichter Hand in Schach; nur eine Dame ließ er glauben, daß sie ihn gefangen habe, und dies war keine Geringere als die Herzogin selber.

Raoul beobachtete seine Lehnsherrin und begann sich Fragen zu stellen, Zweifel zu hegen. Sie versäumte nichts, um den Grafen an sich zu fesseln; sie war wohl älter als er, aber sie besaß noch immer jene wunderbare Gabe der Verzauberung, die Wilhelm so zu ihr gezogen und gehalten hatte. Jetzt hatte sie ihren zauberischen Blick auf Harald gerichtet und legte ihre Netze aus. Raoul bemerkte es und war beunruhigt. Er kannte sie zu gut, um zu glauben, daß in ihrem Herzen Platz für jemand anderen als ihren Gemahl und ihre Söhne sei. Er beobachtete sie genauer und sah nichts von Liebe in ihrem Blick; ihre Augen waren so gefährlich, wie er es nur damals gesehen hatte, als Mathilde Wilhelms Untergang plante.

Eines Abends vor dem Mahl stand er auf der Galerie und sah in die Halle hinunter, in der die Höflinge in kleinen Gruppen herumstanden. Graf Harald stand neben dem Stuhl der Herzogin, und es schien, als fände ein kleines Wortgeplänkel zwischen ihnen statt. Raoul versuchte zu verstehen, was da unten vorging. Als er Schritte hinter sich hörte, drehte er sich um und sah den Herzog.

Wilhelm blieb neben ihm stehen und blickte ebenfalls in die Halle hinunter. Ohne seine Augen von der Gruppe um Mathildes Stuhl zu wenden, fragte er: »Nun, was meinst du, Raoul? Was für ein Mensch ist Harald?«

»Einer, der der Welt nicht alles zeigt, was er denkt«, antwortete Raoul, ohne zu zögern. »Ein Mann von hohem Mut und großen Wünschen.«

»Ich glaube, ich schätze ihn richtig ein«, sagte Wilhelm. »Er ist viel schlauer, als er zu sein vorgibt; sicher ein guter Anführer, vielleicht sogar auch ein Herrscher – er hat seinen Meister noch nicht gefunden.« Er beobachtete, wie Mathilde den Grafen anlächelte; er war nicht der Mann, der einen Rivalen duldete; was ihm gehörte, durfte kein anderer berühren; aber der Anblick, der sich ihm bot, ließ in völlig kalt.

Raoul sah die Genugtuung in Wilhelms Blick und verstand. »Wann wird der Graf nach England zurückkehren, Beau Sire?« fragte er, und in seiner Stimme lag ein ernster Unterton.

Wilhelm verzog die Lippen. »Glaubst du wirklich, daß ich Harald so durch meine Finger schlüpfen lasse?« fragte er. »Jetzt habe ich ihn endlich; ich lasse ihn erst gehen, wenn er den Preis dafür gezahlt hat.«

»Er hat sich Eurer Gnade ausgeliefert!« fuhr Raoul auf. »Und Eurer Ritterlichkeit vertraut!«

»Mein Freund, ein Mann, der solche Wünsche hegt, wie sie in Haralds Brust schlummern, vertraut keinem Menschen«, sagte Wilhelm.

Raoul sah ihn betroffen an, und seine Miene wurde langsam finster. »Beau Sire, als Ihr nach Ponthieu geschickt habt, um den Grafen aus der Gefangenschaft zu befreien, hat Edgar mich gefragt, ob ich sicher bin, daß der Graf nicht ein zweites Mal verraten wird. Jetzt, bei Gott, gebt Ihr mir Grund zu fragen, ob Edgar mit seiner Frage nicht recht gehabt hat!« Er sah ein Lächeln um Wilhelms Lippen spielen, packte ihn am Handgelenk und umklammerte es fast unwillkürlich. »Wilhelm – Seigneur, ich war in allen diesen Jahren Euer Mann, ich bin Euch blindlings gefolgt, denn ich war sicher, daß Ihr mich nie zur Schande führt. Aber jetzt sehe ich, wie Ihr Euch verändert, wie Ihr rücksichtslos werdet durch Euren zu großen Ehrgeiz, wie Ihr alles vergeßt außer der Krone Englands. Herr, wenn Ihr Harald, der Eurer Ehre als Ritter vertraut hat, etwas Böses tut, dann nehmt mein Schwert und zerbrecht es über Eurem Knie, denn dann seid Ihr kein Herr mehr für mich noch für irgendwen, der seinen Ritterpflichten die Treue hält.«

Der Herzog wandte sich zu Raoul um und blickte ihn mit einem Schimmer von Erheiterung an. Er sagte: »Mein Wächter, du bist mein Mann – bis zu meinem oder deinem Tod. Weder Harald noch die schöne Elfrieda können dich davon abbringen.«

Raoul fuhr zusammen, fuhr aber mit fester Stimme fort: »Ihr könnt mich nur von Eurer Seite treiben.«

»Das werde ich nicht tun.« Er klopfte Raoul leicht auf die Hand. »Laß mich los. Soll jeder, der vorbeikommt, sehen, wie grob du mit mir umgehst? Ich werde über Harald wachen wie über mein Leben, aber er darf die Normandie nicht verlassen.« Er legte den Arm freundschaftlich um Raoul und schritt mit ihm die Galerie entlang. »Glaube noch weiter an mich. Ich werde ihn zu nichts zwingen; er wird in meinem Palast der Erste meiner Gäste sein und besonders gut von meiner Herzogin umsorgt werden, wie du ja siehst.«

»Wenn Ihr ihm keinen Zwang auferlegt«, sagte der immer praktisch denkende Raoul, »kann er jederzeit sein Pferd besteigen und zur Küste reiten, wenn er will.«

»Dazu ist er zu klug. Ich habe mir ergebene Leute zu seiner Bedienung bestellt, und ihrer Wachsamkeit kann ich trauen. Er weiß genau, daß es in meiner Hand liegt, meine Bitte, er möge noch bleiben, durch Gewalt zu unterstreichen. Hältst du ihn denn für einen Narren? Ich weiß, daß er keiner ist. Er wagt es nicht, seinen Verdacht bestätigt zu finden; keiner außer einem Wahnsinnigen würde den Wolf in der eigenen Höhle angreifen. Und so halte ich Harald an einer Kette, die aus seinem eigenen Verdacht gegen mich geschmiedet ist.«

Raoul konnte sich ein Grinsen nicht verkneifen. »Wilhelm, wollt Ihr mich durch solche Schmeicheleien in Sicherheit wiegen? Glaubt Ihr, daß ich Euch denn nicht kenne? Wenn Harald wirklich eine Flucht wagen würde, so dauerte es doch nur Minuten, bis Ihr ihn ergreifen laßt!«

»Das könnte wahr sein«, erklärte der Herzog ruhig. »Es würde meinen Absichten jedoch nicht entgegenkommen, den Sachsen unter Zwang hierzubehalten. Aber es wird gar nicht notwendig sein.«

Sie waren an die Tür gekommen, die in die Kammer des Herzogs führte, und traten ein. Es war ein kleiner, dumpfer Raum, dessen einziges, schmales Fenster tief in die dicke Mauer eingeschnitten war. Die Wände waren mit Tapisserien behängt, welche die Lebensgeschichte der Heiligen darstellten; in der Mitte des Raumes standen ein Tisch und einige Stühle. Der Herzog setzte sich und stützte seine Arme auf den Tisch.

»Wilhelm, diese Sache ist Euer unwürdig«, sagte Raoul. »Er ist gekommen, ohne Böses zu ahnen, und ist jetzt verraten worden.«

»Er ist mit offenen Augen gekommen, hat gewußt, daß ich sein Feind bin, und hat auf nichts anderes vertraut als daß ich ihn aus einer viel unmittelbareren Gefahr errette.«

»Wenn er weiß, daß Ihr sein Feind seid, warum sollte er

sich dann in Eure Hände begeben? Ihr könntet, und dessen muß er immer gegenwärtig sein, Gift in seinen Wein mischen oder einen Jagdunfall vortäuschen.«

»Danke, Raoul. Ich glaube eigentlich nicht, daß ich mir dadurch einen Namen gemacht habe, daß ich meine Feinde auf diese Weise loswerde. Bedenke doch: Stirbt Harald in der Normandie, so würde die ganze Christenheit auf mich als seinen Mörder zeigen. Würde die Heilige Kirche dann meinen Anspruch auf England unterstützen? Noch sonst jemand? Nein, Harald weiß, daß er vor Gift oder einem verirrten Pfeil sicher ist. Aber er kann mir nicht entkommen, und das weiß er auch.«

»Und wofür? Wollt Ihr ihn für immer hierbehalten? Auch auf diese Weise wird sich jeder ehrliche Mann gegen Euch stellen.«

»Nein, für immer werde ich ihn nicht halten«, antwortete der Herzog. »Er wird mir einen Eid leisten, daß er meinen Anspruch auf England unterstützt. Hat er diesen Eid abgelegt, dann soll er so rasch wie möglich nach England.«

Raoul trat zum Fenster und blieb dort stehen, an die kalten Steine der Mauer gelehnt. Er blickte durch den Raum auf Wilhelm. »Das wird er nicht tun.«

»Er wird es tun.«

»Nicht einmal die Folter würde einem Mann, wie er es ist, einen solchen Eid entlocken.«

»Weder die Folter noch die Angst vor dem Tod. Aber der König ist alt, und kann – wer weiß – heute, morgen, in einem Jahr sterben. Wenn Harald dann nicht in England ist, glaubst du nicht, daß es viele andere gibt, die die Gelegenheit nützen werden, nach der Krone zu greifen? Zum Beispiel der wilde Eber Tostig; andere, die das Kind des Atheling auf dem Thron sehen wollen; und dann gibt es auch noch Edwin und Morkere, die Söhne des Alfric, vom Stamm Leofrics. Harald braucht nur zu erfahren, daß der König im Sterben liegt, und er wird nicht wagen, weiter fernzubleiben. Er wird den Eid ablegen, ohne daß ich ihm auch nur im geringsten drohe.«

»Und ihn brechen und sagen, daß Ihr ihn dazu gezwungen habt. Wie steht es dann um Euch?«

»Um so besser. Bricht er sein Versprechen, dann steht er vor aller Welt als Meineidiger da, und man wird ihn verdammen. Dann ist die Kirche auf meiner Seite, und ich werde erst etwas unternehmen, wenn ich die Sanktion des Heiligen Vaters habe. Wenn er sich offen für mich erklärt, dann kann ich die Normandie beruhigt verlassen und weiß, daß keiner in meiner Abwesenheit meine Grenzen verletzen wird.«

Raoul sagte nichts. Er drehte sich um und blickte aus dem Fenster in den Himmel und die dahinjagenden Wolken. Er blickte in ein Morgen, das ihm Furcht einflößte. Vielleicht führte es zum Ruhm; vielleicht würde es der Normandie eine Zukunft bringen, wie man sie großartiger nicht erträumen konnte; aber bevor es dazu kam, würde man dunkle, verschlungene Wege gehen und ein Meer von Blut durchwaten müssen.

Zwei Wolken, die am Fenster vorbeizogen, verschmolzen langsam miteinander und zogen dann der sinkenden Sonne entgegen. Er starrte ihnen mit leerem Blick nach, und seine Hände, die auf dem Fenstersims lagen, schlossen sich langsam zu einem festen Griff. Jenseits der politischen Winkelzüge, jenseits von Leid und Kampf lag eine Krone für den Stärksten, der danach greifen wollte, bereit. Der Herzog würde das Wagnis eingehen, und kein Normanne, dem die Zukunft der Normandie am Herzen lag, würde ihm deshalb seinen Weitblick absprechen. Vor langer Zeit schon hatte Wilhelm die Gefahren erkannt, welche die Normandie bedrohten, ausgelöst durch die eifersüchtigen Nachbarn und den schwachen Schutz, den die weitverstreuten Grenzfestungen boten; er hatte ein Ziel vor Augen gesehen, ein Königreich statt des Herzogtums seines Ahnherrn, und hatte beschlossen, seinen Nachkommen ein ruhmreiches Erbe zu hinterlassen. Zweifelhafte Maßnahmen waren wahrscheinlich notwendig, um dieses Ziel zu erreichen: Blutvergießen, Tod und das Elend eines ganzen Volkes; Jahre nicht endenwollenden Kampfes. Aber davon würde er sich nicht abschrecken lassen.

Raoul war nicht aus solchem Stoff gemacht. Ihm bedeutete das Leid der Gegenwart, das Zerreißen der Freundschaftsbande, das skrupellose Intrigieren mehr als das endgültige Ziel, welches Wilhelm als Herrscher wahrscheinlich hoch über alle anderen stellen würde, Wilhelm den Menschen aber durch seinen Ehrgeiz herabwürdigen würde.

Er drehte sich unvermittelt um. »Mir gefällt das nicht!« sagte er. »Alles, was Ihr mir hier beschreibt, sehe ich auch und wünsche es zum Heil der Normandie und zu Eurem Ruhm. Aber ich habe einen Freund, der aus England kommt und den ich seit vielen Jahren schätze. Muß ich ihm mein Schwert an die Brust setzen? Ich kenne den Krieg; ich habe gesehen, wie die Eindringlinge unser Herzogtum verwüstet haben; ich habe gesehen, wie man Männer gefoltert, Frauen vergewaltigt und kleine Kinder auf Lanzen gespießt hat; ich habe gesehen, wie man ganze Städte niedergebrannt hat, ich habe das Wehklagen des unterdrückten Volkes gehört. Könnt Ihr England ohne Blutvergießen gewinnen? Wenn Ihr den Thron besteigen wollt, dann nur über die Leichen der Sachsen. Das hat Edgar einmal gesagt, und er hat die Wahrheit gesprochen.«

»Ich werde den Thron besteigen«, erwiderte der Herzog. »Du denkst an deinen Freund, an die vielen unbedeutenden Lebenden und Toten, aber ich denke an die Normandie und an die Jahre, die kommen werden, wenn ich zu meinen Vorvätern gegangen bin.« Er blickte Raoul an; seine Stimme zerschnitt die tiefe Stille. »Ich muß sterben, aber ich werde einen Namen hinterlassen, der in Ewigkeit bleiben wird, und ein Volk, das durch meine Bemühungen stark sein wird.«

Raoul seufzte und trat wieder zum Tisch. »Es ist ein herrliches Ziel, großartig und schrecklich zugleich«, sagte er. »Und doch würde ich alles für den Frieden und ein Glück geben, das Ihr nie finden werdet.«

Der Herzog lachte auf. »Dein Glück sollst du haben, Raoul, wenn du glaubst, daß es in den Armen einer Frau liegt; aber den Frieden kann ich dir nicht versprechen. Vielleicht führe ich dich zum Ruhm, vielleicht zum Tod, aber wenn auch der Frieden das Ziel ist, das ich anstrebe, so glaube ich dennoch nicht, daß wir ihn zu unseren Lebzeiten finden werden.« Er erhob sich und legte die Hände auf Raouls Schultern. »Sieh, mein Freund, was immer uns an Schlimmem geschieht, wie schrecklich das Werk ist, das wir tun müssen, wir werden unseren Söhnen ein Erbe hinterlassen, das groß und edel ist.« Er ließ die Hände wieder sinken; seine Stimme wurde heiter, und er meinte: »Und was dieses Glück betrifft, von dem du soviel redest, mein treuer Wächter – wenn ich eine Krone gewinne, so gewinnst du vielleicht eine Frau.«

»Seigneur, es ist nicht das erstemal, daß Ihr solch seltsame Andeutungen macht«, sagte Raoul. »Ich glaube, daß sich die Herzogin für mich eingesetzt hat.« Er warf dem Herzog einen nachdenklichen Blick zu und sah, daß er richtig vermutet hatte.

»Ich habe mit Elfrieda gesprochen«, sagte der Herzog. »Sie scheint mir ein ehrenwertes Mädchen zu sein, das deiner würdig ist. Ich werde dich noch zum Brautbett führen.«

Raoul lächelte leise, schüttelte aber den Kopf. »Wie soll das je geschehen, wenn Ihr England mit Gewalt an Euch reißen wollt? Wenn Ihr Erfolg habt, dann trete ich vor sie als blutbefleckter Eroberer, als verhaßter Feind.«

»Raoul«, sagte der Herzog. »Ich habe dich vor langem gebeten, mir zu sagen, was im Kopf einer Frau vorgeht; jetzt sage ich dir, daß Frauen nicht so wie Männer sind und meiner Erfahrung nach ihre Eroberer nicht hassen. Es ist nicht so sehr Zärtlichkeit, es ist Stärke, die sie wollen. Du kannst sie mißhandeln, in einer Art, wie sie dir jeden Mann zum bitteren Feind machen würde, und sie werden dich trotzdem nicht hassen. Verzettle dich nie mit Zärtlichkeiten, wenn du das Herz einer Frau gewinnen willst: Sie wird dich für einen Schwächling halten und dich verachten.«

Seine Augen lachten. »Jetzt habe ich dir sehr weise Lehren gegeben, mein Freund. Erinnere dich an sie, sie werden dir noch gute Dienste tun.«

Raoul lachte. »Herzlosen Rat aus dem Mund eines Mannes, von dem ich weiß, daß er der beste aller Ehemänner ist, Wilhelm.«

»Ja, aber ich war von allem Anfang an der Herr und werde es auch bis zum Ende bleiben«, sagte der Herzog.

Raoul versuchte sich vorzustellen, daß er mit Elfrieda so verfahren könnte wie der Herzog einst mit Mathilde (und, soweit er wußte, auch jetzt noch manchmal mit ihr umsprang), aber er konnte es nicht. Der Herzog liebte eine wilde Frau auf seine wilde Art; Raoul glaubte nicht, daß auch nur irgend etwas an Elfrieda wild war. Sie war sanft und sehr lieblich, und wenn er sie sah, wollte er sie immer vor der ganzen Welt in Schutz nehmen. Er hatte gesehen, wie Wilhelm seine Herzogin stürmisch umarmte und nicht darauf achtete, daß er ihr weh tat. Raoul war sicher, daß er Elfrieda niemals so behandeln würde, bekäme er überhaupt Gelegenheit, sie zu umarmen.

Der Herzog schritt zur Tür. Als Raoul sie öffnete, durchfuhr ihn ein Gedanke, und er fragte: »Seigneur, weiß Graf Harald, was Ihr von ihm erwartet?«

»Er vermutet es wahrscheinlich«, antwortete der Herzog. »Ich werde aber erst dann mit ihm sprechen, wenn ich bemerke, daß er um jeden Preis nach England zurückwill. Ich weiß, mit welch einer Art von Mensch ich es hier zu tun habe. Würde ich jetzt darüber sprechen, so wäre seine Antwort ein glattes Nein, und wenn dieses Wort einmal über seine Lippen gekommen ist, so würde ihn weder Todesangst noch Schlimmeres und auch keine Staatsräson dazu bringen, es zurückzunehmen. Ein Nein in ein Ja zu wandeln und mich damit als Herrn anerkennen?« Er lachte. »Da würde er lieber hundert Tode sterben.«

»Beau Sire, mögt Ihr ihn?« fragte Raoul neugierig.

»Ja«, antwortete Wilhelm, ohne zu zögern.

»Und doch wollt Ihr ihn so behandeln?« Raoul schüttelte

den Kopf. »Diese Art, einen Menschen gern zu haben, verstehe ich nicht.«

»Er ist der erste aller meiner Feinde, den ich achten kann«, sagte der Herzog. »Ich bin größer als er, denn er hat ein Herz, das mir in deinen Augen fehlt, aber er ist ein Mann – und das war weder der Franzosenkönig noch Anjou, und vor allem nicht Guy von Burgund. Und doch: Trotz seiner Stärke, seiner Klugheit wird Harald gegen mich nicht ankommen, denn wenn sein Herz spricht, folgt er seinen Gefühlen und vergißt die kühlen Ratschläge, die sein Gehirn ihm erteilt. Du kannst mich weniger gern haben, wenn du willst, aber gib eines zu: Ich habe nie Mißerfolg.«

»Nein, das habt Ihr wirklich nicht«, sagte Raoul. Er lächelte. »Ich werde Euch deshalb nicht weniger gern haben, Wilhelm; aber hat Euch Harald nicht schon gefragt, warum Ihr ihn gefangenhaltet?«

»Nein, und er wird es auch nicht tun. Ich halte ihn ja nicht gefangen; ich bitte ihn nur, uns ein wenig länger Gesellschaft zu leisten, und meine Herzogin bemüht sich, ihm die Zeit auf angenehme Weise zu vertreiben.«

»Das schon, aber er muß doch vermuten, was Ihr von ihm wollt!«

»Sicher, aber so wenig ich davon sprechen will, so wenig will er mir die Frage stellen. Geht er heute zu hastig vor, so könnte das alle seine und meine Pläne zerstören. Er wartet ab und hofft auf Rat oder einen günstigen Zufall; und ich warte, denn ich habe die Zeit dazu.«

Er hatte den Grafen richtig eingeschätzt. Als er sich in den Schutz des Herzogs begab, hatte Graf Harald genau gewußt, daß er in eine Falle ging, aus der er nicht leicht entkommen würde. Die Freundlichkeit des Herzogs konnte ihn nicht täuschen, und als er hörte, wie Wilhelm zu ihm sagte: »Aber ich möchte nichts davon hören, Graf Harald, daß Ihr uns schon verlassen wollt«, wußte er genau, wo er stand, und verschwendete keine Zeit und Würde mit nutzlosen Argumenten. Es wurde ihm keine Art von Zwang auferlegt, er war der Ehrengast des Herzogs, aber immer von Normannen umgeben, die, daran zweifelte er nicht, den strengen Auftrag hatten, ihn nicht aus den Augen zu lassen. Er blickte diese Herren gedankenvoll an und nützte sie bis zum letzten aus. Die normannischen Diener Graf Haralds arbeiteten Tag und Nacht, um seine Wünsche zu erfüllen; sie stöhnten insgeheim und hatten den fatalen Eindruck, daß sich der Graf auf ihre Kosten unterhalte.

Und es schien, als könnte er sich immer unterhalten, gleich wie schlimm seine Lage war. Nicht ein Schatten von Angst verdüsterte seine Stirn, keine Spur von Ungehaltenheit trübte seine gute Laune. Einmal ritt er mit dem Herzog auf die Jagd, den Falken auf dem Handgelenk, den er am Fluß auf Wildenten ansetzte; dann begleitete er Robert von Mortain auf die Parforcejagd auf Hochwild, auf einem edlen Roß, umgeben von einem Schwarm von Jagdhunden, die die verwundeten Hirsche reißen würden; und dann wieder zog er mit FitzOsbern oder Hugh de Grantmesnil auf die Eberjagd im finsteren Wald von Quévilly. Er nahm an Turnieren teil und zeigte, wie die Sachsen ihre Streitäxte gebrauchten: Er war der Mittelpunkt der Gelage, lachte, als hätte er nicht eine Sorge in dieser Welt, über Galets Späße, warf Taillefer, dem Lieblingssänger des Herzogs, eine Börse mit Goldstücken zu und war im besten Einvernehmen mit seinen Gastgebern. Aber als er einmal der Wachsamkeit seiner neuen Freunde entrann, ging er, den Arm um Edgars Schultern gelegt, in sein eigenes Gemach, und als die Tür geschlossen war und er sich unbeobachtet wußte, verflog sein Lächeln und er sagte unvermittelt: »Ich bin ein Gefangener.« Lautlos trat er auf den Vorhang zu, der sein Schlafgemach abtrennte, und schob ihn zur Seite. Es war leer. Nach einem kurzen, forschenden Blick trat er in die Kammer zurück und warf sich in einen mit Nerzfellen bezogenen Stuhl. Er strich verächtlich mit der Hand über das weiche Fell. »Untergebracht wie ein Fürst, bedient wie ein Fürst, und doch genauso ein Gefangener wie damals in Beaurain, als ich noch Ketten um die Füße trug.« Er lachte und sah Edgar nachsichtig an. »Was soll denn dieses saure Gesicht? Lach doch, Mann, es ist ein großartiger Spaß!«

»Herr, FitzOsbern, dem ich voll vertraue, hat mir geschworen, daß man Euch nichts antun wird«, rief Edgar, der Haralds gewollte Heiterkeit völlig außer acht ließ.

»Aber nein, das wird auch sicher nicht geschehen«, pflichtete ihm Harald bei. »Wurde je ein Gast so zuvorkommend behandelt wie ich? Diener, die mir Tag und Nacht zur Verfügung stehen – geh weg von der Tür; vielleicht lauscht dort gerade einer – Pferde, Hunde, Falken, alles zu meiner Unterhaltung; Festlichkeiten zu meinen Ehren; die Herzogin, die meine Gedanken von England ablenken soll: Kann ich noch mehr verlangen? Aber wenn ich ausreite, dann reitet auch ein Spion in meinem Gefolge.«

Edgar erzitterte und sagte mit leiser Stimme: »Wenn das wahr ist, Herr, dann rührt keine Speise und keinen Trank mehr an, den nicht ein Vorkoster geprüft hat!«

Erheiterung blitzte in Haralds Augen auf. »Du glaubst, daß man mich vergiften will? Das geschieht sicher nicht!«

»Wenn Wilhelm Euch wirklich als Gefangenen betrachtet, dann könnt Ihr keinem in der Normandie mehr trauen!« rief Edgar mit unterdrückter Erregung. »Er hat bis jetzt noch nie zu Gift gegriffen und nie die Pflichten der Ritterlichkeit mißachtet, aber er will die Krone von England, und nichts, ich sage Euch, nichts wird er zwischen sich und sein Ziel kommen lassen! Ich habe es bisher nicht geglaubt, aber als manche seiner Feinde plötzlich starben, haben treulose Menschen geflüstert –«

»Sicher, sicher«, unterbrach ihn Harald ungeduldig. »Ich bin überzeugt, daß es hieß, der Herzog hätte seinen Feinden ein unbekanntes Gift eingegeben. Das hat man auch von mir behauptet, und es war nichts wahr daran. Überlaß das Gift den niedrigen Kreaturen; weder Wilhelm noch ich kämpfen mit so gemeinen Mitteln. Es ist nicht mein Leben, das in Gefahr ist, sondern meine Freiheit, die viel kostbarer ist.«

Edgar trat auf ihn zu, fiel auf ein Knie und ergriff seine Hand. »Mein lieber Herr, wenn ich nur mein Leben für

Euch geben könnte, oder mein Leben lang gefangen wäre, wenn Ihr nur freikommt!« sagte er. Er hob Haralds Hand an seine Lippen. »Herrgott, was für ein Fluch hat Euch an diese Küste getrieben!«

»Was soll das, Edgar?« fragte Harald sanft. »Dein Leben für meines? Wir werden beide bald von hier fortgehen und über diesen Tag noch lachen.«

Edgar stand auf und begann, im Raum auf und ab zu gehen. »Was will Herzog Wilhelm von Euch?« fragte er plötzlich.

Harald spielte mit der langen Kette, die er um den Hals trug. »Er hat es mir noch nicht gesagt«, antwortete er und sah dem Spiel der goldenen Kettenglieder zu. »Und ich habe ihn auch nicht gefragt.« Er begann zu lächeln. »Und ich glaube nicht, daß ich ihn fragen werde.«

Edgar blieb wie angewurzelt stehen und starrte ihn an. »Ist es denn nicht England?«

»Natürlich ist es England«, antwortete Harald. »Aber er hat es nicht ausgesprochen. Und das ist es, was ich nicht verstehe.« Er hielt inne und fügte nachdenklich hinzu: »Und was ich auch nicht zu fragen wage.«

»Wagen!« rief Edgar. »Was sind das für Worte, die aus Haralds Mund kommen?«

»Sehr kluge, das kann ich dir versichern. Ich muß warten. Vielleicht errate ich aus beiläufigen Bemerkungen, was der Herzog plant. Will er mich so lange hierbehalten, bis König Eduard tot ist und man ihn zum König gemacht hat? Das glaube ich nicht. Kein Sachse würde sich unter Wilhelms Joch beugen, solange Harald noch lebt. Nein, Wilhelm ist nicht der Mann, der einen solchen Fehler begeht.« Er nagte gedankenverloren an einem der Kettenglieder, und seine Augen waren so schmal, als wollten sie die Zukunft durchbohren. »Er will mich durch irgend etwas festhalten«, meinte er schließlich. »Noch nie war soviel Vorsicht am Platz. Vielleicht war Ponthieu doch der harmlosere Feind. Aber Wilhelm ist großzügiger.«

»Wenn Ihr ihn als Herrn anerkennt«, schloß Edgar trokken.

»Da schätzt du ihn falsch ein. Er weiß, daß ich das niemals tun würde.« Er ließ die Kette fallen und sah Edgar voll an. »Viele Jahre lang wollte ich Wilhelm kennenlernen, und ich wette auf meine Ehre, daß auch er mich kennenlernen wollte. Jetzt haben wir einander kennengelernt und haben herausgefunden, daß wir uns gut leiden können und bis zum Tod gegeneinander kämpfen werden.« Er lachte, wurde aber augenblicklich wieder ernst. »Eines schwöre ich dir: Solange ich noch einen Funken Leben in mir habe, wird Wilhelm England nie den Sachsen abgewinnen. Wenn du ihn als König von England siehst, dann bin ich im Totenreich.« Er sah die Unruhe in Edgars Augen und sagte: »Hast du so wenig Vertrauen zu Harald?«

Edgar sah ihn erstaunt an: »Mein Lehnsherr!«

»Du runzelst die Stirn?«

»Nicht, weil ich kein Vertrauen in Euch habe, Herr. Aber Ihr seid in Wilhelms Hand, und ich habe Angst, denn ich kenne ihn. Vielleicht behauptet Ihr jetzt auch, wie Alfric das tut, daß ich schon wie ein Normanne bin, weil ich zu viel Achtung vor dem Herzog habe, aber –«

»Alfric ist ein Dummkopf«, unterbrach ihn Harald. »Ich finde wenig von einem Normannen in dir, obwohl du oft in ihre Sprache verfällst und Freunde unter ihnen hast.«

»Das gefällt Alfric nicht«, sagte Edgar, der froh war, daß er sich diese Last von der Seele reden konnte. »Er meint, daß ich mich verändert habe, ihm entwachsen bin, und er begreift nicht, daß meine normannischen Freunde – aber das tut jetzt nichts zur Sache.«

»Alfric kann keinen Normannen sehen, ohne zur Waffe greifen zu wollen«, sagte der Graf. »Laß ihn; bald wird er mich verurteilen, weil ich Menschen in ihrem Heimatland gut leiden kann, die ich mit gezücktem Schwert aus England vertreiben würde. Und was Wilhelm anlangt, so kannst du ihn gar nicht genug achten. Aber achte mich auch und habe keine Angst, daß er mir ein Leid antun will.«

»Es gibt noch etwas«, sagte Edgar zögernd. »Meine Schwester hat mir etwas erzählt, was mir gar nicht gefallen hat. Sie hat von einer seltsamen, fürchterlichen Prophezeiung gesprochen. Herr, was für ein schreckliches Schicksal steht England bevor?«

Harald hob die Brauen. »Du glaubst an solche Dinge? Hättest du so lange wie ich an Eduards Seite gelebt, würdest du nicht mehr an Träume und Prophezeiungen glauben. Der König lebt davon. Als ich ihn zum letztenmal sah, hatte er gerade eine Vision der heiligen Sieben Schläfer, die sich nach zweihundert Jahren endlich auf die linke Seite umdrehten.« Seine Augen tanzten vor Vergnügen. »Und das, so hat er mir versichert, ist ein schreckliches Zeichen, das Erdbeben, Seuchen und Hungersnot, große Veränderungen in allen Königreichen, Siege der Christen über die Heiden und allgemeiner Kampf bedeutet. Und, wenn ich mich recht erinnere, wird das alles vierundsiebzig Jahre dauern, bis sich die Sieben Schläfer wieder auf die rechte Seite drehen und wir wieder etwas Frieden haben werden.«

»Die Prophezeiung, die ich gehört habe, ist noch viel seltsamer als diese«, fuhr Edgar ernst fort. »Meine Schwester erzählte mir, daß sie schon seit der Zeit Vortigerns bekannt ist, der über die Briten herrschte. Sie spricht von einer Vision, die Vortigern an einem Teich gesehen hat und die das Kommen der Sachsen ankündigte – und noch viele andere Dinge.«

»Wie, erinnert man sich wieder an diese alte Prophezeiung?« sagte Harald. »Ich hatte noch nicht gehört, daß man wieder davon spricht. Sie stammt von einem gewissen Merlin, einem Priester, aber sie besteht nur aus irren Worten. Vortigern sah einen roten und einen weißen Drachen in einem Teich, die miteinander kämpften; der rote Drache hat den weißen besiegt und ihn an den Rand des Teiches getrieben. Es war da noch irgend etwas von zwei Vasen und zwei Rollen Leinen, aber was die in dem Teich taten, weiß ich nicht. Der rote Drache soll das Wappen der Sachsen gewesen sein, und der weiße das der Briten, die vor uns in England herrschten. Ich habe vergessen, worum es noch ging. Irgendwo hat man es niedergeschrieben, aber es bedeutet noch weniger als Eduards Träume.«

»Herr, meine Schwester erzählte mir, daß man einen Fremden gesehen hat, der durch den Süden des Landes zog; manche glaubten, er sei verrückt, andere hielten ihn gar nicht für einen Menschen, sondern für einen Waldgeist. Er hat die alte Prophezeiung wiederholt und erklärt, in Kürze würden viele Männer in Schiffen und eisernen Röcken kommen und das Laster ausräuchern.« Er hielt inne und versuchte sich daran zu erinnern, welche Worte Elfrieda gebraucht hatte. »Zwei Drachen werden kommen«, sagte er langsam, »zwei Drachen.«

»Noch mehr Drachen«, murmelte Harald. »Das ist ja noch schlimmer als die Teufel, die uns Eduard immer ankündigt.«

»Und einer«, fuhr Edgar unbeirrt fort, »wird von den Pfeilen des Neides getötet werden, und der andere wird unter dem Schatten eines Namens zugrunde gehen. Dann wird der Löwe der Gerechtigkeit erscheinen, bei dessen Brüllen die Drachen der Insel erzittern werden ... Was soll das bedeuten, Herr?«

»Gott weiß es; ich nicht.« Der Graf stand auf, und Edgar sah, daß er nachdenklich war. »Mir gefällt diese Prophezeiung nicht«, sagte er, »und noch weniger der Mann, der sie verbreitet.«

»Herr, was bedeutet sie?« fragte Edgar nochmals leise.

»Nichts. Aber wenn man solchen Narreteien Gehör schenkt, dann breiten sich Unruhe und Angst aus. Ich wünschte, ich wäre zu Hause.« Zum erstenmal zeigte er, daß er im Inneren doch beunruhigt war. »Herrgott, warum hat dieses Mißgeschick geschehen müssen, daß unser Schiff gerade vor Ponthieu kenterte? Du sprichst von einem Mann, den man schon ergriffen und beseitigt hätte, wäre ich nur in England. Und was unser Heiliger wohl wieder an Dummheiten anstellen wird, während ich hier in der Normandie gefangen bin! Gyrth und Leofwin sind zu jung, um mich an seiner Seite zu vertreten; Tostig schadet mir, wo er nur kann; und wenn der König plötzlich stirbt –« Er hielt inne. »Aber das hat ja keinen Sinn. Edgar, etwas zur Warnung: Daß du kein Wort von dem sagst, was hier gesprochen wurde. Die ganze Christenheit weiß, daß die Krone mir gehört, aber ich habe es nie ausgesprochen, und ich will nicht, daß einer meiner Männer ausplaudert, daß Harald König wird, wenn Eduard stirbt. Haben wir uns verstanden?«

»Ja, Herr. Aber ich verstehe trotzdem nicht . . .«

»Der Witan wird mich zum König wählen, weil das Volk mich liebt. Einen anderen Anspruch habe ich nicht. Würde bekannt, daß ich offen nach Eduards Krone greife, so würde sich jeder andere Prätendent gegen mich erheben, vielleicht sogar die Kirche. Bewahre Schweigen, ich befehle es dir.«

Edgar nickte. »Bei meinem Leben. Aber wenn Euch der Herzog nicht ziehen läßt, Herr? Was dann?«

Ein trotziger Ausdruck überzog Haralds Gesicht. »Ich werde gehen«, sagte er. »Ich weiß nicht, wie oder wann; ich weiß nur eines: Ich werde wieder in England sein, bevor der König stirbt, denn davon hängt alles ab, da darf ich nicht versagen.« Überzeugung schwang in seiner Stimme mit. Er sagte mit Nachdruck: »Gleich um welchen Preis, gleich mit welchen Mitteln, ich werde aus Herzog Wilhelms Netz schlüpfen.«

4

Raoul war nicht der einzige Mann in Rouen, der sein Herz an Elfrieda verloren hatte. Sehr bald hatte sie zum Leidwesen der normannischen Fräulein einen Kreis von glühenden Verehrern um sich versammelt, die alle schworen, daß Blau und Gold die einzigen Farben waren, die ein Mädchen zierten. Elfrieda war an das Leben bei Hof nicht gewöhnt, sie betrachtete die Herren zweifelnd und glaubte nicht an ihre glühenden Beteuerungen. Die Herren fanden ihre Schüchternheit unwiderstehlich und verdoppelten die Anstrengungen, ihr zu gefallen. Sie fand Sträuße aus Heckenlilien und Apfelrosen vor ihrer Tür; Gedichte dort, wo man sicher sein konnte, daß sie vorbeikam, und man flehte sie auf Knien an, dieses oder jenes Geschenk anzunehmen. Einmal sang Taillefer mit der goldenen Stimme während des Mahls ein Loblied auf Elfrieda und wurde vom Regen der Dankesgaben von Elfriedas Anbetern fast fortgeschwemmt. Elfrieda hingegen wurde so rot wie ihre zierlichen Schuhe und wagte es nicht, den Blick zu heben. Einige der Mädchen, denen sie den Rang abgelaufen hatte, benahmen sich so boshaft, wie sie es nur wagten, entdeckten aber bald, daß Elfrieda trotz ihres schüchternen Auftretens sich sehr wohl zu verteidigen wußte, wenn ihr Zorn einmal geweckt war.

Es dauerte nur wenige Wochen, bis sie sich daran gewöhnt hatte, Stern der Schönheit, Weiße Taube, Goldener Traum genannt zu werden, und bald lernte sie auch, ohne Scheu den langen Listen der Lobpreisungen zu lauschen, welche ihr Herren von dichterischer Natur vortrugen. Als Balduin von Meules zum erstenmal seine Verse zum besten gab, sah sie ihn erschrocken an, denn er teilte ihr mit, daß ihre Glieder im Mondlicht gebadet und ihr Busen weißer als der eines Schwanes sei. Sie entdeckte bald, daß er nichts Böses wollte, und lernte es, nicht mehr zurückzuzucken und damit den Spott der normannischen Damen zu erregen. Nach zwei Monaten konnten die Männer im tiefen Meer ihrer Augen ertrinken, vom Duft ihres Haares berauscht werden oder durch ihren keuschen Blick entseelt zu Boden sinken, ohne daß ihr dies etwas anderes als vergnügtes Gelächter entlockte. Das warf man ihr als einzigen Fehler vor – wenn sie überhaupt Fehler hatte, was etliche empört abstritten. Sie hatte die äußerst störende und anscheinend unabänderliche Gewohnheit, in fröhliches Kichern auszubrechen, wenn ein Mann ihr seine Gefühle in tiefstem Ernst zu Füßen legte. Was diesen Fehler noch vertiefte, war, daß es unmöglich war, von ihrer Heiterkeit nicht angesteckt zu werden. Manche zogen sich beleidigt zurück; dann lachte sie um so mehr und brachte damit selbst die verschmähten Verehrer zum Lachen, ob sie wollten oder nicht; andere machten ihr Vorwürfe, und sie lachte wieder. Ihr Gelächter mußte man ertragen oder sich von ihm mitreißen lassen, aber sie konnte ihren Anbetern nie klarmachen, worin der Spaß lag. Für sie lag die Komik in der Tatsache, daß sie, die sich immer für ein einfaches Mädchen gehalten hatte, von einem Dutzend edler Herrn zur schönsten und begehrenswertesten aller Frauen ernannt und heiß angebetet wurde.

Edgar, der anfangs als Wächter vor ihr gestanden war, ließ diese Aufgabe nach einem Monat fallen und widmete sich ganz dem Dienst an Graf Harald. Er hielt sehr wenig von den Rittern, Edlen und Damen, die sich um seine Schwester scharten. Es waren fast ausschließlich junge Männer, die er noch als kleine Jungen gekannt hatte, und er bemerkte verächtlich, daß sie Grünschnäbel, voll von Ränken und dummen Streichen waren. Elfrieda, die ihrem großen Bruder mit einer gewissen Scheu gegenüberstand, sagte bescheiden, daß ihre Anbeter sicher nicht so bedeutende Männer wie Edgars hochgeborene Freunde seien, und sie könne sich auch nicht vorstellen, daß seine Kameraden wie FitzOsbern oder Wilhelm Malet auch nur das geringste Interesse an einem so jungen und unbedeutenden Mädchen wie ihr haben könnten. Edgar, der sehr bald bemerkt hatte, welche Auswirkungen ihre Schönheit auf Männer jeden Alters hatte, schwieg, denn er wollte nicht, daß sie in all dieser Anbetung zu selbstgefällig wurde.

Der Kreis ihrer Anbeter vergrößerte sich immer mehr, aber es gab einen, der sich nicht anschloß. Umgeben von ihren Galanen, warf Elfrieda Raoul, der immer beiseite stand, sehnsüchtige Blicke zu. Sie hatte nur wenig mit ihm gesprochen; er hatte es nie gewagt, ihr Blumen zu schenken oder ihre Schönheit zu besingen, er hatte nicht einmal um einen Platz an ihrer Seite gekämpft. Sie traf manchmal mit ihm zusammen, wenn sie die Gesellschaft ihres Bruders suchte; und wenn sie wußte, daß er mit Edgar zusammen war, fand sie oft eine Ausrede, sich zu ihnen zu gesellen. Aber Raoul lächelte nur, küßte ihr die Hand und zog sich fast immer zurück, um sie und Edgar nicht zu stören. Dieses Verhalten stachelte natürlich ihren Wunsch an, ihn näher kennenzulernen. Hätte er versucht, ihre Aufmerksamkeit zu erregen – was er nicht tat –, so wäre kein Mittel besser gewesen. Sie hatte ihn vom ersten Augenblick an gern gehabt; ihr Aufenthalt in Ponthieu war nicht sehr angenehm gewesen, und er war einer der ersten freundlichen Menschen gewesen, die sie nach ihrer Freilassung gesehen hatte. Er hatte ihr Willkommen geboten, und als Freund Edgars hatte er einen Anspruch auf ihre Freundschaft; sie war durchaus bereit, ihn als Freund anzuerkennen. Und doch schien es, als wolle er dies nicht: Sie wußte nicht, wie sie seine kühle Haltung deuten sollte, und je mehr sie ihn beobachtete, desto größer wurde ihr Wunsch, ihn näher kennenzulernen. Sie meinte, daß er vielleicht ein Frauenfeind sei, und da er unverheiratet und in den Augen einer Einundzwanzigjährigen schon ziemlich alt war, schien das des Rätsels Lösung zu sein. Aber oft bemerkte sie, daß er sie von weitem ansah und daß sein Blick sie immer suchte, wenn er einen Raum betrat, in dem sie sich aufhielt. Sie begann die Befürchtung zu hegen, daß er eine zu hochgestellte Persönlichkeit sei, um sich mit ihr zu beschäftigen. Er schien großen Einfluß zu haben, denn er saß immer am Tisch des Herzogs, und abgesehen davon, daß ihre jungen Verehrer ihn nur mit großer Achtung ansprachen, schien er auch das besondere Vertrauen des Herzogs und der Herzogin zu genießen. Keiner, der nicht der herzoglichen Familie angehörte – und auch hier bei weitem nicht alle Mitglieder –, durfte so frei wie Raoul in den herzoglichen Gemächern aus und ein gehen. Elfrieda hatte Verehrer mit klingendem Namen, die sich sehr großartig benahmen, aber sie war klug genug, zu erkennen, daß der stille Chevalier de Harcourt von größerer Bedeutung war. Hochgeborene Herren nannten ihn ihren Freund, und hochnäsige Barone wie De Gournay und Tesson von Cingueliz, die alle unter ihrem Rang Stehenden sehr von oben herab behandelten, sprachen mit Raoul ohne das geringste Anzeichen ihrer üblichen Herablassung. Er war immer Arm in Arm mit einem der Mächtigen zu sehen, dachte Elfrieda. Edgar hatte ihr erklärt, daß keiner dem Herzog näherstand, vielleicht mit Ausnahme seines Bruders Mortain oder des Seneschalls FitzOsbern. Und so glaubte sie, daß sich ein derart hochgestellter Mann kaum für sie interessieren würde. Aber obwohl sie ein vernünftiges Mädchen war und sich immer wieder sagte, daß sich ein Mann wie Raoul kaum für sie interessieren könnte, wünschte sie doch heimlich, es würde geschehen, denn am Hof des Herzogs gab es keinen anderen, der ihr so gut gefiel. Seine Ruhe und Gelassenheit schien seine Würde nur noch zu unterstreichen. Andere mochten durch die Säle stolzieren, ihre reichgefütterten Mäntel schwingen, ihre Bedeutung lauthals verkünden und ein armes fremdes Mädchen mit ihrer Pracht beeindrucken, doch ihr schien es, daß sie neben diesem ruhigen, aufrechten Ritter verblaßten, der kaum sprach, fast immer seinen einfachen scharlachroten Soldatenrock trug und nie laut wurde.

In ihren Träumen machte sie ihn zu ihrem Helden und schalt sich gleichzeitig für ihre Torheit. Sie glaubte ihn zu hoch, um sie zu bemerken, hielt seine Höflichkeit nur für ein Zeichen guter Manieren, und doch war dieser Mann die ganze Zeit heftig in sie verliebt und konnte seine Augen nicht von ihr wenden, wenn sie beide im selben Raum waren.

Er sah sie von Männern umgeben, die viel jünger waren als er selbst, anscheinend glücklich und zufrieden, und er glaubte nicht, daß sie in ihm etwas anderes als den guten Freund ihres Bruders sah. Traurig dachte er daran, daß sie ihn wahrscheinlich für einen Greis hielt. Er war beileibe nicht stolz, aber er brachte es nicht übers Herz, sich dem Kreis ihrer Verehrer anzuschließen, der doch hauptsächlich aus unreifen Jungen bestand, oder mit einem Dutzend anderer um ihre Gunst zu werben.

Und so wäre es vielleicht ohne Ende weitergegangen, hätte nicht Wilhelm, der Herr von Moulines-la-Marche, ein Vetter des Herzogs aus der weiblichen Linie, ein äußerst schlechtes Benehmen an den Tag gelegt. Zwischen ihm und Raoul hatte nie große Sympathie bestanden. Der Herr von Moulines war ein aufbrausender Mann und damit genau das Gegenteil von Raoul; er bemühte sich auch nicht, sein cholerisches Gemüt zu zügeln. Oft fand man seine Pagen, wie sie in einer dunklen Ecke bitterlich weinten, und es war auch nicht ungewöhnlich, daß sein Pferd mit blutigen Flanken zurückgeführt wurde, so gnadenlos hatte er die Sporen eingesetzt. Er war verheiratet, doch sah ihn seine Gemahlin kaum, denn in einem oder dem anderen seiner Häuser fand sich immer ein leichtes Mädchen, das er zu seiner Geliebten gemacht hatte. Keine von ihnen blieb lange, denn er wurde ihrer bald überdrüssig und war immer auf der Suche nach einer anderen Schönheit.

Er kam an den Hof, als Elfrieda etwa acht Wochen in der Normandie war, und ihre ungewöhnliche Schönheit fesselte seine Aufmerksamkeit sofort. Er betrachtete sie zwar sicher nicht als eine mögliche Geliebte, doch konnte man genausowenig annehmen, daß er sich einer solchen Schönheit gegenübersah und nicht versuchte, ihre Aufmerksamkeit zu gewinnen. Er hatte ein schönes, grausames Gesicht und konnte, wenn er wollte, sehr anziehend sein. Er begann, Elfrieda den Hof zu machen, und als er sah, daß sie sich vor ihm fürchtete, begann das Raubtier, das nach den Aussagen seiner Feinde in ihm schlummerte, zu erwachen und die Klauen zu zeigen.

Man hatte Elfrieda vor ihm gewarnt. Eine von Mathildes Damen hatte ihr schreckliche Geschichten von seiner Rachsucht erzählt, und so sehr sie seine Zudringlichkeit verärgerte, so wagte sie doch nicht, ihrem Bruder davon zu erzählen, denn sie fürchtete, daß sich dann der Zorn des Herrn von Moulines gegen Edgar richten würde. Es gelang ihr, ihn eine Zeitlang von sich abzuhalten, aber wie es das Unglück wollte, lief sie ihm eines Tages in einer langen Galerie direkt in die Arme. Er hatte sich auf eine Bank am Ende der Treppe geworfen, die von Gundreds Zimmern auf die Galerie führte. Als Elfrieda die letzten Stufen herabkam, sah sie ihn und bemerkte auch, daß sich niemand anders in der Galerie aufhielt; sie vermutete, daß er ihr aufgelauert hatte, und wollte umkehren.

Er hatte sie aber schon erblickt und sprang auf. »Die schöne Elfrieda!« rief er und kam auf sie zu.

»Danke, Herr«, sagte sie mit erstickter Stimme. Er stand vor ihr und versperrte ihr den Weg. Sie fuhr fort: »Ich bin in Eile; man erwartet mich.«

»Aber natürlich, meine schöne Fee«, lächelte er. *»Ich* habe Euch erwartet. Wollt Ihr mich denn untröstlich zurücklassen?« Er versuchte ihre Hand zu ergreifen. »Pfui, seid Ihr aber kalt!« sagte er. »Wie gefällt Euch das?« fragte er dann und zog eine granatbesetzte Kette hervor.

Mit großer Würde erwiderte sie: »Ich danke Euch, aber ein so kostbares Geschenk darf ich nicht annehmen.«

»Nehmt es nur, meine Liebe«, sagte er. »Es bedeutet mir nichts.«

Einen kleinen Augenblick lang versuchte er sich zynisch zu erinnern, für welche seiner Geliebten er die Kette ursprünglich erstanden hatte. »Ich könnte Euch Besseres als dieses armselige Gehänge geben.«

»Ihr seid sehr freundlich, mein Herr, aber Ihr müßt wissen, daß ich mir nichts aus solchen Dingen mache«, sagte

Elfrieda mit entschiedener Stimme. »Und nun laßt mich bitte vorbei; man erwartet mich wirklich.«

Er hatte in der Zwischenzeit ihre Hand erfaßt und zog sie zu der Bank, wobei er seinen Arm fest um ihre Hüften legte. »Aber nein, so grausam sind wir doch nicht«, sagte er. »Soll ich Euch denn nie allein sehen können? Ihr seid immer von diesen dummen Jungen umgeben oder sitzt mitten unter den Hofdamen. Und deshalb bin ich verrückt nach Euch.« Er hielt sie nun mit eisernem Griff; seine Finger gruben sich in ihr Fleisch; mit der einen Hand ergriff er ihre Wange und kniff sie. Sie wurde purpurrot, und er lachte, freute sich über ihre Verlegenheit und begann ihren Hals zu streicheln.

Sie versuchte seinem Griff zu entkommen. »Laßt mich los, mein Herr«, sagte sie und bemühte sich, ihre Stimme unter Kontrolle zu bringen. »Was Ihr hier vorhabt, tut meiner und Eurer Ehre nichts Gutes. Bitte, laßt mich gehen! Die Herzogin wartet auf mich!«

»Herrin, Ihr seid meine Gefangene«, sagte er spöttisch. »Was für ein Lösegeld bietet Ihr? Für eine so außergewöhnliche Gefangene wird es sehr hoch ausfallen müssen.«

»Herr, diese Späße sind unschicklich! Muß ich um Hilfe rufen?«

Er umklammerte mit festem Griff ihre Kehle; sein Gesicht beugte sich zu ihrem; sie glaubte, nie einen so gierigen Mund gesehen zu haben, und schluchzte erschreckt auf. »Deine Schreie werden mit Küssen zum Schweigen gebracht werden, Mädchen. Nein, wehr dich nicht, ich tue dir nichts, aber ich wecke vielleicht die Leidenschaft, die in dir schlummert.« Er ließ ihren Hals los, umfaßte sie mit beiden Armen und zog sie an seine Brust. »Bin ich wirklich der erste, der das alles kosten darf, meine kleine Jungfrau?«

Gerade in diesem Augenblick kam Raoul die Treppe am anderen Ende der Galerie herauf und wollte eine der Kammern betreten. Er überflog die Galerie mit einem flüchtigen Blick, und was er sah, ließ ihn mit erhobener Hand stehenbleiben. Er stand völlig unbeweglich und warf Elfrieda einen fragenden Blick zu.

Moulines hatte sie losgelassen, als er Schritte auf der Treppe hörte, aber er verstellte noch immer Elfriedas Weg. Sie war ehrlich erschrocken; in ihren blauen Augen standen Tränen; sie sandte Raoul einen bittenden Blick.

Seine Hand ließ den Riegel der Tür los; er kam durch die Galerie auf sie zu, nicht eilig, aber sehr zielsicher.

»Nun, Messire Wächter«, fuhr ihn Moulines knurrend an. »Was habt Ihr hier zu tun? Wenn Ihr etwas von mir wollt, dann sagt es und geht wieder!«

»Ich danke Euch, Herr«, erwiderte Raoul ungerührt. »Ich will nichts anderes als daß Ihr hier weggeht, Moulines, und das so rasch Ihr könnt.«

Der Zorn des Herrn von Moulines brach aus. »Herrgott, das wagst du mir ins Gesicht zu sagen, du Emporkömmling? Du hältst dich wohl auch für etwas Besonderes! Verschwinde, denn sonst bist du hier nicht mehr sicher!«

»In diesem Ton könnt ihr mit Euren Untergebenen reden, Moulines-la-Marche«, fuhr Raoul völlig ungerührt fort. »Herrin, darf ich Euch zur Herzogin bringen?«

Dankbar wollte sie auf Raoul zueilen, doch Moulines schob sie zurück. »Bleib wo du bist, Mädchen; ich führe dich selber hin.« Er wandte Raoul sein wutverzerrtes Gesicht zu, und seine Finger umklammerten den Griff seines Dolches. »Gut so, Chevalier! Mein Vetter, der Herzog, wird von Eurer Unverschämtheit hören!«

Elfrieda sah, wie ein Lächeln in Raouls Augen aufstieg. »Er ist in seiner Kammer«, sagte er. »Geht hin und erzählt ihm, daß Ihr auf mich böse seid. Und viel Vergnügen dabei!« In seiner Stimme schwang Heiterkeit mit, aber seine Augen beobachteten Moulines' Hand sehr aufmerksam, und seine Hand glitt langsam zu seinem Schwertgurt.

Moulines, der genau wußte, daß eine Klage über Raoul den Zorn des Herzogs eher über seinem eigenen Haupt entladen würde, verlor den letzten Rest seiner Beherrschung und sprang mit gezücktem Dolch auf Raoul zu.

Elfrieda schrie: »Vorsicht, Raoul, Vorsicht!« Aber Raoul schien auf diesen tobenden Angriff gefaßt zu sein. Seine

Hand fuhr in die Höhe; Stahl klirrte gegen Stahl; Moulines' Dolch fiel klirrend auf den Steinboden und Elfrieda sah, wie das Blut aus einer Wunde am Handgelenk floß.

Raoul setzte seinen Fuß fest auf den am Boden liegenden Dolch. Der Stahl brach mit einem kurzen Laut. »Fort mit Euch!« sagte er finsterer, als ihn Elfrieda je gehört hatte. »Noch etwas in dieser Art, und ich werde selbst mit dem Herzog sprechen.«

Der Herr von Moulines, den der kleine Aderlaß schon etwas ernüchtert hatte, schämte sich bereits seines heimtückischen Angriffs. Er sagte wütend: »Ihr habt mich herausgefordert. Erzählt dem Herzog, was Ihr wollt; wir beide sind noch nicht fertig miteinander!« Er umklammerte sein Handgelenk, um die Blutung zu stillen, warf Elfrieda einen wütenden Blick zu und ging zur Treppe.

Elfrieda lief, von diesen blutigen Ereignissen völlig verwirrt, auf Raoul zu und packte ihn mit zitternden Händen am Arm. »Mein Gott, was wird er denn tun?« fragte sie und sah ihn mit schreckgeweiteten Augen an.

Seine Hand legte sich beruhigend über die ihre. »Überhaupt nichts, Herrin«, sagte er. »Ihr braucht keine Angst vor ihm zu haben. Ich kümmere mich darum, daß er Euch nicht mehr zu nahe kommt.«

»Aber ich habe doch um Euch Angst!« sagte sie. Ihre Lippen zitterten. »Er ist ein so jähzorniger Mensch, und ich bin an allem schuld. Ich weiß – man hat mir erzählt –, wie schlimm seine Rachsucht ist.«

Raoul sah sie erst erstaunt und dann erheitert an. »Die Rache des Wilhelm von Moulines! Herrin, da braucht Ihr wirklich keine Angst um meine Sicherheit zu haben. Ich kenne diesen Hitzkopf seit vielen Jahren, und wir haben einander nicht das erste Mal in Waffen gegenübergestanden.« Er sah, wie bleich und verängstigt sie noch immer war, und zog sie zur Bank. »Ich möchte gern mehr von seinem Blut sehen, als Strafe dafür, daß er Euch so erschreckt hat«, sagte er. »Wollt Ihr Euch hier nicht ein wenig erholen? Ich bleibe bei Euch und halte Euch das Ungeheuer vom Leib.«

Und Elfrieda, die doch von der Herzogin so dringend erwartet wurde, setzte sich ohne ein Wort des Widerstandes auf die Bank und lächelte Raoul schwach an.

Er kniete neben ihr und hielt ihre Hände in den seinen. »Er ist ja schon fort, Kind«, sagte er. »Ihr seid sicher. Wenn Ihr nicht mehr so zittert, bringe ich Euch zur Herzogin, und dort werdet Ihr diese Angelegenheit rasch vergessen.«

Sie blickte ihn scheu an. In seinen Augen stand ein Licht, das ihr Herz beben machte. Sie wandte sich ab. »Messire, Ihr seid sehr gut zu mir«, murmelte sie. »Ich danke Euch für Eure Güte. Mir – mir fehlen die Worte, um Euch zu sagen . . .« Ihre Stimme versagte. Sie konnte nur hoffen, daß er sie nicht allzu dumm fände, aber sie fürchtete, daß dies doch der Fall sei.

Beide schwiegen einen Augenblick lang. Dann brach Raoul das Schweigen und sagte leise: »Es besteht kein Grund für Euch, mir zu danken. Ich danke dem Schicksal, daß es mir erlaubt hat, Euch zu Diensten zu sein.«

Ihre Hand zuckte unter der seinen. Sie hob den Blick und sah ihn ungläubig an: »Mir zu Diensten zu sein?« wiederholte sie. »Ihr – mir? Ich habe immer geglaubt, Ihr mögt mich nicht, Messire!« Die Worte entschlüpften ihr, bevor sie überlegen konnte. Sie ließ den Kopf sinken und errötete.

»Euch nicht mögen, Elfrieda?« Raoul lachte auf. Dann beugte er sich nieder und küßte ihre schlanken Finger. »Ich bete Euch an«, sagte er.

Sie zitterte am ganzen Körper; er konnte ihren Gesichtsausdruck nicht sehen, aber sie ließ ihm ihre Hand. »Wenn ich jetzt nach England fahre und Euren Vater aufsuche«, fuhr er fort und beobachtete sie genau, »wärt Ihr bereit, einen Normannen zu heiraten?«

Das war rasch, zu rasch für Elfrieda. Sie stammelte mit schwacher Stimme: »Messire, ich – ich glaube, ich muß zur Herzogin, die auf mich wartet.«

Er stand sofort auf, denn er fürchtete, sie verstört zu haben. Langsam gingen sie Seite an Seite die Galerie entlang. Elfriedas Hand lag auf seinem Arm. Sie blickte ihn verstohlen von der Seite an und fragte sich, ob er weitersprechen würde; sie hatte Angst, daß er es tue, und auch Angst, daß er schweige. Sie durchforschte ihr Gehirn nach Worten, die ihm Hoffnung machen sollten und doch ihre jungfräuliche Ehre nicht schmälerten. Aber es fiel ihr nichts ein, und als sie schon vor den Gemächern der Herzogin standen, sagte sie endlich verzweifelt: »Mein Vater hat mir zugesichert, daß ich nicht verheiratet werde, bevor mein Bruder nach England zurückkehrt. Es ist ein Gelübde, das ich vor langen Jahren abgelegt habe, Messire.«

Raoul blieb stehen und sah sie an. »Und wenn er dann zurückkehrt, Elfrieda?«

»Ich weiß nicht – ich glaube nicht, daß es mein Vater gern sähe, wenn ich aus England fortgehe«, sagte sie scheu.

Sie sah so süß aus, daß er sich mit aller Kraft zurückhalten mußte, um sie nicht an Ort und Stelle zu küssen. Sie entzog ihm ihre Hand und ging bis zur Tür der Kemenate. Als sie schon den Riegel hob, blickte sie sich noch einmal nach Raoul um; ein kleines Lächeln spielte um ihre Lippen, und atemlos ob ihrer Kühnheit sagte sie: »Ich – ich selbst – hasse die Normannen nicht, Messire.«

Er machte einen Schritt vorwärts, aber sie war fort, bevor er sie erreicht hatte, und die Tür schloß sich mit heftigem Knall.

Als an diesem Tag die Abendglocke durch die Straßen hallte, suchte er Edgar auf. Der saß am Tisch und untersuchte im Schein vieler Kerzen seinen Jagdspieß. Er blickte auf, als Raoul eintrat, und lächelte.

»Ah, Raoul!« Er schob ihm mit dem Fuß einen Schemel zu. »Setz dich. Ich habe dich den ganzen Tag nicht gesehen.« Er bemerkte, daß Raoul vielsagend auf den Pagen blickte, der damit beschäftigt war, einige Jagdwaffen einzusammeln, und packte den Jungen an der Schulter. »Fort mit dir, Herluin«, sagte er. »Nimm das Zeug mit und sorg dafür, daß das nächste Mal, wenn ich auf die Jagd gehe, keine Rostflecke auf meinem Speer sind.«

Herluin sagte unterwürfig: »Nein, mein Herr«, und machte sich davon.

Edgar sah seinen Freund fragend an. »Ist es etwas Wichtiges, Raoul?«

»Ja«, antwortete Raoul, »etwas sehr Wichtiges.« Er wanderte unentschlossen unter dem Fenster hin und her.

Edgar beobachtete ihn mit fröhlichem Blick. »Was für fürchterliche Neuigkeiten hast du denn für mich? Du hast heute meinen Berber nach Lillebonne geritten: Lahmt er jetzt? Oder schickt dir dein guter Vater den Jagdhund aus Harcourt nicht, den er mir versprochen hat?«

Raoul lächelte. »Weder noch.« Er drehte sich um und trat zum Tisch. »Edgar – könntest du dir vorstellen, daß deine Schwester einen Normannen heiratet?«

Edgar sprang auf und packte ihn bei den Schultern. »Was, Mann, steht es so um euch? Ja, und sogar sehr gern, wenn du dieser Normanne bist!«

»Danke. Und dein Vater?«

Edgar ließ die Hände sinken. »Vielleicht, wenn ich ein Wort für dich einlege. Ich weiß es nicht.« Plötzlich klang er bedrückt und runzelte die Stirn.

»Ich kann wenig bieten«, fuhr Raoul verlegen fort, »denn ich habe mich nie um Ländereien und Titel bemüht. Ich habe nur das, was ich als Ritter bekomme, aber ich glaube, daß mir der Herzog einen Titel verleihen würde, wenn ich ihn darum bitte. Wir haben einmal davon gesprochen, aber damals wollte ich lieber bei ihm bleiben und war nicht an den Ländereien interessiert, die er mir anbot. Aber wenn ich heirate ...« Er hielt inne und sah Edgar ernst an. »Was meinst du?«

Einen Augenblick lang blieb Edgar stumm. Er schien nach den passenden Worten zu ringen, um seine Gedanken auszudrücken. Als er endlich sprach, kamen seine Worte nur zögernd. »Das ist es nicht. Kein Normanne hat es in der Hand, so reich und mächtig zu werden wie du. Ich weiß sehr genau, daß dich der Herzog reich beteilt, wenn du nur mit dem Augenlid zuckst. Ich habe keine Angst, daß du die Morgengabe nicht aufbringst.« Er grinste plötzlich, wurde dann aber rasch wieder ernst. »Das ist es nicht«, wiederholte er. »Weil wir seit Jahren Freunde sind und weil ich keinen anderen Mann kenne, der würdiger ist, Elfriedas Hand zu erhalten, wünsche ich es – nein, ich habe es seit langem gewünscht.« Er griff nach einer Falte des schweren Vorhangs, der sein Bett umschloß, und strich sie zwischen den Fingern glatt. »Aber das sind nur Träume, Raoul, dumme, nutzlose Träume.«

Raoul schwieg und wartete, daß er fortfahre. Edgar sah von dem Stoff auf. »Es liegt eine so tiefe Kluft zwischen uns!« sagte er, als wolle er Raoul um Verständnis für all das bitten, was er am liebsten nicht gesagt hätte.

»Und doch hast du mir oft erzählt, wie sich dein Vater seine Braut aus der Normandie geholt hat«, sagte Raoul.

»Ja, aber damals war alles anders.« Edgar preßte die Lippen aufeinander, denn er wußte nicht mehr weiter.

»Verbietest du mir also, deiner Schwester den Hof zu machen?« fragte Raoul direkt.

Edgar schüttelte den Kopf. »Ich würde dich am liebsten Bruder nennen«, antwortete er, »ich werde für dich sprechen, aber ich habe Angst davor, was die Zukunft bringt.« Dann lächelte er schwach. »So werden Verlobungen nicht ausgemacht. Ihr seid ja keine Bauern, die sich ineinander verlieben und nach Lust und Laune heiraten.«

Plötzlich wurde Raoul ungeduldig. »Du liebe Güte, wenn mich Elfrieda will, dann werde ich sie allen Gepflogenheiten zum Trotz heiraten!«

»So spricht ein Normanne!« sagte Edgar leise. »Auf Beutezug, und nimmt sich, was er will!«

Zorn stieg in Raoul auf, aber er verbiß ihn und sagte mit ruhigerer Stimme: »Das habe ich nicht verdient. Wenn ich auch jetzt aufgeregt spreche, so weißt du genau, daß ich nichts Unehrenhaftes tun werde.«

»Daran zweifle ich nicht«, sagte Edgar. »Aber ich sehe einen dornenvollen Weg vor uns.«

Raoul war so hochgestimmt, daß er Zweifel und Ahnungen verwarf und wieder ungeduldig wurde. »Herrgott, Edgar, kannst du denn nicht vergessen? Was bedeutet es denn uns Kleinen, wenn unsere Herren ihrem Ehrgeiz nachhängen? Ich werde sicher keine düsteren Gedanken pflegen, das kann ich dir sagen!«

Edgar blickte ihn mit dem Schatten eines Lächelns um die Lippen an. »Dann tu, was du für gut hältst«, sagte er. »Du weißt, was es bedeutet. Ich habe dazu nichts mehr zu sagen.«

Da er Edgar nun die Erlaubnis abgerungen hatte, Elfrieda den Hof zu machen, verlor Raoul keine Zeit mehr. Das Mädchen war scheu, aber sie wies ihn nicht zurück. Wenn er einen Raum betrat und auf sie zuging, hatte sie immer ein Lächeln für ihn, und wenn er auf einer Jagd neben ihrem Zelter ritt, wußte sie es immer so einzurichten, daß sie ein wenig abseits von den anderen ritten. Es dauerte nicht lange, bis er wieder von Liebe zu ihr sprach; und diesmal lief sie nicht davon. Sie wußte, daß sie einem Mann nicht Gehör schenken sollte, der nicht die Erlaubnis ihres Vaters besaß; sie wußte genau, wie sich ein ehrenhaftes Mädchen verhalten sollte, und fühlte sich doch immer mehr zu ihm hingezogen. Wen wunderte es danach noch, daß er sie bald in die Arme schloß?

So besiegelten sie ihren Bund. Raoul hielt ihre Hände in den seinen und sagte: »Ich könnte Briefe nach England senden, an deinen Vater schreiben, doch gefällt mir dies nicht. Ich glaube, ich bekäme eine sehr abweisende Antwort, meinst du nicht auch?«

»Das fürchte ich sehr«, antwortete sie. »Es stimmt zwar, daß meine Mutter eine Normannin ist, aber mein Vater mag die Normannen nicht, seit der König sie so ausgezeichnet hat. Wenn Edgar für uns eintritt, würde er deine Werbung vielleicht mit freundlicheren Augen ansehen.«

»Edgar ist mein Freund. Wenn ihr wieder zu Hause seid, werde ich nach England kommen, sobald es geht.« Eine plötzliche Angst durchzuckte ihn. »Elfrieda, du bist keinem anderen versprochen?«

Sie schüttelte errötend den Kopf und begann sofort zu erklären, weshalb sie ihr Gelübde abgelegt hatte: denn als Mädchen über zwanzig noch unverheiratet, nicht verlobt oder Nonne zu sein, war eine Schande. Sie blickte in Raouls lächelnde Augen und sagte mit einer seltsamen Würde: »Ich bin daran nicht schuld, Messire.«

Sein Lächeln wurde immer breiter; er küßte jede einzelne ihrer Fingerspitzen, bis sie ihn schalt und meinte, es könne jeden Augenblick jemand in die Galerie kommen und sie beobachten. Darauf ließ er ihre Hände los und faßte sie statt dessen um die Hüften. Dazu äußerte sie überhaupt keine Meinung; vielleicht auch nur, weil sie auf einer Bank saßen und ihr die Stütze eines Armes recht willkommen war.

»Erzähl mir, wieso es nicht deine Schuld war, mein Herz«, flüsterte ihr Raoul ins Ohr.

Sehr ernsthaft erzählte sie ihm daraufhin, wie man sie noch als Kind mit einem gewissen Oswin, dem Sohn Hundbert des Starken, verlobt hatte, der über achtzig Morgen Land in der Grafschaft Wessex gebot.

»Du hast ihn gern gehabt?« wollte Raoul wissen.

Sie hatte ihn kaum gekannt und nie allein gesprochen, denn in England war es nicht Sitte, mit einem Mann allein zu sein, bevor man verheiratet war. Er war ein angenehmer junger Mann, war aber, als sie ins heiratsfähige Alter kam, eines schrecklichen Todes gestorben. Er hatte Streit mit einem gewissen Eric Jarlssen gehabt, einem wilden, seltsamen Menschen, der aus Danelagh nach Wessex gekommen war. Elfrieda wußte nichts genaues über den Grund des Streites, doch glaubte sie, daß Oswin dem Dänen irgend etwas angetan habe. Und dann, zur Fastenzeit, wurde Oswin von einem heftigen Fieber niedergeworfen, das manche für Gelbsucht hielten, denn seine Gesichtsfarbe wurde ganz gelb. Obwohl er nach neuntägigem Fasten neun Läuse schluckte und man ihm einen lebendigen Frosch aufs Handgelenk setzte, der in der Johannisnacht gefangen worden war und das Fieber ausziehen sollte, half alles nichts. Das Fieber fiel nicht; der Mann siechte weiter dahin, bis er endlich starb, in der Blüte seiner Jugend dahingerafft.

»Und dann«, fuhr Elfrieda fort und schob ganz unbewußt ihre Hand in die Raouls, »begann man, den Verdacht auf den Dänen Eric zu lenken, allen voran Hundbert, der Vater Oswins. Es hieß, daß man Eric aus Dänemark verjagt habe, weil er dort Greueltaten begangen hatte und ein Hexenmeister war.« Rasch bekreuzigte sie sich und zitterte leicht. »Es gab Männer, die behaupteten, sie wüßten, daß Eric bei Oswin *stacung* verwendet hätte – kennst du das Wort? Das heißt, daß man das Ebenbild seines Feindes schafft, einen Dorn hineinsteckt und um den Tod des Feindes betet.«

»Schwarze Magie!« sagte Raoul. »Unsinn! Was ist mit Eric geschehen?«

»Er wurde vor den Vogt gerufen, verwarf aber die Anklage und verlangte ein Gottesurteil. So nahm also ein Priester zwei Holzstücke zur Hand; auf einem war ein Kreuz, auf dem andern gar nichts; und Eric, der zu Gott gebetet hatte, die Wahrheit an den Tag kommen zu lassen, zog unerschrocken eines der Holzstücke aus der Hand des Priesters.« Sie drückte sich enger an Raoul. »Und das Stück, das er aus der Hand des Priesters gezogen hatte, war leer, und so wußten alle, daß ihn Gott zum Verräter erklärt hatte und er Oswin durch *stacung,* also Schwarze Magie, getötet hatte.«

»Und dann?« fragte Raoul.

»Einige waren dafür, daß er Kopfgeld zahlen solle – das ist das Blutgeld, das man auf das Haupt eines Mannes legt, wenn er ermordet wurde. Oswin war ein Than des Königs, genau wie mein Vater, und so hätte das Kopfgeld zwölfhundert Shilling betragen, die Eric vielleicht gar nicht hätte zahlen können. Aber der Vogt bestimmte, daß das Verbrechen zu abscheulich war, um durch Silberstücke gesühnt zu werden, und so wurde Eric zum Tod durch Steinigen verurteilt. Dies geschah dann in Hocktide. Ich habe es nicht selbst gesehen, aber man hat mir davon erzählt. Und deshalb bin ich noch nicht verlobt.«

Ihre beiden Hände lagen an Raouls Brust; seine Wange berührte die ihre. »Und tut es dir leid, mein kleiner Vogel?« fragte er.

»Nein«, gestand sie ihm, »jetzt nicht.«

5

Die Wochen wurden zu Monaten, und noch immer blieb Graf Harald als Ehrengast im Palast von Rouen. Es wurden alle erdenklichen Belustigungen zu seiner Unterhaltung erdacht, und keiner sprach davon, daß er abreisen würde. Er versuchte auch nicht zu fliehen, obwohl einige seiner Anhänger fanden, er habe genügend Möglichkeiten dazu. Als Harald nach Roumare ritt, um Wlnoth zu besuchen, entwickelte Alfric einen Plan, wie er von Wlnoths Jagdhaus ungesehen an die Grenze gelangen könne. Harald, der ganz genau wußte, daß man jeden seiner Schritte bewachte und auch davon überzeugt war, daß man alle Häfen und Grenzstädte längst verständigt habe, wies diese Pläne von sich. Von Edgar, der Briefe aus England bekommen hatte, hörte er, daß König Eduard gesund und das Land ruhig sei. Er konnte es sich leisten abzuwarten, und wenn ihn seine durch so viele Annehmlichkeiten versüßte Gefangenschaft störte, so ließ er sich nichts davon anmerken. Die Maske, die er trug, war so überzeugend, daß er sogar Alfric täuschte, der die Hände verbittert über soviel Sorglosigkeit rang. Aber der Graf war nicht sorglos. Er sagte einmal zu Edgar, daß er zumindest etwas aus seinem Aufenthalt in der Normandie gewonnen habe: Herzog Wilhelm und seine Untertanen in einer Weise kennengelernt zu haben, wie er es nie zu hoffen gewagt hatte. Nach sechs Monaten gab es kaum einen bedeutenden Mann, mit dem Harald nicht bekannt geworden war. Er traf mit den kriegerischen Baronen, den Grafen von Côtentin und Avranches zusammen und meinte: »Gute Kämpfer, aber nicht mehr.« Er setzte sich zum Ziel, mit den Beratern des Herzogs, FitzOsbern, Giffard, dem Herrn von Beaumont und allen anderen auf gutem Fuß zu stehen. »Gute Männer, aber sie lassen sich in allen Angelegenheiten von ihrem Herrn überzeugen.« Er beobachtete die weniger bedeutenden Adligen genau, Männer wie den Bannerträger Ralph de Toeni, die Herrn von Cahagnes, Montfiquet und L'Aigle. »Störrische Burschen, die eine starke Hand brauchen.« Damit tat er sie ab. Als aber der Prior von Herluin, Lanfranc, auf Besuch nach Rouen kam, sprach Harald in ganz anderen Worten von ihm. »Dieser Mann ist gefährlicher als alle anderen«, sagte er leise.

Edgar war überrascht. »Ich dachte, er würde Euch gefallen, mein Herr«, sagte er.

Und da sagte der Graf etwas, das seinem Than völlig unverständlich war: »Ich wollte, er wäre mein Ratgeber.«

Edgar runzelte die Stirn. »Ich weiß, daß er sehr klug ist. Es heißt, daß er die Ehe des Herzogs zustande gebracht hat. Ich glaube, daß er Wilhelm manchmal berät.«

Der Graf sah ihn mit einem leisen Lächeln an. »Unter all den Edlen dieses Herzogtums habe ich bis jetzt umsonst nach dem Mann gesucht, der hinter dem Herzog steht und ihm klugen Rat zuflüstert. Jetzt weiß ich, wo er zu finden ist, und ich sage dir, ich fürchte ihn.«

»Ein Ratgeber? Braucht der Herzog denn einen?« fragte Edgar.

»Nicht zum Regieren, nicht zum Kriegführen, aber für verwickelte, schwierige Angelegenheiten – ja, dafür braucht er jemanden«, antwortete Harald.

»Und was ist mit Anselm?« wollte Edgar wissen. »Auch er soll sehr weise sein.«

Harald schüttelte den Kopf. »Ein heiliger Mann, sicher, aber zu heilig, um den Rat zu erteilen, den Lanfranc dem Herzog gibt.«

Er sagte nichts mehr, aber seine Worte gingen Edgar nicht aus dem Kopf. Edgar bemerkte einmal zu Gilbert d'Aufay, daß er glaube, Lanfranc genieße das volle Vertrauen des Herzogs, und erkannte aus Gilberts Auflachen, wie recht Graf Harald gehabt hatte. Böse Vorahnungen überfielen ihn; er vermeinte, seinen Herrn von Feinden umgeben zu sehen, die versteckte Waffen gegen ihn anwandten, und sein Unvermögen, Harald zu helfen, machte ihn mißmutig und so gereizt seinen Gastgebern gegenüber, wie er es vor dreizehn Jahren gewesen war. Da jeder von beiden wußte, wie sein Herr dachte, und doch nicht davon sprechen konnte, begann er, sich Raoul fast unmerkbar zu entfremden. Hinter all ihren freundlichen Reden lag das Wissen um verborgene Geheimnisse. Edgar, der verzweifelt versuchte, die Haltung ihrer Herrn nicht zum Grund eines Zerwürfnisses werden zu lassen, fand, daß Raoul nichts anderes als Elfrieda mehr im Sinn habe; Raoul, der genau verstand, wie Edgar zumute war, versuchte ihm die Hand über die Kluft, die sie trennte, entgegenzustrecken und glaubte, daß Edgars Ergebenheit zu seinem Herrn ihre Freundschaft untergrub.

Einmal packte er Edgar an den Schultern und sagte: »Was immer geschieht, welchen Weg ich auch gezwungen bin zu gehen, du weißt, Edgar, daß ich diesen Weg nicht freiwillig gewählt habe.«

Edgar schüttelte Raouls Hände ab und sagte trotzig: »Du bist ein Normanne und Wilhelms Freund. Natürlich mußt du das wollen, was auch er will.«

Raoul sah ihn einen Augenblick lang schweigend an und wandte sich dann ab. Er ließ Edgar zurück, der mit düsterer Miene aus dem Fenster starrte, und konnte nur vermuten, daß unter dem zornigen Blick und der Wut die Bande des Herzens mit dem Stolz seiner Nation und der Treue zu seinem Herrn kämpften. Später trafen sie auf der Treppe zusammen; Edgar drehte sich um, lief Raoul nach und sagte verlegen: »Vergib mir; ich bin in den letzten Tagen schlecht gelaunt gewesen.«

Ihre Hände fanden sich. »Das weiß ich«, sagte Raoul. »Aber was auch immer geschieht, ich schwöre dir bei Gott und der gesegneten Jungfrau, daß ich jetzt und immer dein Freund bin.«

Der Herbst machte dem Winter Platz, und das erste Weiß bedeckte die Dächer. Edgar ritt mit Raoul nach Harcourt, um dem alten Hubert zu seinem siebzigsten Geburtstag zu gratulieren und ihm Geschenke zu bringen, worauf Alfric empört zu Sigwulf sagte: »Edgar hält sich nur noch bei seinen normannischen Freunden auf, und ich glaube fast, sie sind ihm lieber als wir, seine Landsleute. Er verachtet Wlnoth, weil er sich wie ein Normanne gibt, aber obwohl er selbst noch seinen Bart und den kurzen Rock trägt, läßt er uns immer allein, weil er FitzOsbern versprochen hat, mit ihm auszureiten, oder mit dem großmäuligen Baron, dessen Männer ›Turie!‹ schreien, wenn du sie triffst, auf die Jagd geht.«

Im neuen Jahr trat ein Ereignis ein, das Normannen und Sachsen gleicherweise beschäftigte. In der Bretagne hatte der junge Graf Conan, der seine Erzieher ein Jahr vorher zum Teufel geschickt hatte, schon lange Anzeichen eines ungezügelten Temperaments gezeigt. Eine seiner ersten Taten war gewesen, seinen Onkel Odo kettenbeladen in den Kerker zu werfen. Diese und ähnliche Nachrichten waren in die Normandie gedrungen. Der Graf zeigte alle Anzeichen, ein ebensolcher Tyrann zu werden wie sein Vater und Großvater vor ihm, und man erzählte sich flüsternd, daß er der Normandie seine Treue aufkündigen wolle, sobald er es nur könne. Im Frühjahr des Jahres 1065 schickte er eine schriftliche Herausforderung an Herzog Wilhelm, die in der Sprache eines jungen Prahlhanses besagte, daß er sich nicht länger als Vasall des Herzogs betrachte und dem Herzog zu einem bestimmten Tag an der Grenze gegenübertreten werde. Man glaubte, daß die normannische Grenzfestung St. Jacques der Hauptgrund seiner Feindschaft sei, und bald brachten Boten die Nachricht, daß er gegen den Mont Dol marschierte, der zum Herzog hielt.

Wilhelm empfing die Nachricht des Grafen ohne das geringste Anzeichen von Erstaunen oder Zorn. »Die sind alle gleich, diese bretonischen Fürsten«, sagte er, »ich habe auf Ähnliches schon gewartet.«

Als das Mahl begann, hatte es sich schon herumgesprochen, daß die Normandie wieder in den Krieg ziehen würde. Herzog Wilhelm setzte sich, und als man die ersten

Schüsseln auftrug, wandte er sich an Harald und sagte: »Was meint Ihr, Graf Harald? Habt Ihr Lust, an meiner Seite zu kämpfen?«

Das kam so unerwartet, daß die Sachsen von ihren Sitzen aufsprangen. Der Graf wartete mit der Antwort, bis er aus einer der Schüsseln genommen hatte, die ihm ein Diener kniend darbot. Raoul, der ihn scharf beobachtete, fragte sich, welche Gedanken und Überlegungen blitzartig durch Haralds Gehirn zogen. Seine Augen verrieten nichts; ein schwaches Lächeln spielte um seine Lippen. Er wischte sich die Finger in einer Serviette ab. »Aber gern«, sagte er ruhig. »Habt Ihr überhaupt Platz für mich, Herzog Wilhelm?«

»Ich werde Euch zum Befehlshaber einer Abteilung meiner Truppen machen«, versprach der Herzog.

Edgar, der die Gebräuche des Rittertums kannte, war nicht so überrascht wie die anderen Sachsen. Sobald das Mahl beendet war, folgte er dem Grafen nach oben und bat ihn, bei Herzog Wilhelm ein Wort einzulegen, daß auch er mit in die Schlacht ziehen dürfe. Er konnte seine Ungeduld kaum bezähmen, und als er Harald wiedersah, sprang ihm die Frage förmlich von den Lippen.

Harald nickte. »Du kannst mitkommen«, sagte er. »Anfangs schien Wilhelm sehr abgeneigt, aber als dein Freund Raoul sein Wort dem meinen zufügte und sich anbot, als Geisel für dich zu gehen, wenn du fällst, und auch FitzOsbern und Hugh de Montfort dasselbe taten, wurde die Angelegenheit halb spaßhaft, halb ernsthaft geregelt. Wlnoth und Hakon müssen hierbleiben. Hakon würde gern mitkommen, aber Wlnoth –« Achselzuckend brach er ab. »Er ist der einzige von uns sechsen, der anscheinend keinen Tropfen von Godwins Blut in den Adern hat«, meinte er. »Aber lassen wir das; er ist unwichtig.« Er blickte sich um, um sicherzugehen, daß sie niemand hörte. »Hast du erwartet, daß mich Herzog Wilhelm auffordern würde, mitzuziehen?«

»Nein«, antwortete Edgar nach einigem Überlegen. »Und doch geschieht so etwas öfter. Was hat er vor, Herr?«

»Wüßte ich, was Wilhelm vorhat, so bräuchte ich ihn nicht zu fürchten«, sagte Harald anscheinend unbekümmert.

Edgar sah ihn zweifelnd an. »Ihr fürchtet ihn doch nicht, Herr«, sagte er dann.

»Nein«, lachte der Graf leise auf. »Nun, vielleicht hast du recht. Wahrscheinlich will er mich auf dem Schlachtfeld beobachten, um zu sehen, was für eine Art von Feldherr ich bin.« Er blickte Edgar belustigt an. »Und da auch ich gern sehen möchte, was für ein Feldherr er ist, habe ich zugestimmt. So ist uns beiden gedient.«

»Ihr glaubt doch nicht« – Edgar brachte die Worte kaum hervor –, »daß er hofft, Ihr würdet in der Schlacht fallen?«

»Nein.« Harald überlegte kurz. »Nein, das glaube ich nicht.« Plötzlich lächelte er wieder. »Und wenn er es tut, so wird er eine Enttäuschung erleben. Ich habe nicht die Absicht zu fallen.«

Sobald Elfrieda von dem bevorstehenden Feldzug erfuhr, bekam sie schreckliche Angst. Als Edgar sie wegen ihrer Bedenken auslachte, suchte sie Trost bei Raoul und war überzeugt, keinen von beiden je wiederzusehen.

»Mein Herz, ich war schon in vielen Schlachten und bin aus allen heil hervorgegangen«, erklärte er ihr. »Diese hier wird nur von kurzer Dauer sein, und du wirst sehen, daß wir zurück sind, bevor du uns überhaupt noch vermißt.«

Dem konnte sie keineswegs zustimmen. Während sie das Gesicht in seinem Mantel vergrub, versicherte sie ihm mit erstickter Stimme, daß sie ihn in demselben Augenblick vermissen würde, in dem er fortzog. Darauf gab es nur eine Antwort, und er gab sie ihr auch. Aber das beruhigte ihre Ängste bei weitem nicht. Sie sah ihn mit großen Augen bittend an und flehte, noch vorsichtiger als sonst zu sein, denn er würde gegen ein schreckliches Volk ziehen, das allein zum Kampf geboren war.

Darüber mußte er lachen; er wollte wissen, wer ihr diese Ideen in den Kopf gesetzt hatte, und sofort erzählte sie ihm all die Ammenmärchen, die ihr alte Weiber und andere leichtgläubige Menschen vorgeplappert hatten. Sie sagte, daß jedermann wußte, daß die Bretagne voll von blutrünstigen Kriegern sei, die sich wie Barbaren aufführten, zehn Frauen auf einmal hatten, bis zu fünfzig Kinder zeugten und für nichts anderes als Mord und Totschlag lebten. Als Raoul daraufhin in lautes Gelächter ausbrach, wurde sie sehr böse, reckte ihr Kinn trotzig vor und vergab ihm dann doch, wobei sie sogar so weit ging, zuzugeben, daß die Geschichten doch nicht alle wahr seien.

Auf dem Weg in die Bretagne zog die normannische Armee südlich durch Avranches, eine Gegend reich an Obstgärten und fruchtbaren Weiden, und überquerte den tückischen Sandstrand unter dem Mont St. Michel bis zu dem Ort, an dem der Coesnon seine Wasser in die Bucht ergoß. Es war ein gefährlicher Übergang. Ein Soldat, beladen mit Brustpanzer und schwerem Schild, tat einen falschen Tritt und versank sofort im gefährlichen Treibsand. Seine Kameraden versuchten ihn herauszuziehen, aber der Sand war stärker als sie, und der Unglückselige sank noch tiefer, bis nur noch eine Schulter und die wild umherschlagenden Arme sichtbar waren. Er gehörte zu Graf Haralds Abteilung, der knapp hinter ihm geritten war und vorsichtig seinen Weg suchte. Er sah das Unglück, bemerkte die sinnlosen Rettungsversuche und sprang aus dem Sattel. Die Kameraden des Mannes wurden zur Seite gestoßen; der Graf stellte sich mit weitgespreizten Beinen über den Unglücklichen und beugte sich zu dem Mann nieder. Verzweifelt griff dieser nach den Händen des Grafen; die Männer sahen, wie Haralds Muskeln anschwollen, bis eine seiner Armspannen unter dem Druck zerbrach. Die Muskeln seiner Beine waren wie eiserne Ketten; der Sand stieß einen saugenden Laut aus, als wollte er seine Beute nicht freigeben; der Graf warf sich mit aller Wucht zurück und zog den Krieger mit sich auf festen Boden.

Der Mann lag zu Graf Haralds Füßen und küßte diese mit tränenüberströmten Wangen; ein Begeisterungsschrei drang aus allen Kehlen. Raoul, der den Vorfall vom anderen

Ufer beobachtet hatte, wußte nun, warum die Männer den Grafen so sehr liebten, daß sie für ihn sterben wollten.

Harald zollte dem Jubel der Menge nicht die leiseste Aufmerksamkeit. Er streifte den zerbrochenen Armreif ab, warf ihn beiseite, faßte sein Pferd am Zügel und sprang wieder in den Sattel.

Als er das andere Ufer erklomm, wartete der Herzog schon auf ihn. »Bei Gott, Graf Harald, das war eine große Tat!« sagte Wilhelm. »Ich habe das erste Mal erlebt, daß jemand stärker ist als ich.« Er lachte und sah den Sachsen wohlgefällig an. »Und doch bitte ich Euch, daß Ihr Euer Leben nicht noch einmal für einen einfachen Krieger aufs Spiel setzt, mein Freund!«

»Es bestand keine Gefahr«, sagte der Graf unbekümmert. »Ich konnte einfach nicht zusehen, daß der arme Kerl versank.«

Unter den Soldaten sprach man an diesem Tag von nichts anderem als von der riesigen Kraft des Grafen. Herzog Wilhelm sagte zu seinem Bruder Mortain: »Wäre ich an seiner Stelle gestanden und hätte getan, was er getan hat, so wäre es aus Gründen der Staatsklugheit geschehen, denn meine Anhänger wären von meiner Tat hingerissen gewesen. Graf Harald hat nicht einen Augenblick an solche Dinge gedacht, und doch ist das Ergebnis dasselbe.« Er wies mit dem Daumen auf Graf Haralds Abteilung. »Jetzt stehen sie wie ein Mann zu ihm, was sie vorher nicht getan haben. Du wirst sehen, wie sie kämpfen!«

Mortain zuckte die Achseln. »Was für eine Dummheit, sich für einen simplen Krieger so einzusetzen!«

Raoul, der an der anderen Seite Wilhelms ritt, fragte neugierig: »Und was Ihr an großen Taten vor Meulan getan habt – Taten, die Euch den Ruf eines Helden einbrachten; geschah dies alles aus Gründen der Staatsklugheit?«

Der Herzog lachte. »Damals war ich noch ein voreiliger Junge. Aber hauptsächlich war es Staatsräson.«

Er hatte nichts anderes als die Wahrheit gesagt, als er bemerkte, daß Haralds Truppen jetzt voll und ganz zu ihm standen. Waren sie vorher darüber unwillig gewesen, daß sie unter einem fremden Anführer kämpfen sollten, so schworen sie jetzt wie ein Mann, daß er der einzige sei, dem man folgen konnte. Die Abteilung befand sich in einer derartigen Hochstimmung, daß der Herzog nicht zögerte, den Grafen und seine Leute vorzuschicken, um Dol zu entsetzen, als sie die Grenze der Bretagne überschritten hatten.

Er beobachtete das Gefecht von einem benachbarten Hügel aus und machte ein paar Bemerkungen. »Ein guter Anführer, wie ich vermutet habe, der einen klaren Kopf im Kampf behält.« Er verfolgte Haralds Taktik, nickte und meinte: »Ja, genauso habe ich gekämpft, bevor ich bessere Wege gefunden habe.« Später sah er zu, wie Harald seine rechte Flanke in den Kampf brachte und lächelte. »Er weiß mit einer Reitertruppe nicht viel anzufangen, und meine Bogenschützen machen ihm Kopfzerbrechen. Aber, bei Gott, die Streitaxt ist eine Waffe, vor der man sich hüten muß!«

Als sie in den Kampf eingriffen, hatten die Sachsen ihre Äxte noch am Sattel hängen. Der Graf führte einen Zweihänder mit beiden Händen, was die Normannen sehr in Erstaunen setzte und Edgars frühere Erzählungen bestätigte. Harald schlug einem Pferd den Kopf mit einem einzigen Streich ab.

Das Gefecht dauerte nicht lange, denn Graf Conan war nicht kriegserfahren und durch die Anzahl seiner Gegner überwältigt. Nachdem er einen Vorgeschmack von Haralds Kriegskunst bekommen hatte, floh er zurück in seine Hauptstadt Rennes. An demselben Abend saß Edgar in Raouls Zelt und polierte seine Streitaxt mit liebevoller Sorgfalt. Es war nur allzu offenkundig, daß er den Kampf genossen hatte und sich nach mehr sehnte.

»Das bekommst du auch noch«, meinte Raoul lässig. »Wir werden Conan verfolgen, dessen kannst du sicher sein. Laß doch den Knappen die Axt putzen.«

»Das tue ich lieber selbst«, antwortete Edgar. Er hielt sie in die Höhe, so daß das Licht auf sie fiel. »Ist das nicht eine

Waffe, wie geschaffen für einen Mann? Mein alter Freund, es ist gut, dich wieder in der Hand zu haben!«

Raoul lag auf seinem Feldbett, die Hände hinter dem Kopf verschränkt. Er betrachtete Edgar mit einem boshaften Grinsen. »Wenn ich einen Ochsen schlachten möchte, dann würde sie mir sicher zustatten kommen«, sagte er aufreizend.

»Einen Ochsen!« rief Edgar entrüstet. Er streichelte den dicken Griff liebevoll. »Hörst du das, der du das Blut der Feinde trinkst?«

Raoul verzog das Gesicht. »Ruhe, Barbar! Wenn du mit dieser scheußlichen Waffe sprechen willst, dann geh fort. Ich mag weder Blut noch Krieg.«

»Raoul, du solltest nicht so sprechen«, sagte Edgar. »Wenn dich jemand hört, der dich nicht kennt –«

»Dann würde er sicher glauben, ich spreche im Ernst?« fiel Raoul ein.

»Ja, was sollte man denn anderes denken?«

»Ich spreche auch im Ernst«, sagte Raoul sehr sanft und schloß die Augen.

Edgar war durch dieses Geständnis ernstlich verstört und versuchte alles mögliche, um Raoul die Torheit solcher Zimperlichkeiten klarzumachen. Anscheinend waren seine Worte nicht sehr eindrucksvoll, denn nach zwanzig Minuten warf ihm Raoul aus verschlafenen grauen Augen einen Blick zu und fragte gähnend: »Wie, du bist noch immer da, Edgar?«

Worauf Edgar sich mit so viel Würde, wie er nur vortäuschen konnte, erhob und in sein eigenes Zelt ging.

Sein Glauben an Raoul wurde jedoch bald völlig wiederhergestellt, denn der Herzog marschierte auf Dinan und nahm die Stadt mit Feuer und Schwert; hier sah Edgar, der sich ins tiefste Kampfgetümmel stürzte, daß Raoul immer in der vordersten Reihe zu finden war und anscheinend nicht im geringsten durch das Gemetzel verstört wurde. Seite an Seite kämpften sie sich durch eine Bresche in der Mauer. Raoul glitt auf den lockeren Steinen aus und fiel; Edgars

Axt schwirrte über ihm; er schrie: »Out, out!« auf sächsisch, und ein Bretone fiel auf Raoul und bespritzte seine Halsbeuge mit seinem Blut. Raoul schob seinen noch zuckenden Körper beiseite und stand auf.

»Bist du verletzt?« schrie Edgar, um den Lärm zu übertönen.

Raoul schüttelte den Kopf. Erst als der Kampf zu Ende war und die normannischen Truppen die Stadt besetzt hatten, dachten beide wieder an den Vorfall. Sie hatten sich im Gefecht aus den Augen verloren und erst Stunden später auf dem Marktplatz wiedergefunden. Raoul stand an der Spitze einer Truppe, die beauftragt war, den in der Stadt wütenden Brand einzudämmen; Edgar fand ihn in der Dämmerung vor einem lodernden Haus, rußverschmiert und verschwitzt, aber unverletzt.

Edgar wartete, bis Raoul einen Befehl gegeben hatte, und legte ihm dann die Hand auf den Arm. »Ich habe die ganze Stadt nach dir durchsucht«, sagte er. Mit einem für ihn typischen Mangel an Erregung fuhr er fort: »Ich dachte schon, du wärst gefallen.«

»Néel hätte dir sagen können, wo du mich finden würdest«, sagte Raoul. »Du dort – fort von der Mauer!«

Ein kleiner Junge im versengten Rock lief barfüßig über die Steine und rief nach seiner Mutter. Raoul fing ihn ein und warf ihn Edgar zu. »Halt das Kind«, befahl er ihm, »oder es läuft in den Tod. Das Haus ist nicht mehr zu retten.«

Edgar klammerte den zu Tode erschrockenen Jungen unter den Arm und fragte sanft, was er mit ihm tun solle. Aber Raoul war schon davongelaufen, um ein Haus auf der anderen Seite des Marktes zu retten, das von den Flammen kaum berührt war. Edgar blieb stehen und versuchte das weinende Kind zu beruhigen. Zu seiner Erleichterung führte das gellende Geschrei eine Frau zu ihm. Sie riß den Jungen aus Edgars Armen, preßte ihn an sich und stieß einen ungeheuren Wortschwall hervor. Da sie Bretonisch sprach, verstand Edgar kein Wort, aber die Wut in ihrem

Gesicht und in ihrer Stimme ließen ihm keinen Zweifel, was sie sagen wollte. Er versuchte ihr zu erklären, daß er dem Kind nichts getan hatte, aber sie verstand ihn so wenig wie er sie und sprang mit gespreizten Fingern auf ihn zu, als wolle sie ihm die Augen auskratzen. Er flüchtete hastig hinter einen Haufen angekohlter Balken, und sie stürzte mit einem letzten Fluch davon, gerade als Raoul wieder zurückkam.

Raoul schüttelte sich vor Lachen. »O furchtloser Held! O tapferer Sachse! Komm heraus, der Feind ist verschwunden!«

Edgar kroch mit einem verschämten Grinsen hinter dem Haufen hervor. »Was hätte ich denn tun sollen? Die Frau war ja eine wahre Furie. Der Teufel soll dich holen, mein Lieber: du hast mir dieses Kind angehängt.«

Raoul begann sich Schmutz und Schweiß aus dem Gesicht zu wischen. Sein Lachen erstarb; er blickte den Männern zu, die mit vollen Wassereimern hin und her liefen. »Das ist ein Werk der Hölle! Und dir gefällt es!« Er sah Edgar wieder an und sagte plötzlich: »Ich glaube, du hast mir dort auf der Mauer das Leben gerettet.«

»Wann?« fragte Edgar und dachte angestrengt nach.

»Als ich stolperte, du Dummkopf!«

»Ach das!« Edgar überlegte angestrengt. »Ja, ich glaube, du hast recht.« Seine Augen blitzten freudig auf. »Es war ein guter Schlag, ich habe ihm den Kopf glatt abgehauen. Ich glaube, ich habe in den vielen Jahren nicht alles vergessen.«

»Wie dem auch sei, ich danke dir«, sagte Raoul. »Gott sei Dank wird der heutige Tag den Krieg beenden. Conan hat die Stadt persönlich übergeben.«

»Ja«, sagte Edgar, und in seiner Stimme war Bedauern zu hören. »Ich gehe essen, kommst du mit?«

»Wenn der letzte Funken erloschen ist. Wo ist der Herzog?«

»Oben im Schloß mit dem Grafen und De Gournay. Conan versucht, so weit wie möglich die Fassung zu bewahren und ißt heute abend mit dem Herzog, wie mir Fitz-

Osbern erzählt hat. Wäre ich Wilhelm, so würde ich ihn in Ketten legen.« Er wandte sich zum Gehen, drehte sich aber nach wenigen Schritten um und sagte beiläufig: »Der Herzog schlägt Graf Harald zum Ritter.« Er wartete Raouls Antwort nicht ab, sondern überquerte den Marktplatz mit langen Schritten.

Raoul sah ihm nach. »Und dir wäre es lieber gewesen, wenn er abgelehnt hätte«, murmelte er und machte sich wieder an die Arbeit.

Die Zeremonie fand am nächsten Vormittag statt. Der Graf stand waffenlos vor Wilhelm, der ihm ein Schwert an einem juwelenbesetzten Gehänge umlegte, einen Helm auf den Kopf setzte und eine Lanze in die Hand drückte, seinen Arm auf Haralds rechten Arm legte und die erforderlichen Worte sprach. Da Conan die Oberhoheit der Normandie wieder anerkennen mußte, machte sich der Herzog auf den Weg nach Rouen und zog sich über die Grenze nach Avranches zurück. Er und Graf Harald ritten Seite an Seite, anscheinend als die besten aller Freunde, teilten ein Zelt und einen Tisch und verbrachten Stunden angeregter Unterhaltung miteinander.

In St. Jaques, das an der Grenze lag, blieben sie einen Tag und eine Nacht; und wie es üblich war, wenn der Herzog sich irgendwo aufhielt, kamen die Menschen aus der nahen und fernen Umgebung ins Lager. Einige brachten Beschwerden und Bitten vor, andere wollten ihn aus bloßer Neugierde sehen, und viele hofften, von den reichen Herren aus der Begleitung des Fürsten Almosen zu erhalten. Die meisten Bettler waren Krüppel oder Aussätzige, und das Läuten des Lepernglöckleins war unaufhörlich am Rand des Lagers zu hören. Es war ganz selten, daß man solche Menschen vor den Herzog ließ, aber in St. Jaques kam FitzOsbern herbeigeeilt, als der Herzog mit Graf Harald vor seinem Zelt saß und speiste, und rief ganz außer Fassung: »Beau Sire, was ich eben gesehen habe, müßt Ihr unbedingt kennenlernen. Es ist ein wahres Wunder, ich habe nie so etwas Seltsames vor Augen bekommen!«

»Was ist denn das für ein Wunder, Wilhelm?« fragte Wilhelm nachsichtig, denn er war an FitzOsberns Begeisterungsausbrüche gewöhnt und wunderte sich kaum noch darüber.

»Eine Frau, bei der alles bis zum Nabel doppelt ist«, erklärte FitzOsbern. »Herr, Ihr lächelt, aber ich schwöre Euch bei meinem Leben, daß sie zwei Oberkörper, zwei Köpfe, zwei Hälse und vier Arme hat. Und vom Nabel an ist sie zusammengewachsen und geht nur auf einem Paar Beinen. Raoul, du warst doch vor einer Stunde draußen vor dem Lager: Hast du sie denn nicht gesehen?«

»Ja«, antwortete Raoul angewidert. »Es ist ein großes Wunder, aber ein schreckliches.«

Der Herzog wandte sich um und sah seinen Freund, der hinter ihm stand, forschend an. »Ist es wirklich ein Wunder, mein Wächter, oder wieder eines von Wilhelms Ammenmärchen?«

Raoul lächelte. »Nein, es ist wahr, aber es würde Euch den Magen umdrehen, wenn Ihr es seht.«

»So leicht dreht es mir den Magen nicht um«, erklärte Wilhelm. »Was meint Ihr, Graf Harald, sollen wir uns dieses Wunder ansehen?«

»Ich würde viel geben, wenn ich es sehen könnte«, sagte der Graf. »Eine Frau mit zwei Köpfen! Spricht sie mit beiden Mündern? Kann der eine sprechen und der andere schweigen?«

Galet der Narr hatte sich zu Füßen des Herzogs niedergekauert; Wilhelm stieß ihn mit dem Fuß an. »Auf, Galet! Bring mir dieses Wunder!«

FitzOsbern beantwortete inzwischen die Fragen des Grafen. »Nein, aber früher geschah das schon. Ihr Vater, ein Leibeigener aus der Gegend, hat mir erzählt, daß die eine Hälfte gegessen hat, während die andere sprach, oder auch geschlafen, während die andere wach war. Aber vor einem Jahr ist die eine Hälfte gestorben, während die andere am Leben blieb, was mir noch wunderbarer vorkommt als alles andere!«

»Eine Hälfte tot und die andere lebt noch! Gibt es so etwas wirklich?« fragte Harald ungläubig. »Ich möchte diese seltsame, schreckliche Frau wirklich gern sehen.«

Raoul sagte mit seiner unbewegten Stimme: »Ich hoffe nur, daß Euch bei ihrem Anblick und dem Gestank, den sie ausströmt, nicht übel wird, Herr.«

Harald sah ihn fragend an. Raoul sagte nur: »Ihr werdet es sehen; in meinen Augen ist es kein angenehmer Anblick.«

Der Herzog legte das Hühnerbein weg, das er gerade zum Mund geführt hatte. »Schenkt ihm keine Beachtung, Harald. Manche nennen ihn den Wächter, aber andere kennen ihn als Raoul den Empfindlichen und Freund der Freundlosen. Habe ich nicht recht, Raoul?«

»Ich habe davon reden hören. Aber ich wußte nicht, daß es Euch zu Ohren gekommen ist, Herr.«

Der Herzog lächelte. »Und doch kennst du mich so gut«, bemerkte er vielsagend. Er sah den Narren kommen und winkte ihn zu sich. »Nun, bringst du mir das Wunder unseres Seneschalls?«

»Ja, Bruder, dort kommt sie.« Galet wies auf eine sonderbare, dicht verschleierte Figur, die sich mühsam auf sie zuschleppte und von einem Bauern geführt wurde, der sie an der Hand hielt.

Der Herzog schob seinen Teller beiseite und lehnte sich mit beiden Armen auf den Tisch. »Komm her, Mann, und bring mir deine Tochter, damit ich mit eigenen Augen sehen kann, wie Gott sie geschaffen hat«, sagte er freundlich.

Aus den Schleiern tönte eine dumpfe Stimme: »Herr, mich hat der Teufel gemacht, nicht Gott in seiner Gnade.«

Der Herzog runzelte die Stirn. »Was sind das für gotteslästerliche Reden, die du da führst, Mädchen?« Er winkte sie noch näher. »Komm her und leg diese Tücher ab. Du hast dich den Kriegern für Geld gezeigt; jetzt zeig dich auch mir.«

Sie trat ganz nahe an den Tisch; ein grauenhafter Gestank der Verwesung umgab sie, der Geruch verfaulenden Fleisches. Graf Harald nahm plötzlich seine Serviette, hielt sie an die Nase und preßte das Tuch fest ans Gesicht.

»Jetzt werdet Ihr sehen, Herr, ob ich die Wahrheit gesprochen habe oder nicht«, sagte FitzOsbern.

Der Vater der Frau begann, nachdem er sich vor dem Herzog viele Male tief verneigt hatte, die Tücher abzunehmen, welche das mißgestaltete Wesen verhüllten. Als er fertig war, trat er zurück und sagte stolz: »So war sie von Geburt an, mein Herr.«

»Und das einzige, was sich darüber gefreut hat, war ihr Bauch, der damals rief: gelobt sei Gott, denn ich habe zwei Münder, die meinen Hunger stillen können!« rief Galet. Er stieß Graf Harald mit seinem Narrenzepter an. »Wie, Vetter, ist dir übel?«

Harald stand rasch auf und tastete nach der Börse, die an seinem Gürtel hing. Er war bleich geworden, als er die Frau nackt vor sich stehen sah, niedergezogen von der abgestorbenen Hälfte, und es schnürte ihm die Kehle zu. Das Fleisch hing in Fetzen vom Körper; die verdorrten Arme pendelten herab und bewegten sich mit jeder Bewegung der Frau mit; der abgestorbene Kopf wackelte und nickte, und die Maden taten ihre Arbeit.

Der Graf schleuderte die Serviette beiseite, als sei er wütend, daß er sie gebraucht hatte, ging auf die Frau zu und legte seine Hand auf den lebendigen Kopf. »Gott habe Mitleid mit dir, so wie ich es mit dir habe«, sagte er sanft. Er legte seine Börse in ihre Hand, schloß ihre schlaffen Finger darum und ging mit großen Schritten davon, ohne sich umzuwenden.

Der Herzog sah ihm nach. »Es wurde ihm übel, und dennoch hat er seinen Abscheu überwunden und sie berührt«, murmelte er. Einen kurzen Augenblick lang sah er Raoul direkt in die Augen. »Ja, er ist ein großer Mann.« Dann drehte er sich zu FitzOsbern um. »Sorg dafür, daß die Frau auch von mir eine Börse bekommt, Wilhelm.« Er sah sie nochmals prüfend an. »Mein Kind, dein Fegefeuer hast du schon hier auf Erden durchgemacht. Geh.« Er blickte Vater und Tochter nach, als sie langsam verschwanden, und sagte dann munter: »Was für ein scheußlicher Gestank! Gib mir die Rose, Wilhelm! Welche Schöne hat sie dir denn geschenkt?«

FitzOsbern lachte auf, zog die Rose aus der Fibel, die seinen Mantel zusammenhielt und gab sie dem Herzog.

Wilhelm drückte sie an die Nase. »Du hast recht gehabt, Raoul: ein schrecklicher Anblick«, sagte er.

Galet, der schon eine Weile geschwiegen und Figuren in den Sand gezeichnet hatte, hob den Kopf und fixierte Wilhelm. Seine Augen glühten in einem unwirklichen Licht; Schweiß stand ihm auf der Stirn; und mit einer Stimme, die der seinen nicht glich, sagte er: »Bruder, du hast ein Rätsel gesehen, das du nicht lösen kannst.«

»Dann löse du es für mich, Narr«, sagte der Herzog, der noch immer den süßen Duft der Rose einsog.

»Du hast England und die Normandie gesehen, Bruder, zwei Länder, die doch unter einem Herrscher vereint sind; und beide waren einmal gesund, aber jetzt ist eines tot, verfault und stinkend, und hängt am anderen, das es mit seinem Reichtum und seiner Stärke noch immer hält.«

»Was für eine Dummheit!« rief FitzOsbern zornig.

Der Herzog hielt seinen Blick auf die Rose gesenkt. »Weiter, Freund Galet. Welches der beiden Länder ist in deinen Augen die Normandie?«

Der Narr streckte seinen knochigen Zeigefinger aus, und sie sahen, daß er zitterte. »Weißt du das denn nicht, Bruder Wilhelm? Oh, du weißt es genau, hast es mit deinen Falkenaugen ja schon gesehen! Die Normandie ist das faule Fleisch, dem England den Lebenssaft aussaugt. Denn England wird der Normandie alles nehmen, was diese geben kann, und sie dem Tod überlassen, wie du es heute gesehen hast – ja, und wie es die Kinder deiner Kinder in den Jahren, die kommen, zu ihrem Schaden auch sehen werden!«

FitzOsbern stand mit aufgerissenem Mund da; Raoul blickte auf den Herzog, der rasch aufgesehen hatte und Galet anstarrte.

Einen Augenblick schwiegen alle. Dann wandte sich der harte Blick des Herzogs von Galets Gesicht ab. »So sei es«, sagte er fest und beugte sich wieder zu der Rose.

6

Sie ritten nordwärts nach St. Lo am Vire, in das wilde Land des Côtentin. Hier trafen sie Boten aus Rouen, die Briefe für den Herzog hatten. Er las sie rasch und hielt sich nur bei einem länger auf, der ihm Nachrichten aus England brachte. Dann reichte er das Blatt Graf Harald und meinte dazu: »Ich glaube, das betrifft Euch.« Während Harald den Brief las, fuhr Wilhelm fort, die anderen Briefe zu öffnen, und blickte nicht ein einziges Mal auf, um zu sehen, wie Harald die Nachrichten aufnahm, welche das Schreiben enthielt.

Haralds Gesicht zeigte keinerlei Gemütsbewegung. Er las langsam, mit gedankenvollem Blick. Der Brief sprach davon, daß es um die Gesundheit des Königs nicht gut stehe; er gehe weniger auf die Jagd als früher; verbringe viel Zeit mit Gebet und Meditation und dränge die Steinmetze, die Abtei zu vollenden, die sich langsam auf der Insel Thorney, außerhalb Londons, zu Ehren des heiligen Petrus erhob. Es sollte seine letzte Ruhestätte werden, und Eduard wurde von dem Gedanken verfolgt, der Bau könnte nicht fertig sein, wenn seine letzte Stunde gekommen war.

Weiter berichtete der Brief von Unruhen im Norden, wo Tostig herrschte. Graf Harald faltete das Blatt sorgfältig zusammen und gab es Wilhelm zurück. Der Herzog hatte Gänsekiel und Tinte genommen und begonnen, die Briefe zu beantworten. Er führte die Feder mit kräftigen, aufrechten Strichen, wie es seinem Charakter entsprach.

Er blickte nicht von dem Blatt auf, das unter seiner Hand lag, und sagte: »Ich habe wenig Geduld mit solchen Hitzköpfen wie es Euer Bruder ist, mein Freund.«

»Ich überhaupt keine«, meinte Harald ergrimmt.

Wilhelm schrieb eine Zeitlang schweigend weiter. Er kam ans Ende des Blattes und bestreute es mit feinem Sand, den er bald abschüttelte. Er legte das Blatt beiseite und tauchte die Feder wieder in das Tintenhorn. »Ich glaube«, sagte er mit einer Langsamkeit, die den Grafen halb wahnsinnig machte, »ich glaube, es ist an der Zeit, daß Ihr wieder nach England zurückkehrt, Graf.«

Der Graf mußte sich beherrschen, um nicht aufzuspringen und in der kleinen Kammer auf und ab zu laufen. Er bezwang sich und blieb still sitzen, die Augen auf Wilhelms Gesicht gerichtet. »Ja, es ist höchste Zeit«, sagte er und schien seine Worte sehr sorgfältig zu wählen. Er starrte auf die Feder des Herzogs und folgte den Zeilen, der ersten, der zweiten, der dritten. Er bemerkte plötzlich, daß er mit den Fingern auf die geschnitzte Armlehne seines Stuhles trommelte, und umklammerte das Holz, um sich in der Gewalt zu haben. Er wollte, daß der Herzog etwas sage, doch Wilhelm schrieb weiter. Harald wog und verwarf Satz um Satz. Endlich fragte er direkt: »Seid offen zu mir, Herzog Wilhelm: Was wollt Ihr von mir?«

Der Herzog hob den Blick und legte die Feder beiseite. Er schob die Papiere von sich, verschränkte die Hände auf dem Tisch und sagte: »Graf Harald, vor vielen Jahren, als ich noch ein kleiner Junge in der Obhut meiner Erzieher war, lebte König Eduard an meinem Hof und war mein Freund. In jenen Tagen gab er mir das Versprechen, daß ich sein Erbe sein sollte, würde er je König von England und hätte keine eigenen Kinder.« Er hielt inne, aber der Graf blieb stumm. Er lehnte sich in seinem Sessel zurück und legte den Kopf gegen das dunkle Holz. Sein Gesicht zeigte nichts als höfliches Interesse. Der Herzog maß ihn mit einer gewissen Hochachtung. »Vor vierzehn Jahren«, fuhr er fort, »reiste ich nach England, um den König zu besuchen; damals erneuerte er sein Versprechen und gab mir als Geiseln Wlnoth, Hakon und Edgar, den Sohn Eadwulfs mit. Das ist Euch doch bekannt?«

»Ich habe davon gehört«, sagte Harald ausdruckslos.

»Der König ist alt«, sagte Wilhelm, »und ich bin nicht der einzige, der seinen Thron begehrt.«

Die Augen des Grafen zuckten, aber er blieb noch immer stumm.

»Zum Beispiel Edgar, der Sohn des Atheling«, fuhr Wilhelm nach einer kaum merkbaren Pause fort. »Ich zweifle nicht daran, daß ihn viele auf dem Thron sehen wollen.«

»Das ist sehr wahrscheinlich«, meinte Harald. Er bewegte seine Hand, so daß ein Rubinring, den er trug, in der Sonne aufblitzte; er studierte ihn aus halbgeschlossenen Augen.

»Ich brauche einen Mann, der meine Stellung in England vertritt«, sagte der Herzog, »der meine Interessen wahrnimmt, bis die Zeit kommt, in der Eduard zu seinen Vätern heimgeht, und auch nachher.«

»Ich?« Ein harter Ton schwang in Haralds Stimme mit.

»Ihr«, stimmte ihm Wilhelm bei, »gebunden durch einen Eid, meine Ansprüche zu unterstützen.«

Der Graf lächelte. Er blickte von seinem Ring auf und sah, daß Wilhelms Augen auf ihn gerichtet waren. Er hielt dem Blick stand, und für lange Zeit starrten sie einander schweigend an; nur eine Lerche sang draußen am blauen Himmel. »Deshalb habt Ihr mich also nicht gehen lassen«, sagte der Graf schließlich ohne Erstaunen oder Zorn.

»Deshalb«, bestätigte ihm Wilhelm. »Um offen zu sein, Graf Harald: Wärt Ihr ein anderer als der Mann, der Ihr seid, so hätte ich mir in dieser Sache nicht so viel Mühe gegeben. Ich sage Euch offen, daß ich in meinem ganzen Leben nur einen Mann getroffen habe, den ich wirklich achten kann – und das seid Ihr!«

»Das ehrt mich«, erwiderte Harald ironisch.

»Das soll es auch!« sagte der Herzog mit einem Anflug von Humor. Er sah den letzten Sandkörnern zu, die durch das Stundenglas rannen, und drehte es dann um.

»Was für eine Summe bietet Ihr, um mich zu bestechen?« fragte Harald.

Der Herzog preßte die Lippen zusammen. »Graf Harald, Ihr könnt mich viele Dinge nennen, aber keinen Dummkopf. Bestechung hebe ich mir für weniger wichtige Menschen auf.«

Harald neigte leicht den Kopf. »Danke. Dann darf ich also fragen: Was für eine Belohnung wird dem Sohn Godwins zuteil?«

Der Herzog sah ihn einen Augenblick überlegend an. »Harald, wenn Ihr wollt, könnt Ihr als zweiter Mann hinter mir in England herrschen. Ich gebe Euch die Hand meiner Tochter Adela und verpflichte mich, Euch in allem zu bestätigen, was Ihr heute besitzt.«

Wenn der Graf die Idee lächerlich fand, ein Kind zu heiraten, das um Jahre jünger als die Kinder aus seiner ersten Ehe war, so zeigte er dies nicht. »Das ist ein sehr großzügiges Angebot«, murmelte er. Wieder beschäftigte er sich eingehend mit seinem Ring. »Und wenn ich ablehne?«

Der Herzog, der wußte, mit wem er es zu tun hatte, sagte: »Um offen zu sprechen, Sohn Godwins, wenn Ihr nein sagt, so lasse ich Euch nicht aus der Normandie fort.«

»Ich verstehe«, sagte Harald. Er hätte hinzufügen können, daß er dies alles schon seit Monaten gewußt, die Möglichkeit der Flucht erwogen und überlegt hatte, was er dem Herzog antworten würde. Das Lächeln war aus seinen Augen gewichen; sein Gesicht war finster. Er atmete tief, als hätte er einen harten Kampf mit sich ausgefochten, aber seine Stimme war freundlich wie immer und verriet nicht das Geringste. »Es scheint ja, daß ich keine Wahl habe, Herzog Wilhelm. Ich werde den Eid ablegen«, sagte er.

Er erzählte Edgar am selben Abend, was er getan hatte. Edgar brachte ihn in seine Kammer, und als er gehen wollte, rief ihn Harald schroff zurück: »Warte; ich habe dir etwas zu sagen.« Er schickte den verschlafenen Pagen fort, der die Kerzen angezündet hatte, und warf sich in einen Stuhl, der an der Wand außerhalb des Lichtkreises stand. »Mach die Tür zu, Edgar. Ich reise in einer Woche zurück nach England, vielleicht auch etwas später, und nehme dich und Hakon mit. Wlnoth bleibt hier.«

Edgar blieb wie angewurzelt in der Tür stehen. »Nach England?« wiederholte er fassungslos. »Wollt Ihr sagen, daß der Herzog nachgegeben hat?« Seine Stimme klang ungläubig, aber dann kam ihm ein Gedanke, und er fragte eifrig: »Ist es, weil Ihr Euch in der Bretagne so tapfer geschlagen habt, Herr? Ich weiß, daß er mutige Männer liebt, aber ich hätte nie geträumt –« Er brach ab, denn der Graf hatte leise und zornig aufgelacht. Edgar trat rasch vor und versuchte Haralds Gesicht zu sehen. »Was für einen Preis verlangt er für Eure Freiheit?« wollte er wissen. Seine Finger umklammerten die Tischkante.

»Ich habe ihm versprochen, einen Eid abzulegen, seinen Anspruch auf England zu unterstützen«, sagte Harald. »Ihm das Schloß von Dover zu übergeben, wenn der König stirbt, und seine Tochter Adela zu heiraten, wenn sie ins heiratsfähige Alter kommt.«

»Mein Gott, Ihr spaßt doch nur?« Edgar riß den schweren Kerzenleuchter hoch, um dem Grafen ins Gesicht zu sehen. »Seid Ihr wahnsinnig, Herr?« fragte er grimmig. »Jesus, seid Ihr wahnsinnig?«

Der Graf hielt die Hand vors Gesicht, um sich gegen den plötzlichen Lichtschein zu schützen. »Nein, ich bin nicht verrückt«, antwortete er. »Ich wähle nur den einzigen Weg, der in die Freiheit führt.«

»Eine Krone verschwören, die Träume eines ganzen Lebens!« Der Kerzenleuchter zitterte in Edgars Hand. »Und was wird aus uns, den Männern, die Euch vertraut haben, die Euch gefolgt sind, bereit, für Euch zu sterben? Beim Gekreuzigten, ist das Godwins Sohn, der da spricht?«

Der Graf machte eine ungeduldige Bewegung. »Du Narr, weißt du denn nicht, daß mich Wilhelm niemals gehen läßt, wenn ich nicht schwöre? Was wird dann aus dir, der du mir vertraust? Habe ich dein Vertrauen denn dann nicht mißbraucht? Antworte!«

Edgar setzte den Kerzenleuchter mit einem Knall nieder. »Herr, Ihr seht mich sprachlos, und ich verstehe Euch nicht. Erklärt mir alles, ich bitte Euch!«

»Ich habe es dir erklärt: Es ist der einzige Ausweg. Wenn ich ablehne, bleibe ich gefangen und verliere alles, worum ich mein Leben lang gekämpft habe.« Er schwieg und fuhr dann bedeutungsvoll fort: »Hast du denn vergessen, daß ich dir vor einem Jahr geschworen habe, ich würde seinen Netzen entkommen, ganz gleich mit welchen Mitteln und um welchen Preis?«

»Und was soll Euch diese Freiheit in Ketten nützen?« sagte Edgar. Plötzlich erkannte er, was die Worte des Grafen bedeuteten. Er sank auf den Schemel nieder und vergrub den Kopf in den Händen. »O Gott!« rief er und wühlte in seinem Haar. »Ich war dumm genug zu glauben, daß Harald Godwinson lieber sterben würde, bevor er die Treue bricht! Vergebt mir! Ich habe nur von Träumen gelebt!«

Der Graf stand auf und trat zu seinem Than; er stützte sich mit den Händen auf den Tisch, der zwischen ihnen stand. »Sag mir, wem ich die Treue brechen soll: Wilhelm oder England?« fragte er streng. »Sprich! Einer oder der andere muß es sein. Soll ich davor zurückschrecken, meine Ehre zu beflecken, und unser England dem normannischen Tyrannen überantworten? Willst du, daß ich das tue? Ist das etwas, was Harald Godwinson tun würde? Wenn du das von mir glaubst, so schlag dir den Gedanken aus dem Kopf und nimm mich, wie ich wirklich bin, und nicht als ein Phantasiegebilde! Ich stehe zu England, und ich werde es bis zu meinem letzten Atemzug verteidigen. Halte mich, wofür du willst: Vielleicht breche ich allen anderen gegenüber mein Wort, aber England werde ich treu bleiben. Es ist mir gleichgültig, ob meine Seele verdammt wird, wenn man sagen kann, daß das, was ich getan habe, zum Wohl Englands war.« Seine Stimme dröhnte durch den Raum; als er schwieg, war das Schweigen fast bedrückend. Die Kerze brannte gerade, nicht der leiseste Hauch bewegte sie; draußen vor dem Fenster funkelten die Sterne in der Stille der Nacht.

Der Schrei einer Eule durchschnitt das Schweigen. Edgar fuhr zusammen und hob den Kopf. »Vergebt mir«, sagte er mit veränderter Stimme. Sein Gesicht verdüsterte sich. »Was für ein teuflischer Plan, Euch so zu binden! Bei Gott, die Abrechnung wird fürchterlich werden! Aber wird er nichts ahnen? Nicht vermuten, daß Euch ein solcher Eid nicht binden kann?«

»Ahnen? Er weiß es«, antwortete Harald. Er begann, in der Kammer auf und ab zu gehen, und lachte kurz auf. »Lanfranc!« sagte er. Er öffnete den Gürtel, der sein Wams zusammenhielt, und warf ihn auf den Tisch. »Siehst du es denn nicht vor dir? Hörst du nicht den Schrei, den Wilhelm ausstoßen wird, wenn die Krone auf dem Haupt Haralds des Meineidigen sitzt?«

»Eine sehr schlimme Sache, Herr«, sagte Edgar leise. »Eine Gotteslästerung und ein Verbrechen, das Eure Ritterehre befleckt.« Dann stand er jäh auf und stieß den Schemel beiseite. »Ich dachte, er hätte Euch gern! All die Wochen, die Ihr zusammen gelebt, gegessen, gekämpft habt – er ist ein doppelzüngiger Mensch, dieser Wilhelm!«

Harald blieb stehen und blickte Edgar seltsam an. »Da irrst du. Du glaubst, daß er nur vorgetäuscht hat, mich zu mögen. Er hat mich wirklich gern, und würde ich mich seinem Willen beugen, so könnte ich seiner Freundschaft sicher sein. Ja, er hat mir sogar angeboten ... aber das tut nichts zur Sache. Ich habe den Weg eingeschlagen, den ich gehen muß.« Er trat ganz nahe auf Edgar zu und packte ihn bei den Armen. »Du hast schwere Bedenken; glaubst du denn nicht, daß auch mein Herz voller Sorge ist? Halte zu mir und vertrau mir, auch wenn ich einen Meineid auf mich nehmen muß. Ich brauche dein Vertrauen wie nie zuvor.«

Er ließ ihn los. Edgar fiel auf die Knie und legte seine Hände in die Haralds. »Gott weiß, daß ich Euch vertraue, mein Herr, und Ihr wißt es auch. Komme, was wolle, ich werde Euch bis zum Ende treu sein.«

Der Graf legte seine Hände leicht auf Edgars Schultern. »Das weiß ich.« Er hob seinen Gefolgsmann auf. »Es ist spät, und zu sagen haben wir einander nichts mehr. Geh jetzt und bete darum, daß mir Wilhelm keinen so feierlichen Eid abverlangt, daß ich, wenn ich ihn breche, nie mehr die Verzeihung der Kirche erlangen werde.«

Am nächsten Tag setzten sie ihre Reise fort. Edgar ritt nahe hinter Harald und mied seine normannischen Freunde. FitzOsbern schalt ihn wegen seines abweisenden Benehmens, unterbrach sich aber, als er Raouls Stirnrunzeln sah. Er galoppierte neben Raoul dahin und fragte: »Was hat er denn? So düster habe ich ihn seit vielen Jahren nicht gesehen.«

»Laß ihn, Wilhelm«, meinte Raoul müde, »kannst du dir denn nicht vorstellen, wie er uns hassen muß?«

»Uns hassen?« rief FitzOsbern. »Bloß wegen des Eides, der da in Bayeux abgelegt werden soll? Aber nein, was bedeutet ihm denn das?«

Raoul seufzte ob dieser Verständnislosigkeit tief auf. »Was würde es uns bedeuten, wenn Wilhelm an Haralds Stelle wäre? Oh, ich zweifle nicht daran, daß Edgar seine Freunde noch liebt, aber in seinem Herzen schwelt bitterer Haß gegen unser Volk. Laß ihn: Du kannst gar nichts tun.«

»Aber ich sehe den Grund nicht ein.« FitzOsbern gab nicht auf. »Man hat den Grafen ja zu nichts gezwungen. Er und Wilhelm haben die Sache wie zwei Menschen ausgehandelt, die einander gut verstehen. Warum, zum Teufel, lachst du denn?«

»Nicht gezwungen?« wiederholte Raoul. »Herrgott, FitzOsbern, ist denn die Folter die einzige Form von Zwang, die du kennst? Ich wollte, die ganze Sache wäre schon vorüber.«

Als sie endlich nach Bayeux kamen, wurden sie vom Bischof empfangen. Suchte Haralds Blick den Prior von Herluin in der Versammlung, dann suchte er umsonst. Der Graf wirkte genauso fröhlich wie immer und lachte über jeden Spaß, als hätte er keine Sorgen auf der Welt. Nur seine Anhänger, Edgar, Alfric, Sigwulf, Edmund, Oswin und Earnulf, beobachteten ihn mit düsterer Miene und gespanntem Blick. Jeder wußte, wie es um Harald stand, jeder hatte Schweigen gelobt, doch obwohl sie fest versicherten, daß kein so erzwungener Eid bindend sein könne, so hatten sie böse Ahnungen, und Furcht schlich sich in ihre Seelen.

Am ersten Abend ihres Aufenthalts in Bayeux geschah gar nichts, aber am folgenden Vormittag sollte die Zeremonie im Ratssaal des Schlosses stattfinden.

Der Herzog saß auf einem Hochsitz, die Krone auf dem Haupt, das gezogene Schwert mit der Spitze nach oben in der Hand. Hinter ihm hatten sich seine Ritter und der Adel versammelt; vor ihm, in der Mitte des Saales, stand ein großer Bottich, der völlig von einer Decke aus Goldbrokat verhüllt war. Daneben wartete Bischof Odo, gefolgt von seinem Kaplan und einigen Priestern.

Es war ein leuchtender Morgen, und in den langen Sonnenstrahlen, die durch die Fenster drangen, tanzten Staubkörnchen und ließen die Halle wie im Goldregen erglitzern. Wärme erfüllte den hohen, grauen Saal, und durch die offenen Fenster drangen die Geräusche der belebten Stadt.

Als letzter kam Harald in Begleitung seiner Anhänger. Er trug seinen Harnisch, doch sein Kopf war bloß. Ein blauer Mantel fiel von seinen Schultern, seine Arme waren von goldenen Armreifen bedeckt. Raoul wurde plötzlich von der Vorstellung befallen, daß er das Sonnenlicht mitgebracht habe.

Einen Augenblick blieb er auf der Schwelle stehen und sah sich um. Der Herzog, unnahbar auf seinem Thron, neben ihm FitzOsbern, Mortain, Grantmesnil, Tesson, Saint-Auver, De Gournay, De Montfort, Giffard – er erfaßte sie alle mit einem Blick. Sie standen unbewegt, die Hände an den Schwertern, und sahen ihn, wie er meinte, düster an.

Langsam schritt er vor; er war bleich, aber völlig gefaßt. Ein leiser Schatten lag auf seiner Stirn, und seine Lippen preßten sich aufeinander. Hinter ihm stellten sich die Sachsen in einem Halbkreis auf.

Die Vorhänge, die den Torbogen verhüllten, teilten sich, und ein Priester trat ein, der zwei Reliquiare trug und sie ehrfürchtig auf den Bottich vor Odo niedersetzte. Harald sah sie an, ohne die Miene zu verziehen, und blickte dann wieder auf Wilhelm.

Ein Seufzer der Erleichterung entrang sich Edgar: Die Reliquien waren von geringerer Bedeutung, als er befürchtet hatte.

Der Herzog beugte sich vor; die Spitze seines Schwertes blitzte im Sonnenlicht auf, und der schwere Mantel, den er trug, öffnete sich ein wenig und ließ das Hermelinfutter sehen. Seine tiefe, gebieterische Stimme war in der ganzen Halle zu hören. »Graf Harald«, sagte er, »Ihr seid gekommen, um das zu tun, was wir abgesprochen haben. Ich verlange von Euch, daß Ihr vor dieser Versammlung die Versprechen bekräftigt, die Ihr mir schon gegeben habt: als mein Vertreter am Hof Englands zu wirken, solange König Eduard lebt; alles zu tun, was in Eurer Macht liegt, um mir nach seinem Tode das Zepter zu sichern; mir das Schloß von Dover und alle anderen Schlösser, die ich brauche, zu überantworten, um dort normannische Truppen zu stationieren. Das habt Ihr versprochen.«

»Das habe ich versprochen«, wiederholte der Graf mechanisch.

Der Bischof trat einen Schritt vor; Graf Harald achtete kaum auf ihn. Er blickte durch den Saal auf Wilhelm und die undurchdringlichen Gesichter der Adligen, die ihm gegenüberstanden. Er bemerkte, daß Raoul de Harcourt nicht ein einziges Mal den Blick vom Knauf des Schwertes, das er in Händen hielt, hob; er sah, daß FitzOsbern die Stirn runzelte, als fühle er sich unwohl, und er sah einen fast gierigen Ausdruck in Mortains Augen. Er blickte rasch wieder auf Wilhelm, doch dessen hartes, ausdrucksloses Gesicht sagte ihm nichts.

In diesem Augenblick fühlte er, daß noch etwas anderes hinter dem Schweigen, der gespannten Aufmerksamkeit lag, die ihn umgab. Er blickte auf die Reliquien. Sie waren nichts Besonderes: Darin lag keine Falle. Ein Instinkt flüsterte ihm eine Warnung zu; wieder blickte er sich um und wurde sich nochmals der aufgestauten Erregung, der Erwartung bewußt, die mehr bedeutete, als er sehen konnte. Fast wäre er zurückgefahren, aber dann faßte er sich wieder und trat mit festem Schritt auf die Reliquien zu, die auf dem goldenen Tuch lagen.

Er streckte seine Hand darüber und vermeinte einen schwachen Seufzer der Erleichterung zu hören, der durch den Saal lief. Jetzt war es zu spät, den Eid zu verweigern. Er atmete tief und begann das Versprechen zu wiederholen, das er bereits einmal gegeben hatte. Seine Hand zitterte nicht; seine Stimme war klar und fest. »... und zu tun, was in meiner Macht liegt, um das Zepter Englands für Euch zu sichern; Euch mein Schloß Dover und alle anderen zu übergeben, wie Ihr es für notwendig haltet.« Er hielt inne, und seine Stimme wurde lauter. »Das schwöre ich bei Gott und dem Heiligen Evangelium!« sagte er. Die Worte klangen laut und fest, und ihr Echo hallte von den Deckenbalken wider.

Schwerter blitzten; die Barone riefen: »So helfe ihm Gott!«

Ihre Stimmen klangen wie Donner in den Ohren des Grafen. Seine Hände sanken herab; er war totenbleich geworden und atmete schwer und kurz.

Wieder hörte er das Aufseufzen. Auf den Gesichtern, die vorher erwartungsvoll gespannt waren, lag ein verstecktes Lächeln der Zufriedenheit.

Der Herzog gab seinem Bruder ein Zeichen. Der Bischof winkte seinen beiden Begleitern, welche die Reliquien nahmen und den darunterliegenden Goldbrokat fortzogen. Ein dumpfer Geruch umfing Graf Harald: Der Bottich, den das Tuch bedeckt hatte, war voll von Gebeinen, und es bedurfte nicht der leisen Erklärung Odos, um zu wissen, daß dies die Überreste von Heiligen waren.

Er zitterte, fuhr zurück und bedeckte das Gesicht mit den Händen.

Ein Schwert fuhr aus der Scheide; Edgars Stimme rief: »Verrat, Verrat! Stellt Euch, Ihr normannischen Hunde!«

Der Graf riß sich zusammen und umfaßte Edgars Arm mit eiserner Faust. »Zurück! Der Eid gilt!« Er wandte sich wieder an den Herzog. »Was bleibt noch zu tun?« fragte er mit rauher Stimme.

»Nichts«, antwortete der Herzog. »Ihr habt bei den Gebeinen der Heiligen geschworen. Es ist vollbracht.«

Einen Augenblick lang sahen sie einander durch die Weite des Saales an; dann drehte sich der Graf rasch um und verließ die Halle.

Wieder dröhnte Stahl auf Stahl. Mortain fuhr herum und sah, wie Raoul sein Schwert in die Scheide stieß. »Um Gottes willen, laßt mich vorbei!« rief er mit unterdrückter Wut in seiner Stimme. »Ich habe genug davon!« Er drängte sich an dem erstaunten Grafen vorbei, rannte zu der engen Treppe und verschwand.

Grantmesnil zuckte die Schultern und flüsterte Mortain ins Ohr: »Eines Tages wird der Wächter zu weit gehen. Wie wird der Herzog diesen groben Abschied aufnehmen?«

Wilhelm ließ sich nicht anmerken, daß er Raouls Gehen bemerkt hatte. Er reichte sein Schwert dem Kanzler und verließ den Saal in Begleitung seiner Brüder und FitzOsberns.

Oben rannte Raoul auf dem engen Gang direkt in Edgar. Sie blieben stehen und schwiegen einen Augenblick lang. Edgar verschränkte die Arme über der Brust; seine Augen glühten noch immer; und mit leiser, wuterstickter Stimme sagte er: »Da hast du deinen Herzog! Diesen normannischen Wolf! Falscher, feiger Hund!«

Raoul preßte die Lippen zusammen; er hatte die Stirn gerunzelt und blieb stumm.

»Mit einer List hat er Graf Harald betrogen! Und du hast es gewußt! Ihr habt es alle gewußt und seid dagestanden, habt geschwiegen, während das teuflische Spiel gespielt wurde!«

»Genug davon! Ich verurteile deinen Herrn ja auch nicht, der einen Eid geschworen hat und dabei an Meineid dachte! Also laß auch den meinen in Ruhe!«

Rasch fiel Edgar ein: »Wer spricht von Meineid? Wer sagt, daß Harald meineidig werden wollte?«

»Warum ist er dann so entsetzt vor den Reliquien zurückgezuckt?« fuhr Raoul ihn an. »Ah, sei still, ich werde kein Wort sagen! Aber wer ist schuldiger: mein Herr, der diese List ausgeheckt hat, oder der deine, der schon während er den feierlichen Eid schwor, überlegte, wie er ihn am besten brechen könne? Schweigen wir davon, ich bitte dich. Worte führen zu nichts außer zu einem bitteren Streit.

Er wollte weitergehen, aber Edgar hielt ihn fest. »Du stehst zu Herzog Wilhelm? Du?«

»Bis zum Tod!« fuhr ihn Raoul heftig an. »Jetzt laß mich gehen.«

Etwas von Edgars Wut schien zu verebben. »Nein, mein Freund. Ich durchschaue dich. Raoul, was ist das doch für ein Ende aller unserer Hoffnungen, was für ein Ende unserer Freundschaft, wenn uns solche Machenschaften auseinanderreißen!« Er streckte den Arm aus, um Raoul zu fassen, ließ ihn aber wieder sinken. »Zwischen uns liegt ein gezogenes Schwert. Ich bin froh, daß wir in der Bretagne Seite an Seite gekämpft haben.« Er starrte zu Boden, hob dann den Kopf wieder und sagte: »Wir sind beide gebunden; aber wenn ich daran denke, was in der Vergangenheit alles geschehen ist – an unsere Freundschaft und an das wenige an Glück, das ich erlebt habe – dann flüstert eine Stimme in mir, trotz aller Treue zu meinem Herrn – ich wollte, ich hätte keinen!«

»Bei Gott, mir geht es genauso!« sagte Raoul. Er versuchte ein Lächeln. Er streckte Edgar die Hand entgegen. »Über das Schwert . . .« sagte er.

Edgar faßte sie und ließ sie nicht sogleich los. Er rang nach Worten. Endlich sagte er: »Du wolltest mit uns nach England kommen. Tu es nicht, Raoul. Ich hoffte, dich ans Brautbett zu führen, aber was heute geschehen ist, macht auch diesen Traum zunichte – wie alles andere, das uns lieb war.«

»Ich weiß«, sagte Raoul. »Aber laß mir noch eine Hoffnung! Edgar –« Er unterbrach sich und drückte Edgars Hand. »Ich kann es nicht sagen. Ich werde sie wiedersehen. Wann reist ihr ab? Sobald ihr könnt?« Er lachte verlegen auf. »Mein Gott, es wird sehr sonderbar sein, wenn du nicht mehr in Rouen bist!«

Am nächsten Morgen verließen sie Bayeux. Der Graf ritt neben Wilhelm, wie er es auch schon in den vergangenen Wochen getan hatte. Keiner sprach von dem Eid, aber als sie nach Rouen kamen und wieder im herzoglichen Palast waren, wurde die Verlobung des Grafen zur Sprache gebracht. Er wurde feierlich mit Adela verlobt, und obwohl sie kaum bis zu seiner Mitte reichte, wurde sie zwischen Stolz und Schüchternheit hin und her gerissen. Er konnte gut mit Kindern umgehen, hob sie auf und küßte sie auf die Wange. Die Erinnerung an dieses Lächeln sollte ihr für ihr ganzes kurzes Leben bleiben.

Dann kam der Abschied. Am Tage nach seiner Verlobung ritt Harald zur Küste; in seiner Begleitung befand sich auch Raoul de Harcourt, der sich neben Elfriedas Sänfte hielt.

Sie hatten sich schon vorher verabschiedet. Sie war weinend in seinen Armen gelegen, während er ihr Haar gestreichelt und ihr Worte von Mut und Hoffnung zugeflüstert hatte. »Ich werde kommen und dich holen«, sagte er. »So wahr Gott lebt und über uns herrscht, so werde ich zu dir kommen.« Er drückte sie noch fester an sich. »Warte auf mich: Vertraue mir! Es wird nicht lange dauern. Und in welcher Art ich auch immer komme – erinnere dich stets daran, daß ich dich liebe und mein Leben geben würde, um dir jeden Schmerz zu ersparen! Vergiß das nie, meine kleine Geliebte!«

Sie versprach es und blickte ihn verwundert an, denn sie hatte den Sinn seiner Worte nicht ganz verstanden.

»Mehr kann ich dir nicht sagen. Nur vergiß es nicht! Und wenn auch die Zukunft Bitterkeit und Gram in sich trägt, so denke daran, daß ich, genauso wie Edgar, durch Bande gebunden bin, die ich nicht brechen kann.«

»Ich habe Angst; ich habe große Angst«, sagte sie. »Was für eine Bitterkeit, außer daß wir uns trennen müssen? Was für Trauer? Oh, Raoul!«

»Hoffen wir zu Gott, daß es nicht so kommt«, sagte er. »Aber eins mußt du wissen, mein Herz: sollte es dazu kommen, daß ich nur mit dem blanken Schwert zu dir vordringen kann, so werde ich auch diesen Weg gehen.«

Fünfter Teil

Die Krone
(1066)

»Es gibt kein Zurück.«

Ausspruch Wilhelms des Eroberers

1

Nicht lange nach Haralds Abreise kam ein anderer Besucher aus England in die Normandie. Es war Tostig, der Graf von Northumbrien, der mit seiner Frau und seinen Kindern zornschnaubend in Rouen eintraf und dem Herzog eine verwirrende Geschichte von Verrat, Haß und unbrüderlichem Verhalten auftischte. Es war ganz ausgeschlossen, seiner Erzählung zu folgen, nur eine Tatsache stand unabwendbar fest: Tostig hatte seine Herrschaft in Northumbrien durch derartige Gewalttaten gekrönt, daß seine Untertanen wie ein Mann sich gegen ihn erhoben und Morkere, den Sohn Alfgars, zu ihrem Herrscher erklärt hatten. Darin wurden sie von Graf Harald unterstützt. An dieser Stelle wurde Tostigs Erzählung völlig verwirrend.

Herzog Wilhelm betrachtete seinen Gast mit sarkastischem Blick und verlor sein Interesse an ihm. Judith, die sich zu ihrer Schwester begeben hatte, gab ihr genauere Erklärungen.

Sie war dick geworden, und ihr braunes Haar war schon von weißen Strähnen durchsetzt. Ihr hervorstechendstes Merkmal war, daß sie sich durch nichts aus der Fassung bringen ließ und den größten Teil des Tages damit verbrachte, kandierte Früchte zu essen. Die Narreteien ihres Herrn und Gebieters berührten sie genausowenig wie alles andere in ihrer kleinen Welt. Sie beobachtete Mathilde gelassen und bemerkte dann: »Meine Liebe, du bist noch immer so dünn wie früher. Wie viele Kinder hast du eigentlich in die Welt gesetzt – sieben oder acht?«

»Acht, und drei davon sind Knaben«, erklärte Mathilde stolz.

»Sie sehen ihm alle sehr ähnlich«, sagte Judith. »Wie viele Jahre sind es jetzt her, seit dein kriegerischer Herzog in deine Kammer gekommen ist und dich verprügelt hat?«

Mathilde ließen diese alten Geschichten völlig ungerührt. »Genauso viele, seit ich dich in Graf Tostigs Bett geführt habe.«

Judith nahm noch eine kandierte Pflaume und leckte sich genüßlich die Finger. »Das war sicher keine gute Sache. Damals war er ein Narr, und jetzt ist er ein Geächteter –« Sie gähnte. »Als Verbannter kann er überhaupt nichts gegen Harald unternehmen. Dahinter steckt die falsche Katze Eadgytha.«

»Die Königin?« Mathilde ließ ihre Stickerei sinken und sah Judith an.

»Sie und Tostig haben letztes Jahr den Plan ausgeheckt, Gospatrick zu ermorden. Der König hat damals nichts dazu gesagt, aber als dein Gemahl Harald ziehen ließ, erfaßte der die Lage sofort. Einen Monat nach Haralds Rückkehr mußte Tostig gehen.« Sie schien sich in Gedanken zu verlieren. »Tostig hat große Pläne. Sie haben alle hochgesteckte Ziele, die Söhne Godwins. Aber ich bezweifle sehr, daß mein Gemahl der Mann ist, diese Pläne auch auszuführen. Mehr will ich dazu nicht sagen.«

Die Herzogin dachte an ihren Mann, der so ganz anders war, und lächelte insgeheim. Judith räkelte sich in ihrem Sitz und betrachtete ihre Schwester mit schläfrigem Blick. »Ja, mein Herz«, bemerkte sie dann, »du bist endlich draufgekommen, daß du eine bessere Wahl als ich getroffen hast. Und ich bestreite das auch gar nicht. Dein Wilhelm ist ein richtiger Mann. Ich erinnere mich noch daran, wie er mich überhaupt nicht beachtete, als er dir den Hof gemacht hat.«

Graf Tostig blieb einige Wochen an Wilhelms Hof und verkündete das Unrecht, das man ihm angetan habe, jedem, der es hören wollte, reiste aber dann weiter nach Flandern, wo er die Weihnacht verbringen wollte. Die Schwestern verabschiedeten sich zärtlich voneinander, aber die alte Zusammengehörigkeit war verschwunden. Jede hatte ihre eigenen Geheimnisse; und letztlich war jede froh, die andere ziehen zu lassen.

Weihnachten verlief ruhig. Raoul ritt nach Süden, um seinen Vater zu besuchen, und dachte daran, wie oft ihn Edgar auf seinen Ritten nach Harcourt begleitet hatte. Er spornte sein Pferd an und versuchte, die Erinnerungen aus seinem Gedächtnis zu verscheuchen, aber neben ihm ritt ein Scheinbild Edgars, und er vermeinte sogar, das Lied von Brunanburgh zu hören, das Edgar so gern gesungen hatte. In Harcourt fragte Hubert nach ihm und schien erstaunt, daß Edgar wirklich nach England zurückgekehrt war. Huberts Geist ließ nach, aber er haßte es, daran erinnert zu werden. Er fragte: »Hatte er nicht eine Schwester?« Er freute sich, daß ihm das eingefallen war, und zermarterte sich das Hirn, um sich an ihren Namen zu erinnern. »Elfrieda!« rief er schließlich triumphierend.

Als Raoul nach so vielen Monaten den Namen wieder hörte, fuhr er zusammen. Er hatte geglaubt, daß er nur noch in seinen Träumen lebe. Röte überzog seine hageren Wangen, und er sagte: »Ja, er hat eine Schwester.«

»Ich habe sie nie kennengelernt«, sagte Hubert. »Aber Edgar habe ich gut gekannt und gern gehabt. Was hatte er denn, daß er unbedingt nach England zurückwollte?«

»Er ist immerhin ein Sachse, Vater«, sagte Raoul sanft.

»Ja, ja, das weiß ich auch«, erwiderte Hubert gereizt. »Aber er hat doch lange bei uns gelebt – lange genug, daß er die Normandie als seine Heimat betrachtet hat. Kommt er zurück?«

Raoul schüttelte den Kopf. Er wandte sich ab und schürte das Feuer, daß es hell aufloderte; er beugte sich so tief darüber, daß Hubert seinen Gesichtsausdruck nicht sehen konnte.

»Schade«, bemerkte Hubert. Ganz plötzlich schwieg er, wie es alte Menschen tun, wenn sie vor sich die Bilder lang vergangener Jahre aufsteigen sehen. Er lächelte und nickte, dann döste er ein. Als er wieder aufwachte, hatte er Edgar vergessen und dachte nur noch ans Abendessen.

In Rouen feierte der Herzog Weihnachten mit Festen, Gebet und Jagd. Sein Sohn Robert bereitete seinem dicken Onkel

Walter einen Streich, indem er einen Sack Mehl auf eine halbgeöffnete Tür stellte, und betrachtete den Tag als erfolgreich, als man den Narren für diese Tat verantwortlich machte.

Nach Weihnachten wurde es bitter kalt; das Wasser fror in den Abwässergräben um den Palast, und Schnee bedeckte das Bleidach. Ging man ins Freie, dann nur in pelzgefütterten Mänteln, und die drei Söhne des Herzogs legten im Hof eine Rutschbahn an, was sich als noch erfolgreicher erwies, als sie gedacht hatten, da mindestens drei Herren ahnungslos die Bahn betraten.

Die Kälte, die in anderen nur den Wunsch nach Wärme aufsteigen ließ, schien die Energien des Herzogs noch zu steigern. Er verbrachte ganze Tage auf der Jagd, und die Wälder hallten vom Horn der Jäger wider. Die Kühnsten seiner Ritter begleiteten ihn, doch bemerkte man auch, daß der beste Freund des Herzogs ihn oft im Stich ließ. Der Chevalier de Harcourt hüllte sich enger in seinen scharlachroten Mantel, zitterte im eisigen Wind und bat den Herzog, ihn zu entschuldigen.

»Raoul«, meinte Grantmesnil verschmitzt, »ist böse, weil er seine Schöne verloren hat.«

Ein Blick, der so kalt wie das Eis auf den Flüssen war, traf ihn. Daß Grantmesnils Ausspruch der Wahrheit entsprach, machte ihn dem Chevalier nicht angenehmer.

Wenn es stimmte, daß ihn nur der eisige Wind in den Mauern hielt, so war er mit dieser Entschuldigung nicht allein. Als der Herzog einmal im neuen Jahr mit dem Boot über die Seine setzte, um im Wald von Quévilly zu jagen, war er der einzige, der nicht über die Kälte klagte. Die knorrigen Äste trugen dünne Eisschichten, und der Boden war so hartgefroren, daß er klirrte und krachte; der Atem formte kleine weiße Wölkchen. Die Jäger traten von einem Fuß auf den anderen, um das Blut nicht erstarren zu lassen, und Grantmesnil blies seine erstarrten Finger und murrte: »Das ist kein Wetter zum Jagen!«

Der Herzog erlegte einen Zwölfender. Er schien die Kälte nicht zu spüren; er hatte sogar seinen Mantel abgelegt, damit er mehr Bewegungsfreiheit habe. Die Jäger trieben ihm weitere Tiere zu; Ralph de Toeni wollte einen Pfeil einspannen, klagte aber lachend darüber, daß seine Finger ganz gefühllos waren. Wilhelm de Warenne schoß und verfehlte sein Ziel; da legte der Herzog an.

Doch bevor er den Pfeil abschießen konnte, wurde er unterbrochen. Ein Bote aus Rouen kam in eiligem Trab, sprang ab und lief auf Wilhelm zu, vor dem er auf die Knie sank. Sein ledernes Wams und seine Stiefel waren salzverkrustet; er schien von weither gekommen zu sein. »Herr«, sagte er keuchend, »man hat mir gesagt, daß Ihr hier seid.«

Mit einem Fluch der Ungeduld ließ der Herzog den Bogen sinken. Er wandte sich um und sah den Boten böse an. Ein zorniger Verweis lag auf seinen Lippen, doch plötzlich fuhr er zusammen. Er gab seinen Bogen einem Jagdgehilfen und bedeutete den Umstehenden, sich außer Hörweite zu begeben. »Sprich! Was für Nachricht bringst du mir aus England?« fragte er.

»Herr, König Eduard ist tot. Er wurde am Heiligen Dreikönigstag begraben, und die Totenfeiern sind abgehalten. Harald Godwinson wurde an seiner Stelle zum König gekrönt.«

»Gekrönt!« Der Herzog erbleichte. »Ist das wirklich wahr?«

»Ja, Herr, es ist wahr. Erzbischof Stigand hat ihn gesalbt, da auch er exkommuniziert ist. Harald ist heute König von England.« Er stockte und wußte nicht, wie er fortfahren sollte.

»Nun«, fragte der Herzog scharf. »Was noch?«

»Herr, Harald hat Aldgytha, die Witwe Griffyds und Alfgars Tochter, zur Frau genommen«, flüsterte der Bote.

Er sah, wie Wilhelm die Faust ballte, und machte eine abwehrende Bewegung, aber Wilhelm schlug nicht zu. Er drehte sich um und ging auf die Jäger zu, die ihn erstaunt und erschrocken ansahen. Er beachtete sie nicht, sondern riß dem Pagen seinen Mantel aus der Hand und warf ihn sich ungestüm um die Schultern. Schweigend – und damit schrecklicher als in einem Zornesausbruch – ging er rasch den Pfad zum Fluß hinunter.

Dieser plötzliche unerklärliche Aufbruch war so unerwartet, daß niemand wußte, woran er sei. Hugh de Grantmesnil sah De Toeni verständnislos an; Wilhelm de Warenne meinte leise und verwirrt: »Was hat er denn? So habe ich ihn noch nie gesehen! Es ist besser, wir folgen ihm, sprechen aber nicht mit ihm.«

Die drei Barone ließen ihre Bogen den Knappen und folgten dem Herzog in verwirrtem Schweigen zum Fluß hinunter. Sie sahen, wie düster seine Miene war, wie er immer wieder seinen Mantel auf- und zuschnürte, und keiner wagte, ihn anzusprechen. Das Boot wartete am Landesteg; er stieg so achtlos hinein, daß es gefährlich zu schwanken begann. Er setzte sich ins Heck und sprach noch immer kein Wort mit seinen Begleitern, ja sah sie nicht einmal an. Seine Augen starrten ins Wasser; seine Finger spielten noch immer mit den Schnüren des Mantels. Grantmesnil, der ihn verstohlen beobachtete, sah, wie Wilhelms Mundwinkel zu zucken begannen, und stieß De Toeni warnend an. So hatte Wilhelms Mund gezuckt, als er die beiden vor einigen Jahren in einem sinnlosen Wutanfall verbannt hatte. De Toeni durchfuhr ein Schauer, und er legte den Finger auf die Lippen. Wenn sie sich auch heute nicht der geringsten Schuld bewußt waren, so kannten und fürchteten sie diese Zeichen des Zorns.

Als das Boot am anderen Ufer des Flusses auf Grund stieß, sprang De Warenne rasch an Land und bot dem Herzog seinen Arm. Wilhelm schien die dargereichte Hand zu übersehen, sprang an Land und ging mit raschen Schritten auf den Palast zu.

Hinter ihm folgten seine Anhänger genauso schweigsam wie Wilhelm selbst. Gemessen an der Aufmerksamkeit, die er ihnen widmete, hätten sie genausogut nicht da sein können.

Mit verkrampften Schritten betrat er die Halle des Palastes. Ein Diener, der hergelaufen kam, um seinen Mantel und seine Handschuhe aus Marderfell zu nehmen, wich vor dem Blick in Wilhelms Gesicht zurück. Der Herzog ging an ihm vorbei zu einer Bank, die an einer der steinernen Pfeiler stand, warf sich auf sie nieder und verbarg das Gesicht im Mantel.

Einige Herren standen in der Halle, und man konnte deutlich sehen, daß ihnen die Ursache für das seltsame Verhalten Wilhelms bekannt war. Einer von ihnen flüsterte De Warenne einige Worte ins Ohr; De Toeni fing einen Teil des Satzes auf, »Man hat Harald zum König von England gekrönt«, und verstand endlich.

Grantmesnil deutete mit dem Daumen auf die Vorkammer, und die Diener, die noch immer unschlüssig in der Halle herumstanden, zogen sich auf Zehenspitzen zurück. Ein Sperling kam durch eines der hohen, unverglasten Fenster hereingeflogen und ließ die Barone zusammenfahren.

De Warenne flüsterte: »Sollen wir mit ihm reden? Sollen wir gehen?«

Bevor Grantmesnil noch antworten konnte, wurde das beklemmende Schweigen durch einen Laut unterbrochen, der so gar nicht zu der gedrückten Stimmung passen wollte. Irgend jemand kam die Treppe herunter und summte ein fröhliches Lied.

Unwillkürlich fiel De Toenis Blick auf den Herzog, aber dieser hatte sich nicht einmal bewegt. Auf der Treppe wurde FitzOsbern sichtbar, dem Raoul auf dem Fuß folgte. Der Seneschall hielt sich mit einer Hand am Seil fest; ein Amethystring blitzte an seinem Finger auf; der Armreifen, den er trug, war ebenfalls mit Amethysten besetzt. Sein fröhlicher Blick streifte über die Gruppe, die an der Tür stand, und wurde noch heiterer, sein Lied lauter.

De Warenne bedeutete ihm, still zu sein, und zeigte auf den Herzog. FitzOsbern und Raoul sahen sich um; das Lied verstummte; der Seneschall ging direkt auf den Herzog zu und legte ihm unbekümmert die Hand auf die Schulter. »Auf, Seigneur, auf!« rief er munter. »Was tut Ihr noch hier? Schweigen nützt nichts mehr; die Nachricht hatte sich schon verbreitet, bevor Ihr noch aus dem Wald zurück wart.«

Der Herzog ließ den Mantel sinken; seine Stirn war nicht mehr gefurcht, aber seine Stimmung hatte sich offensichtlich noch nicht gebessert. »Wilhelm, Harald Godwinson ist meineidig geworden und regiert heute in England als König.«

»Das weiß ich«, sagte FitzOsbern. »Wie, habt Ihr ihm denn geglaubt, Beau Sire?«

»Zu sehr«, antwortete Wilhelm. Er stand auf und begann in der Halle auf und ab zu gehen. Sein Blick fiel auf die Herren, die noch immer an der Tür standen; ungeduldig rief er: »Herrgott, was tut Ihr denn hier?«

»Beau Sire, erlaubt, daß wir uns zurückziehen«, rief Grantmesnil hastig.

Der Herzog lachte kurz auf, blieb aber nicht stehen. Die Herren gingen; FitzOsbern legte die Hände an seinen juwelenbesetzten Gürtel und meinte: »Seigneur, Ihr macht Euch zu viele Gedanken. Nun werdet Ihr England eben erobern. Was meinst du, Raoul?«

Raoul stand an einem der langen Tische und hielt die Hände über der Brust gefaltet. Er antwortete: »Nichts. Der Herzog weiß, was ich von der Sache halte. Er hat es die ganze Zeit gewußt.«

Wilhelm warf ein: »Sei ruhig, Freund, du wirst deine Elfrieda als Kriegsbeute bekommen.«

Auf diese Weise hatte er sie nicht haben wollen, und doch – was hatte er für eine andere Wahl? »Wäre das Leben doch so einfach, wie wir es uns in unseren jungen Jahren vorgestellt haben!« sagte Raoul entmutigt. Langsam schritt er auf den Kamin zu und starrte auf die glühenden Scheite.

Hinter ihm hatte sich zwischen dem Herzog und FitzOsbern eine heftige Debatte entsponnen. Der Seneschall war dafür, sofort zum Krieg zu rüsten; vor seinem geistigen Auge sah er Wilhelm bereits mit der Krone Englands auf dem Haupt. Er sprach von Schiffen, von Waffen, und während Raoul ihm noch zuhörte, wußte er, daß er mit halber

Seele FitzOsbern sogar voraneilte, sein Ziel durch einen blutigen Feldzug erreichen wollte, der von Tod und Zerstörung begleitet war. Was gab es denn sonst für einen Weg? Keinen, dachte er. Und doch, als er hörte, wie FitzOsbern in den Herzog drang, Harald sofort den Fehdehandschuh zu schicken, wurde er zornig, fuhr herum und sagte heftig: »Du voreiliger Hohlkopf! Hat unser Herzog Wilhelm es je notwendig gehabt, daß man ihn zum Kampf antrieb? Rede klüger, oder schweig. Herrgott, siehst du denn nicht weiter als bis zu einem Sieg in der Schlacht?«

FitzOsbern starrte ihn an. »Was, glaubst du vielleicht nicht, daß wir siegen werden?« fragte er. »Gibt es denn einen größeren Feldherrn in der ganzen Christenheit als unseren Herzog?«

»Besten Dank, Wilhelm«, warf der Herzog mit einem kurzen Auflachen ein. »Gibt es einen, Raoul?«

»Keinen«, antwortete dieser. »Und wenn das, was auf uns zukommt, vorbei ist, wird es die blutigste Schlacht gewesen sein, die wir je geschlagen haben.«

»Ich weiß, ich weiß«, sagte der Herzog. »Aber wir haben darüber schon oft gesprochen, Raoul. Du wirst meine Ansichten nicht mehr ändern.« Dann sah er FitzOsbern an. »Ich werde Gesandte nach England schicken«, sagte er. »Aber noch nicht den Krieg erklären.«

»Weshalb denn?« widersprach ihm FitzOsbern. »Was soll denn noch geschehen, Beau Sire? Er hat einen heiligen Eid gebrochen und Adela, Eure Tochter, verschmäht. Was noch, in Gottes Namen?«

Der Herzog achtete gar nicht auf ihn. »Ich brauche Lanfranc«, sagte er. »Wilhelm, ich brauche in der nächsten Stunde einen Boten, der Briefe nach Bec bringt.« Erst jetzt bemerkte er, daß er seine Handschuhe noch immer in der Hand hielt, und legte sie auf den Tisch. Seine erste Wut war verraucht; jetzt sah er sich mit einem Problem konfrontiert, das er lösen mußte, und er war nicht der Mann, der seine Energien auf nutzlosen Zorn verschwendete. »Wann, hat der Bote gesagt, ist Eduard gestorben?«

»Am fünften Januar«, antwortete FitzOsbern. »Und die Abtei, in der er begraben ist, wurde zum Fest der Unschuldigen Kinder eingeweiht.«

»Also vor zwei Wochen!« Der Herzog trommelte leise mit den Fingern auf den Tisch. »Zeit genug. Wenn Tostig Spione in London hatte, wird auch er schon Bescheid wissen, und ich bin sicher, daß er in Kürze in Rouen auftauchen wird.«

Raoul hob den Kopf. »Weshalb?« fragte er erstaunt.

Ein Lächeln blitzte in den Augen des Herzogs auf. »Um mich um Hilfe oder Rat zu bitten, mein Freund. Rat kann er sicher von mir haben. Ich glaube – ja, ich glaube fest daran, daß sich Harald um Tostig kümmern wird.«

»So ein Dummkopf kann Tostig doch nicht sein!« rief Raoul.

»Ich wette mein neues Pferd gegen deinen Schecken, daß er doch so dumm ist«, sagte Wilhelm.

»Das Schlachtroß, das Euch Giffard aus Spanien mitgebracht hat?« wollte Raoul wissen. »Und was wird der alte Walter dazu sagen?«

»Nichts, denn ich werde es nicht verlieren«, erklärte Wilhelm grinsend.«

»Tostig wäre wahnsinnig, wenn er zu Euch um Hilfe kommt. Abgemacht, Seigneur; das spanische Pferd gegen meinen Schecken!«

Und Raoul verlor sein Pferd. Die Gesandten des Herzogs hatten sich kaum mit vorsichtig abgefaßten Briefen an Harald auf den Weg gemacht, als Tostig auf schaumbedecktem Roß ankam, gefolgt von den Adligen, die mit ihm aus Northumbrien geflohen waren. Er tobte vor Wut, war zu dumm, um zu schweigen, und bereit, seinen ganzen Zorn und seine Pläne genau dem Mann vorzulegen, vor dem er auf der Hut sein sollte.

Keiner aus der Umgebung des Herzogs ließ auch nur ein Wort fallen, das Tostig Aufklärung gebracht hätte. Er wußte nichts von den Gesandten des Herzogs, die nach England gezogen waren, wußte nichts von den ehrgeizigen Plänen des Herzogs. Er sprudelte die Geschichte vom Unrecht, das man ihm angetan habe, heraus und verband sie sofort mit der Aufforderung, ihm gegen Harald beizustehen.

Der Herzog konnte ihn leicht beruhigen, sagte aber zu Raoul: »Wie Godwin, der nach allem, was man von ihm gehört hat, doch ein bedeutender Mann war, einen solchen Narren zum Sohn hat, übersteigt mein Verständnis. Die Normandie soll ihm helfen? Herrgott, ich bin doch der, dem er sich vor allen anderen nicht anvertrauen sollte!«

Die Herzogin, die ihren beiden Söhnen beim Spiel im Garten zugesehen hatte, wandte sich um und fragte, ob auch Tostig die Königskrone Englands anstrebe.

»Wie so viele andere«, sagte der Herzog.

»Und dafür bittet er dich um Hilfe?« Mathilde lachte zornig auf. »Was für ein Wahnsinn! Die Normandie soll dafür herhalten, daß Tostig seine Ziele erreicht! Was wirst du tun?«

»Tostig benützen, um meine Ziele zu erreichen«, antwortete der Herzog grimmig. »Ich habe ihm Dinge gesagt, die er für sehr wertvoll hält. Er reist nach Norwegen, sobald er sich von deiner Schwester verabschiedet hat, und will Harald Hadrada für seine Sache gewinnen.« Er streckte die Hand aus und faßte Mathilde am Kinn. Er hob ihren Kopf und lächelte sie an. »Die Strategie, die ich hier anwende, wird dir gefallen, Mathilde. Tostig hat meinen Segen, wenn er Harald angreift. Damit wäre er aus dem Weg geschafft, denn ich bin sicher, daß er dieses Unternehmen nicht überlebt. Er tut nichts anderes, als mir den Weg zu ebnen.« Er blickte auf und sah, wie ihn Raoul beobachtete. »Mein Wächter, ich weiß, was du sagen willst. Das sind genau die Dinge, die du haßt, aber sie werden mich ans Ziel bringen.«

Raoul sagte gar nichts. Er sah die Herzogin an und fragte sich, wie sie diesen Plänen beipflichten konnte, die ihre Schwester wahrscheinlich zur Witwe machen würden. Er erinnerte sich daran, wie sie und Judith in den guten alten Tagen in Lille immer ein Herz und eine Seele gewesen waren, wie sich der goldblonde dem roten Kopf zugeneigt hatte und die grünen Augen ihre Geheimnisse den blauen anvertraut hatten.

Plötzlich ertönte Roberts Stimme, der dem Roten Wilhelm unter dem Fester etwas zurief; Raoul sah, wie Mathilde sich umwandte, horchte, lächelte, und er wußte plötzlich, daß sie überhaupt nicht mehr an Judith dachte. Judith und die Tage ihrer Jugend waren in einer verschwommenen Vergangenheit versunken, ihrem immer mit neuen Plänen beschäftigten Hirn entglitten. Mathilde wollte eine Krone, vielleicht für Wilhelm, vielleicht für sich selbst, vor allem aber für ihren Sohn. Raoul glaubte, daß sie überzeugt war, diese Krone stünde allein Robert zu; würde ihr eigener Vater die Hand nach diesem Preis ausstrecken, so wäre sie ihm ein genauso erbitterter Feind, wie sie es jetzt Tostig war.

Sie wandte sich zu Raoul und fragte mit einem durchdringenden Blick: »Bist du gegen uns, Raoul?«

Er schüttelte den Kopf. Sie schien nicht zufrieden, sondern sogar etwas beunruhigt. Er sagte: »Nein, Herrin; ich bin für Euch.« Er konnte ihr nicht erklären, welche Gewissensbisse ihn durchfuhren, konnte sie auch nicht bitten, zu erkennen, wie die Anziehungskraft der Krone bereits von Wilhelm Besitz ergriffen hatte. Sie würde ihn kaum verstehen; wie Wilhelm sah auch sie immer nur auf das Ziel, das vor ihr lag; und als Frau würden ihr die Mittel, die Krone zu erlangen, noch weniger bedeuten als ihm, dem Mann.

Plötzlich wünschte er, daß er so wie sie sei, nur ein Ziel vor Augen, nicht sich die Seele zermarternd mit den Gedanken an das, was hätte sein können; nicht mit einem bitteren Geschmack auf den Lippen, weil er für sein Glück einen Preis zahlen mußte, der zu hoch war und sein Herz zerriß.

Aber er wußte, daß er nie so sein könnte; er würde immer auch die kleinen Freuden und Beschwerden des Lebens sehen und sie für wichtiger halten als ein großartiges, aber weit entferntes Ziel. Ich habe nicht einen Funken Größe in mir, dachte er. Diejenigen, die mich einen Träumer nennen, haben sicher recht. Und wozu dienen mir meine Träume eigentlich? Zu nichts wahrscheinlich. Während ich noch im dunkeln tappe, hat Wilhelm schon seinen Weg gefunden und die Hindernisse, die mich zögern lassen, unter seinen Füßen zertreten. Aber jetzt habe ich Angst um ihn. Wilhelm, mein Herr, gib nicht alle die Eigenschaften auf, für die ich dich geliebt habe, bloß um diese verfluchte Krone zu gewinnen!

Als hätte er seine Gedanken erraten, sagte der Herzog plötzlich: »Vertraue mir noch weiter, Raoul. Meinen Weg mißbilligst du vielleicht, aber das Ziel, das ich vor mir sehe, wünschst du dir auch.«

»Einst – habe ich nur den Frieden in der Normandie gewünscht«, sagte Raoul und blickte ihm direkt in die Augen.

»Und Sicherheit für alle Normannen, und ein großes Erbe«, fuhr der Herzog fort.

Raoul lächelte schwach. »Ja, Seigneur, auch das. Aber dieser Gedanke ist Eurem und nicht meinem Kopf entsprungen. Ich habe nie so weit geblickt, bevor Ihr mir nicht den Weg gewiesen habt. Und sogar jetzt glaube ich noch, daß Ihr einen Leitstern seht, der mir verborgen bleibt. Mein Blick versinkt in der Dunkelheit, die dazwischen liegt.«

Die Herzogin sah ihn mit großen Augen an. »Raoul, du sprichst wie ein Dichter, der vor langer Zeit Verse an mich geschrieben hat«, sagte sie. Und verschmitzt fügte sie hinzu: »Hat das Elfrieda bewerkstelligt? Bist du zum Dichter geworden?«

»Nein, Madame«, gab Raoul zurück. »Ich bin nur ein Unglücklicher, der von Zweifeln befallen ist. Wie Galet sagen würde: Habt Mitleid mit dem armen Narren!«

2

Nachdem die Gesandten aus England zurückgekehrt waren, kamen die Ereignisse in Gang. Harald antwortete auf die Briefe des Herzogs ganz so, wie Wilhelm es erwartet hatte. Er gab wohl zu, daß er in Bayeux einen Eid geschworen hatte, doch habe man ihn dazu gezwungen und er könne ihn daher nicht als bindend betrachten. Englands Krone, so schrieb er, könne er nicht nach seinem Gutdünken vergeben; sie gehöre dem Volk, und nur dieses könne die Krone verleihen. Was die Fürstin Adela anlangte, so dürfe er nur nach dem Beschluß des Staatsrates heiraten, und dieser habe ihn ersucht, eine englische Gemahlin zu nehmen.

Der Herzog las die Antwort nachdenklich und überreichte sie dann Lanfranc. Sie war für Rom bestimmt, und zu diesem Zweck hatte er sie Harald auch abgelistet.

Lanfranc las den Brief schweigend durch. Schließlich meinte er: »Es hätte gar nicht besser kommen können. Er gibt zu, den Eid geschworen zu haben.« Er legte den Brief in eine Schatulle und verschloß sie mit einem goldenen Schlüssel, den er um den Hals trug. Mit seiner mageren Hand strich er seine Soutane zurecht und versank in Gedanken. Endlich hob er den Blick und sagte langsam: »Ich glaube, mein Sohn, daß du nichts Besseres tun kannst, als Gilbert, den Erzbischof von Lisieux, als deinen Gesandten nach Rom zu schicken.«

»Ich wollte Euch darum bitten, Vater, wie schon einmal.«

»Nein.« Lanfranc preßte die Fingerspitzen zusammen. »Es könnte sein, mein Sohn, daß ich dort zu gut bekannt bin. Laß Gilbert gehen, den ich instruieren werde. Die Kardinäle werden von ihm kaum glauben, daß er zu schlau für sie ist.«

Der Herzog lachte. »Dann instruiert ihn gut; ich lasse mich ganz von Eurer Meinung leiten.«

Worauf sich der Prior verabschiedete und gemessen den Raum verließ, die Schatulle fest unter den Arm geklemmt.

Als nächstes berief der Herzog einen Rat ein, an dem alle teilnahmen, die ihm nahestanden. Was dort beschlossen wurde, erfuhr niemand. Unter den Teilnehmern sah man seine Stiefbrüder Robert und Odo; den Mann seiner Schwester, den Grafen von Avranches; und seine Vettern Eu und Evreux. Außer diesen Verwandten sah man noch den Seneschall, den Standartenträger und die Herren von Beaumont, Longueville, Montfort, Warenne, Montgoméri und Grantmesnil. Als sich alle mit dem Herzog einer Meinung erklärten, beschloß man, einen zweiten, allgemeinen Rat nach Lillebonne einzuberufen, einem riesigen neuerbauten Palast etliche Meilen von Rouen entfernt, der für solche Zwecke gebaut worden war.

Die Steinmetze waren gerade mit der Arbeit fertig geworden, und das Gebäude leuchtete weiß gegen den blauen Himmel. Eine riesige Halle mit gewölbtem Dach bildete den Kern des Baus, von der verschiedene Türen in die einzelnen Gemächer führten. Im oberen Teil der Mauer ließen kleine, durch Pfeiler und Bögen getrennte Fenster das Licht ein. Die Wände waren mit neuen Tapisserien verkleidet, die in strahlendem Braunrot, Grün und Azurblau leuchteten; der Boden war mit Stroh bedeckt, unter das man Rosmarin und Heidenmyrte gemengt hatte, um einen angenehmen Geruch zu erzielen. Durch nichts aber konnte der über allem liegende Geruch des frischen Mörtels übertönt werden, und trotz der riesigen Feuer in den Kaminen war der Palast noch immer feucht und kalt. Die Zeit würde die Schärfe der Formen und Farben mildern, dachte Raoul, der beim Anblick des gleißenden Gebäudes die Augen schloß.

Auf einem Podest an einem Ende der Halle hatte man einen Thron aufgestellt; der Baldachin bestand aus schwerem Stoff mit goldenen gestickten Kleeblättern. Vor dem Thron stand ein Fußschemel, in dessen Bezug die Herzogin mit eigener Hand goldene Löwen gestickt hatte. So hatte der Herzog, wann immer er den Fuß auf den Schemel setzte, das Wappen der Normandie unter seiner Ferse.

Für die bedeutendsten Ratgeber des Herzogs hatte man Stühle auf das Podest gebracht und für die minder wichtigen Personen Bänke in der ganzen Halle aufgestellt.

Lillebonne war übervölkert von Vasallen, die dem Ruf des Herzogs gefolgt waren. Gilbert d'Aufay, der zusammen mit Raoul bei Wilhelm Dienst tat, erklärte gereizt, daß er keinen Platz fände, wo er auch nur einen Augenblick allein sein könne. Gilberts Frau war hochschwanger zurückgeblieben, und er hoffte, daß sie ihm nach sechs Töchtern den langersehnten Sohn schenken werde. Er schickte jeden Tag Boten aus, die sich nach ihrem Befinden erkundigen sollten, denn gerade vor seiner Abreise war ihr das Mißgeschick widerfahren, einen Igel zu sehen, und man wußte ja genau, daß nichts eher eine Mißgeburt nach sich zog. Um seinen Groll noch zu verstärken, war er gezwungen, nachts mit hundert anderen in der Halle zu schlafen.

Raoul, der die Lage mit einem Blick erkannt hatte, erklärte fest, aber mit einem versteckten Lächeln in den Augen, daß er wieder seinen alten Platz auf einem Feldbett zu Füßen des Herzogs einnehmen werde – war doch die Herzogin in Rouen zurückgeblieben.

»Beim Himmel, glaubst du denn, daß man mich ermorden will?« fragte Wilhelm erstaunt.

»Nein«, gab Raoul offen zu, »aber sonst finde ich keine vernünftige Unterkunft, Seigneur.«

An dem Tag, für den man die Ratssitzung festgesetzt hatte, drängten sich Barone und Ritter schon früh um die besten Plätze in der Halle und fragten einander, was der Herzog von ihnen fordern würde. Diejenigen, die Bescheid wußten, versuchten den anderen die Lage zu erklären, und als der Herzog endlich durch die Tür hinter dem Thron in die Halle trat, wurden die Gespräche mit einer solchen Lautstärke geführt, daß es schwer war, sich über den Lärm verständlich zu machen.

Ein Herold ging vor dem Herzog. Er hatte eine kräftige Stimme, die er mit Erfolg einsetzte. Die Gespräche hörten mit einem Schlag auf; die Vasallen warteten in gespannter Stille, daß der Herzog zu ihnen spräche.

Wilhelm wurde von den Mitgliedern seines Rates und allen bedeutenden Prälaten seines Herzogtums begleitet. Beim Anblick der vielen Bischöfe erkannten die Versammelten, daß es sich um eine besonders wichtige Sache handelte. Kleider raschelten; man reckte die Hälse; und die Kleineren standen auf Zehenspitzen, um über ihre größeren Freunde hinwegzublicken.

Der Herzog trug ein Kettenhemd und einen Zeremonienhelm, um den der Kronreif lag. Dieses Kostüm hatte seine Bedeutung; Gilbert de Harcourt, der anstelle Huberts gekommen war, murmelte leise: »Ah – wir bekommen Krieg?«

Der Herzog stieg die Stufen zum Thron hinauf und blickte sich dann um, als wollte er die Köpfe der Versammelten zählen. Als seine Begleiter sich gesetzt hatten, begann er zu seinen Baronen zu sprechen.

Sie lauschten ihm in tiefstem Schweigen. Seine Stimme war kräftig, und das Echo trug seine Worte bis in die Höhen des Gewölbes. Keiner rührte sich mehr; es war ganz offensichtlich, daß er seine Vasallen völlig überraschte, aber auch, daß die meisten ihm beunruhigt und mißbilligend zuhörten.

Zur Rechten des Throns stehend konnte Raoul fast jeden in der Halle sehen. Er hielt das blanke Schwert vor sich, dessen Spitze am Boden ruhte, und hatte den Griff mit beiden Händen gefaßt. Einmal blickte er kurz zu Gilbert d'Aufay hinüber, der in derselben Haltung zur Linken des Throns stand, doch schenkte Gilbert Raouls erheitertem Blick keine Achtung; er unterhielt sich offenbar nicht so wie Raoul.

Die Rede des Herzogs ging zu Ende; er setzte sich und umklammerte die Armlehnen seines Throns. Einen unendlichen Augenblick lang war keine Stimme zu hören. Dann flüsterte irgend jemand seinem Nachbarn ins Ohr; das Geflüster wurde lauter, schwoll an, bis schließlich alle zu sprechen begannen.

Der Herzog erhob sich wieder, was ihm unwirsche Blicke eintrug. Er sagte: »Messires, ich ziehe mich zurück, damit Ihr ungehindert miteinander sprechen könnt.« Er winkte seinen Brüdern und ging in ihrer Begleitung hinaus.

Kaum hatte er die Tür hinter sich geschlossen, als lautes Stimmengewirr losbrach. Einige versuchten der Versammlung klarzumachen, wie unhaltbar die Forderungen des Herzogs seien, manche der jüngeren Herren, die Schlachtrössern gleich schnaubten, versuchten die allgemeine Mißbilligung niederzuschreien; und wie es in der Natur der Sache lag, bildeten sich viele Gruppen, die sich in größerer und kleinerer Zahl um die einzelnen Sprecher scharten.

FitzOsbern war der erste, der das Podest verließ. Er stieg die Stufen herunter, drängte sich durch die Menge, nahm den einen am Arm, schlug dem anderen auf die Schulter.

De Montfort stand auf. Er blinzelte Raoul zu und sagte: »Bei der Jungfrau, es gefällt ihnen überhaupt nicht! Was nun?«

»Ich werde mir einmal anhören, was man so spricht«, antwortete Raoul. Er schob das Schwert in die Scheide und nahm De Montforts Arm. »Komm, Hugh, wir werden uns in den nächsten zwanzig Jahren nicht so gut unterhalten!«

Zusammen verließen sie das Podest und wanderten langsam von einer zur anderen Gruppe.

»Raoul! Bleib einen Augenblick! Ist der Herzog denn verrückt geworden?« Der Herr von Estouteville hielt Raoul am Mantel fest.

Henry de Ferrières schob ihn beiseite. »Raoul, was bedeutet das? Übers Meer zu fahren und ein fremdes Volk in seinem eigenen Land zu bekämpfen! Was für eine Narretei!«

»Wir werden alle Schiffbruch erleiden!« hakte Geoffrey de Bernay beleidigt ein. »Denkt nur daran, wie es Harald bei Ponthieu ergangen ist. Kronen! Königreiche! Mein Gott, wer hat je von so närrischen Plänen gehört!«

»Laßt mich los, laßt mich los, ich habe den Plan ja nicht ausgeheckt!« protestierte Raoul. Er wurde von Montforts Seite fortgedrängt und versuchte, zu einer Gruppe von Männern durchzukommen, die sich um FitzOsbern geschart hatte.

FitzOsbern war bei allen beliebt und stets einer großen Zuhörerschaft sicher. Raoul grinste in sich hinein, als er FitzOsberns überzeugende Rede hörte. Seine Stimme klang laut durch den Raum; einer nach dem anderen traten die Barone zu ihm hin. Auf harte Worte antwortete er mit Späßen; er versetzte seine Zuhörer in bessere Stimmung, und als er sie dazu gebracht hatte, einzusehen, daß die Sache nicht so verrückt war, wie sie ursprünglich ausgesehen hatte, ermahnte er sie, an ihre Pflicht zu denken und dem Herzog ruhig Rede und Antwort zu stehen. Irgend jemand rief ihm zu, ihnen zu sagen, was er von der Forderung des Herzogs halte; seine Antwort war ausweichend, aber beruhigend. Langsam verstärkte sich bei den Baronen die Ansicht, daß sie nichts Besseres tun konnten, als ihn zu ihrem Sprecher zu machen.

Raoul schlich sich davon in den Raum, in dem der Herzog wartete. Er trat ein und fand Wilhelm vor dem Feuer stehen; mit den Händen schützte er sein Gesicht vor der glühenden Hitze. Mortain lehnte gegen einen Stuhl und stocherte in den Zähnen. Bischof Odo, der immer der Ungeduldigste war, saß am Tisch und trommelte mit mühsam beherrschter Unruhe auf die Platte.

Der Herzog blickte auf, als Raoul eintrat, und lächelte etwas verlegen.

Raoul erklärte feierlich: »Ich danke Euch für diesen Tag, Beau Sire. Ich kann mich nicht erinnern, mich je so gut unterhalten zu haben.«

»Was sagen sie denn?« wollte Odo wissen und warf ihm einen raschen Blick aus dunklen Augen zu. »Eine Lektion in Höflichkeit täte ihnen bei Gott gut!«

»Nun, sie meinen, daß die vielen Siege den Herzog unvorsichtig gemacht haben!« sagte Raoul.

»Narren!« bemerkte der Herzog ungerührt, ohne den Kopf zu heben.

»Eine schöne Versammlung von Schwachköpfen!« fuhr Odo auf. »Es war zu lange Frieden in der Normandie. Die Männer sind faul geworden und haben dicke Bäuche bekommen. Sie sind heute mehr auf Bequemlichkeit als auf Ruhm aus! Ich wollte, ich könnte ihnen einiges beibringen!«

Mortain hörte auf, in seinen Zähnen herumzustochern, und fragte in seiner ungerührten Art: »Werden sie dem Herzog ein Nein zur Antwort geben, Raoul?«

Raoul lachte. »Als ich wegging, waren sie gerade dabei, FitzOsbern zu ihrem Sprecher zu machen, und so weiß nur Gott, was es für eine Antwort geben wird. In ihrem Herzen steht ein Nein. Sie sagen, daß Ihr kein Recht habt, ihre Dienste drüben über dem Meer in Anspruch zu nehmen. Ich glaube, die meisten fürchten sich vor der Seereise.«

Der Herzog wandte sich um. »Ist Néel von Côtentin hier?«

»Noch nicht. Aber Tesson ist da. Er ist ganz gegen Euren Plan.«

Wilhelms Zähne blitzten. »Tesson kann ich drehen und wenden, wie ich will«, sagte er.

Jemand kratzte an der Tür; Raoul öffnete und sah Gilbert d'Aufay auf der Schwelle stehen. Gilbert sagte mit recht bestürztem Ausdruck: »Gefällt es dem Herzog, zurückzukommen? Sie haben sich darauf geeinigt, daß FitzOsbern ihre Einwände so vernünftig wie möglich vorträgt.«

In der Halle herrschte wieder Ruhe und Ordnung. Der Herzog ließ sich auf dem Thron nieder; seine Brüder standen neben ihm, und Raoul hielt sich im Hintergrund.

»Nun, Messires? Habt Ihr Eure Antwort gut überlegt?« fragte der Herzog.

FitzOsbern erhob sich von seinem Stuhl. »Ja, Seigneur, wir haben alles gut überlegt, und es ist mir zugefallen, für alle, die heute hier sind, zu sprechen.«

Beistimmendes Gemurmel erhob sich; die edlen Herren sahen dankbar auf ihren Wortführer und warteten, wie er es anstellen würde, ihre glatte Ablehnung höflich vorzubringen.

»Dann sprich, FitzOsbern«, sagte der Herzog. »Ich höre.«

Der Seneschall zog seinen Mantel zurecht und verbeugte sich. »Seigneur, wir haben Eure Vorschläge gehört und ehren Euch für Euren Mut, der Euch dieses Unternehmen als ein leichtes betrachten läßt.«

Seine Anhänger nickten beifällig. Dieser Anfang war in ihren Augen tadellos; es war sehr günstig, den Herzog bei Laune zu halten, bevor man ihm den unverdaulichen Kern präsentierte.

»Ihr wollt eine Krone und ein Königreich, Beau Sire; wir wissen, daß Ihr dessen wert seid. Ihr bittet uns, Eure treuen Vasallen, um unsere Hilfe bei diesem Unternehmen. Seigneur, die Lehnsrechte kennt Ihr und wißt, daß Ihr unsere Lehnspflicht jenseits des Meeres nicht in Anspruch nehmen könnt.«

Er hielt inne, aber der Herzog schwieg. Die Vasallen nickten wieder; FitzOsbern verhielt sich sehr geschickt.

Dann fuhr er fort: »Ihr verlangt von uns, daß wir Euch in ein fremdes, von unseren bitteren Feinden bewohntes Land folgen – etwas, das noch kein Herzog der Normandie bis jetzt getan hat. Wir sind keine Seefahrer, und die Seefahrt dürfte uns kaum zusagen. Auch haben wir Länder, die unserer Pflege bedürfen, Frauen, die uns nur mit Tränen in den Krieg ziehen sehen. Aber in unserem Herzen halten wir auch den Gedanken fest, daß ihr uns lange, gute Jahre geschenkt und uns von Sieg zu Sieg geführt habt. Was Ihr geschworen habt zu tun, ist Euch noch nie mißlungen. Seigneur, jeder ehrliche Mann vertraut Euch; jeder legt seine Hände in die Euren, und hier habt Ihr die Antwort eines ehrlichen Mannes: Wir werden Euch folgen, wo immer Ihr uns hinführt, sei es nach England oder nach Arabien, und jeder, dessen Pflicht es ist, Euch zwanzig Krieger zu stellen, wird aus Liebe zu Euch die doppelte Anzahl geben.« Er hielt inne. Die Vasallen starrten ihn wie hypnotisiert an.

Raoul sah, wie ein Mann den Mund öffnete, ihn wieder schloß und krampfhaft schluckte. Der Seneschall benützte das entsetzte Schweigen, um heldenhaft zu verkünden: »Sechzig Schiffe werde ich selbst für dieses Unternehmen bereitstellen! Seigneur, gebt uns Eure Befehle!«

Das war zuviel. Die vor Zorn sprachlosen Barone fanden ihre Stimme wieder; jeder Anstand wurde in den Wind geschlagen; ein einziges vielstimmiges »Nein!« hallte durch den Raum. Henry, der Herr von Saint-Hilaire de Ferrières, bahnte sich einen Weg bis an die Stufen des Podestes, blickte den Seneschall wütend an und sagte: »Ganz falsch! Das sind Eure Worte, nicht die unseren! Wir werden nicht übers Meer ziehen!«

Ein Muskel im Mundwinkel des Herzogs zuckte; er wandte den Kopf, um den Sprecher genau zu betrachten. Im Hintergrund des Raums sprang Richard de Bienfaite auf eine Bank und schrie: »Schande über dich, Henry de Ferrières! Jeder echte Mann sagt ja zu dem, was FitzOsbern gesagt hat.«

»Nein!« Fulk Du-Pin versuchte ihn herunterzuziehen. »Das berührt unsere Lehnspflicht nicht!«

»Wie, fürchten wir uns vielleicht?« rief der junge Hugh d'Avranches. Er sprang neben Richard de Bienfaite auf die Bank und schwenkte sein Schwert über dem Kopf. »Die jungen Männer sollen die Antwort geben!« Der Herzog beachtete das alles nicht; er blickte Raoul Tesson an, der die ganze Zeit geschwiegen hatte und abseits von den anderen an einen Pfeiler gelehnt stand. Sein Gesicht trug einen verstockten Ausdruck, und obwohl er dem Herzog direkt in die Augen sah, ließ er nicht einen Augenblick von seiner Mißbilligung ab.

Robert von Picot de Say war De Bienfaites Beispiel gefolgt und hatte seine massige Gestalt auf eine Bank gehievt. »Nein, nein«, brummte er mit tiefer Stimme. »Vergessen wir die Achtung nicht, die wir dem Herzog schuldig sind! Das ist unschicklich. Und doch muß ich bei allem Pflichtgefühl und in aller Demut sagen –«

Seine Stimme ging in dem lauten Getöse unter. Keiner hatte die Geduld, seine umständlichen Sätze zu Ende zu hören. Ives de Vassy kämpfte sich durch die Menge nach vorn und sagte laut: »Wo uns die Pflicht hinruft, dahin gehen wir, aber unsere Pflicht ruft uns nicht übers Meer. Wie! Sollen wir unsere Grenzen schutzlos den Franzosen überlassen, während wir uns auf ein solches Unternehmen begeben?«

Odo trat plötzlich an den Rand des Podestes vor. Seine Augen blitzten; seine Finger zerknüllten den Stoff seiner Soutane. »Ihr normannischen Hunde!« rief er bitter. »Muß Euch erst ein Mann des Friedens den Weg weisen?«

Der Herzog bewegte sich. Er sagte etwas, aber was er sagte, hörte nur der Bischof. Odo zuckte ärgerlich die Schultern und ließ sich dann in einen der geschnitzten Stühle fallen.

Dann erhob sich der Herzog. Es dauerte eine Weile, bis sich der Aufruhr gelegt hatte, denn die vorn Stehenden hielten es für unbedingt notwendig, den hinten Stehenden mitzuteilen, daß der Herzog sprechen wolle, und drei Männer bemühten sich in bester Absicht, Richard de Bienfaite von seiner Bank zu ziehen.

Ruhig und unbewegt wartete der Herzog, daß sich die Aufregung lege. Als endlich Stille eingetreten war und ihn alle erwartungsvoll anblickten, sah er dem Herrn von Turie-en-Cingueliz direkt ins Gesicht und sagte befehlend: »Tesson!«

Cingueliz fuhr zusammen und trat mit finsterer Miene vor. Man machte ihm Platz, und Tesson trat an den Fuß des Podestes, wobei seine Miene immer düsterer wurde.

Ein schwaches Lächeln spielte um Wilhelms Lippen. »Begleite mich, Raoul Tesson.«

»Beau Sire –«

»Ich wünsche deine Begleitung, Tesson.«

Der Herr von Cingueliz stapfte die Stufen zum Podest hinauf und folgte dem Herzog mit trotziger Miene aus dem Saal. Die Zurückgebliebenen sahen einander erstaunt an und stellten fest, daß es außerhalb ihres Verstandes lag, vorauszusagen, was dem Herzog als nächstes einfallen würde.

In dem Raum, in den sie gegangen waren, stellte sich Tesson abwehrbereit an die Tür und sah den Herzog verstohlen an.

Wilhelm öffnete die Fibel, die seinen Mantel gehalten hatte, nahm den schweren pelzgefütterten Umhang von den Schultern und hielt ihn Tesson hin. Der Herr von Cingueliz trat vor und nahm ihn. »Nun, mein Freund?« fragte der Herzog.

Tesson legte den Mantel über eine Stuhllehne. »Beau Sire, Ihr werdet mich nicht dazu überreden, ja zu sagen«, erklärte er unverblümt. »Ihr seid noch jung, aber ich habe die wilden Tage der Jugend lange hinter mir.«

»Du stellst dich also gegen mich, Tesson, und verweigerst mir die Hilfe?« fragte der Herzog.

»Offen gesagt, ja, Seigneur. Wenn Ihr diesen Kriegszug wirklich unternehmt, dann ohne mich.«

»Ah?« meinte der Herzog leise. »Und doch erinnere ich mich an einen Mann, der in der Ebene von Val-es-dunes auf mich zuritt, mir mit dem Handschuh auf die Wange schlug und sagte: ›Von jetzt an, Seigneur, werde ich Euch nie wieder Unrecht tun.‹«

Tesson errötete, schüttelte aber dennoch den Kopf. »Das werde ich auch nicht. Wenn ich jetzt nein sage, dann geschieht das zu Eurem Wohl, auch wenn Euch das nicht gefällt. Die jungen Hitzköpfe sollen Euch folgen, wenn sie wollen.«

»Bin ich ein Hitzkopf, Raoul?«

Der Herr von Cingueliz sah ihn wütend an. »Nein, Seigneur, das habe ich nie gedacht. Aber Ihr habt zu oft gesiegt, und dadurch seid Ihr tollkühn geworden. Ich, der ich nicht mehr so behende und ein Graukopf bin, sage Euch, daß ich an diesem Wahnsinn nicht teilhaben will. Ich hätte das draußen in der Menge nie so offen gesagt, aber Ihr habt mich gefragt, und das ist meine Antwort.«

»Die Jahre vergehen, Tesson.« Der Herzog trat ans Feuer. »Ich habe vergessen, daß du zu alt geworden bist, um mit mir auszuziehen.«

Tesson fuhr auf. »Alt? Das wagt Ihr mir zu sagen, mein guter Herr? Wer sagt, daß ich alt bin? Ich tue noch immer das meine – ja, mehr als das meine – in jedem Gefecht, bei jedem Turnier. Ihr nennt mich alt? Wie, sind meine Glieder denn schon verdorrt? Glaubt Ihr, daß meine Muskeln sich in Fett verwandelt haben, daß meine Stärke verschwunden ist, daß mein Blut nur noch aus Wasser besteht? Heilige Mutter Gottes!«

»*Ich* sage das ja nicht, Tesson!«

Der Herzog hatte seinen Worten eine ganz besondere Bedeutung gegeben. Ein rotes Licht flimmerte in Tessons Augen; er stieß hervor: »Zum Teufel! Sagt mir den Namen des Narren, der das von mir behauptet hat! Ich schwöre Euch, dem zeige ich, wie sehr meine Kraft aus mir gewichen ist! Alt! Mein Gott!«

Der Herzog drehte sich um und legte die Hände auf Tessons Schultern. »Nein, mein Freund, noch zweifelt keiner an deinem Mut und deiner Stärke. Und doch glaube ich, daß du im tiefsten Inneren älter geworden bist und die Bequemlichkeit mehr als früher liebst. Keiner wird dir das vorwerfen: Die Tage, in denen du in den Krieg gezogen bist, sind eben vorbei. Vergiß, daß ich dich um Hilfe gebeten habe. Wenn ich in England kämpfe, dann wirst du vielleicht zu denen gehören, die zurückbleiben, um mein Herzogtum zu bewachen.«

Der Herr von Cingueliz holte tief Atem. »Seigneur«, sagte er und starrte den Herzog mit glühenden Augen an, »was erwartet Ihr von mir?«

»Nichts«, sagte der Herzog.

Der Herr von Cingueliz schluckte. »Ich gebe Euch zwanzig Schiffe und alle Männer von Turie! Ist das genug?«

»Ja, das ist genug. Und wer wird deine Vasallen anführen?«

»Wer sie anführen soll?« wiederholte Tesson und starrte ihn ungläubig an. »Wer sie – bei allen Heiligen, ich natürlich! Sagt das allen, die sich über mich lustig machen!«

»Das werde ich tun«, sagte der Herzog und lachte leise. Er hörte den Türriegel schlagen und blickte sich um.

»Néel!« rief er und streckte ihm die Hände entgegen. »Chef de Faucon, ich habe schon geglaubt, du kommst nicht mehr!«

Die Stiefel des Grafen von Côtentin waren schmutzverkrustet, und er hielt noch immer Handschuhe und Gerte in der Hand. Die Jahre hatten sein braunes Haar mit weißen Strähnen durchsetzt, aber er hielt sich aufrecht wie eh und je, und seine hagere Gestalt war die eines Jünglings. Rasch schritt er auf den Herzog zu und drückte ihm die Hand. »Pardon, Beau Sire, ich kam, so rasch ich konnte, und von fern. Euer Bote hat mich nicht zu Hause angetroffen. Was wollt Ihr von mir? FitzOsbern hat mir schon etliches gesagt, aber mir auch geraten, die ganze Geschichte aus Eurem Mund zu hören.«

Der Herr von Cingueliz, dessen Zorn etwas verraucht war, brummte: »Eine Wahnsinnstat, nicht mehr und nicht weniger. Lauft davon, bevor er Euch überredet, wie er es mit mir getan hat.« Er schüttelte düster den Kopf. »Oh, ich weiß schon, Seigneur! Ihr seid listig und versucht alle Menschen Eurem Willen zu unterwerfen. Aber bei Gott, Wilhelm, Ihr wißt genau, daß Ihr ohne die Männer von Turie nichts unternehmen könnt!«

Der Herzog lachte. Er hielt die Hände Saint-Sauveurs noch immer fest. »Néel, ich gehe nach England, um Harald Godwinson das Königreich zu entreißen, das man mir versprochen hat. Ich brauche dich: kommst du mit mir?«

»Ja, aus ganzem Herzen«, antwortete Néel. »Setzen wir gleich ein Schriftstück auf. Wie viele Schiffe braucht Ihr? Einige kann ich Euch geben. Schickt nach Eurem Schreiber, Seigneur, damit er gleich meinen Namen einträgt. Kommst du auch, Tesson?«

»Ah, du glaubst wohl, ich bleibe zurück, wo du nach vorn drängst, Chef de Faucon?« rief Tesson angeberisch. »Wie viele Männer bringst du auf? Ich wette, daß ich Deine Zahl übertreffen kann!«

Der Herzog bemühte sich, ernst zu bleiben, und schlug einen Gong, um den Schreiber herbeizurufen. Die Namen

Tessons und Saint-Sauveurs wurden unter ihre Siegel gesetzt; sie gingen, und der Herzog schickte nach den Herren von Moyon, Trégoz und Magneville, die er einzeln einließ.

Einer nach dem anderen der Barone kam und sprach mit dem Herzog. Die Namensliste nahm immer gewaltigere Ausmaße an; die Aufforderung des Herzogs abzuschlagen, ließ den Verdacht der Untreue aufkommen. Wohl oder übel setzten die Barone ihr Siegel unter die Versprechen, die man ihnen abgerungen hatte, und die unterschrieben hatten, hofften, daß alle, die noch nicht ja gesagt hatten, gezwungen sein würden, ihren Teil beizutragen. Der Rat von Lillebonne endete mit einem Triumph für den Herzog. Die Vasallen rangen sich von unwilliger Zustimmung zu einer gewissen Begeisterung durch. Es war Ehrensache für jeden, nicht von seinen Nachbarn übertroffen zu werden. Man besprach die Vorbereitungen, die zum Bau einer Flotte notwendig waren. Gilbert, der Erzbischof von Lisieux, brach – mit allen Unterlagen versehen – nach Rom auf, und der Herzog erhob bei einer Kirchenversammlung in Bonneville, die einige Wochen später stattfand, Lanfranc zum Abt des Klosters St. Etienne, welches in Caen als Teil des Eheversprechens gebaut worden war.

3

Ein Konklave von Kardinälen hörte Gilbert in Rom. Die Diskussion dauerte viele Tage, aber es war von Anfang an klar, daß die Frage des Meineids schwer gegen Harald Godwinson sprach. Die besondere Heiligkeit der Reliquien wurde ins Treffen geführt und Haralds Brief ausführlich besprochen. Raoul bemerkte bissig, als er von allem hörte: »Wilhelm ist ein sehr treuer Sohn der Heiligen Kirche und baut Klöster, wo die Sachsen Feste geben. Hat das das Urteil des Papstes vielleicht bestimmt?«

»Raoul!« rief Gilbert d'Aufay schockiert.

Raoul zuckte ungeduldig die Schultern. »Ich habe von der ganzen Sache genug. Mein Kopf schwirrt von Gedanken an Bestechung und Hinterlist und von dem Lärm, der Tag und Nacht von den Werften dröhnt.«

»Was soll denn das«, grinste Gilbert. »Hier in Rouen kannst du doch gar nichts hören.«

»Ich kann es schon«, sagte Raoul. »In meinem Kopf, in meinem Hirn! Aber lassen wir das! Ich bin gefangen und muß bis zu meinem Ende mitmachen.«

Endlich kam der Erzbischof in die Normandie zurück. Er wurde von einem päpstlichen Legaten begleitet, der in großem Pomp anreiste. Der Herzog empfing den hohen Kirchenfürsten mit einer Unterwürfigkeit, die nicht gespielt war. Er erhielt den päpstlichen Segen und ein geweihtes Banner. Der reich mit Juwelen besetzte Stoff, der mit Goldfäden durchwirkt war, hing schwer vom Schaft. Ralph de Toeni nahm das Banner aus der Hand des Herzogs und hielt es fest, während der Legat einer Schatulle einen Ring entnahm, der ein Haar des heiligen Petrus enthielt. Kniend streckte der Herzog die Hand aus. Der Legat steckte ihm den Ring an den Finger und segnete ihn.

Man erfuhr, daß sich der Herzog verpflichtet hatte, England als Lehen Roms zu regieren und jährlich Tribut zu zahlen, wenn sein Kriegszug erfolgreich wäre. »Gibt es irgend jemanden auf dieser Welt, der sich nicht bestechen läßt?« fragte Raoul de Harcourt.

Der Legat hatte sich kaum auf die Heimreise nach Rom begeben, als ein seltsames Phänomen am Himmel beobachtet wurde. Am achtzehnten April erschien am westlichen Himmel ein Komet, der viele Nächte sichtbar blieb, und zog langsam nach Süden, zum Erstaunen aller, die ihn sahen. »Ein Omen«, hieß es, aber ob es ein gutes oder böses Vorzeichen war, lieferte allen Sehern und weisen Männern der Normandie viel Stoff zum Kopfzerbrechen.

Aus England trafen diejenigen Normannen ein, die am Hof König Eduards Günstlinge gewesen und jetzt von Harald verbannt worden waren. Sie brachten Kunde, daß das Licht am Himmel von den Sachsen als Zeichen Gottes angesehen werde. Es hatte viele Menschen beunruhigt, denn die in diesen Dingen erfahrenen Männer hatten prophezeit, es sei ein Zeichen für Gottes Zorn, der es nicht billige, daß Harald einen Thron usurpiert hatte, der von Rechts wegen dem Atheling Edgar gehörte.

In der Normandie herrschte die Meinung vor, daß es Wilhelms Stern auf dem Weg zum Erfolg war. Verschiedene Kleriker teilten diese Meinung; andere, welche der Expedition nach England mißtrauisch gegenüberstanden, erklärten das genaue Gegenteil und meinten, der Herzog möge den Stern als Warnung ansehen, das Rüsten nicht weiter fortzusetzen. Der Herzog selbst hielt sich an diejenigen, welche es als gutes Vorzeichen ansahen, doch bemerkte er zu FitzOsbern, daß der Stern in die falsche Richtung zog, wenn er wirklich den Sieg andeuten solle.

Sonst aber blieb ihm wenig Zeit, sich mit den Problemen der Sterne auseinanderzusetzen. Die Schiffe wuchsen in den Werften; die Schläge der Äxte hallten durch die Wälder; die gefällten Bäume wurden auf Walzen von Ochsen an die Küste gezogen. Dort machten sich die Schiffszimmerleute und Tischler über sie her, während die Waffenschmiede eifrig mit der Produktion von Schwertern und Lanzenspitzen beschäftigt waren und die Sattler lederne Wämser für die Bogenschützen anfertigten.

Der Herzog schickte Briefe nach Frankreich, in denen er dem weisen Regenten seine Ansprüche unterbreitete und einige Vorschläge machte. Graf Balduin studierte die Briefe nachdenklich und zeigte sie dann seiner Gattin. »Deine Tochter wird wahrscheinlich eine Königskrone tragen, Frau«, war alles, was er sagte.

Die Gräfin war sehr erstaunt und las den Brief des Herzogs mit großer Neugierde. Sie sagte: »Er hat hochfliegende Pläne, dieser Enkel des Gerbers! Was ist mit Tostig und meiner zweiten Tochter? Bei meiner Seele, Mald war schon immer eine listige Katze! Kein Wort hat sie davon zu Judith gesagt, als diese in Rouen war.«

Graf Balduin nahm die Briefe wieder an sich und versperrte sie. »Ich sage Euch offen, Madame, daß es nicht Tostig ist, den ich unterstütze, wenn einer meiner Schwiegersöhne meine Hilfe braucht«, sagte er trocken. »Aber in diese Angelegenheit wird sich Frankreich überhaupt nicht einmischen. Du kannst ruhig sein, mein Sohn Wilhelm: Frankreich wird deine Grenzen nicht verletzen, während du in England bist, aber mehr darfst du nicht erwarten.« Er fuhr sich über den Bart und strich ihn geistesabwesend. »Und doch: Ich bin mir nicht sicher.« Sein Blick blieb undurchdringlich auf dem Gesicht seiner Gemahlin hängen. Er sagte langsam: »Wenn irgend jemand dem Normannen nach England folgen will, weil er auf Beute hofft, dann werde ich nicht nein sagen. Frankreich leidet genug unter diesen hungrigen Herren; sollen sie doch anderswo ihr Glück suchen.«

Und es schien, als wollten viele ihr Glück in England suchen. Herzog Wilhelm schickte Briefe in alle Länder, in denen er jedem, der sich anschließen wollte, Ländereien, Geld und Titel versprach. Entsetzt sah Raoul zu, wie diese gefährlichen Dokumente verschickt wurden. Er versuchte dem Herzog Vorstellungen zu machen: Dieser wollte nichts hören. England mußte er haben, koste es, was es wolle.

Seine Angebote führten den Abschaum Europas unter seine Fahne. Abenteurer in Geldnöten kamen aus Burgund, aus Lothringen und aus den Hügeln von Piemont und versuchten, durch prahlerisches Auftreten die Schäbigkeit ihrer Erscheinung vergessen zu machen; Ritter aus Aquitanien und Poitou kamen in vollem Staat in die Normandie; kleine Fürsten brachten ihre Truppen und waren bereit, ihr Leben für die Chance einzusetzen, in England Gewinn zu machen. Eustace als Grenons, der Graf von Boulogne, der einst von der Bevölkerung Dovers davongejagt worden war, ließ melden, daß er seine Männer höchstpersönlich in den Kampf führen werde; Alain Fergant, der Vetter von Graf Conan, schwor, er werde Truppen aus der Bretagne heranführen; und aus Flandern kam ein in vorsichtigen Worten gehaltenes Schreiben von Wilhelms Schwager, der sich erkundigte, welche Belohnung ihn erwarte, sollte er sein kostbares Leben auf dem Schlachtfeld riskieren.

Sein Brief erreichte Wilhelm in Rouen. Er saß gerade in seiner Kammer und diktierte zwei Schreibern; vor ihm war ein Wust von Papier ausgebreitet. Er hatte das Diktat unterbrochen, um die Pläne seines Schiffes, der *Mora,* zu studieren, während ein Schiffszimmermann demütig an seiner Seite wartete. Im Vorraum runzelten zwei Männer über einer Liste der Vorräte die Stirn, welche sie dem Herzog vorlegen sollten, und ein Zimmermann wartete darauf, seine Pläne für die hölzernen Burgen vom Herzog bewilligt zu bekommen.

Der Herzog öffnete Balduins Brief und überflog das Schreiben. Er lachte kurz auf und zerknüllte dann den Bogen in den Händen. »Pergament! Gebt mir eine Rolle Pergament!« sagte er und stieß seinen Kiel in das Tintenhorn. »Raoul, wo bist du? Roll dieses Blatt ein und setze mein Siegel darunter. Das ist ein Spaß, der dir gefallen wird. Lies den Brief des jungen Balduin, dann wirst du alles verstehen.« Er begann, auf einen schmalen Pergamentstreifen zu schreiben.

»Auf dem Pergament steht ja gar nichts, Herr«, versuchte ihn einer der Schreiber aufmerksam zu machen.

»Nein, du Narr, nichts. Fertig, Raoul? Dann binde dieses Distichon um die Rolle und schicke sie, so rasch es geht, an meinen edlen Bruder.« Er drückte den Streifen in Raouls Hand und wandte sich wieder dem Schiffszimmermann zu.

Raoul las und lachte. Es waren nur zwei kurze Zeilen:

»Beau frère en Angleterre vous aurez
Ce qui dedans escript vous trouverez.« *

»Eine gute Antwort«, sagte Raoul und band das Distichon um die Pergamentrolle. »Ich wollte, Ihr hättet sie auch allen anderen gegeben, die von dieser Art sind.«

Der Herzog gab keine Antwort, und Raoul beobachtete ihn mit schwerem Herzen. Es gab in seinen Augen nur wenige Fürsten, die sich wegen ihrer ehrenhaften Art einen so großen Namen wie Wilhelm gemacht hatten. Man hatte immer gesagt, daß er nicht käuflich sei und keinen Mann bevorzuge, der es nicht wert war. Die Leibeigenen konnten seines gerechten Spruchs ebenso sicher sein wie der Baron, und gesetzlose Vagabunden hatten unter seiner Herrschaft nichts zu lachen. Nun aber, da ihn die Krone völlig in ihren Bann geschlagen hatte, schien er unvorsichtig, ja sogar gefühllos geworden zu sein. Es war schon schlimm genug, eine normannische Armee nach England zu führen, aber diese Horde von ausländischen Söldnern auf das Land loszulassen, die sich seinen Fahnen nicht aus Loyalität, sondern nur in der Hoffnung auf Beute angeschlossen hatten, war eine Tat, die auch in späteren Zeiten nur Schande auf Wilhelms Haupt bringen konnte.

Später sagte er zu Gilbert d'Aufay: »Ungezügelt, räuberisch, wie Schweine, die nach Trüffeln graben – Herrgott, was für eine Armee haben wir da!«

* (dt.:) Schwager in England, Sie bekommen das, was Sie in diesem Schreiben finden.

Gilbert meinte beruhigend: »Ich weiß, aber gutes normannisches Blut wird das Pack schon im Zaum halten.«

»Du weißt es«, antwortete Raoul, »du weißt es ganz genau, daß nicht einmal Wilhelm es zustande bringen wird, diese herrenlosen Schurken im Zaum zu halten, wenn sie Beute vor sich sehen.«

»Mir gefällt es auch nicht«, sagte Gilbert in seiner ruhigen Art. »Ich bliebe lieber in der Normandie, aber ich bin durch meine Lehnspflicht daran gebunden, für den Herzog zu kämpfen, sei es hier oder drüben. Und was dich anlangt –« er sah Raoul ernst an – »du bist durch die Freundschaft gebunden, und wahrscheinlich ist es dir deshalb so zuwider.« Angestrengt runzelte er die Stirn und suchte nach Worten, um seinen unausgegorenen Gedanken Ausdruck zu geben. »Du hängst sehr an Wilhelm, nicht wahr? Ich bin sein Anhänger, aber ich bin nie sein Freund gewesen. Ich habe dich manchmal beneidet, aber ich sehe jetzt, daß du keinen leichten Stand hast. Es ist besser, nicht der Freund eines Mannes wie Wilhelm zu sein, Raoul.«

»Das ist Verrat, mein Freund«, meinte Raoul beiläufig.

»Nein, nur die Wahrheit. Was hat man schon von einer Freundschaft? Welchen Gewinn, welchen Trost? Wilhelm denkt an Königreiche und an Eroberungen, aber nicht an dich, Raoul, und an keinen anderen.«

»Nein.« Raoul sah ihn einen Augenblick an und wandte den Blick wieder ab. »Das habe ich immer gewußt. Wilhelm steht allein. Ich habe aus seiner Freundschaft nie Gewinn schlagen wollen. Aber vor Jahren, als wir fast noch Kinder waren, bin ich in seine Dienste getreten, weil ich glaubte, er würde die Normandie stark machen und ihr Frieden bringen. Damals habe ich mein Vertrauen in ihn gesetzt, aber nicht meine Freundschaft. Die ist erst später gekommen.«

»Er hat die Normandie ja auch stark gemacht und ihr den Frieden gebracht.«

»Ja, beides. Niemand hat mehr für das Herzogtum getan. Du kannst ihm Leib und Seele anvertrauen und brauchst nicht zu fürchten, verraten zu werden.«

»Noch immer, Raoul?«

»Immer«, antwortete Raoul ruhig.

Gilbert schüttelte den Kopf. »Ich glaube, daß der Ehrgeiz das alles ändert.«

»Da irrst du dich. Ich kenne ihn so gut wie keinen anderen. Er mag nach der Krone streben, aber dahinter steht noch etwas anderes. Und jetzt siehst du auch, was ich für ein Narr bin; denn obwohl ich das alles weiß, bin ich doch traurig, wenn ich sehe, daß er zu Waffen greift, die seines Rittertums unwürdig sind.«

Gilbert sah ihn neugierig an. »Was hat dich eigentlich bewogen, ihm dein ganzes Herz zu schenken, Raoul? Ich habe mich das schon oft gefragt.«

Ein Lächeln umspielte die grauen Augen. »Ein kleines Stückchen? Verstehst du das unter meinem ganzen Herzen? Nein, Gilbert, solche sentimentalen Dinge sind nichts für Wilhelm. Verehrt habe ich ihn, als ich ein Jüngling war. Junge Burschen leben von solchen Dingen. Das konnte nicht lange andauern. Es hat sich in eine tiefe, stete Achtung verwandelt. Ja, und auch in Freundschaft: eine seltsame Art von Freundschaft vielleicht – aber dennoch genügt es mir.« Er stand auf und schlenderte zur Tür. »Herzen verschenkt man nur, wenn man das des anderen dafür bekommt. Das gilt zumindest für mich.«

»Aber – Raoul, das sind seltsame Worte aus deinem Mund. Ich habe nicht gewußt ... Wenn er überhaupt jemanden liebt, dann bist du derjenige, dessen bin ich sicher.«

»Ah!« Raoul sah nachdenklich auf den Türriegel. »Ich würde das anders ausdrücken: Soweit er überhaupt jemanden lieben kann, soweit liebt er mich.« Er blickte auf; das Lächeln stand noch immer in seinen Augen. »Das ist es auch, mein Gilbert, weshalb –« Er brach ab; sein Lächeln vertiefte sich. »Eben deshalb«, sagte er und ging.

Den ganzen Sommer lang war die Normandie von hektischer Aktivität erfüllt, und niemand sprach von etwas anderem als dem kommenden Feldzug. Die Flotte, die aus fast siebenhundert großen und kleinen Schiffen bestand, war fertig und lag an der Mündung des Dives vor Anker. Die Armee wuchs zu riesenhaften Ausmaßen an; wenn auch Tausende von Ausländern gekommen waren, so bestand sie doch zu zwei Dritteln aus Normannen, und wie sich die Söldner auch in England benehmen mochten, in der Normandie unterstanden sie einer strengen Disziplin, die jeden Aufstand, jeden Raubzug unmöglich machte.

Anfang August kam aus Norwegen die Nachricht, auf die der Herzog gewartet hatte. Tostig und Harald Hadrada wollten Mitte September nach Nordengland aufbrechen. Ihr Plan bestand darin, Northumbrien aus Morkeres Händen zu befreien und mit allen Engländern, die sich ihnen anschließen wollten, südwärts gegen London zu marschieren.

»Du dienst mir besser, als du ahnst, Freund Tostig«, sagte der Herzog. »Harald wäre nicht der Mann, für den ich ihn halte, wenn er nicht nach Norden zöge, um deine Armee zu vernichten.«

Vier Tage später, am zwölften August, verließ der Herzog Rouen und zog an den Dives. Dort hatten sich schon zwölftausend Reiter und zwanzigtausend Mann Fußtruppen versammelt, während in der Flußmündung Hunderte von Schiffen sanft in der Dünung schaukelten.

Das Flaggschiff war die *Mora,* die Mathilde dem Herzog geschenkt hatte. Scharlachrote Segel hingen an den Masten, und die Bugfigur stellte ein Kind dar, das gerade einen Pfeil abschießen wollte. Das Schiff war mit Werg abgedichtet und vergoldet, und die Kabine am Heck war mit gestickten Vorhängen und silbernen Lampen ausgestattet. Nahe der *Mora* lagen die hundertzwanzig Schiffe, die Mortain zur Verfügung gestellt hatte, womit er die zwanzig seines Bruders bei weitem übertraf. Der Graf von Evreux hatte achtzig gut ausgestattete Fahrzeuge zur Verfügung gestellt, der Graf von Eu sechzig.

Die Herzogin und Robert begleiteten den Herzog nach Dives. Robert fühlte sich äußerst wichtig, da sein Name neben dem Mathildes in den Dekreten stand, die die Regentschaft während der Abwesenheit des Herzogs festlegten. Aber insgeheim wäre er viel lieber mit der Armee mitgezogen, und als er das Lager besuchte und seine Augen von dem im Sonnenlicht gleißenden Stahl geblendet wurden, als er sich an Bord der *Mora* begab, steigerte sich sein Verlangen derart, daß er vor seinem Vater seine Wünsche hervorsprudelte und ihn bat, mitziehen zu dürfen.

Der Herzog schüttelte den Kopf. Das hätte genügen sollen, aber Robert war verzweifelt. »Ich bin kein Kind mehr. Ich bin vierzehn, mein Herr. Ich habe ein Recht darauf«, sagte er und starrte den Herzog störrisch an.

Der Herzog betrachtete ihn eindringlich, denn der Eifer des Jungen gefiel ihm. Hinter Robert verkrampfte Mathilde die Hände im Schoß. »Beunruhige dich nicht, Frau«, sagte Wilhelm mit einem kleinen Lachen. »Du bist zu jung für einen solchen Feldzug, mein Sohn, und außerdem bist du mein Erbe. Kehre ich nicht zurück, dann wirst du an meiner Statt Herzog der Normandie.«

»Wilhelm!« Die Herzogin war bleich geworden und stand rasch auf.

Der Herzog winkte Robert fort. »Wie, Mald, du hast Angst!«

»Warum hast du das gesagt?« Sie trat ganz nahe auf ihn zu und legte die Hände auf sein Kettenhemd. »Du wirst siegen. Du hast immer gesiegt. Wilhelm, mein Herr!«

»Wirklich?« fragte er, als beträfe die Sache einen anderen. Sein Arm umfing sie, aber er sah über sie hinweg.

Sie zitterte; noch nie hatte sie es erlebt, daß er nicht von sich überzeugt war. »Ihr zweifelt an Euch, Beau Sire? Ihr?« Ihre Hände krampften sich in seine Schultern.

Er blickte auf sie nieder. »Ich weiß, mein Mädchen, daß dies mein härtester Kampf werden wird. Bei diesem Unternehmen setze ich alles aufs Spiel: mein Leben, mein Vermögen und das Wohl meines Herzogtums.« Er runzelte die Stirn. »Nein, ich zweifle nicht. Es wurde mir die Krone prophezeit.«

Sie stammelte: »Prophezeit?«

»Soweit ich es weiß. Als meine Mutter schwanger war, träumte sie knapp vor meiner Geburt, daß aus ihrem Leib ein Baum wuchs, dessen Zweige sich über die Normandie und England ausbreiteten, bis beide in seinem Schatten lagen. Ich bin dieser Baum, Mathilde.«

»Ich habe davon gehört«, sagte sie. »Ich glaube, daß es eine heilige Eingebung war und nicht die Hirngespinste einer kranken Frau.«

»Vielleicht.« Er beugte sich nieder und küßte sie. »Wir werden es ja bald wissen.«

Einen Monat lang mußte die Flotte noch in der Flußmündung warten. Es stellte sich heraus, daß einige Schiffe nicht seetüchtig waren. Die Zimmerleute waren mit den hölzernen Burgen noch nicht fertig, die der Herzog in Einzelteilen nach England mitnehmen wollte, und die Waffenschmiede arbeiteten noch immer Tag und Nacht, um Halsbergen, Helme und Kettenhemden anzufertigen. Die Soldaten wurden unruhig; manche desertierten und andere gingen auf Raubzüge in die Umgebung. Der Herzog bestrafte alle Übeltäter mit dem Tod, verbot den Fußtruppen, die Lager zu verlassen, und unterband so die Unruhen.

Am zwölften September, als endlich alles bereit war und ein günstiger Wind wehte, verabschiedete sich der Herzog von Mathilde, segnete seinen Sohn und ging an Bord der *Mora,* begleitet von seinem Seneschall, dem Mundschenk sowie von Raoul, Gilbert d'Aufay und seinem Bannerträger Ralph de Toeni.

Aus den engen Fenstern des Hauses, in dem sie wohnte, beobachtete Mathilde, wie die Fahnen langsam aufgezogen wurden. Das geweihte Wappen des heiligen Petrus strahlte in leuchtenden Farben gegen den blauen Himmel; neben ihm flatterten die goldenen Löwen der Normandie stolz im Wind. Die Herzogin ballte die Fäuste und schluchzte kurz auf.

»Sie haben den Anker gelichtet!« rief Robert. »Schaut doch! Die *Mora* bewegt sich! Seht doch, wie die Ruder ins Wasser tauchen! Oh, wenn ich nur auch an Bord wäre!«

Sie antwortete nicht; die *Mora* glitt den Fluß hinunter, die Fahnen flatterten im Wind, die geblähten Segel leuchteten blutrot in der Sonne.

»Und jetzt kommt mein Onkel Mortain auf der *Bel Hasard*«, sagte Robert. »Schaut, man kann sein Banner sehen! Und dort ist das Schiff von Graf Robert, und dahinter kommt der Vicomte von Avranchin! Richard und der rote Wilhelm werden furchtbar jammern, daß sie das nicht gesehen haben!«

Sie sprach noch immer nicht; wahrscheinlich hörte sie ihn gar nicht. Ihre Augen hefteten sich an die *Mora;* sie wiederholte nur immer wieder: »Er ist fort. Maria, Mutter Gottes, hilf, hilf!«

Reglos blieb sie stehen, bis die *Mora* nur noch als kleiner Punkt am Horizont zu sehen war. Robert kniete auf einer Bank, die er zum Fenster gezogen hatte, und hörte nicht auf zu reden und ihr die einzelnen Schiffe zu zeigen, aber sie beachtete ihn gar nicht. Sie überlegte, wie sie diese Szene auf einer Tapisserie festhalten könne, die dieses Ereignisses würdig wäre. Das würde sie auch tun, beschloß sie, sie und ihre Frauen würden sich damit die Zeit vertreiben, während sie allein und ängstlich im stillen Rouen warteten. Schon machte sie ihre Pläne: Harald, der auf die Reliquien in Bayeux schwor; der Tod des Bekenners; sein Begräbnis – das würde ein besonders schönes Bild geben, mit der neuerrichteten Abtei auf der einen Seite und dem Sarg, den acht Männer trugen, auf der anderen. Ihre Gedanken jagten einander, ihre Augen glühten. Sie würde auch Haralds Krönung sticken; sie sah es schon vor sich, wie er in der Mitte des Feldes auf dem Thron saß und der falsche Stigand neben ihm die Hände zum Segen erhob. Stigands Gewänder mußten in dunklem Goldton gehalten werden; sie würde sie selbst sticken, und auch Haralds Gesicht: Ihre Frauen sollten den Hintergrund und den Thron machen. Als nächstes dann Wilhelms Vorbereitung auf den Feldzug; eine schwierige Szene mit allen Waffen, den Panzern, der Beladung der Schiffe; und danach die Abreise; dafür brauchte sie helle

Farben, die das Glitzern der Schilde zeigen mußten, das helle Blau des Meeres, das Rot der Segel. Es würde lange Zeit brauchen, aber das Ziel war der Mühe wert. Und wenn Gott gnädig war, dann lag noch mehr Arbeit vor ihr: eine Schlacht, eine Krönung – wenn Gott gnädig war.

Ihr Blick nahm die Umgebung wieder wahr; sie nahm Roberts Hand in die ihre und sagte mit ruhiger Stimme: »Komm, mein Sohn. Wir reisen noch heute zurück nach Rouen, denn auf mich wartet viel Arbeit.«

Am Heck der *Mora* blickte Raoul zurück auf die Küste der Normandie, die langsam in der Ferne versank. FitzOsbern trat zu ihm. »Endlich sind wir unterwegs«, sagte er freudig. »Der Steuermann fürchtet, daß ein Sturm aufzieht, aber mir scheint das Wetter gut.« Er lehnte sich an die vergoldete Reling und blickte auf den schmalen Streifen der Küste zurück. »Leb wohl, Normandie«, sagte er scherzend. Raoul zitterte.

»Frierst du, mein Freund?« fragte FitzOsbern.

»Nein«, antwortete Raoul schroff und ging fort.

Sie segelten direkt nach Norden, und am Abend hatte der ständig wachsende Wind fast die Stärke eines Sturms erreicht. Schwere Brecher schlugen über das Deck; die Balken stöhnten unter der Belastung, und halbnackte Männer, denen Schweiß und Salzwasser zu gleichen Teilen über den Rücken rann, bemühten sich, die Segel einzuholen. Sie schrien einander über das Pfeifen des Sturms hinweg zu und stießen die herumstehenden Adligen ohne jede Förmlichkeit beiseite.

FitzOsbern wurde immer schweigsamer, fiel in sich zusammen und kroch schließlich davon, um allein mit sich und seiner Übelkeit zu sein. D'Albini spottete ihn aus, aber ein noch wuchtigerer Brecher als der letzte sandte ihn in aller Eile dorthin, wo der Seneschall schon jammerte und stöhnte. Ives, der Page des Herzogs, rollte sich auf seinem Lager in der Kabine zusammen und schloß die Augen, um das aus den Fugen geratene Universum nicht mehr sehen zu müssen. Er hörte, wie sein Herr lachte, und erschauerte, aber die Augen würde er nicht mehr öffnen, selbst wenn es ihm der Herzog befehlen sollte.

Der Herzog stand von seinem mit Fellen bedeckten Bett auf, hüllte sich in einen Mantel aus Wollzeug und ging an Deck. Raoul und Gilbert standen am Eingang der Kabine und hielten sich an den Pfosten fest. Raoul packte den Herzog am Arm. »Paßt auf, Seigneur. Gilbert ist vor wenigen Augenblicken fast ins Meer gespült worden.«

Der Herzog versuchte die Dunkelheit zu durchdringen. Lichter tanzten auf dem Wasser; er sagte: »Einige der kleineren Schiffe werden heute Nacht sicher untergehen.«

Gischt spritzte auf und durchnäßte sie. »Beau Sire, bleibt in der Kabine!« bat ihn Raoul.

Der Herzog schüttelte das Wasser aus den Haaren und wischte sich die Augen. »Ich bleibe, wo ich bin, mein Wächter – wenn ich nicht über Bord gespült werde«, fügte er hinzu und klammerte sich an einem Balken fest.

Knapp vor der Morgendämmerung legte sich der Wind, das graue Licht des Morgens zeigte ein bleigraues Meer, dessen lange Dünung die *Mora* auf und ab schaukelte. Die Schiffe trieben auf Saint-Valéry in Ponthieu zu und gingen dort vor Anker.

Erst am Abend wußte der Herzog über seine Verluste Bescheid. Einige der kleineren Schiffe waren gesunken, etliche Pferde und Vorräte waren über Bord gespült worden, aber im großen und ganzen war der Schaden gering. Der Herzog gab Befehl, daß die schlechten Nachrichten nicht verbreitet werden sollten, und ließ die Kapitäne und Schiffszimmerleute zu sich rufen, um mit ihnen die Reparaturen zu besprechen, die notwendig waren, bevor die Flotte wieder in See stechen konnte.

Als man damit zu Ende war, tauchte ein neues Hindernis auf, das die Männer ungeduldig werden ließ. Der Wind änderte die Richtung und blies beständig aus Nordosten, so daß kein Schiff von Ponthieu aus nach England gelangen konnte. Tag um Tag verging, und noch immer änderte sich der Wind nicht. Die Soldaten begannen den Herzog zweifelnd anzublicken und untereinander zu flüstern, daß dieses Unternehmen gegen Gottes Willen war.

Die meisten Barone wurden von bösen Vorahnungen erfaßt; unter den Kriegern brach eine Meuterei aus, und das unwillige Geflüster schwoll zu offener Kritik an.

Der Herzog zeigte nicht das geringste Anzeichen von Ungeduld oder Angst. Die Meuterer bestrafte er in einer Art, daß sie jeden offenen Widerstand im Keim erstickte, und seinen unruhigen Baronen trat er mit so viel lächelnder Zuversicht entgegen, daß sie wieder Mut faßten. Aber auch er konnte nicht leugnen, daß die Dinge schlecht standen, und so zog er den Grafen von Ponthieu nach zehn Tagen, die er im Hafen verbracht hatte, in sein Vertrauen und veranstaltete eine eindrucksvolle Zeremonie, um seine Krieger zu beruhigen.

Die Gebeine des heiligen Valerius wurden ausgegraben und in einer Prozession durch die Stadt getragen. Die Bischöfe von Bayeux und Coutances schritten in vollem Ornat voran; ein Gottesdienst wurde abgehalten, der Heilige angerufen und gebeten, den Wind zu ändern, um dadurch das Unternehmen zu rechtfertigen.

Hoffnungsvoll, skeptisch und ein wenig verstört kniete die Armee und wartete auf ein Zeichen. Schweigen breitete sich über die Stadt. Die Männer starrten auf die Banner, die an den Masten flatterten. Die Seeleute leckten die Finger und hielten sie in die Höhe, um den Wind zu prüfen. Eine Stunde verging. Die Sonne war ein glühender roter Ball, der im Westen versank. Die Soldaten begannen zu murmeln; ihre Stimmen klangen wie das Knurren eines riesigen, zornigen Ungeheuers. Raoul blickte den Herzog an und sah, daß er mit gefalteten Händen kniete und das Sterben der Sonne beobachtete.

Die Glut wurde schwächer; die Kälte des Abends stahl sich durch die Reihen der Knienden; das Murren wurde lauter, und von Zeit zu Zeit hörte man Stimmen im bitteren Spott aufklingen.

Plötzlich sprang FitzOsbern auf. »Seht!« schrie er und deutete auf den Hafen. »Der Wind hat sich gelegt!«

Tausende Köpfe fuhren herum; minutenlang lastete eine atemlose Stille über der Menge. Die Banner hingen schlaff von den Masten; mit der Sonne war auch der Wind gestorben.

Der Herzog warf einen kurzen Blick auf die Szene und stand auf. »Der Heilige hat gesprochen«, sagte er. »Auf die Schiffe! Wenn der Morgen anbricht, werdet Ihr sehen, daß ein günstiger Wind bläst, der uns übers Meer an unser Ziel trägt.«

Und es schien, als hätte der Heilige wirklich gesprochen. Der nächste Tag war hell und klar, und der Wind blies kräftig aus Südwesten. Die Flotte lichtete die Anker und verließ Saint-Valéry in guter Ordnung.

Das Wetter erlaubte es der *Mora,* ihre Überlegenheit zu beweisen. Bei Sonnenuntergang war sie den anderen Schiffen weit voran, und während der Nacht gewann sie einen nicht mehr einholbaren Vorsprung. Am Morgen weckte eine Gruppe von besorgten Männern den Herzog und teilte ihm mit, daß die *Mora* allein war. Er gähnte und meinte: »Ich wollte, die Herzogin wüßte, wie gut ihr Schiff ist.«

»Herr, das ist keine Sache, mit der man spaßt«, erwiderte De Toeni ernst. »Wir befürchten, daß unsere Schiffe von Haralds Flotte aufgebracht worden sind.«

Der Herzog sagte: »Mein guter Ralph, ich habe in Dives gehört, daß die englische Flotte nach London zurück mußte, um neuen Proviant aufzunehmen. Schickt mir meinen Diener und glaubt nicht, an jeder Ecke einen Wolf zu sehen.«

Als er später aus der Kabine trat, sah er seine Barone in kleinen Gruppen beisammenstehen und ängstlich vom Heck aus nach den Schwesterschiffen Ausschau halten. Er lachte sie aus, und als sie herumfuhren, sahen sie, wie er in aller Ruhe sein Frühstück aß. In der einen Hand hielt er ein Stück Wild, in der anderen ein Brot, und er biß mit großem Appetit einmal in das eine, dann in das andere.

D'Albini trat auf ihn zu. »Seigneur, ich flehe Euch an, drehen wir um! Wir können uns hier nicht verteidigen und sind ganz sicher, daß es ein Unglück gegeben hat.«

Der Herzog sagte mit vollem Mund: »Ihr Hasenfüße, was fürchtet Ihr denn jetzt schon wieder? Es hat kein Unglück gegeben; wir sind den anderen Schiffen nur davongefahren.« Sein Auge fiel auf einen Seemann, der etwas entfernt von ihm stand und ihn ehrfurchtsvoll betrachtete. Er biß wieder in das Fleisch, riß den Bissen mit den starken Zähnen vom Knochen und befahl den Mann mit einer Kopfbewegung zu sich.

Von den Kameraden nach vorn gestoßen näherte sich der Seemann verstört und kniete nieder.

»Guter Mann«, sagte der Herzog, »in dieser Stellung kannst du mir nicht dienen. Hinauf mit dir in den Mastkorb und sag uns, was du siehst.« Er sah dem Seemann zu, wie er die Takelage hinaufkletterte, stopfte den letzten Bissen Brot in den Mund und wischte sich die Krumen von den Fingern.

D'Albini berührte ihn am Arm. »Beau Sire, es gefällt Euch zu scherzen, aber wir, Eure Diener, sind sehr um Eure Sicherheit besorgt.«

»Das merke ich«, sagte der Herzog. Er blickte zum Mastkorb hinauf und rief: »Nun, Bursche, was siehst du?«

»Herr, ich sehe nur das Meer und den Himmel!« rief der Seemann zurück.

»Dann werden wir beidrehen«, sagte der Herzog. »Wenn du mehr siehst, Mann, komm und sag es mir.«

»Seigneur!« D'Albini klang verzweifelt.

»Komm mit mir in die Kabine, Néel«, sagte der Herzog und nahm Saint-Sauveur am Arm. »Spielen wir eine Partie Schach.«

Zu Mittag trug man das Essen für den Herzog auf Deck. Einigen der Barone war der Appetit vergangen, aber der Herzog langte herzhaft zu und aß frischgefangene Aale, die man in einer Brühe gedünstet hatte, danach Tümmler in Weizenbrei und Eber mit Zwiebeln und lombardischem Senf.

Die *Mora* schaukelte in der Dünung; plötzlich schrie der Seemann im Mastkorb auf und kletterte herunter, um dem Herzog mitzuteilen, er habe vier Schiffe am Horizont erspäht.

Der Herzog warf ihm ein Goldstück zu. »Du hast ein scharfes Auge, mein Freund. Sieh, ob du noch mehr von meinen Schiffen entdeckst.«

FitzOsbern war vom Tisch aufgesprungen und starrte über das Wasser. »Ich kann nichts sehen«, sagte er.

»Du wirst sie noch bald genug sehen«, sagte der Herzog, griff nach einer Pastete und begann zu essen.

Es dauerte nicht lange, bis der Seemann aufgeregt kam und dem Herzog zurief: »Herr, ich sehe einen ganzen Wald von Masten und Segeln!«

»Wirklich«, sagte der Herzog und schleckte die Finger ab. »Komm mit, FitzOsbern. Versuchen wir einmal, wie gut unsere Augen sind.«

Einige Stunden später, als die Flotte herangekommen war, hißte die *Mora* wieder die Segel und setzte ihren Kurs auf England fort.

Am späten Nachmittag kam die Küste in Sicht. Kalkklippen leuchteten weiß übers Meer; die Männer, die in den Wanten saßen, konnten auch Bäume und ein paar Hütten erkennen. Keine feindlichen Schiffe stellten sich ihnen in den Weg, und an der Küste war kein Zeichen von Leben zu erkennen. Die *Mora* nahm Kurs auf Pevensey und fuhr auf die flache Küste zu.

Die Krieger wären am liebsten Hals über Kopf ans Ufer gesprungen, doch wurden sie von ihren Anführern zur Ordnung gerufen und stellten sich hastig in Zweierreihen auf. Der Herzog ging die Reihe seiner Männer entlang, legte die Hand auf Raoul de Harcourts Schulter und sprang leichtfüßig auf die Reling. Er maß die Entfernung und sprang. Ein entsetztes Stöhnen durchfuhr die Menge. Er war im seichten Wasser ausgeglitten und halb an Land, halb ins Wasser gefallen.

»Ein böses Omen! Ein böses Omen! Gott helfe uns, er ist gestürzt!«

Der Herzog war wie der Blitz wieder auf den Beinen, die voll von Sand und Steinen waren. Seine zuversichtliche Stimme verdrängte das allgemeine Unbehagen. »Normannen, ich habe von England Besitz ergriffen!« rief er.

4

Die Normannen schifften sich in den Buchten und Küstenstreifen zwischen Pevensey und Hastings aus.

Pevensey war von den Einwohnern verlassen worden, aber die noch glimmenden Herdfeuer zeugten davon, daß die Bevölkerung erst beim Anblick der Flotte die Flucht ergriffen hatte. Es wurde ein Lager errichtet, das durch einen Graben und eine Palisade aus hölzernen Pfosten abgesichert war. Als nächstes befahl der Herzog, eine der hölzernen Burgen auf einem kleinen Hügel zu errichten, der den Hafen überblickte; und während dies geschah, beschäftigte er sich damit, die Umgebung zu erkunden, sehr zum Entsetzen seiner Freunde. Dieselbe Furchtlosigkeit, die ihn zu den wahnwitzigen Taten seiner Jugendjahre getrieben hatte, wohnte noch immer in ihm. Nur von einer Handvoll Rittern begleitet, blieb er dem Lager manchmal stundenlang fern. Er sah, daß das Land sehr unzugänglich war und viele gefährliche Sumpftäler und dicht bewaldete Hügel aufwies. Die Straßen waren oft unpassierbar und manchmal so voll Furchen und sumpfigen Stellen, daß das Reiten zur Gefahr wurde. Die Wälder strotzten vor Wölfen und Bären, und oft begegneten sie Herden von wilden Rindern in den Tälern.

Das Land war spärlich besiedelt, weite Landstriche waren Gemeindeland, das dem Staat gehörte; nur an der Küste gab es eine Kette von kleinen Städten und Dörfern. Dort schien sich nicht ein einziger Soldat aufzuhalten, aber die normannischen Barone waren trotzdem in ständiger Angst vor einem Mordanschlag der trotzigen Bauern auf ihren Feldherrn; ritt dieser doch Tag um Tag in der Begleitung von kaum mehr als zwanzig Rittern aus. Einmal, als der Herzog bei Anbruch der Dämmerung noch nicht zurück war, machte sich eine Suchmannschaft unter der Führung Hugh de Montforts auf. Als sie ihn endlich trafen, kam er ihnen zu Fuß entgegen und trug nicht nur seinen, sondern auch FitzOsberns Harnisch auf den Schultern. Er war nicht im geringsten erschöpft und lachte nur über die Müdigkeit seines Seneschalls, so ungerührt und ohne Furcht, als durchstreife er die Felder seiner eigenen Normandie.

Hugh de Montfort nahm ihm den zweiten Harnisch ab und fragte dann streng: »Beau Sire, denkt Ihr denn niemals daran, daß Euch die Einwohner dieses Landes überfallen könnten?«

»Nein, Hugh, niemals«, antwortete der Herzog vergnügt.

Seine Streifzüge zeigten ihm bald, daß Hastings, ein paar Meilen im Osten von Pevensey gelegen, eine bessere Ausgangsposition bot. Die Stadt befehligte die Straßen nach London, und der natürliche Hafen bot der Flotte Schutz. Der Herzog ließ eine Garnison in Pevensey zurück und marschierte mit dem Rest seiner Truppen nach Osten; die Hälfte der Flotte dirigierte er in den Schutz der weißen Klippen von Hastings. Seine zweite Burg wurde dort auf einem Hügel errichtet und von einer hölzernen Wand umschlossen. Um den Fuß des Hügels legte man einen Graben an. Davor ebnete man einen weiten Platz ein, auf dem Schuppen zur Unterbringung von Männern und Pferden errichtet wurden und der als eine Art Burghof diente. Ein äußerer Graben und ein mit einem Zaun versehener Erdwall auf der Gegenböschung umgaben die ganze Anlage, und ein kleiner Turm wurde zum Schutz der Zugbrücke errichtet.

Man arbeitete noch an den Bauwerken, als der Bote eines gewissen Roberts kam, eines Normannen, der nicht weit von der Küste entfernt wohnte. Neben Grüßen enthielt der mühsam auf Baumwollpapier gekritzelte Brief Nachrichten von größter Wichtigkeit. Tostig und Hadrada, schrieb der Anhänger des Herzogs, waren im Norden gelandet und hatten die jungen Grafen Edwin und Morkere in offener Feldschlacht bei Fulford in der Nähe von York besiegt.

Harald hatte seine Thane und Huscarlen – das waren seine Vortruppen – unter seine Fahnen gerufen und war etwa zwei Wochen vor Wilhelms Landung nach Norden marschiert. Am fünfundzwanzigsten September hatte er bei Stamford Bridge Tostig und Hadrada besiegt und getötet und ihre ganze Armee praktisch vernichtet. Der Schreiber des Briefes setzte fort, daß Eilboten nach Norden geritten waren, um Harald, der in York lag, von der Landung der Normannen zu unterrichten. Er riet Wilhelm, sein Lager nicht zu verlassen, denn König Harald sei schon acht Wochen auf dem Weg nach Süden und hätte geschworen, lieber zu sterben als die Normannen auch nur eine Meile englischen Bodens betreten zu lassen.

»Berichte deinem Herrn«, sagte Wilhelm, »daß ich mich so bald wie möglich zur Schlacht stellen werde.« Er wartete ab, bis der Bote gegangen war, und blickte dann Raoul an. Ein grimmiges Lächeln spielte um seinen Mund. »Er marschiert nach Süden«, wiederholte er leise. Dann las er den Brief nochmals. »Es wäre besser für ihn, sich in London festzusetzen und mich dort zu erwarten. Das ist ein guter Rat, Harald Godwinson, aber du wirst ihn von mir nicht annehmen.« Er warf den Brief auf den Tisch und lehnte sich in seinen Stuhl zurück. »Tapfere Worte, die aber nicht aus dem Verstand kommen. Mein guter Raoul, ich habe Graf Harald richtig beurteilt, als ich sagte, er werde nicht seinem Verstand, sondern der Eingebung seines Herzens folgen. Er wird mich hier an der Küste treffen, genauso wie ich es geplant habe.« Er runzelte die Stirn. »Mein Gott, was ist er doch für ein Narr!«

»Er ist aber auch ein sehr tapferer Mann«, sagte Raoul und sah ihn an.

»Tapfer – ja, tapfer wie ein Löwe, aber durch diese Dummheit wird er England verlieren. Er will mich nicht eine Meile weit ins Land lassen! Mein Gott, er sollte mich ins Land hineinlocken, weiter und weiter fort von der Küste und meinen Schiffen, in ein uns unbekanntes Land, wo er meine Armee umzingeln kann. Das habe ich getan, als

Frankreich meine Grenzen verletzt hat. Ich habe keine Reden gehalten, um meine Männer anzufeuern, sondern darüber nachgedacht, wie ich mein Land retten kann. Harald läßt die Felder nicht verwüsten, die zu schützen er geschworen hat! Da hat wieder sein Herz gesprochen: stolz, edel, wenn du willst, voll Tapferkeit, aber ohne auf den Rat seines Verstandes zu hören. Ich sage dir, Raoul, wäre er in London geblieben, so hätte er mich vernichten können.«

»Und dieses Risiko habt Ihr auf Euch genommen?«

Wilhelm lachte. »Nein. Denn von dem Tag an, da ich ihn kennenlernte, wußte ich, daß ich seine Strategie nicht zu fürchten habe.«

Als die Burg in Hastings fertig war und die Schiffe im Hafen verankert lagen, führten die Barone ihre Truppen auf Raubzüge aus. Die Südküste wurde in weitem Umkreis verwüstet, und nur in Romney wehrten sich die Einwohner. Sie stellten eine Verteidigungstruppe auf, die sich aus Bauern und Bürgern zusammensetzte. Mit allen Waffen, derer sie habhaft werden konnten, schlugen sie Hugh d'Avranchin und seine Männer zurück und fügten ihnen große Verluste zu. Es war dies der erste Vorgeschmack, den die Normannen vom Kampfgeist der Sachsen bekamen.

Dann erreichte den Herzog eine zweite Botschaft seines unbekannten Landsmanns. Am ersten Oktober hatte Harald in York von der Landung der Normannen erfahren. Am siebenten war er mit seinen Thanen und Huscarlen in London eingetroffen und hatte die Grafen Edwin und Morkere zurückgelassen, die ihre verstreuten Soldaten wieder sammeln und dann zu seiner Unterstützung eilen sollten.

Wilhelm Malet, der die Entfernung zwischen York und London kannte, rief ungläubig aus: »Sieben Tage mit der ganzen Armee! Das ist eine Leistung, die ans Wunderbare grenzt!«

Aber die Nachrichten fanden bald ihre Bestätigung. Harald hatte York augenblicklich verlassen, als er von der Landung der Normannen hörte, und seine Armee in einem alptraumähnlichen Gewaltmarsch nach Süden geführt, der den Männern nur wenige Stunden Schlaf auf offener Straße erlaubte.

Der Sachse in Wilhelm Malet begann sich zu regen. »Herrgott, das sind Männer, diese Engländer! Wo haben sie sich ausgeruht? Wann haben sie gegessen? Das sind wilde, furchtlose Feinde, die unser wert sind!«

Er sagte das zu Raoul, aber dieser antwortete nicht. Er dachte an die Tausende von blonden, bärtigen Männern, zu denen auch Edgar gehörte, die Tag und Nacht marschierten, um ihr Land gegen die feindlichen Eindringlinge zu verteidigen. Sie mußten doch vom Kampf müde sein, sicher waren viele von ihnen bei Stamford Bridge verwundet worden; mit Blasen an den Füßen und fast blind vor Erschöpfung schleppten sie sich dahin und waren trotzdem unbezwingbar. Er meinte plötzlich den Klang der Schritte zu hören, die näher und näher kamen, und sah in den schattenhaften Reihen Edgars Gesicht auftauchen, verbissen und müde, die Augen starr nach vorn gerichtet, den Mund fest zusammengepreßt, wie er es so oft erlebt hatte.

Harald blieb vier Tage in London, wo er das Volk zu seinen Fahnen rief. Sie kamen alle, Bauern und Bürger. Er verließ London am elften Oktober, und auf seinem Marsch zur Küste strömten ihm die Massen zu, manche mit Harnisch und Schildern bewaffnet, viele, die nur an Stecken gebundene Steine trugen oder die Werkzeuge, mit denen sie sonst die Äcker bebauten.

Zwei Tage später meldete man dem Herzog, daß die sächsische Armee bis zum Andredsweald vorgestoßen sei und drei Meilen von Hastings entfernt Lager bezogen habe, dort, wo die Straße nach London über der Senke von Senlac einen Hügel überquerte.

Der Herzog schickte noch zur selben Stunde einen Boten ins englische Lager, einen Mönch, Hugh Maigrot, der des Sächsischen kundig war. Bei Einbruch der Dämmerung kehrte Hugh nach Hastings zurück und berichtete dem Herzog Wort für Wort, was sich zugetragen habe.

Während er die Hände in den weiten Falten seiner Soutane verbarg, begann er: »Beau Sire, als ich ins Lager der Sachsen kam, führte man mich sogleich zu Harald Godwinson, der mit seinen Brüdern Gyrth und Leofwin unter freiem Himmel beim Mahl saß, umgeben von seinen Thans. Der Graf empfing mich mit großer Freundlichkeit und bat mich, mein Anliegen vorzutragen. So habe ich Eure Botschaft also in Latein vorgebracht, mein Herr, und den Grafen in Eurem Namen aufgefordert, Euch das Zepter Englands zu übergeben. Ich habe alle Angebote wiederholt, wie Ihr mir aufgetragen habt, ihm das ganze Land nördlich des Humber und die Grafschaft Wessex angetragen, über die sein Vater geherrscht hat. Während ich sprach, hörte mir der Graf aufmerksam zu und lächelte nur leise; aber die Umstehenden unterbrachen meine Worte oft mit lautem Spott und Reden, die für Eure Hoheit sehr beleidigend waren. Als ich geendet hatte, hoben die Thans, die mit Harald an der Tafel saßen, ihre Trinkhörner und riefen ihm ›Drinkheal‹ und ›Skall‹ zu. Nachdem sie ihm also zugeprostet hatten, schrien sie laut: ›Tod den normannischen Hunden!‹ und tranken wieder. Da das alles auf sächsisch gesprochen worden war, verstanden alle Umstehenden, worum es ging, und aus zehntausend Kehlen erhob sich ein Geschrei ›Tod, Tod den Normannen!‹ Ich aber, von der Gerechtigkeit meines Auftrags überzeugt, blieb ruhig stehen und wartete, daß der Graf mir Antwort gäbe.« Er hielt inne.

»Und dann?« fragte Mortain ungeduldig.

Der Mönch räusperte sich. »Während der Tumult noch andauerte, saß der Graf ganz unbewegt am Tisch, hatte den Kopf leicht zurückgeworfen und sah nicht seine Leute, sondern mich an. Dann hob er die Hand, und das Geschrei verstummte. Er sagte zu mir: ›Da hast du deine Antwort.‹« Wieder hielt er inne.

Raoul trat unbemerkt an die Öffnung des Zeltes und starrte in die immer dunkler werdende Nacht hinaus.

Hugh Maigrot holte tief Atem und fuhr dann fort: »Und wieder sprach ich und drang in ihn und bat ihn, Vernunft walten zu lassen. Ich erinnerte ihn daran, wie er bei den heiligen Reliqien geschworen hatte, Eure Ansprüche zu unterstützen. Daraufhin sahen alle, die meine Worte verstanden, mich wütend an und begannen mir zu drohen. Ich aber achtete nicht darauf und drang weiter in Harald, der noch immer ganz ruhig dasaß und mir zuhörte, ohne ein Wort zu sprechen oder den Blick von mir abzuwenden. Als ich geendet hatte, blieb er eine Weile stumm sitzen, den Blick auf mich gerichtet, und doch schien es, als sähe er mich nicht. Dann sagte er so laut, daß es alle hören konnten, daß er lieber sein Leben lassen als England verraten wolle. Der Eid, so erklärte er, sei ihm mit Gewalt abgezwungen worden und gelte daher nicht. Er forderte mich auf, Euch zu sagen, daß er sich nie ergeben würde und Euch den Weg nach England versperren würde, solange noch ein Hauch Leben in ihm sei, und beschwor dies bei Gott. Darauf brachen die Sachsen in begeistertes Geschrei aus, warfen ihre Schwerter in die Luft und riefen wie aus einem Mund immer wieder ›Out, out!‹, was der Schlachtruf der Sachsen ist. Wieder wartete ich, daß sich der Aufruhr lege, und beobachtete die Thans einstweilen genau. Sie schienen ganz begierig auf den Kampf zu sein; es sind wilde, verwegene Männer mit wirren Haaren und kurzen Wämsern in barbarisch grellen Farben, mit zusammengebundenen Harnischen und Helmen aus Holz oder Bronze. Sie hatten schon viel gegessen und getrunken; viele waren berauscht vom Met und hatten die Griffe ihrer Dolche umklammert, die sie *seax* nennen. Einige von ihnen sahen mich drohend an, doch ich blieb ungerührt stehen, und nach kurzer Zeit befahl ihnen Harald zu schweigen, so daß ich weiterreden konnte. Da ich in diesem Augenblick sicher war, daß alle meinen Worten lauschten, streckte ich die Hand aus und sprach die Exkommunikation über den Grafen aus, da er seinen Eid gebrochen hatte, und erklärte mit lauter Stimme, daß der Heilige Vater seine Sache für ungerecht erklärt habe. Der Graf umklammerte die Lehnen seines Stuhls; ich sah, wie seine Fingerknöchel weiß wurden; seine Augen konnte ich nicht sehen, aber er schwieg und bewegte sich nicht. Diejenigen, die bei ihm standen, waren entsetzt; viele bekreuzigten sich und erschauerten, als sie den Bannfluch hörten. Und ich sah viele, die ganz blaß geworden waren und ihren Herrn atemlos anstarrten. Er blieb noch immer wie eine Statue sitzen. Dann aber stand Gyrth auf, und da er vielleicht glaubte, daß ich kein Sächsisch verstünde, sprach er in dieser Sprache zu den Thans: ›Meine Landsleute, würde der Herzog der Normannen nicht Angst vor unseren Schwertern haben, so würde er nicht versuchen, sie durch den Bann der Kirche stumpf zu machen; vertraute er seinen Kriegern, so würde er uns keinen Gesandten schicken. Und warum sollte er uns das Land nördlich des Humber anbieten, wenn er nicht selbst die Folgen seiner wahnwitzigen Tat fürchtete? Würde er verhandeln, wenn er glaubt, daß er für eine gerechte Sache kämpft? Lassen wir uns von seiner List nicht täuschen! Unsere Häuser hat er seinen Männern versprochen; und euch und euren Kindern würde er keinen Fußbreit Boden lassen. Sollen wir denn um unser Brot betteln oder es mit dem Schwert in der Hand verteidigen? Sprecht!‹ Und dann ertönte wieder der Schlachtruf aus dem Munde der Thans, die von seinen tapferen Worten und unerschrockenem Auftreten hingerissen waren. Sie riefen: ›Sieg oder Tod!‹ Dann wandte sich Gyrth an Graf Harald und sprach eindringlich auf ihn ein: ›Harald, du kannst nicht leugnen, daß du vor Wilhelm auf die heiligen Reliquien einen Eid geschworen hast, ob aus eigenem Antrieb oder gezwungen, tut nichts zur Sache. Warum also willst du das Kriegsglück mit einem Meineid auf dem Gewissen auf die Probe stellen? Ich aber habe nicht geschworen, und auch nicht unser Bruder Leofwin. Für uns ist es ein gerechter Kampf, denn wir verteidigen unser Heimatland. Wir werden diesen Normannen allein entgegentreten. Werden wir zurückgeschlagen, so kannst du uns zu Hilfe kommen; fallen wir, kannst du uns rächen.‹«

»Und was hat Harald geantwortet?« fragte der Herzog, als der Mönch wieder Atem holte.

»Herr, er stand auf, nahm Gyrth an den Schultern, umarmte ihn liebevoll und sagte fast spöttisch: ›Nein, Bruder. Soll man von Harald sagen, daß er Angst um sich selbst hat? Auch wenn ich den Weg des Schwans gehen müßte und ohne Absolution im Kampf falle, so werde ich doch an der Spitze meiner Männer stehen. Es wird mein Banner sein, das über den Häuptern weht, und nicht das irgendeines anderen. Seid guten Mutes: Das Recht ist auf unserer Seite. Wir werden siegen und die Eindringlinge aus unserem Land vertreiben. Wer will Harald folgen? Jedem steht es frei, sich zu entscheiden.‹ Da sprang Edgar, der Than von Marwell, den Euer Gnaden kennt, auf eine Bank und rief: ›Wir folgen Harald! Sachsen, zieht die Schwerter!‹«

Raouls Finger krampften sich in die Zeltleinwand. Er drehte sich um und beobachtete den Mönch mit gespannter Aufmerksamkeit.

Hugh Maigrot nahm seine Erzählung wieder auf. »Mit einem mächtigen Schrei zogen sie die Schwerter, schwenkten sie und riefen: ›Wir folgen Harald, unserem wahren König!‹ Dann schob Harald, der doch etwas bewegt war, seinen Bruder beiseite, winkte mich heran und sprach mit mir in gutem Latein; er trug mir auf, Euch zu sagen, daß er Euer Gnaden auf dem Schlachtfeld treffen werde, wo Gott zwischen Euch entscheiden würde. So verließ ich also das Lager und sprach nur mit einigen Mönchen aus der Abtei Waltham. Mein Herr, die Truppen von Edwin und Morkere, die Harald erwartet, sind noch nicht eingetroffen.« Er schwieg und verbeugte sich.

Einen Augenblick lang schwiegen alle; dann sagte der Herzog: »Es ist gut so; wir brechen bei Tagesanbruch auf.«

Die Normannen verbrachten den größten Teil der Nacht damit, zu beichten und die Sakramente zu empfangen. Im Lager traf man alle Vorbereitungen zum Aufbruch, und es wurde erst still, als der Mond schon hoch am Himmel stand. Die Männer hüllten sich in ihre Mäntel und schliefen auf der bloßen Erde; die Wachen gingen langsam auf und ab, und auf ihren Helmen spiegelten sich die Sterne wider.

Die Priester hörten die reuigen Sünder bis zum Morgengrauen, und nur Odo, der Bischof von Bayeux, lag in seinem seidenen Zelt in tiefem Schlaf; von einem Zeltpfahl hing sein Kettenhemd, daneben lag griffbereit der Harnisch.

Der Herzog beriet sich bis Mitternacht mit seinen Baronen, legte sich dann zur Ruhe und schlief bald tief und fest. Raoul, dessen Lager im Zelt des Herzogs war, konnte nicht schlafen. Er ging in die Nacht hinaus und starrte auf die Hügelkette, die zwischen Hastings und dem Lager der Sachsen lag. Irgendwo hinter diesen dichtbewaldeten Hügeln lag Edgar; vielleicht war auch er wach und dachte an den Morgen. Raoul versuchte ihn sich vorzustellen: Betete er gerade oder verbrachte er die Nacht bei einem Gelage? Edgar hatte Raoul einmal erzählt, daß dies bei den Sachsen vor einem Kampf Sitte sei.

Morgen, dachte Raoul, morgen ... Herrgott mach, daß ich nicht auf Edgar treffe! Laß mich nicht an ihn denken, nicht sein Gesicht vor mir auftauchen, nicht sein Schwert mir dem meinen kreuzen, wenn wir beide doch den Tod im Herzen tragen!

Ein Heulen drang durch die Stille, unheimlich und melancholisch. Raoul fuhr zusammen und bekreuzigte sich schnell, aber es war nur ein Wolf, der ums Lager strich und auf den Abfallhaufen nach Futter suchte.

Bei Tagesanbruch, nachdem man die Messe gefeiert hatte, brach der Herzog das Lager ab und führte seine Armee in drei Abteilungen über die Straße, die über den Kamm des Telham-Hügels an den Rand des Andredsweald führte.

Die erste Abteilung, die sich hauptsächlich aus Franzosen, Flamen, Männern aus Ponthieu, Boulogne und Poix zusammensetzte, wurde von Graf Eustace von Boulogne geführt und sollte den rechten Flügel bilden. Der junge Robert de Beaumont stand in dieser Abteilung an der Spitze von tausend Normannen. Es war sein erster Waffengang, und er brannte darauf, würdig abzuschneiden. Er ritt ein feuriges Pferd, und auf seinem Schild glänzte das Wappen seines Hauses.

Die zweite Abteilung, die ausschließlich aus Normannen gebildet war, wurde vom Herzog selbst befehligt, der das Pferd ritt, das ihm Walter Giffard aus Spanien mitgebracht hatte. Er trug ein einfaches Wams aus Leder, auf dem Stahlringe aufgenäht waren, mit weiten Ärmeln, die bis zum Ellenbogen reichten, und Schößen bis zum halben Fuß, die vorn und hinten geschlitzt waren, um ihm größere Bewegungsfreiheit zu bieten. Sein Panzer und sein Helm, die sein Knappe trug, waren genauso einfach gearbeitet; der Helm war konisch und mit einem Nacken- und Nasenschutz versehen. Die einzigen Waffen, die er trug, waren eine Lanze und eine Keule, die von seinem Gürtel baumelte.

Neben ihm ritten seine Brüder und der Bischof von Coutances. Der Bischof war in vollem Ornat und trug den Kreuzstab in der Hand, während Odo über seiner Soutane das Kettenhemd angelegt hatte und einen gefährlich aussehenden Streitkolben trug.

Der Graf von Mortain und Néel von Saint-Sauveur führten zusammen die Truppen aus dem Côtentin an. Ein Knappe trug das Banner des heiligen Michael auf der Spitze einer Lanze voran.

Dicht hinter ihnen kam Roger de Montgoméri mit seiner Streitmacht aus Belesme, ganz in seiner Nähe die Veteranen Giffard und Gournay, dann Wilhelm FitzOsbern mit den Männern aus Breteuil und BecCrespin. Keiner trug die Rüstung, denn das Gewicht des Panzers hätte sie auf ihrem Marsch nur ermüdet.

Die dritte Abteilung sollte den linken Flügel bilden. Sie wurde von Alain Fugent und dem Grafen Haimer von Thouars angeführt und setzte sich aus Bretonen, Männern aus Mans und dem Poitou zusammen; dazu kamen noch Söldner aus den Rheingauen.

Der Weg führte die Armee über die Hügel von den Marschen von Pevensey. Die Sonne stieg höher, und die Männer brachen in Schweiß aus; die lange Reihe der Speere wand sich wie eine silberne Schlange über die Straße.

Als sie die Anhöhe des Telham-Hügels erreichten, sahen

sie die Armee der Sachsen zum erstenmal vor sich. Die Normannen hielten an und rasteten im Schatten der riesigen Bäume. Der Herzog ritt mit den Grafen Eustace und Alain vor und studierte die Aufstellung der Engländer und die zwischen beiden Armeen liegende Senke.

Harald hatte sein Banner auf der gegenüberliegenden Anhöhe aufgepflanzt, einem schmalen Hügel, der ungefähr eine Meile lang war und sanft zur Ebene von Senlac abfiel. Ein alter Apfelbaum krönte die Spitze des Hügels, und gleich daneben wehte Haralds Banner, das einen Krieger zeigte. Golden leuchtete es durch das Tal, und daneben hob sich der Drache von Wessex blutrot gegen den hellen Himmel ab.

Der Hügel schien völlig von Kriegern bedeckt zu sein. Die Normannen, die sich vordrängten, um alles genau zu sehen, flüsterten einander zu, daß ein Wald von Speeren sie erwartete.

»Hört mich an, Graf Eustace«, sagte der Herzog. »Wenn Gott mir heute den Sieg schenkt, dann werde ich an der Stelle, wo jetzt Haralds Banner weht, eine Abtei erbauen.« Er wies auf den gegenüberliegenden Hügel. »Das schwöre ich bei Gott und dem Heiligen Geist.« Dann riß er sein Pferd herum und galoppierte zu seinen Kriegern zurück. Er legte die Rüstung an und ließ sich von seinem Knappen den Helm reichen; doch erst als er ihn aufsetzte, bemerkte er, daß er ihn verkehrt hielt. Er sah, wie diejenigen, die es bemerkt hatten, unruhig wurden und es als böses Vorzeichen deuteten. Da rief er: »Ein Zeichen! Mein Herzogtum wird sich in ein Königreich verwandeln, genauso, wie ich diesen Helm jetzt wenden werde!«

Währenddessen hatte sich die Armee bereits über die Flanken des Hügels verteilt; die ersten Linien wurden von den Bogenschützen gebildet, unmittelbar dahinter nahmen die schweren Fußtruppen Aufstellung, und im Hintergrund sammelten sich die Berittenen. Pferdegeschirr klirrte; Stachelkugeln blitzten im Sonnenlicht auf; Wappen aller Arten leuchteten von den Bannern und Wimpeln.

Der Herzog winkte De Toeni mit einer Kopfbewegung zu sich und hielt ihm sein Banner entgegen. »Trag du heute mein Banner, Ralph de Toeni«, sagte er. »Es soll alles geschehen, wie es Recht und Gerechtigkeit verlangen. Deine Familie ist von so altem Adel, daß sie immer die Bannerträger der Normandie gestellt hat.«

De Toeni ritt auf den Herzog zu. »Beau Sire, ich danke Euch, daß Ihr unsere Rechte wahren wollt. Aber heute will ich dieses Banner nicht tragen! Seigneur, enthebt mich bitte dieser Pflicht, denn ich glaube Euch besser zu dienen, wenn ich an Eurer Seite gegen die Engländer kämpfe!«

Der Herzog lachte. »Wie du willst, De Toeni.« Er sah sich um, und sein Blick fiel auf den alten Walter Giffard; er sagte: »Herr von Longueville, kein anderer ist würdiger als Ihr, diese Standarte zu tragen.«

Walter schüttelte heftig den Kopf und zog sein Pferd zurück. »Um Himmels willen, Beau Sire, seht Ihr denn meine weißen Haare nicht? Ich bin nicht mehr so kräftig wie früher; und kurzatmig bin ich auch. Gebt Toustain hier das Banner; er freut sich sicher sehr darüber.«

Toustain FitzRou Le Blanc, ein Ritter aus Caux, errötete und sah den Herzog hoffnungsvoll an. Wilhelm streckte ihm das Banner entgegen, und er nahm es mit einem tiefen Seufzer der Erleichterung andächtig entgegen.

Der Herzog nahm vor seinen Truppen Aufstellung und hielt eine kurze Rede, die die Männer anspornen sollte. »Jetzt ist die Zeit gekommen, in der ihr euren Mut beweisen könnt«, sagte er. »Kämpft wie echte Männer, und ihr werdet siegen und Ehre und Reichtum gewinnen. Verliert ihr aber, dann werdet ihr niedergemetzelt oder Sklaven eines grausamen Feindes.« Seine Stimme schwoll an; er fuhr fort: »Es gibt keinen Weg zurück. Auf der einen Seite versperren uns die Waffen unserer Gegner und ein feindseliges Land den Weg; auf der anderen Seite das Meer und die englischen Schiffe. Ein Mann darf keine Angst haben! Sagt euch nur immer wieder vor, daß uns nichts zum Rückzug treiben kann, dann werden wir bald gesiegt haben!«

Mit dieser zuversichtlichen Aussage schloß er; und FitzOsbern, der schon einige Zeit ungeduldig mit dem Zügel gespielt hatte, sprengte auf ihn zu und rief in seiner ungestümen Art: »Beau Sire, wir zögern schon viel zu lange! *Allons, allons!*«

Jetzt erst legten die Ritter ihre Panzer an; die Fußtruppen packten die Lanzen fester und schlüpften mit dem Arm in die Halterung der großen, drachenförmigen Schilde. Nach wenigen Augenblicken kam der Befehl zum Vorrücken, und die Truppen bewegten sich langsam den Hügel hinan.

Sie mußten dazu ein unwegsames Tal zwischen dem Hügel von Telham und der Anhöhe von Senlac durchqueren. Es war an vielen Stellen sumpfig, reich mit Schilf bewachsen und an den höhergelegenen Stellen von dichtem Buschwerk und Bäumen bedeckt. Die Bogenschützen blieben oft im dornigen Gesträuch hängen, die Reiter mußten sich dukken, um nicht an die niederhängenden Zweige anzustreifen. Als sie sich dem Fuß der Anhöhe näherten, konnte man deutlich den juwelenbestickten Krieger auf Haralds Banner erkennen, der in der Sonne funkelte und blitzte. Erstaunt stellten die Normannen fest, daß sich in der sächsischen Armee kein einziger Reiter befand. Diejenigen, die um die Kampfweise der Sachsen wußten, erklärten ihren Gefährten, daß ein Sachse nie in den Kampf ritt.

»Schaut einmal, wie sie das Banner fest in den Boden gepflanzt haben!« rief ein Lanzenträger und rückte sein Schild zurecht. »Als mein Vater unter dem Herrn von Longueville und dem Bruder des Königs, Alfred, für König Eduard gekämpft hat, war es genauso. Die Krieger, die sie Huscarlen nennen, stehen mit den großen Herren rund um das Banner und rühren sich nicht von der Stelle. Ah, heute werden wir diesen Sachsen schon zeigen, was Kriegführen heißt!«

»Wie, sie rücken gar nicht zum Angriff vor?« wollte sein Nachbar wissen.

»Nein. Schau, wie sie ihre Stellung befestigt haben!«

Vor den sächsischen Linien erstreckte sich ein in Eile aufgeworfener Graben; dahinter hatte man einen Erdwall errichtet, der mit einer Brustwehr aus Zweigen noch weiter befestigt war. In der Mitte flatterten die Banner, um die sich die Thane und die kriegsgewohnten Huscarlen gesammelt hatten, die alle mit Brustharnischen und Helmen aus Bronze, Holz oder Eisen ausgerüstet waren, auf denen Wappensprüche in grellen Farben prangten. Die Flügel dieser Armee bestanden fast ausschließlich aus dem Aufgebot, das die einzelnen Grafschaften gestellt hatten; aus Männern aus dem Volk, kampfungewohnt, von denen viele im einfachen Wams gekommen waren, manche stolz ihre Äxte trugen, viele aber auch nur mit Hämmern, Sicheln und sogar Spaten ausgerüstet waren.

Etwa hundert Meter vor den feindlichen Linien hielten die Ritter an, und die Bogenschützen, die sich stetig den Hang hinaufgearbeitet hatten, schossen die erste Salve ab. Ein Hagelsturm von Geschossen war die Antwort: Wurfspieße, Lanzen und Spitzäxte regneten auf sie herab. Die Brustwehr schützte die Sachsen wirkungsvoll vor den Pfeilen, und wenn auch manches Geschoß sein Ziel fand, so blieben die meisten Pfeile zitternd im Geflecht der Brustwehr stecken. Unter dem Hagel der feindlichen Geschosse drangen die Bogenschützen weiter vor und feuerten eine zweite Salve ab. Der Erfolg war kaum besser als beim erstenmal, und die feindlichen Geschosse bremsten den Ansturm bald. Ein Mann stürzte, von einer Axt tief in die Schulter getroffen; Steine und Kiesel pfiffen an den Köpfen der Männer vorbei, doch dann schossen sie wieder. Hie und da wurde eine Lücke in die sächsischen Linien gerissen, die sich aber sofort wieder füllte. Die schweren Geschosse trieben die Bogenschützen zurück; sie drehten um, ließen die Toten und Verwundeten liegen und stolperten über den von Steinen und Waffen übersäten Hang den Hügel hinab.

Die Boten des Herzogs sprengten die Linien entlang; jetzt traten die schweren Fußtruppen, die mit Schilden und Lanzen ausgerüstet waren, zum Angriff an.

Sie wehrten die feindlichen Geschosse ab, so gut sie konnten; mancher fiel, mancher stolperte über die Toten; so kämpften sie sich im Schutz ihrer Schilde den Hang hinauf und versuchten, die Brustwehr zu stürmen. In das Klirren des Stahls mischte sich Stöhnen und Geschrei; die Äxte der Sachsen sausten durch die Luft und zerschnitten die Panzer der Normannen, als wären sie dünn wie Eierschalen. Ein Kopf fiel zu Boden und kollerte den Hang hinunter, ein Mann glitt im Blut aus, stürzte in den Graben und wurde von seinen vorwärtsdrängenden Gefährten zu Tode getrampelt. Und immer wieder schlossen sich die spärlichen Lücken in den sächsischen Linien; die Brustwehr wurde nur an wenigen Stellen niedergerissen, und der Graben füllte sich mit Leichen und blutgetränkten Kleidungsstücken und Waffen.

Die normannischen Fußtruppen wurden zurückgeschlagen und stürzten ungeordnet den Hang hinab, verfolgt von den Geschossen der Sachsen; die Ritter, die unbeweglich am Fuß den Hügels hielten, sahen, wie die Verwundeten zurückgelassen wurden und verzweifelt versuchten, sich in Sicherheit zu bringen; manche ohne Arm, manche mit einem blutenden Stumpf dort, wo einmal ein Bein gewesen war; andere wieder, deren Gliedmaßen heil geblieben waren, die aber tiefe Wunden hatten, aus denen sich das Blut wie ein Sturzbach über Wams und Hosen ergoß.

Den Anführern gelang es, die wilde Flucht der Fußtruppen aufzuhalten und sie wieder in Schlachtordnung aufzustellen. Ein Kommando ertönte. Jetzt griffen die Ritter an.

Die Fußtruppen zogen sich hinter die Berittenen zurück; ein einzelner Reiter sprengte vor, stimmte die Ballade von Roland an, zog sein Schwert, warf es hoch in die Luft und fing es wieder. Es war Taillefer mit der goldenen Stimme. Sein kräftiges »Aoie!« wurde von allen Rittern aufgenommen. Noch immer mit dem Schwert jonglierend galoppierte er als erster den Hang hinauf. Hinter ihm stürmten die Ritter in einer dicht geschlossenen Linie nach. Ein letztes Mal fing der Taillefer sein Schwert, setzte sich fest in den Sattel und trieb sein Pferd direkt in die sächsische Brustwehr. Sie brach unter seinem Ansturm; er war mitten unter den Feinden, stach und schlug um sich; seine Stimme ertönte triumphierend; und dann fiel er, von einem Dutzend Schwertern getroffen.

Hinter ihm drängten Ritter und Barone über die Brustwehr. Die Pferde stolperten im Graben. »Dex Aie!« und »Turie!« ertönte und wurde von einem brüllenden »Out! Out!« beantwortet. Im rechten Flügel erntete Robert de Beaumont viel Ruhm für seine zahlreichen, unerschrokkenen Attacken; in der Mitte kämpfte der Herr von Moulines-la-Marche mit einem Ingrimm, der ihm später den Beinamen Wilhelm der Eber eintrug.

In vorderster Reihe flatterten die goldenen Löwen der Normandie; Toustain bemühte sich, so nahe wie möglich beim Herzog zu bleiben und umklammerte verbissen den Schaft des Banners.

Mortain focht neben seinem Bruder. Kein Axthieb, der von vorn kam, kein Drängen der nachstürmenden Reiter konnte ihn von Wilhelms Seite drängen, doch ein schrecklicher Hieb, der ihm selbst gegolten hatte, trennte seinem Pferd den Kopf ab, und er stürzte. Er konnte rechtzeitig abspringen.

Raoul schrie: »Nehmt mein Pferd, Mortain! Auf, auf!« Er bahnte sich einen Weg aus dem ärgsten Kampfgetümmel und glitt aus dem Sattel. Mit einem kurzen Wort des Dankes ergriff Mortain die Zügel und schwang sich auf das Pferd. Einer von Raouls Männern drängte sich zu ihm vor und drückte ihm Zügel in die Hand: »Hier, Herr!«

Raoul stieg auf. »Danke, mein Junge. Schau, daß du hier wegkommst!« Er gab dem Pferd die Sporen und stürzte sich wieder in die Schlacht.

Die Linien der Angreifer gerieten in Unordnung. Am linken Flügel fielen die Bretonen und die Krieger aus Le Mans unter Alain Fergant zurück. Sie hatten als Gegner nur das einfache Volk vor sich, aber diese sonst so friedfertigen Leute waren von einem Mut, der durch bitteren Haß genährt wurde, und kämpften so ingrimmig, daß die Bretonen Angst bekamen. Sie wichen zurück; ihre Anführer schrien sie an und versuchten sie mit Schwerthieben voranzutreiben, aber eine neue Salve von Äxten und Steinen brachte die Entscheidung. Der linke Flügel machte kehrt und floh in wilder Verwirrung den Hang hinunter, wobei sie ihre eigenen Fußtruppen mit sich rissen, die sich in der Zwischenzeit neu formiert hatten.

»Seigneur, Seigneur, die Bretonen sind zurückgefallen!« Raoul kämpfte sich an Wilhelms Seite vor. »Zurück, um Himmels willen zurück!«

Auch die Mitte und der rechte Flügel konnten den mörderischen Äxten der Sachsen kaum noch standhalten. Der Herzog gab den Befehl zur Umkehr und bezog einen Beobachtungsposten am Fuß des Hügels, von dem aus er das ganze Geschehen überblicken konnte. Die Ritter zogen sich in guter Ordnung zurück, doch war Toustains Pferd von einem Lanzenstich niedergestreckt worden und daher auch die goldenen Löwen der Normandie verschwunden. Rasch verbreitete sich das Gerücht, daß der Herzog gefallen war; die Armee erstarrte vor Schreck; ein Aufstöhnen lief durch die Reihen.

»Er lebt! Er lebt!« brüllte Gilbert d'Aufay.

Der Herzog riß seinen Helm herunter, galoppierte an seinen Männern vorbei und rief: »Seht her! Ich lebe, und mit Gottes Hilfe werden wir diese Schlacht gewinnen!« Ein Stein sauste nahe an seinem Kopf vorbei; FitzOsbern packte das Pferd des Herzogs am Zügel und riß ihn mit sich den Hang bergab.

Irgend jemand hatte Toustain ein Pferd besorgt; die Löwen der Normandie flatterten wieder im Wind, und ein begeisterter Aufschrei ertönte aus allen Kehlen.

Die Nachhut, welche Ersatzpferde und Rüstungen hütete, sah die wilde Flucht des linken Flügels und war darüber so entsetzt, daß sie ebenfalls zum Rückzug ansetzte. Ein weißes Pferd raste ihnen nach, ein weißes Chorhemd flatterte im Wind. »Halt! Halt!« schrie der Bischof von Bayeux mit mächtiger Stimme. »Wir werden siegen!« Er winkte seinen eigenen Leuten mit seinem Streitkolben. »Haltet mir dieses Pack auf! Daß sie sich nicht von der Stelle rühren!«

Am linken Flügel zeigte sich erneut Bewegung. Die Engländer, welche ihre Feinde in panischer Flucht sahen, stürzten mit Triumphgeheul hinter der Brustwehr vor und liefen dem flüchtigen Haufen nach.

Der Herzog bemerkte diesen schweren Fehler rasch und gab den Befehl zur Umkehr. Néel von Côtentin und Wilhelm, der Herr von Moyon, führten die mittlere Abteilung in gestrecktem Galopp auf die Flanke des Volks zu und ritten die Bauern zu Hunderten nieder. Sie wurden, da sie fast ohne Waffen und völlig ohne Rüstung waren, förmlich in Stücke gehauen; die Bretonen hielten in ihrem Rückzug inne, nahmen wieder Aufstellung und griffen endlich in das Gemetzel ein, dem fast keiner entging. Mehr als die Hälfte des rechten Flügels der Engländer wurde in diesen wenigen Augenblicken niedergemacht; die normannischen Reiter ließen ein Leichenfeld hinter sich zurück und galoppierten zu ihrer Ausgangsposition zurück.

Die von allen dringend benötigte Atempause wurde dazu benützt, die Bretonen wieder zu formieren, und wer beim ersten Angriff sein Pferd verloren hatte, ließ sich von seinem Knappen ein neues bringen. Die Normannen hatten große Verluste zu beklagen. Wilhelm de Vieuxpoint und Tessons Sohn Raoul waren gefallen und lagen auf dem Abhang. Gilbert de Harcourt hatte eine tiefe Wunde am Oberschenkel, doch hatte er ein Tuch fest um das Bein geschnürt und schien die Verletzung kaum zu bemerken.

Eudes' rotbraunes Roß drängte sich an Raouls Bertolin; Eudes brummte: »Was für ein blutiger Kampf! Aber jetzt hast du dich an so etwas wohl schon gewöhnt?«

»Niemand von uns hat je so einen erbitterten Kampf erlebt«, antwortete Raoul. Er wischte das Blut von seinem Schwert; seine Hände zitterten; seine Wange war blutverkrustet und seine Halsbeuge an einer Seite verbeult.

Die Boten wurden erneut ausgeschickt; Trompetengeschmetter gab das Zeichen zum zweiten Angriff; und wieder donnerten die Reiter den Hang hinauf. Die Brustwehr, schon gebrochen und niedergetreten, verschwand endgültig unter den Hufen der Pferde, aber hinter ihr versperrte den Reitern eine Mauer aus Schilden den Weg. Der Ansturm der Ritter geriet ins Stocken; der Graben war voll von abgehauenen Gliedmaßen, zerschmetterten Helmen, bis zur Unkenntlichkeit verstümmelten Leichen. Hie und da fiel ein Sachse tot zwischen die Normannen, aber der Wall aus Schilden geriet nicht ins Wanken, und die Äxte wüteten wie früher.

Ein Sachse aus der vordersten Reihe stürmte direkt auf den Herzog zu und schlug mit aller Gewalt auf das große spanische Pferd des Herzogs ein. Das Tier stürzte mit einem gräßlichen Schrei zu Boden; der Herzog warf sich zur Seite, packte seine Keule und schmetterte seinen Gegner noch im Abspringen zu Boden. Einen Augenblick lang blickte er in ein Gesicht, das auf ein Haar dem des Grafen Harald glich. Ein verzweifelter Schrei ertönte: »Gyrth! Gyrth!« Ein junger Mann brach aus den Reihen der Sachsen vor und warf sich über den Toten. Mit dem Ruf: »Saint Marcouf! Sire Saint Marcouf!« galoppierte ein Reiter auf ihn zu und wurde durch einen fürchterlichen Axthieb fast gespalten.

Einen Augenblick konnte Raoul noch sehen, wie der junge Sachse Gyrths Leiche heldenhaft verteidigte; dann umschlossen ihn die Normannen, er fiel und wurde von den Pferden überrannt.

Aus Hunderten Kehlen ertönte ein Wutschrei, und eine Stimme brüllte: »Gyrth und Leofwin! Beide auf einmal! Ihr normannischen Schlächter! Out! «

Der Herzog glitt auf einer ekelhaften, blutigen Masse von Eingeweiden eines toten Pferdes aus und versuchte sich am Zügel eines Rosses festzuhalten. Der Ritter aus Maine, der darauf saß, versuchte, am Herzog vorbeizukommen, und schrie: »Herrgott, laß den Zügel los! Laß ihn los!«

Wie Stahlbänder traten die Muskeln am Arm des Herzogs hervor. Er zwang das sich aufbäumende Tier zurück. »Bei Gott, kennst du deinen Kriegsherrn nicht?« sagte er. »Steig ab! Ich bin Wilhelm!«

»Jetzt kämpft jeder für sich! Ich steige nicht ab!« schleuderte ihm der Ritter tollkühn ins Gesicht.

Ein drohender Blick traf ihn. »Du Hund!« Wilhelm packte den Ritter am Gürtel und hob ihn aus dem Sattel, als hätte er überhaupt kein Gewicht. Der Ritter fiel der Länge nach zu Boden; der Herzog warf sich aufs Pferd und drängte es wieder in die vorderste Linie.

Vor ihm flatterten die Vögel im Wappen Wilhelm Malets; weiter unten ertönte der wilde Schlachtschrei der Männer von Cingueliz: »Turie!«

Viel näher riefen Krieger ihren Schutzheiligen Saint-Aubert an. Über diesen Schreien erhob sich die Stimme des Herrn von Longueville: »Giffard! Giffard!« Der alte Walter kämpfte zu Fuß im Nahkampf gegen drei sächsische Gegner, wurde niedergeschlagen und rief noch immer seinen Schlachtruf, als er fiel.

Der Herzog trieb sein Pferd durch die tobende Menge und griff die Gegner des Herrn von Longueville an. »Auf, Walter, auf! Ich bin bei dir!« Seine Keule krachte auf den hölzernen Helm eines Sachsen nieder; Hirn spritzte auf den zerwühlten Boden. Das Roß des Herzogs scheute und schnaubte; er hielt es mit eiserner Hand zurück. Die Sachsen flohen, und Giffard taumelte auf die Füße. »Zurück, mein alter Kämpfer!« befahl der Herzog und versuchte den Schlachtenlärm zu übertönen.

»Nicht, solange ich noch eine Lanze führen kann!« keuchte Giffard, bekam ein reiterloses Pferd zu fassen und zog sich schwerfällig in den Sattel.

Tausende Sachsen lagen tot auf dem Schlachtfeld, aber noch immer war die Mauer aus Schilden ungebrochen. Mittag war schon lange vorbei, und die Sonne brannte unbarmherzig auf die wogenden Scharen nieder. Die normannische Reiterei war erschöpft, die Pferde lahmten; sie fielen ein zweites Mal zurück und sahen die sächsischen Linien über sich geschwächt, aber unbesiegt.

Es roch überall nach Blut; der Boden war glitschig davon, und der Abhang des Hügels mit entsetzlichen Resten bedeckt: Hände, die noch den Schaft des Speeres umklammert hielten; Arme, die an der Schulter abgetrennt waren; hie und da ein Kopf, der zu einer formlosen Masse zerstampft war; dann wieder nur die Finger, ein Pferdeohr und das Maul eines Pferdes, das noch vor kurzem samtweich gewesen war und jetzt vor geronnenem Blut klebte.

Die müden Männer zogen sich aus der Reichweite der sächsischen Geschosse zurück, die noch immer von oben kamen. Die Reiter saßen wie Mehlsäcke auf ihren Rössern. Die Pferde selbst standen zitternd auf weitgespreizten Beinen; ihre Mäuler und ihre Geschirre waren schaumbedeckt, die Köpfe hingen schwer zu Boden, und die Flanken waren von den Sporen aufgerissen.

Jeder Gedanke an Edgar war aus Raouls Gehirn verschwunden, so wie er es gewünscht hatte. In dieser Welt gab es nichts als Blut: Blut, das aus aufgerissenen Adern spritzte, Blut, das langsam aus Fleischwunden quoll, Blut, das auf den verstümmelten Leichen auf dem Schlachtfeld eintrocknete.

Er ließ die schmierigen Zügel auf Bertolins Nacken fallen und versuchte seine Hände an der Hose abzuwischen. Er fragte sich, wie viele seiner Freunde noch lebten; FitzOsberns Stimme glaubte er gehört zu haben, und jetzt konnte er auch Grantmesnil und Saint-Sauveur sehen, die sich den Schweiß von der Stirn wischten.

Irgend jemand stieß ihn an. »Da, trink das«, sagte Eudes in seiner ungerührten Art.

Raoul blickte auf; sein Bruder schob einen Weinbeutel in seine Hand. Eudes war schmutzig und blutverschmiert, aber nicht im geringsten bewegt. »Das ist ein Geschenk des Himmels, Eudes«, sagte Raoul dankbar und nahm einen tiefen Schluck von dem schweren Wein. »Ich war fast am Ende. Und wie steht es jetzt? Magst du den Krieg noch immer?«

»Doch«, antwortete Eudes gelassen. »Aber mit so einem Schweinskopf aus Caux habe ich noch ein Hühnchen zu rupfen; im letzten Gefecht hat er mich derart gestoßen, daß ich im Graben gelandet bin und fast umgekommen wäre. Wenn wir diese Geschichte da erledigt haben, dann werde ich mit ihm ein Wörtchen reden. In seinem Wimpel ist ein Hirschkopf. Kennst du ihn?«

»Nein«, sagte Raoul, der zu lachen begonnen hatte. »Ich kenne ihn nicht.«

Ein Reiter galoppierte die Linien entlang; die Barone, die sich mit Wilhelm beraten hatten, sprengten zu ihren Posten zurück. Durch die Reihen wurde die Botschaft weitergegeben, daß man sich wieder zum Kampf aufstellen solle.

Jetzt war es der rechte Flügel, der den Abhang hinaufstürmte, und was durch Zufall am linken Flügel geschehen war, wurde von den Kriegern aus Boulogne unter Graf Eustace mit voller Absicht wiederholt. Nach einem wilden Schlagabtausch mit dem englischen Aufgebot aus dem Volk fielen die Normannen zurück und flohen mit allen Anzeichen völliger Verwirrung den Hang hinab. Oben am Hügel versuchten die Thane, die sich unter das Volk gemischt hatten, vergeblich, die Bauern zurückzuhalten. Diese sahen und hörten in ihrem Blutrausch nichts; alles, was sie sahen, war ein geschlagener Feind, der das Schlachtfeld floh. Mit wilden Triumphschreien rissen sie sich von ihren Anführern los und stürzten dem Feind den Abhang hinunter nach. Äxte, Sicheln, Keulen und Spieße wurden geschwungen; Tausende Bauern brüllten: »Sieg, Sieg! Out, out! Wir haben gesiegt!«

Der Kern der normannischen Truppe machte kehrt; der dröhnende Schlachtruf »Dex Aie!« erstickte das Geschrei der Sachsen, und die Reiterei brach von der Seite in die Menge ein. Der Fuß des Hügels bedeckte sich in Augenblicken mit Gefallenen, die sich unter den Hufen der Pferde aufbäumten und krümmten. Die Reiter, welche die Flucht vorgetäuscht hatten, drehten ebenfalls um und griffen die Engländer von vorn an.

Die Männer auf dem Hügel sahen wiederum, wie das Volk zu Hunderten niedergemäht wurde. Einige wenige entkamen, andere schafften es, bis zu ihren Kameraden auf dem Hügel zurückzukriechen, aber Tausende blieben tot zurück, wurden in den zerfetzten, blutdurchtränkten Boden gedrückt und von den Hufen der über sie hinwegstürmenden Pferde zermalmt.

Aber auch den Normannen brachte der Angriff Unheil. Die Reiter, die Panik vorgetäuscht und den Hügel ungeordnet hinuntergestürmt waren, wurden bald in eine echte Katastrophe verwickelt. Ein tiefer Graben, den man am Fuß des Hügels ausgehoben und mit Sträuchern und Erde getarnt hatte, lag in ihrem Weg; sie stürzten hinein, Mann um Mann, bis der Graben randvoll war von zuckenden Körpern, die verzweifelt freizukommen versuchten. Die Reiter, die hinter ihnen kamen, konnten ihre Pferde nicht mehr anhalten und ritten über die Gestürzten hinweg. Da brach ein Rückgrat, dort wurde ein Kopf zerschmettert, Arme und Beine brachen, und die ganz unten Liegenden erstickten und wurden bis zur Unkenntlichkeit von den über ihnen liegenden Männern zerquetscht.

Aus den Reihen der Sachsen ertönte Jubelgeschrei. Viele waren gefallen, aber um die Banner hielt ein fester Kern noch immer stand und wich keinen Fußbreit. Der Graben war voll von Toten, die Brustwehr in den Boden gestampft, aber die Mauer der Schilde war ungebrochen.

Nun führte man eine Reihe von Attacken auf die englische Front durch. Ansturm folgte auf Ansturm; die normannischen Pferde dröhnten über den von Toten vollen Graben; Lanze und Schwert trafen auf die sächsischen Äxte. Die Front der Sachsen brach unter der Wucht des Ansturms auf, aber immer nur für kurze Zeit, und dann wurde die Reiterei unter schweren Verlusten zurückgeschlagen.

Wilhelm verlor sein zweites Pferd; Graf Eustace, der im Schlachtgetümmel von seinem Platz auf der rechten Seite fortgerissen worden war, fand sich plözlich neben dem Herzog und bot ihm sein eigenes Pferd an. »Nehmt meines, Herzog«, keuchte er und rollte seinen massigen Körper aus dem Sattel. »Wenn Euch Eure Leute nicht sehen, ist der Tag für uns verloren. Herrgott, diese Sachsen sind aus Eisen! Zerbrechen sie denn niemals?«

Die Schilde der Sachsen tanzten den Normannen vor den Augen, und die barbarischen Farben funkelten im hellen Licht der Sonne. Die Linien standen fest. Die Äxte, rot von Blut, sausten mit mörderischer Wucht nieder und durchschlugen Panzer und Knochen mit einem Schlag. Der Helm des Herzogs trug eine tiefe Delle; ein Lanzenstoß warf ihn fast aus dem Sattel; sein drittes Pferd fiel, als ihm ein sächsisches Messer den Bauch aufschlitzte, das Tier fiel mit einem gräßlichen Schmerzensschrei, wobei es den Herzog fast unter sich begrub. Im letzten Augenblick gelang es ihm, sich zur Seite zu werfen; über ihm bäumte sich ein Pferd auf und wurde mit derartiger Wucht zurückgerissen, daß es sich fast überschlug.

»Mein Gott, Beau Sire!« Raoul war schon aus dem Sattel gesprungen, als der Herzog erst wieder auf die Füße kam. »Fast hätte ich Euch niedergeritten! Auf! Nehmt meinen Zügel!« Er drückte dem Herzog die Zügel in die Hand und raste zurück, wobei er den Rössern geschickt auswich.

Wieder fiel die Reiterei zurück; der Herzog befahl die Bogenschützen nach vorn und ließ Salve um Salve gegen die sächsischen Linien abfeuern.

Ein neuer Hagelsturm von Geschossen vertrieb die Bogenschützen; sie fielen wieder zurück, und die Reiterei griff von neuem an.

Über eine Stunde lang wechselten Angriffe der Reiterei mit Salven der Bogenschützen ab. Der Vorrat an sächsischen Wurfgeschossen wurde kleiner; während die Bogenschützen ihre Pfeile versandten, standen die Engländer bewegungslos still, und die Reiter am Fuß des Hügels sammelten sich zur nächsten Attacke.

Die Sonne versank wie ein feuerroter Ball hinter den Bäumen im Westen. Der verzweifelte Kampf hatte den ganzen Tag angedauert, und noch immer war kein Nachlassen zu spüren. Die Sachsen versuchten, sich bis zum Einbruch der Dunkelheit oder dem längst fälligen Eintreffen des Entsatzheeres von Edwin und Morkere zu halten. Ihre Reihen waren gelichtet, schwer angeschlagen, ihre Flanken vernichtet, aber noch immer flatterten die Banner unbeirrt auf der Spitze des Hügels, noch immer bildeten die Thane eine unerschütterliche Mauer um sie.

Ralph de Toeni sah der Sonne nach und meinte: »In einer Stunde bricht die Dämmerung herein, und wir können fast nicht mehr. Diese Sachsen sind wahre Teufel!«

»Ihre Äxte erschrecken unsere Soldaten«, sagte Grantmesnil, während er ein Tuch fest um seine Fleischwunde an seinem Arm band. »Der Herzog versendet seine Pfeile umsonst: Sie bleiben in den Schilden der Sachsen stecken und haben keine Wirkung.«

Währenddessen war der Herzog zu den Bogenschützen unterwegs; ihre Anführer liefen ihm entgegen und hörten, was er ihnen zu sagen hatte. Er machte eine Bewegung, ergriff einen Bogen und krümmte ihn so, daß sie verstehen konnten, was er wollte. FitzOsbern ritt zu ihm hin und befragte ihn beunruhigt, während die Anführer zu ihren Männern zurückeilten, sie aufmunterten und ihnen Anweisungen gaben.

Die Schützen zielten jetzt höher in die Luft. Die Pfeile zischten hoch über die vorderen Reihen der Sachsen und fanden ihr Ziel direkt im Herzen der Truppe, die sich aus den Thanen zusammensetzte.

Die Sachsen hatten keine Wurfgeschosse mehr; es blieb ihnen nichts anderes übrig, als stehenzubleiben, wehrlos, verbissen, während der neue Pfeilhagel ihre Reihen lichtete. Als der Vorrat an Pfeilen erschöpft war, fielen die Bogenschützen zurück, um die Köcher neu zu füllen, und die Reiterei setzte zum Angriff auf die geschwächten Verteidigungslinien an. Und wieder traf Stahl auf Stahl, wieder wichen die Sachsen zurück, faßten sich und hielten ihre Stellung. Die Reiter stürzten gegen diese Mauer. Die Engländer waren eine miteinander verschmolzene Masse, die undurchdringlich war, aber sie wurden immer enger zusammengedrängt, so daß sie kaum mehr kämpfen konnten. Die Reiter zogen sich zurück; und eine neue Salve von Pfeilen brachte lautlos den Tod.

Die Pausen zwischen den Angriffen waren das Schlimmste für die Sachsen. Sie konnten die normannische Reiterei sehen, die am Fuß des Hügels hinter den Bogenschützen regungslos wartete, während immer mehr der Ihren den Pfeilen zum Opfer fielen. Diese Spanne des nervenzermürbenden, schweigenden Wartens war viel schwerer zu ertragen als die tobenden Angriffe der Reiterei. In den Reihen der Sachsen war fast keine Bewegung zu sehen. Unter den Visieren waren die Gesichter hohlwangig, von Erschöpfung gezeichnet, und alle Augen starrten nach Westen, wo der letzte Lichtschein im Schwinden war. Und tausend Hirne waren nur von dem einen Gedanken besessen: nur ein klein wenig länger, ganz kurze Zeit noch aushalten.

Über dem Sumpf der Talsohle stieg weißer Nebel auf; graue Schatten legten sich über das Schlachtfeld, und plötzlich stahl sich die Kühle des Abends in die Glieder der Wartenden. Der Pfeilhagel hörte auf; ein Seufzer ging durch die Reihen der Engländer; die Männer faßten ihre Schilde fester und pflanzten sich in den Boden, um dem unausweichlichen Angriff standzuhalten.

Die Reiter donnerten den Hügel herauf; wie eine ineinander verschmolzene Masse wankten die Sachsen unter der Wucht des Ansturms; aber die einzige Bewegung, die man sah, war das Niederfallen der Toten.

Die Normannen waren fast so erschöpft wie die Sachsen. Einige kämpften noch mit dem alten Eifer, vor allem der Herzog selbst, sein Seneschall, der Herr von Moulines, der vom Blut der vielen, die er erschlagen hatte, von Kopf bis Fuß bespritzt war, und Robert de Beaumont, dessen Eifer und Mut unbesiegbar waren; aber der größere Teil focht wie im Traum.

Raoul hatte nicht mehr die Kraft, sich neben dem Herzog zu halten; er wurde abgedrängt und war nur noch von einem einzigen Gedanken besessen: Töte oder du wirst getötet. Eine Art von dumpfer Wut erfüllte ihn und verlieh ihm neue Stärke. Sein Schwert tropfte, der Griff war schlüpfrig, und die Runen unter schon getrocknetem Blut verborgen.

Ein Sachse löste sich aus der Menge und griff ihn direkt an; er sah, wie das *seax* aufblitzte, als der Mann nach dem Bauch des Pferdes zielte, schlug ihn in heller Wut nieder und ritt über den noch atmenden Körper. Sein Pferd glitt auf einem Haufen von Erschlagenen aus, schnaubte erschreckt mit aufgerissenen Augen und Nüstern; Raoul trieb es gegen die fest ineinander verkeilten Schilde und schrie »Harcourt! Harcourt!«

Ein Schild fuhr in die Höhe; ein erschöpftes Gesicht tauchte wie eine Vision vor seinem getrübten Blick auf; Augen, die er gut kannte, sahen direkt in die seinen.

Sein Schwertarm sank herab. »Edgar! Edgar!«

Ein anderes Pferd rannte in seines; er wurde mitgerissen, weiß wie der Tod und zitternd. Um ihn herum tobte der Kampf; ein Speer glitt an seinem Schild ab; er parierte mechanisch.

Über dem Schlachtenlärm erhob sich die Stimme des Grafen von Eu: »Normandie! Normandie! Kämpft für den Normannen! «

»Ja«, wiederholte Raoul, ohne zu wissen, was er sagte. »Für den Normannen. Ich bin ein Normanne ... ein Normanne ...«

Er packte das Schwert fester; sein Arm war schwer wie Blei. Er schlug auf die verschwommene Gestalt ein und sah sie fallen.

Eine Bewegung lenkte seine Aufmerksamkeit nach rechts. Er sah, wie Roger FitzErneis seine Lanze wegwarf, Schwert und Schild ergriff und wie ein Wahnsinniger gegen die Front der Sachsen ritt. Er brach durch; Raoul sah sein Schwert blitzen, sah ihn um sich hacken und stechen. Er drang bis zum Banner vor, da wurde seine Klinge am Schaft abgehauen. Ein dutzend Speere bohrten sich in ihn, und er fiel.

Dieser heldenhafte Angriff spornte die ermatteten Normannen erneut an. Wieder griffen sie an, und wieder wurden die Sachsen in diesem wütenden Ansturm zurückgeworfen, bis sie so dicht aneinandergedrängt standen, daß die

Verwundeten und die Toten nicht zu Boden fallen konnten, sondern eingeklemmt zwischen ihren lebenden Kameraden stehen blieben.

Raouls Pferd stolperte über den Kadaver eines anderen Rosses und fiel; Raoul wurde abgeworfen. Fast wäre er unter die Hufe des Pferdes des Herrn von Bohun gekommen, aber im letzten Augenblick richtete er sich auf und sprang zur Seite. Er hörte Trompetengeschmetter; die Reiter zogen sich zurück; er bemerkte, daß er am ganzen Körper zitterte und wie ein Betrunkener taumelte.

Irgendwie fand er den Weg zurück, wankend und stolpernd über den mit Toten übersäten Hügel. In einer kleinen Vertiefung lag ein Kopf, als wäre er dort aus der Erde gewachsen; glasige Augen starrten ihn an, die Zähne waren in einem makabren Grinsen gefletscht. Raoul begann wie ein Verrückter zu lachen. Irgend jemand packte ihn am Arm und riß ihn mit; dann drang die Stimme Gilbert d'Aufays an sein Ohr. »Raoul, um Himmels willen, hör auf, Raoul!«

»Aber ich kenne ihn doch«, sagte Raoul. Mit zitterndem Finger deutete er auf den schauerlichen Kopf. »Ich sage dir, ich kenne ihn, und jetzt liegt er dort! Es ist Ives de Bellomont!«

Gilbert schüttelte ihn. »Hör auf, du Narr, hör auf! Komm!« Er drängte ihn den Hügel hinunter.

Die Bogenschützen rückten vor, und wieder stiegen die Pfeile in die Luft und fielen direkt auf die Thane herab. Das Licht war schwach geworden, die Sicht schlecht, und die bemalten Schilde wirkten wie eine dunkle Wand, die sich den Feinden entgegenstellte. Von den zwanzigtausend Mann, die Harald in die Schlacht geführt hatte, waren nur sehr wenige übriggeblieben. Das Aufgebot des Volkes war fast zur Gänze vernichtet; mehr als die Hälfte der Thane lag verwundet, tot oder sterbend auf dem Schlachtfeld. Der Rest der Armee scharte sich um die Banner und bereitete sich zu einem letzten, verzweifelten Kampf vor.

Nicht die normannischen Reiter waren es, die die Schildmauer niederbrachen, sondern ein verirrter Pfeil. Ein entsetzlicher Schrei erhob sich aus den Reihen der Sachsen: Harald der König war neben seinem Banner gefallen.

Sie sanken neben ihm auf die Knie und riefen beschwörend seinen Namen. Er war tot, mußte augenblicklich tot gewesen sein. In der Dämmerung hatte ein Pfeil sein Auge durchbohrt und war ihm ins Gehirn gedrungen. Sie richteten ihn auf; sie konnten nicht glauben, daß er tot war. Sie zogen den Pfeil heraus und versuchten das Blut zu stillen; sie rieben seine Hände und flehten ihn an, zu ihnen zu sprechen. Und noch immer prasselten die Pfeile auf sie nieder.

»Er ist tot.« Ein Huscarle ließ die schlaffe Hand, die er gehalten hatte, sinken. »Er ist tot, und der Tag ist verloren.«

»Nein, nein!« Alfwig, der Onkel des Grafen, umklammerte den toten Körper. »Nein! Er kann nicht tot sein, jetzt, wo das Ende so nahe ist! Harald, sprich! Ich befehle dir zu sprechen! Du hast diesen Tag doch nicht durchgestanden, um so zu sterben! Wie, war denn alles umsonst? O Gott!« Er ließ die Leiche fallen und sprang auf. »Es ist vorbei! Hier liegt der König, für den wir gekämpft haben und gestorben sind, und uns bleibt kein anderer Ausweg mehr als die Flucht! Wofür sollen wir jetzt noch kämpfen? Für nichts, denn Harald ist tot!« Er taumelte, schwer verwundet, und wäre gefallen, hätte ihn nicht ein Than gehalten.

Am Fuß des Hügels sahen die Normannen, wie die englischen Linien aufbrachen; die Bogenschützen zogen sich zurück, und die Reiterei setzte zu einem letzten Angriff an. Wilhelm von Moulines-la-Marche stieß seinen Schlachtruf aus und führte seine Männer direkt gegen die sächsischen Schilde; die Normannen griffen so ungestüm an, daß sie sich einen Weg bis direkt ans Banner Haralds freikämpften.

Die Sachsen flohen nach allen Richtungen. Der Herr von Moulines schlug die Banner um – ein Begeisterungsschrei ertönte aus den Reihen der Normannen. Haralds goldenes Banner lag zertrampelt in Blut und Schmutz; zwei der Ritter Moulines', die es in ihrem Blutrausch mit ihrem Herrn aufnahmen, hieben auf Haralds Leiche ein.

Was von den Sachsen geblieben war, floh nach Norden, in die dichten Wälder, die sich jenseits des Hügels erstreckten. Dieser fiel steil zu einem Graben ab; in der Finsternis glitten die Thane hinunter; die Normannen, die sie verfolgten, sahen nicht, was sie erwartete, und stürzten über die Kante. Pferde und Reiter kollerten in den Graben; dort machten die Sachsen ein letztes Mal kehrt und erschlugen die Normannen in einem letzten, erbitterten Scharmützel. Und dann, bevor noch Hilfe kommen konnte, flohen sie in die Dunkelheit, und der Wald verbarg sie vor den Augen der Verfolger.

5

Der Kampfeslärm am Fuß des Hügels wurde von den Männern auf der Höhe gehört und erfüllte zumindest einen von ihnen mit großer Sorge. Graf Eustace als Grenons glaubte, daß das Entsatzheer von Edwin und Morkere gekommen war und ritt bleich vor Furcht zum Herzog, zog ihn am Arm und riet ihm dringend, sich zurückzuziehen.

Der Herzog schüttelte die Hand ab, wandte sich um und befahl mit einem Blick der Verachtung, sein Zelt dort aufzuschlagen, wo den ganzen Tag lang Haralds Standarte geweht hatte. »Macht hier Platz «, befahl er, »ich werde die Nacht hier verbringen.«

Die Diener waren mit dieser Aufgabe beschäftigt, als der Herr von Longueville äußerst mißbilligend herantrat. »Beau Sire, was tut Ihr da?« wollte er wissen. »Das ist doch kein passender Ort für Euch unter all diesen Leichen! Ihr solltet anderswo Euer Lager aufschlagen und von ein- bis zweitausend Mann bewacht werden, denn wir wissen schließlich nicht, welche Fallen uns die Sachsen stellen werden. Und außerdem gibt es unter den vielen Toten genug Sachsen, die nur verwundet sind und ihr Leben geben würden, um Euch zu töten. Kommt, Seigneur!«

»Hast du Angst, Walter? Ich nicht«, sagte der Herzog unbewegt. »Wenn du wirklich meinst, was du da sagst, dann schließe dich Als Grenons an.« Sein Blick überflog das Schlachtfeld; er sagte zornig: »Befehlt den Anführern, daß sie sich um ihre Männer kümmern sollen! Ich dulde es nicht, daß man die Toten ausplündert! Jede Partei soll ihre Toten begraben, aber sucht mir den Leichnam von Graf Harald und bringt ihn mit allen Ehren in mein Zelt. Raoul, ich brauche dich.«

Es war mehr als eine Stunde später, als sich Raoul endlich vom Herzog entfernen konnte. Er hatte seine Rüstung abgelegt und Blut und Schweiß abgewaschen. Sein Knappe, ein eifriger Bursche, der ihm ganz ergeben war, hatte ihm Wasser, einen Rock aus weicher Wolle und seinen langen, scharlachroten Mantel gebracht.

Während Raoul die Bänder um seine Hosen band, wies er mit dem Kopf auf die abgelegten Kleidungsstücke, die er in eine Ecke geworfen hatte, und sagte schroff: »Verbrenne sie. Und wirf den Panzer weg; er ist an der Schulter zerschmettert. Hast du meinen Helm schon geputzt?«

Der Knappe hielt den blankgeputzten Helm und das glänzende Schwert in die Höhe.

»Du bist ein braver Bursche. Bring mir das Schwert.« Raoul stand auf und befestigte den Mantel über der Brust, während sich der Junge niederkniete und ihm das Schwert umlegte.

Der Herzog saß mit seinen Brüdern und den Grafen Eustace, Alain und Haimer beim Essen.

Das Zelt war hell von Kerzen erleuchtet, und die Speisen wurden so aufgetragen, als befände sich der Herzog in einem seiner Paläste. Keiner, der diese Szene sah, hätte daran gedacht, daß rundherum Tote und Sterbende in Haufen auf dem blutgetränkten Boden lagen. Der Herzog, dessen Erschöpfung sich nur in einer gewissen Schweigsamkeit und einem Stirnrunzeln zeigte, aß und trank nur wenig, aber die Grafen wachten auf, als sie die schmackhaften Speisen rochen, und schickten sich an, die Ereignisse des Tages bei Speise und Trank zu vergessen.

Raoul machte sich davon, sobald er konnte, und suchte sich einen Weg durch die Zelte bis zu jener Stelle, an der er Edgar in der Schlacht gesehen zu haben glaubte.

Er trug eine Laterne und einen Beutel Wein mit sich. Über den ganzen Hügel bewegten sich Laternen, aber der Mond war schon im Aufgehen und beleuchtete mit seinem schwachen Schein die Haufen der Toten.

Raoul sah, daß Priester und Mönche gekommen waren und unter den Verwundeten herumgingen; manche waren Normannen, manche Engländer. Ein Mönch aus Bec sah auf, als Raoul vorbeiging, und riet ihm, sich nicht unbewaffnet hinaus aufs Schlachtfeld zu wagen. »Viele Sachsen leben noch, Messire Raoul«, sagte er, »und sie sind gefährlich.« »Ich habe keine Angst«, antwortete Raoul. Er drehte seine Laterne so, daß sie auf eine Gestalt schien, die mit dem Gesicht nach unten auf der Erde lag. Irgend etwas an den breiten Schultern erinnerte ihn an Edgar; mit zitternden Händen wandte Raoul den Körper um. Es war nicht Edgar. Er seufzte erleichtert auf und ging weiter.

Plötzlich glitt er aus; er wußte, was es war, aber er hatte an diesem Tag soviel Blut gesehen und vergossen, daß ihn nicht mehr davor ekelte. Vielleicht war er auch nur müde, um noch irgend etwas zu spüren. Er merkte gar nicht, wie schwer seine Lider waren, wie sehr seine Glieder schmerzten. Schlaf war alles, was er brauchte, Schlaf und Vergessen, aber er verdrängte diesen Wunsch, solange er nichts über Edgar wußte. Eine schwache Hoffnung regte sich in ihm; vielleicht gehörte Edgar zu denen, die in die Wälder im Norden hatten flüchten können. Er suchte jetzt schon lange auf den dunklen Wiesen, aber die Aufgabe war einfach unlösbar. Es schien, als gäbe es auf der Welt nichts anderes als Tote, die bewegungslos in seltsam unnatürlichen Posen unter den Sternen lagen. Tausende waren es, alte und junge – Tausende von Sachsen, aber nicht Edgar.

Einige der Söldner schlichen am Rand des Schlachtfeldes entlang und beraubten die Toten. Nein, dachte Raoul, eine Armee wie die unsere kann man nicht daran hindern, zu plündern und zu rauben.

Er ging an einem Priester vorbei, der neben einem Sterbenden kniete. Der Priester sah Raoul beunruhigt an, aber in den Augen des Sterbenden glühte nackter Haß. Raoul sah, wie seine Hand zum Messer tastete; ein Blutstrom ergoß sich aus Mund und Nase; er fiel tot zurück, und der Priester drückte ihm sanft die Augen zu.

Es war sehr ruhig auf dem Hügel; seltsam still nach dem Getöse des Tages. Der einzige Laut, der zu hören war, war ein leises Stöhnen, das aus dem Erdreich selbst zu kommen schien. Manchmal wandelte es sich zu einer erkennbaren Stimme, manchmal bewegte sich eine der zerschmetterten Gestalten und murmelte: »Wasser, Wasser!« Aber die meiste Zeit war es ein verworrenes, unentwirrbares Geräusch, das sich aus vielen Stimmen zusammensetzte.

Eine Hand umklammerte Raouls Knöchel, aber in den steifen Fingern war keine Kraft mehr. Er sah Stahl im Mondschein aufblitzen, aber das Messer fiel zur Erde. Er eilte weiter. Irgend etwas wand sich zu seinen Füßen; die Laterne zeigte ihm eine halb zermalmte Gestalt, die noch atmete. Er stieg darüber; er war weder entsetzt noch angewidert. Er erinnerte sich daran, wie ihm in Val-es-dunes beim Anblick viel weniger gräßlicher Wunden übel geworden war, und fragte sich, ob er schon so abgestumpft war, oder ob nur die Müdigkeit den Schrecken dämpfte. Wäre er sicher, daß Edgar entkommen war, so wäre ihm gleichgültig, wer tot in der Ebene von Senlac lag, dachte er.

Und dann fand er Edgar. Sobald er ihn sah, erkannte er, daß er es schon immer gewußt hatte, durch die Vorahnung vor langer Zeit in Rouen, daß er Edgar einmal so vor sich liegen sehen werde, die goldenen Locken blutverkrustet, die kräftigen Glieder verrenkt und schlaff.

Er fiel auf die Knie, versuchte Edgar aufzuheben, und tastete unter dem zerschmetterten Harnisch nach dem Schlag des Herzens. Ein Schwertstreich hatte eine tiefe Furche in seine Stirn gegraben; das Blut quoll daraus hervor und rann das Gesicht herunter; der Bart war steif davon.

Raoul glaubte, eine schwache Regung unter seinen Fingern zu spüren. Er riß die Weinflasche vom Gürtel und setzte sie an Edgars Lippen. Der Wein lief an den verkrampften Zähnen vorbei, rann aus den Mundwinkeln auf Edgars Brust.

Raoul stellte die Flasche nieder, nahm rasch seinen Mantel ab und schob ihn Edgar als Kissen unter den Kopf. Er ließ ihn darauf gleiten und begann Streifen von seinem Rock zu reißen, um damit die klaffenden Wunden zu verbinden.

Edgar bewegte sich und hob die Hand zum Kopf. Raoul beugte sich zu ihm nieder und versuchte das leise Murmeln zu verstehen. »Etwas in meinen Augen . . . ich kann es nicht wegwischen.«

Raoul wischte das Blut nochmals ab und verband ihm die Stirn mit einem Streifen seines Rocks. Dann nahm er Edgars Hände zwischen die seinen und versuchte sie zu wärmen. Neben der Trauer, die ihn sprachlos machte, hatte ihn ein seltsames Gefühl des vorbestimmten Schicksals erfaßt. Er nahm die Flasche wieder zur Hand und tröpfelte etwas Wein in Edgars Mund.

Die blauen Augen öffneten sich. »Das Volk hat nicht standgehalten«, sagte Edgar und sah ihn an.

»Ich weiß«, antwortete Raoul. Seine Stimme war leise und fest. »Denk nicht daran.« Er riß noch einen Streifen von seinem Rock und versuchte das Blut zu stillen, das unaufhörlich aus einer tiefen Schulterwunde quoll.

Plötzlich erkannte ihn Edgar. »Raoul«, sagte er. »Ich habe dich gesehen. Du bist gegen mich geritten, deine Lanze gegen meine Axt, genauso, wie du es einmal vor langer Zeit gesagt hast. «

»Ich habe nicht gewußt, daß du es bist, ich habe es erst gesehen, als ich ganz nahe war. O Edgar, Edgar!« Raoul senkte den Kopf, und wilder Schmerz durchfuhr ihn.

»Jetzt ist das alles aus«, sagte Edgar nachdenklich. »Harald ist gefallen.« Er bewegte vorsichtig den Kopf, als hätte er große Schmerzen. »Und ich werde bald auch den Weg des Schwanes gehen und ihm folgen.«

»Nein, das wirst du nicht!« Raoul schnitt die ledernen Bänder auf, die Edgars Harnisch zusammenhielten. »Nein, Edgar! Du darfst nicht sterben!« Aber er wußte, daß es leere Worte waren. Es war sinnlos, diese Wunden zu verbinden, sinnlos, Wein zwischen Edgars Lippen zu gießen.

Edgar sagte: »Erinnerst du dich noch, wie ich einmal gesagt habe, daß Herzog Wilhelm den Thron nur über unsere Toten besteigen wird? Es war vor vielen Jahren, ich weiß nicht mehr genau, wann. Aber du siehst, ich habe recht behalten.« Er hielt inne und schloß die Augen. Raoul hatte den Harnisch abgenommen und versuchte das Blut aus drei Wunden auf einmal zu stillen. »Laß das, Raoul. Mein Gott, glaubst du denn, daß ich noch leben will?«

Raoul nahm seine Hand. »Ich kann dich nicht sterben lassen. Ich weiß – oh, ich weiß! Du brauchst es mir nicht zu sagen. Ich wollte, ich könnte auch sterben, denn mein Herz ist schon lange tot.«

»Nein.« Edgar richtete sich auf. »Nein, du darfst nicht sterben. Du hast noch Elfrieda. Sorge für sie! Versprich mir das! Sie hat jetzt niemanden mehr. Mein Vater ist gefallen, und auch meine beiden Onkel. Seite an Seite. Ich bin der letzte. Es war zu viel, und Gott ist zornig. Tostig ist mit Hadrada gekommen. Wir haben sie bei Stamford geschlagen. Das war vor langer Zeit.« Er hob die Hand ans Gesicht. »Mein Bart ist ganz verkrustet – ach so, das ist Blut. Aber das macht nichts. Ich habe gehofft, daß du kommst, Raoul. Freundschaft bleibt bestehen. Als ich von eurer Landung hörte, habe ich das nicht geglaubt, aber jetzt ist das anders – oder vielleicht bin ich nur zu müde, um noch irgend jemanden zu hassen.« Er tastete nach Raouls Hand; es fiel ihm immer schwerer zu sprechen. »Wir sind nach London marschiert; es war ein endloser Weg. Ich weiß es nicht mehr genau. Nach einiger Zeit haben wir nur noch den Weg vor uns gesehen, und der hat kein Ende genommen. Und dann haben wir nicht länger auf Edwin und Morkere gewartet und sind weiter nach Süden gezogen. Harald hat in seiner Abtei Waltham gebetet; und da haben wir bemerkt, daß Gott zornig ist, denn als Harald aus der Kapelle kam, ist der Turm zusammengestürzt. Gyrth wollte damals den Befehl übernehmen, aber Harald erlaubte es nicht.« Ein dünner Blutstrom rann ihm aus dem Mundwinkel. »Es ist so kalt . . . Die Sonne ist so langsam untergegangen. Wir haben die Dunkelheit so dringend gebraucht, und alle haben darum gebetet, daß Gott sie rechtzeitig sendet. Aber Gott war zornig und hat uns nicht gehört. Wenn nur Edwin und Morkere Wort gehalten hätten! Wenn Harald nicht gefallen wäre! Wir hätten bis zur Dunkelheit ausgehalten. Wir hätten es geschafft, Raoul!«

»Ich weiß. Nie hat jemand so gekämpft wie ihr.« Raoul hob ihn nochmals auf, stützte ihn und hüllte ihn fest in seinen scharlachroten Mantel.

»Ihr habt uns zurückgeschlagen, aber unsere Schilde haben standgehalten. Erinnerst du dich noch an Alfric? Er hat an meiner Seite gestanden – da hat ihn ein Pfeil getroffen, aber wir waren so eng gedrängt, daß er nicht gefallen ist. Das war schon am Ende, als wir um das Banner geschart waren. Thurkill hat behauptet, daß die Schlacht verloren sei, aber er hat sich geirrt. Solange wir den Hügel gehalten haben und Harald noch am Leben war, waren wir im Vorteil, auch wenn wir uns nicht mehr rühren konnten.« Ein Zittern durchlief ihn. »Als dann die Pfeile kamen, war es viel schlimmer. Und trotzdem haben wir geglaubt – Aber dann ist Harald gefallen. Es war sehr klug von Wilhelm, daß er die Bogenschützen in den Himmel zielen ließ.« Die Augen fielen ihm zu; eine große Müdigkeit schien ihn zu ergreifen. Das Blut hatte den Verband um seinen Kopf völlig durchnäßt und rann ihm wieder übers Gesicht. Raoul legte ihn nieder und versuchte die Binden fester anzuziehen. Edgar stöhnte auf. Er versuchte sich aufzurichten, und Raoul sah, daß er lächelte. »Harald hat zwei Späher ausgeschickt, die euer Lager beobachtet haben. Sie haben berichtet, daß die Truppen des Herzogs aus Priestern bestehen, weil sie alle kurze Haare hatten und keine Bärte trugen –«

Raoul war unfähig, auch nur ein Wort herauszubringen. Nach einer kurzen Pause sagte Edgar: »Ich habe FitzOsbern gesehen und Néel auch. Leben sie noch?«

»Ja, beide«, antwortet Raoul müde.

»Und Gilbert auch! Da bin ich froh. Sie waren meine Freunde. Nicht Alfric und nicht Thurkill. Die ganzen langen Jahre in der Normandie; ich wollte immer nach Hause, aber als mich der Herzog dann gehen ließ, war alles so verändert – oder ich hatte mich geändert. Ich weiß es nicht. Ich werde bald sterben, und dann ist alles aus – die Verzweiflung, die Bitterkeit, die widerstrebenden Gefühle –« Er hatte die Augen weit geöffnet und sah Raoul groß an. »Ich hätte sogar dich getötet, wenn ich damit England vor Wilhelm gerettet hätte. Aber ich konnte es nicht. Nicht einmal Harald konnte es. Ich habe dich gehaßt. Und jeden Normannen, dem ich je begegnet bin. Ich wollte töten und wieder töten, und keinen von euch verschonen.« Er seufzte; seine Stimme war kaum noch hörbar. »Aber jetzt bin ich müde, und du bist bei mir, und ich erinnere mich nur noch daran, wie wir zusammen nach Harcourt geritten sind und dein Vater mir einen Nestfalken aus seiner Zucht geschenkt hat; und wie wir in Quévilly auf die Jagd gegangen sind und du mir damals das Kind in die Arme geworfen hast, als wir diese Stadt in der Bretagne erobert haben.« Er tastete wieder nach Raouls Hand; dieser packte die seine mit festem Griff, und Edgar seufzte fast zufrieden auf. »Ich versuche daran zu denken, wie England unter Wilhelm stöhnen wird, aber ich kann es nicht. Ich kann nur daran denken, was für Spaß wir miteinander in Rouen hatten, und wie du und Gilbert mich Als Barbe und Barbar genannt habt.« Er lachte leise, aber dieses Lachen wurde bald zu einem würgenden Husten, und das Blut strömte aus dem Mund.

Raoul wischte es vorsichtig ab. »Edgar, mein Freund, nimm nur diese Gedanken auf deinen Schwanenpfad mit!« sagte er. Die Hände, die in den seinen lagen, waren eiskalt; er versuchte sie an seiner Brust zu wärmen.

»Elfrieda . . .« Wie ein Hauch kam der Name von Edgars Lippen.

»Ich werde für sie sorgen«, sagte Raoul fest. »Ich würde mein Leben für sie geben. Das weißt du.«

»Ja. Du hast einmal gesagt, daß du sie trotz aller Widerstände bekommen wirst. Und das wird auch geschehen. Ich wollte dich schon immer Bruder nennen.« Er rang nach Luft und versuchte, sich auf den Ellbogen zu stützen. »Jetzt tue ich es nicht mehr; dafür ist es zu spät. Aber du wirst gut zu ihr sein, und vielleicht ist es so am besten.« Er richtete sich noch weiter auf und rang nach Atem; seine Augen starrten auf etwas hinter Raoul; mit einer ungeheuren Anstrengung riß er sich los. »Vorsicht, Raoul, Vorsicht!« schrie er und stürzte zu Boden.

Unwillkürlich fuhr Raoul herum. Eine dunkle Gestalt kroch auf ihn zu; das Licht der Laterne spiegelte sich in der Klinge eines Messers. Er packte es, spürte, wie der Stahl in seinen Arm drang, erfaßte das Handgelenk und packte es mit eisernem Griff. Das Messer fiel zu Boden; er warf den Angreifer zurück und packte das Messer. Dann aber dachte er nicht mehr daran, ob der unbekannte Sachse noch die Kraft hatte, ihn wieder anzugreifen, und wandte sich nach Edgar um.

Bevor er ihn noch berührte, wußte er, daß Edgar tot war. Mit seinem letzten Atemzug hatte er seinen normannischen Freund vor dem Angreifer gewarnt; der aus seinen eigenen Reihen kam.

Lange Zeit blieb Raoul unbeweglich sitzen und hielt die leblose Hand in der seinen. Trotz des Blutes, das sein Gesicht entstellte, sah Edgar ganz friedvoll aus.

Eine große Traurigkeit überfiel Raoul, und doch wußte er, daß er Edgar nicht mehr ins Leben zurückholen würde, selbst wenn er die Macht dazu besäße. Für Edgar war auf dieser Welt nichts mehr geblieben, seit alles, für das er gelebt hatte, mit Harald gefallen war. Das England der Sachsen war am Schlachtfeld von Senlac vernichtet worden; das England der Zukunft war das England der Normannen, und in ihm gab es keinen Platz für Menschen von Edgars Art.

Dahin hatte die Freundschaft also geführt: zu Bitterkeit, zu Blutvergießen und Tod. Sanft ließ er Edgars Hände sinken und schlug die Falten des roten Mantels eng um seinen Körper. Dann deckte er Edgars Gesicht zu: So wollte er ihn nicht in Erinnerung behalten, zerfetzt und blutverschmiert.

Ein Licht bewegte sich auf ihn zu; er stand auf und wartete mit gekreuzten Armen auf das, was auf ihn zukam. Das Licht wurde von einem sächsischen Mönch getragen, der langsam über das Schlachtfeld ging, den Verwundeten Trost zusprach und den Toten die letzte Ölung gab. Nach seinem schwarzen Mantel und der weißen Soutane zu schließen war er Benediktiner. Als er den fremden Ritter unbeweglich neben einem Toten stehen sah, machte er halt und sah ihn etwas verängstigt an.

Raoul sprach ihn lateinisch an. »Tretet näher, Vater. Ich werde Euch nichts tun und bin auch nicht auf Beute aus.«

»Das sehe ich, mein Sohn«, sagte der Mönch und trat auf ihn zu. »Aber leider gibt es viele unter euch, die nicht zögern, auch die Toten zu berauben.«

»Viele«, pflichtete ihm Raoul bei. Er sah auf Edgars verhüllten Körper nieder; der Mönch beobachtete ihn verwundert und meinte, nie ein traurigeres Gesicht gesehen zu haben. »Mein Vater, kennt Ihr ein Dorf, das Marwell heißt? Ich glaube, es liegt in der Nähe von Winchester.«

»Ich kenne es gut«, antwortete der Mönch.

»Könntet Ihr die Leiche eines Mannes hinbringen und ihn dort begraben?«

»Sicher, mein Sohn.« Der Mönch klang sehr ernst. Raoul sah auf und blickte ihm direkt ins Gesicht. Der fromme Mann trat ganz nahe auf ihn zu und hob die Laterne, um Raouls Züge besser zu erkennen. »Wessen Leiche soll ich nach Marwell bringen?« fragte er.

»Die, die hier zu Euren Füßen liegt, Vater. Es ist Edgar, der Than von Marwell.« Er sah dem Mönch zu, wie dieser niederkniete und den Mantel von Edgars Gesicht hob. »Deckt ihn wieder zu«, sagte er. »Aber wascht später die Flecken ab.« Er bemerkte, daß der Mönch betete und wartete, bis er sich wieder erhoben hatte. »Ihr werdet den Leichnam seiner Schwester bringen«, sagte er dann. »Ich will nicht, daß sie diese schrecklichen Wunden sieht. Werdet Ihr sie reinigen?«

»Sei ruhig, mein Sohn, wir werden alles tun, was du wünschst«, antwortete der Mönch. Seine Stimme klang gütig; er wunderte sich, welche Beweggründe zu dieser Bitte geführt hatten und welches Interesse dieser normannische Ritter an dem englischen Adligen hatte.

Raoul nahm seine Börse vom Gürtel und streckte sie ihm entgegen. »Das ist für die Kosten, die Euch auf der Reise entstehen werden«, sagte er. »Und ich möchte gern Messen für seine Seele kaufen. Nehmt Ihr meine Börse?«

Der Mönch zögerte. »Bitte, tut es«, sagte Raoul. Er drückte dem Mönch die Börse in die Hand und kniete dann neben Edgars Leiche nieder. Einen Augenblick lang hob er den Mantel und sah den Toten lange an. Vor seinen Augen verschwanden Blut und Wunden; er sah nur noch Edgar vor sich, wie er schlief. »Leb wohl!« sagte er leise. »Wenn wir zwei uns wiederbegegnen, wird es zwischen uns keine Bitterkeit, keinen Kummer und keine Feindschaft mehr geben. Leb wohl, du mein bester Freund!« Er stand auf; zwei Laienbrüder traten näher und starrten ihn verständnislos an. Er fragte: »Kümmern sich diese beiden um die Leiche?«

»Sie werden sie an einen sicheren Ort bringen, von wo wir sie dann nach Marwell befördern werden.« Der Mönch sah Raouls zerrissenes Wams an und blickte dann auf den Mantel, der Edgar verhüllte. »Und Euer Mantel?« fragte er zweifelnd.

»Behaltet ihn«, antwortete Raoul. »Ich will ihn nicht mehr.«

Langsam ging er zu den Zelten der Normannen zurück. Dort brannten Lichter, und die Männer saßen um Feuer, die sie auf dem bloßen Erdboden angezündet hatten. Er ging an zweien solcher Gruppen vorbei. Die Soldaten wirkten müde, aber fröhlich und sprachen mit Geringschätzung von ihren Wunden, dafür aber um so eifriger von der Belohnung, auf die sie nach der Krönung des Herzogs hofften.

Raoul trat in das winzige Zelt, das er mit Gilbert teilte. Gilbert lag mit düsterem Gesicht auf seinem Lager und starrte einen Zeltpfahl an. »Da bist du endlich!« rief er. »Wo warst du denn die ganze Zeit? Du hast ja dein Wams ganz zerrissen! « Sein Blick wurde plötzlich wachsam. »Und wo ist dein Mantel? Was hast du getan?« fragte er.

Raoul antwortete nicht. Er setzte sich auf sein eigenes Feldbett, vergrub den Kopf in den Händen und starrte auf das zertrampelte Gras. »Ich verstehe«, sagte Gilbert traurig. »Du hast Edgar gesucht. Und – du hast ihn gefunden?«

»Ja.«

»Raoul, ist er am Leben? «

»Jetzt nicht mehr.«

Wütend schlug Gilbert mit der geballten Faust auf sein Feldbett. »Herrgott, ich hab genug von diesem verdammten Krieg!« sagte er. »Besitzungen in England! Was brauche ich die? Ich habe meine Ländereien in der Normandie, und dort braucht man mich. Und eines kann ich dir sagen, Raoul: Wenn der Kampf vorbei ist, gehe ich sofort in die Normandie zurück und werde mich bemühen, dieses unselige Land zu vergessen.« Er brach ab und beugte sich zu Raoul hinüber. »Was hast du da am Arm? Das ist ja Blut!«

Raoul blickte nieder. »Ja. Ein Sachse hat mich angegriffen, als ich bei Edgar kniete. Edgar hat ihn gesehen und mich mit letztem Atem gewarnt.« Sie schwiegen beide; dann räusperte sich Gilbert, und Raoul stand auf, während er mühsam ein Seufzen unterdrückte. »Ich weiß.« Dann sagte er: »Gib mir deinen Mantel. Ich muß zum Herzog zurück.«

Gilbert wies mit dem Kopf dorthin, wo der Mantel lag. »Deinen hast du –?«

»Ja«, sagte Raoul einfach. »Er hat so gefroren.« Er warf sich den schweren Mantel um die Schultern und verließ das Zelt.

Vor dem Zelt des Herzogs packte ihn FitzOsbern am Arm. »Wilhelm hat nach dir gefragt, und da ich vermutet habe, wo du hingegangen bist, habe ich es ihm gesagt. Raoul, hast du Edgar gefunden?«

»Ja. Er ist tot.«

»War er schon tot, als du ihn gefunden hast? Erzähl mir!«

»Nein. Er war verwundet, aber er hat noch gelebt.«

FitzOsbern schrie fast: »Ja, hättest du ihn denn nicht zu uns bringen können? Wir haben doch Ärzte, die sein Leben vielleicht gerettet hätten!«

»Verstehst du denn nicht, Wilhelm?« fragte Raoul. »Er wollte nicht mehr leben. Ich glaube zwar, daß er so schwer verwundet war, daß nichts geholfen hätte, aber selbst wenn – nein, es ist besser so. Er hat noch eine Zeitlang mit mir gesprochen, bevor er starb. Er hat erwähnt, daß er dich in der Schlacht gesehen hat, und wollte wissen, ob du noch lebst. Als ich ihm das bestätigte, war er froh, denn du warst sein Freund.«

FitzOsbern begann zu weinen. »Wenn ich ihn doch noch einmal hätte sehen können – Aber der Herzog war beschäftigt, und ich konnte nicht fort. Armer Edgar! Hat er denn geglaubt, daß ich ihn vergessen habe? Hat er geglaubt, daß ich ihn nicht mehr mochte, weil ich nicht zu ihm kam?«

»Aber nein. Und jetzt muß ich gehen. Ich erzähle dir ein andermal, wie er gestorben ist; nur heute nicht.«

»Bleib noch«, hielt ihn FitzOsbern zurück. »Er muß mit allen Ehren begraben werden. Sag jetzt nicht, daß du seine Leiche liegengelassen hast, damit sie von Wölfen und Geiern gefressen wird!«

»Nein, das habe ich natürlich nicht getan. Ich habe sie einem Mönch übergeben, der mir versprochen hat, sie nach Marwell zu bringen.«

FitzOsbern war enttäuscht. »Du hättest ihn hierher bringen sollen. Der Herzog hätte ihn ehrenvoll bestattet, und wir wären seinem Sarg gefolgt.«

»Er war aber kein Normanne«, warf Raoul ein. »Glaubst du denn, daß er das gewollt hätte? Ich habe das getan, was, so glaube ich, sein Wunsch war.« Er schob FitzOsbern zurück und trat ins Zelt.

Wilhelm blickte auf. »Nun, mein Freund?« sagte er. »Du warst länger fort, als das sonst deine Gewohnheit ist.« Er blickte Raoul durchdringend an. »Wenn Edgar von Marwell tot ist, dann tut mir das leid. Aber ich glaube nicht, daß er je in Frieden mit mir hätte leben können.«

»Nein«, sagte Raoul und kam weiter vor. »Ihr seid allein, Beau Sire.«

»Endlich. Zwei Mönche aus Waltham waren da und haben um Erlaubnis gebeten, nach Haralds Leiche zu suchen. Sie haben mir zehn Goldmark angeboten, wenn ich ihnen gestatte, den Toten von hier fortzubringen. Das kann ich natürlich nicht tun.« Er schob ein Dokument über den Tisch. »Hier ist die erste Liste der Gefallenen. Willst du sie lesen? Alles wissen wir natürlich noch nicht. Engenufe de l'Aigle ist unter den Toten.«

»Oh.« Raoul überflog die Liste.

In diesem Augenblick trat der Herr von Cingueliz ein. Er sah müde und recht düster aus. Er sagte: »Sie haben die Leiche gefunden. Man hat sie mit Schwerthieben verstümmelt, was in meinen Augen eine strenge Bestrafung erfordert.«

»Wer hat es getan?« fragte Wilhelm.

»Ich weiß es nicht. Ich glaube, zwei von Moulines Rittern.«

»Finde heraus, wer es war, und sage mir ihre Namen. Für diese unritterliche Tat werde ich ihnen die Sporen abschlagen lassen. Wollen sie denn meinen Namen in den Schmutz ziehen?«

Raoul sah den Herrn von Cingueliz forschend an. »Und wie geht es Euch, Tesson?«

Tesson blickte ihn nicht an. »Mir geht es gut. Aber mein Sohn ist tot. Das macht nichts, denn ich habe noch andere.« Er drehte sich jäh um, als Schritte vor dem Zelt erklangen, und hob die Zeltklappe hoch.

Vier Ritter trugen Haralds Leiche auf einer improvisierten Bahre und setzten sie vorsichtig in der Mitte des Zeltes nieder. Der Herzog stand auf und trat auf die Bahre zu. »Nehmt die Tücher weg.«

Wilhelm Malet zog den Mantel zur Seite, der die Leiche bedeckte. Harald lag gerade ausgestreckt, mit geschlossenen Beinen, die furchtlosen Augen geschlossen, die Hände über den Griff seines Schwertes gefaltet.

Einen Augenblick lang sah der Herzog schweigend auf den Mann hinab, der ihm mit so unerschütterlichem Mut entgegengetreten war. Seine Finger tasteten nach der Agraffe, die seinen eigenen Mantel zusammenhielt; er zog sie heraus, nahm den Mantel von den Schultern und streckte ihn Wilhelm Malet entgegen, während er noch immer auf

Harald blickte. »Hülle ihn in meinen Mantel ein«, befahl er. »Er ist zwar meineidig geworden, aber er war ein großer, tapferer Krieger.« Er hielt inne und überlegte. »Wilhelm Malet, da in deinen Adern sächsisches Blut fließt, übergebe ich dir diesen Leichnam. Begrabe Harald mit allen ritterlichen Ehren an der Küste, die er so gut behütet hat. Wer immer seinem Sarg folgen will, hat meine Erlaubnis. Nehmt ihn mit und bringt ihn fort.«

Die Ritter beugten sich nieder, doch bevor sie die Bahre noch aufheben konnten, trat plötzlich eine Frau ins Zelt und blickte wild um sich. Alle standen in erstauntem Schweigen. Die Frau war hochgewachsen und anmutig; ihr Gesicht war von Schmerz gezeichnet, aber immer noch schön. Sie trug einen Mantel; ihr langes, goldblondes Haar war zerzaust, aber sie war ganz offensichtlich keine gewöhnliche Frau, denn um ihren Hals und an ihren Armen funkelten kostbare Juwelen.

Hinter ihr waren zwei Mönche, Osegod Cnappe und Alric der Schulmeister, aufgetaucht und blieben nun ängstlich am Eingang stehen. Die Frau strich sich das Haar aus den Augen und blickte mit forschenden Augen von einem zum anderen. Ihr Mund stand etwas offen; sie war ganz offensichtlich völlig verwirrt und rang immer wieder die Hände.

Dann fiel ihr Blick auf die Gestalt auf der Bahre, die durch den königlichen Purpur verhüllt war; mit einem Verzweiflungsschrei sprang sie vor, fiel auf die Knie und zog den Mantel vom Gesicht des Toten.

Es war furchtbar mitanzusehen, wie sie die toten Wangen streichelte, Worte ins Ohr flüsterte, die sie nie mehr hören würden. Die Normannen standen in entsetztem Schweigen um sie herum. Es war Wilhelm, der als erster dieses Schweigen brach. »Wer ist die Frau?« wollte er wissen.

Beim Klang seiner Stimme hob sie den Kopf und starrte ihn an. Sie sprach Sächsisch, und Wilhelm Malet übersetzte. »Sie fragt, wer der Fürst der Normandie ist, denn sie sieht hier keinen, der wie ein Fürst gekleidet ist.«

»Sag ihr, daß ich es bin«, sagte Wilhelm, »und frage sie, wer sie ist, ob Gattin oder Schwester, und was sie will.«

Sie hörte Wilhelm Malet schweigend an, aber als er geendet hatte, stand sie auf, trat auf den Herzog zu und sprach mit leidenschaftlichen Worten zu ihm.

Er blickte zu Malet hinüber. Dieser hatte der Frau mitleidig und erstaunt zugehört und sagte dann: »Beau Sire, sie ist niemand anders als Editha, die man Schwanenhals nennt – Haralds Geliebte. Sie hat seine Leiche gesucht, damit sie sie nach Waltham bringen und dort bestatten kann, und bittet Euch, ihr dies zu gewähren.«

»Haralds Geliebte! Sag ihr, daß ich selbst Graf Harald ehrenvoll bestatten werde«, sagte Wilhelm.

Auf diese Worte schrie sie verzweifelt, wie ein Mensch, der zu Tode verwundet ist. Sie fiel wieder auf die Knie, riß die Juwelen von Hals und Armen und streckte sie Wilhelm entgegen.

»Sie bietet Euch Gold, Beau Sire, das Lösegeld für einen König«, sagte Malet, der tief bewegt war.

»Herrgott, glaubt sie denn, daß ich ein Krämer bin, der eine Leiche um Gold verkauft?« rief Wilhelm gereizt. »Sag ihr, daß sie ihre Zeit hier verschwendet und sich mit ihren Priestern entfernen soll.« Er blickte auf sie nieder und sagte etwas milder: »Fürchtet sie, daß ich dem Toten nicht alle Ehren erweisen werde? Sag ihr, daß Harald im königlichen Purpur begraben wird, das Schwert an der Seite, und für immer über die Küsten wachen soll.«

Als sie dies hörte, blitzten ihre Augen auf und sie begann mit wilder, schriller Stimme zu sprechen, während sie die Finger ineinander verkrampft hielt.

»Beau Sire, sie glaubt, daß Ihr sie verspottet.«

»Das tue ich nicht. Bringt sie fort.« Er drehte sich um; und während man sie hinausführte, wandte sie sich immer wieder nach der stillen Gestalt auf der Bahre um, streckte die Hände aus und rief den Namen des Geliebten. Aber Harald war tot, lag schweigend mit geschlossenen Augen auf der Bahre und hatte die Hände über dem Schwertgriff gekreuzt.

6

Der Pfad nach Marwell war unwegsam, und der Leibeigene, der Raoul als Führer diente, hatte vor den Normannen so große Angst, daß er fast den Verstand verlor. Er kam aus Winchester, schien den Weg aber nicht besonders gut zu kennen. Es war weiter, als Raoul erwartet hatte, und darüber war er froh; es war unwahrscheinlich, daß plündernde Soldaten so weit vorgestoßen waren.

Er brannte vor Ungeduld, nach Marwell zu kommen; seit Senlac waren schon viele Wochen vergangen, aber er hatte sich nicht früher von Wilhelm freimachen können.

Von Hastings war der Herzog nach Romney und Dover marschiert. Dover ergab sich sofort, aber etliche der ausländischen Abteilungen zündeten die Häuser an, und es entstand viel mutwillig verursachter Schaden. Zum Erstaunen der Bürger ersetzte ihnen der Herzog ihre Verluste in Gold. Etwas später stellte er seinen Gerechtigkeitssinn erneut unter Beweis; er war über Canterbury nach Greenhythe an der Themse vorgestoßen und traf dort auf die Männer aus Kent, die unter der Führung von Agelsin, einem Abt, Stellung bezogen hatten; der Abt verlangte in ihrem Namen die Aufrechterhaltung der alten Freiheiten von Kent. Der Herzog bestätigte diese und erklärte: »Ich bin nicht nach England gekommen, um die Gesetze und Privilegien dieses Landes zu vernichten.« Dies gewann ihm die Männer aus Kent, und sie begleiteten ihn nach Rochester, wo sie ihn zu ihrem Herrscher proklamierten. Von Rochester aus sandte er einen Teil seiner Truppen gegen London, das sich hinter den jungen Atheling Edgar gestellt hatte. Während die Belagerung begann, marschierte Wilhelm nach Westen, auf Winchester zu, und hörte, als er vor der Stadt ankam, daß sich Königin Eadgytha, die aus Dornen geborene Rose, in der Stadt aufhielt, welche ein Teil ihrer Mitgift gewesen war. In einem seiner unerwarteten Anfälle von Großmut erklärte der Herzog, daß er Winchester nicht betreten würde, wenn sich die Bevölkerung ihm unterwerfen würde. Das geschah auch, und so zog er sich mit allen seinen Truppen zurück, um London persönlich zu belagern.

Raoul hatte den Herzog in Barking verlassen. Dieser war gerade in ernsthaften Verhandlungen mit dem Abgesandten der Stadt, einem gewissen Ansgard, einem verkrüppelten Veteranen. Er ließ Raoul zwar gehen, verzog aber das Gesicht und meinte: »Ich glaube, daß ich dich von jetzt ab mit jemandem teilen muß, mein Wächter.« Dann sagte er noch: »Tag für Tag kommen sie zu mir und verlangen ihren Anteil an der Kriegsbeute, Raoul, nur du hast bis jetzt geschwiegen. Was soll ich dir geben?«

»Ich will nichts«, antwortete Raoul. »Und wenn Ihr meinem Rat folgen würdet, Wilhelm, dann würdet Ihr nicht allen denen, die danach schreien, Besitz in England geben.«

»Ich muß mein Wort halten«, sagte Wilhelm. Er sah seinen Günstling einige Augenblicke schweigend an. »Nein, du wirst nichts verlangen; so warst du schon immer. Und ich hätte dir eine Grafschaft gegeben. Aber es gibt etwas, das ich dir geben kann und das du wahrscheinlich gern nimmst. Komm nochmals zu mir, bevor du fortreitest: dann bekommst du es.«

Als Raoul nach einigen Stunden zurückkam, hielt Wilhelm eine Pergamentrolle in Händen. Er übergab sie Raoul mit einem undurchsichtigen Lächeln. »Noch bin ich nicht König von England, und ich habe auch keinem anderen ein Lehen gegeben. Behalte das bis zu dem Tag, an dem es seine Gültigkeit erlangt. Und Gott möge bei deiner jetzigen Reise mit dir sein, mein Freund.«

Er hatte Raoul eine Schenkungsurkunde gegeben, die ihn zum Besitzer von Marwell machte und in der ihm der Titel eines Barons verliehen wurde.

Gilbert d'Aufay begleitete Raoul ein Stück Weges. Er hing seinen Gedanken nach und meinte ein zweites Mal: »Ich will keinen Besitz in England. Ich hätte geschworen, daß du derselben Ansicht bist.«

»Nein.« Raoul schüttelte kaum merklich den Kopf. »Es stimmt, daß ich gegen die Eroberung Englands war, aber sie ist nun einmal geschehen, Gilbert, und wir können daran nichts mehr ändern. Ich weiß schon, was du meinst, aber wenn alle anständigen Männer so wie du es ablehnen, von diesem Land Besitz zu ergreifen, dann fällt es dem Pack wie Robert, dem Teufel von Belesme, und Hugh, dem Wolf, zum Opfer.«

»Dieser Krieg ist mir zuwider«, sagte Gilbert starrköpfig. »England gehört den Sachsen und nicht uns. Ich bin ein Normanne, und mir genügt die Normandie. Ich habe gesehen, wie dieses Pack von geifernden Wölfen um Wilhelm nach Beute lechzt, und ich sage dir, daß ich keiner von ihnen werden will!«

»Blick doch in die Zukunft«, sagte Raoul. »Wir müssen in der Zukunft leben, die Wilhelm für uns absteckt. Und sie liegt in England. Du sagst, daß du ein Normanne bist. Ich glaube, daß wir zu guter Letzt Engländer sein werden. Vielleicht nicht du und auch nicht ich, aber sicher die Söhne unserer Söhne.«

»Meine nicht, denn sie werden in ihrer Heimat aufwachsen.«

»Aber meine werden in England aufwachsen«, sagte Raoul. »Und wenn ich sterbe, werde ich meinen Besitz Erben hinterlassen, die als Engländer geboren sind. Bleib hier, Gilbert. In diesem geschlagenen Land ist viel Arbeit zu tun.«

»Ich soll dableiben und England wie ein Freibeuter verwüsten helfen? Nein, Raoul!«

»Du sollst für Gerechtigkeit und Ordnung sorgen, die du genauso liebst wie ich. Wilhelm will dieses Land in Zukunft zur Heimat der Normannen machen. Vor langer Zeit hat er einmal zu mir davon gesprochen, daß er für seine Nachfahren ein Königreich gewinnen wolle, das vom Meer und nicht von wankelmütigen Grenzfesten geschützt wird. Das hat er erreicht, und ob es dir gefällt oder nicht, spielt keine Rolle. Klammere dich an der Normandie fest – vielleicht werden wir alle dasselbe tun, denn sie ist unsere Heimat und wir lieben sie; aber unseren Söhnen sollten wir beibringen, England als ihre Heimat anzusehen. Und ich bin davon überzeugt, daß England gewinnen und die Normandie sterben wird, wie die eine Hälfte des Monstrums, das wir damals in St. Jacques gesehen haben.« Er hielt inne. »Erinnerst du dich noch an Galets Worte? Ich habe sehr oft daran gedacht.«

»Ich erinnere mich. Aber das war doch Unsinn.«

»Wirklich? Wilhelm will England und die Normandie für sich behalten, und vielleicht gelingt ihm das auch, denn er ist schließlich Wilhelm. Aber nach ihm ... Wir werden das kaum erleben. Geh du deinen Weg, Gilbert.«

»Und du?« Gilbert sah ihn traurig an. »Werden wir uns in Rouen wiedersehen?«

»Aber natürlich!« sagte Raoul. »Der Herzog will im neuen Jahr zurückkehren, wenn alles gutgeht, und ich werde ihn wahrscheinlich begleiten, wenn nicht –« Er brach plötzlich ab und wurde rot.

»Wenn du nicht schon verheiratet bist, wolltest du doch sagen?«

»Vielleicht. Aber auch dann werde ich Wilhelm wahrscheinlich begleiten. Ich gehöre zu ihm. Wenn du meinen Vater siehst, Gilbert, dann bestelle ihm meine Grüße und sag ihm – ich weiß nicht, was. Sag ihm, daß ich Baron geworden bin. Das wird ihn freuen.«

Gilbert nickte. »Das richte ich ihm aus. Du hast doch Marwell bekommen? Edgar würde sich sicher freuen, daß du es bist, der seinen Besitz übernimmt, und kein Fremder. Gott sei mit dir, Raoul. Du wählst den neuen Weg und ich den alten. Eines Tages werden wir wissen, wer von uns beiden recht gehabt hat. Aber ich glaube, daß mir das nicht sehr viel ausmachen wird. Solange die Normandie besteht, gehöre ich dorthin. Leb wohl!«

Sie drückten einander die Hände. Gilbert drehte um und ritt ins Lager zurück; Raoul sah ihm nach, bis er außer Sicht war, und befahl seiner Begleitung dann, rasch weiterzureiten.

Der Weg war schlecht, und sie kamen oft von ihm ab, so daß Raoul erst am dritten Tag in Marwell eintraf. Auf Widerstand traf er nicht; aber die Menschen blickten ihn feindselig an, und er war sicher, daß man ihn angegriffen hätte, wäre er nicht unter so starker Bedeckung geritten. Die Bauern schienen eingeschüchtert, aber selbst aus den Augen des niedersten Knechtes sprach blanker Haß. Der Gedanke durchfuhr ihn, daß es viele Jahre dauern würde, bis diese Menschen vergessen würden, daß sie Eindringlinge waren. Wilhelm, mein Herr, vor uns liegt eine harte Zeit!

Südlich von Winchester erstreckten sich über viele Meilen saftige Wiesen und dichte Wälder. Marwell lag in einer Senke; sanfte Hügel schützten es vor Wind und Kälte, und ein Bach schlängelte sich durch die Felder. Die Hütten der Bauern drängten sich um das Herrenhaus; das Haus selbst, das aus Holz gebaut war und ein Schieferdach hatte, besaß eine Außenstiege, die ins Obergeschoß führte, und stand in einer Umzäunung aus Holzpfählen. Neben dem Hauptgebäude sah man eine kleine Kapelle und einige Wirtschaftsgebäude. Das Tor stand offen, und da nicht einmal eine Wache aufgezogen war, schien man keinen Besuch der Normannen zu befürchten. Als Raoul in den Hof einritt, ertönten in der Kapelle die Altarschellen. Der Ort schien völlig menschenleer, aber als sich Raoul aus dem Sattel schwang, sah er Gesichter am Kapellentor. Männer stürzten heraus und suchten in Eile nach Gegenständen, die ihnen als Waffe dienen könnten.

Raoul blieb ruhig stehen. Er machte keinen Versuch, sein Schwert zu ziehen, richtete aber ein paar rasche Befehle an seine Begleiter. Die Männer ritten vor; und vor dem blanken Stahl fiel die Gruppe der Bauern zurück.

In seinem schlechten Sächsisch sagte Raoul: »Ich komme in Frieden. Aber wenn ihr meine Männer angreift, wird

Blut fließen.« Er ging allein weiter und ließ sich durch die vielen finsteren Blicke, die ihn verfolgten, nicht davon abhalten, die Kapelle zu betreten.

Der Priester hielt eine Hostie in seinen zitternden Händen. Raoul blieb stehen, nahm den Helm ab, beugte das Knie und bekreuzigte sich.

Elfrieda stand an den Stufen zum Altar; ihre Dienerinnen hatten sich um sie gedrängt. Sie alle blickten den fremden Ritter angsterfüllt an, und eine dickliche Frau schlang ihre Arme schützend um Elfrieda.

Raoul rief ihren Namen. Sie hatte ihn so fragend angestarrt, als könnte sie ihren Augen nicht trauen, aber als sie seine Stimme hörte, schien jeder Zweifel zu schwinden. Sie riß sich von der dicklichen Frau los und lief, die Hände nach ihm ausgestreckt, auf Raoul zu. »Du bist doch zu mir gekommen!« sagte sie. »Ich habe mich so nach dir gesehnt, Raoul!«

Die Frauen waren starr vor Staunen, als sie Elfrieda mit diesem freudigen Ausdruck auf Raoul zulaufen sahen, aber die dickliche Dame verstand anscheinend Normannisch und wies Elfrieda streng zurück.

Raoul trat auf Elfrieda zu, aber als sich ihre Hände fanden, fuhr sie zurück. »Mein Gott, dein scharlachroter Mantel!« flüsterte sie. Sie vergrub das Gesicht in den Händen. »Nur das nicht! Nein, das nicht!«

Noch immer zitternd stammelte der Priester auf lateinisch: »Ich befehle dir, Normanne, diesen geheiligten Boden nicht zu betreten, wenn du Gottes Zorn fürchtest!«

Er hätte sich diese Worte sparen können, denn Raoul überhörte ihn völlig. Sanft fragte er: »Was ist denn, mein Liebes? Du kannst doch nicht glauben, daß ich gekommen bin, um dir weh zu tun! Schau mich an, mein Herz: Ich bin gekommen, so wie ich es versprochen habe.«

Sie trat noch weiter zurück und hatte den Blick starr auf seine Hände gerichtet. »Du darfst mich nicht anrühren. An deinen Händen klebt Blut.« Sie hob eine zitternde Hand. »Rot, rot!« flüsterte sie mit schrecklicher Stimme. »Du kannst es nicht abwaschen. Ich weiß es. Ich habe es versucht. O Herrgott im Himmel!«

Er war bleich geworden und breitete seine Hände vor ihr aus, daß sie sie besser sehen konnte. »Schau her«, sagte er, »es klebt kein Blut an meinen Händen.«

»Ja, aber ich habe es gesehen«, sagte sie. »Es ist Blut da, Blut, das keine Tränen wegwaschen können. Rühr mich nicht an!«

»Da ist kein Blut«, wiederholte er mit fester Stimme. »Meine Hände sind rein. Wäre ich denn sonst zu dir gekommen?«

Es schien, als könne sie ihm nicht glauben. »Nicht Edgars Blut? Wirklich nicht seines, Raoul?« Sie begann, die Hände zu ringen. »Sie haben ihn hierhergebracht, und ein roter Mantel deckte ihn zu; auf seiner Brust waren rote Wunden, und eine rote Wunde auf seiner Stirn. Und jetzt weiß ich, daß es dein Mantel war.«

Er stand ganz still und sah ihr in die Augen. »Es war mein Mantel, aber so wahr Gott lebt, so hat Edgar nicht den Tod durch meine Hand gefunden«, sagte er.

Die dicke Frau versuchte sich zwischen sie zu drängen. »Wenn Ihr Raoul de Harcourt seid, von dem mein Neffe so oft gesprochen hat, dann sagt: Habt Ihr uns seine Leiche geschickt, die in einen scharlachroten Mantel gehüllt war?«

»Ja«, antwortete Raoul.

»Aber du hast ihn nicht getötet«, sagte Elfrieda. Sie zitterte. »Nein, Raoul, nein! Du hast Edgar nicht getötet!«

»Das habe ich dir schon gesagt. Ich habe ihn nicht getötet, aber er ist in meinen Armen gestorben. Ich habe seinen Leichnam in seine Heimat zurückgesandt, die er liebte, und ihn in meinen Mantel gehüllt. Ich habe ihn unter den Toten gesucht, als die Schlacht vorbei war, und er war noch am Leben. Elfrieda, zwischen uns beiden war weder Haß noch Blut. Ich schwöre es beim Kreuz. Wir sprachen von den alten Tagen in Rouen und von Dingen, die wir zusammen erlebten. Davon kann ich nicht sprechen. Aber als er im Sterben war, hat er mir versichert, daß unsere Freundschaft noch immer bestehe.«

Tränen liefen ihre Wangen herab. »Du hast ihn nicht getötet. Nein, das hättest du nicht gekonnt. Aber er steht zwischen uns, und du kannst mich nicht haben.« Sie hob abwehrend die Hände. »Schau, was zwischen uns liegt!« sagte sie. »Der Traum, den wir geträumt haben, Raoul, ist vorbei.«

Er blickte zu Boden. Eine einfache Steinplatte markierte die Stelle, wo Edgar begraben war. Einen Augenblick lang blieb er mit gebeugtem Haupt stehen, aber dann sagte er: »Da irrst du dich. Es wäre nicht sein Wunsch, daß er zwischen uns steht. Noch in den letzten Augenblicken hat er von dir gesprochen und dich meiner Obhut anvertraut.«

Sie schüttelte den Kopf. »Du bist mein Feind«, sagte sie. »Normannen haben alle erschlagen, die mir teuer waren. Es ist zu Ende.«

Raouls Stimme wurde drängender. Er sagte: »Selbst wenn ich Edgar erschlagen hätte, würde ich dich doch mit bloßen Händen nehmen. Ich bin über einen Pfad von Schwertern zu dir gekommen, weil es keinen anderen Weg gegeben hat.« Er stieg über das Grab und nahm sie in die Arme. »Hast du vergessen?« fragte er. »Hast du vergessen, daß du versprochen hast, mir zu vertrauen, selbst wenn ich auf diesem Weg zu dir kommen sollte?«

Sie wehrte sich nicht, aber sie gab sich ihm auch nicht hin. Dame Gytha rief zornig: »Wißt Ihr überhaupt, wo Ihr seid, Chevalier? Benimmt man sich so an einem heiligen Ort? Meine Nichte ist nicht für Euch bestimmt.«

Er drückte Elfrieda immer fester an sich, bis die Eisenringe seines Kettenhemdes sich in ihre Wange bohrten. »Willst du wirklich behaupten, daß du nicht mir gehörst? Mein Herz, ich wäre gestorben, um dir diesen Kummer zu ersparen, den du erlitten hast! Glaubst du denn, daß ich dich so nehmen wollte, wie ich es jetzt tue? Du weißt ganz genau, daß das nicht so ist!«

»Um uns herum ist nur Tod!« sagte sie mit leiser Stimme. »Wagst du es, jetzt von Liebe zu sprechen?«

»Ja!« Seine Hände packten ihre Arme mit festem Griff; er schob sie von sich weg und sah auf sie herab. Nie hatte sie ihn so streng gesehen. »Du gehörst mir, Elfrieda«, sagte er. »Und ich lasse dich nicht gehen.«

Dame Gytha zog ihn am Ärmel. »Ihr werdet sie gehen lassen!« sagte sie. »Normannischer Wolf, vergeßt Ihr denn, daß sie den Vater und den Bruder verloren hat? Was hat das arme Herz jetzt mit Gedanken an eine Hochzeit zu tun? Sie widmet sich der Heiligen Kirche, wo sie sicherer sein wird als in Euren Armen, Chevalier!«

Er ließ Elfrieda los; sein Gesicht war sehr finster geworden. »Sag mir das selbst, Elfrieda«, verlangte er. »Komm, sag es! Einem anderen glaube ich nicht.«

Sie sah zuerst ihre Tante und dann den stummen Priester an. »Ich habe es versprochen«, stotterte sie. »Es ist alles so dunkel, und überall ist Tod – Tod. In einem Kloster finde ich vielleicht Frieden.«

»Und Glück?« fragte er.

Sie lächelte bitter. »Nie wieder. Glück werde ich nie mehr finden, aber Frieden vielleicht.«

»Wirklich?« Er faltete die Arme über der Brust. Sein Blick durchbohrte sie, und es war weder Güte noch Mitleid darin zu erkennen. Und er fühlte auch nichts davon. Sie war seine Frau und verweigerte ihm das Recht, sie zu nehmen. Die Ritterlichkeit, die er sein ganzes Leben lang ausgeübt hatte, wurde von primitiven Gefühlen fortgewischt. »Dann brich den Schwur, den du mir gegeben hast!« sagte er drohend. »Schwör deiner Liebe ab, Elfrieda! Komm – wenn du mich nicht liebst, fällt dir das ja sicher leicht!«

Verschüchtert stand sie vor ihm; er sah, wie ihr die Tränen aus den Augen quollen, aber er wurde nicht weich. Dame Gytha wollte ihre Nichte in die Arme nehmen, aber er packte sie grob am Handgelenk und riß sie zurück. »Laßt sie in Ruhe!« befahl er.

Elfrieda sagte: »Hab doch Mitleid mit mir, Raoul. Ich habe soviel durchgemacht! Du kannst jetzt nicht so grausam zu mir sein!« Zögernd legte sie die Hand auf seinen Arm, aber er blieb völlig ungerührt.

»Ich habe kein Mitleid«, sagte er, »ich spüre nur meine

Liebe zu dir, und die ist tiefer als Mitleid. Edgar ist tot, aber wir leben weiter, und unser Glück liegt vor unseren Augen. Du willst es zurückweisen und ins Kloster davonlaufen. Ich halte die Schenkungsurkunde, durch die ich Marwell in deinem Namen übernehme; wenn du mich als Feind betrachtest, dann sag es jetzt, und sag mir auch, daß du mich nicht liebst. Dann zerreiße ich das Pergament und gehe für immer, denn wenn ich dich auch mit Gewalt nehmen könnte, so werde ich es doch nicht tun – ich will keine Braut, die gegen ihren Willen mein wird.«

Dame Gytha rief mit hochrotem Gesicht entrüstet: »Sag ihm, daß du alle Normannen haßt, Elfrieda! Antworte ihm!«

»Ich kann nicht! Es ist ja nicht wahr!« Elfrieda verkrampfte die Hände ineinander. »Ich kann das nicht sagen.«

»Hast du Angst?« fragte Raoul. »Oder liebst du zumindest einen Normannen?«

Sie antwortete nicht. Er lachte kurz auf, drehte sich um. »Gut. Du wagst nicht, das eine auszusprechen, und du wagst es auch nicht, zu mir zu kommen. Dann leb wohl; ich habe hier nichts mehr zu suchen.«

Wie benommen, verständnislos fragte sie: »Du gehst? Du verläßt mich?«

»Sei beruhigt; du liebst mich nicht und wirst mich daher nie wiedersehen.«

»Das höre ich gern!« erklärte Dame Gytha.

»Raoul! Raoul, bleib hier!«

Ihre Stimme war ganz leise, aber er hatte sie gehört. Er drehte sich um. »Nun, was ist?«

»Verlaß mich nicht!« bettelte Elfrieda verzweifelt. »Ich habe alles verloren, nur dich nicht. Raoul, sei gut zu mir! Sei gut zu mir!«

»Elfrieda, willst du mich heiraten?«

Ihr Blick versuchte seine Gedanken zu erforschen, aber er blieb hart. Sie verstand, daß er für immer gehen würde, wenn sie ihm jetzt keine Antwort gab, und das durfte nicht geschehen. »Ich werde dich heiraten«, stammelte sie hilflos.

»Ich werde alles tun, was du sagst! Nur geh bitte nicht fort.«

Er streckte ihr die Arme entgegen. »Dann komm zu mir, mein Herz. Ich werde dich nie mehr verlassen.«

»Elfrieda, das darfst du nicht tun!« kreischte Dame Gytha. »Bist du wahnsinnig geworden, Mädchen?«

Aber Elfrieda hörte sie gar nicht. Raoul hatte gesagt: »Komm zu mir, mein Herz«, und das alte, geliebte Lächeln stand wieder in seinen Augen und brachte ihr Trost. Sie lief zu ihm; weder Tante noch Priester konnten sie aufhalten; und über das Grab hinweg, das zwischen ihnen lag, fanden sich ihre Hände. Einen Augenblick lang blieben sie so stehen, blickten auf den Stein herab, und dann stieg Elfrieda aus eigenem Antrieb darüber hinweg und warf sich in Raouls Arme. Er hielt sie fest; sie seufzte zufrieden auf; und Raoul hob sie auf, drückte sie fest an sich und trug sie aus der dämmrigen Kapelle hinaus in den Hof, in dem die Sonne schien.

Epilog

London war schneebedeckt, und von den Dachrinnen hingen dünne Eiszapfen. Im Inneren der Abtei trieb die Kälte die Männer dazu, sich fester in ihre Mäntel zu hüllen, während sie verstohlen auf ihre erstarrten Finger bliesen. Die Hände des Erzbischofs von York zitterten leicht; er war nervös und las die Messe mit leiser, verstörter Stimme. Er dachte daran, wie der Herzog Stigand, den Erzbischof von Canterbury, abgesetzt hatte, und während die Zeremonie ihren Lauf nahm, dachte er an Harald, den Stigand vor einem Jahr in eben dieser Abtei gekrönt hatte. Es war alles so anders gewesen, als wäre es in einem anderen Leben geschehen. Der Erzbischof konnte nicht vergessen, wie die Sonne auf Haralds goldenen Haaren geglänzt hatte. Es kam ihm sonderbar vor, daß er die Krone Englands auf ein Haupt so schwarz wie das des Herzogs setzen sollte.

Der Herzog hatte den Weihnachtstag für seine Krönung gewählt. Die Abtei St. Peter in Westminster war voll von Menschen, Normannen und Sachsen, und vor der Kirche stand eine starke Abteilung Normannen, welche den Herzog vor einem möglichen Angriff der Bevölkerung schützen sollte. Es schien aber nicht, als werde ein solcher Angriff stattfinden. London hatte keine lange Belagerung über sich ergehen lassen, sondern hatte sich Herzog Wilhelm nach eingehenden Verhandlungen, tiefschürfenden Besprechungen und zahlreichen Interventionen Ansgards, des Vermittlers, ergeben. Der Herzog war sehr geduldig gewesen, doch hatte seine riesige Armee die Stadt völlig umschlossen und von jeder Hilfe abgeschnitten. Obwohl er Ansgard mit ausgesuchter Höflichkeit behandelte und keinen Sturmangriff gegen die Mauern der Stadt führte, wußte jeder, daß sie ihm völlig ausgeliefert war und er nur ein Zeichen zu geben brauchte, um sie zu vernichten. Schließlich öffnete man ihm die Tore und lieferte ihm den Atheling aus.

Edgar war erst zehn Jahre alt, und als ihn Aldred von York und Wulfstan von Worcester vor Wilhelm führten, fürchtete er sich sehr und klammerte sich fest an die Hand des Erzbischofs. Als ihn der Herzog aber in die Arme nahm, ihn küßte und ihm von seinem normannischen Vettern Robert, Richard und Wilhelm erzählte, vergaß er seine Furcht bald und ging gutgelaunt mit FitzOsbern. Er war recht froh darüber, seine Krone gegen die Süßigkeiten, die man ihm versprochen hatte, und die Gesellschaft der Söhne des Herzogs zu tauschen.

Die Grafen Edwin und Morkere waren die ersten, die Wilhelm den Treueid leisteten. Dann kam Stigand mit geschliffener Rede, aber der Herzog ließ sich nicht täuschen. Er enthob den Erzbischof seines Amtes und bestimmte Aldred, ihn zu krönen.

Seine Heiligkeit der Papst hatte für Wilhelm Partei ergriffen. Aldred sagte sich das unausgesetzt vor. Als guter Sohn der Kirche befürwortete er Wilhelms Anspruch, aber der Sachse in ihm erinnerte ihn immer wieder daran, daß Wilhelm ein Normanne und ein Eindringling war.

Ganz nahe bei Wilhelm stand Graf Robert von Eu. Während Aldreds lateinische Phrasen an seinem Ohr vorbeiglitten, schienen sich die Jahre zurückzudrehen und er stand wieder in der verrauchten Halle von Falaise und blickte auf das Kind, das einen Schwertgriff umklammert hielt. Aus längst vergangener Zeit hallten Worte in seinen Ohren: »Wilhelm der Krieger!« hatte Graf Robert gesagt. Irgend jemand hatte damals geflüstert: »Wilhelm der König.« Das konnte nur Herleva gewesen sein, der ihre sonderbaren Träume eingefallen waren. »Und der Baum streckte seine Zweige aus, bis England und die Normandie von ihm überschattet wurden.« Er hatte den genauen Wortlaut vergessen. Herleva war eine schöne Frau gewesen. Er fragte sich, ob ihr Geist heute zusah, wie sich ihr Traum erfüllte. Und ein anderer hatte gesagt: »Wilhelm der Bastard.« Er dachte angestrengt nach, wer das gewesen sein könnte, und plötzlich stieg das Gesicht des alten Herrn von Belesme vor seinen Augen auf, und er erinnerte sich, wie Talvas das Kind verflucht hatte. Bastard, Krieger, König: So hatte man Wilhelm genannt, als er noch in der Wiege lag. Graf Robert dachte daran, wie sie gelacht hatten: er und Eduard, der auch König geworden war, und Alfred, den Graf Godwin ermordet hatte. Das war schon lange her: Wenn er daran dachte, wie lange, dann fühlte er sich alt. Sonderbar, daß sie gelacht hatten. Aber damals hatten sie Wilhelm ja noch nicht gekannt: Er war nur ein uneheliches Kind, das ein Schwert in der Hand hielt.

Der Erzbischof sprach eben zu den Sachsen in ihrer eigenen Sprache. Mit einem Ruck kam Graf Robert in die Gegenwart zurück. Der Erzbischof fragte das Volk, ob es Wilhelm zum König wollte? Sie schrien »Ja«; es klang ehrlich und überzeugt, dachte der alte Hugh de Gournay und stieg von einem Fuß auf den anderen. Er fragte sich, wie lange es dauern würde, bis das ganze Land Wilhelm anerkannte und ob sie noch viel kämpfen würden. Er blickte auf Wilhelm und stellte beifällig fest, daß dieser ganz gerade stand und fest auf den Erzbischof blickte. Ein Bastard war er, aber er würde einen guten König abgeben.

Der Bischof von Coutances trat vor und sprach auf normannisch zu den Untertanen des Herzogs. Er fragte sie, ob sie einverstanden seien, daß der Herzog die Krone annehme. Ganz wie die Sachsen stimmten sie lauthals zu.

Will ich das denn wirklich? fragte sich Raoul insgeheim, als die Worte über seine Lippen gedrungen waren. Gott weiß es! Er sah, wie Wilhelm Malet die Stirn runzelte: Er wollte es nicht, aber natürlich sagte er ja. FitzOsbern strahlte triumphierend; Giffard schien erfreut und auch Tesson. Néel sah genauso wie Tesson sehr ernst drein; vielleicht dachten sie an das Monstrum von St. Jacques und an Galets Worte.

Nach der Befragung der Untertanen folgten weitere Gebete, weitere Zeremonien. Der Erzbischof nahm die goldene Krone in seine Hände und hielt sie über das Haupt des Herzogs, worauf das Volk in Jubel ausbrach.

Der Bischof von London hielt das geweihte Öl. Er trat auf Aldred zu, doch plötzlich zögerte er und sah erschrokken auf die Türen der Abteikirche.

Irgend etwas war im Gang. Man hörte Geschrei, das Geklirr von Waffen und einen Kriegsruf.

Eine Stimme wurde laut; »Verrat!« Die Männer stürzten zu den Türen.

Der Herzog blieb auf den Knien. Nur die plötzliche Blässe, der besorgte Blick, den er nach hinten warf, verrieten, was in ihm vorging.

Zum erstenmal in zwanzig Jahren, dachte Raoul, habe ich gesehen, daß er Angst hat.

Und auch er hatte Angst, aber er blieb unbewegt stehen. Er dachte an Elfrieda, die außerhalb der Stadt wohnte, und versuchte verzweifelt, die Lösung für eine Frage zu finden, die ihm besonders dringend erschien. Wenn sich London gegen uns erhoben hat, wie komme ich dann zu ihr? dachte er.

Der Lärm schwoll an; Brandgeruch drang in die Abteikirche. »Herrgott, sind wir in eine Falle gegangen?« murmelte der Graf von Mortain Raoul ins Ohr.

Der Herzog hatte die Zähne zusammengebissen; der Erzbischof hatte mitten in der Zeremonie abgebrochen und stand zitternd und verwirrt vor dem Altar.

Die Männer bemühten sich, die Abtei zu verlassen, um den vermeintlichen Angriff zurückzuschlagen. Kein einziger Sachse und nur wenige Normannen blieben in der Kirche zurück. FitzOsbern war am Altar stehengeblieben, genauso wie Robert von Eu, De Gournay, Mortain und Raoul.

Der Bischof von Bayeux, der im ersten Augenblick zur Tür eilen wollte, sah den Blick des Herzogs auf sich gerichtet und besann sich eines Besseren. Er flüsterte dem Erzbischof etwas zu. Aldred fuhr sich mit der Zunge über die Lippen und nahm dann das geweihte Öl aus der Hand Wilhelms von London.

In der leeren Abtei, unter dem Lärm des vor den Türen tobenden Aufruhrs, wurde Wilhelm gesalbt. Er streckte die Hand nach dem Evangelium aus. Aldred hielt ihm das Kreuz entgegen, das in seiner Hand zitterte. Kniend küßte es der Herzog und sprach den Eid mit klarer, fester Stimme. Dann wurde ihm die Krone aufs Haupt gesetzt, das Zepter überreicht. Er stand auf, und die schwere Robe wischte über den steinernen Boden.

FitzOsbern rief laut: »Heil Wilhelm, dem König von England!« Die Worte hallten in der leeren Kirche wider.

Der Herzog sah Raoul an; mit einer kaum merkbaren Kopfbewegung deutete er auf die Tür, und seine Brauen hoben sich in einer stummen Frage.

Raoul trat vor die Kirche. Ganz in der Nähe brannten einige Häuser; der weite Platz war voll Menschen, doch wenn auch alle Anzeichen auf einen eben beendeten Kampf deuteten, war das Volk jetzt ruhig.

Raoul erblickte Ralph de Toeni, bahnte sich den Weg zu ihm und packte ihn am Arm. »Was ist denn, um Himmels willen?« wollte er wissen.

De Toeni drehte sich um. »Nichts. Ich dachte, die Londoner wollten uns angreifen – das hast du doch auch geglaubt? Aber es war gar nicht so. Unsere Männer scheinen sich geirrt zu haben, aber es ist nicht viel geschehen: Es gibt ein paar Tote, kaum mehr als ein Dutzend. Nach dem, was ich gehört habe, glaubten die Wachen, daß die Sachsen in der Abtei über Wilhelm hergefallen wären, als sie uns drinnen schreien hörten, und haben daraufhin sofort die umliegenden Häuser angezündet und sind über die Leute hergefallen. Tesson und Néel haben dem rasch ein Ende gemacht. Herrgott, Raoul, ich muß dir gestehen, daß ich fürchterlich Angst hatte! Ist Wilhelm auch herausgekommen? Wo ist er denn?«

»Er ist zum König von England gekrönt«, sagte Raoul.

»Gekrönt! Und wir waren alle nicht dabei!« De Toeni drängte sich durch die noch immer unruhige Menge und verkündete die Nachricht von der Krönung mit lauter Stimme.

Raoul ging in die Kirche zurück. Wilhelm betete, stand aber bald auf und blickte Raoul an, der ihm mit einem Blick antwortete.

Von draußen drangen Hochrufe ins Innere der Kirche. Der Herr von Cingueliz kam durch die Tür und rief: »Lang lebe der König!« Die Barone um Wilhelm fielen in seinen Ruf ein.

Wieder durchfuhr den Grafen von Eu ein Gedanke aus der fernen Vergangenheit. Es war ihm, als hörte er Herzog Robert sagen: »Er ist klein, aber er wird groß werden.« Sonderbar, daß ihm gerade das einfiel, denn Robert hatte damals ja nur gespaßt.

Er blickte wieder auf Wilhelm und fragte sich, was in seinem Kopf vorging. Aber er konnte es nicht sagen. Der König blickte gerade vor sich hin, sein dunkles Gesicht war verschlossen, und das Zepter Englands hielt er fest in der Hand.

Waldtraut Lewin im dtv

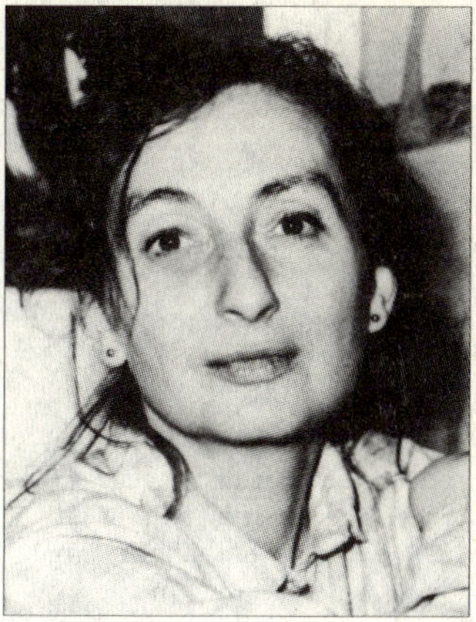

Foto: Helga Golz

Federico
Roman
dtv 11946

Friedrich II. von Hohenstaufen, der Enkel Barbarossas, römisch-deutscher Kaiser, König von Sizilien und Jerusalem – das »Staunen der Welt«. Die Machtkämpfe des Hochmittelalters bestimmen das Leben des Stauferkaisers, aber auch Liebesfähigkeit, hohe Intelligenz und pralle Sinnenfreude. Der »Mann aus Apulien«, gesehen von einer Frau.

Die Ärztin von Lakros
Roman
dtv 12023

Bis zu dem Tag, an dem ein Hirt einen Goldklumpen fand, kamen Fremde nur selten nach Lakros. Nun, da Reichtümer zu erwarten sind, gerät die friedliche kleine Insel in die Intrigen der Weltpolitik. Die Ärztin Leukotris und ihre Tochter Kreusa werden in einen Strudel von Erpressung, Gewalt und Mord gezogen …

Herr Lucius und sein Schwarzer Schwan
Roman
dtv 12146

Lucius entdeckt, daß sein geliebter Erzieher, ein wunderschöner dunkelhäutiger Sklave aus Alexandria, von seinem Vater mißbraucht wird. Jahre später versucht er das Unrecht wieder gutzumachen. Aber es ist schwer, ein menschlicher Sklavenhalter zu sein. Und über Rom braut sich der Spartacus-Aufstand zsammen.

Die stillen Römer
Roman
dtv 12201

Im Rom des Kaisers Augustus beherrschen Mord, Gewalt und Gier die Straßen. Dort stranden Tabea und ihr Bruder Mamercus, nachdem man sie von ihrem Hof vertrieben hat. Um zu überleben, verdingt sich Mamercus als Messerstecher, Tabea wird Hure. Gemeinsam mit einem entlaufenen Sklavenjungen finden sie Unterschlupf bei einer geheimnisvollen Frau, die man im Viertel nur »die Königin« nennt …

V. S. Naipaul
im dtv

Foto: Isolde Ohlbaum

An der Biegung des großen Flusses
Roman · dtv 11694

Salim, ein indischer Kaufmannssohn von der afrikanischen Ostküste, zieht in eine Stadt im Landesinneren und übernimmt ein heruntergekommenes Geschäft. Er bemüht sich, dort Wurzeln zu schlagen …

Eine islamische Reise
dtv 11734

Wie lebt man in den Ländern, in denen die Religion Vehikel politischer Veränderungen ist? Wie lebt man unter der Herrschaft des Islam? Ein scharfsichtiger und bewegender Bericht über die Suche nach Identität.

In den alten Sklavenstaaten
Eine Reise
dtv 11801

Die Geschichte einer Reise durch den tiefen Süden der USA.

Indien
Ein Land in Aufruhr
dtv 11890

1989 fuhr Naipaul kreuz und quer durch den Vielvölkerstaat Indien, vom Süden des Landes bis hinauf nach Kaschmir. In diesem großen Land leben Menschen unterschiedlichster Herkunft, verschiedener Kasten und Religionen: eine brisante Mischung.

Der mystische Masseur
Roman · dtv 11955

Die Geschichte von Ganesh, einem indischen Bücherliebhaber und zunächst erfolglosen Masseur auf der Insel Trinidad, der durch Phantasie und Intuition zum Heiler und »mystischen Masseur« aufsteigt. Ein liebevoll-satirisches Bild eines Dorfes und seiner Bewohner.

Ein Haus für Mr. Biswas
Roman · dtv 12020

Ein Familien- und Entwicklungsroman im indischen Milieu von Trinidad. Mr. Biswas ist von Geburt an ein Außenseiter – als Abkömmling indischer Einwanderer steht er am Rand der Gesellschaft. Mr. Biswas' größter Traum: ein eigenes Haus …

Gabriel García Márquez im dtv

Laubsturm
Roman
dtv 1432

Der Herbst des Patriarchen
Roman
dtv 1537

Der Oberst hat niemand, der ihm schreibt
Roman
dtv 1601

Die böse Stunde
Roman
dtv 1717

Augen eines blauen Hundes
Erzählungen
dtv 10154

Hundert Jahre Einsamkeit
Die Geschichte vom Aufstieg und Niedergang der Familie Buendía und ihres Dorfes Macondo.
dtv 10249

Die Geiselnahme
Ein sandinistisches Guerillakommando preßt politische Gefangene aus den Folterkammern des Somoza-Regimes frei.
dtv 10295

Chronik eines angekündigten Todes
Roman
dtv 10564

Die unglaubliche und traurige Geschichte von der einfältigen Eréndira und ihrer herzlosen Großmutter
dtv 10881

Die Liebe in den Zeiten der Cholera
Roman
dtv 11360

Der Beobachter aus Bogotá
Journalistische Arbeiten
1954 – 1955
dtv 11459

Das Abenteuer des Miguel Littín
dtv 12110

Oscar Collazos:
Gabriel García Márquez
Sein Leben und sein Werk
dtv 11108

Frans G. Bengtsson:

Die Abenteuer des Röde Orm

»Die Geschichte eines Wikingers, der um die Wende des ersten nachchristlichen Jahrtausends mit seinen wilden Gesellen die Küsten des Festlandes heimsuchte und den ein wechselvolles Geschick bis nach Cordova und Kiew führte. Eine bunte und turbulente Welt, in der es keineswegs höfisch und edel zugeht. Seefahrende Bauern die Akteure, Kerle von unverwüstlicher Kraft und nie versiegendem Appetit auf Bier, Schweinefleisch und Frauen.«
(Der Tagesspiegel, Berlin)

dtv 11631

Herbert Rosendorfer im dtv

Foto: Isolde Ohlbaum

Das Zwergenschloß und sieben andere Erzählungen
dtv 10310

Vorstadt-Miniaturen
dtv 10354

Briefe in die chinesische Vergangenheit
dtv 10541 / dtv großdruck 25044

Stephanie und das vorige Leben
dtv 10895

Königlich bayerisches Sportbrevier
dtv 10954

Die Frau seines Lebens und andere Geschichten
dtv 10987

Ball bei Thod
dtv 11077

Vier Jahreszeiten im Yrwental
dtv 11145

Eichkatzelried
dtv 11247

Das Messingherz oder Die kurzen Beine der Wahrheit
dtv 11292

Bayreuth für Anfänger
dtv 11386

Der Ruinenbaumeister
dtv 11391

Der Prinz von Homburg
dtv 11448

Ballmanns Leiden oder Lehrbuch für Konkursrecht
dtv 11486

Die Nacht der Amazonen
dtv 11544

Herkulesbad
Skaumo
dtv 11616

Über das Küssen der Erde
dtv 11649

Mitteilungen aus dem poetischen Chaos
dtv 11689

Die Erfindung des SommerWinters
dtv 11782

... ich geh zu Fuß nach Bozen und andere persönliche Geschichten
dtv 11800

Die Goldenen Heiligen oder Columbus entdeckt Europa
dtv 11967

Der Traum des Intendanten
dtv 12055

Angelika Schrobsdorff im dtv

»Die Schrobsdorff hat ihr Leben lang nur wahre Sätze geschrieben.«
(Johannes Mario Simmel)

Foto: Isolde Ohlbaum

Die Reise nach Sofia
dtv 10539

Sofia und Paris – ein Bild zweier Welten: Beobachtungen über Konsum und Liebe, Freiheit und Glück in Ost und West.

Die Herren
Roman
dtv 10894

Ein psychologisch-erotischer Roman, dessen Erstveröffentlichung 1961 als skandalös empfunden wurde.

Jerusalem war immer eine schwere Adresse
dtv 11442

Ein Bericht über den Aufstand der Palästinenser, ein sehr persönliches, menschliches Zeugnis für Versöhnung und Toleranz.

Der Geliebte
Roman
dtv 11546

Der schöne Mann und andere Erzählungen
dtv 11637

Die kurze Stunde zwischen Tag und Nacht
Roman
dtv 11697

Jerusalem – Paris – München: das sind die Städte, mit denen die Erzählerin schicksalhaft verbunden ist.

»Du bist nicht so wie andre Mütter«
Die Geschichte einer leidenschaftlichen Frau
dtv 11916

Aus Tausenden von Puzzlesteinen setzt Angelika Schrobsdorff das Bild ihrer jüdischen Mutter zusammen.

Spuren
Roman
dtv 11951

Ein Tag aus dem Leben einer jungen Frau mit Kind.

Gudrun Pausewang im dtv

Foto: Kaufmann + Scheerer

Kinderbesuch
Roman
dtv 10676

Ein deutsches Ehepaar besucht seine in Südamerika lebende Tochter. Verständnislos sehen sie sich größtem Reichtum und bitterster Armut gegenüber.

Aufstieg und Untergang der Insel Delfina
Roman
dtv 11218

Eine einsame, bildschöne Insel – ein Paradies auf Erden?

Rosinkawiese
Alternatives Leben in den zwanziger Jahren
dtv 11489

Fern von der Rosinkawiese
Die Geschichte einer Flucht
dtv 11636

Plaza Fortuna
Roman
dtv 11690

Menschen am Rande der Gesellschaft in einer südamerikanischen Großstadt.

Geliebte Rosinkawiese
Die Geschichte einer Freundschaft über die Grenzen
dtv 11718

Fast zwanzig Jahre nach der Flucht sieht Gudrun Pausewang den Ort ihrer Kindheit in Ostböhmen wieder.

Bolivianische Hochzeit
Roman
dtv 11798

Guadalupe
Roman
dtv 11879

Überleben im südamerikanischen Urwald. Ein Plädoyer gegen den Krieg.

Rotwengel-Saga
dtv 12140

Eine Familiengeschichte in Ostböhmen.

Penelope Lively im dtv

Foto: Jerry Bauer

»Was mich interessiert«, sagt Penelope Lively, »ist das Gedächtnis, die Art und Weise, wie Menschen und Landschaften aus Erinnerungen zusammengesetzt sind.«

Moon Tiger
Roman · dtv 11795

Das Leben der Claudia Hampton wird bestimmt von der Rivalität mit ihrem Bruder, von der eigenartigen Beziehung zum Vater ihrer Tochter und jenem tragischen Zwischenfall in der Wüste, der schon mehr als vierzig Jahre zurückliegt. Allerdings ist nichts in diesem Leben wirklich vergangen. Alles ist Gegenwart: Kindheit und Krieg, Ägypten, England, die ganze Welt und ihre Geschichte. »Ein nobles, intelligentes Buch, eins von denen, deren Aura noch lange zurückbleibt, wenn man sie längst aus der Hand gelegt hat.«
(Anne Tyler)

Kleopatras Schwester
Roman · dtv 11918

Eine Gruppe von Reisenden gerät in die Gewalt eines größenwahnsinnigen arabischen Machthabers. Unter ihnen sind der Paläontologe Howard und die Journalistin Lucy, Skeptikerin und Nonkonformistin von Kindheit an. Vor der grotesken Situation und der Bedrohung, der sie ausgesetzt sind, entwickelt sich eine ganz besondere Liebesgeschichte …

London im Kopf
dtv 11981

Der Architekt Matthew Halland, Vater einer Tochter, geschieden, arbeitet an einem ehrgeizigen Bauprojekt in den Londoner Docklands. Während der Komplex aus Glas und Stahl in die Höhe wächst, wird die Vergangenheit der Stadt für ihn lebendig. Sein eigenes Leben ist eine ständige Suche, nicht nur nach der jungen Frau in Rot …

T. C. Boyle
im dtv

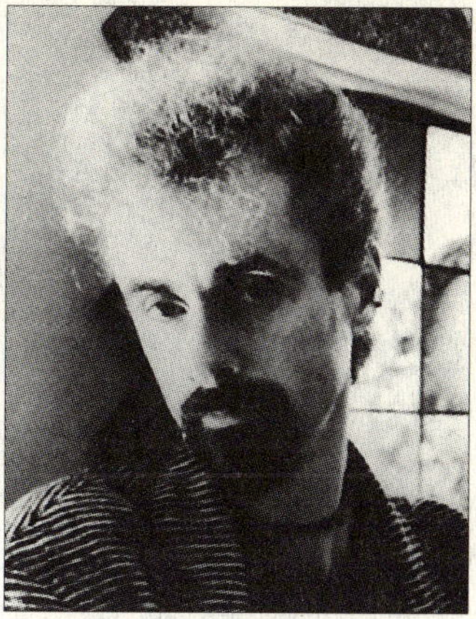

World's End
Roman · dtv 11666

Ein fulminanter Generationenroman um den jungen Amerikaner Walter Van Brunt, seine Freunde, seine holländischen Vorfahren, die sich im 17. Jahrhundert im Tal des Hudson niederließen, und die Indianer dort.

Greasy Lake und andere Geschichten
dtv 11771

Geschichten von bösen Buben und politisch nicht einwandfreien Liebesaffären, von Walen und Leihmüttern – mit wenigen Strichen umreißt Boyle das Amerika der siebziger Jahre.

Grün ist die Hoffnung
Roman · dtv 11826

Drei schräge Typen wollen in den Bergen nördlich von San Francisco Marihuana anbauen, um endlich ans große Geld zu kommen. Aber die Natur ist widerspenstig – und Hanf ist ein empfindsames Pflänzchen …

Wenn der Fluß voll Whisky wär
Erzählungen · dtv 11903

Vierzehn Geschichten aus Amerika: vom Kochen und von Alarmanlagen, von Fliegenmenschen, mörderischen Adoptivkindern, dem Teufel und der heiligen Jungfrau.

Willkommen in Wellville
Roman · dtv 11998

1907, Battle Creek, Michigan. Im Sanatorium des Dr. Kellogg läßt *man* sich mit vegetarischer Kost von seinen Zipperlein heilen. So auch Will Lightbody. Einziger Lichtblick dort ist Schwester Irene. Doch Sex hält Dr. Kellogg für die schlimmste Geißel der Menschheit …

Der Samurai von Savannah
Roman · dtv 12009

Als der japanische Matrose Hiro Tanaka irgendwo vor der Küste Georgias von Bord seines Frachters springt, trägt er außer einem Rettungsring nicht viel bei sich. Was ihm in Amerika blüht, hat er sich freilich nicht träumen lassen.

Eveline Hasler im dtv

Anna Göldin
Letzte Hexe
Roman · dtv 10457

Die erschütternde Geschichte des letzten Hexenprozesses in der Schweiz im Jahre 1782. Die eigenwillige und schöne Anna Göldin, die als Frau und als Dienstmagd am untersten Ende der sozialen Stufenleiter steht, wird zum Opfer des bornierten, frauenverachtenden Justizapparats und der bürgerlichen Selbstherrlichkeit in der Provinz.

Novemberinsel
Erzählung · dtv 10667

Eine junge Frau zieht sich mit ihrem jüngsten Kind ausgerechnet im November auf eine Mittelmeerinsel zurück in der Hoffnung, aus einer psychischen Krise herauszufinden.

Ibicaba
Das Paradies in den Köpfen
Roman · dtv 10891

Im 19. Jahrhundert sind Hunger und Elend in einigen Kantonen der Schweiz so groß, daß es zu einer riesigen Auswanderungswelle ins »gelobte Land« Brasilien kommt. Doch das vermeintliche Paradies entpuppt sich für die meisten als finstere Hölle.

Der Riese im Baum
Roman · dtv 11555

Die Geschichte Melchior Thuts (1736–1784), des *größten* Schweizers aller Zeiten. Ein historischer Roman, der das 18. Jahrhundert in seiner ganzen Gegensätzlichkeit zeigt: als Epoche, in der die Wurzeln unseres modernen Denkens, aber auch der modernen Fehlentwicklungen liegen.

Die Wachsflügelfrau
Roman · dtv 12087

1899 bewirbt sich Emily Kempin-Spyri, die erste Juristin im deutschsprachigen Raum, um eine Stelle als Magd. Vorausgegangen ist ihr einzigartiger Aufstieg als Kämpferin für die Frauenrechte in der Schweiz und in New York, ihre Ehe mit dem Pfarrer Walter Kempin, Geldnöte, Auseinandersetzungen, schließlich der Ruin.